미당 서정주 평전

* 이 도서의 국립중앙도서관 출판예정도서목록(CIP)은 서지정보유통지원시스템 홈페이지(http://seoji.nl.go.kr)와 국가자료공동목록시스템(http://www.nl.go.kr/kolisnet)에서 이용하실 수 있습니다.
(CIP제어번호: CIP2015025043)

더 이상
아름다운 꽃이
질 때는

미당 未堂 서정주 徐廷柱 평전

이경철 지음

은행나무

더없이 아름다운
꽃이 질 때는
두견새들의 울음소리가
바다같이 바다같이
깔어 깔 가느니라.

—시작 노트에 적혀 있는 미발표시

차례

관악산 집 앞 골목에 선 서정주

책 머리에

미당未堂 서정주徐廷柱는 한 시대를 살다 간 사람이 아닙니다. 지사나 투사, 정치인이 아닙니다. 우리 민족의 정한情恨을 모국어의 혼과 가락으로 풀어내 반만년을 살아온, 앞으로도 민족의 가슴속에 살아갈 시인입니다.

『화사집』에서 『늙은 떠돌이의 시』에 이르는 서정주 15권의 시집은 반만년 우리 역사에서 결코 무시할 수 없는 시의 수확입니다. 서정주 시를 통과하지 않고서는 우리 민족혼과 모국어의 깊이와 넓이에 이를 수 없다는 것을 시인은 물론 많은 국민들이 알고 있습니다.

해방 이후 우리 현대시사의 지형도는 서정주를 중심으로 그 한쪽에는 김수영을 아버지로 삼은 참여와 진보, 그리고 지성의 시단이 있고 또 다른 쪽에는 김춘수를 아버지로 삼은, 그러나 제 아비도 부정해버리는 실험과 해체의 전위 시단이 놓여 있습니다. 동서고금 시의 한가운데를 흐르는, 시의 강심수江心水로서의 정통 서정의 서정주 시는 친일親日과 어용과 순수로 매장당한 채 김수영과 김춘수 쪽만이 평가돼오며 오늘날 문학의 난맥상과 나아가 인간성 상실을 부추기고 있지 않은지 묻지 않을 수 없습니다.

서정주 탄생 100주년을 맞아 그의 생애를 있는 그대로 들여다보려 했습니다. 민족의 격동기인 지난 20세기 '최고의 문제적 시인'으로 논란이 끊이지 않는 시인이기에 우선 그가 남긴 1천여 편의 시는 물론 자전적自傳的 산문을 비롯해 사후 공개된 시작 노트 등을 면밀히 들여다보았습니다. 당시의 신문과 잡지, 교유했던 사람들의 글과 저서는 물론 연구 논문과 평도 섭렵했습니다. 미진한 부분은 직접 취재와 면담을 통해 당대의 삶을 사실史實대로 복원하며 심경心境을 끝까지 추적해 밝히려 했습니다.

1933년 김동리와 만남에서부터 시작된 문단 생활도 조사해가며 자연스레 당대의 살아 있는 문단사도 드러내려 했습니다. 사실적으로 복원된 당대의 삶과 사회와 문단에 조회해가며 서정주의 시 세계를 살피려 했습니다. 해서 시와 삶은 얼마만큼 합치될 수 있고 또 어떻게 유리될 수 있느냐를 사실적으로 살피며 인간의 이상과 실제 삶의 간극도 재보려 했습니다.

평전評傳은 일대기를 사실적으로 복원, 구성해 감동적으로 전하는 '전'은 물론 그 업적을 평가하는 '평'도 매우 중요한 장르입니다. 평하기 위해선 필자의 입론立論이 확실해야 하고 주관이 드러나야 하는데 아직도 논란이 분분한 서정주이기에 저는 그것을 되도록 독자 여러분, 인간의 보편적 상식에 바탕을 두려고 애썼습니다.

반만년 우리 민족어와 민족혼과 정서의 보전을 위해, 오늘 우리네 삶의 역사적 준열함과 아울러 인간의 깊이와 자존自存을 위해 서정주의 삶과 시를 살피려 한 이 평전에 독자 여러분의 많은 성원과 질책 부탁드립니다.

2015년 가을 초입, 초부리에서

이경철

未堂

1

처녀 시집 『화사집』

—시를 사랑하는 것의 재앙됨이여!

徐廷柱

서정주 100세 생일 시 잔치 '한 송이의 국화꽃을 피우기 위해'

한 송이의 국화꽃을 피우기 위해
봄부터 솥작새는
그렇게 울었나 보다

한 송이의 국화꽃을 피우기 위해
천둥은 먹구름 속에서
또 그렇게 울었나 보다

그립고 아쉬움에 가슴 조이든
머언 먼 젊음의 뒤안길에서
인제는 돌아와 거울 앞에 선
내 누님같이 생긴 꽃이여

노오란 네 꽃잎이 필라고
간밤에 무서리가 저리 내리고
내게는 잠도 오지 않았나 보다

-「국화 옆에서」 전문

2015년 6월 29일, 미당 서정주 100세 생일 시 잔치 '한 송이의 국화꽃을 피우기 위해'가 동국대 중강당에서 열렸다. 한국문인협회, 한국작가회의, 한국시인협회 등 문단 전체가 주최측이 되어 벌인 이날 잔치에는 6백여 청중이 모여 서정주 시에 홀려들었다.

피아노 거장 백건우 씨와 배우 윤정희 씨 부부가 시 잔치 프롤로그로 서정주 시 「자화상」을 낭송하고 꿈꾸는듯하면서도 명징한 스크리아빈의 피아노 선율로 연주해줬다. 10분 남짓의 연주와 낭송을 위해 3시간 전부터 부부는 텅 빈 강당에서 연습하고 또 연습했다. 시 마지막 부분을 낭송하며 울컥, 설움이 북받친 윤정희는 "내가 여기서 이러면 안 되는데"라며 다시 낭송하고, 남편은 그런 아내의 시심에 피아노 음조를 맞춰갔다.

이날 잔치의 마지막은 가수 송창식의 노래 「푸르른 날」로 맺었다. 미당의 동명의 시를 노래하며 한없이 밝게 터지고 있으면서도 무언가 걸리는 듯한 막걸리 탁배기 같은 음성이 서정주 시세계를 그대로 드러내고 있었다.

문학평론가이자 우리 시대 석학인 이어령 씨는 축사를 통해 "미당의 시야말로 의미 이전에 갓난애의 옹알이 같은 언어, 방언이나 사투리가 아니라 태초의 언어"라고 밝혔다. 생래적으로 그런 언어로 사람들의 가슴을 사로잡은 최고의 시인과 동시대를 살았던 자체가 행운이라며 서정주를 한껏 치켜세우고 자랑했다.

"향가 이후/이런 무의식의 즙이 오른 언어가 어디 있었느냐./땅이 꽃을 피워내듯이/나무에 물오르고 뻐꾸기가 울 듯이/시의 제일 높은 자리/노래의 자연을 만판 피워냈느니,/활자들이 모두 주천酒泉이기나 한 듯/거기서 술이 뿔록뿔록 용출湧出하여,/우리는 민족적으로 취하여,/정치 경제 군사 또 그 무엇도 하지 못한/신명을 풀무질하지 않았느냐."

정현종 시인은 이날 헌시獻詩로 위 같이 시작되는 「노래의 자연」을 낭송했다. 우리 시가詩歌가 신라의 향가鄕歌라는 정형시로 정착한 이후 서정주 시가 최고라는 것이다. 태초의 언어, 우주 삼라만상과 하나 된 언어로 꽃도 피우고 새도 노래하게 하고 우리도 울리며 신명을 풀무질한 시인 중 서정주 이상 가는 시인이 또 어디 있겠냐는 것이다.

이날 행사에서는 또 『미당 서정주 전집』 헌정식도 가졌다. 시, 자서전, 평론, 소설, 동화 등 미당의 모든 글을 모아 20권으로 펴내기로 하고 1차로 시전집 5권을 100회 생일에 맞춰 펴낸 것이다. 헌정식에서 문학평론가 이남호 씨는 "미당의 문학이 이 세상에서 제 몫의 대접을 받게 된다면 우리는 사필귀정事必歸正이라는 네 글자를 진리로 받들면서 더 큰 기쁨을 누릴 것이다"고 비장하게 밝혔다.

서정주 사후 친일親日 문제가 다시 거세게 불거져 1주기 추모식 때는 혜화동 로터리 조그만 건물 지하공간에서 조촐하게 행사를 치를 수밖에 없었다. 마치 초기 그리스도 교도들이 로마 지하묘소 카타쿰베에서 예배드린 것처럼. 그리고 민음사에서 펴낸 시전집도 절판된 상태에서 서점에선 구하기 힘든, 그런 모진 날들이 있었다. 그러니 서정주를 줄곧 추도해온 이들에겐 이날 행사가 사필귀정으로 보일 수밖에 없었을 것이다.

우리 현대시집 역사상 최초의 고희연古稀宴

애비는 종이었다. 밤이 깊어도 오지 않았다.

(중략)

스물세 해 동안 나를 키운 건 팔할이 바람이다.
세상은 가도 가도 부끄럽기만 하드라.
어떤 이는 내 눈에서 죄인을 읽고 가고
어떤 이는 내 입에서 천치를 읽고 가나
나는 아무것도 뉘우치진 않을란다.

찬란히 티워 오는 어느 아침에도
이마 우에 얹힌 시의 이슬에는
몇 방울의 피가 언제나 섞여 있어
볕이거나 그늘이거나 혓바닥 늘어트린
병든 숫개마냥 헐떡어리며 나는 왔다.

-「자화상」 부분

2011년 12월 26일, 서정주 처녀 시집 『화사집』 70주년 기념 공연 '나를 키운 건 팔할이 바람이다'가 열렸다. 한 해가 다 저물어가는 때, 해를 넘기지 않고 우리 현대시집 역사상 최초로 『화사집』 칠순 잔치를 기어코 치른 것이다. 이해랑 예술극장에서 열린 이날 공연에서는 시인, 배우, 가수 등 4백여 명이 모여 시집에 실린 시 24편 전 편을 낭송하고 연기하고 노래했다.

서시序詩 격으로 시집 맨 앞에 실린 위 시 「자화상」에서부터 "종로 네거리에 뿌우여니 흩어져서, 뭐라고 조잘대며 햇볕에 오는 애들. 그 중에도 열아홉 살쯤 스무 살쯤 되는 애들. 그들의 눈망울 속에, 핏대에, 가슴속에 들어앉어 수나! 수나! 수나! 너 인제 모두 다 내 앞에 오는구나"라는 맨 뒤에 종시終詩 격으로 실린 「부활」까지. 헐떡거리며 달려와서 우리 현대시의 피와 살과 뼈대가 됐다 친일 문제로 서정주와 함께 매장당한 『화사집』의 부활을 알렸다.

『화사집』은 서정주 살아생전인 1991년 10월 24일 50년 기념 시제詩祭도 가졌었다. 50년 기념 시제 때는 또 나눠주다 보니 서정주 자신마저 한 권도 가지고 있지 않던 『화사집』 초판본 특제본 5백 권을 원형대로 복간하기도 했다. 이는 반만년 우리 역사상 생전의 어느 시인의 어느 시집도 받아보지 못한 초유의 행사였다.

"현실적으로 득 볼 것 하나 없고 손가락질당할지도 모른다는 것을 알면서도 궁벽한 나, 내 시를 좋아한다고 눈에 보이게 표시해주니 고마울 따름입니다." 친일과 친독재 시비로 한창 난도질당할 때 50년 기념 시제를 헌정받은 서정주는 이러한 답사로 고마움을 표시했다.

그 자리에서 정진규 시인은 '헌사'를 통해 시의 본분을 환기시키며 당시 진보주의 편향의 우리 시단을 이렇게 징계했다. "우리는 『화사집』을 다시 읽으며 자신을 징계하고 오늘의 우리 시를 징계할 충분한 이유를 발견한다. 우리는 '앞으로, 앞으로'의 진행법에 시달리며 우리 시를 읽고 쓰는 매우 소박한 초월주의자였거나 진보주의자들이었음을 되돌아볼 필요가 있다. 오늘 우리들의 삶과 시는 총체적이며 생명적인 성숙보다는 직선적이며 가시적인 성취에 시달리고 있는 것은 아닌가. (중략)

오만해진 시편들, 호민관처럼 빼기는 시들이 시대의 상처를 말하면서도 오히려 우리를 가두고 있음을 우리는 알아야 한다. 그들은 다른 목적을 위해 비켜가고 있기 때문이다. 시는 암살자가 아니라 적극적

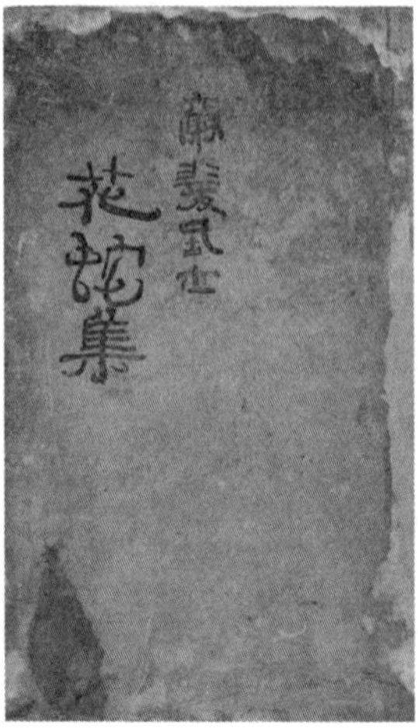

『화사집』(1941년) 초판본 표지

인 피살자이다. 새로운 선택이 거기에 있다. 시는 황홀한 절망이다"라고.

『화사집』 50년 기념 시제 이틀 전 여의도 여성백인회관에서는 '민족문학큰잔치'가 열렸다. 왜곡된 역사와 현실을 들추어내고 바로잡아 더 나은 현실 세계를 이루려는 참여문학 단체인 민족문학작가회의가 주최한 잔치. 그동안 독재 정권 아래서의 문학의 운동성과 대중성을 점검, 반성하고 참다운 문학을 모색하는 자리였다.

그 자리에서 당시 회장이던 고은 시인은 "이제 운동의 깃발을 내리고 모든 문학인은 문학으로 돌아오자"라고 호소했다. "문학은 우선 문학이라야, 문학의 고전적 가치를 지녀야 거기에서 운동도 일어나고 대중성도 확보할 수 있다"며 1980년대 사회주의 사상과 문학 이론을 담보로 문학의 비문학화로 나간 일부 급진적 참여문학을 반성, 비판하며 "문학 만세"를 불렀다.

1980년대 5공화국의 폭압적 상황에서 정치·사회적 민주화운동의 전위를 형성하며 우리 문단의 주류가 된 참여문학 진영은 6공화국이 들어서고, 특히 사회주의권 국가의 몰락으로 1990년대 들어 위축되는 기미를 보였다. 이런 때 "문학 만세"를 부르며 다시 이제 문학 본연으로 돌아가자고 한 것이다. 그런 참여문학 진영의 만세 소리가 호민관처럼 빼기는, 암살의 문학이 아니라 이제 생명의 총체적 성숙의 문학으로 나가자는 정진규 시인의 말과 한통속으로 내겐 들렸었다.

그로부터 20여 년이 지난 2012년 말 대선 정국에서 우리 문학과 문인은 어떠했는가. 시와 소설, 문인들이 정치 생리도 모른 채 호민관처럼 빼기며 특정 후보를 표 나게 지지하지는 않았는지. 문학의 양심이나 삶과 사회의 이상보다는 권력과 잇속을 중뿔나게 탐하지는 않았는지. 비판만 할 게 아니라 서정주 경우를 타산지석他山之石 삼아 반성해 볼 일이다.

당시 중앙일보 문학 담당 기자로 『화사집』 50년 기념 시제를 취재하며 나는 서정주에게 물었었다. "선생님의 시와 삶은 무엇이었나"라고. "시야말로 우리의 불운한 근대, 현대사를 뚫고 나를 살아남게 만들었어. 오로지 시를 통해서만 새로운 매력을 느낄 수 있었거든. 도대체 새로운 매력 없는 삶이란 시시해서 어떻게 살아낼 수 있겠는감"이라 답했다.

매력의 신대륙을 찾는 무한 탐구의 삶과 시혼이 관능에서 영혼과 영원, 전통에서 전위前衛까지 숨넘어가게 치닫는 편력遍歷을 하게 했을 것이다. 그러기에 '서정주가 곧 한국 현대시사이면서도 한국 시의 정수'라는 평이 나왔고 또 대다수가 이런 평에 수긍하고 있을 것이다.

『화사집』 50주년 기념시제에서 언론인 김성우 가족(왼쪽)과 영화배우 윤정희(가운데), 시인 문정희(오른쪽 끝)와 함께한 서정주 부부

서정주 흉상(조각가 박재소 작품)

불모의 시대 문둥이들의 꽃처럼 붉은 울음

"김기림이도 임화도 김광균이도 오장환이도/이때는/문둥이 같은 심경이사 내나 매한가지였겠지./한 사람이 10원씩 호주머니를 통통 털어/아홉 명이 명월관에서 출판 기념회를 해주었는데,/그 쌍판들 들여다보니 그리 쓰여 있더군./그래서 이 문둥이 우자를 축하하러 온 것이더군."

1983년 펴낸 제10시집 『안 잊히는 일들』에 실려 있는 시 「『화사집』 초판본」 한 부분이다. 초판본 판권에 따르면 『화사집』은 소화昭和 16년, 그러니까 1941년 2월 10일에 출간됐다. 책이 나오자 김기림, 임화, 김광균, 오장환, 윤태웅, 김상원 등 9명이 회비를 10원씩 거둬 명월관에서 성대한 출판 기념회[1]를 열어준 일을 두고두고 잊지 않고 40여 년 만에 시로 쓴 것이다.

일자리를 찾아 만주에서 6개월간 혹독한 겨울을 나고 막 돌아온 서정주에게 이용악 등은 셋방과 초등학교 촉탁 교사 자리를 알선해줬다. 정지용은 '화사집'이란 제호를 써주고 오장환 등은 호화판으로 시집을 내줬다. 거기다 더해 임화, 김기림 등 당대 유력한 평론가들이 '딱한 이 나라의 제1의 시인', '이제부터는 서정주, 오장환의 시대'라 추켜주며 당시 최고 요정이었던 명월관에서 출판 기념회까지 열어줬으니 그 '문둥이'들이 잊힐 리 없었을 것이다. 당시 서정주가 촉탁 교사로 받은 월급이 45원[2]이었으니 두 달 치가 넘는 그 자리의 호사스러움이란 짐작할 수 있을 것이다.

1 「시와 시인을 찾아서 1—미당 서정주 편」, 『시와시학』 1992년 봄호, 25쪽 참조.

2 서정주, 『서정주문학전집 3』, 일지사, 1972, 207쪽 참조.

출판 기념회뿐 아니라 『화사집』 자체도 호화판 시집이었다. 판권 정가에 따르면 "특제본特製本 5원, 병제본竝製本 3원"이라고 해 두 종류로 제책했음을 밝혔다. 초판 1백 권 중 특제본 35권 표지는 유화용 캔버스를 사용하고, 책등은 비단에 '花蛇集' 세 글자를 핏빛 자주색 실로 수를 놓고, 본지는 한지를 여러 겹 붙여 다듬이질한 종이를 썼다.

"아직 조선에는 한정판이나 혹은 특제본 같은 것을 별로 만든 적도 없고 또 그러한 책이나 초판본 같은 것을 애써 구하는 이들이 드물으나 동경만 하여도 일류 출판사에서 이런 독자에 유의하는 외에 호화본이나 한정본을 전문으로 간행하는 서점이 몇 군데나 있고 애서 취미에 관한 잡지가 다달이 나오며 애서가들이 구락부를 모아 자기네들의 좋아하는 책을 출판하여 회원만이 나눠 갖도록 하는 곳도 있습니다."[3]

오장환은 『문장』 1939년 3월호에 실린 「애서愛書 취미」란 글에서 위 같이 일본 일류 출판사는 특제본을 찍어내기도 하는데 조선에는 별로 만든 적이 없어 시집이나 소설집을 그렇게 내고 싶다고 밝혔었다. 그런 오장환이 직접 『화사집』 제작 공정을 일일이 간섭하며 책의 호사는 있는 대로 다 부린 것이다.

초판본 제호는 '궁발거사 화사집窮髮居士 花蛇集'. 정지용이 기분 내어 추사체로 멋들어지게 쓴 글자이다. 서정주는 정지용이 이 제호를 써 주며 "박목월, 조지훈, 박두진 세 시인이 내가 공식적으로는 첫 번째로 시단에 추천한 시인들이지만 내심은 자네가 내 수제자이지"라 말했다고 회고한 적도 있다.

3 김재용 엮음, 『오장환전집』, 실천문학사, 2002, 219쪽.

'궁발'은 『장자莊子』에 나오는 말로 풀도 안 나는 북극北極 불모의 땅을 가리킨다. 서정주는 일제하를 사는 자신을 이같이 빗대 '궁발거사'란 필명을 잡았다. 그러니 일제 말 가장 냉혹하고 궁핍했던 시기에 책의 호사는 다 부리고 값비싼 요정 명월관에서 출판 기념회까지 연 자신과 동료 시인들의 낯짝과 심사를 '문둥이 우자', 어리석은 문둥이들이라 회고했을 것이다.

해와 하늘빛이
문둥이는 서러워

보리밭에 달 뜨면
애기 하나 먹고

꽃처럼 붉은 울음을 밤새 울었다

-「문둥이」 전문

일제하 해와 하늘빛이 서러운 그 문둥이들은 그렇게 꽃처럼 붉은 울음을 울었던 것이다. 그렇게 나온 『화사집』은 강렬한 생명력과 함께 뒤에 나온 시인들이 어떻게든 시를 낳게 하고 또 극복하게 하는 텍스트로서 다산성을 지닌 시집이 됐다. 그 시절 그 어리석은 문둥이들은 남과 북 현대시사에 우뚝 선 시인들로 살아남아 있다.

『화사집』의 엄격한 자기 검열과 편집 구도

오장환이 자신이 경영하던 남만서고南蠻書庫에서 시집을 곧 내주겠다며 서정주한테 시 원고를 받은 것은 1938년 가을이었다. 그래서인지 서정주는 많은 글과 직접 쓴 연보年譜에서 마저 『화사집』을 1938년 낸 것으로 내내 착각해왔다. 그러나 남만서고가 운영난에 빠져 출간을 미루고 미루다 남대문약국 주인 김상원이 제작비 5백 원을 대 4년 후인 1941년에야 나오게 된 것이다. 1939년에 김광균 시집 『와사등瓦斯燈』과 자신의 시집 『헌사獻詞』를 남만서고에서 펴냈으니 오장환이 서둘러 펴냈다면 『화사집』 나이도 두세 살은 더 늘었을 것이다.

서정주는 1936년 동아일보 신춘문예 당선 이전부터 이미 시를 발표하고 있었다. 1933년 12월 24일자 동아일보 학예란에 기고한 시 「그 어머니의 부탁」이 실리면서부터 동아일보와 『학등學燈』, 『시건설』 등 잡지에 시를 기고하며 본격적인 습작으로 들어갔다.

등단 이전에 이런 신문, 잡지에 활자화된 시는 모두 11편. 이 중 제2시집 『귀촉도』의 표제작으로 실린 시만 빼고 다른 10편의 시는 『화사집』은 물론 이후 어느 시집이나 전집에도 실리지 않아 서정주의 시에 대한 자기 검열의 염결성을 엿보게 한다.

그냥 말만 뱉어도 시가 될 듯한, 청산유수靑山流水처럼 자연스레 흐르는 시도 고치고 고치고 또 고쳐서, 마지막엔 원고지에 옮기면서 다시 고쳐 발표한 시들이다. 천의무봉天衣無縫의 시들도 그렇게 깁고 헤치고 다시 기워 나온 시임을 전용 원고지 봉산산방용전蓬蒜山房用箋에 쓴 시 원고를 받을 때마다, 또 사후에 공개된 대학 노트에 깨알같이 쓰고 고치고 지우고 다시 쓴 창작 노트들을 보며 실감할 수 있었다. 그렇게 엄격하게 발표한 시들도 시집을 낼 땐 다시 고치고 그래도 영 마음에 차지 않으면 버린 시들이 많아 시집에 실려 살아남은 시편들은 버릴 것 없이 다 명편이란 평을 받고 있는 것이다.

동아일보 1936년 1월 3일자에 '당선신시當選新詩' 제하에 실린 「벽」은 정식으로 응모한 것이 아니라 학예란에 투고한 작품이다. "이 현상懸賞에 응모해 된 것이 아니라, 몇 해 전부터 여기 가끔 기고寄稿해왔던 관계로, 1935년 늦가을 어느 때 심심해 이걸 기고해둔 것이, 신문사 책상 위에서 어쩌다가 현상 응모 원고와 혼동된 것인지, 뜻하지 않게 뽑힌 것이다."[4]

1919년 3·1운동 이후 일제의 소위 '문화정치'에 따라 1920년 조선일보, 동아일보가 창간돼 독자들이 투고한 시, 수필 등 문예물을 선정해 싣기 시작했다. 독자 투고를 확대하고 제도화해 동아일보는 1925년, 조선일보는 1928년부터 신춘문예를 시행한 것이다. 이후 창간된 주요 신문마다 이 제도를 도입해 지금까지 총 2천여 문인을 배출하며 신춘문예는 한국 현대 문학을 이끌어오고 있다.

"종래의 문예란 부인란 소년란 등으로 힘이 자라는 데까지는 보다 충실하게 하여 조금조금씩이라도 보람 있게 하여보려고 본사 편집국장 홍명희 씨의 학예부장 겸임 아래에서 1. 문예 관계 2. 부인 관계 3. 소년 관계의 세 가지 부문을 따로따로 독립시키고 각계에 책임자를 두어 힘과 정성을 다하려 합니다.

어떻게 하여나가는지는 장차 사실로써 보여드리려 하거니와 위 선

4 서정주, 앞의 책, 177쪽.

아래의 규정으로 일반 신진 작가의 작품을 모집하오니 우리의 시험을 도와주시려는 유지는 많이 투고하여 이 세 가지 난으로 하여금 금상첨화의 꽃밭을 이루게 하여주시압."

'박사진정薄謝進呈 신춘문예 모집'이란 제하에 실린 1925년 동아일보 사고社告란 한 부분이다. 큰 액수는 아니지만 상금을 내걸고 신춘문예를 공모한 최초의 기록이다. 신춘문예 제도를 도입하고 실무를 맡은 홍명희는 대하소설 『임꺽정』의 작가이다.

동아일보에 시와 산문을 끊임없이 기고해왔던 서정주도 이런 신춘문예 제도가 시행되고 있는 줄 뻔히 알았을 텐데도 응모하지 않고 투고만 한 것은 남사스러워서 일 것인가. 아니면 아직 자신의 작품이 덜 여물었다는 자기 검열에서 일 것인가.

동아일보 1936년 1월 11일자에 실린 "서정주 씨의 「벽」은 티는 없으나 너무나 단형이므로 김혜숙 씨의 「밀밭 없는 동리洞里」를 좀 엉성하고 거치른 대로 수위에 노핫다"란 신춘문예 선후감에서 볼 수 있듯 장원이 아니라 차석으로 당선했기 때문인가. 아니면 서정주의 엄격한 시 정신에 미루어 덜 익은 습작용 투고작이기 때문일까. 서정주는 스스로 이 「벽」 대신 자신이 창간한 『시인부락』 동인지에 1936년 12월에 발표한 「화사花蛇」를 처녀작으로 한사코 고집해왔었다.

『화사집』에 실린 시 24편을 발표순으로 보면 1936년 정초의 등단작 「벽」에서부터 1940년 10월호 『문장』과 『인문평론』에 각각 실린 「서풍부西風賦」와 「도화도화桃花桃花」까지이다. 이 사이 18편의 시가 지상에 더 발표됐는데 『화사집』은 물론 그 후에 나온 어느 시집에도 싣지 않았다. 등단 이전에 발표한 시까지 합치면 『화사집』에 수록된 시편보다 많은 28편의 시를 버린 것이다.

"센티멘틀한 이유로 『화사집』에 넣는 것을 보류해두었던"[5]이란 말에 드러나듯 스스로 '센티멘틀', 감상적感傷的이고 유치하다 하여 버린 것이다. 해방 이전 서정주의 시집 미수록 시를 연구한 문학평론가 최현식 씨는 논문 「숨겨진 목소리의 진상—영향의 불안과 낭만적 격정」에서 습작시들은 "선배 시인들에 대한 영향의 불안과 그것의 극복 과정을 충실히 보여준다"고 밝혀 자신의 색깔이 아닌, 에피고넨의 시들은 철저히 배제했음을 알 수 있다.

이 논문은 또 『화사집』의 구성과 체계가 한국 근대 시사에서 매우 예외적으로 시인의 내적 성숙 혹은 귀향의 과정을 선명히 드러낸 점을 감안하면 이런 "체계와 구도에 어긋나는 시들이 배제되는 것은 매우 자연스럽다"[6]고 밝혔다. 감상적이거나 선배들 영향이 조금이라도 묻어나는 작품은 물론 시집 전반의 체제나 경향에 맞지 않으면 철저히 배제한 것이다. 처녀 시집부터의 이런 자세가 시집을 펴낼 때마다 매양 새로운 시적 세계와 경지를 열게 했을 것이다.

"덧없이 바래보든 벽에 지치어/불과 시계를 나란이 죽이고//어제도 내일도 오늘도 아닌/여기도 저기도 거기도 아닌//꺼져드는 어둠 속 반딧불처럼 까물거려/정지한 '나'의/'나'의 서름은 벙어리처럼……//이제 진달래꽃 벼랑 햇볕에 붉게 타오르는 봄날이 오면/벽 차고 나가 목메어 울리라! 벙어리처럼,/오— 벽아."(「벽」 전문)

까닭도 이유도 없이 "목메어 울리라"는 「벽」은 분명 감상적이다. 『화사집』 맨 앞과 그다음에 실린 「자화상」이나 「화사」의 운명이나 원죄를 헤쳐나가는 원초적 에너지와 관능에 비한다면 말이다. 스스로

5 서정주, 「내 인생공부와 문학표현의 공부」, 『서정주 문학앨범』, 웅진출판, 1993, 175쪽.

6 최현식, 『서정주 시의 근대와 반근대』, 소명출판, 2003, 273~298쪽 참조.

밝힌 "육체의 건전한 돌진으로 모든 비극을 이겨내려"[7] 한 편집 의도와 엄격한 자기 검열이 『화사집』을 한국 시의 신대륙이 되게 한 것이다.

일본식 교육 거부한 자퇴와 가출

1915년에 전북 고창군 부안면 선운리, 속칭 질마재에서 태어난 서정주는 향리에서 서당을 다니다 1924년 인근의 줄포로 이사해 줄포공립보통학교에 입학, 6년 과정을 우수한 성적으로 5년 만에 졸업했다. 1929년 서울로 올라와 중앙고등보통학교에 입학, 그해 11월 일어난 광주학생항일운동 때 선배들 뒤를 따라 '조선 독립 만세!'를 외치며 시위하다 종로경찰서에 연행돼 채찍을 맞고 풀려났다.

그런 일을 치른 후 당시 일본과 한국의 지식인 사이에 풍미했던 사회주의 사상에 물들어서 다니던 중앙고보 인근 계동의 좋은 하숙방에서 나와 아현동 빈민굴에 들어가 살다 장티푸스 염병에 걸려 죽을 지경에 이르자 귀향했다. 아버지는 곧 죽을 자식이라고 작은 상여까지 맞춰뒀으나 어머니의 지극 정성의 간호와 바싹바싹 타들어가는 논에서 말라 죽어가는 물고기들을 못물에 방생해주는 기도가 하늘마저 감동시켜 겨우 살아났다.

병이 나은 후 다시 상경해 학교를 다니다 1930년 11월 광주학생항일운동 1주기 기념 학생운동을 주모했다는 혐의로 구속되어 퇴학당했다. 기소유예 처분을 받은 서정주는 1931년 향리 군 소재지에 있는 고

7 서정주, 『서정주문학전집 3』, 186쪽.

질마재의 서정주 생가(전북 고창군 부안면 선운리 578번지)

창고등보통학교에 편입해 다니다 일본 교육을 받기 싫고, 또 학교 시험도 거부하는 백지동맹 비밀 회합을 주동하다 교장 권고로 가을에 자퇴했다.

중앙고보 입학시험에 낙방한 자식을 아버지가 사정사정해 겨우겨우 보결생으로 입학시켰더니 퇴학당했다. 또 고창고보에도 그렇게 어렵게 편입시켜놨더니 자퇴라니. 서정주 아버지의 가슴은 찢어질 듯 아팠다.

"1931년 봄 전북 고창고보에 편입학을 했더니/"넌 중앙에서 퇴학 맞고 온 서정주지?/난 ××에서 퇴학 맞고 온 ××다!/여기서 올해도 한번 더 잘 해보자!"/여러 놈이 다가와서 이 성화인지라./의리상 나 혼자만 빠질 수나 있어얘지?"

시집 『안 잊히는 일들』에 실려 있는 시 「광주학생사건에 3」 부분에서같이 그런 부모의 마음은 아랑곳 않고 의리상, 일본 놈들 교육 받고 그들 밑에서 일하기 위한 공부가 싫어 자퇴했다는 것이다. 남들처럼 '항일'이니 '민족 독립'이니 내세우지 않고 그저 의리상 운동을 했다는 것은 솔직해서 좋다. 무슨 그럴싸한 명분을 내세우거나 그렇다고 구차스러운 변명도 않고 그냥 그대로의 심사를 알싸하게 말해버리는 것이 서정주의 일상 어법이다.

"우리 아버지는 나를 무슨 고등관 8등쯤 만들고 싶은 것이었는지도 모른다. 그러나 자식 하는 짓이 벌써 틀렸던 것이다. 부모는 일찌감치 나를 단념하는 수밖에 없었다.

나는 되도록이면 만주나 아라사로 가고 싶었다. 드디어 나는 그해(고창고보를 쫓겨나던 해) 겨울에, 아버지에게는 대단히 소중한 돈 3백 원을 훔쳐가지고 집을 떠났다. 그러나 만주도 아라사도 가지는 않았다. 비겁하게도 나는 그냥 서울에 주저앉고 말았으니, 오늘 내가 소위 문학이라는 것을 하게 된 동기를 지워준 것이었다. 그때 내가 한걸음만 더 내디뎠던들 나는 그 소원이었던 육혈포도 지금쯤 사서 가지게 되었을 것이고, 몸도 마음도 지금보다는 훨씬 더 튼튼하게 되었으리라."[8]

"서정주란 자가 기억하고 있는 그 소위 시작詩作이란 것의 배경 내지 밑바닥을 이루는 것이 무엇인지를 알기 위한 까닭"[9]으로 청탁받은 글에서 밝힌 문학을 하게 된 동기이다. 고창고보를 자퇴하고 아버지 돈 거금 3백 원을 가지고 가출해 육혈포를 사서 만주나 아라사로 가려 했으나 그러지 못하고 서울에 주저앉은 것이 문학을 하게 했다는 것이다.

8 서정주, 「나의 방랑기」, 『인문평론』 1940년 3월호, 67쪽.
9 위의 글, 66쪽.

그렇다면 이 글 말미에 나와 있는 '2월 1일', 즉 엄혹한 검열의 일제 말인 1940년 2월 1일, 그것도 친일 잡지 『인문평론』에다 쓴 '육혈포'란 무엇인가. "육혈포도 쓱 한 자루 안 호주머니에 숨겨가지고 다니는 망명 혁명가가 어느 만큼은 소원이었던 나는"[10]이라고, 그때 3백 원을 훔친 일을 회고한 해방 후의 글로 볼 때 만주나 아라사에서 독립운동을 하기 위한 무기일 것이다. 그런 독립운동 대신 문학으로 주저앉게 됐다는 자탄이 서정주의 첫 문학 고백록에 담겨 있는 것이다.

자퇴하고 서울로 올라온 서정주는 친구의 원남동 하숙집에 빌붙어 기거하게 된다. 거기서 하숙집 주인 청년 배상기를 만나게 된다. 배상기는 서정주보다 여섯 살 위로 가난한 산지기 아들로 태어나 서정주 부친의 서당 선생에게 글을 배운 후 고학해서 일등으로 중앙고보를 다닌 선배이자 가형家兄 같은 친구이다.

구한말 상궁 최덕순 양아들로 들어간 배상기는 가야금을 타다 심심하면 안줏거리 찾아 인근 창경궁으로 넘어 들어가 서정주를 망보게 하고 몰래 잉어와 세월을 낚던 사람으로 서정주에게 '미당'이란 호까지 지어준 작자이다. 세계 문학과 특히 한시에 해박했던 배상기는 서정주의 문학과 인생에 적잖은 영향을 끼쳤다.

서정주는 8개월 동안 배상기의 하숙집에 묵으며 경성부립도서관에 가서 독서에 탐닉하곤 했다. 1932년 여름엔 책을 싸들고 귀향해 고창 초당에서 1년여간 세계 문호들의 작품을 본격적으로 섭렵하기 시작했다. 니체를 읽고 차라투스트라의 초인주의와 보들레르 시를 읽으며 악惡에서도 꽃을 피우는 시의 힘에 매료되기도 했다.

10 서정주, 『서정주문학전집 5』, 122쪽.

정읍 백양사로 들어가 운문암에 파묻혀 두 달간 세계 문학 속의 주인공들의 인생과 사랑을 곰곰 생각하고 또 몇 편의 시를 직접 써보기도 했다. 톨스토이를 탐독하며 휴머니즘에 빠져들기도 했던 서정주는 1933년 가을에 또 아버지 돈 30원을 몰래 가지고 서울로 올라왔다.

장발의 넝마주이 문학청년

"1933년 가을 어느 날 오후 2시쯤, 열아홉 살의 소년 나는 정동의 어떤 서양인 영사관 뒤 풀밭 언덕에 놓인 쓰레기통 옆에 우두커니 주저앉아서 내려쬐는 연연한 햇볕에 불그레 흥분되어 있었다. 어깨에 메고 다니던 무거운 넝마주이 바구니를 잠시 내려놓고 쉬며 골통대에 담배를 쟁여 피우고 있었는데, 내 앞 좁은 골목길로 스무 살쯤 되어 보이는 밤빛 머리의 예쁘장하고 토실토실한 서양 여자 하나가 이상히 여기는 눈으로 나를 내려다보며 지나가는 것을 보고 한층 더 흥분하여 이젠 그만 이 짓거리를 집어치워버릴까 하는 생각을 냈다. (중략)

더구나 이때 볏백이나 얌전히 추수하는 소지주의 아들로서, 새 맥고모자에, 새 작업복에, 발 편한 새 신발까지 말쑥이 사 신고, 치레로 골통대까지 비스듬히 피워 물고, 그 심란스런 문학청년의 장발을 어깨에 닿도록 늘이고 다니며 기껏해야 이런 짓을 한다는 것은, 마치 그게 가짜 훈장이나 가슴에 달고 다니는 것 같은 느낌이 들면서 무심결에 낄낄낄낄 너털웃음이 혼자서도 터져 나왔다."[11]

11 서정주, 『서정주문학전집 3』, 169쪽.

한국문인협회 기관지로 『월간문학』이 1968년 11월호로 창간되자 그 창간호부터 연재한 서정주의 「천지유정天地有情」 시작 부분이다. 부제를 '내 시의 편력'으로 잡고 "내 시詩의 소시少時 때 일을 이것저것 기억해내" 쓴 글을 시작하면서 스스로 '문학청년'이라 부르고 있으니, 1933년에 들어 서정주는 시에 뜻을 둔 것으로 볼 수 있다.

"내가 20 이전에, 그러니까 지금으로부터 15~16년 전에, 최초에 봉착한 시의 세계는 일종의 향토애鄕土愛의 경지였던 것으로 기억한다. (중략) 나는 이 향토애를 위주로 30여 편의 습작을 모아 당시의 내 은사였던 홍순복洪淳福이란 이를 통해 소천宵泉 이헌구李軒求 씨에게 보였고, 그중에 몇 편은 동아일보엔가 발표된 일이 있었다. 대담했다면 대담했고 무모했다면 무모했다고도 하겠으나, 그 유치한 30여 편을 나는 소각해버린 지 오래니 과히 허물치 말기를 바란다."[12]

이 글이 처음 발표된 지면이 『백민』 1948년 1월호이니 1933년에 서정주는 습작시를 이헌구에게 보여준 것 같다. 당시 이헌구는 동아일보, 조선일보 등의 지면에 외국 문학 수용의 필요성과 함께 우리말의 아름다움과 체험에서 우러나는 문학성을 요구하는 평론 활동을 활발히 펼치고 있었다.

그런 이헌구에게 호평을 받지 못했음인가. 습작시를 보여준 게 대담하고 무모했다 자책하며 모두 불태워버렸다 하니. 그럼에도 불구, 1933년 12월 24일자 동아일보에 투고작으로 「그 어머니의 부탁」이 실리게 되면서부터 신문, 잡지, 동인지로 작품 활동을 시작하게 된다. 1933년부터 서정주는 시에 확실히 뜻을 두고 "시적 생활이 시를 낳는

12 서정주, 『서정주문학전집 4』, 199쪽.

줄로 오신誤信"[13]하며 시적 방황의 길로 들어서게 된 것이다.

위에 인용한 넝마주이 꼴과 심사는 한강의 물길마저 바꿨다는 1925년 을축년 대홍수로 흘러들어온 난민들이 모여 살던 마포 한강변 빈민촌에 들어가 살 때의 것이다. 소지주의 아들로 무슨 사회주의, 휴머니즘의 가짜 훈장이나 가슴에 단 듯한 어쭙잖은 심사가 영 못마땅해 사흘 만에 그 짓을 치워버렸다는 대목이 심사를 있는 그대로 말해버리는 서정주답다.

퇴학까지 당한 학생운동도 그저 의리상 했다 하고, 친일에 대한 해명도 "그때는 일제가 천년만년 갈 줄 알아 그리 한 것이나 잘못된 일"이라든가, 전두환 지지 발언에 대해서도 "우리가 혼란스러우면 북에서 쳐들어올까 봐 무서워서" 등 변명을 할 때도 그냥 있는 그대로 털어놓아 '정치적 무뇌아'란 비난까지 부르며 더 화를 자초하곤 했다. 잘 봐달라고 애써 꾸미지 않고 솔직히 털어놓는 서정주의 그런 자세에 주위 사람들은 또 말실수할까 안타까워하면서도 "역시 천생 시인답다"며 수긍해내기도 했다.

마포 빈민촌에서 나온 서정주는 원남동으로 배상기를 찾아간다. 세계 문학과 허무주의와 휴머니즘에 빠져 1년을 보내고 왔다는 서정주를 배상기는 김범부金凡夫에게 소개시켜준다. 동양사상, 특히 신라의 화랑사상과 무속巫俗에도 조예가 깊었던 범부는 김동리의 만형으로 동생의 소설 세계에 많은 영향을 끼쳤다. 서정주는 그런 범부와 함께 기생집도 드나들며 많은 것을 듣고 배웠다.

"신라 사람들은 향가를 오랫동안 숭상해왔다. 그것은 대개 시송詩頌

13 위의 책, 199쪽.

과 같은 것이었다. 신라 사람들이 노래로써 하늘과 땅과 귀신을 감동시키는 것은 드문 일이 아니었다"는 범부의 역저 『화랑외사花郎外史』의 이 말은 서정주의 영원과 영통靈通, 풍류도風流道의 시 세계에도 적잖은 영향을 끼쳤을 것이다. 범부는 동생인 동리를 소개해줘 이후 동리와 서정주는 1936년 동아일보 신춘문예로 나란히 데뷔해 영원한 친구로 해방 후 순수문학 거목으로서의 영욕榮辱을 함께하게 된다.

중이 되기엔 너무 뜨거운 문학적 육감과 혈기

배상기가 절집 출신이었음을 안 서정주는 자신도 중이 되고 싶으니 다리 좀 놓아달라고 졸랐다. 처음엔 만류하던 배상기는 친분 있는 석전石顚 박한영朴漢永 대종사를 동대문 밖 개운사로 찾아가 서정주의 넝마주이 이야기를 해줬더니 어디 한번 데려와보라고 했다. 그렇게 불려간 서정주는 석전의 너털웃음에 그냥 빨려들어 그 자리에서 머리를 깎고 중이 됐다.

유불선儒佛仙에 두루 통달한 대학자로 동국대 전신인 중앙불교전문학교 교장직과 함께 오랫동안 종정을 역임한 석전 문하에서 이광수, 최남선, 신석정 등도 수학했다. 처음엔 아침저녁 예불도 올리고 『능엄경』도 부지런히 읽던 서정주는 차츰 연애소설을 읽기 시작했다. 그리고 성안으로 들어가 배상기와 함께 기생집도 드나들었다.

"이 무렵에 나와 매일같이 만나던 사람에 동리 김시종 군이 있었다. 다 떨어진 세루 쓰메에리에 양말도 안 신고 돌아다니며 군도 무척 서러운 모양이었다. 한밤중에 그 먼 필운동에서 나 있는 절간까지 걸어와서

소설가 김동리(왼쪽)와 함께 개운사 대원암을 다시 찾은 서정주

는 소리도 없이 내 방문을 슬그머니 열고 들어올 때 반갑다기보단 우린 둘 다 울고 싶은 것이었다."[14]

식민지 시대 젊은이로서 같이 문학에 뜻을 둔 동리가 매일 절간에 찾아들었으니 중노릇과 공부가 제대로 될 리 있었겠는가. 울고 싶은 마음을 더 부채질하며 좀 더 큰 비극이 닥치기만을 바라는 비극량만 더하게 했으니. 그렇게 겨울과 봄을 난 서정주는 1934년 6월 참선이나 하러 가야겠다며 석전의 허가와 여비를 받아 금강산 장안사까지 일주일간 걸어서 갔다.

그 절에 주석主席하던 만공滿空 선사를 만나니 "선禪을 하려면 거사居士로는 안 되고 아주 중이 돼라, 그러나 중이 되려면 여간 각오로 안 되는 것이니, 뒤에 후회 않겠는지를 많이 생각해보라"란 말만 한 뒤 본체만체하고 예쁘장한 여승들과만 어울리더란 것이다. 그래 이튿날 "후회할 것 같아 그냥 가겠습니다"[15] 하고 장안사에서 외금강으로 나와 기차를 타고 서울로 와 개운사가 아니라 다시 고향으로 내려가버렸다.

석가모니 이래 76대 조사祖師인 대선사 만공의 눈에도, 석전의 눈에도 수행은 않고 절간 처마 밑에서 담배나 피우고 연애소설이나 읽는

14 서정주, 「나의 방랑기」, 69~79쪽.
15 위의 책, 175쪽.

서정주가 선이나 중과는 거리가 멀게 보였을 것이다. 서정주 자신도 소년 시절 무작정한 연민심 때문에 사회주의에도 감염되고 니체의 초인과 그리스의 신화적 육감과 혈기에 매혹돼 불교도가 되기에는 정리하지 못한 것이 있다고 회고하고 있으니.

중 생활을 작파하고 그길로 금강산에서 고향으로 내려간 서정주는 그해 겨울 다시 서울로 올라와 와룡동에서 어느 회사원 초등학교 6학년 아들 가정교사 노릇을 했다. 그 소식을 들은 석전이 다시 사람을 보내 자신의 문하생들의 일본어 교육을 맡겨 겨우내 가르쳤다.

중앙불전 입학과 함형수와 이상 시인과의 만남

1935년 봄 서정주는 석전의 권고로 동국대 전신인 중앙불교전문학교에 입학했다. 한 학기 열심히 다녔으나 가을에 급우로부터 자신의 시계를 훔쳤다는 혐의를 받고 치사한 심사에 교실에서의 학업은 작파하다시피 했다. 그 짧은 학기 동안 서정주는 급우로 함형수咸亨洙를 만났다.

"학교에 들어가니, 몇 문학청년이 거기 끼여서 기다리고 있었다. 그 중에는 함형수라는 청년이 좋은 아래턱 수염을 달고 투르게네프 풍의 느린 웨이브가 고운 장발을 아주 길게 늘이고, 오렌지 빛 양말을 바지 밑으로 잘 드러나게 신고, 똑같이 장발한 나를 아주 호감 있는 눈으로 바라보고 섰다가 내게 다가와 악수하고 인사를 청해서 그날부터 친구가 되어버렸는데,"[16]

16 위의 책, 176쪽.

그렇게 단박에 둘은 친구가 되어 문학 활동을 같이했다. '시의 조직의 세계' 즉 문단에 몰입해가던 둘은 그해 늦가을부터 청계천에 있는 이상 시인의 집도 드나들게 됐다. "보들레르 이후의 상징주의 시인들의 시들과 초현실주의 시인들의 시가 이때의 내겐 가장 큰 관심거리여서 그 양쪽을 욕심껏 찾아 읽고 지냈다. (중략) 내가 읽은 외국의 초현실주의 시인들의 시보다 우리 이상李箱의 어떤 것들이 내겐 더 잘 통하는 게 있었다"[17]며 서정주는 이상 집을 수차례 찾아갔다.

낮에는 늘 자고 밤에 활동하던, 낮과 밤을 거꾸로 다루어 사는 이상의 집으로 해 어스름 녘에 찾아가면 그때야 부스스 자리에서 일어난 이상과 같이 술집 순례에 나섰다. 선술집 여러 군데를 거처 자정 무렵 들른 소공동 한 주막에서 주모의 앞가슴 단추를 눌러대던 이상의 모습에서 식민지 지식인 청년들의 처참의 극한을 보아내기도 했다.

"그 오른손의 엄지가 누르고 있는 것은 한 술집 여자의 스웨터의 가슴 단추가 아니라 무슨 구급용 초인종 단추였고, 그가 이때 하늘론지 단군한테론지 그 영원이라는 것에론지 보내고 있는 SOS의 구급 신호는 그 처참한 이상 혼자뿐만을 위한 것이 아니라, 우리 남루한 동시童屍미라가 된 민족 청년 전체를 대신하고 있는 짓거리라고 느껴졌기 때문이다."[18] "박제가 된 천재를 아시오? 굳바이!" 하던 이상의 소설 「날개」 서문을 생각하며 일제하 민족 청년 전체의 상심한 풍경을 '정신적 동시'로 보아냈던 것이다.

1970년대 어느 봄날 대학 강단, 그 좋은 봄 햇살에 눈길을 주면서 시 강의를 하며 햇살의 단추를 잡고 누르는 양 서정주는 이상의 그 SOS

17 서정주, 「내 인생공부와 문학표현의 공부」, 173쪽.
18 서정주, 『서정주문학전집 3』, 182쪽.

구급 신호를 연출했다. 영원이라는 것에 보내는 서정주의 그 눈길과 손짓 자체는 박제가 된 천재로서의 이상의 SOS가 아니라 영원과 영통을 향한 서정주 시의 자세로 학생들 눈엔 들어왔었다.

1936년 동아일보 신춘문예에 당선되자 서정주는 학교는 아예 접어두고 해인사로 내려갔다. 김동리 소개로 해인사에서 운영하는 학당 훈장 노릇을 하며 그해 봄부터 여름까지 머물렀다. 그곳에서 식민지 쪼무래기 비극을 극복하고 강력한 의지로 태양과 가지런히 회생하고픈 자각, 자성자가 되겠다며.

해인사에서 4개월 만에 고향으로 돌아온 서정주는 대숲 초당에 기거하며 스스로를 세상과 두절시켜놓기도 했다. 가을 서울로 올라와 함형수와 통의동 보안여관에 기거하며 김동리, 오장환, 김달진 등과 함께 '시인부락'을 결성해 동인지를 출간했다. 사람의 기본 자격의 일치점, 기본 자격을 향한 향수, 이를 박탈당한 사람들의 울부짖음과 몸부림, 그것을 향한 벅찬 질주. 이것이 동인들의 불치의 숙명이 되어 동인을 결성해 그해 12월 동인지를 2집까지 냈다.

쌍둥이처럼 맞붙어 지낸 서정주와 오장환

"기어코 내 손으로 화사집을 내게 되었다. 내가 붓을 든 이후로 지금에 이르도록 가장 두려워하고 끄—리든, 이 시편을 다시 내 손으로 모아 한 권 시집으로 세상에 전하려 한다. 아— 사랑하는 사람의 재앙됨이어!"

『화사집』을 펴내며 오장환이 쓴 발문 앞부분이다. 오장환이 여기까지만 쓰고 그만 목이 메어 던진 붓을 받아 김상원이 "시를 사랑하는 것은, 시를 생산하는 사람보다도 불행한 일이다"라며 발문을 이었을 정도로 서정주와 오장환은 둘도 없는 시우詩友였다. 한동안은 쌍둥이 아이처럼 늘 맞붙어 지내던 사이였다.[19]

1931년 휘문고보에 입학해, 교사로 있던 정지용 시인에게 시를 배운 오장환은 1933년 15세의 이른 나이에 『조선문학』 11월호에 시 「목욕간」을 발표하며 작품 활동을 시작했다. 1934년 일본으로 유학 가 지산중학교를 수료한 오장환은 명치대 1년을 마치고 중퇴한 1938년 귀국해 '남만서고'란 책방 겸 출판사를 차렸다.

"나는 그때 동경에 있었다. 그리고 불운의 극에 헤메일 때였다. 하루 1원 8, 90전의 사자업寫字業을 하여가며 살다가"[20]라고 스스로 회고했듯 동경에서 고학하며 '사자업'이라는 인쇄 관련 일을 한 체험과 부친의 타계로 물려받은 유산이 남만서고를 차리게 했을 것이다.

오장환은 고갱 등 야수파의 원색적이고 야성적인 화풍에 매료돼 동경에서 그들의 화집畵集을 수입해 자신의 책방에서 팔기도 했다. 근대와는 멀리 떨어진 남쪽 섬의 원시성과 건강한 육체성에 반해서 서고 이름도 남쪽 오랑캐[南蠻]라 했기에 당시 우리 시단에서는 획기적으로 원시적인 육체성과 관능성을 폭발시킨 서정주 시에 빨려들어 시집을 내주겠다며 원고도 받고 쌍둥이처럼 친하게 지냈을 것이다.

"파촉巴蜀으로 가는 길은/서역 삼만 리./뜸부기 울음 우는 논두렁의 어둔 밤에서/길라래비 날려보는 외방 젊은이,/가슴에 깃든 꿈은 나래 접고 기다리는가.//흙먼지 자욱히 이는 장거리에/허리끈 끄르고, 대

19 위의 책, 248쪽 참조.
20 김재용 엮음, 『오장환전집』, 449쪽.

님 끄르고, 끝끝내 옷고름 떼고,/어두컴컴한 방구석에 혼자 앉아서/창 너머 뜨는 달, 상현달 바라다보면 물결은 이랑 이랑/먼 바다의 향기를 품고,/파촉의 인주印朱빛 노을은, 차차로, 더워지는 눈시울 안에—// 풀섶마다 소해자小孩子의 관들이 널려 있는 뙤의 땅에는,/너를 기다리는 칠십원야의 샐러리와 죄그만 STOOL이 하나/집을 떠나고, 권속마저 뿌리이치고,/장안 술 하룻밤에 마시려 해도/그거사 안 되지라요, 그거사 안 되지라요.//파촉으로 가는 길은/서역 하늘 밑./둘러보는 네 웃음은 용천병의 꽃 피는 울음/굳이 서서 웃는 검은 하늘에/상기도, 날지 않는 너의 꿈은 새벽별 모양,/아 새벽별 모양, 빤짝일 수 있는 것일까."

오장환이 『춘추春秋』 1941년 4월호에 발표한 시 「귀촉도歸蜀道」 전문이다. '정주廷柱에 주는 시'라는 부제를 붙여 서정주 시 「귀촉도」에 화답한 시임을 밝혔다. 서정주는 「귀촉도」를 『시건설詩建設』 1935년 10월호에 발표했으나 위에 밝힌 대로 '센티멘틀하다'는 이유로 『화사집』에 넣는 것을 보류해두었다 1946년 펴낸 제2시집 『귀촉도』 맨 앞에 표제작으로 올렸다. 서정주가 1936년 동아일보 신춘문예로 정식 등단했으니 등단 전에 이미 오장환은 서정주 시를 읽고 매료돼 있었던 것이다.

"눈물 아롱 아롱/피리 불고 가신 님의 밟으신 길은/진달래 꽃비 오는 서역西域 삼만 리./흰 옷깃 여며 여며 가옵신 님의/다시 오진 못하는 파촉巴蜀 삼만 리.//신이나 삼어 줄걸 슬픈 사연의/올올이 아로새긴 육날 메투리./은장도 푸른 날로 이냥 베혀서/부질없는 이 머리털 엮어 드릴걸.//초롱에 불빛, 지친 밤하늘/굽이굽이 은핫물 목이 젖은 새,/차마 아니 솟는 가락 눈이 감겨서/제 피에 취한 새가 귀촉도 운다./그대 하늘 끝 호올로 가신 님아"(서정주, 「귀촉도歸蜀途」 전문)

조지훈 시 「완화삼」에 답한 박목월 시 「나그네」에서 보듯 화답시 하면 소재와 주제, 느낌이 같아야 하는데 위 두 「귀촉도」는 상당히 이질적이다. 서정주 시가 서역 파촉 삼만 리, 즉 저승길로 떠난 임에 대한 여한을 감상적으로 호소했다면 오장환 것은 같은 서역 파촉 삼만 리이면서도 그 길은 식민 치하 젊은 시인이 괴롭게 걷고 있는 지극히 구체적이면서도 현실적인 길이다.

"가슴에 깃든 꿈은 나래 접고 기다리는" "외방 젊은이" "네 웃음은 용천병의 꽃피는 울음" 등에서 식민 치하 젊은 서정주의 속내를 그리고 있는 것이다. 특히 셋째 연 "소해자의 관들이 널려 있는 뙤의 땅에는,/너를 기다리는 칠십원야의 샐러리와 죄그만 STOOL이 하나/집을 떠나고, 권속마저 뿌리이치고"에서는 1940년 만주로 간 서정주의 방황과 친구 형의 힘을 빌려 '만주양곡주식회사'에 취직해 몇 개월 월급쟁이 노릇 하던 모습[21]도 담고 있다.

"STOOL 팔 댈 데도 몸 댈 데도 없는 그 STOOL이란 의자 위에 앉아 미동하지도 말 일. 자기自己 자기". 이같이 서정주가 그 만주 체험을 일기 식으로 매일신보에 1941년 1월 15일부터 21일까지 연재한 「만주일기」도 오장환은 다 읽고 있었던 것. 겨우 엉덩이 하나 STOOL에 붙이듯 모가지만 겨우 붙이고 있는 식민 치하의 절체절명감을 같이 나누고 있었던 것이다.

이렇듯 서정주와 오장환은 서로의 거동은 물론 속내까지 속속들이 털어놓는 사이였다. "우리가 정신상의 동류同類와 형제의 일을 이야기하고 과장하려고까지 하는 마당"[22]이라 오장환 스스로 밝히고 있듯이.

21 서정주, 『서정주문학전집 3』, 195~203쪽 참조.
22 김재용 엮음, 『오장환전집』, 241쪽.

남만서고와 김기림의 야수파

"하루는 저녁때 들렀더니 내 옆구리를 꾹꾹 찌르고 한쪽으로 데리고 가서 너만 보라며 누런 줄을 친 전주한지에 모필毛筆로 쓴「문門」이란 시를 보여주었다. 시가 하도 좋아서 이게 누구 것이냐고 했더니 서정주라는 괴물인데 곧 서울에 온다니 만나보라는 것이었다. 정주는 그때 제주도로, 고향으로, 또 어디로 후조候鳥같이 방랑 생활을 하고 있었다."[23]

김광균 시인이 막 개업한 남만서고에 들른 일을 위같이 회고했듯 오장환은 서정주 시 원고를 가지고 다니며 선배 시인들에게 보여주면서 서정주를 알릴 정도였다. 김광균의 위 말대로 철새처럼 방랑하던 서정주는 1937년 봄 제주도 한 면의 면장인 친구 아버지 도움으로 그곳에서 세 달간 머문다.

"문득 면전에 웃음소리 있기에/취안醉眼을 들어 보니, 거기/오색 산호초에 묻혀 있는 낭자娘子//물에서 나옵니까.//머리카락이라든지 콧구멍이라든지 콧구멍이라든지/바다에 떠 보이면 아름다우렷다.//석벽石壁 야생의 석류꽃 열매 알알/입설이 저…… 잇발이 저……//낭자의 이름을 무에라고 부릅니까.//그늘이기에 손목을 잡았드니/몰라요. 몰라요. 몰라요. 몰라요.//눈이 항만하야 언덕으로 뛰어가며/혼자면 보리누름 노래 불러 사라진다."

그때 제주도에 머물며 쓴「고을나高乙那의 딸」전문이다. 서정주는 태양이 원시적으로 지글거리는 그 제주 바다에서 주피터나 아폴로 같

23 김광균,『와우산』, 범양사, 1985, 174쪽.

은 "한 수컷인 신이 되고자 했다"고 스스로 밝혔다. 새나 짐승이나 햇빛이나 처녀와 한 덩어리가 되려 했던 야생의 꿈은 그러나 술로만 보내 몸이 반쪽 되어 귀향했으나 거기서 위 시 외에 3편의 시를 더 쓸 수 있었다.

오장환은 그런 서정주를 당시 조선일보 학예부장으로 있던 김기림을 좌장으로 한 야수파를 동경하는 시인과 화가들의 모임에도 끌어들였다. 제주에서 쓴 시와 '시인부락' 결성에서 드러난 원시성과 야수성과 원색적 관능성이 자연스레 김기림의 야수파 모임으로 끌리게 했을 것이다.

"신진 시인 김광균이 의기양양(?)하게 서울에 올라간 것이 1936년이었다. 그 당시 서울은 인구 60만의 조용한 도시였고 차도 사람도 별로 없는 소공동 보도에는 플라타너스 가로수가 이국정조異國情調를 자아내고 있었다. 서울에 올라와 맨 처음 조선일보 학예부에 전화를 걸어 김기림을 만나자고 불러내었다. (중략)

김연실金蓮實이란 배우가 하던 낙랑樂浪다방에서 만나자 하여 가서 기다렸더니 헬멧 모자에 반바지 스타킹 스타일로 '아프리카에 간 리빙스턴 박사' 같은 그가 어둑어둑할 무렵에야 나타났다. (중략) 기억에 남는 것은 파리를 중심으로 화가와 시인 들이 모여 같은 시대정신을 지향한 한 공동 목표를 세우고 한 떼가 되어 뒹굴며 운동을 한다 하며 구체적인 예를 많이 들었다. 자신은 그중에서도 블라맹크 그림의 모티브인 현대의 위기 감각을 높이 평가한다는 이야기, (중략)

기림은 주지주의 이론을 최초로 우리나라에 소개하고 자신도 시를 썼으나, 그의 중요한 업적은 번역과 평론으로 30년대의 시운동을 이끌어간 것으로서, 그날 밤의 낙랑다방 대화는 나의 시작에 결정적인 영향을 끼쳐주었다."[24]

김광균이 회고한 「30년대의 화가와 시인들」 한 부분이다. 위 회고에도 드러나듯 일본 대학 문학예술과를 졸업하고 귀국한 김기림은 1930년 4월 조선일보 공채 1기로 입사해 1940년 폐간 때까지 조선일보에 재직하며 장학금으로 일본 동북제대 영문학부로 다시 유학하고 돌아오기도 했다. 조선일보에 기사는 물론 수필, 평론, 소설까지 발표하고 또 문단 활동도 활발하여 김광균은 김기림이 1930년대의 시운동을 이끌어갔다고 평하고 있는 것이다.

김기림은 1933년 8월 9일자 조선일보에 쓴 평문 「현대예술의 원시에 대한 욕구」에서 "단순(Simplification)과 암시(Suggestion)는 원시성의 두 개의 S다"라며 "원시성의 결핍! 그것은 현대 예술의 위대한 불만이다"라고 썼다. 나름대로 현대 예술에 대한 불만을 토로한 것이다.

다음 날 같은 지면에 이어진 「현대시의 성격—원시적 명랑」에서는 "원시적인 조야粗野한 야만野蠻한 부르짖음이 어대로서든지 울려와서 그 권태로한 분위기를 깨트려주지 않고 우리가 어떻게 견딜 수 있으랴?"라며 시에서 원시성을 요구했다. 가장 좋아한 화가 블라맹크나 고갱처럼 김기림도 근대의 틀에 박힌 권태로운 삶과 예술에서 원시의 야만성과 명랑성을 내세운 것이다.

서구의 모더니즘을 이 땅에 소개하고 정착시켰으면서도 김기림은 또 문명 예찬과 기교주의로만 흐른 모더니즘을 비판하며 사상과 기교가 통일된 '전체로서의 시'를 주창했다. 나아가 경향파와 모더니즘파로 갈린 일제 말 문단을 이 전체시로서 통합하려는 움직임까지도 보

24 위의 책, 171~172쪽.

였다.

"아무 데로나 떠나려는 마음, 아무 데로나 가보려는 마음 이것밖에, 내게는 이게 피하려는 길인지 찾으려는 길인지 알아볼 기력도 없다. (중략) 14년도 『문예연감』에서 오늘 우연히 서정주의 「바다」라는 시를 읽다. 아라비아로 가라. 아라비아로 가라./아니 알래스카로 가라."[25]

오장환이 『문장』 1940년 4월호에 발표한 「여정旅情」 한 부분이다. 일제 말 아무것도 해볼 수 없는 꽉 막힌 무력한 심사를 두서없이 털어놓은 이 글을 오장환은 서정주 시 「바다」로 맺고 있다. 동경에서 야수파 화집을 구입해와 소개하고 또 김기림을 좌장으로 삼은 조선의 야수파 모임에도 서정주를 끌고 간 오장환이 꽉 막힌 세상 탈출구를 서정주 시에서 찾고 있었던 것이다.

식민과 문명으로 꽉 막힌 시대의 야수파적 탈출구 『화사집』

귀 기울여도 있는 것은 역시 바다와 나뿐.
밀려왔다 밀려가는 무수한 물결 우에 무수한 밤이 왕래하나
길은 항시 어데나 있고, 길은 결국 아무 데도 없다.

(중략)

애비를 잊어버려
에미를 잊어버려

25 김재용 엮음, 『오장환 전집』, 234~235쪽.

형제와 친척과 동무를 잊어버려,
마지막 네 계집을 잊어버려,

아라스카로 가라 아니 아라비아로 가라 아니 아메리카로 가라 아니 아프리카로 가라 아니 침몰하라. 침몰하라. 침몰하라!

오— 어지러운 심장의 무게 우에 풀잎처럼 흩날리는 머리칼을 달고
이리도 괴로운 나는 어찌 끝끝내 바다에 그득해야 하는가.

눈 떠라. 사랑하는 눈을 떠라…… 청년아,
산 바다의 어느 동서남북으로도
밤과 피에 젖은 국토가 있다.

-「바다」 부분

나아갈 수도 머물 수도 없는 꽉 막힌 젊음과 시대에 어찌 복음 같은 시 아니겠는가. 모든 것 훌훌 털어버리고 저 원시로의 떠남을 부추기는 이 시가 어찌 블라맹크나 고갱의 그림의 원색적 박동보다 약할 수 있겠는가.

서정주의 『화사집』 시 세계에는 이렇게 원시성이 시대 상황적, 실존적으로 박동 치고 있다. 김기림의 반근대적, 반부르주아적 모더니티의 이론이나 운동으로서의 원시성이 아니라 『화사집』은 시 자체로서 한국 시가 최초로 발견한 그 원시성의 신대륙이었던 것이다.

"김기림은 1938년 내 처녀 시집 『화사집』이 나온 이후 몇 년 사이 나를 누구보다도 잘 알아주던 얼마 안 되는 사람 중의 하나다. 내 『화사

집』 출판 기념회가 단 열 사람의 참석으로 10원씩의 회비로 요정 명월관에서 열렸을 때도 그는 아주 반가운 미소로 나를 격려해주더니, 이한 마지막 판을 당해서도 내 생각을 내주었던 모양이다."[26]

서정주의 회고대로 김기림은 "마지막 판을 당해서도" 서정주를 생각하고 서정주 시를 잘 알아주었던 시인이었다. 그러니 조선일보 학예부장으로 있던 김기림이 마지막 한 판인 폐간호 그 귀한 지면에 내로라하는 시인 다 제쳐두고 신출내기 서정주에게 폐간 기념시를 써달라 했을 것이다.

그러나 이때 쓴 시 「행진곡」은 조선일보에 폐간 기념시로 실린 것이 아니라 대중 종합잡지 『신세기』 1940년 11월호에 실렸다. 『시인부락』 동인 임대섭과 함께 그의 외갓집으로, 또 어디로 한동안을 쏘다니고, 더위를 피해 바다로 나가 한동안 어선을 타다 집에 와보니 김기림에게서 엽서와 독촉 전보까지 와 있었다. 그러나 신문은 이미 일제 '황국신민화정책'에 따른 강압으로 1940년 8월 11일로 폐간돼 있었다. 그래도 안 쓰고는 있을 수 없어 호롱불 밑에서 괴이할 정도로 열심히 썼다는 시이다.

그래서인가. 그 폐간 기념시 「행진곡」에서는 일제 말 그 혹독한 시대로 걸어 들어가는 '모가지'들의 행진곡이 장송곡처럼 비장하게 들린다. 아, 그러나 어쩔 것인가. 시를 사랑하는 것의 불행함이여, 재앙됨이여! 「자화상」에 드러나듯 일제하에서 나라 없어 종의 아들같이 기댈 데 없는 20대 젊음을 문둥이처럼 붉게 울며 시 하나에 기대어 살다 간 시인이 서정주이다.

26 서정주, 『서정주문학전집 3』, 193쪽.

그런 종의 아들 같은, 문둥이 같은 서정주는 1943년 최재서가 경영하던 일본어 잡지 『국민문학』에서 일하며 발표한 시와 글이 친일 논란을 부르고 해방 후 이승만 전기 집필과 1980년 전두환 신군부 지지 발언이 친독재 논란에서 자유로울 수 없다. 이러한 서정주의 삶과 시에서 혹자는 죄인을, 혹자는 천치를 읽고 있다.

23세의 젊디젊은 시인으로서 서정주는 「자화상」으로 자신의 운명을 예감한 것이었을까. 오장환 역시 사랑하는 사람의 재앙됨을 예감, 『화사집』 출간을 그토록 꺼렸던 것은 아닐까. 그토록 절친했던 둘이 해방 직후 이념에 따라 좌우로 갈리고 남북으로 갈려 적대시하고 말았으니.

未堂

2

『시인부락』과 1930년대 문단 풍경

徐廷柱

지금도 진행 중인 '시인부락' 건설 공사

서정주는 죽어 고향인 전북 고창군 부안면 선운리 선산에 묻혔다. 엄동설한 꽁꽁 언 땅에 형을 묻고 내려와 생가가 있는 선운리, 속칭 질마재 마을을 둘러보던 서정태 시인은 이곳에 '시인부락'을 다시 세우겠다며 이렇게 말했다.

"미당이 태어난 이곳을 '시인부락'으로 만들 것이여. 전국의, 아니 외국의 좋은 시인들도 이곳에 모여 살며 제각각의 좋은 시의 꽃을 피우게 하면 얼마나 좋겠는가. 젊디젊은 시절 미당이 동인지로 출발해 일제 말 어쩌지 못하고 그만뒀어도 끝끝내 저버리지 않았던 그런 '시인부락'을 세울 테니 이 선생도 그때 이곳에 와 좋은 글 많이 쓰소."

서정태 시인은 여덟 살 위인 형과 유년 시절 한방에서 지냈다. 그의 말에 따르면 형의 시적 기질은 어려서부터 압도적이었다. "아미산월이 반륜추하니蛾眉山月半輪秋……"라며 초등학교 들어가기 전 서당에서 배운 이백의 「아미산월가」를 어려서부터 팔순 너머까지 외고 다녔다고 한다.

"초등학교 3학년 때야. 시를 한 편씩 써오라고 하더군. 그래 바다 안개 자욱한 산 너머에서 나뭇짐을 지고 와 읍내에서 팔고 빈 지게 지고 안개 속으로 다시 들어가는 나무꾼들 얘기를 「안개 속의 아침」이란 시에 집어넣었지. 선생님이 그 시를 보며 '기특하고도 이상한 아이구나'

라며 머리를 쓰다듬더니 1등을 주는 거야. 일본인 여선생이었는데, 조그만 알코올 병을 가지고 다니며 틈나는 대로 손톱을 닦곤 했어. 연분홍 손톱 밑의 하얀 달이 환장하게 아름다운 그 여선생이 내게 이때까지 시를 쓰게 하고 있는 것 같아."[1]

1997년 가을 마지막 시집 『80소년 떠돌이의 시』를 펴낸 직후 "어떤 일이 처음 시로 이끌었나"라는 내 질문에 대한 서정주의 답이다. 나와 임, 시인과 우주를 잇는 손톱, 눈썹, 초승달의 이미지는 바로 초등학교 3학년 때 요시무라 아야코라는 여선생에게서 나와 평생의 시 세계를 이끌었을 정도로 서정주의 시적 감성은 조숙했다.

그런 형과 핏줄을 같이한 서정태 시인도 어려서부터 시인의 꿈을 지녀왔다. 서정주가 열아홉 살 무렵 공책 한 권에 동생의 동시를 옮겨 적고, 자신의 시를 덧붙여 『무지개』라는 형제 시집도 만들었다. 그러나 서정태 시인은 늘 형의 그늘에서 '미당 동생 아무개'로만 통하다 1986년에야 첫 시집 『천치의 노래』를 펴냈다.

그런 서정태 시인이 이제 생가 건너편 집에 내려와 살며 질마재 마을을 '시인부락'으로 복원해가고 있다. "아침엔 꾀꼬리, 낮엔 뻐꾹새, 밤엔 소쩍새 소리가 시를 쓰게 한다"며 시를 써 쟁여가던 시인은 2013년 두 번째 시집 『그냥 덮어둘 일이지』를 펴냈다. 아흔 살에 아흔 편의 시를 엮은 이 시집은 나오자마자 베스트셀러에 올라 시 애독자를 불러 모으며 질마재를 시의 고향으로 만들고 있다.

"될 수 있는 대로 우리는 햇볕이 바로 쪼이는 위치에 생생하고 젊은 한 개의 '시인부락'을 건설하기로 한다. 뒤에로 깜아득한 과거에서 앞

1 「월요 인터뷰—『80소년 떠돌이의 시』 펴낸 미당 서정주」, 중앙일보 1997년 11월 10일자.

현재 고향 선운리에서 살고 있는 우하 서정태 시인

으로 머-ㄴ 미래를 전망할 수 있는 곧—임이 병드른 벗들에게는 좋은 요양소 오히려 건강한 벗들에게는 명백의 출발을 위한 충분한 자양이 될 수 잇도록 여긔 이 미증유의 아름다운 공사가 하로 바삐 완성될 날을 기다리면서 우리 열네 사람은 준비 공작에 착수하엿다. 벌서 여긔다가 꼭 무슨 빛갈 잇는 기치를 달어야만 멋인가? 우리의 공사장을 찾어오는 벗의 종족과 의장衣裝을 심문하도록까지 우리는 가깝고 싶지는 않느니 피리를 가젓던 나팔을 가젓건 또 무엇을 가젓건 마음노코 그는 그의 최선과 진실을 보일 수 잇는 것이다. 사람은 본래 개성과 구미가 각각 달러 억제를 당할 때에는 언제나 유쾌하지 못한 것이니 우리는 우리 부락에 되도록이면 여러 가지의 과실과 꽃과 이를 즐기는 여러 가지의 식구들이 모여서 살기를 희망한다."[2]

2 『시인부락』 창간호, 32쪽.

1936년 11월 14일 나온 『시인부락』 창간호에 실린 서정주의 「편집후기」 한 부분이다. 당대의 어법과 그 글맛을 살리기 위해 띄어쓰기만 고치고 원문 그대로 옮겼다. 판권란에 편집 겸 발행인으로 명시됐듯이 시 동인지 창간을 주도했던 서정주는 여러 가지 과일과 꽃과 이를 즐기는 여러 식구들이 모여 살기 희망하며 생생하고 젊은 '시인부락' 공사를 시작했다. 이 미증유의 아름다운 공사는 동생인 서정태 시인에 의해 아직도 질마재에서 계속되고 있는 중이다.

『시인부락』이 창간된 1936년 정초에 서정주는 동아일보 신춘문예에 당선됐다. 시인이 되자 전년도 봄에 입학해서 다니는 둥 마는 둥 하던 중앙불교전문학교도 아예 작파하고 4월 초 해인사로 들어갔다. 김동리 소개로 해인사에서 운영하는 초등학교 과정의 학당에서 그의 후임으로 아이들을 가르치기 위해서였다.

아니, 이제 정식 시인이 됐는데도 시도 안 써지고 그렇다고 연애도 잘 안 돼 잉잉거리는 젊은 가슴의 번열기煩熱氣를 식히기 위해서였다. 건강한 육체로 젊은 날의 모든 번민과 비극을 기어코 이겨내고자 금단추 달린 교복 입고 신발 끈 질끈 매고 학생으로서의 전문학교가 아닌 교사로서 해인사 학당으로 간 것이다.

오전 수업만 하고 오후에는 해인사 산골 자연과 양껏 어우러지며「문둥이」「화사」「대낫」 등의 시편을 구상할 수 있었다. 무엇보다 그곳에서 평생 서정주 시의 시공時空을 넘나들던, 그러다 동생인 서정태 시인의 시에서도 들려오는 소쩍새며 뻐꾹새 소리의 이미지를 각인시켰다.

"못 오실 니의 서서 우는 듯/어덴고 거기 이슬비 나려오는/박암薄暗의 강물 소리도 없이……/다만 붉고 붉은 눈물이/보래 핏빛 속으로 젖어/낮에도, 밤에도, 거리에 서도,/문득 눈웃음 지우려 할 때도/이마

우에 가즈런히 밀물쳐 오는/서름의 강물 언제나 흘러……/봄에도, 겨을밤 불켤 때에도,"(「서름의 강물」 전문).

산골, 온 우주가 기울어질 만큼 울어대는 어찌 해볼 수 없는 그 맑은 설움의 강물, 소나기 같은 소리를 해인사에서 들었다. 위 시는 물론 「귀촉도」에서도 들려 나오고, 말년까지도 10퍼센트도 제대로 표현해내지 못했다고 고백한 그 소리는 서정주 시와 어법을 일관한 "불치不治의 슬픔의 대하大河"[3]이다.

4개월 만인 7월 말 고창 대숲 초당으로 돌아온 서정주는 해인사에서 구상한 시들을 열심히 썼다. 그리고 그해 가을 서울로 올라와 '시인부락' 시 동인들을 결성해 동인지를 펴내며 그곳에 그 시들을 직접 발표한 것이다.

'시인부락' 결성

경복궁 서쪽 문인 영추문 건너편 통의동에 보안여관이란 간판을 단 낡은 이층집이 있다. 1930년대에 여관으로 문을 연 이 집은 2004년까지 숙박업을 계속해오다 지금은 '예술이 쉬어가는 문화숙박업소'로 문화 예술인들의 작품 전시와 모임, 그리고 숙소로 제공되고 있다.

1974년 가을 경복고등학교 문학의 밤에 초대돼 강평을 마친 서정주는 "시를 아주 좋아하고 잘 쓰니, 학생한테 꼭 보여줄 데가 있응께"라며 내게 인근에 있는 그 여관까지 걸어가자 했다. 당시 여관이 제법 성

3 서정주, 『서정주문학전집 3』, 186쪽 참조.

업 중이었는지 들어서지는 못하고 밖에서 쳐다보며 "여기서 한동안 함형수하고 같이 살다시피 하며 『시인부락』이란 잡지를 냈지. 근사하게 말이야. '시인부락사'란 간판까지 내걸었는데……"라며 말문을 잇지 못하고 입맛만 쩝쩝 다셨다. 자랑인지, 회한인지.

1936년 가을 고창 대숲 초당에서 서울로 올라온 서정주는 중앙불교전문학교 동급생인 함형수를 찾아갔다. 함형수는 보안여관에 기거하며 주인집 아들을 가르치고 있었다. 여관집 아들 입주 가정교사 노릇을 하고 있는 함형수를 찾아간 서정주는 그와 의기투합해 숫제 그곳에서 기생하다시피 하며 동인을 결성해나갔다.

"조—그만방안에가친채시꺼먼눈섭밑으로눈시울을이상하게번뜩이시며아버지는매일몬테크리스트라는길다—란소설을읽으셨다. 먼—여랑旅浪의노정路程에서받은것은무서운피로와깨여진신경과그리고어두운추억. 갈곧도맞날사람도인제는없었다."

『시인부락』 제2집에 실린 함형수의 시 「부친후일담」이다. 함형수는 창간호에는 4편, 제2집에는 7편 등 총 11편을 발표해 오장환과 함께 14명의 동인 중 『시인부락』에 가장 많은 시를 발표했다. 1916년 함북 경성에서 태어난 함형수는 경성고등보통학교 재학 중 식민지 노예 교육을 철폐하라는 학생운동을 벌이다 투옥됐다. 그런데 공교롭게도 아버지도 뒤이어 같은 감옥에 갇히게 됐다. 위 시 「부친후일담」은 그때의 일을 회고하고 있다.

만주, 시베리아 등지를 떠돌던 아버지가 함형수 투옥 중 어느 날 문득 집에 돌아와 어머니를 도끼로 내리쳐 상처를 입히고 붙잡혀와서 같은 감옥에 갇힌 것이다. 정처 없이 떠돌 수밖에 없고 그런 상황에서 탈출하고픈 욕구와 '갈 곳도 만날 사람도 이제는 없다'는 탈출구 없는 현실, 그로 인한 정신 파탄의 식민지 지식인으로서의 아버지 모습이 「부친후일담」에는 그려지고 있다.

그런 아버지가 그 감옥에서 아들 앞에서 죽어가며 써준 유서를 함형수는 학생복 윗저고리 안 포켓에 넣어 바늘로 꿰매 지니고 다닌다는 사실을 다 밝히면서도 그 유서는 꺼내 보여주지 않더라고 서정주는 회고했다.[4]

출옥 후 서울로 올라온 함형수는 어머니가 순대 행상으로 번 돈을 월 16원씩 보내와 1935년 중앙불교전문학교에 입학해 서정주를 만나 단번에 둘도 없는 친구가 된 것이다. 1933년에 이미 시를 발표하고 1935년에는 조선일보에 무용평도 대문짝만 하게 발표하는 등 함형수는 재학 시절부터 동료들의 부러움을 사는 학생 문사文士였다.

"인제야 빈곤하던 조선 시단도 제법 오른길에 드러서는 모양이다. 가을에 드러서붙어 낭만 시건설 등 신간 동인지 외에 계속하여 간행되는 삼사문학 창작 등 조선으로써는 참으로 미증유의 동인홍수시대가 출현하였다 할 것이다. 취중就中에도 주목되는 것은 태반이 시지詩誌가 점령하고 있는 사실이니 역량의 문제는 막론하고 위선爲先 우리 시를 위하는 사람들로서는 얼마나 기꺼운 일인지 모르겠다.

오랫동안 쟈-나리즘의 구석 페이지에 쪼그리고 앉어 무류無類한 학대와 구박을 받어가며 무의無意의 가면을 쓰고 저도 모르게 타락의 길에 드러서든 무기력한 조선의 시도 인제 정히 오른자리를 잡을 것이며 값싼 아첨과 타협을 넘어선 그야말로 불꽃이 니러나는 실력싸흠이 버려질 것이다."

4 서정주, 「시인부락」, 『사상계』 1960년 2월호, 201~203쪽 참조.

함형수가 『시인부락』 2집에 쓴 「편집 후기」다. 『시인부락』과 함께 동인지들이 창간돼 시 동인지 홍수 시대가 온 것을 기껍게 받아들이고 있다. 무엇보다 시가 이제 신문이나 잡지, 출판사 편집자 입맛에 맞추려 아첨이나 타협하지 않고 그야말로 실력과 수준 싸움을 벌여나가게 됐다는 데 고무돼 있다.

그랬었다. 1930년대 우리 시는 저널리즘의 구석 페이지에 쪼그리고 있었다. 담당 기자와의 친분과 입맛에 맞으면 실리는 것이고 아니면 구겨져 휴지통에 버려지는 시들. 허니 기자나 편집자에게 아첨하고 타협하는 시는 타락의 길을 걸을 수밖에 없었을 것이다.

1936년 3월에 『을해명시선乙亥名詩選』이란 시집이 나왔다. 1935년 2월 시 전문 잡지 『시원詩苑』을 창간, 그해 12월에 5호 만에 문을 닫은 오일도 시인이 1935년에 발표된 명시편들을 골라 엮은 사화집이다. 그 시집에 김동리의 시 한 편도 실리자 찾아가 인사드리는 게 도리라고 주위에서 권했을 정도로 그때나 지금이나 기자나 편집자의 힘은 셌다.

그런 아첨에 관심이 없던 김동리는 그러나 연건동 하숙집으로 서정주가 찾아오자 함께 시원사에 갔다. 가보니 오일도와 그 사화집에 시가 실린 김달진 시인도 먼저 와 있었다. 오일도, 김달진 시인과 초면인 서정주와 김동리는 시원사에서부터 격의 없이 어우러져 술을 마시다 김동리는 만취해 김달진 시인의 성북동 하숙집에서 잤다.[5] 그렇게 어우러져 대취한 며칠 후 서정주는 해인사로 떠났다가 가을에 올라와 스스로 발행인 겸 편집인이 돼 『시인부락』 창간 작업에 들어간 것이다.

5 김동리, 「50년 만에 안 그 뒤 소식」, 『나를 찾아서』, 민음사, 1997, 146~148쪽 참조.

아첨하기 싫은 젊은 패기로 『시인부락』 창간

"그 『시인부락』 창간호에 내가 썼던 창간사를 회고해 보면/ '피리건 나팔이건 징이건 장구건 다~ 좋다./먼저 시의 한 오케스트라의 마을을 만들어보자' 하는/동인들의 생각을 요약한 것으로,/한 개의 유파적 주장보다는/여러 유파가 모여 같이 살며 빚어내는/그 조화 쪽을 노렸던 것일세."

서정주가 『시인부락』을 회고하며 쓴 담시譚詩 「시인부락 일파 사이에서」 한 부분이다. 앞 서정주의 편집 후기에서 살펴보았듯 『시인부락』 창간 취지 내지 지향점은 "여러 가지의 과실과 꽃" "시의 한 오케스트라의 마을" 등 여러 유파 시의 조화이다. 서정주는 이렇듯 시 형식이든 산문이든, 자의든 청탁을 받아서든 『시인부락』에 대해 많이 밝혔으나 그 창간의 속내는 끝내 털어놓지 않았다. 겨우 털어놓은 속내가 "사람 사는 기척을 한번 해보느라고"[6]이다.

월간지 『사상계』는 1960년 1, 2월호에 특집으로 '40년간의 문예지'를 실었다. "우리나라 최초의 순문예지 『창조』가 간행된 지 금년이 꼭 40년이 된다. 이를 계기로 그동안 문학사에 명멸해간 허구 많은 문예지 중에서 대표적인 것 20지誌를 추려 직접 관계했던 분들의 회고담을 들어보기로"[7] 기획한 특집이다.

이 특집에서도 서정주는 주로 함형수에 대한 회고와 함께 시의 오케스트라로서의 창간 취지만 밝혔을 뿐 창간의 진짜 속내는 털어놓지 않았다. 전영택은 『창조』는 이광수의 계몽문학이나 애정소설에 대한

6 서정주, 『서정주문학전집 3』, 187쪽.

7 『사상계』 1960년 2월호, 402쪽.

반감에서 창간했다는 등, 다른 문예지 관계자들은 그 속내를 비췄는데 말이다.

해서 위에서 살핀 서정주와 김동리가 인사차 마지못해 시원사를 찾은 것이나 함형수의 편집 후기에서 볼 수 있듯 "값싼 아첨과 타협"이 싫어 스스로 발표 매체를 가지려 동인지를 창간한 것으로 볼 수 있다. 시의 실력으로서만 기성 시단과 맞붙고픈 약관의 신예들과 문학청년들의 거칠 것 없는 패기가 동인을 결성하게 한 것이다.

"웃음소리가 늘 까치 소리 같대서 까치라고 불리던 그 함형수. /융희황제의 처가댁 아이들의 가정교사로 번 돈으로/'싸이휘이'보다 어느 때는 잡채도 제법 잘 사던 이성범이./어느 부잣집 소실댁의 눈에 들었던 미동 중학생으로/그 여자가 너무나도 이불 속에 안고 지내는 바람에/코피를 흘리고 지내다가 일본으로 도망가 공부하다 돌아온,/고종의 승지의 둘째아들 오장환이./그리고 또 하나는 만 열아홉에 이미 할아버지 멍덕모자만 쓰고 다니던 연희전문 학생—고 이갑성 옹의 아들—상해象海라는 아호의 이용희./그리고 나, 자주 만나던 동인은 이 다섯이었는데"

위에서 살핀 시「시인부락 일파 사이에서」위 부분에 드러나듯 시인부락은 창간 당시 '싸이휘이파'로 불렸다. 중국집에서 남이 먹다 남긴 음식들을 모아 끓인 값싼 재탕 잡탕이 싸이휘이인데 배갈 안주로 이걸 자주 시켜 먹었던 동인들이라 저절로 붙은 이름이다.

위 시에도 드러나듯 서정주를 중심으로 다섯 명이 자주 만나며 시인부락을 결성했다. 1933년부터 서정주와 교분이 깊었던 김동리는 당시 경주로 낙향해 시만 보내오고 있었다. 함형수는 서정주와 중앙불교전문 동창생, 연희전문(현 연세대학교) 학생인 이성범은 서정주와 초등학교 동창이고 이용희는 이성범과 연희전문 동창생이었다.

동인 중 가장 어린 오장환은 휘문고보 은사인 정지용이 『시문학』을 주재했던 박용철에게 소개해줘 같은 동인인 김영랑이 서정주에게 "오장환은 청년 시인으로 시가 썩 좋다. 이왕이면 함께 활동해보라"고 권해서 동인으로 받아들였다. 오장환은 날마다 보안여관으로 찾아와 싸이휘이에다 배갈만 마시는 동인들에게 값비싼 청요리를 대접해주기도 했다. 이렇게 학연, 지연, 소개 등으로 맺어진 5명은 그런 연緣따라 각각 동인들을 규합해가며 12명의 동인으로 『시인부락』 창간호를 내게 된다.

작품 수준으로 재편되는 1930년대 문단

한국 문학사적으로 1930년대는 카프(KAPF, 조선프롤레타리아예술가동맹)가 일제의 탄압으로 해체된 이후 문학이 역사나 사회에 대한 복무가 아니라 문학 자체로 돌아온 연대이다. 시 쪽에서 보면 시를 위한 시가 다각도로 모색되며 현재 순수 시단의 주요 흐름의 골격을 이룬 연대가 1930년대이다.

박용철, 정지용, 김영랑, 신석정, 이하윤 등이 시 전문지 『시문학』을 1930년 3월에 창간, 시의 언어에 각별한 애정과 관심을 기울이며 이념을 배척한 순수 서정을 일궜다. 김기림, 김광균 등의 모더니즘파 시인들은 현대적이고 지적인 이미지로 현대인의 심상을 그림처럼 선명하게 드러내려 했으며, 이상과 『삼사문학』 동인들이 초현실주의 등 전위적인 실험을 했다. 근대 민족진영의 계몽의식과 카프의 이데올로기에

압살당하고 있던 문학 자체의 예술성이 살아나 현대 문학으로 본격 진입한 연대가 1930년대였다.

문단사적으로 보면 1930년대는 신춘문예 제도가 본 궤도에 오르며 본격적으로 문단이 형성되던 때이다. 1925년 동아일보에서 도입한 신춘문예는 1928년 조선일보에서도 시행하며 시, 소설 등 문학 각 장르에 걸쳐 신인을 배출하며 1920년대 동인지 문단에서 범문단 시대로 들어섰다.

우리 현대 문단은 최남선, 이광수가 문학 전 장르는 물론 칼럼 등 전방위로 붓을 휘두르며 계몽하던 1900년대 후반부터 소위 '2인 문단 시대'로 형성된다. 1919년 3 · 1운동 이후 이들의 계몽주의 문학에 반기를 들며 젊은 학생들이 『창조』 『폐허』 등 동인지를 창간했고, 이로써 '동인지 문단 시대'가 열린다. 문학에 뜻을 같이하는 문학청년들이 동인지라는 잡지를 만들어 작품을 발표하며 자기들끼리 문단에 나오기 시작한 것이다.

문단 초창기에는 또 신문이나 잡지에 작품을 투고해 작품이 실리면 그대로 문인으로 행세할 수 있었다. 게재 작품 선별 기준이나 심사위원은 없고 기자나 편집자의 입맛에 맞으면 실릴 수 있었다. 이미 문명文名을 떨친 추천위원들이 자신이 잘 알고 있는 제자나 문학도들의 작품을 보고, 또 응모작들을 보고 이 정도면 되겠다며 자신의 이름을 걸고 문예지를 통해 등단시켜주는 추천 제도는 1939년 『문장』이 창간되고부터이다.

"추천제가 옳으냐 그르냐의 시비는 그때도 역시 논의되었으나 당시의 추천제는 어쨌던 신문현상모집과 더부러 가장 정상적인 문단진출의 코오스였으며 그만큼 대단한 관심과 물의를 이르켰다." 1939년 『문장』지에 추천받은 박두진의 회고이다. 한 시인으로서의 전 조건의 구비 여부를 달아보는 엄격한 제도라서 추천이 다 완료된 뒤에야 그 잡지사와 심사위원 정지용을 찾아 인사드렸다 회고할 정도로 추천 제도는 엄격했다.[8]

그렇다면 문단 등용문으로서 이런 추천 제도와 신춘문예의 개방성, 공정성, 엄격성에 비해 자기들끼리 동인지를 내며 작품을 발표하거나 투고작이 신문, 잡지에 실린 문학청년들을 그대로 문인으로 간주해야 할 것인가. 1930년대 신세대 문인으로서 김동리는 신춘문예를 통해 신인들이 대거 문단에 나오자 "사태는 딴판인 것이다"라며 동인지나 투고작으로 데뷔하는 것을 부정적으로 봤다. 모든 문학도에게 균등한 기회를 주는 개방성과 심사위원들의 객관적 심사를 통한 공정성으로 신춘문예의 권위가 인정된 뒤 동인지나 투고작 출신 문인들 사태는 영 딴판이 됐다는 것이다.[9]

김동리는 1934년 조선일보 신춘문예에 시 「백로」 입선, 1935년 조선중앙일보 신춘문예에 소설 「화랑의 후예」, 이듬해엔 소설 「산화山火」가 동아일보 신춘문예에 당선되며 이른바 '3대 신문' 신춘문예를 석권했다. 이런 당당한 경력과 실력이 문단도 이제 저널리즘이나 동인에서 벗어나 그 작품 수준으로 재편되는 '딴판'이 돼야 한다는 주장에 이른 것이다.

8 박두진, 「문장」, 『사상계』 1960년 2월호, 203~205쪽 참조.
9 김동리, 「그 무렵의 문단 신세대」, 『나를 찾아서』, 190~195쪽 참조.

김영랑, 박용철『시인부락』창간 조언

1936년 가을 서정주는 고창에서 서울로 올라왔다. 해인사에서 구상한 시 서너 편을 고창 대숲 초막집에서 이리 쓰고 저리 고쳐서 올라온 것이다. 서울역에서 내린 서정주는 수소문 끝에 알아낸 함형수가 기거하고 있는 보안여관까지 걸어서 갔다. 조선총독부 청사를 서쪽으로 끼고 돌아 북악산을 바라보고 걸으니 영추문迎秋門이 나타났다.

'가을을 맞이하는 문이라, 그러고 본께 이곳 서울은 벌써 가을이네. 가을도 한참을 물들어가는 가을이구먼그려.'

남녘 고향은 아직 푸른데 북악산에서 불어오는 바람의 찬기를 느끼며 또 노랗게 물들어가는 은행나무며 플라타너스 가로수 이파리를 보며 서정주는 계절이 벌써 가을임을 느낀다. 총독부 뒤쪽 빈터에서 가을 운동회가 열리는지 "이겨라, 이겨라" 하는 아이들의 응원 소리가 왁자지껄하다.

청각 장애인가, 아이들의 환호며 노랫소리가 서정주 귀에는 해인사에서 밤새도록 듣던 소쩍새 울음, 그 불치의 설움의 강물 소리처럼 들린다. 영추문 맞은편 보안여관으로 들어서니 여자 종업원이 서정주의 행색을 훑어보며 묻는다.

"시 쓰려는 선생이세요? 어디서 올라온 길이세요? 며칠이나 묵었다 가시게?"

"내가 시 쓰는 사람인 줄 어찌 알았남. 이곳에 묵는 함형수 방이 어데요. 내가 잘 아는 친구인데 만나러 왔응께."

"아, 그 잘생긴 구레나룻 총각 선생이요. 저 맨 끝 쪽 방 내실이야요."

문인과 화가 등 예술가들이 많이 모이는 종로통이나 명동으로 드나들기 쉬워 지방서 올라온 문인들이 많이 묵고 가는 여관이어서, 또 양복을 입는다고 입었지만 장발에 어수룩한 품새가 지방에서 올라온 시인이라고 종업원이 단박에 서정주를 파악한 것이다. 끝 방으로 찾아드니 함형수는 상을 놓고 초등학생 아이와 마주 앉아 공부를 가르치고 있었다.

"어이, 게리쿠퍼 문둥이 친구, 여기 숨어 있었구먼. 반갑네, 반갑당께."

"어, 이게 누구야. 크크크크, 예이 새스개야! 아직 죽지 않고 살아 있구만."

둘은 서로서로 반갑게 얼싸안았다. 가정교사로서 가르치던 여관집 주인 아들을 물리고 나서 이런저런 지난 이야기를 나눴다. 함형수가 잘 부는 하모니카로 도리고의 세레나데도 한 곡 청해 들었다.

"하모니카 소리 들으니 술 생각이 절로 난당께. 긴히 할 이야기도 있고. 그러니 나가잔께. 내 한잔 살 텐게잉."

"그래, 그리 못 잊어 했던 그 처녀가 또 생각나는가. 이 세레나데를 들으니. 그래 나갑세. 날 찾아왔으니 내가 살 텐께 이 새스개야."

둘은 여관 근처 중국집으로 가 배갈 반 근과 싸이훼이 한 그릇을 시켰다. 1935년 봄 중앙불교전문학교 입학생으로서 단박에 눈이 맞아 친구가 됐던 둘은 그해 겨울 서정주가 고향으로 내려간 뒤 1년 다 돼서야 다시 만난 것이다.

"올해 동아일보 신춘문예에 당선됐는데도, 서정주 씨 이름으로 새로 발표한 작품을 찾아보기 힘들던데. 그래 시는 많이 쓰셨는가."

"요 얼마 전 동아일보에 「감꽃」이라는 시답잖은 시 한 편 발표했을 뿐이여. 써놓은 시는 몇 편 있는디 명색이 이제 시인으로서 여기저기 투고할 수도 없고 또 선배들 찾아가 실어달라 보여주기도 영 뭐하단 말이여, 그렁게에……."

"뭔 말인지 알겠구먼. 나 또한 여관방 신세로 아이를 가르치며, 또 저 총독부 빈터 숲에서 뛰노는 아이들 웃음소리 들으며 내 소싯적이 떠올라 몇 편 끼적이고 있는데 발표하기가 영 민망해서 원……."

"그렁께에, 요참에, 우리가 잡지를 만들어 낮 민망스런 청탁 같은 짓거릴랑 하지 말고 직접 우리네 작품을 발표하면 어떨까 싶은데……. 같이할 동무들 몇도 점찍어 놨는데 말이여……."

"야, 이 새스개, 한 살이라도 더 먹었다고 형님 값은 하는구먼. 좋구먼 좋아, 예술 하면서 아첨 안 하게 생겼으니. 나도 고향 동무 또 무슨 동무들 다 모을 테니께 조선 시 판때기 한번 확 까부숴봅세."

자신과 예술가 열정이 잘 통하는 서정주를 '새스개('미친 것'의 함경도 사투리)'라 부르면서도 한 살 위라서 정색하고 말할 땐 '서정주 씨'라 부르던 함형수. 이번에도 둘은 단박에 뜻이 통해 그날로 시인부락 결성 작업에 들어갔다.

동인을 결성하고 동인지를 내려면 경험자의 조언이 필요하기에 서정주와 함형수는 먼저 보안여관 인근 적선동에 있는 박용철 집을 찾아갔다. 박용철은 1930년 3월에 『시문학』을 창간해 그해 말 비록 3호를 내는 데 그쳤지만 자신은 물론 김영랑, 정지용, 이하윤, 신석정 등의 시를 실으며 시의 순수성, 예술성의 역량을 극대화한 공적으로 후배들의 존경을 받고 있었다.

"꾀꼬리도 제 목청이 틔어야 꾀꼬리 노릇이듯이, 시의 말에도 제 목청이 틔어 있어야 허지 않어? 아니 원 '새소리도 공으로 들을랴오'라니? 그래 시가 이래도 쓰갔는가? 차라리 '1전 내고 들을랴오'라고 하지. 공으로 들으면, 거기 시가 들어 있으면 몇 푼어치나 들어 있냐고?

그런가 안 그런가? 대답 좀 해보랑께."

박용철 집에 들어가보니 고향 강진에만 처박혀 있던 김영랑이 올라와 있었다. 동인지를 내려 하니 좋은 말씀 부탁한다는 말에 김영랑은 초면임에도 거침없는 반말로 김상용의 시 「남으로 창을 내겠소」를 들먹이며 동인지를 내려면 제대로 된, 값나가는 시를 써서 내라고 윽박질렀다. 그러면서 "거 지용의 제자 오장환 군의 시가 돈푼깨나 나가고 열심이라니 해볼라면 같이 해보랑께"라고 덧붙였다.

"이 사람이 원래 휘문학교 축구 선수라서 이리 육중하지만 마음속은 누에 실같이 부드러우니 안심하게"라며 중학생처럼 왜소하고 파리한 박용철이 우람한 김영랑의 말을 막았다. 그러면서 "우리 『시문학』같이 금방 접지 말고 끝까지 밀고 나가 허약한 우리 조선 시의 디딤돌이 되게 하소"라며 기대 섞인 덕담을 들려줬다.

보안여관으로 속속 모여드는 『시인부락』 창간 동인들

초면인 박용철과 김영랑으로부터 많은 이야기를 듣고 서정주와 함형수는 한층 고무돼 시인부락 동인 결성에 박차를 가해나갔다. 서정주는 먼저 고향 경주로 내려가 있는 김동리에게 기별을 넣고 소학교 동창인 이성범, 고창고보 동창인 여상현과 만났다. 연희전문학교에 다니던 이성범과 여상현은 동창생인 이용희를 데려왔다. 중앙불교전문학교 선배인 김달진, 호남 출신으로 남대문약국을 운영하는 김상원도 동인의 뜻을 같이하기로 했다.

함형수는 김진세, 정복규 등 함경도 고향 출신을 끌어들였다. 그러던 중 같은 고장 출신으로 서정주의 시재를 늘 부러워하던 임대섭, 그리고 박종식이 찾아왔다. 서정주, 함형수, 김동리 등 신진들이 모여 시 동인을 꾸린다는 소문을 듣고 어느 날 일본 중학교 교복 차림의 앳돼 보이는 학생이 보안여관으로 찾아왔다.

"거, 김동리, 서정주 씨가 누구요. 동리 씨가 「무녀도」란 소설 참 잘 썼더군요. 감동했어요. 동인을 만든다고 들었는데, 내 은사인 정지용 선생님께서 가서 함께해보라 해 왔으니 나도 끼워주세요."

서정주보다 세 살 아래면서도 1933년부터 시를 발표하고 있던 오장환이 찾아온 것이다. 구한말 승지를 지낸 부잣집 아들로 문단에 술도 많이 사고 문학적 열정도 들끓는 학생이라, 또 김영랑에게서 같이 해보라는 권유도 받아 서정주는 오장환을 동인으로 흔쾌히 받아들였다.

가락국수나 한 그릇씩 먹자 하는 서정주와 함형수를 데리고 나온 오장환은 근사한 중국집으로 가 청요리와 비싼 술을 대접하며 시와 시인들에 대해 이런저런 이야기를 나누다 어깨동무를 하고 종로통 비어홀로 향했다. 그렇게 서로의 인연과 권유로 동인들이 얼추 꾸려지자 깊어가는 가을 어느 날을 택해 창간 준비회를 가졌다.

창간 동인들이 참가한 그 자리에서 '피리' '묫자리' '오케스트라' 등 동인지 작명이 여러 가지로 거론됐지만 각종 시인들이 다 와서 살 수 있는 무제한의 뜻으로 '시인부락'으로 정했다. 서정주가 편집 겸 발행인을 맡고 매호마다 동인들이 10원씩 내 발간 경비를 충당하기로 했다.

"시의 깊이를 끝까지 파고들어가 보자" "평론도 필요 없이 순전히 시로서만 보여주자" "온갖 비극을 극복하고 시로서 끝까지 나가보자"며 의기투합돼 그해 11월 14일 창간호를 냈다. 서정주와 함형수가 의기투합한 지 두 달 남짓 만에 창간 동인 12명의 신작 시로 창간호를 선

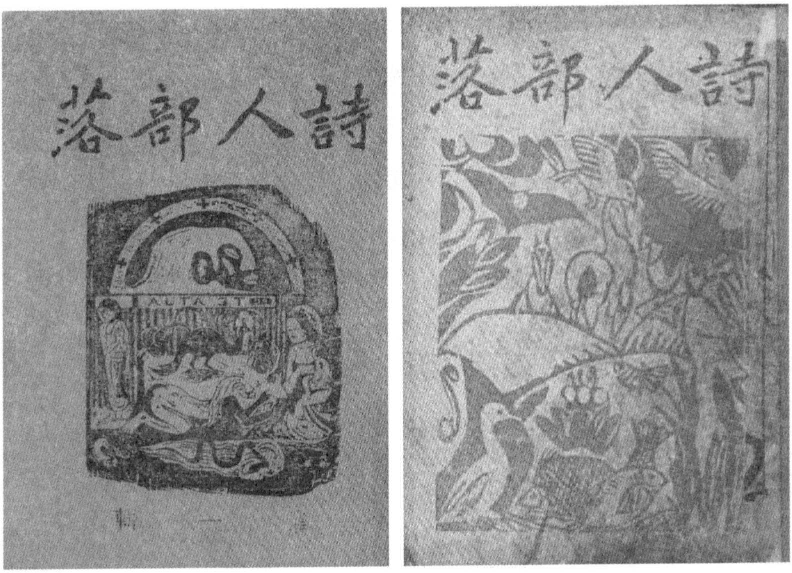

『시인부락』 1, 2호 표지

보일 정도로 그들의 열정은 들끓었었다.

『시인부락』 창간호는 트럼프만 한 부피의 질 좋은 아트지 표지에 계란빛 장부지를 속종이로 하여 잔뜩 멋을 부려 만든 호화판으로, 발행 부수는 200부였다. 이렇게 호화판으로 나오게 된 것은 앞 장에서 살펴보았듯 일본에서 출판 일로 고학하고 애서 취미가 남달랐던 오장환의 공이 컸을 것이다. 그러나 서점에서 200부의 반도 안 팔려 적자는 남대문에서 약국을 하는 김상원이 털어 메웠다.

총 32쪽으로 얇은 부피의 창간호에 실린 작품은 열두 동인의 시 33편, 그리고 서정주의 장문의 편집 후기이다. 첫 쪽에는 김달진, 김동리, 김상원, 김진세, 여상현, 이성범, 임대섭, 박종식, 서정주, 오장환, 정복규, 함형수 등 열두 동인의 이름이 가나다순으로 밝혀져 있다. 이 동인들은 적게는 1편에서 많게는 7편까지 모두 시를 발표하고 있다.

곧바로 뒤이어 나온 2집은 42쪽에 김진세, 여상현, 함형수, 오화룡, 김상원, 이시복, 오장환, 서정주, 이성범의 시 35편과 상해의 평론이 실려 있다. 창간호에는 안 보이던 오화룡, 이시복, 이해관, 상해 등이 작품을 발표한 것이다. 상해는 위에서 살핀 시 「시인부락 일파 사이에서」에 드러나듯 멍덕모자를 쓰고 다니던 이용희의 아호이다. 창간호에 작품을 발표했던 김동리, 김달진, 정규복, 임대섭, 박종식 등은 2집에서 빠졌다.

서정주는 "1936년 당시 나는 김광균 등과 함께 동인을 모아 시 전문지 『시인부락』을 낼 준비를 하는 중이었다"[10]고 증언했다. 그러나 『시인부락』 어디에서도 이름이나 작품을 찾아볼 수 없는 김광균은 제의는 받았으나 참여하지는 않아 창간호 동인 명단에 싣지 않았을 것이다.

"김광균이 시인부락 동인으로 참가했다고 하더라도 실제로 이 동인지에 작품을 발표하거나 시론 등을 게재한 활동의 흔적이 없기 때문에 엄밀한 의미에서 동지同誌의 동인으로 볼 수 없을 것 같다"[11]는 등 『시인부락』 연구 논문들도 김광균을 언급 않거나 동인이 아닌 것으로 보고 있다. 때문에 '김광균이 시인부락 동인'이라는 일부 잘못된 사실은 바로잡아야 할 것이다.

앞에서 살핀 창간호 편집 후기에서 서정주가 "우리 열네 사람은 준비 공사에 착수하였다"고 밝힌 것으로 볼 때 이 열네 동인 중 창간호에는 12명만 발표한 것으로 볼 수 있다. 그리고 2집에서 새로운 동인이 들어와 16명으로 늘어난 것으로 봐야 할 것이다. 그렇게 새로운 동

10 서정주, 「광복직후의 문단 6」, 조선일보 1985년 8월 23일자.

11 김지연, 「『시인부락』 연구」, 『성심어문논총 12집』, 1989, 30쪽.

인이 들어오며 또 뜨겁게 끝까지 가보자며 창간된 『시인부락』은 그러나 그해 말 12월 31일 2집을 끝으로 지금까지 나오지 않고 있다.

「해바래기의 비명碑銘」만 새기고 떠난 아! 함형수

나의 무덤 앞에는 그 차거운 비碑ㅅ돌을 세우지 말라.
나의 무덤 주위에는 그 노란 해바래기를 심어 달라.
그리고 해바래기의 긴 줄기 사이로 끝없는 보리밭을 보여 달라.
노오란 해바래기는 늘 태양같이 태양같이 하던 화려한 나의 사랑이라고 생각하라.
푸른 보리밭 사이로 하늘을 쏘는 노고지리가 있거든 아직도 나러 오르는 나의 꿈이라고 생각하라.

『시인부락』 창간호 맨 앞에 실린 함형수 시 「해바래기의 비명」 전문이다. '청년화가 L을 위하야'란 부제가 붙은 이 시는 시집 한 권도 못 남기고 해방되던 해 29세의 젊은 나이로 요절한 영원한 청년 함형수의 낭만과 의지와 영혼의 빗돌로 읽히는 시이다.

시혼을 찬연히 사르고 두 권으로 사그라든 『시인부락』의 문패 같은, 운명 같은 시이기도 하다. 수백 편의 시와 수십 권의 시집을 내고도 문학사에 이름 한 줄 남기지 못한 시인들이 수두룩한데도 단 한 편으로 함형수를 문학사와 시인과 독자들의 가슴속에 감동과 순열한 정열로 아로새기게 한 시가 「해바래기의 비명」이다.

"열아홉 살 때 대학 노오트에 자꾸 써서는 내게 뵈어준 것들이 그의 대부분의 유작遺作이다. 다음 해 11월에 발간한 우리들의 동인지 『시인부락』에 발표한 것들은 대부분 다 이 해에 되었다"[12]라고 서정주가 회고했듯 이미 1년 전에 써놓은 시들을 발표한 것이다.

오장환 역시 총 11편을 발표하고 있는데 동인 결성에서부터 2집 출간까지의 기간이 길게 잡아야 4개월도 안 되니 미리 써둔 작품이 대부분일 것이다. 2집에 실린 서정주의 「화사」 말미에 '소화 11년 6월'이 명기된 것으로 보아 『시인부락』에 실린 동인들의 작품 대부분은 동인 결성 이전에 창작된 것들로 볼 수 있다.

때문에 발표 지면이 턱없이 부족하고, 앞서 살폈듯 발표도 기자나 편집자와의 친소 관계로 이뤄지던 시절에 동인들이 떳떳하게 발표 지면을 스스로 마련하기 위해 『시인부락』을 창간했을 것이라고 짐작할 수 있다. 그럴듯한 창간 취지, 어떤 명분을 내걸든 이런 속사정에서 만큼은 1919년에 나온 『창조』 이래 지금까지 명멸했던 동인지들 거개가 한통속일 것이다.

「해바래기의 비명」 외에 함형수가 『시인부락』에 발표한 10편의 시들은 모두 '소년행少年行'이란 부제목, 대제목 아래 쓰여지고 있다. 유소년 시절 고향에서의 추억을 소재로 다양하게 시로 쓰고 있었던 것이다. 보안여관 앞 조선총독부 뒤편 공터 숲에서 아이들이 노는 소리를 골똘히 듣고 또 그런 아이들을 물끄러미 바라보며 눈물짓고 한 것도 다 어릴 적 추억을 소환하기 위한 행위였을 것이다.

"논두렁에 잠뱅이를 적시고 개울물에 발을 적시고 어두운 잔디밭을 조오그만 가닥손을 취여 든채 소년은 그저 하늘만 쳐다보고 달렸다./

12 서정주, 「함형수의 추억」, 『현대문학』 1963년 2월호, 282쪽.

파아란 반딧불 그것은 움지기는 또다른 별이엿다.”「해바래기의 비명」 바로 뒤에 실린 시「형화螢火」이다. 소년행 그대로를 눈에 떠오르듯 그리면서도 반딧불을 움직이는, 살아 있는 별로 보고 있는 천진스러움이 인상적인 시이다.

“—이애들아철로뚝에백골이있다.//산아래의몇명의소년이외치는소리에오륙명의소년은뛰기도바뿌게산을나려왔다.모아선소년들의나무꼬챙이끝에서노름깜인형보다도값없든두개골.그리고두다리면푸석푸석나려앉든관棺널.한명의소년은아직채썩지도안흔누-런머리채를꼬챙이끝에휘감어가지고천박한물리物理까지풀었다.//—이건 젊은계집의백골이겠다.//천진하고도철없는소년들의머리에는기억도고뇌도남기지안했다.시껌은눈섭밑으로늘고개를떠러트리고어두운생각에파무처있든한명의소년을내여놓고는.쓸쓸한교외의정거장앞에서산3전어치의엿은의좋게난호와들먹었다.”

2집에 실린 시「해골의 추억」이다. “천박한물리까지풀었다”라는 구절로 볼 때 함형수가 다니던 경성중학 시절 함북 경성 교외 공동묘지에서 해골을 갖고 놀던 친구들을 추억한 시 같다. 인형보다도 값없는 해골을 가지고 고민도 없이 노는 친구들 모습과는 달리 늘 고개를 떨구고 어두운 생각에 파묻혀 있던 한 명의 소년은 곧 함형수 자신이었을 것이다.

“집도고향도아모것도잊어버리고소년은그저그저어려운alphabet의우을독수리눈처럼달렸다.조-그만쇠ㅅ그물창의하눌에쪼각구름이지나가고.밤이되면파-란별이뜨고봄이지나가고여름이지나가고가을이지나가고겨울은지나갔으나소년은불상한소년의어머니가그다닥때앉은까아만니불속에서괴로운목소리로몇번이고몇번이고소년의일흠을 마지막부르난것도.또하나의푸른수의를닙은낯서른소년의아버지가묵묵히머리를숙여눈물겨운그의역사를더듬난것도몰랐다."

2집에 실린 시 「유폐행幽閉行」 전문이다. 『시인부락』에 실린 함형수의 대부분의 시편들이 이처럼 소년 시절 추억의 서사를 위해 띄어쓰기도 무시하고 산문시 형태를 취하고 있지만 내장된 서정과 현실 의식은 결코 녹록지 않다.

덕지덕지 때에 전 이불 뒤집어쓰고 괴롭게 아들 이름을 부르는 불쌍한 어머니. 감옥에서 죄수복을 입고 하루도 집에 붙어 있지 못하고 만주며 시베리아 등지를 떠돈 지난날을 눈물로 회억하고 있는 낯선 아버지. 그런 현실을 잊기 위해 그저 영어 공부에만 몰두하고 있는 아들 등 슬픈 가족사가 펼쳐진다. 그 가족사는 곧 일제 식민에 유폐된 민족의 현실 아니겠는가.

유고 시집 한 권 없는 한국 현대시의 큰 빛

원문 그대로 옮겨 읽기에도 녹록지 않은 위 시를 다시 한 번 찬찬히 읽어보시라. 같은 북방 시인으로서 백석과 이용악, 그리고 윤동주의 서사적 북방 정서와 한 점 더럽혀지지 않은 깨끗한 시심詩心이 원형原型처럼 박혀 있는 절창 아닌가. 유고 시집으로 『입 속의 검은 잎』 한 권 남기고 1989년 29세로 요절했지만, 지금도 가장 많이 읽히고 있는 시인 기형도의 「엄마 생각」이란 시도 위 시에는 박혀 있지 않은가.

아, 그러나 어쩐단 말인가. 같은 나이에 요절했음에도, 지금까지 알려진 시가 38편이나 돼도 아직 제대로 된 유고 시집 한 권 없이 오로지

「해바래기의 비명」 시인으로만 알려진 채 그의 삶과 시들은 제대로 조명 한번 못 받고 묻혀 있으니.

나는 이 괴로운 지상에서
살기만은 조금도 희망치는 안는다
어떠한 달가운 행복과 쾌락이
나를 부뜰고 노치안는다 해도
그러나 나는 저 아득한 한눌을 치어다 볼 때
마음은 슬퍼지고 외로움으로 눈물이 작고 난다
저 나라에서도 나는 또 여기서처럼 이러케 고독할까바

1942년 만주에서 박팔양 주도로 출판된 『만주시인집』에 실린 함형수의 시 「비애」 전문이다. 고향 경성에서 서울, 서울에서 만주, 만주에서 다시 고향으로 떠돈 함형수가 만주에서 마지막으로 남긴 이 시는 마치 죽음을 예감한 절명시絕命詩 같다. 여기, 이승에서처럼 이렇게 외롭고 슬프고 고독한 저 나라는 곧 '하늘나라', 저승 아닐 것인가.

만주에서 동거하던 유랑극단 여배우는 떠나 외롭고, 들끓어오르는 순열한 정열은 풀 길 없고, 조국의 앞날은 어둡기만 하고 해서 스스로 유폐돼 미쳐가던 함형수는 해방이 되자 고향에서 승객이 미어터지는 만원 열차를 비집고 타 서울로 오다 그만 떨어져 죽고 만다.[13]

"『시인부락』지 출신의 시인 중 뒤에 전업한 몇 사람을 빼놓고는 형수만이 한 권의 저작집도 남기지 못하였다. 시방 남았으면 우리 시문

13 서정주, 「거짓 없이 진실한 가장 순수한 문학청년」, 『문학사상』 1994년 8월호, 107쪽 참조.

학의 한 빛이 될 것인데 나 혼자 헛풍상이로 지내와서 그걸 옆에서 모아 유지 못한 건 큰 손실이었다."[14]

"함형수에게 나는 아직도 진 부채를 갚지 못하고 있다. 그것은 그의 유고집의 발간이다. 그의 생전의 나와의 정의情義로 봐서, 그의 혼은 누구의 손에서보다도 내 손에서 이것이 엮어져 나오기를 바라고 있는 줄을 나는 잘 안다. 그러나 나는 아직껏 그것을 시행 못하고 있다."[15]

서정주는 위같이 함형수 유고 시집을 못낸 것을 부채로 안고 함형수가 있는 저 하늘나라로 갔다. "우리 시문학의 한 빛이 될" 그 유고 시집을 못 냈다고 그 하늘에서 함형수로부터 '이 새스개야!'란 소리도 듣고 있을 게다.

전방위로 진보적인 댄디 보이 오장환

"세세전대만년성世世傳代萬年盛하리라는 성벽城壁은 편협한야심처럼 검고 빽빽하거니. 그러나 보수는 진보를허락치않어 뜨거운물끼얹고 고추가루뿌리든성벽은 오래인휴식에 인제는 잇기와등넝쿨이 서로엉키어 면도않은턱어리처름지저분하도다."

『시인부락』에 총 11편이나 발표한 오장환이 창간호 자신의 시 첫머리에 발표한 「성벽」이다. 2집까지에 발표한 그 시들은 이듬해 7월에 출간된 첫 시집 『성벽』에 거의 그대로 실렸다. 처녀 시집의 표제작인 위 「성벽」에는 전방위로 진보적인 오장환의 시적 자세가 그대로 드러

14 서정주, 「시인부락」, 202~203쪽.
15 서정주, 「함형수의 추억」, 279~280쪽.

나 있다.

“진정한 신문학이란 형식은 어떻게 되었든지 우선 우리의 정상한 생활에서 합치될 수 없는 문단을 바숴버리고 진실로 인간에서 입각한 문학 즉 문학을 위한 문학이 아니라 인간을 위한 문학의 길일 것이다.”

오장환이 1937년 1월 28~29일자 조선일보에 발표한 글 「문단의 파괴와 참다운 신문학」 한 대목이다. 문학을 위한 문학이 아니라 인간을 위한 문학을 내세우고 있다. 같은 글에서 오장환은 “신경향파에서 ‘카프’에 이르기까지 그들의 그룹이 가장 새로운 문학에 접근한 것이었다”며 그 인간을 위한 문학의 의도를 경향, 계급, 민중 쪽에서 찾고 있다.

“온천지에는하로에도몇차례 은빛방자동차가드나들엇다. 늙은이나 어린애나 점잔흔신사는 꽃같은계집을 음식처럼실고 물탕을온다. 젊은계집이물탕에서개고리처름 떠보이는것은가장좋다고. 늙은상인들은 저녁상머리에서떠드러댄다. 옴쟁이땀쟁이가진각색드러운피부병자가 모여든다고 신사들은투덜거리며 가족탕을선약하엿다.”

창간호에 실린 위 시 「온천지」에서 오장환은 온천 관광지 실상을 그대로 그리며 타락한 현실을 고발하고 있다.

“푸른입술 어리운한숨 음습한방안엔 술잔만 휜-하엿다. 질척척한 풀섶과같은 방안이다. 현화식물顯花植物과같은계집은 알수없는우슴으로 제마음도속이여온다. 항구, 항구, 들리며 술과계집을찾어단이는 싯거문얼골—윤락倫落된 보헤미안의 절망적인심화心火. 퇴폐한향연속—모두다 오줌싸개만양비척어리며 알깨떨엇다. 괴로운분노를 숨기여가며……. 젓가슴이임의싸느란 매음녀는 파충류처름 포복한다.”

2집에 실린 위 시 「매음녀」에선 항구의 윤락가를 고발하고 있다. 이 항구 저 항구 찾아다니며 매춘을 하는 사내도, 몸을 파는 매음녀도 모두 퇴폐한 향연 속에서 절망적이다. 그 절망적인 현대 자본주의 사회를 빼어난 언어 감각과 이미지로 고발하고 있는 것이다.

"오장환 씨는 일즉이는 길거리에 버리워진 조개껍질을 귀에 대고도 바다의 파도소리를 듯는 아름다운 환상과 직관의 시인이엿다. 그러나 (중략) 씨는 새 타입의 서정시를 세웠다. 거기 담겨 잇는 감정은 틀림업시 현대의 지식인의 그것이다. 현실에 대한 치열한 지향. 그러면서도 이지理智와 본능의 모순 때문에 지리멸렬해 가는 심리의 변이. 악과 퇴폐에 대한 기픈 통찰. 혼란속에서도 어떠한 질서를 추구해 마지않는 비극적인 노력, 무릇 그러한 연옥을 통과하는 현대의 지식인의 특이한 감정표현을 주었다.

우리 시는 분명히 자랏다. 지용에게서 아름다운 어휘를 보앗고 이상에게서 이미지, 머터포의 탄력성을, 백석에게서 어두운 동양적 신화를 차젓다. 장환의 『성벽』 속에서는 그런 여음餘音을 들을 수 있다."

오장환 시집이 나오자 당시 조선일보 학예부장으로 있던 김기림이 조선일보 1937년 9월 18일자에다 쓴 평 「『성벽』을 읽고」 한 대목이다. 정지용, 이상, 백석을 잇는 차세대 시인 선두주자로 오장환을 극찬한 평이다. 그만큼 오장환은 어휘, 이미지, 메타포에서 선배 시인들의 절정에 다다르고 있으며 특히 그들에게는 찾아볼 수 없었던 '인생을 위한 문학'의 삶과 현실에 대한 의식이 짙게 깔려 있었던 것이다.

"내가 이 시인의 작품에서 중시하는 점은 회화파와 같이 현실을 도피하지 않고 또 과거의 감상파感傷派와 같이 다만 영탄하지 않고 직접 그 현실 속에 들어가서 현대적인 심연을 퇴폐 직전에서 붙잡어 체험했다는 것이다. (중략) 그러나 이와 같은 막다른 골목을 노래한 청춘의 정열은 극히 불행한 것이었다"[16]라고, 백철도 오장환이 1920년대 낭만적 감성의 영탄조 시나 1930년대 이미지즘이나 모더니즘의 현실도피성 시를 현실과 체험으로 극복하고 있다고 평했다.

그런 오장환의 시에 대해 서정주는 "처음에 감성적인 측면이 강했으나 나중에는 단순한 감정을 노래하기보다 눈물 뒤에 숨은 진실을 캐고 자신을 되돌아보는 반성을 잊지 않은 것들이었다"[17]라고 회고했다.

"장환은 동경서 사가지고 온 사치한 원고지를 수없이 써버리었고 작품이 완성되면 한 자 한 자 얌전히 청서하여 그 원고를 제본까지 하여가지고 다녔다." 1947년 시집 『성벽』 재판본을 출간하며 붙인 이봉구의 발문 「『성벽』 시절의 장환」 한 대목이다.

1930년대 오장환은 시와 문학을 하는 보람으로 살았다. 시를 쓰고 고치고 또 쓰다 운니동 집에서 가까운 종로통과 명동의 주점으로 뛰어나와 문인들과 어울렸다. 1933년 중학생으로 시를 발표하기 시작하면서부터 문단 한가운데인 주점과 다방에서 정지용, 김기림 등과 어울린 것이다.

"그러나 또 그해 겨울에 2집의 책임을 오장환에게 미루고"[18]라고 서정주가 회고했듯 『시인부락』 2집은 오장환이 혼자 맡아 펴냈다. "원고수집 및 기타 동인 활동의 본거지를 운니정 24번지 오장환의 집"[19]으로 했을 정도이다.

동인들이 오장환의 사랑채에서 잡지를 편집하고 있으면 문득 안채

16 백철, 『조선신문학사조사』(현대편), 백양당, 1949, 352~353쪽.
17 서정주, 「광복직후의 문단 6」, 조선일보 1985년 8월 23일자.
18 서정주, 「시인부락」, 202쪽.
19 김학동, 『오장환평전』, 새문사, 2004, 44쪽.

에서 "천황폐하 만세!"라는 겁에 질린 만세 소리가 울려 나오곤 했다. 오장환의 부친 오승지가 고종 황후 민비의 시해를 보고 질겁한 후 발작 증상으로 터져 나오는 소리였다.

『시인부락』 2집에서 빠진 김동리, 김달진

"구강산 칙넝쿨은/청석 바위에 다 감기네/누가 나한테 사랑을 하노.//바위샘 물맛은 달기도 달아/목 놓고 울기만 햇네/간이는 간이는 다시 없네." 김동리가 『시인부락』 창간호에 발표한 시 「간이는 간이는 다시 없네」이다. 이 시를 비롯해 김동리는 네 편의 시를 창간호에 싣고 있다.

1933년 가을 첫 만남 이래 김동리와 문학적 동지요 운명의 동반자가 된 서정주는 시와 소설을 함께 쓰는 동리를 보고 샘이 났던지 자주 만나던 가야금꾼 배상기를 주인공으로 한 「배군」이란 소설을 써 동리에게 보여주기도 했다. 김동리는 소설은 그리 쓰는 게 아니라는 듯, 배상기가 서정주에게 데리고 온 황 아무개라는 우스꽝스럽게 진사 양반 행세를 하는 인물을 모델로 소설을 써 서정주에게 보여주기도 했다. 그 작품이 바로 「화랑의 후예」이다.[20]

이렇듯 서로 서로 시와 소설을 바꿔도 써보고 그 작품을 보여주며 같은 문학의 길을 걸었으니 서로 떨어져 있더라도 문학 동인 활동을 같이할 수밖에 없었을 것이다. 『시인부락』이 결성될 당시 김동리는 경

20 김동리, 『나를 찾아서』, 171~172쪽 참조.

주로 낙향해 박목월, 이기현, 김석수 등 그곳 문인들과 어울려 지내다 이듬해 이른 봄 경남 사천 다솔사로 들어갔다.[21]

1936년 한 해에만도 김동리는 「무녀도」「바위」「술」「팥죽」 등 소설을 잇달아 발표하며 신춘문예 3관왕 관록의 신예 소설가로 떠오르고 있었다. 그렇게 부지런히 소설을 쓰면서도 창간 동인으로 시를 네 편이나 보냈던 것이다.

"집도 이웃도 나는 없노라/벗님도 없었노라//거리에서 거리……/구름을 바랐을 뿐//오날도 호박꽃 낯선 동구에 내/호올로 무어라 중얼거리며 가느뇨". 창간호에 실린 김동리의 시 「호올로 무어라 중얼거리며 가느뇨」이다.

위 시 「간이는 간이는 다시 없네」처럼 마지막 행을 그대로 제목으로 잡고 있다. 자신의 정감을 단정한 언어와 형태로 빗고 있을 뿐 시적 긴장은 찾아볼 수 없다. 창간호에 발표된 4편의 시들로 볼 때 김동리는 이때부터 '시는 정주 자네나 잘 쓰게'라며 소설을 본업으로 삼고 시는 소설 창작의 긴장을 풀려 여기餘技로 삼은 듯하다.

『시인부락』에 실린 동인들의 시를 살피며 김용직 씨는 "본래 시, 곧 서정시는 서사 양식과 달라서 주정적인 것이며 그 전달 수단을 운율에 치중한다. 이런 점 김동리의 이들 작품은 일단 탈소설, 기능적으로 수행한 듯 보인다"[22]라고 밝혔다. 이렇게 시를 탈소설의 기능적으로 쓴 것이 『시인부락』 2집에서 스스로 발을 빼게 했을 것이다.

"고창古蒼한 작은 정원에 황혼이 나려/무심히 어루만지는 가슴이 끝끝내 여위다.//고림枯林속의 오후 그림자처럼 허렁한 의욕意慾이매/근

21 김동리, 『꽃과 소녀와 달과』, 제삼기획, 1994, 35쪽 참조.
22 김용직, 「『시인부락』의 시대, 생존방식탐구의 불기둥」, 198쪽.

심발은 회색 공기보다 가벼히 조밀하다.//지미 뿌리에 고달픈 머리칼은 어즈러히 기-ㄹ고/고독을 안은 애수의 한숨은 혼자 날카로워……//처마 끝에 거미 한 마리 어둔 찬비에 젖는데/아 어디 어디 빨간 장미꽃 한숭이 없느냐!"

김달진이 『시인부락』 창간호에 발표한 시 「황혼」이다. 황혼녘에 내리는 고독이 고색창연古色蒼然한 시이다. 그러면서 언어와 이미지와 시상 전개가 고졸古拙하다. 금강산 유점사에서 득도하고 중앙불교전문학교에서 수학한 김달진은 1929년 『문예공론』에 시를 발표하며 본격적으로 시작 활동을 펼쳤다.

『시인부락』 창간호에도 세 편이나 발표했으면서도 2집에는 발표하지 않았다. 서정주보다 여덟 살이나 위이고 다른 동인들의 시가 매우 강렬하고 실험적이었던 반면 김달진의 시는 다분히 보수적이어서 2집부터는 동인 참여를 유보했다는 것이 김용직 씨의 지적이다.[23] 혈기방장한 문학청년들과 어울리기에 김달진은 문단 연조나 정신적 깊이가 차원이 달랐단 것이다.

『시인부락』 건립자답게 서정주가 찾은 한국 시의 신대륙

따서 먹으면 자는 듯이 죽는다는
붉은 꽃밭 새이 길이 있어

핫슈 먹은 듯 취해 나자빠진

23 앞의 글, 196~197쪽 참조.

능구렝이 같은 등어릿길로,
님은 달아나며 나를 부르고……
강한 향기로 흐르는 코피
두 손에 받으며 나는 쫓느니

밤처럼 고요한 끓는 대낮에
우리 둘이는 왼몸이 달어……

『시인부락』 창간호에 실린 시 「대낮」 전문이다. 서정주는 이 시를 비롯해 「문둥이」 「화사」 등 6편의 시를 2집까지에 실었다. 이 시들은 대부분 1936년 여름 해인사에서 구상해 고창 대숲 초당에서 탈고한 작품들이다. 위에서 살핀 대로 머리도 식힐 겸 서울서 합천 해인사로 내려가 구상한 작품. 그러나 실연失戀의 터질 듯한 아픔, 번열기를 삭히려 들어간 한갓진 산속이기도 했다.

못 이룬 사랑 때문인가. 대낮에 펼쳐지는 육욕肉慾이 실오라기 하나 걸치지 않은 맨몸으로 달아오르고 있다. 형용사의 꾸밈이 아니라 동사로 육욕과 관능과 원초적 생명을 향하여 100미터 달리기 경주하듯 온몸이 터질 듯 달려 나가고 있는 시가 「대낮」이다.

"「화사」와 한 무렵에 씌어진 일군의 시들을 쓸 때 내가 탈각脫却하려고 애쓴 것은, 정지용류의 형용수식形容修飾적 시어 조직에 의한 심미審美가치 형성의 지양에 있었다. 내 이때의 기호로는 졸부猝富네 따님 금은보석으로 울긋불긋 장식하고 나오는 듯하는 그 따위 장식적 심미는 비위에 맞지 않을뿐더러, 이미 치렁치렁 거북살스럽고 시대에도 뒤떨어져 보여, 그리 말고 장식하지 않은 순리純裸의 미美의 형성을 노렸던 것이다."[24]

옷 입지 않은 내심의 밑바닥에서 꾸밈없이 그대로 솟구쳐 나와 사람의 심장을 울리는 말을 '직정언어直情言語'라 부르며 그런 언어로 서정주는 '순라의 미'를 추구한 것이다. 자신의 끓어오르는, 생살 찢어지는 아픔의 생체험을 직정언어로 달아오르게 해 강한 인상을 주려한 것이다.

『화사집』 초판본에 실린 뱀 그림

"사향麝香 박하薄荷의 뒤안길이다./아름다운 베암……/을마나 크다란 슬픔으로 태여났기에, 저리도 징그라운 몸뚱아리냐//꽃다님 같다.//너의 할아버지가 이브를 꼬여내든 달변의 혓바닥이/소리 잃은 채 낼룽그리는 붉은 아가리로/푸른 하눌이다. ……물어뜯어라. 원통히 물어뜯어,//달아나거라. 저놈의 대가리!//돌팔매를 쏘면서, 쏘면서, 사향 방촛길 저놈의 뒤를 따르는 것은/우리 할아버지의 안해가 이브라서 그러는 게 아니라/석유 먹은 듯…… 석유 먹은 듯…… 가쁜 숨결이야//바늘에 꼬여 두를까 부다. 꽃다님보단도 아름다운 빛……//크레오파트라의 피 먹은 양 붉게 타오르는/고은 입설이다…… 스며라! 배암.//우리 순네는 스물 난 색시, 고양이같이 고은 입설…… 스며라! 배암."

24 서정주, 「고대, 그리스적 육체성—나의 처녀작을 말한다」, 267쪽.

2집에 실린 「화사」 전문이다. "나는 내 처녀작으로서 졸작 「화사」를 택했다. 이것은 당선작은 아니지만, 내 첫 시집 『화사집』 속의 일군의 작품들과 더불어 내 초기 시의 특징을 나타내고 있는 것이기 때문이다"[25]라며 서정주는 이 시를 한사코 데뷔작으로 내세우고 있다. 동아일보 신춘문예 당선작인 「벽」은 습작생으로 투고한 습작시를 응모 시로 헷갈려서 뽑은 것이라며. 서정주의 이런 자세에도 당시 기성 시단에 대한 불신이 『시인부락』 창간의 한 계기가 됐음이 드러난다.

「화사」도 「대낮」과 자매처럼 직정언어와 원초적 이미지로 순라의 미를 추구하고 있다. 꽃뱀으로 꽃의 아름다움과 뱀의 징그러움, 그 어느 한쪽으로 치우치지 않고 솔직하게, 팽팽하게 원초적 양가성兩價性을 드러내고 있다. 원초적인 육욕, 관능성과 그 내심에 유전돼 내려온 원죄의식이 팽팽하게 긴장되며 우리네 생 자체를 생채로 드러내고 있는 시이다.

"나는 그가 한낱 미美의 사도使徒인 점을 좋아하는 게 아니라, 그가 세계 시문학사 속의 여러 시인들 중에서 제일 철저하게 인간질곡의 밑바닥을 떠메고 형벌 받던 시인인 점을 좋아한다. 형벌의 질량을 자진해서 가장 많이 짊어졌던 사람. 스스로 자기의 사형집행인이고, 또 스스로 사형수였던 사람. 이 천치라면 지독한 천치. 이 희생 제물. 이 거지와 유태인과 흑인 독부毒婦와 이, 벼룩 등 기생충류의 제일 친우親友가 되어 헤매던 이 사람을 좋아한다."[26]

보들레르를 가장 좋아하고 자신의 시에 영향을 끼친 시인으로 꼽으며 쓴 이 글, 이 대목에서 서정주의 초기 시 세계관이 그대로 드러난

25 위의 책, 264쪽.
26 서정주, 「내 시와 정신에 영향을 주신 이들」, 『서정주문학전집 5』, 269쪽.

다. 미의 사도로서 순라의 미를 추구하며 인간 질곡의 밑바닥을 그대로 떠메고 고스란히 형벌 받는 시, 지독한 천치이면서도 생채로의 인간성으로 신이 되려한 니체의 차라투스트라 같은 초인 시인. 서정주는 그런 시 세계를 자신이 주재한 『시인부락』에서 펼치기 시작하며 한국 현대시의 신대륙을 연 것이다.

『시인부락』의 문학사적 의의

"단순한 아무개에게도 흥미 없는 자기감정을 그대로 토로하고 워즈워-즈의 시론詩論을 실행한 듯한 기분으로 있는 자. 자기의 춘기발동기春機發動期의 자기발표욕을 시詩라는 그럴듯하게 들리는 문학부문에서 만족식힐랴는 어린애들. 그중에 난 시인들은 낭만적으로 우수한 시도 쓴다. 그건 할 수 없이 볼 적에 보면 몇 군데 있다는 건데 그런데 현재에 그것보담 더 읽고자는 것은 더 많었든 것이다. 이것에 대한 반항이 있다. 『삼사문학』의 의의는 적지않다마는 그 태도는 많이 주정적이며 통일이 잘 안되고 있었다. 초현실주의는 우숩게 선설鮮說된다(이시우 씨의 시론을 보라). 용어의 탈속적脫俗的곡예가 그리션케 뵈지 않은 시대에 그들은 탄생했다. 『삼사문학』 형제는 또 많이 나왔다마는 지용 시조차도 인상印象상의 신선新鮮외에 아무 문제를 일으키지는 못하였다. 김기림 씨가 「기상도」를 쓴다. 「아프리카 광상곡」을 쓴다. 전날과는 틀린 임화 씨의 새로운 시가 나운다(낭만). 오장환 씨도 감성적 풍자를 사방에 던진다. 이상 씨는 공중에서 재주넘기에 바뿌다. 시작詩作의 태도는 이미 바뀌진 것이다. 「기상도」의 주지성이든지 임화 씨의 뚝뚝한 맛이든지……. 이것은 주정적 경향과는 차이가 있는 것이다. 이 주지성主智性은 라쇼날리즘의 것과도 거리가 멀다. 주지성은 현대에선 태도상에 객관주의며 이성적 경향인 것이다. 감정은 그 얻을 자리를 었는다. 그러면서 이 이성적 경향이 합리주의적 형식이나 주의에 이르지 안는 이유는 이미 우리들의 세기가 십구세기 댐에 세기요, 우리들의 감성이 주정적 감성을 겪은 그 많은 영향을 받은 것인 고로다. 조선의 시는 멋버덤도 먼저 읽여저서 독자에게 절실한 인상과 효과(실제적)를 일으키는 적극성 있는 시가 되가는 걸 이 제한된 너무 짧분 글에서 나는 설명하랏든 것이다."

상해가 『시인부락』 2집 끝머리에 발표한 시론 「현대시의 '주지主智'와 '주정主情'」 끝부분이다. "제1집에는 일부러 시론을 빼기로 하였다. 쓴다면 동인 중에 누가 써야 할 것이냐 시보다도 시론을 앞에 내세우고 싶지 않다는 것이 동인들의 의견"이라고 창간호 말미에 밝혔으나 서정주에게 이어받아 오장환이 편집을 맡은 2집에는 시론이 실린 것이다.

문학청년다운 패기로 당대 시를 거리낌 없이 비판, 1930년대의 시단을 있는 그대로 드러내고 있어 원문을 비교적 길게 인용했다. 이 시론에서 상해는 1920년대 자기감정의 마스터베이션 같은 감상적 낭만시를 비판하며 이에 대한 반발로 나타난 『삼사문학』 동인들과 이상의 초현실주의, 정지용과 김기림의 모더니즘, 그리고 오장환의 감성적 풍자 등을 들고 있다. 그러면서 이들 시에 미흡한 독자에게 절실한 인상과 실제적인 효과를 일으키는 '적극성'을 요구하고 있다.

상해의 위 시론처럼 1930년대는 우리 시가 주정적 태도에서 벗어나 주지적인, 현대시로 넘어온 시기이다. 카프 계열의 계급의식이나 낭만주의 계열의 감정에 치우친 감상을 극복하면서 『시문학』파가 언어를 조탁하며 순수시를 지향하고 있었다. 『삼사문학』파가 다다나 쉬르레알리슴 등 전위시 기법을 들여오고 김기림, 정지용 등이 주지적, 이성적 태도로 감성을 통제하며 선명한 이미지로 모더니즘 시를 펼치고 있었다.

1930년대의 그러한 현대시적 경향은 그러나 문학청년 상해의 눈에는 '공중에서 재주넘기', '탈속적 곡예'로밖에 비치지 않았다. 도대체 "독자에게 절실한 인상과 실제적 효과를 일으키는 적극성", 즉 우리네 펄펄 살아 있는 삶의 절실성이 빠져 있어 공감과 감동을 잃고 있다는 것이다. 문학사적으로 볼 때 『시인부락』이 그 공백, 절실한 삶의 생생함을 치고 들어가 우리 시를 비로소 현대시로 완성한 것이다.

그러나 『시인부락』이 나올 당시 문단은 그걸 알아채지 못했다. 문단에 갓 나온 신인들과 문학청년들이 결성한 동인, 그것도 선배들에게 시를 실어달라고 아부하기 싫어 스스로 발표하려 만든 동인지를 기성 문단에서 곱게 봐줬을 리가 없다. 더구나 동인 결성의 뚜렷하고도 첨예한 취지나 경향도 내걸지 않고 모든 유파들이 어우러지는 부락을 만든다고 했으니 문단의 이슈도 되지 못했다.

실제 『시인부락』에 실린 작품들의 경향을 보면 전통 서정에서부터 전위적인 실험까지, 순수시에서부터 사회주의 의식의 시까지, 보수와 진보를 다 아우르고 있다. 이 동인들 중 서정주와 오장환만이 이용악과 더불어 1930년대 후반 차세대 시단의 삼재三才로 불리며 두각을 나타내기 시작했다.

그러다 『시인부락』 자체가 문학사적으로 자리매김된 것은 1950년, 그 주재자였던 서정주에 의해서이다. "『시인부락』지는 필자의 창간한 바로서 우리들의 중심 과제는 늘 '생명'의 탐구와 이것의 집중적 표현에 있었다. '인간성'—그것은 늘 우리들의 뇌리와 심중에서 떠날 수 없는 것이었다. 오장환의 저 모든 육성의 통곡이나, 부족한 대로 필자의 고열高熱한 생명상태의 표백 등은, 모두 상실되어가는 인간원형을 도리킬랴는 의욕에서였든 것이다."

"문학사적 견지에서 어긋나지 않게 하며, 또 되도록 각 유파를 대표하는 시인들의 규모와 작품과 표현도의 정점까지를 엿볼 수 있는 작품 선집을 엮어보려는 것이 선자의 욕심"이라는 머리말과 함께 1950년 서정주는 대표 시인 40명의 시를 엮어 시선집 『현대조선명시선』을 펴냈다. 이 시선집 말미에 실린 「현대조선시약사」에서 서정주는 위같이 『시인부락』의 중심 과제는 '생명'과 '인간성'과 '인간 원형'의 탐구에 있었다고 처음으로 그 문학사적 견지를 밝힌 것이다.

이후 『시인부락』은 '생명파'로서 우리 현대시사에서 일반적으로 자리매김돼오고 있다. 물론 그 중심에 섰던 서정주 시의 생의 강렬한 인상과 육체성, 그리고 첫 시집 『화사집』 이후 누구도 거부할 수 없는 서정주의 현대시사와 문단에서의 위치와 위상 때문일 것이다.

"그는 30년대 전반기 시의 지양을 위해서 누구보다도 투철한 생각을 지니고 있었다. (중략) 그가 행동철학으로 삼은 생의 원초적 형태 탐구 시도 자체가 당시의 한국 시단에서는 아주 특이한 경우였다. 뿐만 아니라 그는 그것을 위한 방법 내지 기법도 어느 정도 터득하고 있었다. 그 결과로 나타난 것이 「문둥이」나 「대낮」 「화사」가 보여주고 있는 충격적 언어 사용이며 고조된 가락의 시인 것이다. 이것은 어느 의미에서든 한국 현대시사 상의 한 사건으로 보아야 한다"[27]는 서정주

27 김용직, 앞의 글, 205~206쪽.

의 초기 시와 생명파에 대한 인식에 대부분의 시인과 문학사가들이 동의하고 있다.

"사람의 기본적 가치의식, 그 권한의식—이런 것 때문에 질주하고 저돌하고 향수鄕愁하고 원시 회귀 하는 시인들의 한때가 왔다. 그들은 왜 그러는지의 역사적 의의를 두루 체득하고 그런 것이라고는 생각되지 않지만, 마치 자연히 그리 된 것처럼 1930년대 후반기의 일정 치하 민족의 최후 질곡이 시작될 무렵, 나체로서 일어서 있었던 것이다."[28]

스물 남짓의 젊음에 무슨 역사적 의의를 두루 체득했다고 질주하고 여기저기 저돌적으로 부닥쳤겠는가. 붙여 맬 수 없는 젊음 특유의 질풍노도 시기, 거기에 일정 치하 질곡에 갇힌 젊음이니 사람의 기본적 가치를 찾으려 생채로 떠도는 마음 오죽했겠는가. 그런 마음들이 '시인부락'을 세워 '생명파'라는 일군의 시인들로 통칭돼왔으며 그 맨 앞에 서정주가 있었다.

28 서정주, 「한국현대시의 사적 개관」, 『서정주문학전집 2』, 135쪽.

未堂

3

질풍노도의 편력 시대

—궁핍한 시대, 8할이 바람이여!

徐廷柱

일제하 공무원 되라고 시킨 공부 싫어 일으킨 바람기

서정주는 1937년 여름을 제주도에서 원색적으로 나고 나서 고창 집으로 다시 반주검이 되어 돌아왔다. 거덜 난 심신을 추스르며 대숲 초당에 머물던 서정주는 추석날 "스물세 해 동안 나를 키운 건 팔할이 바람이다"라는 시 「자화상」을 탈고하고 나서 한숨을 길게 내쉬었다.

'그래, 나는 쫓기려고 태어난 사람이란 말인가? 도망치려고 생겨난 사람이란 말인가? 고향에서 이 안식도 잠시, 귀불을 부는 이 찬 바람기는 또 어디로 가란 시그널이더냐? 식민지 시대 종의 아들로 갈 곳도 갈 길도 없으면서 또 길을 내어 떠나야 하는 나는, 이 시대 우리들은 정녕 바람의 아들이란 말인가?'

태어나 지나온 23년을 스스로 묻고 생각하니 바람처럼 떠돈, 방랑의 삶이었다. 중학 시절 사회주의에 물들어 그 좋은 하숙집을 떠나 빈민촌을 떠돌다 염병에 걸려 죽다 살아난 일. 살아나 이제는 톨스토이의 박애주의 병에 걸려 넝마주이로 떠돈 일. 학생운동으로 중앙고보에서 퇴학 맞고 다시 들어간 고창고보에서도 떠돌고픈 그 바람기 때문에 학생운동에 가담해 자퇴한 일 등이 떠올랐다.

퇴학하고도 집에 얼마 머물지 못하고 아버지 돈을 훔쳐 방황하던 일. 아버지가 그렇게 바라던 경성제국대학은 못 가고 절간에 들어가 중이 되려다 중도 못 되고 도망 나온 일. 중앙불교전문학교에 들어갔으나 이내 작파해버리고 해인사로 들어가버린 일. 해인사에서 나와 시단에 본때 있는 시를 보여주겠다면서 창간한 『시인부락』도 중도에 작파하고 다시 제주의 원시 바다로 떠났다 술로 몸만 망치고 나온 일 등이 주마등처럼 스쳐 지나가며 숨을 헐떡거리게 했다.

"봐라, 정주야. 니 나이가 몇이냐. 인제는 절대 딴 맘 먹지 말고, 딴짓거리 하지 말고 장가가 잘 살도록 해라."

"그러자, 중주야이인. 니 아부지와 내가 봐둔 참한 색시가 있능개 좋은 날 잡아 택일하자이인. 우리덜 속 좀 그만 썩히고."

회한에 사로잡힌 서정주를 보며 아버지 어머니가 또 딴생각으로 집을 떠날까 봐 다짐을 둔다. 양반 출신으로 열세 살 때 향리 과거에 급제했으나 집안이 몰락해 갖은 고생 다 겪다 호남 제일 지주 인촌仁村 김성수金性洙 집 농감農監으로 들어가 살림을 일군 아버지. 그러나 남의 집 종살이 싫어하는 아들의 자존심을 다치게 하지 않으려 그 좋던 마름질도 그만뒀다. 큰아들 경성제국대에 보내 판사 검사 고급 공무원 되길 바라던 아버지였다.

그러나 하라는 공부는 안 하고 빈민굴로, 절간으로, 또 어디로 바람처럼 흘러만 다니는 아들. 집에 어쩌다 새어 들어와도 5분도 오붓이 앉아보는 일 없이 제 초당에 들어가 두꺼비같이 웅크려 박혀서 사람 사는 기척도 안 내는 아들에게 질릴 대로 질린 아버지였다.

서정주는 아버지 바람대로 그 어디 일본인 밑에서 천하고 싼 월급이나 바라고 살기 위한 학교 공부는 죽으로도 하기가 영 싫었다. 그래서 또 무슨 학생운동을 핑계로 부러 퇴학당하고, 자퇴하고 어느 한군데도 진득하게 붙어 있지 못한 것이다. 어디론지 무한정 치달려 가버리고만 싶은 마음뿐. 그래서 "나를 키운 건 팔할이 바람이다"라는 단정적인 시구가 절로, 숨 가쁘게 튀어나왔을 것이다.

안채에서 대숲 속 초당으로 건너온 서정주는 화투로 패를 한번 떼어 보았다. 임이 온다는 공산광패, 그 환한 보름달이 떠오르고 중매쟁이로 통하는 홍싸리 넉 장도 고스란히 떨어졌다.

'중매쟁이가 오고 임이 온단 말이지. 그래, 그렇다면…….'

서정주는 제 혼자 연연하며 달아올라 이리저리 떠돌게 한 그 임은 아주 잊고 장가나 가자고 마음먹었다. 그러면서 영 풀 길이 없는 문제는 이렇게 화투 패로 풀어버리는 것이 첩경이라는, 운명에 대한 체념관 비슷한 걸 갖게 된다. 그런데도 동산 위로 떠오르는 저 달처럼 한 여인의 얼굴, 서정주를 달뜨게 하고 또 잊어버리자며 이곳저곳 떠돌게 한 그 여인의 얼굴이 가슴속에서 둥두렷이 떠오른다.

못 잊을 그 여자, 유나냐 수나냐?

"내 너를 찾어왔다 유나臾娜. 너 참 내 앞에 많이 있구나. 내가 혼자서 종로를 걸어가면 사방에서 네가 웃고 오는구나. 새벽닭이 울 때마닥 보고 싶었다. 내 부르는 소리 귓가에 들리드냐. 유나, 이게 몇만 시간 만이냐. 그날 꽃상여 산 넘어서 간 다음 내 눈동자 속에는 빈 하늘만 남드니, 매만져 볼 머리카락 하나 머리카락 하나 없드니, 비만 자꾸 오고…… 촛불 밖에 부흥이 우는 돌문을 열고 가면 강물은 또 몇천 린지, 한번 가선 소식 없든 그 어려운 주소에서 너 무슨 무지개로 내려왔느냐. 종로 네거리에 뿌우여니 흩어져서, 뭐라고 조잘대며 햇볕에 오는 애들. 그중에도 열아홉 살쯤 스무 살쯤 되는 애들. 그들의 눈망울 속에, 핏대에, 가슴속에 들어앉어 유나! 유나! 유나! 너 인제 모두 다 내 앞에 오는구나."

첫 시집 『화사집』에서 「자화상」을 서시序詩격으로 맨 앞에 올렸다면 종시終詩격으로 끄트머리에 놓은 시 「부활」 전문이다. 온몸이 달아올라 수캐처럼 헐떡거리며 젊음의 뒤안길을 바람처럼 떠돌게 하다 마침내는 돌아와 가슴속에 들어앉은 '유나'의 부활. 그 극적劇的인 맛을 살리기 위한 서정주의 시 배열 전략이 『화사집』의 목차에서 드러난다.

그렇다면 『화사집』 시 세계를 죽었다 살아날 정도로 극적으로 전개시킨 그 인자因子는 무엇인가? 보고픈데 볼 수 없어 서정주 홀로 종로통을 헤매게 한 그 보고픈 임은 누구인가? 서정주와 김동리의 첫사랑 실연기失戀記를 깊이 있고 실감나게 연구한 문학평론가 김윤식 씨가 "그의 정신 속에 파고들어 쇠꼬챙이처럼 통증을 가해오던 그 임O득이 죽은 자리에 '유나'로 부활해오는 형상, 그것이 그에겐 시 자체였던 것이다"[1]라고 했던, 그 '임O득'은 실제 어떤 여자였던가.

"오랫동안 나는 잘못 살었구나./샤알 보오드레-르처럼 섧고 괴로운 서울 여자를/아조 아조 인제는 잊어버려,"(「수대동水帶洞 시」 부분)라고 다짐하고 또 다짐하게 했던 여자. 김동리에게 보낸 편지투의 시 「엽서」에선 "솔작새 같은 계집의 이얘기는, 벗아/인제 죽거든 저승에서나 하자" 했던 그 소쩍새 같은 계집. 그러다 마침내 가슴속에 살아 돌아와 시의 에스프리가 된 그 임, '유나'는 서정주 생애에 있어 어떤 실재의 여인이었나?

"'선생님' '왜' '옛날 초기에 쓰신 시 중에 「부활」이라는 시 있잖아

1 김윤식, 『김동리와 그의 시대』, 민음사, 1995, 178쪽.

요, 전에 제게 붓글씨로 써주시기도 한 그 시 말예요.' '있지.' '그 시에 나오는 여자 이름, 한자로 쓴 그 여자 이름 있잖아요. 꽃상여 타고 산 넘어 가버린 그 여자, 새벽닭이 울 때마다 보고 싶었다는 그 여자요.' '그래.' '그 한자로 쓴 이름을 뭐라고 읽어야 되나요? 臾娜를 유나라고 읽나요 수나라고 읽나요?' '수나지.' (얼마 전 평론가 이남호 교수가 물었었다. 그 발음을 정확히 알 수 없다는 것이었다. 그래서 언젠가 미당 선생을 찾아뵈면 여쭈어보겠다고 약속했었다.) 내친 길이라 어리석은 질문 한마디를 더 잇는다. '그 수나라는 여자, 실제로 있었나요?' '그냥 상징이지 뭐.'
(중략)

그런데 지금 다시 생각해보면 좀 석연치 않은 점이 있다. 1994년 인터뷰 때도 내가 선생께 '유나는 누구죠?' 하고 여쭈어보았을 때 대답은 이랬다. '내가 전문학교 댕길 때, 중앙불교전문학교, 지금의 동국대학이지, 우리 친구가 있었어, 그 사람의 누이동생이 일본 동지사 대학을 다니는데 신여성이었지. 원래는 이름이 유라였는데 그렇게 쓴 것이야. 그 여성은 결국 나보다 훨씬 멋쟁이 핸섬 보이를 따라 가버렸어.'

그러나 나는 아주 어렸을 때부터 수나라고 읽었고 내가 가진 녹음테이프 속에서 윤정희 씨도 수나라고 낭독하고 있는데 미당 선생 문상 때 만난 시인 문정희 씨의 말에 의하면 미당 선생이 생전에 분명히 유나라고 확인하여주셨다는 얘기다. 옥편을 찾아보아도 臾 자의 발음은 유로 되어 있다. 수나와 유나 사이를 오락가락하는 이 수수께끼를 풀어줄 시인은 이제 꽃상여를 타고 산 넘어 가시고 매만져볼 머리카락 하나 머리카락 하나 없으니……."

임종을 앞둔 서정주가 입원하고 있던 성모병원을 찾아가 김화영 씨가 나눈 대화 한 대목이다. 위 글대로 서정주 연구가들에 있어 「부활」

에 한자로 써놓은 '臾娜'는 '유나'인지 '수나'인지 수수께끼였다. 한자로 유臾나 수叟의 모양새가 엇비슷해 오식誤植이 나오기 쉽고, 서정주도 이때는 '유나', 저때는 '수나' 식으로 아물아물 두루뭉수리로 넘어가 끝까지 헷갈리게 했기에.

"「부활」에 나타나는 소녀 이름의 경우, 처음 발표(조선일보, 1939, 7, 19)에는 '순아'라고 표기하다가, 『화사집』(1941, 2, 10)에는 '유나臾娜'로 바뀐다. 세 번째 시집인 『서정주시선』(1956, 11, 30)에 재수록 될 때는 다시 '순아'로 바뀌는데, 이로 미루어보면 한글 '순아'를 한자로 멋지게(?) 표현하려는 욕구가 있었던 것으로 짐작할 수 있다. '유나臾娜'는 '수나叟娜'의 오식일 가능성이 높다."[2]

서정주의 삶과 시 세계 자료를 샅샅이 찾아 조회하며 끊임없이 연구해오고 있는 윤재웅 씨도 헷갈려 하며 유나臾娜를 수나叟娜의 오식 정도로 보고 있다. 그러나 위 김화영 씨와의 대화 속 서정주 말에 그 여인의 정체는 그대로 드러나 있다. 서정주의 혼을 온통 빼앗은 신여성으로 서울 여자였고 또 시의 상징, 그냥 상징이 아닌 서정주 시를 원체험에 생채로 떨게 한 에스프리로서.

서정주 시 세계를 끝까지 홀린 그 여자

"36. 1.: 「벽壁」이 동아일보 신춘 시에 당선되다. 임유라任幽羅와 만나, 가회동 7번지 주변을 배회하다. 휴학. 36. 여름: 해인사에서 묵으며 김

2 윤재웅, 「시인의 길, 벼락과 해일의 길」, 『서정주』, 글누림, 2011, 28쪽.

동리 대신으로 어린이들을 가르치다. 「화사」 「대낮」등을 쓰다. 36. 11.: 『시인부락』(김동리, 이용희, 오장환 등)을 창간하다.

37. 봄: 제주도로 유랑을 떠나다. 「정오正午의 언덕에서」 「고을나의 딸」 「웅계 상」 「웅계 하」를 쓰다. 상경하여 「자화상」을 쓰다.

38. 3.: 방옥숙 여사와 결혼하다."

서정주가 직접 정리한 연보 한 대목이다. 1936년 신춘문예 당선 후 임유라를 만나 배회하다 이내 휴학하고 해인사로 들어갔다. 다시 서울로 돌아와 『시인부락』를 창간했으나 이내 다시 제주도로 유랑을 떠났다가 돌아와 방옥숙과 결혼했다는, 아주 중요한 대목만 요약해놓은 약전略傳인 것이다.

이 짧은 연보에서도 서정주는 "임유라와 만나, 가회동 7번지 주변을 배회"한 사실을 잊지 않고 기록하고 있다. 이 '임유라'가 젊은 날 서정주의 '배회'와 '유랑'을 꿰고 있고 그때 쓴 시들을 일관하고 있기 때문에 자술 연보에도 각인해놓았을 것이다.

"그 여자는 나처럼 문학소녀였고, 일본 유학의 대학생이었고, 또 전라도의 한 고향 사람이었는데, (중략) 나는 기름때가 번지르르한 껌정 세루의 학생 정복에 발뒤꿈치를 기운 양말을 신고, 이 여자의 하숙을 찾아가서는 우두커니 짐승처럼 앉아서 이 여신女神을 질투하고 사랑했지만 말은 영 한마디도 하지를 못했다."[3]

서정주는 자전인 「천지유정天地有情」에서 그 여자에 대해 위같이 좀 더 자세히 쓰고 있다. 당시 유행하던 사회주의에 감염됐고, 어디서나 똑똑하게 잘났고, 연극 지도자나 신문사 기자나 명동 일류 다방 주인

3 서정주, 『서정주문학전집 5』, 1972, 180쪽.

등과도 스스럼없이 어울려 다니며 서정주의 질투를 샀던 여자. 하숙방까지 쳐들어간 서정주를 고백도 못하고 우두커니로 바라만 보며 여신처럼 섬기다가 그냥 나오게 만든 여자였다고 고백하고 있다.

"해와 하늘빛이/문둥이는 서러워//보리밭에 달 뜨면/애기 하나 먹고//꽃처럼 붉은 울음을 밤새 울었다"는 시 「문둥이」에서처럼 꽃처럼 붉은 울음을 밤새 울게 하며 문둥이와 같은 지독한 격리감에 떨게 했다고 서정주는 자전에 쓰고 있다. 초등학교 3학년 때 짝사랑한 일본 여선생님의 환영幻影이 이제 구체적 관능으로 자신과 맞대면하고 나타난 여자이지만 서정주는 자전에서도 끝내 이름은 밝히지 않고 '여신격女神格'으로만 남겨두고 있다.

"미당은 같은 고향 사람이라면서 어떤 아가씨를 내게 소개했다. 임아무개라는 연극배우였는데, 대단한 미인이었다. 내가 보니 미당이 슬그머니 좋아하면서도 말을 못하고 있었다. 나는 안타까워 볼 수가 없었다.

'내가 가서 자네 심정을 전하고 담판을 지어올게.' (중략)

그 아가씨는 방 안에 물색 치마저고리를 나비처럼 접어서 걸어놓고 그 아래 단정한 자태로 앉아 있었는데, 정갈하고도 요염했다. 내가 편지를 전하고 미당이 장차 위대한 시인이 될 사람이니 그의 고뇌를 덜어주도록 특별 상대로 정해달라고 요청했다. 여인은 비죽이 웃고 나서 자기에게는 사랑하는 상대가 있음을 완곡하게 토로했다."[4]

사랑 고백도 못하고 하숙집 주변을 배회하며 문둥이처럼 붉은 울음을 우는 친구가 하도 가여워 김동리가 대신 연애편지를 전했다. 여러

4 김동리, 「미당과의 만남」, 『나를 찾아서』, 110쪽

잘난 상대를 당당히 만나는 그 여자에게 서정주를 '특별 상대'로 대우해줄 것을 요청했으나 이미 딴 남자가 있다고 거절한 것이다.

그런 대답을 전해 듣고 더 심하게 앓는 친구에게 김동리는 "그래, 이 문둥이야, 차라리 죽어삐리라"라고까지 했다. 그렇게 죽을 정도로 상사병을 앓고 있는 친구를 보다 못해 김동리는 "그런 여자는 아주아주 잊어삐리라"라며 자신이 머물렀던 해인사로 내려가게 주선했던 것이다.

"실버들 늘어진 네 갈림길에서/이쁜 암여우가 둔갑하여/"아이갸 나!" 튀어나오는/아지랑이랄까? 그 허리의 사향 주머니랄까?/그깨 성황당에 걸어논 비단 헝겊이랄까?/나는 선잠에서 깬 어느 때부턴지/바람 불 때마다 싸아한/여기 말리어 헤매 다니고 있었다./여러 달밤이 이울 때까지/전신주처럼 서서 울며/또/양말 뒤축이 다 빵꾸 나도록/이 도량道場 안을 헤매 다니고 있었다./그리하여/내가 풀려나기 비롯한 것은/내 빵꾸 난 양말의 발꼬린내에/그네가 드디어 못 견디어서/양말 안 빵꾸 나는 사내에게로/살짝 그 몸을 돌려 버린 그때부터다."

1983년 칠순을 앞두고 평생 잊을 수 없는 일들을 이야기체 시로 엮어 펴낸 담시집譚詩集『안 잊히는 일들』에 실린 위 시「ㅎ양」에서 그 여자는 'ㅎ양'으로 나타난다. 달이 이울고 날이 밝을 때까지 여러 날 밤을 그녀의 하숙집 앞 전신대에 서서 울게 한 여자. 구멍 난 양말을 신고 고백하려 하숙방으로 쳐들어갔으나 우두커니 앉아 있다 나오게 한 여자. 그리하여 서정주를 바람처럼 헤매고 떠돌게 한 그 여자는 위 기록들만 정리해보면 '임유라'임이 분명할 것이다.

「화사」의 '순네',「수대동시」의 '서울 여자',「엽서」의 '소쩍새 같은 계집',「부활」의 '유나', 그리고「ㅎ양」도 약전에서 밝힌 '임유라'가 둔

갑한 여자들일 게다. 소싯적 여선생에 연원을 둔 그 임유라는 『화사집』 이후의 시 세계에서도 "너 인제 모두 다 내 앞에 오는구나"라며 '누님' '파소' '수로부인' '선덕여왕' '관음보살' 등으로 무궁무진 둔갑해 환한 햇살 아래 사방에서 부활하고 있다.

그러니 시 「ㅎ양」에서 그 여자가, 아니 그 여자 때문에 열병을 앓으며 헤매 다닌 질풍노도의 젊음이, 시의 문맥상 난데없는 '도량道場'이란 말로 터져 나왔을 것이다. 어찌해볼 수 없는 실제의 그 여인을 "즈믄 밤의 꿈으로 맑게 씻어"(「동천冬天」 부분)가며 우주 삼라만상과 온몸과 혼으로 교접交接하는 시 세계를 닦게 한 도량이 그 여자 임유라 아니었겠는가.

순아, 수나, 유나의 실제 인물은 임순득任淳得?

"선생님, 미당 시에 나오는 수난가 유나라는 여자 이름 있지요. 어느 이름이 맞나요. 그리고 실제로는 어떤 여자였나요."

"미당 말대로 그냥 상징적인 이름으로만 알아두는 것이 맞을 것이여. 임유라의 실제 이름은 임순득이야. 내가 형 편지도 직접 전해주곤 했응께 분명히 기억나. 아버님이 인촌댁 일 그만두고 부안에서 고창 월곡 집으로 이사했을 때 전에 그 집에서 살던 주인집 딸이었지. 내가 형 연애편지도 전해주곤 했던 그 여자는 형 결혼식 올릴 때도 제 어머니를 보내 축하해줬었어."

내가 그 여자 이름이 임유라임을 확신하며 2013년 4월 서정태 시인을 고창 질마재로 찾아가 물었을 때 뜻밖의 이름 '임순득'이 나왔다.

문학사적으로 1930년대 여성해방론을 부르짖던 소설가요 평론가였던, 그리고 사회주의자로 월북한 그 임순득이 실명이었다.

이를 확인하기 위해 1940년 2월 1일에 탈고해 그해 『인문평론』 3, 4월호에 기고한, 서정주 기억 최초의 기록이랄 수 있는 글 「나의 방랑기」를 다시 한 번 들여다보자.

"유라! 임유라! 너는 왜 하필 이런 때를 가리어서 내 앞에 나타났느냐. 불 꺼진 너의 창문 앞에 전신주를 기대어 섰던 그 많은 밤을, 나는 사실인즉 불치의 천형병자天刑病者였다. 능구렝이었다. 익사하려는 슬픔이었다. 자초지종 이야기하자—"[5] "시작詩作이란 것의 배경 내지 밑바닥을 이루는 것이 무엇인지를" 밝힌 위 글에서 서정주는 시작의 배경으로 '임유라'라는 이름을 처음으로 밝혔다. 자신을 천형병자로, 능구렁이로 만들며 자살까지 기도하게 한 임유라를 향한 짝사랑을 자초지종 고백해놓았다.

그 고백에 따르면, 서정주가 고창고보에 편입하자 공부시키기 위해 가족 전부가 부안에서 고창군 고창면 월곡리 죽방으로 이사했는데 그 집 전 주인이 바로 임유라의 부친이었다. 전주로 이사 간 그 임씨가의 둘째 아들이 문학을 공부하는 사람이고 그 밑의 딸(유라)이 서울 모 여학교에 다닌다는 것쯤 풍편으로 듣기는 하였으나 서정주와 아무런 교섭은 없었다.

1936년 동아일보 신춘문예에 「벽」이 당선돼 1월 3일자에 실리자 유라의 그 둘째 오빠 사명史明의 눈에 들어 그가 고창 죽방으로 서정주를 찾아왔다. 자신의 누이도 그 시를 좋아한다며. 이것이 계기가 돼 며칠

5 서정주, 「속 나의 방랑기」, 『인문평론』 1940년 4월호, 69쪽.

뒤 서정주는 상경할 때 전주 청수정 그들의 집에 들러 하룻밤을 묵었다. “그들의 과도한 친절과 유라의 미모와 그 소프라노에 가까울 만큼 울리는 음성 속에서 아무 말도 못하고 앉아만 있”[6]다 서정주는 이튿날 바로 기차를 타고 상경했다.

그 2, 3일 후 임유라도 서울로 왔다. 그러자 김동리 하숙집에서 기숙하던 서정주는 가회동 7번지 그녀의 하숙집으로 김동리와 함께 거의 날마다 찾아가 두세 시간 씩 아무 말도 못하고 벙어리처럼 앉아 있다만 나오곤 했다. 동리가 다방에 가자고 해도, 서정주가 보들레르 시집 『악의 꽃』을 사다줘도 냉랭하기만 하던 유라.

“전신주 밑에서 밤을 밝히다가 금강주를 몇 곱부 연이어 마신 다음에, ‘유라!’ 그렇게 부르고 들어가면 ‘여, 어디서 이 지독한 술 냄새가 나?’ 하고는 낄낄거리고 웃는 이빨이 날카로운 박성춘朴成春이가 있었다.”[7]

유라에게는 이미 다른 남자가 있었다. 그 사실도 알고 그 남자에게 조롱까지 당했으면서도 서정주는 꼬박 사흘이나 걸려 단 다섯 줄의 연애편지를 썼다. 동리가 그 편지를 유라에게 전해주자 아무런 회답도 없이 그냥 한번 픽! 웃더란 것이다.

동리는 그런 그녀를 빨리 단념하기를 권했으나 그래도 서정주가 못 잊어 하자 그렇다면 차라리 죽으라고까지 말했다는 것이 서정주가 1940년 처음으로 고백한 임유라를 향한 짝사랑의 전모이다.

서정태 시인의 말을 듣고 임순득에 대한 자료와 연구를 찾아봤다. “1915년(1세) 2월 11일, 전북 고창에서 태어남. 본적은 전북 고창군 고창면 월곡리 276번지. (중략). 둘째 오빠 임택재任澤宰와 제일 가까이 지

6 위의 글, 69쪽.
7 위의 글, 70쪽.

냈던 것으로 보인다. 임택재는 식민지의 사회주의 운동에 관여하고 수차례 일제에 체포, 구금당한 끝에 일제 말에 병사한 인물이다. 임순득의 작품에는 이런 임택재의 모습이 비치는 인물이나 사건이 자주 등장한다."[8]

국문학자 이상경 씨가 임순득을 중심으로 1930년대 후반기부터 해방기까지 여성 문학을 연구한 저서 『임순득, 대안적 여성주체를 향하여』 권말에 실은 임순득 연보 첫 부분이다. 임순득의 본적이 서정주가 밝힌 고창 집 주소와 일치한다. 오빠 임택재는 임순득 실명을 그대로 밝힐 수 없었듯 가명인 '사명'으로 처리했을 것이다.

"내가 우리 근대 문학과 여성 문학을 보는 관점에서라면, 1910년대 세대는 남성의 부속물로서의 여성에서 벗어나 독자적인 인간이 되기를 갈망한 나혜석, 1920년대 세대는 개인의 해방에서 나아가 고통받는 하층 계급과의 연대를 모색했던 강경애, 그리고 1930년대 세대는 식민지 조선을 '여성이 자립하기에 가장 어려운 환경'으로 규정하고 여성에게 씌워진 성적 · 계급적 · 민족적 억압이라는 삼중의 억압 저편의 새로운 삶, 대안적 여성주체를 꿈꾼 임순득으로 대표된다."[9]

이상경의 연구에 따르면 나혜석, 강경애 등 전설적 여성해방론자 뒤를 잇는 여성이 임순득이다. 임순득은 이화여고보에서 학생운동을 주동하다 퇴학당했고 편입한 동덕여고보에서도 독서회 사건으로 퇴학당해 국내에서는 학교 다니기가 어려워 일본으로 유학 간 것으로 추정된다.

1937년 2월 『조선문학』에 단편 「일요일」로 등단한 임순득은 여성 해

8 이상경, 『임순득, 대안적 여성주체를 향하여』, 소명출판, 2009, 469쪽.

9 위의 책, 5쪽.

방 문학을 주장하는 비평문을 조선일보 등을 통해 계속해서 발표했다. 일제 말 장하인(?)이란 사람과 결혼해 강원도에서 살다 해방 후 원산, 평양으로 이주해 북한 문학에 복무하며 활발히 문필 활동을 펼친 것으로 연구돼오고 있다.

"임순득이 1933년 여름 동덕여고보를 퇴학당한 뒤, 1937년 2월 「일요일」이란 단편소설을 발표하여 작가로 등단하고 연이어 세 편의 평론을 발표하기까지 4년 가까운 기간 동안 무엇을 하고 지냈는지, 어떤 경로를 통해 작가와 평론가로서의 길을 걷기로 했는지에 관해서는 분명하게 밝혀진 것은 없다."[10]

서정주가 처음 만나면서부터 달아올랐던 1936년도에 임순득은 일본 유학에서 돌아와 서울 견지동에 있는 조선미술공예사에서 기자로 일하며 문학 공부도 열심히 한 것으로 드러나고 있을 뿐이다. 자신이 사랑하는 남자의 연구비, 혹은 옥바라지를 위해 일했던 것으로도 알려지고 있는 그 임순득을 짝사랑하며 서정주는 '조선의 비용'(「나의 방랑기」를 실은 『인문평론』은 편집 후기에서 서정주를 중세 프랑스의 방랑 시인 프랑수와 비용에 빗대어 그리 수식했음)으로 불리면서 끝없이 방황한 것인가.

폐도廢道에 떠오른 아름다운 신라의 무지개, 김동리

"오늘 주머니도 넉넉하고 술도 적당히 취했응께 이제 그만 이 선술집은 작파하잔께. 자네 좋아하는 그 색시 있는 카페로나 가볼꺼나."

10 위의 책, 98~99쪽.

"니 또 그 여자 생각나서 이러는구나. 다른 남자 좋다는 여자란 잊는 게 상책이여, 즈발 좀 잊어뿌려라, 이 문둥아. 내사 못 봐주겠구먼."

1936년 늦은 봄밤 관훈동 선술집에서 아무 말 없이 약주만 들이켜던 서정주가 같이 마시던 김동리한테 일어서자 했다. 김동리는 또 임아무개 그 여자 때문에 괴로워하고 있다는 걸 익히 알기에 순순히 일어나 일행을 부추겨 종로통에 있는 낙원카페로 향했다. 그대로 그 자리에서 더 마시다간 술이 더 오르면 서정주는 소피본다는 핑계로 나가서 또 그 여자가 사는 가회동 7번지 주변을 밤새도록 혼자서 배회할 게 뻔하겠기에.

낙원카페는 종로통에서 가장 크고 화려한 술집이었다. 술 시중 드는 여종업원만도 100명이 넘는 집이었다. 문단에 갓 나온 젊은 문인들이 가기엔 턱없이 비싼 술집이었다. 선술집에선 푸짐한 안주가 거저 나오는 약주 한 잔에 5전인데 카페에선 맥주 한 병에 50전이었다. 거기에 급료가 없는 여종업원들에게 팁도 1원쯤은 알아서 따로 줘야 했다.

"어이, 총각. 여기 맥주 4병이랑 우리네 이쁜 색시들도 데려와보게나."

서정주가 불콰한 얼굴로 호기롭게 주문했다. 기타와 아코디언과 바이올린 밴드에 취해, 볼과 목덜미를 간질이는 여자들의 입술과 분 냄새 살 냄새가 하 그리워서, 호주머니들을 쥐어짜 추렴해서, 그것도 1차로 선술집에서 취한 뒤 찾아와 한두 병 시켜 한 모금씩 찔끔거렸던 맥주를 처음부터 4병이나 시킨 것이다.

"어이, 기왕이면 나는 일본 색시로 붙여줘. 기모노는 말야, 거기 거노다지에 손 넣고 주물럭거리기 좋거든."

일행 중 한 명이 기모노는 그래서 좋다며 일본 여종업원을 데려오라 했다. 일행 넷은 그렇게 어울리다 낙원카페에서 나와 다시 엔젤, 동양

구락부 등 카페를 순례했다. 12시 넘어 카페가 문을 닫자 선술집 문을 두드려 주모를 깨워가며 밤새도록 마시다 날이 샐 무렵 청진동에서 해장국을 먹고 함께 근처 여관방을 찾아들었다.[11]

"어이, 정주. 꾹 참고 없는 인연은 잊어버리는 게 상책 아니겠는가. 머리도 식힐 겸 어디 멀리 여행이나 갔다 오면 어떻겠는가. 응? 잊자고, 잊어버려."

다른 둘은 코를 골며 잠에 떨어졌는데 서정주는 아무리 취했어도 몸을 뒤척이며, 끙끙 앓으며 잠을 못 이루고 있었다. 그러다 슬그머니 일어나 길 건너편 가회동 그녀의 하숙집으로 찾아갈까 옆에 누워 지켜보던 김동리가 다독이며 말했다. 그러면서 자신이 머물렀던 해인사에 다리를 놓아줄 테니 한철 머물다 오면 어떻겠느냐고 떠봤다.

"고맙네그려, 동리. 난중에 생각해볼 테니 이제 자네도 눈 좀 붙이시게. 염려 놓으시고."

일행은 해가 중천에 떠서야 일어났다. 어제 저녁부터 만나 선술집과 카페 순례로 일행의 호주머니는 텅텅 비어 있었다. 그해, 그러니까 1936년 서정주와 김동리가 동아일보 신춘문예 시, 소설 당선 상금으로 각각 탄 50원도 그렇게 다 떨어져간 것이다. 다른 두 명은 제 갈 곳들로 가고 둘은 창경궁 맞은편 연건동 김동리 하숙집으로 갔다.

"그래, 내가 아까 말했던 해인사는 생각해봤는가. 가야산 깊은 산골에 파묻혀 훈장질도 하고 시도 쓰고 하면 좋지 않겠는가."

"그래, 고맙네. 근데 가기 전에 꼭 한번 만나고픈 사람이 있구먼."

"누구? 또 그 몹쓸 여자 생각인가? 잊자고 산속으로 보내는 건데 그

11 김동리, 「카페시대」, 『나를 찾아서』, 151~157쪽 참조.

러면 더 영 못 잊는 거여. 그럴 거면 해인사도 뭐도 다 집어치우고 나가 죽어뻬리라."

"아니랑게, 가기 전에 그 이상 선생 한번 만나봐야겠네. 내 것보단 아주 더 많아 보이는 그 비극량悲劇量을 짊어지고도 '날자 날자 한번 더 날아보자'는 그 '박제剝製가 된 천재'와 기어코 한 번 더 마시고 싶당게. 그렁게 자네 술값 좀 마련해보소."

자기 것보다 많은 이상의 그 비극량을 보겠다는 서정주의 말은 진심 같았다. 함형수하고 몇 번 이상 시인을 같이 찾아가자 할 때도 김동리는 가지 않았었다. 이번에도 내키지 않았다. 김동리는 양복 한 벌을 손에 들고 어둑해질 무렵에야 집을 나섰다. 서울로 올라와 처음으로 맞춘 그 새 양복을 전당포에 잡히고 빌린 돈을 서정주에게 쥐여주며 그 작은 키에 온몸이 흔들리도록 손을 흔들어줬다.

수하동, 청계천변 가까운 토굴 같은 단칸방 집을 찾아가니 이상은 그때서야 부스스 일어났다. 낮을 밤으로, 밤을 낮으로 사는 위인인 줄 익히 알기에 밤이 다 돼서야 찾아간 것이다. 만나면 그랬듯 그 토굴 밖을 나와 둘은 산보를 했다. 산보란 것이 걸어가다 선술집이 보이면 들어가 한잔하고 나와 또 다른 술집에서 한잔하고 날이 세도록 술집을 순례하는 것이었다.

그렇게 술집을 순례하며 서정주는 이상에게서 하늘 밑 땅 위에서 생겨난 문인들 속에서 제일 마지막 극한점에 놓인 비극량의 그 처절한 진통을 보았다. 그런 이상이 서정주는 꼭 자신의 정신적 형님처럼만 느껴졌다. 날이 샐 무렵 청진동 해장국집에 들러서도 국물에는 입도 안 대고 술만 마시는 이상에게 머리도 식힐 겸 해인사 가야산 산속으로 들어가겠다고 했다.

"다 소용없는 일입디다. 부질없어요, 요렇게 생겨먹은 시대에는……."

이상은 네 처지 다 알겠다는 양 낄낄거리며 자신도 환한 날 기약하며 이리저리 햇살 좋은 데 다녀봤지만 다 부질없는 짓거리라 했다. 그래 소용이 없는 짓거리인지 어디 한번 해보자고 서정주는 마음속으로 다짐했다. 그러고는 이상과 헤어져 서울역으로 향했다.

일자리와 발표 지면을 찾아 신문사나 잡지사를 기웃거리려면 꼭 필요한 단벌 양복까지 저당 잡혀 술값과 여비를 마련해준 김동리. 자신에게 들어온 해인사 훈장 자리를 친구를 위해 선뜻 내준 우정을 위해서라도 서정주는 해인사로 내려가 다시 태어나야 했다.

"1933년 가을 이래 우리는 인생과 문학과 민족과 국가와 그리고 세계관이라고 하는 것에 이르기까지 항상 같은 보조로 왔다. 뿐만 아니라 그동안 계속 술을 사랑하고 여인을 그리워하고 자유를 귀히 여기는 점에 있어서도 같은 보조로 왔다. 이것은 누가 누구를 이끈다거나 민다거나 해서가 아니라 저절로 이루어졌던 것이다. 그러니 이건 전세前世의 인연 같은 것이 아닐까."[12]

김동리는 서정주와의 인연을 이렇게 '전세의 인연'이라 했다. 그런 김동리가 1996년 자신보다 먼저 이승을 떠나자 서정주는 그의 묘비명에 이렇게 썼다. "무슨 일에서건 지고는 못 견디던 한국 문인 중의 가장 큰 욕심꾸러기/어여쁜 것 앞에서는 매양 몸살을 앓던 탐미파 중의 탐미파/신라 망한 뒤의 폐도廢道에 떠오른 기묘하게는 아름다운 무지개여"라고. 먼저 죽으면 산 사람이 묘비명을 써주기로 했을 정도로 둘은 평생 삶과 문학의 도반道伴이었다.

12 김동리, 「미당과의 만남」, 위의 책, 112쪽.

필자가 취재차 서정주를 만나면 김동리 소식을 묻곤 했다. "그래, 요새 동리 선생은 만나봤남. 건강은 어떻던가, 요즘도 술 요렇게 나처럼 잘하던감"이라고. 또 바로 아래 후배 문인들에겐 짓궂게 이렇게 묻기도 했단다. "그래, 동리 그 친구 요새도 여자하고의 그 짓도 잘 되더라고 자랑하던감"이라고. 둘은 평생 그렇게 서로 밉잖게 시샘하는 허물없는 사이였다.

그 여자 잊으려 해인사로

"스님, 서정주입니다. 친구인 김동리 소개로 왔습니다."

때에 절었지만 그래도 금빛 단추가 반짝반짝 빛나는 중앙불교전문학교 교복을 입은 채로 1936년 5월로 접어들자마자 서정주는 합천 해인사로 내려갔다. 중앙불전은 큰 사찰들이 나서서 세운 불교종립학교여서 그 재학생들이 절에 들르면 얼마간 숙식을 제공하며 여행과 공부에 편의를 제공하도록 되어 있었다. 서정주는 주지 스님을 찾아 큰절을 올리며 김동리가 준 소개장을 내밀었다.

"오, 범부 선생 동생분 친구시군요. 잘 오셨소. 글 안 해도 학당에 훈장 선생 한 분 더 있었으면 했는데 그 소설가 선생이 알고 보내줬군요. 근데 화상和尙을 가만 보자 하니 머리도 길고 속에 담은 근심과 울화도 길군요. 다, 싹둑 잘라내 저 맑은 냇물에 씻고 떠내려 보내시지요. 음, 관세음보살."

서정주는 해인사 가야산 산골을 기어오르며 울었다. "오— 그 굉장한 진달래꽃. 아마 진달래꽃이 너무 많이 핀 까닭이었는지도 모른다"[13]라고 진달래꽃 핑계를 댔지만 아마 그 여자 때문일 것이다. 그 여자 잊으려 이 깊은 산속 절간까지 쫓겨온 자신이 밉고 후회스러워 울었을 것이다. 주지는 그런 속내를 단박에 알아보고 '싹둑 잘라버리라'고 일갈했을 것이다.

주지 스님은 학당에서의 일과를 알려주고 월급으로 13원씩 주겠다 했다. 숙소는 본사 건너편 한 마장 거리에 있는 원당암으로 정해줬다. 해인사에서는 당시 '해명海明학당'이란 학교를 세워 절 권속과 인근 화전민 자녀들에게 초등학교 과정을 가르쳤다. 서정주는 국어, 당시로는 일본어와 산수를 위주로 하는 오전반 하급 과정을 맡기로 했다.

초등학교 학령의 꼬마들은 물론이고 처녀 총각이나 자신보다 나이 많은 어른들도 제법 많았다. 그런 학생들에게 히라가나와 가타카나나 가르치고 덧셈 뺄셈이나 가르치기 싱거워 차차 우리네 옛이야기나 서양 신화도 들려주게 됐다.

오전 수업만 하면 오후엔 양껏 다 놀아도 좋아 천하에서 두 번째 가라면 서러울 그 해인사 산골 맑은 계곡 물에 날이면 날마다 발가벗고 들어가 뒹굴며 놀았다. 그렇게 순 나체로 물속에 드러누워 그녀를 잊으려, 이상 시인의 비극에 비하면 하잘것없는 비극의 조무래기들을 극복하려 했다.

그러면 그럴수록 계곡 건너 보리밭 저쪽 끝 한편에서 진땀 뭉치같이 억센 남편과 함께 밭일을 하는 모란꽃이랄까 접시꽃 같은 젊은 아낙만 눈길에 더 들어왔다. '아, 몹쓸 것의 마군이여, 이 무명의 혼돈이여' 물리치려 했지만 그런 날 밤이면 그 젊은 아낙을 떠올리며 수음手淫을

13 서정주, 「속 나의 방랑기」, 71쪽.

하기도 했다.

따서 먹으면 자는 듯이 죽는다는
붉은 꽃밭 새이 길이 있어

핫슈 먹은 듯 취해 나자빠진
능구렝이 같은 등어릿길로,
님은 달아나며 나를 부르고……

강한 향기로 흐르는 코피
두 손에 받으며 나는 쫓느니

밤처럼 고요한 끓는 대낮에
우리 둘이는 왼몸이 달어……

해인사에 와서 맨 처음으로 구상한 시「대낮」전문이다. 온통 여자, 그것도 못 이룬 육욕만 차 있으니 훈장으로서 교육이 제대로 되어질 리 없었다. 절간 분위기가 무명의 어둠을 가셔줄 리 없었다.

해서 절 근처 밀주집에 가 안주로 북어를 쫙쫙 찢어 다시 살생해가며 도무지 여자답지 않은 주모를 희롱하기도 하고 총각 머슴과 안주인이 땀 뻘뻘 흘리며 하는 그 짓거리를 훔쳐보기도 했다. 그러다 성이 안 차면 불경 공부 하러 온 거사들과 어울려 절 아랫마을 색싯집으로 내려가 술을 고래로 마시고 색시들을 꼬여내 혼숙하기도 했다.

"어이 거기 시인 거사님, 나 좀 봅시다."

그러던 어느 날 근엄해 보이는 한 신사가 서정주를 불렀다. 승려 출신으로 영남의 불교계 3 · 1독립만세운동을 이끌었고 프랑스 파리 대학 철학과를 졸업하고 돌아와 해인사에 머물며 강원講院에서 불경과 철학을 가르치고 있는 김법린金法麟이었다. 서정주와는 해인사에서 처음 만나 통성명 정도만 하고 지내는 사이였다.

"벌건 대낮인데도 여직 미명未明을 헤매고 있나 보군. 좋아요, 아주 보기 좋군, 미명에 취하고 술에 취한 그 불콰한 얼굴이. 그러지 말고 학생, 나한테 불란서 말 배우면 어떻겠는가. 시인이고 보들레르를 좋아한다 하니 원어로 직접 읽으면 거 훨씬 더 좋지 않겠나."

김법린은 자신도 불전 전신인 불교중앙학림 출신이니 알고 보면 학교 선배라며 서정주의 그 음주 행각을 따끔히 혼내고 나서 불어를 직접 가르쳐주겠다고 했다. 절 생활이면 절, 학교면 학교, 인생살이면 인생이 자신보다 한참 선배인 그 말씀에 주눅 들어 서정주는 다음 날부터 틈틈이 불려가 불어를 배우기 시작했다.

"그래, 그렇게 열심히 공부해야지. 시대가 아무리 어두워도 젊음을 방황의 미망으로 흘려보낼 수만은 없지 않은가. 언젠가 우리나라에 밝은 날이 올 게고 그때 우리 같이 불란서 학술과 문학 번역 사업도 해보자구."

광복의 날을 예감하고 준비하며 그렇게 자신에게 불어는 물론 삶에 대해 가르치는 선배가 미더웠다. 그런 혜안으로 김법린은 광복 후 이승만 정권에서 문교부장관을 역임하고 말년에는 동국대 총장을 지냈다. 이때 김법린에게 불어 공부를 시작한 서정주는 이후에도 틈틈이 익혀 프랑스 유명 시인들의 시를 직접 번역해 감상해가며 시작詩作에 참고했음이, 1950년 봄부터 1999년 2월까지 반백년간 대학 노트 등에 기록한 시작詩作 노트에 그대로 드러나고 있다.

1956년에는 '불란서 명시 감상'이란 코너를 신문에 연재하기도 했다. 불어는 물론 영시도 직접 번역했을 뿐 아니라, 희랍어도 배우며 고대 그리스 시를 직접 읽고자 한 흔적을 시작 노트에서 찾아볼 수 있다.

서정주는 그렇게 김법린과의 불어 공부에 재미를 붙여가며 술과 여자를 잊어가는 듯했다. 그러던 어느 날 해인사 경내인가 가야산인가를 그리고 있던 묘령의 한 여성 화가가 서정주에게 다가왔다.

"선생님, 안녕하세요. 절 아래에서 우리 몇 번 마주쳤지요. 저는 서양화를 그리는 사람입니다. 이 해인사 경내에서 장발에 교복 차림이 참 유니크 하다고 할까, 모던 하다고나 할까. 아무튼 저랑 잘 통할 것 같네요."

절 아래 여관에서 한동안 투숙하며 그림을 그리고 있는 여자였다. 술 마시러 다니며 몇 번 마주쳤던, 모던해 보이던 그 여자가 통성명 하며 자신의 여관으로 놀러 오라 초대한 것이다. 그런 굉장한 유혹에도 불구, 서양 귀부인풍의 사치한 옷차림과 그 비단결 같은 살결에다 자신의 기름때 묻은 학생복을 비교해보곤 차마 찾아갈 수가 없었다.

화가 고흐나 철학자 니체만큼 여자에게 숙맥이라 그랬을 것이라 회고하고 있으나 아닐 것이다. 그건 서정주 특유의 능청이고 발뒤꿈치가 구멍 난 양말 때문에 차인 모던 걸 그 여자가 가슴속에 똬리를 틀고 있었기 때문일 것이다.

"크레오파트라의 피 먹은 양 붉게 타오르는/고은 입설이다…… 스며라! 배암.//우리 순네는 스물 난 색시, 고양이같이 고운 입설…… 스며라! 배암"이라며 타오르는 육욕을 숨 가쁘게 토하는 「화사」도 바로 이때 구상한 시이다. 그러나 시 속의 그런 불붙는 육욕, 원색적 관능은 실제 상황이 아니었다.

"이런 따위 육감이라 할 수 있는 것도 별다른 실제의 경험도 없는 마음속의 도가니 속만의 일"[14]이라 털어놓았듯이 말이다. 그러나 시인이든 아니든 마음속 도가니가 실제보단 언제나 활활 더 강렬하게 끓어오르는 법 아니던가. 더구나 못 이룬 사랑의 원망, 콤플렉스가 더할 때는 더욱더 불타오르지 않던가.

이제 잠자리에 누우면 무명의 어둠 속에서 소쩍새 울음이 제대로 들려오기 시작했다. 제 피 울음에 제가 취해 우는 소쩍새 울음에 임을 다신 돌아오지 못하게 서역 삼만 리로 꽃상여 태워 보내려 했다. 서정주는 소쩍새 울음소리를 들으며 그렇게 쓰라린 기억을 미화美化해 매장시키려 했다.

"눈물 아롱 아롱/피리 불고 가신 님의 밟으신 길은/진달래 꽃비 오는 서역西域 삼만 리./흰 옷깃 여며 여며 가옵신 님의/다시 오진 못하는 파촉巴蜀 삼만 리.//(중략)//초롱에 불빛, 지친 밤하늘/굽이굽이 은핫물 목이 젖은 새,/차마 아니 솟는 가락 눈이 감겨서/제 피에 취한 새가 귀촉도 운다./그대 하늘 끝 호올로 가신 님아"

그때 그렇게 쓴 시가 위 「귀촉도」이다. 이 시는 중앙불전 동기생 최금동崔琴桐이 1937년 동아일보 신춘문에 시나리오 당선작 「애련송哀戀頌」에 넣겠다고 해 쓴 시이나[15] 정작은 서정주 자신의 그 서러운 연애를 삭히고 삭혀 어떻게든 미화하려 한 시이다.

그러나 창틈으로 날아든 박쥐 새끼 한 마리가 문제였다. 방 안을 휘젓고 다니며 고추씨 같은 이빨을 드러내고 "빽빽빽빽"거리는 치 떨리

14 서정주, 『서정주문학전집 3』, 185쪽.

15 위의 책, 186쪽 참조.

는 소리에 신경이 곤두서 그놈을 잡아 날갯죽지를 벌려 벽에 못으로 박아버렸다. 그럴수록 더욱 신경을 곤두서게 삣삣거리는 소리를 들으며 「화사」 초고를 써내려갔다. 소쩍새 울음소리에 실려 저 서역 삼만리로 보내지 못하고 아직 삣삣거리는 그 박쥐 울음소리로 그 여자는 가슴속에 생채기로 박혀 있었던 것이다.

여름철 초당 칩거와 겨울철 서울 카페 방랑

1936년 5월부터 7월까지 세 달을 해인사에서 묵은 서정주는 고창 집으로 돌아왔다. 왔다는 인사도 하는 둥 마는 둥 하고 대숲 속 제 초당으로 쪼르르 올라가는 아들의 행색을 보고 아버지는 억장이 무너져 내렸다. 정초에 동아일보 신춘문예에 당선돼 정식으로 시인의 길로 들어섰을 때부터 아버지는 예감했었다. 이젠 정말 내놓은 자식이라고.

고창고보를 자퇴하고 자신을 피해 떠돌아다니다 마주쳤던 아들의 눈동자가 떠올랐다. 이번만큼은 그놈의 바람기에 사생결단을 내려 돌을 집어들고 내리찍을 듯 엄포를 놓을 때 아들도 돌을 들고 온몸으로 부들부들 떨던 그 눈동자에서 아들을 아비 뜻대로 성공시키겠다는 욕심은 진즉에 놓아버렸다. 그래도 제 몸뚱이는 제 알아서 건사해야 하거늘. 저 기름때 절절 흐르는 장발에 푸석푸석한 몰골이며 불면 날아갈 듯한 몸뚱어리라니.

초당으로 올라가며 자신의 뒷모습을 보고 혀를 차고 있을 부모의 마음을 생각하니 서정주도 마음이 싸하게 아파왔다. 중앙고보에서 퇴학맞고 온 아들을 고창고보에 편입시키고 나서 아버지는 부안에서 고창으로 이사를 왔다. 남의 집 마름이 싫다는 아들의 말에 따라 인촌댁 농감 일도 그만뒀다.

아들의 공부를 위해 본채에 이어진 3백 평 대밭 속에 방 한 칸 마루 한 칸짜리 초당을 지어줬다. "인제는 딴생각 내지 말고 학교 공부를 계속해 마치도록 해라"라고 신신당부하며. 그런데도 아들은 여직까지도 그 딴생각을 내지 않을 길이 없어, 이렇게 바람같이 떠돌고 있으니 부모님 마음속이야 오죽했겠는가.

한번 틀어박히면 대숲으로 둘러싸여 가족은 물론 세상과도 두절되는 그 초당에서 서정주는 해인사에서의 일들을 떠올리며 그곳에서 구상하며 잡은 시편들의 초고를 완성해나갔다. 한여름 대숲에 '쉬쉬쉬 쉿' 부는 바람 소리가 등어리에 뱀 기어가는 감촉처럼 서늘했다. 한여름을 그렇게 초당에서 나며 심신을 추스른 서정주는 언뜻 찬바람이 일자 다시 서울로 떠났다.

북방정서, 북쪽 나라의 우수가 짙게 깔려 있으면서도 자신만 보면 까치처럼 반갑게 웃어대던 함형수가 보고팠다. 아니 함형수와 함께 자신의 작품을 직접 발표할 동인지를 도모해보고 싶었다. 그래서 자신을 발행인 겸 편집인으로 한 『시인부락』을 창간했다.

그러나 좋은 시와 시인들이 함께 어우러진 꽃마을을 만들려 한 것은 설익은 과욕이었던가. 아니면 그것 역시 한때의 질풍노도였던가. 창간호 2백 부를 선배 시인들에게 돌리고 서점에 다 깔고 나서도 반응은 영 신통치 않았다. 신문 지면에서는 가타부타 아무 반응도 없고 거들먹거리며 깔아놓은 서점을 둘러봐도 거의 나가지 않아 책방 주인에게 되레 무안할 정도였다.

썩어죽을 신문과 기성 문단을 탓하며, 또 점점 더 세계대전으로 치닫는 일제 말 시국을 탓하며 시인부락 동인들은 술추렴에 빠져들었다. 오장환이 이끄는 대로, 아니 오장환을 이끌고 선술집과 카페 순례가 밤과 날이 이슥토록 이어졌다. 그러다 창덕궁 맞은편 오장환네 그 구한말 승지댁에서 취한 몸을 누인 날들이 몇 날 며칠이던가.

그렇게 취한 몸을 누이고도 새벽녘 '꼬기요' 하고 목 빼 올린 닭 울음소리에 떠오르는 얼굴. 그 얼굴 한번이라도 더 보고파 창덕궁 뒤 가회동 밤 골목을 저 새벽닭 울도록 얼마나 목 빼어 기웃거리고 다녔던가. 그렇게 도망가려 해인사에, 고향 초당에 갇혀 자신을 그 여자로부터 격리시키려 했는데 또 여기와 누워 저 닭소릴 듣고서야 마는가.

"내 요로코롬 자네들 신세만 져서는 안 되겠구먼. 고향집에 내려가 좀 머무르다 저 제주도 서귀포 바다로나 내려가 풍덩 빠져 햇살이랑 물살이랑 희롱하다 살아 돌아올랑께 오장환이 자네가 『시인부락』을 지금처럼만 하게 잘 꾸려가소."

창간호를 내고 나서 『시인부락』 편집실은 보안여관에서 오장환 집으로 옮겨오다시피 했다. 동인들이 어울려 종로통에서 술추렴하고 가까운 오장환네 집에서 함께 자고 하다 보니 자연스레 그리 된 것. 그렇게 술 마시며 편집해 다시 한 달 만에 2집을 낸 것은 창간호에 싣다 남은 시와 나중에 참여한 동인들의 작품이 이미 들어와 있었기에 가능했을 것이다.

"내가 뭐 별로 할 일이라도 있겠소. 내 그리 할 테니 염려 놓으시고 그렇게 저 원시의 바다로 들어가 고흐나 고갱처럼 원색적 세계에 맘껏 취해보소. 몰골이 말이 아니니 몸도 잘 추스르고요. 이번엔 꼭 내려가도록 해요. 전번처럼 가다가 다시 돌아오지 말고."

오장환은 그렇게 시원스럽게 받으며 여비도 몇 푼 쥐여줬다. 그때그때 재량껏 마시지 않고 몸이 다 부서지도록 운명처럼 마시는 서정주가 안쓰러워 오장환은 고창 가는 차표까지 끊어주곤 했었다. 그러면 서정주는 용산역쯤에서 내려 다시 돌아오곤 했다. 그런 서정주를 이번에는 확실히 내려보내려 제주도 가는 길에 강진 김영랑 시인 댁을 꼭 찾아뵙고 안부 좀 전해주란 '임무'까지 줬다.

동인들을 한 명씩 부둥켜안고 작별 인사를 나누고 함형수와 함께 오장환 집에서 나온 서정주는 창덕궁을 오른쪽으로 끼고 돌아 가회동과 총독부 앞길을 걸어 을씨년스러운 겨울바람을 맞으며 보안여관 옆 중국집으로 들어갔다. 둘은 펄펄 끓인 재탕 잡탕 싸이휘이와 배갈을 시켰다. 무에 그리 한스러운지 서로 싸우고 부둥켜안으며 마지막인 듯 그렇게 독주를 마셔댔다.

죽어가는 박용철과 촉기에 넘치는 김영랑

"선생님, 시도 당최 제대로 나오지 않고, 『시인부락』 일도 그렇고 해서 오장환한테 맡기고 친구가 있는 제주도에나 가서 한동안 머물다 오려 인사차 들렀습니다. 선생님께서 저희들을 그토록 격려해주셨는데 뵐 낯짝이 없습니다."

"서정주 씨, 정주 씨만 여행을 떠나려는 게 아니라, 나도 잠시 일본 후지산이나 올라가볼까 하던 참이었는데……. 어떨까요……. 그런 데 가본들 뾰족 수나 나올까요?"

연말연시를 고창에서 보내고 다시 서울로 온 서정주는 적선동에서 인근 사직동으로 집을 옮긴 박용철을 1937년 이른 봄날 집으로 찾아갔다. 제주도로 떠나겠다는 서정주에게 박용철은 그렇게 떠돌아봤자 무슨 뾰족한 수가 있겠느냐고, 전번 해인사로 내려가기 전에 이상에게 들은 것과 별반 다름없는 말을 해줬다.

이상의 말에선 뭔가 자포자기를 넘어 자학적인 아이러니가 느껴져 오기가 발동했었는데 결국은 같은 말임에도 박용철의 진지한 그 말에는 통하는 바가 있었다. 그렇게 갑갑한 현실에서 도망쳐봤자 별다른 수를 낼 수 없다는 것을 해인사에서 겪어봤기에.

"그건 그렇고, 우리 진고개 산책이나 같이 한번 나가봅시다. 봄이 얼마나 왔는지 보게."

박용철은 서정주를 데리고 나와 천천히 총독부와 종로통과 명동을 지나 진고개 2가 양서洋書 서점에 들렀다. 천천히 걸으면서도 숨 가빠하는 박용철의 작은 체구에서 누군가에게 전해 들은, 당시엔 불치의 병이었던 폐병 환자임을 실감했다.

"정주 씨, 지난해에 죽은 영국 시인 A. E. 하우스먼 시를 꼭 한번 읽어보세요. 그 시인이 시의 체험담을 적어둔 것을 보면 시가 그의 속에서 발동하고 있을 때는 면도를 할 수가 없었다는 얘기가 있어요. 시는 그한테도 그렇게 위험한 것이었던 모양이지……."

서점에서 원어로 된 시집과 시론집을 뒤적이던 박용철이 말했다. '시는 그한테도 위험한 것'이란 말에 서정주는 박용철의 폐병도 바로 시가 발병 물질이었음을 직감했다. 왜 아니었겠는가. 독자들 가슴 울리려 펜촉으로 자신의 가슴속 콕콕 찍어 올린 시상을 또 절차탁마 하다 보니 폐며 오장육부가 왜 위험하지 않겠는가.

"거, 정주 씨 늘상 갖고 다니는 대나무 뿌리에 박아 만든 그 단단한 연필로 단단한 시 잘 좀 써줘요."

서점에서 나와 명동의 한 다방에 마주 앉아 박용철은 서정주에게 시 잘 써 큰 시인이 되라 신신당부했다. 다방에서 나와 다시 사직동 집으로 돌아와 날밤을 까먹으면서도 그런 당부를 하는 박용철을 보며 서정주는 이것이 존경하는 선배 시인과의 마지막 만남일 것임을 예감했다.

그렇게 하루를 보내고 헤어지고 나서 서정주가 제주도에서 한철 보내고 고창 집으로 돌아온 초가을에 박용철로부터 편지가 왔다. "일본의 후지산으로 로맨틱스 찾아 올라가긴 했지만, 화산의 분화구 가를 뱅뱅 맴돌기만 하고 겁이 나서 그만 돌아와 버리고 말았다"고.

그 편지에서 서정주는 박용철이 임종을 기다리느니 차라리 분화구에 뛰어들어 로맨틱하게 자살하러 후지산에 간 것임을 직감했다. 그리고 예비된 죽음 앞에 겁에 질려 죽지 않고 돌아와 1938년 임종까지 꿋꿋하게 견뎌낸 박용철한테서 비극의 대인 기질을 읽어냈다. 그런 박용철의 장례에도 서정주는 그 방랑벽 때문에 조문하지 못했다.

"그 해박한 문학 지식과 도저한 시 정신으로 선생이 1930년대의 우리 시문학사에 끼친 공적이 참으로 큰 것이었음은 우리 시문학도의 누구나 잘 아는 일이다. 선생은 그 주옥같은 시와 역시譯詩의 연마鍊磨와 오달奧達한 시론詩論의 추구로써 우리의 큰 빛이 되었을 뿐 아니라, 한쪽으론 또 사재私財를 아낌없이 기울여 (중략) 유력한 잡지를 계속 발간해서 우리 문학의 발전에 크게 기여했었다."

1968년 박용철 30주기를 맞아 『박용철시집』을 현대문학사에서 펴내며 서정주가 권말에 실린 발문에서 박용철을 추모한 대목이다. 생전에 한 권의 책도 못낸 박용철은 1940년 유저遺著로 『박용철전집』 2권을 적은 부수로 출간했으나 이내 절판돼 있던 상태였다. 그런 박용철을 서정주는 1937년 헤어진 뒤 30여 년 만에야 이렇듯 깍듯이 한국 문학사 윗자리로 살려낸 것이다.

"오메, 자네 정주 맞제. 이 땅 끝까지 웬일이랑가. 반갑네, 정말 반갑네그려."

초당 앞 너른 마당 한편에서 한창 피어오르고 있는 모란꽃을 쓰다듬고 있던 김영랑이 거구의 그 커다란 손바닥으로 어깨가 얼얼한 정도로 치면서 서정주를 얼싸안았다. 박용철이 10년도 훨씬 아래인 후배에게도 항상 존댓말을 썼다면 김영랑은 그냥 그렇게 터놓고 말하며 허물없이 대했다. 그는 누구든 한번 시의 가까운 족속이라고 보면 즉시 그렇게 가족적으로 대했던 것이다.

"제주도 유람 가는 길에 들렀습니다. 친구 오장환이가 선생님께 안부 좀 전해달라 했고 또 선생님의 그 '찬란한 슬픔의 봄'을 피우는 모란꽃도 보려구 이리 왔습니다."

"그라제, 모란도 긴 기다림의 그늘, 슬픔이 있어서 저리 찬란하게 피는 것이랑께. 우리네 소리도 말이여, 그 그늘의 촉기가 있어야 우리의 혼을 후벼 파는 것이제. 이화중선 형제의 소리처럼 말이여. 그래 제주도 유람하면서 좋은 시 많이 쓰게나. 자네와 오장환 군의 시 참 좋더구먼, 둘이서 이제 우리들 제치고 시의 왕 해빼리랑께."

초당 안으로 들어온 둘은 마주 앉아 이런저런 이야기를 나눴다. 김영랑은 북채를 잡고 변죽을 울려가며 구슬픈 육자배기 한 자락도 멋들어지게 불러줬다. 그가 말한 '그늘의 촉기'가 뭔지 소리를 들으며 실감할 수 있었다.

"사람이 아무리 서럽고 비참해도 역시 촉기는 어딘가 있어야제. 그렇지 않으면 그 사람도 살 수 없고 옆 사람들도 모다 시들시들 돼빼린

당께. 안 그렁가."

유람 간다고 했지만 영 풀길 없는 마음을 지고 제주도로 도망가는 서정주 속내를 훤히 꿰뚫고 있음인가. 김영랑은 북도 치고 소리도 불러주며 서정주의 그 휑한 가슴에 촉기를 불어넣어줬다.

그러고 보니 「모란이 피기까지」를 비롯해 그의 많은 시들에서 슬픔은 암담함으로 끝나는 게 아니라 싱싱한 촉기를 지니고 있었다. 강진에서 3·1만세운동을 주도하려다 체포돼 다니던 휘문고보도 퇴학당하고 투옥됐던 김영랑. 일본 대학에서 성악을 전공하려 했으나 아버지 뜻에 꺾인 공부 등 젊은 날의 좌절이 시뿐 아니라 김영랑의 삶 자체에 촉기를 불어넣어주고 있었다.

좌절, 그늘이 깔린 김영랑의 그런 촉기는 또 어두운 시대를 사는 가슴 가슴들을 촉촉이 적셔주었다. 그렇게 촉기를 수혈받고 제주도로 향하는 서정주에게 김영랑은 여비도 수월찮게 쥐여줬다.

여신女神을 찾아서 제주도로

보지 마라, 너 눈물 어린 눈으로는……
소란한 홍소哄笑의 정오 천심天心에
다붙은 내 입설의 피묻은 입맞춤과
무한 욕망의 그윽한 이 전율을……

아— 어찌 참을 것이냐!
슬픈 이는 모다 파촉巴蜀으로 갔어도,

윙윙그리는 불벌의 떼를

꿀과 함께 나는 가슴으로 먹었노라.

봄바람이 화사하게 불어쌓는 1937년 4월에 서정주는 제주도로 내려갔다. 아버지가 제주도 중문 면장으로 있는 허무주의자 친구 윤용석尹龍錫을 찾아서. 아니 제주도에 내려와 쓴 위 시 「정오의 언덕에서」 전반부처럼 불벌 떼의 꿀을 가득 먹은 것처럼 확확거리는, 윙윙거리는 가슴을 안고 제주도로 내려왔다.

거센 파도를 뚫고 제주도로 향하는 배 위에서 서정주는 뱃전으로 무섭게 질주해 몰아쳤다가 하얗게 부서져 뒷전으로 가뭇없이 사라져버리는 파도를 보며 생각했다. '질풍노도의 이 젊음의 열병도, 이 암울한 시대의 우울도 저 거센 파도의 흰 거품처럼 끝내는 곱게 스러져갈 것인가'라고.

뱃전에 부서지는 흰 포말을 보면서 서정주는 시대의 불치의 병에 하얗게 쓰러져가는 이상과 박용철, 그에 대비되는 김영랑의 호탕한 웃음을 떠올렸다. 그와 함께 그들의 삶을 닮은 메마르고 창백한 시와 촉촉이 윤기 나는 시들도 떠올리며 자신의 삶과 시도 되돌아봤다. 그러면서 가슴속에 윙윙거리는 그 무한 욕망에 전율했다. 그 무한 욕망을 향한 방황과 질주가 불치의 병임을 돌아보며 파도처럼 온몸으로 부서지며 떨었다.

제주도에 도착해 처음에는 중문 면장 댁에 머물렀다. 면장 내외는 금쪽같은 아들 친구 역시 금쪽같이 대접해줬다. 제주의 그 좋은 토종 먹돼지도 잡아주고 전복찜도 해줬다. 그러나 그 귀한 음식을 두고도 친구와 아들은 젓가락만 깨작거릴 뿐 벼락소주만 마셔댔다. 그렇게 낮엔 집에서 마시다 어두워지면 폐병에 걸린 아들을 데리고 솔밭으로 나가 밤 깊도록 소주만 마셔가며 그리 안 해도 성치 않은 몸을 더 망가뜨리고 있었다.

보다 못한 면장이 경치 좋은 서귀포를 권하며, 정방폭포지기에 일러 폭포 옆 빈집 한 채를 덩그렇게 빌려줬다. 스무 걸음 옆에서 폭포가 바다로 떨어져 내리는 모습이며 바다의 온갖 소리가 정밀하게 보이고 들리는 바닷가 언덕 위의 집이었다. 무엇보다 집 앞 언덕에 보리밭이 펼쳐져 있어 봄 햇살에 배꼽 내놓고 해 쬐기에 안성맞춤이었다.

그 집에서도 밥은 서너 숟가락 뜨는 둥 마는 둥 하고 한라산 그 좋은 물로 빗은 벼락소주만 벼락처럼 마셔댔다. 바닷가에서 주워온 돌게나 보말 같은 것만 씹으며 대낮 보리밭 언덕에 누워 옆을 지나가는 해녀나 바다에서 물질하는 해녀들과 그녀들이 내쉬는 숨 휘파람 소릴 듣는 것을 즐겼다.

"시악씨야 나는 아름답구나//내 살결은 수피樹皮의 검은빛/황금 태양을 머리에 달고//몰약沒藥 사향의 훈훈한 이 꽃자리/내 숫사슴의 춤추며 뛰어가자//웃음 웃는 짐승, 짐승 속으로."

전반부의 어찌해볼 수 없는 무한 욕망의 갈등과 달리 웃음 웃는 짐승같이 아무런 근심 걱정 없는 「정오의 언덕에서」 후반부이다. 이 시 제목 아래에는 "향기로운 산 우에 노루와 적은 사슴같이 있을지니라" 라는 구약성서 속 솔로몬 왕의 「아가雅歌」 한 구절을 제사題詞로 인용해놓았다.

이 서귀포에 와서는 이제 슬픔이라는 것은 어떤 종류의 것이건 듣지도 보지도 생각지도 않기로 하고 솔로몬 왕의 풍족한 기쁨만을 향수

하겠다는 각오를 제사에서 드러낸 것이다. 기독교도로서가 아니라 새나 짐승이나 햇빛과 한 덩어리로 어우러지는 우리네 풍류도가 자연스레 찾아든 것이다.

"문득 면전에 웃음소리 있기에/취안醉眼을 들어 보니, 거기/오색 산호초에 묻혀 있는 낭자娘子//물에서 나옵니까.//머리카락이라든지 콧구멍이라든지 콧구멍이라든지/바다에 떠 보이면 아름다우렷다.//석벽石壁 야생의 석류꽃 열매 알알/입설이 저…… 잇발이 저……//낭자의 이름을 무에라고 부릅니까."

그때 쓴 시 「고을나의 딸」 일부에서처럼 바다 파도 사이에서 오르내리는 해녀들의 몸뚱이를 마치 보티첼리의 〈비너스의 탄생〉 그림처럼 여신으로 보고 있다. 서귀포를 열고 가꾼 신인神人 고을나의 딸이라는 여신의 이름으로.

그리고 정작 자신은 모든 비극의 하상 위에 늠름하고 좋은 육신으로 일어서 있는 한 수컷인 신이나 맨드라미만 한 벼슬이 솟구친 "창생 초년의 임금林檎"(「웅계雄鷄 2」 부분) 같은 수탉이 되고자 했다. 말라르메의 「목신牧神의 오후」에서처럼 물의 요정들을 희롱하는 목신, 퓐이 되고자 했다.

아, 그러나 어쩔 것인가. 저…… 저…… 물의 요정 같은 해녀들의 석류꽃 알알의 입술과 이에서도 한 낭자의 이름만 떠오르니. 친구가 여신 같은 제주 낭자를 초승달 어둔 밤 솔 수풀 속으로 꼬여내줘도 숙맥같이 굴며 "어찌하야 나는 사랑하는 자의 피가 먹고 싶습니까"(「웅계 2」 부분)라며 가회동 수탉처럼 목 빼고 울고만 말았으니.

그래서 또 벼락소주만 벼락같이 마셔댔다. 술을 끊자고 한 되들이 소주병을 벽에 메달아놓고 네가 이기냐 내가 이기냐 며칠간 눈싸움까지 벌이기도 했다.[16] 그러나 술에는 장사 없다고 결국 술장사한테 져서 몸이 반쪽이 돼 세 달 만에 또 도망 나오듯, 쫓기듯 고창 초당으로 돌아오고 말았다.

"나는 쫓기려고 태어난 사람인가?/도망치려고 생겨난 사람인가?/봄이 익어 보리 모개가 팰 무렵이면/기쁘다는 것들도 슬프다는 것들도/내게는 두루 다 승겁기만 해/보리꽃 물결치는 밭둑길 따라/줄달음쳐 줄달음쳐 달아나기만 했나니/나는 아마도 달아나려 생겨난 사람일 게다.//(중략)//제주도 체류 석 달 만엔가/마지막으로 또 한 번/정방폭포의 쏟아지는 물을 실컷 맞고는/다시 고향으로 돌아가는 배에 올랐나니,/집에 오자 그 피곤한 「자화상」이란/시를 쓴 걸 보면/나는 꽤나 지쳐 있었던 모양이야."

그때의 일을 떠올린 담시 「제주도에서」 맨 앞과 맨 뒤 부분이다. 그래 이제 다시 집에 돌아오니 바람처럼 떠돈 심신이 다 지쳐 있었다. 수캐처럼 헐떡거리며 여기까지 온 삶을 이리저리 곱씹으며 시 「자화상」을 탈고하고 나니 몸이 무너져 내릴 지경이었다. 그런 서정주를 보고 부모들은 이제 목숨을 부지하기 위해서라도 장가가서 안주할 것을 간절히 바라고 있었던 것이다.

장가들어 처갓집 대서소 견습 사원 노릇

"신랑이 신부 집에 도착했습니다. ……신랑은 동쪽 신부는 서쪽에

16 김춘수, 「산고山高가 된 중절모中折帽」, 『시와시학』 1996년, 가을호, 52~55쪽 참조.

1938년 정읍 처가에서 올린 혼례 기념사진

서십시오. ……신부가 먼저 네 번, 답례로 신랑은 두 번 절하십시오." 1938년 3월 24일 서정주는 고창 집에서 사모관대에 당나귀를 타고 정읍 신부 댁으로 가서 원삼에 족두리를 쓰고 연지곤지를 찍은 방옥숙과 혼례를 올렸다.

제주도에서 돌아온 서정주는 대숲 초당에 틀어박혀, 두문분출 안채에도 내려오지 않고 식사도 집일하는 계집이 날라다줬다. 아버지가 어쩌다 올라와 군불을 지펴주며 살았나 죽었나 살피려 창문을 열어봐도 영 모른 채 누워만 있었다.

"이놈아 너는 사람도 아니여. 뻘로 만든 놈이지, 정녕 사람은 아니랑께." 예전 같으면 아버지한테 이런 말을 들으면 휑하고 집을 나가버리기 일쑤였지만 서정주는 이젠 그럴 기운도 없어 픽 싱겁게 웃어 보이곤 했다.

바람기가 풀이 죽은 그런 아들을 위해 아버지는 여기저기 며느릿감 선을 보고 다니다 같은 유생儒生 출신 정읍의 대서소 딸이 눈에 들어온 것이다. 우물가에서 김칫거리 씻고 있는 걸 봤는데 아주 깨끗이 씻고 또 성품도 무던해 보여 아들 집사람으론 괜찮을 것 같았다.

"달하 높이 좀 돋아샤/어기야 멀리 좀 비추오시라/아, 시장에 가 계신가요/진 데를 디딜까 두렵습니다."

첫날밤 서정주는 신부의 다소곳이 숙인 얼굴을 들여다보며, 바람기 든 남편 또 진 데를 디딜까 두려워하는 정읍의 한 여인네의 심사를 읊은 옛 시「정읍사」를 가만 떠올려봤다.

"방 규수와 그 신성한 결혼식을 올렸나니,/그 50주년 금혼날을 꼭 일곱 달 앞둔/지금 앉아 곰곰히 생각해 보아도/이때의 이 결정은 무던히 잘된 것 같네./내가 한동안 애태웠던 여대생은/그 뒤 몇 군데 사내 사이를 전전하다가/해방 뒤엔 공산당 따라 월북까지 하였다니,/내가 이 여자와 부부가 되었더라면/그것 거 어쩔 뻔했나?/상선上善이라고 생각했던 것보다/차선次善이 결과적으로 우수한 경우도/이 세상에는 얼마든지 있는 것일세."

그 결혼 50주년 금혼식을 앞둔 시점에서 쓴 담시「구식의 결혼」한 대목이다. 그때까지도 그 여자를 떠올리며 50년 전 그녀와의 결혼을 상책으로 생각했으나 방옥숙과 맺어진 차선책이 더 우수했다고 능청을 부리고 있는 시이다.

그러나 결혼 당시의 심경이야 오죽했겠는가. 더구나 해방 후 공산당 따라 월북한 그녀는 서정주 결혼식에 어머니를 대신 보내 축하해줬다는 생생한 증언도 있으니, 끝끝내 그녀의 실명은 감춰야 했던 그 속내야 오죽했겠는가.

어쨌든 결혼했으니 이제 아버지로부터 독립해 일가를 이뤄야 했다. 그러려면 취직이란 걸 꼭 해야겠는데 막바지로 가는 일정 치하에서는 그게 또 수월치가 않았다. 처갓집 권유로 장인이 하는 대서소에 나가 견습 사원 노릇도 얼마간 해보았지만 이거야 영 낯짝 간지러워 못 견

될 일이었다.

곁보리 서 말만 있어도 처가에 빌붙지 말라 했거늘. 겸연쩍어 못 배긴 것인가, 차츰 더워가는 날씨에 또 바람기가 동한 것인가. 서정주는 대서소 견습 생활을 이내 접고 1938년 여름 서울로 향했다.

한량 배상기와 한산인부閑散人夫 노가다 판 결성

"야, 거 집 한번 참 좋네, 좋아요. 신선놀음이 따로 없네. 그래서 당호堂號도 '삼선각三仙閣'이랑가? 어찌 된 셈에 이리 좋은 집에 살게 되었는감?"

"그야 이리 될 수도 있고, 저리 될 수도 있지. 어서 올라오게나."

1938년 한여름에 서울로 올라온 서정주는 배상기를 찾아 원남동으로 갔다. 그러나 그는 살던 집을 팔고 다른 곳으로 이사를 가버렸다. 수소문 끝에 찾아가니 돈암동 외곽 북한산 자락 빽빽한 숲과 계곡물이 어우러진 곳에 지은 돈 많은 사람의 별장 삼선각이 나타났다. 배상기는 그 별장지기로 지내며 계곡물 위 정자에서 한 시동侍童을 데리고 앉아 가야금을 시원스레 타고 있었다.

"그래 자네 가야금 소리는 여직도 미당인가. 아니면 소리가 다 되어가는가. 어디 한번 퉁겨보소."

배상기는 서정주가 고창고보를 자퇴하고 아버지 돈 3백 원을 몰래 빼내 상해나 만주로 달아나 독립운동을 펼치려다 그만 서울에 주저앉았을 때 처음 만난 사람. 중앙고보를 다닌 여섯 살 위 선배요, 김범부와 석전대종사에게 서정주를 안내해주고 호까지 '미당'이라 지어준 장본인이다. 그런데도 서로 허물없이 말을 놓는 사이였다.

그런 정신적인 가형으로서, 시름은 이렇게 풍류로 달래는 것이라며 가야금까지 가르쳐준 배상기가 서정주에게 가야금을 넘겨줬다. 아직 시늉만 낼 뿐 소리는 한참 멀었다며 서정주가 사양했다. 그때 배상기한테 배운 가야금이 소리는 제대로 내지 못하면서도, 서정주는 평생 가야금을 가까이하며 망중한忙中閑을 달랬다.

"그래, 그렇담 술로 돌려야지. 그런데 자네, 뭐 돈냥 좀 가진 것 있나?"

이 좋은 집에 빈털터리라니 의아해하며 서정주가 호주머니를 털어 얼만가를 주니 배상기는 옆에 있던 시동에게 막걸리를 받아오라 시켰다. 막걸리를 주고받으며 둘은 지난 이야기들을 나눴다.

중앙고보를 항상 1등으로 다녔던 배상기는 대학 못 간 게 한이 되었던지 서정주와 김범부를 데리고 프랑스 파리로 유학 가겠노라고 장담하곤 했었다. 그 유학 밑천을 잡겠다고 명동의 미두취인소米豆取引所에서 지금의 주식이랄 수 있는 미두에 손대고, 신설동에 있는 경마장에서 경마에도 빠져들었다가 양어머니인 최상궁한테 물려받은 시골의 전답과 임야는 물론 원남동 집까지 다 날려버린 터였다.

"그래, 그래 잘했네. 역시 자네 춘부장께선 눈이 높으셔. 암, 그렇구 말구, 스승님이 누구신데. 그렇게 메주같이 생겨야 좋은 주붓감인 것이지."

서정주가 장가들었다 하자 배상기는 껄껄 웃으며 좋아라 했다. 장가가기 전 배상기는 "자네는 미인은 하지 말게. 메주같이 생겨야 겨우 주붓감인 것인께"라고 서정주에게 말하곤 했었다. 더구나 자신과 한 훈장 아래서 동문수학한 아버지가 고르고 골랐다니 더 좋아라 했다.

"내 큰자식이 생겨나면 이름을 뭐라고 해야 하지?"

"음, '승해昇海'가 좋겠네. 내 첫 아이가 생겨 나온대도 난 '바다를 되로 품어내고 있는 놈'이란 뜻의 이 승해라는 이름밖엔 더 줄 것이 없다네."

서정주는 변변찮은 자신의 호도 '미당'이라 멋들어지게 지어주며 더 큰 사람이 되라했으니 배상기가 말한 대로 아들 이름도 '승해'로 하기로 그때 이미 정해놓았다.

"그런데 여보게, 나도 장가라는 것을 들어서 처자는 건사해야겠고 자네도 이제 빈털터리이니 무슨 수를 내야 하지 않겠는감. 이렇게 맨날 술만 마시고 외상술값 피해 다닐 게 아니라 밑천 없이도 우리가 할 수 있는 일 한번 도모해보잔께."

둘은 막걸리 잔을 치우고 마주 앉아 자신들이 할 수 있는 일을 아주 진지하게 도모해보았다. 적수공권赤手空拳의 그들이 함께 할 수 있는 일은 아무리 생각해봐도 노가다 판이나 하나 꾸려서 길 내는 공사판에 입찰하는 것이었다.

도와줄 만한 연줄도 있어 실현 가능성도 컸다. 일하면서 팔도강산 두루 돌며 구경도 하니 그것은 김범부가 말한 유오산수遊娛山水하는 화랑도 정신을 이어받은 '한산인부'이겠으니 자신들에게 아주 잘 맞는 일이었다.

"어떠신가, 자네는 불가불 십장什長이 되어야 쓰갔는디……."

십장 시켜준다는 말에 배상기는 여간 좋지 않은지 아주 좋은 웃음을 한바탕 웃어젖혔다. 그렇게 십장이 정해지자 서정주는 명동과 종로통 다방이나 선술집에서 대낮부터 죽치는 문학청년 한량 네다섯 명을 꾀어내 삼선각으로 모이게 했다.

그렇게 불러들인 한량들은 매일 삼선각에 모여 공사판 일을 도모하며 외상술만 마셔댔지 실제로 공사 현장에는 하나도 끼어들지 못했다. 돈깨나 있는 집 자식들이고 인텔리 계층이면서도 노가다 판이나 기웃거리고 그런 일에도 끼어들지 못할 정도로 일제 말은 궁핍과 고난의 연대로 치닫고 있었다.

고창군청 임시 직원으로 낙향

"요새 연일 네가 보고 싶어졌다. 나는 요새 군청이란 데를 다닌다. 임시 고원이다. '오하요 고자이마스.' 아침이면 이런 인사를 열 자리 이상은 해야 한다. 하루에 일원. 꽃이 피었다. 나는 또 자꾸 회체懷體하기 시작한다. 절망이니 무슨 그런 것이 이제 새삼 따로 있겠느냐마는 너무 아득한 길인 것만 같아서 어디 노변路邊에 자꾸 주저앉고만 싶다."[17]

1939년 봄 '명동 백작' 이봉구한테 서정주로부터 이런 절망스러운 편지가 날아들었다. 전년도 여름 노가다 판은 꾸렸으나 일감을 못 맡아 술추렴만 하다 겨울이 오자 고향에 내려가 어떻게든 처자식과 살림을 꾸리겠다며 작별한 친구이다. 해가 바뀌고 꽃 피고 봄이 와도 소식이 없던 서정주한테서 날아든 엽서는 명동 친구들의 가슴을 흔들었다.

"나는 지금 글자 그대로 유야무야有耶無耶한 상태에 있다. 환경도 환경이리라. 그렇지만 벗아! 이 침투하는 정열은 어쩐 까닭이냐? 뼈다귀

17 이봉구, 『명동, 그리운 사람들』, 일빛, 1992, 20쪽.

를 까아먹으면서라도 우리는 다시 일어서야 하지 않겠느냐. (중략) 벗아. 사람이 산다는 것은 대체 무엇이라냐? 남국엔 벌써 봄이 다 되었다. 어찌 자꾸 나는 울 것만 같구나!"[18]

며칠 후 또 날아든 이 엽서는 명동 친구들을 울게 만들었다. 하나 둘 만주로 간다고, 낙향한다고 명동 주점에 들러 그리운 친구들과 이별주를 마시는 게 당시 문단 풍경이었다. 쫓겨 가는 것 같기도 하고, 탈출하는 것 같기도 한 그들을 보내면서 정말 울고 싶은 심정에 "어찌 자꾸 나는 울 것만 같구나" 하는 서정주의 엽서는 참았던 울음을 터뜨리게 했다.

장가간 해 또 바람기가 불어 한여름을 서울 삼선각과 명동, 종로통 주점에서 지내다 고향에 내려온 서정주는 어떻게든 가장으로 떳떳이 살아보려 처가가 있는 정읍 합승자동차회사 사무원을 지망해 시험을 치렀다. 그런데 마지막 관문인 면접시험에서 늘 하던 버릇대로 멋들어진 지팡이를 짚고 사장실에 들어가는 시건방을 떨다 멋들어지게 미끄러졌다.

그 뒤 풀이 죽어 지팡이도 내던지고 중절모도 벗어던진 단정한 자세로 고창군청 임시 고원 시험을 봐 드디어 취직해 서무 일을 거들고 30원씩의 월급을 받았다. 서무 보조니까 깨알보다도 더 잘게 문서를 쓰거나 때론 주판알을 튕기는 게 일이었다.

서무 주임이 그래도 영 엉터리는 아니고 잘할 수 있는 싹이 있다고 추어주었으나 하루 열 번도 넘게 "오하요 고자이마스"라며 일본인 상사에게 굽신거려야 하는 심사는 오죽 했겠는가. 일에 몰두하다 보면

18 위의 책, 21쪽.

딱해서 못 견딜 여러 생각들을 접어놓게 하는 것은 좋지만, 그래도 침투하는 정열은 어찌해볼 것인가.

그러자니 자연히 마실 것은 술뿐. 일 끝나면 나가서 마셔대다 귀갓길 그 어디 보리밭 길에 곯아떨어져 자다 새벽닭 울음소리에 깨어 터덕터덕 아내의 방으로 기어들기가 몇 날 며칠. 그래서 임시직이고 서무 보조이지만 그래도 그 좋다는 군청 공무원 자리도 세 달을 못 버티고 그만둬버렸다.

첫아들 탄생과 한 시인의 죽음

군청도 그만두고 날이면 날마다 술추렴만 하는데도 아내의 배는 날로 불러와 1940년 1월 20일 첫아들을 낳았다. 시집와 혼자만 고생시킨 것이 민망했는지 아내가 산통에 진땀을 빼는 밤 내내 맑은 우물물을 길어다가 바가지에 담아놓고 빌고 또 빌었다. 그래야 아이를 순순히 낳고 아이 또한 건강하다는 암무당 말을 믿고서.

고추 달린 녀석이 생겨나자 서정주는 배상기한테 받은 '승해'라는 이름을 지어주었다. 짓고 보니 또 '바다에 빠뜨린 구슬을 건지려고 됫박으로 그 바닷물을 다 품어내는 아이같이 어리석게 살더라도 정성만은 다하라'는 뜻이 꼭 자신이 마음속에 품은 시 정신과도 같았다. 그러고 보니 자신의 호 '미당'과 아들의 이름 '승해'가 한 줄에 꿴 구슬 같아 배상기의 작명 혜안에 다시 한 번 감복했다.

"아짐씨, 시원한 냉수 한 사발 얻어 마셔도 되겠소?"

첫아들이 태어났어도 그저 따분키만 한 서정주가 무뢰한이 되어 공술이나 얻어 마시러 다니며 그해 봄을 흘려보내던 어느 날, 집 안으로 자전거를 타고 들어온 한 사내가 아내에게 냉수를 청했다. 헐떡거리며 마시는 모습을 보니 시인부락 동인 중 한 명인 임대섭林大燮이었다. 아무리 시를 쓰려 해도 안 써져 부안 돈지 포구에서 7~80리 길을 자전거로 줄곧 달려왔다는 것이다.

"냉수 한 사발, 이것이 요렇게 고마운 줄을 예전엔 몰랐었는데……. 인제는 이 냉수도 그냥은 못 마시겠네……."

냉수가 인제는 참 고맙다는 밑도 끝도 없는 말을 하면서 툇마루에 걸터앉아 이야기를 나누던 임대섭은 어디 이 근방 가까운 데로 방랑이나 같이해보자며 서정주를 데리고 나갔다. 그렇게 같이 나간 둘은 임대섭 외갓집이며 또 어디어디로 한동안 방랑하다 서정주 혼자 집으로 돌아왔다.

그러나 아차, 그것이 임대섭과 나눈 이승에서의 마지막 정이었음을 한참 나중에서야 알았다. 서정주와 헤어진 임대섭은 변산반도 심산유곡으로 들어가 어느 너럭바위 위에 앉아 무기한 단식기도를 하다 굶어 죽어 까마귀가 두 눈을 다 파먹은 시신만이 오랜 뒤에 가족한테 넘겨졌다는 소식을 전해 들었으니.

아, 시 쓰기가 굶어 죽을 만큼 괴로웠던 것인가. 아니면 자전거 타고 달리듯 내달릴 수 없는 젊음이, 시대가 그토록 괴로웠던 것인가. 임대섭은 『시인부락』 창간호에 고향을 그리는 고독한 시 「갈매기」 단 한 편만 올려놓고 그렇게 이승에서 날아가버렸으니.

무더위가 절정에 달하자 서정주는 고창에서 가까운 서해 바다로 나가 고깃배를 얻어 탔다. 그물질은 도울 수 없으니 밤마다 호롱불 밑에서 선원들을 위해 춘향전을 재밌게 읽어줬다. 그렇게 바다에서 무더위를 피하고 집으로 돌아와보니 조선일보 학예부장 김기림이 보낸 엽서와 전보가 와 있었다. "조선총독부가 신문을 폐간하라고 한다. 이와 관련된 시 한 편을 빨리 써 보내라"는 내용의 엽서와 마감일이 다가오자 독촉하는 전보였다.

그러나 그것을 봤을 때는 이미 조선일보도 동아일보도 1940년 8월 11일자로 종간호를 내고 폐간된 뒤였다. 그러나 치밀어 오르는 설움인가 분노인가를 끌 길이 없어 호롱불 밑에서 참 열심히, 오랜만에 서정주는 시 한 편을 새로 써내려갔다.

未堂

4

일제 말 고난의 연대,
모가지들의 ‘행진곡’

徐廷柱

뇌옥牢獄 속을 질주하는 서정시의 박력과 속도

"오吾조선일보는 신문통제의 국책에 의하야 금 10일로써 폐간을 하게 되었습니다. 오조선일보의 폐간이 조선의 문화상, 경제상 중대한 영향이 있는 줄은 알지오만, 국책상 부득이한 사정이오니 이 점은 만천하 독자제위의 고량高諒을 바랄뿐이외다."

"본보는 총독부당국의 신문지통제방침에 순응하야 본호로써 최종호를 삼고 폐간하게 되었으며 주식회사 동아일보사는 금일 본사회의실에서 개최된 임시주주총회의 결의에 의하야 해산……"

1940년 8월 11일자 폐간호에 실린 조선일보, 동아일보 폐간 사고社告한 부분들이다. 1939년 12월 조선총독부는 조선일보와 동아일보 사장을 불러 "후방의 전시 보국 체제를 일원화할 필요가 있어 언론 보국의 기관을 하나로 묶을 방침을 세웠다"며 자진 폐간을 종용했다. 양대 신문을 조선총독부 기관지인 매일신보와 통합한다는 방침을 통보한 것이다. 양대 신문사는 자진 폐간은 있을 수 없다 결의하고 폐간 철회 운동을 펼치다 끝내 이 날짜에 이르러 사고와 함께 폐간호를 낸 것이다.

신문사 간부들을 체포, 구금하며 폐간이 기정사실로 굳어지고 임박해오자 조선일보 학예부장으로 있던 김기림은 고창 서정주 집으로 엽서를 띄웠다. 폐간 기념시 한 편 써 보내라고. 그러나 그때 서정주는 절정에 달한 더위를 피하면서 푼돈이나 벌 요량으로 바다로 나가 어선을 타고 있었다. 배 위에서 낮에는 어부들의 일손을 도와주고 밤에는 옛날이야기 책을 읽어줬다.

그렇게 며칠간 바다 위에서 보내다 집에 돌아와보니 김기림의 시 청탁 엽서와 독촉 전보가 와 있었다. 날짜를 확인해보니 이미 신문은 폐간돼버리고 없었다. 그래도 치고 오르는 것 누를 길 없어 어린 아들 칭얼거리는 옆에서, 석유 호롱 희미한 불빛 밑에서 괴상할 정도로 열심히 시를 써내려갔다.

잔치는 끝났드라.
마지막 앉어서 국밥들을 마시고,
빠알간 불 사루고,
재를 남기고,

포장을 걷으면 저무는 하눌
일어서서 주인에게 인사를 하자.

결국은 조끔씩 취해 가지고
우리 모두 다 돌아가는 사람들.

목아지여
목아지여
목아지여
목아지여

멀리 서 있는 바닷물에선
난타하여 떨어지는 나의 종소리.

조선일보 폐간호가 아니라 잡지 『신세기』 1940년 11월호에 실린 시 「행진곡」 전문이다. 첫 행 "잔치는 끝났드라"에서부터 이 시가 폐간 기념시로 쓰였음을 어렵지 않게 알 수 있을 것이다. 잔뜩 주눅 든 모가지들이 행진하고 있는 이 시는 일제 말 주검의 시대로 들어가는 장송곡처럼, 고난의 연대 행진곡처럼 들린다. 그러면서도 서정주 초기 시 세계의 가열한 인생파, 생명파적 에너지가 솟구치고 있다.

"그 음향의 높이로써, 그 색체의 농심濃深으로써, 또한 그 인상의 선명과 박력의 긴급을 겸함으로써, 우리 젊은 시단에서 씨와 어깨를 겨눌 사람은 그리 많지 아니하다.

『헌사獻詞』의 화미華美한 통곡과, 『와사등瓦斯燈』 그중에서도 「설야雪夜」의 애절한 리리시즘과 『분수령分水嶺』의 소박한 엘레지 등이 겨우 이러한 압도적인 예술 앞에서도 자기를 주장할 수 있음을 생각할 제 씨는 분명히 우리 젊은 시단 제일류의 시인이다."[1]

임화는 『신세기』 1941년 1월호에 실린 평론 「현대의 서정정신—서정주 단편斷片」에서 「행진곡」 단 한 편만 거론하면서도 위같이 서정주를 "우리 젊은 시단 제일류의 시인이다"고 추켜세웠다. 1939년 출간돼 한창 호평을 받고 있던 오장환의 시집 『헌사』와 김광균의 『와사등』, 그리고 1937년 출간된 이용악의 『분수령』이 겨우 이 「행진곡」에 견줄 만하다고 했다.

1 임화, 『임화문학예술전집—평론 2』, 소명출판, 2009, 291쪽.

그러면서 임화는 「행진곡」이 "마치 뇌옥 속에서의 질주와 같은" 시라고 상찬하며 "유폐幽閉의 정신이라고 할지, 절망의 도주라 할지, 좌우간 이 시인의 비밀은 우리 현대 서정시의 가장 의의 깊은 곳에 얽매어 있는 것은 사실"[2]이라고 밝혔다. 회고조의 공허가 아닌 서정주 시의 박력을 임화는 현대 서정의 제일로 높이 산 것이다.

어둠 속으로 질주해가는 일제 말 시대 상황이 뇌옥 속 모가지들의 절망의 질주, 그 속도감과 박력감을 더했을 것이다. 「행진곡」 바로 앞서 서정주가 『인문평론』 1940년 5월호에 발표한 시 「밤이 깊으면」에도 어둠 속에 숨넘어가는 모가지들의 고난의 행군 이미지들이 헐떡이고 있었으니.

"밤이 깊으면 숙아 너를 생각한다./달래마늘같이 쬐그만 숙아 너의 전신을./낭자언저리, 눈언저리, 코언저리, 허리언저리,/키와 머리털과 목아지의 기럭시를/유난히도 가늘든 그 목아지의 기럭시를/그 속에서 울려나오는 서러운 음성을//(중략)//여자야 너 또한 쫓겨 가는 사람의 딸. 껌정 거북표의 고무신짝 끄을고/그 다 찢어진 고무신짝을 질질질 끄을고//억새풀잎 우거진 준령을 넘어가면/하늘 밑에 길은 어데로나 있느니라./그 많은 삼등 객차의, 보행객의, 화륜선의 모이는 곳/목포나 군산 등지 아무 데거나//(중략)//혹은 어느 인사소개소의 어스컹컴한 방구석에서/속옷까지, 깨끗이 그 치마 뒤에 있는 속옷까지 베껴야만 하는 그러헌 순서./깜한 네 열 개의 손톱으로 쥐여뜯으며 쥐여뜯으며/그래도 끝끝내는 끌려가야만 하는 그러헌 너의 순서를.//(중략)//숙아. 네 생각을 인제는 끊고/시퍼런 단도의 날을 닦는다."

2 앞의 책, 295쪽.

총 15연, 49행으로 서정주 시로서는 보기 드물게 긴 「밤이 깊으면」 부분 부분이다. 긴 시이면서도 쉼표를 자주 찍으며 숨 가쁘게 박력감을 드러내고 있는 시이다. 이 시 속의 '숙'은 더 이상 짝사랑이나 관능의 여자가 아니다. 길고 가는 모가지로 여기저기 끌려 다니며 울고 있는 일제 치하 조선의 딸들이다. 속옷까지 벗기고 끝내는 매음굴, 혹은 정신대로 끌려가야만 하는 어두운 시대 모가지들의 고난의 행군의 한 이미지일 것이다.

서정주, 오장환, 이용악 조선 삼재三才 시인의 폐간 기념시

조선일보는 폐간을 며칠 앞두고, 동아일보는 폐간호에, 폐간 기념시로 청탁한 것으로 보이는 오장환, 이용악의 시를 각각 실었다. 서정주와 함께 '조선의 삼재三才 시인'으로 불리던 이들의 폐간 기념시를 비교해 살펴보는 것도 문학사적으로 한 의미를 지닐 것이다.

"경이驚異는 아름다웠다. 모두가 다스한 숨결. 비둘기가 되어 날아가누나. 하늘과 바다, 자랑스런 슬픔도, 고운 슬픔도, 다 삭은 이정표. 이제는 무수한 비둘기 되어.//그대 섰는 발밑에, 넓고 설운 강물은 흘러가느니…… 사화산死火山이여! 아 이 땅에 다다른 왼 처음의 산맥. 내 슬픔이 임종하노라. 내 보람 임종하노라. 내 먼저 눈을 다 가린다. 나의 피앙세—//영영 숨을 모으는 그의 머리맡에서 내 먼저 눈을 가린다. 즐거이 부르던 네 노래 부를 수 없고. 고운 얼굴 가리울 희디흰 장미 한 가지 손 앞에 없어……//자욱한 안개. 지줄지줄 지줄거리는 하늘 밑에서. 학처럼 떠난다. 외롬에 하잔히 적시운 희고 쓸쓸한 날개를 펴, 말없이 카오스에서 떠나가는 학.//두 줄기 흐르는 눈물 어찌 다 스며드느냐. 한철 뗏목은 넓고 설운 강물에 흘러내리어 위태로운 기슭마다, 차고 깨끗한 이마에 한 줄기 고운 피 흘리며, 떠나는 님을 보내며, 두 줄기 스미는 눈물. 어찌라 어찌라 나 홀로 고향에 머물러 옷깃을 적시나니까."

조선일보 1940년 8월 5일자에 실린 오장환의 시 「FINALE」 전문이다. 일제 검열을 피하기 위해 약혼녀 '피앙세'를 잃은 설움으로 아무리 위장했어도 '피날레'라는 제목부터가 폐간 기념시이며 민족의 설움과 울분을 담고 있음을 어렵잖게 알 수 있을 것이다.

서정주한테 청탁한 시도 안 올라오고 독촉 전보까지 쳤으나 가타부타 기별도 없어 김기림은 오장환으로 돌려 청탁했을 것이다. 당시 시단에서는 서정주, 오장환, 이용악이 조선 시단의 삼재로 불리며 신세대 시단의 주역으로 떠오르고 있었으니.

조선일보에 「FINALE」와 같은 날짜, 같은 학예 특집 면에 실린 평론 「시단의 3세대」에서 최재서는 "지금 시단에서 독특한 세계를 가지고 있는 시인으로서 서정주와 이용악을 들 수 있다"며 "서정주의 박력 있는 시는 그 생활이 낳아주는 것일 게며 이용악의 좋은 시는 모두다 북국의 동토에서 자라난 것이다"라고 평하고 있다.

같은 글에서 오장환에 대해서는 여러 가지로 문제시 되는 시인이며 "강물을 노래한 몇 편의 시는 시대를 파악하는 젊은 시인의 감동이 깊이 깊이 흘러 있다"라고 상찬했다. 최재서도 이 평론에서 활동이 정체된 1, 2세대에 비해 이 3세대 세 시인들을 특히 주목한 것이다.

최재서의 평대로 오장환의 「FINALE」에는 "시대를 파악하는 젊은 시인의 감동이 깊이 깊이 흘러 있다." 그러나 또한 임화의 오장환에 대한 평대로 "화미한 통곡"의 감상이 넘쳐 흐르고 있음도 지적할 수 있다. 해방 직후 발표한 「병든 서울」에서와 같이 통렬한 자탄自嘆이나 리얼리티는 찾아보기 힘든 시가 「FINALE」이기도 하다.

시인 이용악(왼쪽)과 함께

"가슴은 뫼풀 우거진 벌판을 묻고/가슴은 어느 초라한 자리에 묻힐지라도/만날 것을/아득한 다음날 새로이 만나야 할 것을//마음 그늘진 두던에 엎디어/ 함께 살아온 너/어디루 가나//불타는 꿈으로 하여 자랑이던/이 길을 네게 나누자/흐린 생각을 밟고 너만 어디루 가나//눈을 감으면 너를 따라/자욱자욱 꽃을 디딘다/휘휘로운 마음에 꽃잎이 흩날린다".

1940년 8월 11일자 동아일보 종간호에 발표된 이용악의 시 「무자리와 꽃」 전문이다. 벌판에 허허로운 가슴을 묻고 다시 만날 날을 기약하는 이 시 역시 폐간을 염두에 둔 시로 읽힐 수 있다. 그러나 그 허허로운 가슴은 기약도 없이 회고적이고 공허하기만 하다.

이렇게 세 시를 얼추 비교해보아도 무간지옥일지라도 모가지 부여잡고 행진해가는 「행진곡」의 박력이 압도적이다. 서로서로 절친한 친구였다 해방 후 이데올로기로 갈라선 채 꼭 그렇게만 연구, 평가돼오고 있는 이들의 위 세 시를 좀 더 심도 있게 비교, 연구해본다면 이념이 우리 문학을 얼마나 과찬하고 혹은 폄하하며 왜곡시키고 있는가가 실감으로 드러날 것이다.

위 세 시인의 폐간 기념시에서처럼 1940년 들어 일제는 8월에 민족지를 강제 폐간시키고 창씨개명創氏改名을 밀어붙이며 우리 민족의 숨통을 더욱 죄어들어왔다. 하여 서정주는 「행진곡」을 탈고하고 나서 삼복더위처럼 숨 막히는 이 강산에 다시 찬 바람기가 불어오는 가을 초입에 저 낙토樂土, 혹은 무간지옥 만주로 방랑을 떠난다.

히히 우습다, 이 바보 문둥이 천치야

바보야 하이얀 멈둘레가 피었다.
네 눈섭을 적시우는 용천의 하눌 밑에
히히 바보야 히히 우숩다.

사람들은 모두 다 남사당패와 같이
허리띠에 피가 묻은 고이 안에서
들키면 큰일 나는 숨들을 쉬고

그 어디 보리밭에 자빠졌다가
눈도 코도 상사몽도 다 없어진 후
쐬주[燒酒]와 같이 쐬주와 같이
나도 또한 날아나서 공중에 푸를리라.

1940년 가을에 만주로 들어가서 서정주가 첫 번째로 쓴 시 「멈둘레꽃」 전문이다. 만주에 발을 들여놓았을 때부터 쫓기는 사람처럼 숨도 제대로 못 쉴 정도의 답답한 가슴에 그냥 바보처럼 히히히 우습게 터져 나오는 실소失笑. 그 웃음은 문둥병 같은 한정 없는 죽음이 빚어내고 있는 구중중한 허무의 장기瘴氣였을 것이다.

만주 국자가(局子街, 지금의 연길시)로 흘러들어온 서정주는 시내에서 생마늘 안주에 배갈을 마셔봐도, 마늘 냄새 매음하게 나는 청나라 토종 색시 살결을 만져봐도 그 구중중한 허무의 독기를 털어버릴 수 없었다. 골骨피리, 그 뼈를 깎는 소리로 울어대는, 들키면 큰일 나는 것처럼 킥크르 킥킥 울어대는 만주에 가득한 날라리 가락이 서정주를 자꾸자꾸 죽음의 늪으로 빠져들게 하고 있었다.

그러던 어느 날 황혼 녘, 낮 내내 배갈을 마신 서정주는 터벅터벅 걸어서 시가지를 벗어나, 모가지 늘어뜨린 고량 밭을 지나, 쑥대머리 쑥대밭 너머 공동묘지에 이르렀다. 그곳 공동묘지는 괴이하게도 관을 땅속에 묻는 게 아니라 땅바닥에 그대로 누여 즐비하게 늘어두고 있었다. 한 관을 부여잡고 우는 중년의 여인네 울음소리 또한 뼈를 깎아서 내는 날라리 가락과 매한가지였다.

또 어느 날 오후엔 교외 황량한 벌판에서 가을 하늘 아스라이 색색의 포장을 친 시골돌이 유랑 곡마단 구경도 했다. 몸에 찰싹 달라붙은 속옷만 입고 나와 말을 타고, 타는 불 위를 뛰어넘고, 외줄 위에서 외바퀴 자전거를 두 손을 번쩍 들어올리고 타는 미녀들을 보고 있자면 온몸이 오싹해지고 달아오르는 무엇이 있어 쉽게 자리를 뜨기가 어려웠다.

무엇보다 초라한 사내가 낯짝에 껌정을 찍어 바르고 나와서 갖은 못난 짓만 골라 해 보이며 웃기려는 피에로를 보고 있노라면 자조 섞인 웃음으로 뼛속까지 오싹해지곤 했다. 아무래도 남의 일 같지가 않고 서정주 자신의 모습으로 비춰졌기 때문이다. 이 황량한 벌판의 유랑

곡마단 광대, 그리고 관들이 맨땅에 즐비한 공동묘지의 울음소리들이 바보 문둥이 같은, 천치 같은, 눈도 코도 문드러져 공중으로 날아가는 홀씨 같은 민들레꽃 시를 쓰게 했을 것이다.

"일본인들이 부의라는 청조의 황족 하나를 데려다가 황제로 앉히고, 만주제국이라는 이름을 붙여놓곤 실력 행사는 무어든 저희들 마음대로 하던 이곳에서라도 무슨 취직이라는 걸 하나 해보기로 온 것인데, 그게 아직은 되지 않아, 나는 날마다 부랑하고 있는 판이었다."[3]

고창고보를 자퇴한 1931년 겨울, 아버지 돈 3백 원을 훔쳐 가출해 상하이나 러시아로 가 육혈포를 사가지고 혁명주의자가 되려 했던 열혈의 꿈이 이렇게 식어간 것이다. 혁명이나 독립운동의 만주가 아니라 이제 서정주에게 만주는 이렇게 바보 문둥이 피에로 같은 곡마단의 만주, 소시민 가장으로서 밥벌이 생계의 만주였던 것이다.

만주제국 북방으로 휩쓸려가는 문인들

"1939년 어느 밤 만주로 가는 길이라고 서울에 들른 청마 유치환이 다방 '에리자'에 오장환의 안내를 받아 나타났다. 마치 무슨 이민이나 가는 삼남지방의 수재민처럼 아무렇게나 차리고 나선 여장旅裝이었다. 에리자에선 갑자기 만주 이야기가 꽃피었다.

'나도 갈까?'

'광막한 벌판에서 한번 살다 올까?'

3 서정주, 『서정주문학전집 3』, 196쪽.

'하나 둘 만주로 가다간 다 가고 마는 게 아닐까. 제기랄.'

'쫓겨 가는 것 같기도 하고 신개지를 찾아 탈출하는 것 같기도 하고…….'

반가운 악수에 이어 다음엔 침통한 말들이 오갔다."[4]

이봉구가 일제 말 명동의 다방 풍경을 그린 한 장면이다. 하나 둘 만주로 떠나는 문인들과 밤샘 술로 그들을 배웅하는 남은 문인들의 침울한 문단 풍경이 펼쳐지고 있다. 그렇게 밤새 술을 마신 유치환은 이튿날 쫓기듯 만주로 떠났고 그 뒤 만주에서 「향수」라는 시 한 편이 날아들었다.

"희망은 떨어진 포켓으로 흘러가고/내 흑노黑奴같이 병들어/이향異鄕의 추운 가로수 밑에 죽지 않으려 하니/오오 저녁 산새처럼 찾아갈 고향길은 어디메뇨……"라는 유치환이 보낸 「향수」를 낭송해가며 명동에 남은 문인들은 끈 떨어진 정처 없는 마음들을 술로 달래야 했다. 얼마 후 이육사도 명동 거리를 벗어나 창황히 만주 설원으로 떠났다.

"매운 계절의 채찍에 갈겨/마침내 북방으로 휩쓸려오다//하늘도 그만 지쳐 끝난 고원/서릿발 칼날 진 그 위에 서다//어데다 무릎을 꿇어야 하나/한발 제겨 디딜 곳조차 없다//이러매 눈 감아 생각해볼밖에/겨울은 강철로 된 무지갠가 보다".

이육사가 1940년 1월호 『문장』지에 발표한 위 시 「절정」에서와 같이 일제 말기라는 매운 계절의 채찍에 쫓겨 많은 문인들이 북방으로 휩쓸려갔다. 그곳에서 독립 의지를 서릿발 칼날같이 벼린 시인들도 있었고, 이향의 추운 가로수 밑을 향수병에 걸려 헤맨 시인도 있었고, 어찌 해볼 수 없는 민족 현실에 바보 문둥이 민들레처럼 운 시인도 있었다.

4 이봉구, 『명동, 그리운 사람들』, 17쪽.

일본 관동군은 1931년 만주사변을 일으켜 만주를 점령했고, 1932년에는 청나라 마지막 황제 푸이를 내세워 만주국을 세웠다. 만주국은 만주족과 한족, 몽골족, 조선인, 일본인 등 오족협화五族協和로 이뤄진 '만주인'에 의한 민족자결의 원칙에 기초를 둔 국민국가를 표방했으나 실제는 일본 관동군이 통치하는 괴뢰 정부였다.

일본은 풍부한 자원을 가진 이 신개지를 개척하기 위해 다섯 민족의 적극적인 이주 대책을 세웠다. 낙토라고 선전하는 이주 대책에 홀려, 혹은 일제 말 혹독하고도 궁핍한 상황에 쫓겨 조선인들도 밥벌이를 찾아 이주하게 되고 적잖은 문인들도 그렇게 만주로 흘러든 것이다.

"건국 10주년의 성전聖典. 우리는 경건敬虔한 세기의 기적을 가지고 있다. 신휴神庥와 계획과 경륜, 그리고 생활, 이 속에 도의의 나라 만주국의 건설이 있었고 그러므로 또한 우리들의 자랑도 크다.

이 기적과 자랑 속에 뮤즈도 자랐다. 불행한 산성産聲을 울린 유랑의 야숙夜宿으로부터 거룩한 건설 위에 순란純爛한 화환을 걸기까지 20년. 튠드라의 괴로운 여정 속에서도 우리 뮤즈는 역사적인 자기의 위상과 방향에 예민하기에 태만치 않았다. 이곳 대륙의 웅도雄圖에서 일대낭만을 창작하며 호흡하는 거룩한 정열과 새로운 의욕—사화집詞華集의 요구도 바로 여기에 있으며 우리는 이 미성微誠으로나마 빛난 건국 10주년을 경축함과 아울러 대동아신질서문화건설에 참여하련다."

1942년 만주국에서 사화집 『재만在滿조선시인집』을 펴내며 편집자인 김조규金朝奎가 책머리에 밝힌 '편자서編者序' 한 대목이다. 툰드라 엄동설한의 풍찬노숙風餐露宿 유랑의 현실을 말하면서도 만주국 건설에 동참하려는 시, 뮤즈에의 부역이 괴롭게 드러나고 있다.

만주국 건국 10주년 기념으로 재만 조선 시인들의 시를 묶은 이 사화집에는 김달진, 김북원, 김조규, 남승경, 이수형, 이학성, 이호남, 손소희, 송철리, 유치환, 조학래, 천청송, 함형수 등 13명의 시 51편이 실려 있다. 같은 해에 박팔양이 편집한 시사화집 『만주시인집』이 나왔으며 바로 전 해인 1941년에는 신영철이 편집한 '재만조선인단편집' 『싹트는 대지』가 출간되기도 했다.

이렇게 일제 말 국내에서 한글 창작과 발표가 거의 불가능했을 때 만주에서 한글로 문학 활동을 펼친 문인들은 광복 이후 중국 조선족 문학의 토대가 됐으며 남한과 북한 문학에도 일정 정도 기여하게 된다. 김조규, 박팔양, 김영팔, 현경준, 이갑기 등은 광복 후 북한 문단의 중심에서 활약했으며 염상섭, 손소희, 안수길, 유치환, 윤영춘, 김달진, 김진수, 박계주, 윤백남, 이종환, 곽종원, 송지영 등은 남한 문단의 주요 구성원이 됐다.

만주국 고급 공무원 배경으로 큰 회사에 취직

"나도 가리라 너를 따라서
산과 산 사이 해 질 무렵엔
모가지에다 바람을 감고
작은 배처럼 조용히 취해

성공하겠습니다. 유쾌하게 유쾌하게 성공하겠습니다. 어머니 두만강 철교를 건너가며 이빨을 아주 서른두 개 다 내어놓고 썩 명랑하게 한번 웃었더니 세稅관리가 나의 보따리만은 그렇게 조사하지 않습니다."[5]

서정주가 매일신보 1941년 1월 15일부터 21자까지 4회에 걸쳐 연재한 「만주일기」 첫 대목이다. 만주에 들어와 11월 24일 "어머니 신명이 가호하심인지 특수회사 만주 ××회사에 월급 80원의 용인傭人이 되와 용정촌으로 출발하옵나이다"까지 쓴 이 일기는 부러 명랑하고 씩씩하게 썼다.

만주를 낙토로, 신개척지로 선동하려는 일제의 검열을 피하기 위해서였을 것이다. 그러나 그 내면의 톤은 상당히 어둡다. 여기저기에 돈을 꿔달라 내미는 손이 부끄럽고 직장을 잡기까지 구차한 생활상이 그대로 드러나고 있다.

만주로 흘러들어와 가을 내내 서정주는 낮에는 음침한 중국집에서 마늘 한 쪽에 배갈을 마시다 거나해지면 변두리 공동묘지와 벌판을 헤매고 다녔다. 그리고 밤에는 하숙방으로 돌아와 도스토옙스키 소설과 에드거 앨런 포의 시를 읽곤 했다.

공동묘지를 찾는 것은 골피리 날라리 가락 같은 여인네들의 울음소리도 그렇거니와 묘지 주위 먼지 밭에 널빤지 하나 깔고 앉아 호떡을 팔고 있는 중국 노인네를 보기 위해서였다. 마지막 아들까지 공동묘지로 들여보냈을, 온몸이 먼지에 절은 노인이 아주 점잖게 앉아서 태연히 졸고 있는 모습을 보며 서정주는 오랜 생각에 잠기곤 했다.

"뭐라 하느냐/너무 앞에서/아— 미치게/짙푸른 하늘.//나, 항상 나,/배도 안고파/발돋움 하고/돌이 되는데"라는 짧은 시 「소곡小曲」도 이 무렵 썼다. 처음엔 제목도 제대로 못 달고 그냥 「무제無題」로 터져

5 서정주, 「만주일기」, 매일신보 1941년 1월 15일자.

나왔듯, 또 서정주 스스로 "내가 쓴 것 중 가장 딱했던 것들"[6]이라 밝혔듯 무엇 때문에 떠도는지도 모를 정도로 부랑하며 무無에서, 죽음의 뇌옥 속에서 자신을 찾고 있었던 것이다.

당시 만주국 간도성에는 조선인, 중국인, 일본인과 가죽옷을 주로 파는 러시아 상인들이 모여 살고 있었다. 그중 인구수가 가장 많은 조선인들은 만주국 건국 이후 새로 들어와 일본계 용역 일을 하는 사람들과 그 이전부터 터를 잡고 살아온 사람들이었다.

이미 북방의 혹독한 겨울로 들어선 11월 말, 서정주는 드디어 만주양곡주식회사라는 아주 큰 회사에 취직했다. 간도성 고급 공무원으로 있는 친구 형이 다리를 놔줘 그 큰 회사의 경리과 한구석 자리를 얻게 된 것이다. 수입과 지출을 부기 장부에 깨알 같은 숫자로 기입하고 그 액수를 또 주판알을 굴려가며 맞추는 일을 했다.

한때 고창군청에서 임시 직원으로 경리 일을 볼 때하고는 일의 규모나 강도가 달라도 한참 달랐다. 일본인 경리들과 여럿이 모여 장부를 검산할 때는 주산 실력이 딸려 밤새도록 주판알을 굴리기도 했다.

큰 회사 경리로는 한참 딸려서인가. 얼마 뒤 서정주는 그 회사 용정 출장소로 옮겨갔다. 그 출장소에는 순사를 지낸 일본인 소장 밑에 조선인과 중국인 넷이 일하고 있었다.

"어이 서군, 오늘은 저 중국인 둘이랑 같이 밖에 있는 목재에 회사 마크를 찍도록 하지."

소장은 서정주가 오자마자 대뜸 '군君'이라 하대하며 그 엄동설한에 밖에서 산더미같이 쌓여 있는 목재에 회사 쇠망치 도장을 찍으라

6 서정주, 앞의 책, 201쪽.

고 했다. 서정주는 해 어스름 녘까지 뼛속이 아리도록, 손가죽이 다 해지도록 쇠망치 도장을 찍어댔다. 칼바람을 맞아가며 차디찬 쇠망치를 찍어대며 '퇴물 순사 주제에 조선의 시인을 어떻게 보고 이런 험한 일이나 시키나' 하는 생각에 화가 치밀어 올랐다.

서정주는 꾀를 내어 다음 날 러시아 상인한테 고관대작이나 사장족 아니면 못 입을 비싼 표범털 가죽 조끼를 할부로 사 입었다. 그리고 발걸음도 정중한 자세로 출근해 일본 귀족들만 쓰는 경어체로 소장한테 인사했다.

아니나 다를까. 소장은 즉시 태도를 바꿔 '서군'에서 '서씨'로 호칭하며 잘 대해줬다. 평생 눈칫밥으로 자리보전해온 순사 출신 소장에게 자신의 배후에 무슨 무서운 각하라도 버티고 앉아 있게 보이려는 서정주의 꾀가 먹혀든 것이다.

그러나 그렇게 위세를 떨치던 조끼도 팔 수밖에 없었다. 거리는 얼마 안 되어도 하숙집에서 출장소까지 오가는 데 추위가 말이 아니었다. 오줌을 갈기면 그대로 고드름이 되고 눈깔이 빠져나올 것 같아 방한 안경을 써야 하는 추위에 외투가 없으니 할 수 없이 조끼를 팔아 외투로 바꾸려 도문으로 함형수를 찾아갔다. 만주로 들어오는 길에 함경북도 경성 남양의 함형수 주소를 찾아 들렀는데 소학교 교사로 도문에 있다는 소식을 들어서이다.

함형수와 마지막 재회

"야, 이 새스개 누구야 누구? 이 문둥이가 어째 여기까지 찾아 들어

왔다, 카카카 캇."

함형수는 서정주를 맞으며 김동리가 붙여준 별명 그대로 '까치' 소리로 웃어대며 반가워했다. 『시인부락』 편집을 오장환한테 맡기고 서정주가 서울을 떠나자 함형수도 이내 서울을 떠나 고향 경성으로 돌아왔다. 만주국 소학교 교사 시험을 봐서 합격한 함형수는 두만강 건너 도문으로 가족들을 데리고 와 소학교 교사 노릇을 하고 있었다.

그럼에도 함형수는 서정주가 예상했던 대로 마음 든든한 오두막 한 채 없이 남의 집 헛간 같은 방 한 칸에 세 들어 홀어머니와 열댓 살 누이, 열두어 살 사내 동생 등 모두 넷이서 두껍지도 않은 이불 한 채로 겨울을 나고 있었다.

"야, 이 호피 조끼 나한텐 아무래도 너무 호사스럽지? 외투하고 바꿔 입게 누구 살 사람 좀 소개해주랑께."

"음, 그래. 큰 회사에 다니는 그 친구면 좋은 값에 사줄 것이니 같이 만나봄세."

함형수네 가족과 함께 한 이불 속에서 다리도 못 펴고 새우잠으로 하룻밤을 지샌 서정주는 이튿날 그 친구를 만났다. 함경북도에서 초현실주의 시 동인을 결성해 시도 썼다는 그는 서정주 손이 부러질 정도로 세게 악수를 해댔다.

서울에서 내려온 초현실주의 이 모 시인이 으스대자 사이비라며 술상 위의 매운탕 냄비를 들어 그대로 면전에 씌워버렸다는 일화를 서정주도 전에 들은 적 있던 그 과격파 시인이었다. 그런 그가 시원스레 조끼를 사줘 외투를 사 입을 수 있었다.

소학교가 겨울방학에 들어가자 이번에는 함형수가 용정으로 찾아와 서정주 하숙방에서 한동안 같이 뒹굴며 보냈다. 그동안 지낸 이야기를 들으니 함형수는 유랑극단이 하나 굴러들어와서 그 여배우 하나하고 눈이 맞아 한동안 마음을 다해 사랑하고 동거에 들어갔으나 어느 날 눈을 떠보니 야반도주하고 없더란 것이다. 그러면서 그 여인네가 잊히지 않는지 몸을 부르르 떨었다.

"어디에 있는지는 수소문해보았는감? 거 괜찮은 것 같은데 찾아서 데려다 같이 살면 여간 좋지 않겠는데……."

"앵이, 이 새스개야, 그런 소리란 말고 이 시나 한번 읽어보게."

서정주의 다시 같이 살아보란 말에 함형수는 무슨 쓰디쓴 약 마신 듯한 표정을 지으며 그동안 써온 시를 보여줬다.

"이마에 손을 얹으면 푸른 하늘에도 나타나는 고개가 있는 것이었습니다./여윈 무명지無名指를 들어 창백한 표석標石을 생각합시다./생각하여도 생각하여도 마음의 여자는 화석化石한지 오래였습니다."

나중에 위에서 말한 『재만조선시인집』에 실린 시 「화석化石의 고개」였다. 읽어보니 야반도주한 그 여자가 화석의 고개로 넘어가 영 잊혀버린 것이 아니라 여직도 흉중에 생생히 살아 있음에 서정주는 남일 같지가 않았다. 서정주도 만주에 와서 쓴 위의 시 「멈둘레꽃」을 함형수에게 보여줬다. 시를 서로 바꿔 보며 둘은 부둥켜안고 동병상련의 울음인지 웃음인지를 터뜨렸다.

"어이 이 새스개 친구야. 자네 시 읽다 보니 내가 더 싱숭생숭하구먼. 한잔하러 나감세. 내 여기서 사귄 호탕한 친구 소개시켜줄 텡께."

함형수의 그 호탕한 친구란 희곡작가 김진수였다. 일본 릿쿄대 영문과를 졸업한 김진수는 용정 한 중학교에서 교편을 잡고 있었다. 웃음소리가 하도 좋고 또 술도 호탕하게 마셔 서정주는 이국에서 좋은 벗이 될 것 같아 금방 친해졌다.

그 뒤에도 서정주는 함형수하고 같이 김진수를 만나 중국집에서 배갈도 마시고 색싯집에 가서 중국 여자들을 희롱하며 놀기도 했다. 아편을 하고 널빤지를 깔고 드러눕는 중국 목간통에 들어가보기도 했다. 껄껄 웃어가며 아무 생각 없이 그저 사람 좋게 즐기는 김진수와는 달리 함형수는 혼자 맘속으로 무얼 그리 열심히 생각하는지 그저 혼자인 체했다.

"나는 이 괴로운 지상에서/살기만은 조금도 희망치는 않는다/어떠한 달가운 행복과 쾌락이/나를 붙들고 놓지 않는다 해도/그러나 나는 저 아득한 하늘을 치어다 볼 때/마음은 슬퍼지고 외로움으로 눈물이 자꾸만 난다/저 나라에서도 나는 또 여기서처럼 이렇게 고독할까봐".

1942년 만주국 제일협화구락부 문화부에서 발행한 『만주시인집』에 실린 함형수의 시 「비애悲哀」 전문이다. 아! 서정주는 그때 이 시와 함께 함형수의 광기와 죽음에 이른 비애를 이미 봤을 것이다.

그래서 해방 직후 서울로 오는 만원 기차에서 떨어져 요절한 함형수의 시집 한 권 못 내준 것을 서정주는 죽을 때까지 두고두고 회한으로 남겼을 것이다. 그런 함형수와 이걸로 마지막일 듯싶게 작별을 하고 서정주는 서울로 돌아왔다.

쫓기다시피 간 만주에서도 그 뼈를 깎는 듯한 날라리 가락, 그 죽음의 독기에 쫓기다시피 다시 서울로 향했다. 기차를 갈아타려 도문역에 잠깐 내려 함형수를 속으로 부르며 한적한 곳에서 참았던 오줌발을 시원스레 갈기다 일본 헌병한테 들켜 군홧발길에 채이고 따귀 맞은 일을 만주 생활 마지막 쓰디쓴 기억으로 남기고.

만주에 머무를 때 백두산에 근거지를 둔 김일성의 '공산마적' 떼가 용정 인근까지 출몰하곤 해 문득 자신도 마적이 될까 생각도 했으나 서정주는 공산혁명주의자도 아니고, 그럴 체력도 안 됐다. 또 아내와 아들을 먹여살려야 하는 가장으로서 백두산 밀영으로 들어가 일본인들에 대한 무장 독립 투쟁을 일컫던 '공산마적질'은 엄두도 못 낼 정도로 소시민이 돼 있었다.

"참 이것은 너무 많은 하늘입니다. 내가 달린들 어데를 가겠습니까. 홍포紅布와 같이 미치기는 쉬웁습니다. 몇천 년을, 오— 몇천 년을 혼자서 놀고 온 사람들이겠습니까.//종보단은 차라리 북이 있습니다. 이는 멀리도 안 들리는 어쩔 수도 없는 사치입니까. 마지막 부를 이름이 사실은 없었습니다. 어찌하야 자네는 나 보고, 나는 자네 보고 웃어야 하는 것입니까.//바로 말하면 하르삔 시와 같은 것은 없었습니다. '자네'도 '나'도 그런 것은 없었습니다. 무슨 처음의 복숭아꽃 내음새도 말소리도 병病도 아무것도 없었습니다."

『인문평론』 1941년 2월호에 발표한 시 「만주에서」 전문이다. 만주에 머물렀던 속내를 친구에게 고백한 산문시 형태를 취했으면서도 그 속내를 들여다보기가 녹록지 않은 시이다. 서정주 시답지 않게 처음부터 끝까지 바로 말하지 못하고 모호한 상징어만 쓰고 있기 때문이다.

단 한 번 바로 말한 구체적 단어, '하르삔 시'라는 지명을 단서 삼아 그 속내를 어림잡아보자. 하얼빈은 안중근 의사가 1909년 이토 히로부미를 육혈포 권총으로 저격, 사살한 곳이고 후에는 만주에서 활동하던 독립군들이 일본군에 밀려 북상해 무장 독립운동의 본거지가 된 곳이다.

"육혈포도 쓱 한 자루 안 호주머니에 숨겨가지고 다니는 망명혁명가가 어느 만큼은 소원이었던 나는"[7]이라 밝혔듯 청년 시절 서정주에게 하얼빈은 망명혁명가로서 머물고 싶은 곳이었다. 그러나 만주는 그런 곳이 아니었다. 그럴 장소도, 기질도 아닌 만주에서 독립운동 운운하는 것은 사치라는 자조自嘲 섞인 속내를 읽어낼 수도 있다.

뇌옥 같은 일제 말을 견뎌낼 수 없어 모가지 늘어뜨리고 들어간 만주. 그곳은 가장인 서정주에게 더 이상 낭만적 망명혁명가의 땅도, 방랑의 종착지도 아니었다. 해서 「만주에서」도 위에서 살펴본 「멈둘레꽃」처럼 바보 문둥이 천치 미친놈으로 허옇게 웃고 있는 속내를 드러낸 시로 읽을 수도 있을 것이다.

『화사집』 출간으로 얻은 뜻하지 않은 인기와 술

1941년 2월 초, 서정주는 만주에서 고향 고창으로 가는 길에 언제까지 부모님 신세질 수 없어 처자식 먹여 살릴 일자릴 찾아볼 요량으로 서울에 들렀다. 그런데 뜻하지 않은 반가운 소식이 들려왔다. 1938년 자신이 운영하는 남만서고에서 시집을 내주겠다고 오장환이 가져갔던 『화사집』 원고 뭉치가 드디어 남대문약국 주인 김상원이 출판비를 대 인쇄에 들어간 것이다. 뿐만 아니라 당시 유력한 인기 평론가였던 임화가 딱한 이 시대 이 나라의 제일의 시인으로 추켜세워 서정주는 서울에서 인기 시인이 되어 있었다.

드디어 1941년 2월 10일에 『화사집』이 나오자 당대 최고의 요정 명

7 서정주, 『서정주문학전집 5』, 22쪽.

월관에서 김기림, 임화 등 당대 최고의 문인들이 각자의 호주머니를 털어 극진하게 출판 기념회를 열어줬으니 서정주는 그 일을 평생 잊지 못했다. 그 뒤로 서정주는 인기 시인으로서 문단의 부러움을 사며 문인들과 어울려 충무로와 명동, 종로통 주점과 다방을 휘젓고 다녔다.

"성님 성님 사촌 형님, 어저께 왔던 각설이가 죽지도 않고 또 왔네." 서울 장안 주점을 휘젓고 다니던 오장환이 그렇게 붙임성 좋게 각설이 타령을 하고 술집에 들어서면 술집 사장과 종업원들은 마치 꼬붕이나 된 듯 일행을 극진하고도 반갑게 맞아주곤 했다.

"오늘도 명치정엘 나와 당구를 하며 콩가루 섞인 커피를 마시며 어쩌면 지방 문청文靑이나 올라와서 어떻게 인사할 기회를 얻어가지고 맥주나 마실까 맥주나 마실까, 사람 대구리가 어느 때는 맥주병, 맥주병 작기酌器로 보이는 때가 있습니다."[8]

오장환이 조선일보에 1940년 7월 20일부터 25일자까지 연재한 산문 「팔등잡문八等雜文」 한 대목이다. 이 근황 고백처럼 오장환은 서울에 남아 명동과 충무로, 종로통을 누비며 요리조리 문단의 술자리를 주선해가는 재량을 여전히 부리고 있었다.

"어이, 장환이 이 좋은 친구야. 자네 덕에 이렇게 인기와 술은 원 없이 누리고 있으나 거 뭔가 영 죄스럽고 허전허이. 그렇께……."

그렇게 밤낮없이 문인들과 어울려 술집을 순례하던 어느 날 서정주가 오장환을 부둥켜안고 고맙다며 뭔가 하소연하려 했다.

"우리 둘은 정신적 형제이니 당신 속 내가 왜 모르겠소. 내 이미 손을 써놓았으니 걱정 말고 술이나 마십시다. 당신 인기 덕에 여기저기

8 오장환, 『오장환전집』, 실천문학사, 2002, 242쪽.

다리를 놓아주겠다는 사람들도 많으니 금방 자리가 날 것이오."

오장환의 시원스러운 말에 서정주는 괜한 궁색 떨지 않았나 겸연쩍어하며 술잔을 부딪쳤다. 그런 문우들이 다리를 놓고 또 놓고 해서 서정주는 미션계 초등학교인 동대문여학교 3학년 담임을 맡아 4월 봄학기 개학부터 나가기 시작했다. 그리고 아내와 돌이 갓 지난 아들을 데려다 행촌동에서 단칸 셋방 살림을 차렸다.

조그만 서점을 운영하고 있던 소설가 이봉구는 솥이며 밥그릇이며 식칼이며 도마까지 부엌 살림 일체를 장만해주었다. 그렇게 신접살림을 꾸린 얼마 뒤 이용악이 명란젓 한 통을 들고 행촌동 셋방으로 찾아왔다.

"고향 어머님이 나 먹어라 부쳐주신 것이나 난 뭐 놔둘 집도 절도 없으니 오래오래 두고 자네 내외만 금슬 좋게 자시게나."

월간 잡지 『인문평론』 편집장으로 월급도 수월찮았지만 동생 학비 대주고 술값 내고 항상 빈털터리로 잘 곳도 없어 이 친구 저 친구 집에 빌붙어 자거나 아니면 공원 벤치에서 자고 다닌다는 이용악 처지는 익히 듣고 봐와서 서정주도 잘 알았다. 고향에서 보내온 명란젓 한 통을 들고 해 저물녘에 찾아온 이유도 혹여 하룻밤 신세지려 온 게 아닐까 생각하면서도 그냥 휑한 밤거리로 돌려보낸 자신이 서정주는 미안하고 죄스럽기까지 했다.

그러나 어쩔 것인가. 처자가 딸린 단칸 셋방 가장으로서. '이 어쩔 수 없다'는 생각을 궁핍한 시대의 이존책以存策으로 키워가면서 서정주는 겨우 한 가장, 소시민이 되어가기 시작한 것이다.

문단의 마당발 이용악

"북쪽은 고향/그 북쪽은 여인이 팔려 간 나라/머언 산맥에 바람이 얼어붙을 때/다시 풀릴 때/시름 많은 북쪽 하늘에/마음은 눈감을 줄 모르다"

위 시 「북쪽」에서처럼 이용악은 북쪽 국경 도시 함경북도 경성에서 1914년 태어났다. 고향에서 초등학교와 경성고보를 졸업한 이용악은 1934년 일본으로 건너가 홍문중학에 편입하고 일본대와 상지대 신문학과에서 유학 생활을 했다.

아버지가 두만강을 넘나들며 러시아와의 밀무역 소금 장사를 하다 객사한 뒤 어머니가 국수나 떡, 계란 등을 팔아 생계를 어렵게 꾸려나가던 가난한 집안 출신이다. 해서 고학으로 초등학교와 고보를 마친 이용악은 일본 유학 시절에도 온갖 품팔이를 다 해야만 했다.

그런 고된 일본 유학 생활 중에도 열심히 시를 쓰고 방학 중엔 돌아와 고향 문인들과 어울려 시작 활동을 펼치며 1935년 『신인문학』 3월호에 「패배자의 소원」을 시작으로 신문, 잡지에 부지런히 시를 발표했다.

"용악은 시를 '길을 걸어 다니면서, 전차나 버스를 타고 손잡이 잡고 흔들거려 가면서 쓴다'고 했다. (중략) 그럴 수밖에 없었던 것이, 그에겐 조용히 앉아서 글 쓸 집이나 책상이 있을 수 없었던 생활을 해왔던 것이다. 유학 생활 4, 5년은 말이 '유학'이지 사실상 학비를 위한 노동으로 지샜으며, 귀국해서 광복 안팎 7, 8년은 취직, 실직, 낙향, 피신으로 동가식서가숙東家食西家宿하는 방랑 생활이었던 것이다."[9]

9 윤영천 편, 『이용악시전집』, 창작과비평사, 1988, 188쪽.

후배 시인 유정이 「암울한 시대를 비춘 외로운 시혼—향토의 시인 이용악의 초상」에서 위같이 회고한 것처럼 이용악은 가난 때문에 거리와 차 안에서 시를 구상하고 쓸 수밖에 없었다. 그렇게 쓰고 발표한 시들을 스스로 보기에도 미숙하다며 거의 다 버리고 1937년과 1938년 신작들로만 시집 『분수령』과 『낡은 집』을 동경에서 잇달아 펴내며 성숙한 시적 역량을 과시했다.

"아낙도 우두머리도 돌볼 새 없이 갔단다/도래샘도 띳집도 버리고 강 건너로 쫓겨 갔단다/고려 장군님 무지 무지 쳐들어와/오랑캐는 가랑잎처럼 굴러 갔단다//구름이 모여 골짝 골짝을 구름이 흘러/백년이 몇 백년이 뒤를 이어 흘러갔나//너는 오랑캐의 피 한방울도 받지 않았건만/오랑캐꽃/너는 돌가마도 털메투리도 모르는 오랑캐꽃/두 팔로 햇빛을 막아줄게/울어보렴 목놓아 울어나 보렴 오랑캐꽃".

이용악이 1940년 『인문평론』 10월호에 발표한 시 「오랑캐꽃」 전문이다. 이 시로 문단과 독자들의 찬탄을 받으며 이용악은 서정주, 오장환 등과 더불어 조선 시단의 삼재로 확실히 자리매김하게 된다. 서정주도 이 시를 보고 "그는 가난 속에 괄시를 받으면서, 망국민의 절망과 비애를 잘도 표현했다"[10]고 이용악을 상찬했다.

초기의 모더니즘 경향을 떨쳐버리고 고향 북쪽에 대한 그리움을 읊으면서도 쫓기듯 가난한 역사와 현실 의식이 밴 서사와 북방 정서로 일제 말 주요 시인으로 떠오른 것이다. 1939년 일본 유학을 마치고 돌아와 극도의 생활난에 허덕이던 이용악은 호구지책으로 조선총독부 기관지인 매일신보에 들어가려 애쓰기도 했다.

10 위의 책, 189쪽.

"매신每新 건件 지금으로부터 잘 운동하면 될 것 같은데 김선생께서 힘써주셨으면 얼마나 감사하겠습니까. 아무튼 수일 내로 이력서 다시 써서 김선생께로 보내볼 작정이올시다."

귀국 직후 이용악이 여성 소설가 최정희에게 보낸 편지 한 대목이다. 고향 경성 선배인 파인 김동환 시인한테 매일신보에 취직을 좀 부탁해달라는 편지이다. 김동환은 종합 잡지 『삼천리』를 운영하며 친일에 앞장서 일제 말 영향력 있는 인사였고, 『삼천리』에 기자로 입사했던 최정희는 그의 부인이 돼 있었다.

매일신보에 취직이 여의치 않자 이용악은 그해 최재서가 주관하던 잡지 『인문평론』에 편집기자로 입사했다. 어려서부터 신산고초를 다 겪은 탓인가. 이용악은 붙임성과 사교성 좋은 마당발 성격으로 북도 출신 문인들뿐 아니라 일제 말 문단의 총무 역할도 톡톡히 해냈다. 발표 지면이 태부족이던 시절 문인들의 발표 지면을 앞장서 알선해주는가 하면 이러저러한 글을 쓰라고 독려하고 청탁도 해주었다.

서정주가 만주에서 돌아오자마자 위에서 살펴본 시 「만주에서」를 자신이 편집장으로 있던 『인문평론』에 실어준 작자도 이용악이었다. 시도 실어주고 명란젓도 갖다준 자신을 문전박대해서인가. 어느 술자리에서 이용악이 초등학교 교사가 된 서정주가 새로 다려 입은 흰 와이셔츠 앞가슴을 예리한 칼로 주욱 그어 찢어놓아버렸다는 사실을 서정주는 밉지 않게 기억해내곤 했었다.

"어쩌자고 자꾸만 그리워지는/당신네들을 깨끗이 잊어버리고자/북에서도 북쪽/그렇습니다 머나먼 곳으로 와버린 것인데/산굽이 돌아 돌아 막차 갈 때마다/먼지와 함께 들이키기엔/너무나 너무나 차가운 유리잔".

1942년 필화 사건에 연루돼 서대문형무소에 며칠간 수감됐던 이용악은 풀려난 즉시 낙향했다. 서울 살이의 치욕과 한스러움을 뒤로하고 귀향한 이용악은 위 시 「막차 갈 때마다」에서처럼 북방 오지에서의 궁색한 고독과 서울 문단 친구들에 대한 그리움을 차가운 유리잔처럼 명징하게 전했었다.

해방 직후 상경한 이용악은 조선총독부 도서관 일본인 관장 관저가 적산가옥으로 접수된 걸 불하받는 수완을 보이기도 했다. 조선문학가동맹에 적극 가담해 활동했으나, 남한 단독 정부 수립 전후에선 '미제와 이승만 괴뢰도당을 반대하는 문화인 모임'에서 활동하다 체포되어 10년형을 받고 서대문형무소에서 복역하던 중 인민군의 서울 점령 때 출옥해 북으로 갔다.

딱 1년간의 초등학교 교사 시절

"1941년 4월의 신학기부터/나는 동대문 옆 '동대문여학교'라는/여자만의 국민학교의 3학년 담임을 맡아 했는데/지금 기억하자니, 교과서보다는/역시 희랍신화나 톨스토이 동화 같은/이얘기나 재미 붙여하고 지냈던 것 같군./물론 체육 시간도 가르치긴 했는데,/여름에는 아마도 하얀 모시 두루마기도 입고/"하낫, 둘, 하낫, 둘" 하고 있었던 것 같군./여류작가 최정희 씨가 뒤에 말하는 걸 들으면/어느 날 그가 우연히 이 학교 운동장 옆을 지나다가/그 안을 들여다보니 내가 그러고 있더라나."

서정주가 1987년 자신의 생애를 시로 써 발표한 일련의 담시 중 「사립국민학교 교사」 앞부분이다. 동대문 바로 옆에 있는 동대문여학교는 일제 말로서는 보기 드문 한국인이 세운 미션계 사립학교. 일본인 여교사 한 명만 빼고 모두 한국인 교사였다. 교장 또한 한국인이고 문학도 좋아하는 사람이어서 서정주를 촉탁 교사로 받아들인 것이다.

당시 교사들은 사회적 권위와 학생들에게 위엄 있게 보이려 양복 정장 차림이어야 했다. 그러나 만주에서 갓 돌아온 서정주는 남루한 단벌 양복이어서 허름한 한복을 입고 출근해야 할 때가 많았다. 그런 서정주를 시인이니 그렇겠지 하며 교장은 물론 교사들은 잘도 용인해줬다. 일제 치하의 국공립학교가 아니라 한국계 사립학교였기에 가능했던 일이었다.

그렇게 한복을 입고 체육 시간에 운동장에서 체조를 가르치고 있는 장면을 마침 동대문 옆을 지나던 최정희가 목격하고 서정주를 만나기만 하면 두고두고 '괴물'이라 놀려댔다. 교실에서 공부 시간에는 교과서 내용 밖의 그리스 신화나 우리네 옛날이야기를 해주기도 했다. 세상 근심 걱정 없이 맑고 밝게 뛰노는 아이들을 그리스의 신들처럼 되게 해서 일제 치하의 비극을 감당해내게 하려는 깜냥에서이다. 그와 함께 재밌는 이야기로 학생들의 수업 집중도를 높이려는, 해인사 학당에서 터득한 서정주 나름의 효율적 교육을 위해서였다.

서정주가 출근하고 나면 서울 생활이 처음인 아내는 혹여 누가 잡아다 팔아먹을까 무서워 밖에는 한 걸음도 못 나오고 단칸 셋방 문을 꼭꼭 걸어 잠그고 갓난 아들과 함께 방에만 있었다. 그런 아내와 아들을 위해 서정주는 바람이 불어와도 다시 불쑥 어디로 떠날 수도 없이, 밥벌이 직장에 빌붙어 살 수밖에 없는 가장이 돼갔다.

동대문여학교에서 한 학기를 겨우 마친 서정주는 9월 2학기부터는 근처 용두동에 있는 동광학교로 옮겨가 6학년 담임을 맡았다. 월급을 좀 더 많이 준다는 이유만으로, 그래봤자 월급 45원인 촉탁 교사, 지금 같으면 비정규직인 기간제 교사로 옮겨갈 정도로 서정주는 일가족의 밥벌이를 충실히 자임하는 가장이 돼가고 있었던 것이다.

"이때부터 아이들의 성명도 일본식으로/김가면 가네무라[金村]니, 연가면 노부다[延田]니 하여/출석부를 불러야만 하게 되었지." 위 담시 「사립국민학교 교사」 한 부분같이 서정주 기억에 의하며 1941년 2학기부터 학생들 이름을 일본식으로 불러야 했다.

내선일체內鮮一體를 명분으로 우리 민족의 혼과 정체성을 말살하려 일제는 1940년 2월부터 6개월간 창씨개명을 강요했다. 온갖 회유와 강압으로 6개월 만에 창씨개명 비율을 79.3%까지 끌어올렸다. 학교 등 공공기관의 기록에는 다 창씨개명한 이름을 쓰고 부르도록 했다. 서정주도 다츠시로 시즈오[達城靜雄]라 개명했다.

일제 말기로 갈수록 관공서에서 국민복이 사무복으로 일상화되며 교사들도 이 제복을 입어야 했다. 해방 후 한참 지나서 교복이 자유화되기까지 중고등학생들이 입었던 검은 교복이 바로 일제의 국민복을 이어받은 것으로 보면 된다. 국민복에 머리도 단정하게 빗은 교사들의 눈총을 받으면서도 한복 바지저고리에 머리도 텁수룩하게 기르고 선생 노릇을 하던 서정주에게 어느 날 한 청년이 찾아왔다.

일본에서 유학하며 문예지에 시도 써서 기고하고 그림도 그리는 시인 겸 화가였다. 학교 옆에 살며 베레모에 영국제 파이프를 물고 다니는 그 청년을 교사들은 유명 예술가로 알아봤음인가. 그 청년이 학교로 찾아와 서정주에게 깍듯이 대하는 걸 보고 사범학교를 나와 정식으로 발령받은 교사들도 그 이후부터는 서정주를 시삐 보지 않았다.

명사名士처럼 거들먹거리며 다니기는 하지만 뭔가 허전하고 굴풋하고 딱하게 보이는 그 청년이 서정주는 자신의 자화상 같아 금세 친해져 학교가 끝나기 무섭게, 어떤 때는 단축 수업도 마다 않고 선술집이란 선술집마다 누비고 다녔다. 시게무라로 개명한 사범학교 출신 동료 교사까지 더불어 셋이서 그렇게 선술집을 누비며 일제 말 식민지 청년들의 좌절과 고립의 허전하고 딱한 마음들을 달래갔다.

"우리 그냥 뻘밭으로 기어다니며/거이 새끼 같은 거나 잡어먹으며/노오란 조금에 취할 것인가.//(중략)//아아 우리 그냥 팍팍하야 땀 흘리며/조금의 막다른 길에 해와 같이 저물을 뿐/다시는 다시는 맞나지도 못하리라."

그렇게 교사 생활과 술에 빠져 한동안 시 한 편도 못쓰다가 1941년 『춘추』 7월호에 발표한 시 「조금」의 처음과 끝 부분이다. 바닷물이 빠져나가는 조금 때면 개펄에 나가 게나 잡아먹는 의미도, 생기도 없는 삶에 대한 회의. 그래야 가족을 건사할 수 있는 소시민적 가장으로서의 회한이 깃든 시로 읽힐 수도 있다.

그래서 서정주는 1941년 1년 두 학기의 초등학교 교사 생활을 그만두고 1942년 봄에 서울에서 가장 후미진 신촌 궁골로 이사를 가게 된다. 아무런 대책도 없이 아내와 어린 아들 손을 잡고. 대책 없는 세월, 시도 안 써지는데 더 이상 술로써 명사 노릇 하기가 죽기보다 싫어서.

식민지의 소명사小名士로 산다는 것의 허울

"어이, 승해 엄니 빨리 약주 몇 병 받아오소. 이 친구가 들고 온 이 동태로 술안주 찌개도 얼큰하게 끓여내고. 어어, 뭣들 하는감, 빨리빨리 들오지 않고."

가을 햇빛이 여직도 짱짱한 오후에 서정주가 친구들과 함께 집으로 돌아와 아내에게 호기롭게 술심부름을 시켰다. 툭하면 이렇게 학교가 파하자마자 술친구들은 모아와 술심부름시키기 일쑤였다. 말 쌀은커녕 됫박 쌀 팔아먹기에도 빠듯한 살림에 매일 술상을 차려내야 하는 궁핍도 아내는 그래도 유명 시인의 유명세이니 하며 잘 받아냈다.

그런 형편을 잘 알기에 서정주는 가급적 선술집에서, 그것도 물주 친구를 물색해 얻어먹으려 했다. 그런 데는 누구보다도 재능이 넘치던 오장환을 따라 시인, 화가, 문학 지망생들과 어울렸다. 그런 자리에선 으레 시와 예술 이야기가 넘쳐났고 그런 분위기에 휩쓸려 일제 말 시대 상황에서 오는 압박감과 무력감을 잠시나마 잊을 수 있었다.

"야, 이놈아, 넌 그것도 시라고 쓰고 있냐. 너 같은 놈하고 술자리 함께하기도 창피하다, 창피해. 그러니 넌 장님 피리나 하나 불면서 딴 술집에나 가보는 게 좋겠다."

동대문 앞 선술집에서 시작된 술자리가 든든한 물주를 물어 종로통과 명동의 비어홀로 이어지면서 끝내 사단이 나고 말았다. 취하면 으레 나오는 시 이야기가 금도襟度를 넘어 서로의 시를 물고 뜯기에 이른 것이다. 서푼 어치도 안 돼는 이름, 그 명성을 위해 헛기세를 부리는 모습에서 서정주는 식민지의 소명사 노릇 북새통에 끼어 있는 자신이 서글퍼 조용히 그 술자리를 떴다.

시 몇 편 발표하고, 평론가들의 입방아에 오르내렸다고 끼리끼리 몰려다니며 술 마시고 으스대는 꼬락서니들이 한심하고 자신의 모습을 그대로 보는 것 같아 민망해 서정주는 그런 자리에는 가급적 끼어들지 않았다. 대신 그런 시간에 가야금꾼 배상기와 어울렸다.

배상기는 돈암동 별장지기도 그만두고 안암동에서 가정교사 노릇을 하고 있었다. 경마와 주식에 빠져 상궁 출신 양어머니에게 받은 집과 유산도 다 거덜내고도 배상기는 아직도 경마를 하고 있는 모양이었다. 서정주도 공일이면 배상기를 따라 동대문 밖 신설동 경마장에 가곤 했었다. 서정주에게도 화투장이나 맞추는 노름보단 뛰는 말에 돈을 거는 게 아닌 게 아니라 꽤 재미있던 일이었다.

"이젠 자네 건 자네대로 해봐. 난 저쪽에서 돈 좀 더 따올 테니까."

경마장에서 발행한 마권을 샀으면서도 배상기는 또 경마꾼들 지들끼리 돈을 거는 합백合百에도 끼어들었다. 두어 시간 후에 돌아온 배상기는 "인제 나가세" 하며 서정주를 데리고 나갔다. 경마장에서 나온 둘은 소주에 안주는 무짠지가 전부인 술집으로 들어갔다.

"이게 뭔 줄 아는가. 합백꾼들한테 또 내가 져서, 이 주먹에 거머쥔 이 마지막 돈은 뺏기지 않으려 그놈들 손톱에 할퀸 자국이여."

소주를 시키고 나서 주먹을 불끈 쥐어 서정주 눈앞에 갖다대며 배상기가 말했다. 아닌 게 아니라 손등 할퀸 자국에선 금방이라도 피가 새어나올 듯했다. 그렇게 움켜쥔 돈으로 배상기는 아무 일 없다는 듯, 더 이상 뺏길 것도 없다는 듯 태연하게 소주잔을 기울였다.

서정주는 이 무렵 배상기와 함께 오나팔이란 노인도 자주 만났다. 오나팔은 환갑 무렵의 동광학교 학부형으로 구한국 군대 나팔수였기에 서정주가 그냥 그렇게 부른 것이다. 술이 거나해지면 오나팔은 손아귀를 말아 입에 갖다대고 손나팔을 걸쭉하게 불곤 했다.

흉중 깊숙이에서 뽑아 올리는 그 손나팔 소리는 무언가 듣는 이들의 가슴속을 흥건히 젖어들게 했다. 다 잃고도 마지막 한 푼을 내주지 않으려 움켜쥔 배상기의 손아귀, 나팔을 잃고도 흉중의 깊은 곳을 끌어올리는 손나팔 소리에는 무언가 끈질긴 것이 있었다. 식민지 시대의 소명사 시인, 예술가 나부랭이들의 헛기세가 아닌 민족의 삶을 연연히 이어오게 한 그 무엇.

"거북이여 느릿느릿 물살을 저어/숨 고르게 조용히 갈고 가거라./머언 데서 속삭이는 귓속말처럼/물니랑에 내리는 봄의 꽃니풀,/발톱으로 헤치며 갔다 오너라.//오늘도 가슴속엔 불이 일어서/내사 얼굴이 모다 타도다./기우는 햇살일래 기울어지며/나어린 한 마리의 풀벌레같이/말없는 사지만이 떨리는도다.//거북이여./ 구름 아래 푸르른 목을 내둘러,/장구를 쳐줄게 둥둥그리는/설장구를 쳐줄게, 거북이여.//먼 산에 보랏빛 은은히 어리이는/나와 나의 형제의 해 질 무렵엔,/그대 쇠먹은 목청이라도/두터운 갑옷 아래 흐르는 피의/오래인 오래인 소리 한마디만 외여라."

그 무렵 써뒀다 이듬해인 1942년 『춘추』 6월호에 발표한 시 「거북이에게」 전문이다. 배상기에게 이 시를 보여주니 거북이가 마치 자신인 양 흡족해했다. 이렇게 좋은 시 계속 쓰라며 입고 있던 옷마저 전당포에 저당잡히고 술을 사줬다. "거북이처럼 끈질기고 유유하게 이 난세의 물결을 헤치고 살아나가야 한다"[11]는 인생관과 시 정신을 배상기, 오나팔한테 배운 것이다.

11 서정주, 「나의 문학인생 7장」, 『80소년 떠돌이의 시』, 시와시학사, 1997년, 94쪽.

고향 질마재 같은 연희동 궁골에서의 반년

1942년 봄에 딱 1년간의 초등학교 촉탁 교사 생활을 그만두고 서정주는 연희동 궁골로 셋방을 얻어 이사 갔다. 서대문 밖 무악재와 인왕산에 막힌 궁窮골은 서울이라곤 하지만 전기도, 수도도 안 들어오는 문자 그대로 참 궁상맞고도 형편없는 산골짜기였다.

세든 집은 비록 허물어져가는 초가이긴 했으나 구한말 말직인 참봉네 양반집이어서 규모는 그럴듯했다. 여러 칸의 큰 집에 70대, 30대 2대 과부와 열서너 살짜리 계집애 하나만 살고 있었다.

아무래도 훈장 노릇은 아닌 것 같아, 밤낮없이 찾아드는 술친구들에 떼밀려 소명사 노릇하기도 역겨워 서울에서 가장 궁벽한 곳으로 무작정 숨어들다시피 한 것이다. 호구지책도 마련되지 않은 서정주한테 인문평론사 사장으로 있던 최재서가 번역 일감을 주선해줬다.

금융조합연합회 간부 시게마츠의 『조선 농촌 얘기』란 책으로, 내용은 우리 농촌에서 직접 체험한 이야기들이었다. 번역해도 무방할 것 같아, 또 4백 자 원고지 한 장당 60전 준다니 한 달에 1백 장만 번역해도 60원이니 촉탁 교사 월급보다 많아 선뜻 받아들였다.

부지런히 1백 장 남짓 번역해 인문평론사로 가서 원고료를 달랬더니 한 권 다 번역하고 나서 한목에 계산하라는 것이었다. 매달 1백장씩 번역하면 한 달 고정 수입이 60원씩 꼬박꼬박 들어오리라는 것은 물정 모르는 서정주만의 순진한 생각이었던 것이다. 알아주는 시인이 이런 잡문이나 번역하고 있다는 자괴감에서인지, 아니면 세 식구 호구지책이 까마득하게 사라져가서인지, 서정주는 가지고 간 원고를 책상에 내동댕이치고 그냥 돌아오고 말았다.

집에 돌아와 생각해보니 촌놈처럼 흥분한 자신이 밉고 또 먹고살아갈 길이 영 막막해 동대문 밖에 있는 남창서관南昌書館으로 갔다. 남창서관은 우리 고전 소설은 물론 현대 소설과 중국 고전을 번역해 출간하던 대형 출판사로 동대문에서 교사 노릇할 때 몇 번 드나든 적이 있었다. 그곳에서 『옥루몽玉樓夢』을 미문美文으로 번역해달라는 일감을 맡아왔다. 고료는 4백 자 한 장에 30전, 1백 장씩 번역해오는 쪽쪽 30원씩 받기로 했다.

『옥루몽』을 번역하다 보니 유년 시절 고향 질마재 서당에서 한문을 배울 때 기억이 솔솔 떠올랐다. 옛날의 아름다움과 선인들의 슬기와 끈기 있게 살아내는 힘 등이 밋밋이 흘러드는 것 같았다.

밤늦도록 번역하는 방 봉창을 두드리며 담뱃불 좀 빌려달라 해서 꽁초에 불을 붙이고 뒤곁 황토 언덕으로 사라지곤 하는 주인집 젊은 과부의 미친 짓거리. 그리고 해 떠오르면 세 살 난 아들을 데리고 언덕 위를 오르며 해, 풀, 개미, 흙 등 언령言靈이 깃든 최초의 말을 가르치기 시작하며 서정주는 그런 궁골 분위기에서 아연 유년의 질마재 신화 속으로 빠져들어갔다.

"고향 사람들을 생각할 때 역시 잊을 수 없는 것은 박동채朴東彩다. 동채의 어디를 잊을 수 없느냐 하면 빨리 대답하기는 좀 어려운 일이나 내가 동채한테서 배운 건 참으로 많았던 것이다.

아직도 음양陰陽을 가리기 전의 어렸을 때에 쓸데없이 백인 인因이 나에게 그렇게 명령하는 것인지는 모르겠으나 70호를 넘지 못하는 질마재에서 제일 어진 사람은 역시 박동채였다고 생각한다."

매일신보 1942년 5월 21일자에 실린 서정주의 「질마재 근동야화近洞夜話 4—동채와 그의 처」 앞부분이다. 서정주는 궁골에 처박혀 어린 아들과 살며 어렸을 때 각인된 고향 질마재 사람들의 그렇고 그런 이야기들을 매일신보에 1942년 5월 13일부터 21일까지 4회에 걸쳐 짧게 연재도 했다. 그때 이미, 1972년부터 연재에 들어간 이야기시 「질마재 신화」 연작이 예비되고 있었던 것이다.

주인집 할머니는 변변치 않은 서정주네 살림을 보고 안방 깊숙이 간직해오던 것들을 하나씩 내줬다. 방 안에 장롱은커녕 함이 하나도 없는 걸 보고 조선의 옻칠 솜씨가 그대로 살아 있는 함을 하나 내줬고 또 서정주가 글을 쓰는 것을 보고 선비들이 좋은 글을 쓸 때 쓰던 다듬이질이 잘된 오색 한지 한 축도 내줬다. 어린 아들과 함께 언덕에 올라가 말을 가르치며 들꽃을 꺾어 오는 걸 보곤 꽃병으로 쓰라며 작은 백자 항아리도 내다줬다.

그렇게 할머니는 이튿날은 무엇, 그다음 날은 또 무엇을 자꾸자꾸 내주며 서정주네 세간의 빈틈을 메워줬다. 그런 할머니를 통해 서정주는 옛날 일, 옛 어른들의 일이 무심결엔 듯 자신에게 내려오고 있음을 느꼈다. 번역일로 한 달에 60원쯤 적잖은 수입도 올리고 술친구도 안 데려와 세 식구가 오붓하게 살던 그 궁골 시절을 서정주 아내는 평생에 가장 행복했던 때라고 회고하곤 했다.

아버지의 죽음과 질마재의 유산

연희동 궁골에 처박혀 『옥루몽』을 번역하며 세 식구가 오붓하게 살아가던 1942년 여름, 고향에서 기별이 왔다. 아버지 병이 위독하니 빨리 내려오라고. 서정주는 아내와 세 살 난 아들을 데리고 내려가는 차

안에서 아버지를 이 지경까지 내몰았다며 불효막심한 자신을 탓하고 또 탓했다.

작년 봄 동대문여학교 선생이 됐을 때 너무나 좋아라 하며 아버지가 서울로 올라왔다. 이제 식구들 데려와 독립하라며 살 집을 물색하려 학교에서 가까운 종암동, 안암동 등지를 같이 헤매고 다녔다. 쓸 만한 집이 나타나면 "비싸다. 왜 그렇게 모다 비싸다냐"며 "다음에 사자. 다음에 살 날이 항시 있겠잖냐"라고 물러서곤 했다. 그런 아버지한테 서정주는 "아버지는 왜 항시 그모양이오. 그놈의 항시는 대체 언제 끝나는 항시데요"라고 대들었다. 아들의 그 말이 극약이 됐음인가. 고향으로 내려간 아버지는 끊었던 술을 다시 폭음하며 몸을 망치다 임종 지경에 이르렀다니.

임종하러 내려가는 차창에 불효막심한 지난날들이 주마등처럼 스치며 서정주의 가슴을 치고 들었다. 초등학교 방학 때 자신을 서울로 데려와서 "정주야. 네가 장차 다닐 학교니 경성제대를 꼭 찾아가 잘 봐두어야 한다"던 아버지. 그러나 그런 아버지의 소망과는 영 딴판의 길만 걸어 번역 일로 입에 풀칠이나 하고 있는 지금의 처지가 그야말로 불효막심 그 자체였다.

1942년 8월, 음력으로는 6월 20일. 아버지 서광한은 서정주가 출생한 선운리에서 58세로 숨을 거뒀다. "무언가 영 안 잊히는 것 있건 말씀하시오"란 서정주 말에 한마디 유언도 없이, 앓는 소리도 없이, 한두 번 머리를 저으며 스물여덟의 서정주에서부터 여덟 살까지의 다섯 아들딸들을 둘러보며 스르르 눈을 감았다. 긴 여행길의 나그네 소년이 잠시 한잠 붙이듯 아버지는 그렇게 눈을 감았다.

서광한은 선운리, 속칭 질마재의 서당 총각 훈장으로 들어와 일가를 이뤄 아들딸들을 낳았다. 그러다 서정주가 아홉 살 때 호남의 대지주 인촌 김성수네 줄포 집으로 옮겼다. 중앙고보에서 퇴학당한 서정주를 고창고보에 편입시키고 나서 아들의 학업을 위해 줄포에서 다시 고창으로 이사한 아버지였다. 그런 아버지가 서정주가 아내와 아들을 서울로 데려간 1941년, 고창 생활을 정리하고 다시 선운리에 내려와 눈을 감은 것이다. 서정주가 초등학교 교사가 돼 받은 월급으로 생전 처음으로 사드린 돼지가죽 구두 한 켤레만 툇마루에 벗어놓고.

서정주는 툇마루에 앉아 질마재를 휘휘 둘러봤다. 세 쪽이 산으로 병풍처럼 둘러싸이고 앞쪽만 바다로 터진 질마재. 바로 어젯밤에 범을 봤다는 사람들도, 도깨비 서방 얻어 논밭을 샀다는 과부가 살다 갔다는 집도 그대로 남은 질마재. 그런 질마재가 아버지를 바다로 빼꼼하게 열린 선산에 묻고 나자 이제 아주 서정주 가슴속에서 그대로 신화적 공간이 돼가고 있었다.

아버지가 남긴 유산은 선운리에 모시밭 20~30마지기, 인근 심원면에 사둔 전답이 20~30마지기, 그리고 생명보험료 1천 원이었다. 적지 않은 유산을 이리저리 얼추 정리하고 서울로 올라가려 버스를 타기 위해 서정주는 터벅터벅 신작로를 걸어 선운사 동구 정류장을 향했다. 가는 가을비를 맞으며 우산도 없이 한참을 걸어가자니 동구 밖에 주막이 하나 보였다.

10리쯤이나 걸었으니 출출하고 또 가을비가 하도 궁상맞고 허전하여 "여기 약주 있소?"라 물으며 주막 안으로 들어갔다. "그렇잖아도 오늘은 한번 개봉해볼까 하는 꽃술이 한 항아리 여기에 기대리고 있는디라우"라며 한 40쯤 돼 보이는 주모가 육자배기 말투로 반갑게 맞아들였다.

주모는 방 아랫목을 가리키며 막 뚜껑을 열려던 꽃술이 한 독 그득히 괴어 있다고 했다. “그럼 한번 개봉합시다”라며 방에 들어가 앉으니 방바닥도 적당히 따끈하고 술맛도 좋아 닭 한 마리를 삶아 주모와 함께 주거니 받거니 했다.

주모의 얼굴을 들여다보니 왕궁 후궁으로 앉혀도 괜찮다 싶을 자태와 미모를 지니고 있었다. 그래 육자배기 한 자락 불러달라고 했더니 이화중선 소리같이 한 서린 쉰 소리이면서도 멋들어진 소리를 들려줬다. 둘은 그렇게 소리를 부르고 듣고 잔을 권커니 잣커니 하며 한 말들이 꽃 술 한 독을 다 비워갔다. 10여 년 훌쩍 넘는 나이 차도 잊은 채 무슨 전생의 애인처럼 갖은 수작을 다 건네고 부려가며 그렇게 취해갔다.

선운사 골째기로
선운사 동백꽃을 보러 갔더니
동백꽃은 아직 일러 피지 안했고
막걸릿집 여자의 육자배기 가락에
작년 것만 상기도 남었습디다.
그것도 목이 쉬어 남었습디다.

1974년 선운사 입구에 시비詩碑로 새겨진 위 「선운사 동구」에 나오는 막걸릿집 여자의 모델이 바로 이 주모이다. 아버지 유산 정리로 호주머니도 두둑해 술값보다 훨씬 더 많이 주고 일어나는 서정주 뒤에서 주모는 “동백꽃이나 피건 또 오시오인이……”라며 배웅해줬다. 그 말, 특히 ‘~인이’라는 살가운 음상의 여운이 귓가에 맴돌아 두고두고 이 세상에서 가장 듣기 좋은 사투리라 서정주는 말하곤 했다.

「선운사 동구」 시비

서울로 올라온 서정주는 1942년 늦가을에 아버지가 물려준 유산을 정리한 일부분으로 한강 건너 검은돌, 흑석동에 방 두 칸에 마루와 부엌이 딸린 조그만 기와집 한 채를 샀다. 비록 유산으로, 그것도 반값은 금융조합에 저당잡히고 샀지만 생애 최초로 자신의 집을 가져본 것이 대견스러웠다.

한 겨울치 연탄과 쌀도 한목에 사들이고 김장이란 것도 하고 아내한테 여우목도리도 사주는 등 그동안 목돈이 없어서 못해봤던 일들도 골라서 몇 가지쯤은 해보았다. 자기가 힘들여 번 돈이 아니라 유산으로 한몫 손에 쥔 사람들 대개가 한동안은 그러하듯이. 그러나 그것도 잠시, 태평양전쟁 한가운데로 들어가고 있는 시국은 서정주네 세 식구의 오붓한 새집 살림을 그대로 놔두지는 않았다.

未堂

5

친일파냐?
종천순일從天順日
이존책以存策이냐?

徐廷柱

흑석동 새집 살림과 검은 돌 같은 시대

1942년 늦가을 서정주는 고향 아버지 유산을 정리해 서울로 올라와 흑석동에 조그만 기와집 한 채를 샀다. 연희동 궁골에서 칩거를 마치고 나와 새집을 샀다고 문인 친구들이 전차를 타고 한강을 건너 날마다 몰려들었다.

"어이, 서정주 씨 계시오. 내가 독한 소주 한 병 구해왔으니 문 좀 열어주소. 꽁꽁 숨겨두지만 말고 예쁜 형수님 얼굴도 좀 보여주고."

점점 짧아져가는 늦가을 햇살도 다 저물지 않았는데 시인 오장환이 어디서 구했는지 소주병 큰 것을 하나 들고 서정주네 문을 두드렸다. 시내에서부터 마셨는지 이미 불콰한 얼굴의 오장환 뒤에는 네댓 명의 문인들이 있었다. 그중에는 1941년 정지용 추천으로 『문장』지로 갓 등단한 조지훈도 끼어 있었다.

마포麻布로 지은 후줄근한 양복에 나비넥타이까지 멘 조지훈은 서정주의 중앙불교전문학교 후배이기도 했다. 한동안 형님처럼 줄줄 따르다 4·19 이후 갈라선 조지훈과 서정주의 첫 만남이기도 한 날이었다.

쌀도 가마니로 사들여놓았겠다 연탄도 한 리어카 들여놓았겠다 김장도 이미 해놓았겠다, 거기에다 유산을 정리한 현찰도 웬만큼 있어 서정주 부부는 한동안 새집들이를 톡톡히 치러냈다. 그러나 그런 호사도 잠시, 태평양전쟁이 고비를 넘고 있어 무기 제작을 위한 쇠붙이

공출은 물론 양식마저도 거의 다 전쟁터로 보내고 대신 옥수숫가루를 배급해줬다.

겨울 한철 나려 가마니로 들여놓은 쌀도 한 달이 못 가서 바닥이 나고 암시장 가격도 천정부지로 치솟고 있었다. 다시 됫박쌀로 사다 상을 차려 내놓으니 밥알 하나하나의 값을 계산해가며 눈치 보며 숟가락질을 해야 하는, 민망하고 딱한 시절로 접어들었다. 그러니 친구들의 흑석동 발걸음도 점차 뜸해질 수밖에 없었다.

그래도 오장환만큼은 호박이나 파, 그리고 술병을 들고 기어코 흑석동을 드나들었다. 옥수숫가루 말간 죽에 호박과 파를 넣어 끓여 식사 겸 안주 삼아 술을 마시는 것만도 천만다행인 시절이었다. 다 오장환 덕분이라고 서정주는 검은 돌 같은 흑석동 시절을 회고하곤 했다.

"술이라는 건 뜨물 같은 막걸리만이 서울 시내의 단 몇 군데 술집에서 배급되고 있었는데, 그걸 며칠 걸려 한 사발씩 사 먹으려면 한 500미터쯤은 긴 줄에 가 끼여 늘어서야 했고, 또 그렇게 해서도 세 번에 두 번쯤은 그게 동나서 허탕을 쳐야 했다.

그런데 이런 대흉大凶 속에서도 오장환이만은 술이나 밥 나올 곳을 찾아내는 데는 귀신이었다. 그는 이런 곳을 찾아내면 저 혼자만 다니는 게 아니라 너무나 굴풋하다 지친 우리들을 두루 모두 데리고 다녔다."[1]

오장환은 이름깨나 난 시인 값을 톡톡히 내세우며 부잣집 외아들 문학청년 집을 알아내 그 사랑방으로 친구 시인들을 모두 데리고 가 술잔치를 벌이기도 했다. 소주라는 게 하늘에서 내린 감로수보다 더 귀한 시절인데도 문학청년이 의사로 있는 사설 병원 약장 앞에 친구들

1 서정주, 『서정주문학전집 3』, 222쪽.

을 불러 모아 소독용 알코올에 냉수를 적당히 섞어 즉석에서 소주를 만들어 내놓는 재주도 부리곤 했다.

아버지한테 물려받은 유산으로 집도 사고 집들이도 하고 아내와 아들한테 여우목도리와 옷도 사주고 하다 보니 어느새 두툼했던 호주머니가 비어갔다. 해서 서정주는 궁골에서 하던 『옥루몽』 번역 일을 다시 시작했다. 번역료 수입은 1년 전과 똑같은데도 물가는 치솟아 흑석동 뒤 남태령 고개 넘어 과천 근방 농촌에 나가 감자나 잡곡 같은 것들을 사 날라다 아주 조금씩 섞어 죽을 쒀 먹어가며 겨우 시장기를 면했다.

전 국민의 단식斷食 수행기

"어이, 거기 서정주군 아닌가? 자네 어디 가나? 어디에서 또 막걸리 배급 주나?"

"아니오, 선생님. 딱히 갈 곳도 없이 그냥 나와봤습니다. 선생님은요?"

"멀건 강냉이죽만 먹고 살 수 있나. 해서 어디 호박이나 감자라도 구하러 시골에 좀 내려가보려고……."

1943년 여름 어느 날 오전, 서정주는 노량진에서 동대문까지 가는 전차 안에서 얼마 전 긴 줄에 함께 늘어서서 막걸리를 배급 받아 마셨던 수주樹州 변영로卞榮魯 시인을 우연히 만났다. 흑석동에 처박혀만 있자니 강 건너 시내가 그리워, 아니 가장으로서 처자와 맨날 함께 뒹굴기 민망해 고의적삼 위에 흰 모시 두루마기를 점잖게 차려입고 딱히 갈 곳을 정하지 않고 시내로 나가는 중이었다.

수주는 마포로 중학생 교복같이 만든 양복에 검정 고무신을 신고 있었다. 일가친척이 많고, 어린 시절을 보냈던 부천 복사골로 양식을 구하려 가는지 기차를 타려 서울역에서 내렸다. 서정주는 좀 더 타고 가다 종로3가에서 내렸다. 막상 내려놓고 보니 아무 데도 갈 곳이 없었다.

전차역 안전지대에 장승처럼 우두커니 서서 한 10분쯤 아무리 생각을 해봐도 갈 곳은 정말 한 군데도 없었다. 그래 이번에는 동대문에서 노량진 쪽으로 가는 전차를 되잡아 타고 돌아오고 말았다.

노량진에서 내려 흑석동 집으로 터벅터벅 걸어가면서 서정주는 생각했다. 아무 갈 데 없는 자신을 부르는 것은 바로 집에 있는 처자식이라고. 자신을 기다리는 것은 자신만 믿고 살 수밖에 없는 아내와 어린 아들뿐이라고.

"1942년이 저물어갈 무렵 서울은 궁핍화 현상이 절정에 달해 있었다. 미드웨이 해전의 참패와 더불어 급속도로 기울어져가는 일본 제국주의는 쌀, 보리는 물론 놋그릇이나 낫, 쇠스랑 같은 쇠붙이로 된 농기구까지 빼앗아가, 사람들은 먹고 살 곡식이 없어서 소나무 껍질을 벗기고 먹을 수 있는 풀이란 풀은 죄다 뽑아 산야까지 앙상한 몰골을 드러내었다.

돈깨나 있는 자산가들도 정도의 차이는 있었지만 가난하기는 마찬가지였다. 돈을 가지고 있어도 쌀을 살 수 없었다. (중략) 그런 판이었으므로 평소에도 주머니가 비어 있던 문인들의 형편이 여의로울 리 없었다. 자연 그들이 어울리는 횟수도 줄어들어갔고, 하나둘 시골의 연고지를 찾아 서울을 빠져나갔다. 이태준은 강원도로 갔고, 채만식은 전북으로 갔으며, 김기림은 함경북도로, 백철은 중국으로 갔다."[2]

2 최하림, 『시인을 찾아서』, 프레스21, 1999, 89~90쪽.

그렇게 전 국민의 단식 수행 시기에 점잖은 수주도 검정고무신에 삼베옷 국민복차림으로 식량을 구하러 서울을 빠져나갔던 것이다. 수주나 또 그 누구들처럼 시골에 기댈 만한 친척도, 다 처분해 논마지기나 밭뙈기도 없는 서정주는 집에 남아 『옥루몽』 번역 일에 매달릴 수밖에 없었다.

그러나 번역 일을 주었던 동대문 밖 남창서관마저도 불이 나 다 타버리는 바람에 그 일마저 끊겨버렸다. 과천을 드나들며 감자 사올 돈도 다 떨어지고 간신히 연명하게끔만 주던 옥수숫가루 배급마저 끊겨 어찌해볼 도리가 없을 때 아내가 어린 아들을 데리고 양식이나 좀 얻어오겠다며 정읍 친정집으로 내려갔다.

서정주가 조금 남은 보리를 솥에다 볶아서 한 알씩 깨물면서 맹물을 양껏 마셔 주린 배를 채워가며 빈집을 지키던 어느 날 정읍에서 처제가 올라왔다. 보육학교를 마치고 유치원에서 보모 노릇을 하고 있던 처제는 축농증이 심해 수술을 받으러 올라온 길이었다. 처제는 식량이 바닥난 형부 처지를 아는 양 쌀하고 보리를 한두 말 꾸려들고 왔다.

처제가 오고 며칠 후 이번에는 미모의 소년이 찾아왔다. 양복에 넥타이도 메고 머리도 단정하게 올백으로 넘긴 열일곱 살의 이 미소년 이름은 이정호. 경남 다솔사에서 김동리와 같이 지내며 서정주 이야기를 많이 듣고 한번 찾아뵙고 싶어서 왔다는 것이다. 그러면서 숙식비로 돈도 어느 만큼은 챙겨왔다고 내놓았다. 볶아서 한 알씩 씹어 먹던 보리도 다 떨어져가던 판국에 그 곡식과 돈은 하늘에서 떨어진 다시없는 복음과도 같았다.

처제가 병원에 간 사이 서정주는 이정호와 함께 라이너 마리아 릴케나 폴 발레리의 시 이야기, 도스토옙스키의 소설 이야기를 나누며 해지는 줄 모르게 며칠을 보냈다. 그러나 그들이 가져온 곡식과 돈도 세 입을 풀칠하는 데 여러 날을 견딜 것은 되지 못했다.

셋은 다시 보리를 볶아 냉수로 배를 채워야 했고 그러다 서정주는 모기에 물려 학질을 된통 앓기 시작했다. 며칠간 쓰러져 누워 피터 팬처럼 한정 없는 하늘을 날아다녔다. 고열 속에서 의식이 현실을 이탈해 육체를 대동하고 둥둥 떠서 산도 넘고 바다도 건너는 공중 유영. 그러다 의식이 깨어나면 머리가 터질 듯 아파오니 차라리 임사臨死 체험 같은 공중 유영 상태를 바라기도 했다.

고열 속에 헛소리만 해대고 영영 정신이 돌아올 것 같지 않자 이정호가 앞서 말한 알코올로 소주를 만들어 먹던 병원의 문학청년 의사를 데리고 왔다. 의사의 정성스러운 처방으로 다섯 직을 다 앓아내고 나서야 학질은 떨어졌다. 학질은 예부터 기력으로 이겨내야 한다고 했는데 식량이 떨어져 거의 단식 상태에서 앓았으니 그 고통이야 오죽했겠는가.

가을 맑은 햇살 속에서 이조 백자와의 만남

죽음의 문턱까지 날아갔던 학질도 떼고 아내가 고향에서 양식을 조금씩 얻어 꾸려가지고 올라오자 서정주는 모시 두루마기를 입고 또 정처 없이 시내로 나갔다. 예전처럼 종로3가에서 무작정 내려 어디로 갈까 생각하다 다시 노량진으로 가는 전차를 잡아탔다.

차창으로 들어오는 입추 갓 지난 맑고 밝은 햇살과 하늘에서 문득 한 이미지가 떠올라 남대문에서 내렸다. 전차로 지나친 길을 다시 걸어 올라가다 지금의 한국은행 못 미처 한 허술한 골동품 가게 앞에서 걸음을 멈췄다. 먼지 낀 유리 진열장 안에 던져지듯 늘어서 있는 이조 백자 항아리들의 빛깔과 선 이미지의 기시감旣視感이 서정주를 문득 그리로 이끈 것이다.

"하늘빛에 가까웁지만 그보단도 더 바래였고,/또 모든 어둠도 바랠 대로 바래어서/제 살 자리를 얻은 듯한/그러면서도 의젓하게 고웁기도 한/이 이조 백자 항아리의 빛과 모양에서/'이게 이 나라 사람들의 평준화된 마음'이었음을/비로소 가슴에 울리게 발견한 때문이었다."

담시 「이조 백자의 재발견」에서처럼 가을빛이 이조 백자의 발견으로 서정주를 이끈 것이다. 살에 대보고 싶고, 눈에 대보고 싶고, 정서의 가장 깊은 곳에 대보고 싶은 마음에 서정주는 가게 안으로 들어가 호주머니를 털어 가장 싼, 한 개 50전짜리 몇 개를 사들고 세상 모든 영화를 독차지한 것처럼 날아갈듯 집으로 돌아왔다.

그 뒤로도 아내가 처가에서 양식 사러 가져온 돈을 축내어 골동품 가게에 들러 청사초롱도 몇 개 사서 집 천장 백열등 덮개로 씌우고, 조선 시대 도련님들이 입던 쾌자快子도 한 벌 사서 방에 걸어두는 등 골동 취미를 기르기 시작했다.

"야, 죠상(서선생)!"

가을 어느 날 종로 네거리를 걷고 있는 서정주를 마주쳐 지나가던 누군가가 반갑게 불렀다. 걸음을 멈추고 보니 국민복에 전투모까지 쓴 그자는 마포 도화동 빈민굴 보호자였던 일본인 크리스천 하마다 다츠오[濱田龍雄]였다. 서정주는 열여덟 살 중앙고보 시절 그 크리스천 밑에서 며칠간 쓰레기통을 뒤지고 다니며 톨스토이의 박애주의를 실천하려 했었다.

하마다는 반갑다며 서정주를 끌고 근처에 있는 자신의 사무실 남조선전기주식회사 상무실로 갔다. 도화동을 나간 이후 어떻게 지내왔느냐고 물어 서정주는 어찌 저찌 지내다 시인이 되어 이태 전에 첫 시집 『화사집』을 냈다는 사실도 말해줬다. 그 시인이 됐다는 소리에 하마다는 회전의자에서 일어나 서정주 어깨를 두들기며 "역시 내가 예상했던 대로요. 시인이 됐다니 거참 고맙소"라며 "어려운 일 있으면 언제든지 찾아와 말해달라"고 했다.

시를 좋아하는 하마다 초대로 서정주는 문인 친구들을 데리고 정릉에 있는 청향원 별장이라는 일류 요정에도 가보고 그의 자택에서 부인이 접대하는 저녁식사 대접도 받았다. 그리고 그는 이 어려운 시기 조선인들 삶 다 안다면서, 더구나 직장도 없는 시인이니 오죽하겠냐며 일금 5백 원짜리 수표도 끊어줬다.

거절하기도 머쓱하게 주머니에 찔러주는 그 큰돈으로 서정주는 호주머니가 비어 그저 쳐다보는 것으로만 만족해야 했던 이조 백자 항아리며 접시도 사들이고 세숫대야니 하는 것들도 사들여 집안을 얼만큼 조선 시대풍으로 꾸밀 수 있었다. 죽음까지에 이른 학질을 떨치고 가을 햇살 속에 복음처럼 찾아온 골동 취미는 「꽃」이라는 시로 피어나게 됐다.

시작 생활에 획기적 전기를 가져온 시 「꽃」

가신 이들의 헐떡이든 숨결로
곱게 곱게 씻기운 꽃이 피었다.

흐트러진 머리털 그냥 그대로,
그 몸짓 그 음성 그냥 그대로,
옛사람의 노래는 여기 있어라.

오— 그 기름 묻은 머릿박 낱낱이 더워
땀 흘리고 간 옛사람들의
노랫소리는 하늘 우에 있어라.

쉬여 가자 벗이여 쉬여서 가자
여기 새로 핀 크낙한 꽃 그늘에
벗이여 우리도 쉬여서 가자

맞나는 샘물마닥 목을 축이며
이끼 낀 바윗돌에 텍을 고이고
자칫하면 다시 못 볼 하늘을 보자.

이조 백자를 꽃으로 형상화한 이 시는 해방 후인 1945년 『민심』 11월호에 발표됐지만 1943년 가을에 완성됐다. 쓰자마자 이 시를 이정호와 몇 사람에게 보여줬지만 시에 담긴 백자에 대한 실감實感과 서정주 시의 획기적인 변모를 두루 이해해주는 이는 없었다.

병든 수캐마냥 헐떡거리며 달리기만 했던, 관능적이고 원색적인 핏빛 세계에 악마적으로 빠져들었던 게 첫 시집 『화사집』 세계였다. 그러다 이 「꽃」에 이르러 쉬어가자며 핏기가 곱게곱게 가신 백자, 그 무채색의 제2시집 『귀촉도』 세계로 넘어가고 있었던 것이다.

"이 「꽃」이라는 작품은 내 시작 생활에 한 전기를 가져온 작품이다. 시집 『화사집』 속의 백열白熱한 그리스 신화적 육체나 부엉이 같은 암흑이나 절망이나 그런 것들에서도 인젠 떠나서 죽은 저 너머 선인先人들의 무형화 된 넋의 세계에 접촉하는 한 문門을 이 작품의 원상原想은 잡아 흔들고 있는 것이다"[3]라며 나중에 서정주도 「꽃」을 이리 획기적인 시로 자평했으니.

시작 생활뿐 아니라 현실 생활에서도 「꽃」은 한 전기를 이룬 작품이다. 딱하고 혹독했던 시대 막다른 골목에서 체념의 인생관을 체득한 것이다. 그냥 그대로 살다, 그냥 그대로 죽어도 된다는 체념관은 되려 막다른 시대를 살아내는 삶의 의지, 용기 같은 것이 되었다.

『화사집』을 내놓고 식민지 시대 소명사로서의 달뜬 기분과 좌절이 「거북이에게」와 「꽃」을 거치며 영원과 영생, 우주만물이 영교靈交로서 실감으로 조응하는 동양 정신 『귀촉도』 세계로 확실히 바뀐 것이다.

창피한 이야기들

서정주의 골동 취미는 날로 더해가 숫제 골동품들과 함께 생활하며 그 시대 선인들과 영통靈通하며 교합交合하려고까지 했다. 세숫대야만 한 백자에 물을 받아 세수도 해보고, 아들과 함께 꽃을 꺾어다 백자 항아리에 꽂기도 해보고, 춘향이의 이도령이 입었을 법한 쾌자를 입어 보기도 하며 골동품과, 또 그것들을 사용했던 선인들과 통하려 했다.

3 서정주, 앞의 책, 228쪽

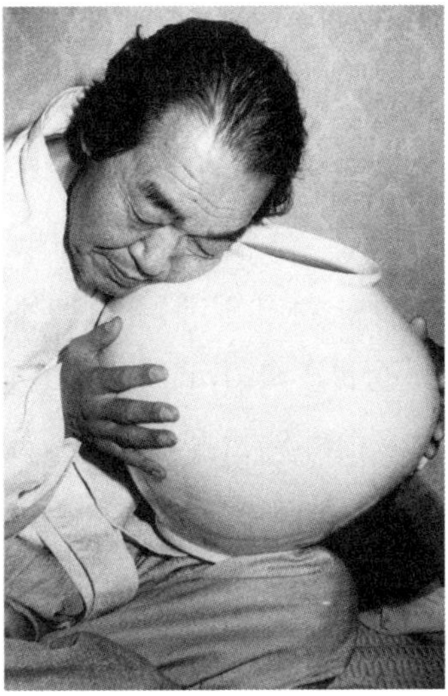

달항아리 백자를 안고 있는 서정주

이런 골동 취미나 완상을 넘어 실제로 그것들과 심정적으로 교합하려는 자세는 서정주 말년까지 이어졌다. 필자가 말년에 남현동 서정주 자택을 찾았을 때 서정주는 지팡이같이 생긴 칼집에서 칼을 쓱 뽑아 휘두르며 "이 지팡이 칼이 어떻남? 황진이 애인이 짚고 다녔던 칼로 안 보이남?" 하고 농담을 걸어왔다. 꼭 그런 것 같아 황진이 애인이 한번 되어 보려고 인사동에서 사왔다는 것이다.

서정주는 골동에 취미를 붙여가며 최재서와 점점 더 가까워져갔다. 경성제국대학 영문과를 졸업하고 영국 런던 대학에서 유학하고 돌아온 영문학자이면서도 최재서는 골동품에도 일가견이 있었다. 서정주는 그런 최재서와 자주 왕래하며 골동품 이야기를 나누다 자연스레 시국 이야기로 들어가곤 했다.

미국 태평양지구 총사령관 맥아더 장군이 일본군 포로가 되어 형편없이 끌려다닌다는 조작된 영화가 영화관마다 상영되고 필리핀, 싱가포르뿐 아니라 아시아 대부분이 일본군에 점령돼가고 있다는 소식이 파다하게 퍼져갔다. 그러면서 일본 중심의 대동아공영권을 기정사실로 받아들이게끔 여론을 조작해나갔던 것이다.

최재서와 서정주는 일본의 동양 주도권이 꽤 오랫동안 이어지리라는 데 의견이 일치했다. 그러니 아리건 쓰리건 거기 참가해서 겨레의 살 길을 찾을밖에 별다른 수가 없다는 데에도 생각이 같았다.

시국관을 같이하는 서정주에게 최재서는 자신이 경영하는 『국민문학』에 시 한 편을 청탁했다. 그렇게 나온 시가 『국민문학』 1943년 10월호에 실린 시 「항공일에」이다. 이로부터 서정주의 창피한 친일 문학 이야기는 본격적으로 시작된다.

"나는 여기 인제 내 생애에서 가장 창피한 이야기들을 한바탕 벌여놓아야 할 마련이 되었다. (중략) 제목은 친일적 업적 또는 전범戰犯 여부에 대한 것이다. (중략) 그래, 창피한 대로 꽤 길 미래의 일본인의 동양 주도권은 기정사실이니 한국인도 거기 맞추어서 어떻게든 살아 견뎌야 한다는 생각을 세우고 만 것이다. 정치 세계에 대한 내 부족한 지식이 내 그릇된 인식을 만들고, 이 그릇된 인식에서 나온 언행들이 내 생애의 가장 창피한 일들을 빚었다."

서정주가 1968년 11월 『월간문학』 창간호부터 연재하기 시작한 자전적自傳的 산문 「천지유정天地有情」 중 제9장 '창피한 이야기들' 첫 부분이다. 이 글 끝부분에서 서정주는 "정치와 전쟁 세계에 대한 내 무지無知와 부족한 인식이 빚어낸 이것, 해방되어 돌이켜보니 참 너무나 미안하게 되었다. 여기 깊이 사과해둔다"고 거듭 그 창피한 이야기들을 사과했다.

최초로 자신의 인생 역정을 정리한 「천지유정」에서 친일 행위를 스스로 깊이 사과, 사죄했으나 서정주는 말년까지도 거듭거듭 사죄해야 했다. "그 일은 내 진작부터 무척 잘못된 일이라고 하지 않았든가. 그때 그들에게 짓눌리고 있던 많은 사람들의 안위를 위해 협조했으나 돌이켜보니 내 짧은 생각이었다고"라며 2000년 10월 30일자 중앙일보에 실린 나와의 마지막 병석 인터뷰에서도 사죄하고 타계했다. 짧은 생각에 창피하고 부끄럽고 무척 잘못된 일이었다고 털어놓은 그 이야기들을 따라 서정주의 친일 행태를 먼저 들여다보자.

종군기자로 일본군 경성사단 기동 훈련 취재

"'아아 날고프구나 날고 싶어/부릉부릉 온몸을 울려/사라진 모든 것/파랗게 걸린 저 하늘을/힘차게 비상함은/내 진작 품어온 바램!'으로 끝나는, 선생이 보내온「항공일에」란 시 참 잘 읽었어요. 우리 편집자들도 근래에 들어온 시 중에 제일 좋은 작품이라 하더군요. 이번에 일본군이 김제평야에서 기동 훈련을 대대적으로 펼치는 모양인데 나와 함께 종군기자로 가면 딱 좋겠소만……. 갔다 와서 종군기도 좀 써서 발표하면 어떻겠소?"

이 같은 최재서 청탁으로 서정주는 1943년 10월 18일부터 23일까지 엿새간 김제평야 일원에서 펼쳐진 경성사단 추계 연습에 종군기자로 나섰다. 최재서를 따라 일본인 히라누마 등과 함께 군복을 입고 언덕과 평야를 누비며 물밀듯이 쳐들어가는 일본군 돌격 훈련 현장을 샅샅이 취재하고 다녔다.

"밤잠도 제대로 못 자고 언덕과 평야를 누비고 다니던 이 기묘한 돌진의 물결 속에서도 내가 거의 전문으로 몰입하고 지낸 건 주검과 허무와 그것들을 담은 그 카랑한 우리나라 하늘이었다. 병정들의 대가리와 대가리 사이마다, 병기兵器와 병기 사이마다, 더구나 옆에 있는 최재서의 머리와 내 머리 사이에 육박해 넘쳐나는 이것들의 위력을 어떻게도 물리칠 길은 없었다."[4]

돌격 훈련 현장을 취재하고 다니면서도 머릿속에는 온통 조선의 하늘, 주검과 허무로 가득한 하늘뿐이었다고 회고하고 있는 부분이다.

4 위의 책, 239쪽.

그래서인가, 강경평야에서 김제평야로 넘어가는 익산 어느 초등학교 운동장 철봉 밑에서 점심을 먹으면서 서정주는 최재서에게 물었다.

"최 선생님. 도스토옙스키의 『악령惡靈』이란 소설에 나오는 키릴로프라는 괴상한 인물 있잖아요. 밤중에도 영 잠을 못 자고 책상 밑 같은 데 어린애처럼 기어들어가서 옴쭉 않고 배기던, 그러다가 피스톨로 머리통을 쏘아 자살하고 만 그 괴인 말입니다. 우린 그 키릴로프보단 좀 낫긴 나은 셈인가요."

"서 선생도 생각이 참 많으시군. 글쎄…… 역시 지나치게 고단하군요, 고단해, 음……."

항상 목을 꼿꼿이 세우고 친일 행각에 앞장서던 최재서도 그런 물음엔 고단하다며 '글쎄……'라고 비켜갔다.

"에그머니나 형부! 형부 아니세요? 이 군복은 뭔 일이담요?"

"그래 처제, 나 승해 애비 맞어. 학교가 막 파했남. 근데 내 이 모양이 꼴이 어떻남."

"뭐, 별로 나쁘진 않네요. 좋은데요, 뭘……."

찐 고구마로 요기하며 기동 훈련 뒤를 따라 김제여고 정문 앞을 지나다 서정주는 학교가 막 끝나고 동급생들과 함께 하교하고 있는 둘째 처제와 맞닥뜨렸다. 경황 중 자신의 꼬락서니를 묻는 말에 처제는 또 경황 중에 좋다고 받은 것이다. 그러나 한창 피어나는 열일곱, 열여덟 살 처녀들 앞에서의 그 기분이란 영 언짢고 착잡하지 않을 수 없었을 것이다.

"어떻게 느끼면 이 일본군복 차림으로 찐 고구마를 먹다가 소녀 처제한테 들킨 자기라는 것은 살다 살다 막 되어서 더 갈 데 없이 되어 일본군에게 얹혀서 뒹굴어 다니는 것 같기도 하고, 그런가 하면 그 눈이 동그란 소녀들을 어떻게든 살려내야겠다는 연장자의 행색인 것 같기도 하고, 또 그 두 가지를 다 합친 것 같기도 했으니 말이다."[5]

서정주는 후에 그때 자신의 마음이 본모습을 살다 살다 막돼먹은 창피함과 민족은 끝끝내 살아남아야 한다는 그 명분 사이의 착잡함으로 위같이 회고했다.

닷새간 이어진 훈련 마지막 밤에는 군산항 한 요정에서 종군기자를 위한 술자리가 마련됐다. 전 국민 전시 체제로 들어선 일제 말기 보기 드문 정종도 나왔고 불고기 같은 것도 꽤 푸짐하게 나온 자리였다. 평소 술을 즐기지 않았던 최재서도 그 자리에서만큼은 아주 흔쾌하게 마셔가며 술자리를 주재했다.

숙소로 돌아와 서정주와 함께 한방에 누운 최재서는 오래도록 잠을 못 이루었다. 이리 뒹굴 저리 뒹굴거리다 마침내는 서정주를 마치 자기 애인이나 되는 것처럼 꼭 끌어안고 흑, 흑 소리 죽여 흐느껴 울기 시작했다. 일상에서는 언제든 목 꼿꼿이 세우고 완강해 보이던 최재서가 이렇게 속으로는 흐느껴 우는 것이 그 친일의 본모습이라며 서정주는 다음과 같이 회고했다.

"불가피하다고 생각하고 내디딘 한 대동아공영권인으로서의 잘 맞지 않은 보행步行이 그를 울린 것으로 안다. 나도 이 점은 물론 그와 거의 같았지만, 그러나 나는 그처럼 울지도 않았다. 나이는 그보다 적었지만 체념은 그보다 더 되어 있던 때문이 아니었는가 생각한다."[6]

속으로는 체념이니, 흐느낌이니, 주검과 허무가 가득한 조선 하늘이니, 군복 입은 모습은 처제 보기에도 창피한 일이었느니 했겠지만 막

5 위의 책, 240쪽.
6 위의 책, 241쪽.

상 종군기는 그렇게 쓸 순 없었을 것이다. 대동아공영권 건설을 위한 침략 전쟁 훈련에 황국민의 한 사람으로서, 그것도 종군기자로 참가했기에.

"복장이라는 것은 참으로 이상한 것입니다. 어제까지도 초라한 세비로를 입고 흔들거리던 몸이 오늘은 군복 속에 담기어서 자꾸 전선으로 달리고 싶으니까요. 보도의 요령이라고는 조금도 모르는 주제에 건방지게도 그냥 어디 실전의 전선으로만 달려가고 싶으니까요."

서정주가 일본군 기동 훈련을 취재해 『조광』 1943년 12월호에 발표한 종군기 「보도행報道行」 앞부분이다. '×형'에게 보내는 편지투로 쓴 이 글에서 서정주는 "남선南鮮의 하늘은 유난히도 맑습니다"며 조선 하늘을 해맑게 묘사하고 전투 의지도 불태우고 있으니.

모더니스트 영문학자 최재서와 친일

"지난 5월 8일 각의에서 결정된 조선에서의 징병제 실시 건은 우리의 오랜 대망이었을 뿐만 아니라 그 발표가 누구도 상상하지 못한 시기에 이루어졌기 때문에 더욱 감격스럽다. 이 일이 갖는 의의가 헤아릴 수 없을 만큼 깊고 많아 다 언급하기 어렵기 때문에 나는 이것이 현 단계에서 지닌 기본적 의의 두세 가지를 짚어보고 독자의 사색을 촉구해보고자 한다.

이번 조선 징병제 발표의 근본적 의의는 황송스럽게도 천황 폐하가 반도 이천사백만을 '고굉股肱처럼 신뢰'해주셨다는 데 있다. 말할 필요도 없이 황국皇國의 병권은 대원수 폐하께서 통솔하시기 때문에 병

역은 일본 국민에게 최대의 광영이다. 물론 병역이 국민의 삼대 의무 중 가장 중요한 것이기는 하나 우리는 지금 의무를 초월한 보다 중요한 부름을 받은 영광과 감격을 느껴야만 한다."

1942년 5월 8일 한반도 내에서도 징병제 실시가 일제에 의해 결정되자 최재서가 발 빠르게 『국민문학』 1942년 5, 6월 합병호에 발표한 글 「징병제 실시의 문화사적 의의」 앞부분이다. 1938년 2월 공포한 특별지원병제에서 이제 전 국민을 전장으로 내몰려는 이 징병제 실시를 최재서는 "명실공히 반도인은 황국신민이 되고 대동아의 지도 민족이 될 수 있는 길이 열린 것"이라며 감격스럽고 황송스럽게 받아들이고 있는 대목이다.

이런 최재서는 누구인가? 1908년 황해도 해주에서 태어나 당시 최고 명문인 서울의 경성제2고보를 거쳐 1931년 경성제대 영문과를 졸업했다. 영국 런던 대학교에 유학하고 돌아와서 경성제대 등에서 영문학을 가르친 당대 최고 엘리트이다.

1931년 「미숙한 문학」을 발표하며 평론 활동을 시작한 최재서는 T. E. 흄, I. A. 리처즈, H. 리드, T. S. 엘리엇 등의 시와 문학론을 소개하며 1930년대 모더니즘 시운동의 이론을 제공했다. 이런 최재서의 노력은 우리 평론을 경향문학의 도식적 비평이나 감상적, 인상주의적 비평에서 벗어나 과학적 비평으로 접어들게 했다는 평을 듣는다.

최재서는 1939년 월간지 『인문평론』을 창간해 친일 성향의 글을 쓰기 시작했고, 특히 일제에 의해 『인문평론』이 『문장』지와 통폐합된 『국민문학』 주간으로 활동하면서 친일 성향을 한층 더 노골화했다. 1939년 이광수를 회장으로 해 창립된 최초의 친일 문학 단체인 조선문인협회에서 1941년부터 간사를 맡았다. 이 협회가 1943년 일본 천황을 위한 황도문학皇道文學 수립을 내세우며 확대된 조선문인보국회에서 이사를 맡기도 했다. 1943년에는 일본어로 된 저서 『전환기의 문학』을 펴내면서 친일 문학 대표적 이론가로 활동했다.

최재서는 문학 이론이나 평론뿐 아니라 직접 소설도 3편이나 일본어로 발표하며 황도문학의 본보기를 보였다. 특히 『국민문학』 1943년 7월호에 발표한 소설 「보도연습반」에서는 "뱃속까지 완전히 황국신민이 되지 않은 자는 군대에 들어가서도 비참할 것이라고 생각합니다"라는 대목처럼 일본 천황에 대한 맹목적인 충성심을 드러내기도 했다.

이 같은 친일 행각과 문필 활동으로 최재서는 해방 후 1948년 8월 반민특위에 의해 체포, 수감돼 문초를 받다 기소유예로 풀려나기도 했다. 이후 최재서는 연세대, 동국대, 한양대 등의 교수를 지내며 아카데믹한 문학 원론 연구와 영미문학 번역에 전념했다.

그가 번역한 셰익스피어의 『햄릿』은 영미문학연구회가 최고로 꼽을 만큼 지금도 전무후무한 번역으로 평가받고 있다. 1957년에 펴낸 『문학원론』도 문학 이론에 관한 명저로 꼽히며 많은 문학도들에게 읽혀왔다.

최재서의 문학론은 통합과 질서의 완결된 문학, 완전한 인간성의 휴머니즘을 지향했다. 실천적, 행동주의적 휴머니즘이 아닌 비평 정신으로서의 휴머니즘, 즉 반행동주의적 휴머니즘을 지향한 것이다. 현실과 역사와 문학이 분리될 수 없다는 입장을 견지하면서도 문학에서 현실 참여나 정치성을 배제하며 문학의 자율성을 지키려한 것은 일제말 자신의 친일 문학과 행동에 대한 반성에서 나왔을 것이다.

친일 잡지 『국민문학』과 『국민시가』 편집

호남평야에서 돌아온 최재서는 서정주에게 아예 인문사에 입사하라 권유했다. 마땅한 호구지책도 없었던 서정주는 최재서의 호의를 고맙게 받아들여 1943년 11월에 입사해 반년간 『국민문학』과 『국민시가』 편집 일을 맡았다.

『국민문학』은 앞에서 살펴본 대로 일제 강압으로 최재서가 주도한 『인문평론』이 『문장』지를 흡수해 1941년 11월호로 창간돼 1945년 5월호로 종간된 월간 잡지이다. 대동아공영권의 문화적 논리와 창작을 독려하기 위해 『국민문학』은 '내선內鮮문화의 종합'과 그를 바탕으로 한 '국민문화의 건설'을 강조했다.

『국민시가』는 1941년 9월호로 국민시가연맹이 "국민총력의 추진을 지향하는 건전한 국민시가의 수립"을 위해 창간한 잡지. 편집인 겸 발행인은 미치히사[道久良]로, 주로 재조선 일본 시인들이 주도한 잡지이지만 한국 시인들도 많은 시를 발표했다.

서정주는 "나는 이내 최재서의 초청으로 그가 경영하던 출판사 인문사에 들어갔다. 그래, 처음에는 거기서 나오고 있던 일본어 잡지 『국민문학』의 편집을 돕다가 이어 『국민시가』라는 것이 창간되자, 주로 그걸 맡게 되었다"고 자전적 산문 「천지유정」의 '창피한 이야기' 장에서 밝혔다.

그러나 문학평론가 최현식 씨는 연구 논문 「일제 말 시 잡지 국민시가國民詩歌의 위상과 가치 (1)」에서 『국민시가』는 『국민시인』의 오류라 주장했다. 최근 발굴, 공개된 『국민시인』 1945년 1, 2월 합본호 표지에는 '조선문인보국회 시지부회 기관지'와 '인문사 발행'이 차례로 적혀 있고 서지란에는 편집실무자 '달성達成'이란 서정주 이름이 올라 있기 때문이다. 또 편집부가 인문사 내에 있음을 명시하고 있다.

최현식 주장대로라면 서정주가 인문사에 재직했던 시기를 1년 뒤로 잡아야 한다. 서정주는 그 창피한 시기를 "1944년 6월 내가 민족주의 극劇 공연 사건에 영향을 주었다는 혐의로 석 달 동안의 구치소 신세를 진 뒤 풀려나와서부터 이듬해 즉 1945년 봄까지의 반 해 남짓한 동안"[7]이라고 「천지유정」에서 밝혔지만 이후 쓴 담시 「종천순일파?」에서는 "1943년 가을부터 약 반 해쯤/나는 선배 문인 최재서 씨의 요청으로/그의 출판사인 인문사에 들어가"라고 그 시기를 수정해놓았다. 서정주가 친일 작품을 발표했던 시기와 맞춰보면 이 1943년 가을부터 인문사에 입사했다는 말이 맞을 것이다.

"다츠시로 시즈오[達城靜雄] 선생님, 안녕하십니까. 이렇게 한번 만나 뵙기를 오래전부터 기다려왔습니다. 선생님이 발표한 시 「항공일에」 잘 읽었습니다. 가슴에서 가슴으로 통하는 뭔가가 있어 실례인 줄 알면서도 이렇게 직접 찾아왔습니다."

서정주가 인문사에 입사한 지 며칠 뒤 마흔 살 가까이 돼 보이는 일본인이 찾아와 반갑게 인사했다. 그러면서 당대 일급의 일본 시인 미요시 타츠지[三好達治]의 제자이며 시를 쓰고 있는 문학도 노리다케 미즈오[則武三雄]라 자신을 소개하고 공덕동에 있는 자신의 집으로 서정주를 초대해 가락국수와 막걸리를 대접하기도 했다.

그렇게 자주 찾아와 식사와 술을 대접하던 노리다케는 얼마 후 원고 뭉치를 가져와 처녀 시집 원고라며 서정주에게 서문을 부탁했다. 그

7 위의 책, 238쪽.

래 정성스레 서문을 써줬다. 나중에 나온 그의 시집『풍영집風詠集』에는 그 어느 누구의 서문도 실리지 않았지만 서정주는 그에 대해 좋은 인상을 가지고 후에도 계속 교류했다.

"나는 이때 겨우 스물아홉 살의 청년이었고, 그는 마흔이 멀지 않은 나이인 데다, 그는 지배국 사람이요, 나는 아무래도 그의 식민지 사람인 것인데, 이런 일본인의 경우엔 한번 감동하고 존경하면 그뿐, 나이도 국적도 그런 차별 같은 건 눈에도 안 보이는 모양이었으니 말이다"[8]라고 회고하고 있으니.

서정주의 종군기를 보고 "소설보다 더 재밌게 읽었다"며 또 다른 일본인 30대 문학도가 찾아왔다. 동경 대학을 나와 이곳에서 겨우 중학교 선생질 하며 시와 소설을 쓰고 있다고 습작품들을 서정주에게 보여줬다. 이야기는 별로 없이 두꺼비처럼 술만 마시던 그 문학도와도 서정주는 자주 어울렸다.

경성제대 교수며 일제 말 재조선 일본 시단 이끈 사토 기요시

인문사에 있으면서 서정주는 최재서의 스승으로 경성대학에서 영문학을 가르쳐온 노시인 사토 기요시[左藤清]도 만났다. 사토는 1926년 5월 1일 경성제국대학이 지금의 대학로에서 개교되자 법문학부 영어영문학과 주임 교수로 부임해왔다.

"비는 한국인의 저주보다 격렬하게 쉼도 없이 내리도다. 뱀처럼 대

8 위의 책, 241쪽.

가리를 드는 정복자의 검은 의식에/얼굴을 돌리며 유리문에 미친 듯 불어제치는 비를 보도다." 부임해오며 내리는 비를 보면서 사토는 위 같이 시작되는 「경성의 비[雨]」라는 시를 지었다. 침략 족속으로서의 자의식과 양심 있는 지식인으로서의 죄의식을 비를 빌려 읊은 것이다.

강단에서 학생들에게 영문학을 가르치면서 사토는 또 조선 풍물들을 빼어난 감각과 미의식으로 시화詩化해나갔다. 1933년에는 재조선 일본 시인과 조선 시인이 함께 참여한 조선시인협회를 주도적으로 창립하고 그 기관지로 『조선시단』을 펴내기도 했다.

"엷은 연보라색의/가느다란 줄기,/제비꽃,/자줏빛이 펼쳐져 있는/고색 깊은 자개/칠촌七寸쯤의 소우주에/소곤소곤 가고 있는 소박한 미美여". 사토의 시 「나전화문소상—이왕가 미술관」이다.

문학평론가 김윤식 씨는 사토의 시에 대해 "시인은 일찍이 「고려자기」를 비롯 「고려의 하늘」 「삼국불」(현재 국보 83호 금동반가사유상을 가리킴. 국립중앙박물관 소장, 당시는 이왕가 미술관 소장) 등에서 조선 고미술의, 현실을 초월한 미로서의 영원성을 읊고자 했다"[9]고 평했다. 사토는 그런 시들을 모아 시집 『벽령집碧靈集』을 1942년 말 제자 최재서가 경영하고 자신도 물심양면으로 돕던 인문사에서 펴냈다.

"조선에서 읊어야 될 것은 박명薄明의 시간에서 한밤에 걸쳐 그 한밤의 어둠에도 압도되지 않고, 나아가 다시 깊이에서 새벽하늘에 걸쳐, 맑게 남아 사라지지 않는 벽공碧空, 이것이야말로 조선에서 읊어야 할 하늘의 미美이리라."[10]

『벽령집』 후기 한 부분이다. 조선의 골동품과 풍물은 물론이고 조선

9 김윤식, 『최재서의 『국민문학』과 사토 기요시 교수』, 역락, 2009, 85쪽.
10 위의 책, 88쪽 재인용.

하늘의 박명, 그 속내까지 읽어내는 사토의 끈질기고 도저한 미의식에 서정주도 진작부터 감명받아왔었다. 그런 서정주를 사토가 『벽령집』의 한 출판 기념회 자리에서 헤드 테이블로 불러 소감 한마디를 부탁하기도 했다.

"이 엄한嚴寒의 하늘, 이 새파랗게 차가운 영기靈氣가 그대로 벤 시편들입니다. 고려 청자나 이조 백자의 빛깔이 고스란히 들어 있는 시집입니다. 자연과 시인의 청담한 기풍이 그대로 하나가 된 아주 훌륭한 시집입니다."

서정주는 노시인의 조선 사랑에 감화된 시들을 그렇게 상찬했다. 그렇게 일본어로 된 잡지를 편집하며 일본인 시인들과 어울리기도 몇 달. 서정주가 전담했던 『국민시가』가 운영난으로 폐간되자, 또 최재서와 얼굴 맞대고 계속 일하기도 뭐해 6개월 만인 1944년 봄 인문사 편집기자 노릇을 그만뒀다.

친일 산문—대동아공영권 건설을 위한 국민 총력 독려

"나는 위에서 말한 두 개의 일문시日文詩와 한 편의 일문 종군기 외에 또 한 편의 친일적인 우리말 시를 매일신보에 썼다."[11] 서정주는 자신의 친일 작품을 시 세 편과 산문 한 편 등 총 네 편으로 회고했다. 그러나 객관적 입장에서 친일로 분류할 수 있는 작품 편수는 서정주의 기억보다는 더 많다.

11 서정주, 앞의 책, 243쪽.

변명 등 무슨 목적 아래 작품 편수를 줄인 게 아니라 기억이 헷갈렸기 때문일 것이다. 서정주는 자전적 산문이나 회고담에서 연, 월, 일이나 작품명, 발표 지면 등 특정한 부분을 적시해야 할 부분에서는 자주 자주 헷갈리면서도 그런 디테일에는 별로 신경을 쓰지 않았다. 산문 문법의 이성이나 합리가 아니라 감성과 공감의 시 문법이 시인의 삶과 글쓰기를 지배했기 때문일 것이다.

민족문학작가회의, 민족문제연구소, 『실천문학』이 공동으로 작성한 '친일 문학 작품 목록'에 따르면 서정주는 1942년 7월 13일부터 17일까지 5회에 걸쳐 매일신보에 연재한 평론 「시의 이야기—주로 국민시가에 대하여」를 시작으로 1944년 12월 9일자 매일신보에 발표한 시 「송정오장 송가松井伍長 頌歌」까지 모두 11편의 친일적인 작품을 썼다.

"국민문학이라든가, 국민시가란 말이 기왕에 나왔거든 이제부터라도 전일前日의 경험을 되풀이하지 말고, 정말로 민중의 양식이 될 수 있는 시가 내지 문학을 만들어내기에 일생을 바치려는 각오를 가져야 할 것이다. 이것은 심히 전통의 계승—동방전통의 계승과, 보편성에의 지향과 밀접한 관계가 없을 수 없는 것이다."[12]

「시의 이야기—주로 국민시가에 대하여」 한 부분이다. "주로 국민시가라는 넉 자의 글자의 주변을 돌면서 자기의 생각한 것을 여기 적어볼까 한다"로 시작되는 이 글은 평론이라기보다는 당시 일제가 대동아공영권이라는 미명하에 태평양전쟁을 밀어붙이며 국민 총력을 위해 시가 복무해야 한다며 내세운 명칭인 '국민시가'에 대해 나름의 생각을 밝힌 산문에 가깝다.

12 김병걸 · 김규동 편, 『친일문학작품선집 2』, 실천문학사, 1986, 287쪽 재인용.

시의 보편성과 개성, 무엇보다 '언어 해조諧調'로서 시의 예술성을 바탕에 깔면서도 일제말 국책國策인 국민시가의 이데올로기를 중뿔나게 선전하고 있어 서정주의 시에 대한 속내와 겉이 물과 기름처럼 따로 놀고 있는 글이다.

"이날은 대성전기념일도 축제일도 아니었다. 그러나 나는 그 받은 깃대에 국기를 한번 꽂아보고 싶어서 견딜 수가 없었다. 나는 오히려 땀까지 흘려가며 벽장 속에서 국기를 꺼내어 그 깃대에 매었다. (중략) 나는 깃대에 꽂힌 국기를 방 아랫목에 세워두고 한참동안 합장을 하고 있었다."[13]

1943년 9월 1일부터 10일까지 매일신보에 연재한 수필 「인보정신隣保精神」 한 대목이다. '국기를 받은 이야기'와 '뒷집의 소년 소녀' 두 편으로 이뤄진 이 글은 뒷집에 사는 가족들의 이야기를 통해 이웃의 소중함을 전하면서, 또 생뚱맞게 인용 대목처럼 국기, 즉 일장기에 대한 경외감도 드러내고 있다.

"운명에 대한 숭엄한 그 긍정을, 벗아, 인제 겨우 스무 살인 벗아, 나도 너처럼 하고 싶구나. 나도 총을 메고 머언 남방과 북방으로 포연과 탄우를 뚫고 가보고 싶구나."[14]

『조광』 1943년 10월호에 발표한 수필 「스무 살 된 벗에게」 한 부분이다. 잘 아는 청년이 "내일이라도 용약 출전할 각오가 섰습니다"라며 보내온 편지에 대한 답장투의 글. 이 글에서 서정주는 징병 적령기인 청년들에게 젊음 특유의 방황과 투신, 운명 등을 횡설수설 이야기해가며 전선으로 나갈 것을 독려하고 있다. 『춘추』 1943년 10월호에 발

13 위의 책, 299~300쪽.
14 위의 책, 296쪽.

표한 수필 「징병 적령기의 아들을 둔 조선의 어머니에게」에서는 아들의 징병에 어머니들이 적극 부응해야 한다고 부추기고 있다.

"지성이면 감천이라고 최체부의 소원은 마침내 관계 관원들을 울린 바 있어서, 그의 벗인 해리면 사무소의 가네무라 군과 같이 얼마 후에 두 사람은 군속이 되어 먼 남녘 나라로 떠났다.

최체부는 떠난 날부터 꼭꼭 그의 집에 돈을 부치어, 집안은 오히려 전보다 살기에 궁색지 않았고, 마을 사람들의 끝없는 호의와 존경 속에서 최체부의 어머니도 손자를 따라 아침 해가 떠오를 때면 규-죠-요하이를 하는 갸륵한 습성이 생기었다."[15]

『조광』 1943년 11월호에 발표한 단편소설 「최체부崔遞夫의 군속지망軍屬志望」 마지막 부분이다. 서정주의 고향 고창인 듯한 "남선南鮮의 어느 읍내"를 배경으로 산골 마을로 돌아다니며 편지를 배달하는 근면한 최체부가 군속 지망해서 전장으로 떠난다는 줄거리이다. 군속 지망 자체를 영웅화시키며 해피엔딩으로 끝나는 이 작품에서는 김일성을 신격화하며 공산낙토 건설을 부추기는 천편일률적인 북한 소설의 목적성, 도식성이 그대로 읽히는 듯하다.

"×형. 지금 나는 이 글을 금구국민학교 교정에서 쓰고 있습니다. 남선南鮮의 하늘은 유난히도 맑습니다. 이 세상에서 가장 고운 것은 무엇일까, 가장 고운 얼굴은, 가장 고운 사내의 얼굴은 어떤 얼굴일까를 생각하고 있습니다. 역시 사람은 쉬임없이 죽음을 각오해야 하겠습니다. 저 푸른 하늘 속에 언제나 스스로 증발되어버릴 자세로서 서 있고, 앉아 있고, 돌진해야 하겠습니다."

15 위의 책, 284쪽.

『조광』 1943년 12월호에 발표한 「보도행報道行」 한 대목이다. 부제 '경성사단 추계 연습 뒤를 따라서'가 딸린 「보도행」은 위에서 잠깐 살핀 대로 '×형'에게 보내는 편지투로 4신까지 쓴 종군기, 일종의 르포이다. 이에 앞서 『춘추』 1943년 11월호에 발표한 「경성사단 대연습 종군기」도 「보도행」과 같은 소재를 다룬 르포이다.

이와 같이 서정주는 평론, 수필, 르포, 소설에 이르기까지 거의 산문문학 전 장르를 오가며 친일적인 산문 7편을 남겼다. 7편 모두에서 대동아공영권 건설을 위해 문학이든, 젊음이든, 생활이든 모든 면에서 국민 총력을 강조하고 있다. 이런 주제 내지 목적의식이 문면에 너무 노골적으로 드러나 작품으로서의 수준은 논할 게재가 못 된다.

친일 시—시적 재능으로 머릿속에서 짜 맞춘 시

"여린 숨을 푹푹 내쉬며/내 귓가에서 자그마한 서운녀西雲女가/일곱 살 서투른 고향 말씨로/아아 하늘은 서울이레야,/속삭이던 그 하늘이구나//마늘이랑 파랑 고추를 먹고/기름때 절은 하이얀 옷을 입은/뜨겁디뜨거운 가슴을 안은 이들이/산비둘기 울던 노오란 길을/가고 가던 진초록/바로 그 하늘이구나//아아 애달퍼라 아직은 감을 수 없는 눈과 눈이여/잊을 수 없는 파아란 정/해 저물어 밤이 되면/별똥은 반짝거려/아아 애달파/지금 사랑하는 사람들/스러져 나날이 하늘은 깊어만 가고//여기 있는 건 내 덧없는 몸짓과 말뿐/메아리와 파도소리와/해맑은 좁은 마당엔/꽃축제 울리는/쇠가죽 북소리만 은은해//아아 날고프구나 날고 싶어/부릉부릉 온몸을 울려/사라진 모든 것/파랗게 걸린 저 하늘을/힘차게 비상함은/내 진작 품어온 바램!"

『국민문학』 1943년 10월호에 실린 시 「항공일에」 전문이다. 제목으로 보아 일제가 침략 전쟁을 미화하고 독려하기 위해 제정한 항공일 행사에 맞춘, 일종의 기념시이다. 그런데도 전쟁의 하늘보다는 이 땅에 살다 간 사람들의 사랑과 회한이 깊이 서린 조선의 하늘을 노래하고 있다.

앞에서 살핀 시 「꽃」에서 "가신 이들의 헐떡이는 숨결로/곱게 곱게 씻기운 꽃"의 하늘이며 서정주가 빠져들어 있던 골동 취미의 이조 백자 빛 하늘이다. 그런 조선의, 동양 정신의로서의 끈질긴, 영원한 하늘을 읊은 시이다. 기념시, 경향시로서의 서사적 목적보다는 서정이 너무 승해 감상으로까지 흐르고 있는 시가 「항공일에」이다.

"정면에서 눈을 돌릴 수는 없느니라./그리움에 젖은 눈에 가시를 세워/사랑보단 먼저 오는 원수를 맞이하자.//유유히 흐르는 우리의 시간이/이제는 성낸 말발굽 뛰듯 하다.//벗아 하늘도 찢어진 지 오래여라./날과 달이 가는 길도 비뚜른 지 오래여라./거친 해일이 우리와 원수의 키를 넘어선 지도/우리의 뼈와 살을 갈기 시작한 지도 벌써 오래여라.//지극히 고운 것이, 벗아/우리 형제들의 피로 물든 꽃자줏빛 바다 위에/일어나려 아릉아른 발버둥을 치는도다./우리 혼령으로 구단九段 위에 짙푸를 사랑에, 사랑에, 목말라 있도다.//정면에서 눈을 돌릴 수는 없느니라./그리움에 젖은 눈에 가시를 세워/사랑보단 먼저 오는 원수를 맞이하자.//주사위는 이미 던지어졌다./다시 더 생각할 건 절대로 없었다.//너를 쏘자, 너를 쏘자 벗아/조상의 넋이 잠긴 하늘가에/붉게 물든 너를 쏘자 벗아!/우리들의 마지막이요 처음인 너/그러나 기어코 발사해야 할 백금탄환인 너!//교복과 교모를 이냥 벗어버리고/모든 낡은 보람 이냥 벗어버리고//주어진 총칼을 손에 잡으라!/적의 과녁 위에 육탄을 던져라!//벗아, 그리운 벗아,/성장星章의 군모 아래 새로 불을 켠/눈을 보자 눈을 보자 벗아……/오백 년 아닌 천 년 만에/새로 불 켠 네 눈을 보자 벗아……//아무 뉘우침도 없이 스러짐 속에 스러져 가는/네 위엔 한 송이의 꽃이 피리라./흘린 네 피에 외우지는 소리 있어/우리 늘 항상 그 뒤를 따르리라."

1943년 11월 16일자 매일신보에 실린 시 「헌시獻詩—반도학도 특별지원병 제군에게」 전문이다. 부제대로 꽃다운 나이의 조선 학도들에게 전장으로 나가 몸을 던져 산화散華할 것을 부추기고 있는 시이다.

"구단九段의 하늘 높이 향기를 피우시라/어머니여, 구름이나 일월성신日月星辰을 위해서가 아니라/내 한 몸 불꽃 되어 숨이 끊어졌으니!//어머니여, 이 넉넉함은 슬픔이 아니라/나의 어깨에 하늘은 지금 너무나 무겁고//꽃들도,/살랑이는 나무 이파리들도,/너무나 무겁구나//어머니여, 저곳이리라, 그대가 낳은 내 동포의 넋들이 모두 돌아올 곳은/앗츠에서, 매킨 · 타와라에서, 또한 사이판에서/모두 전사하여 돌아올 곳은/저곳이리, 저곳이리 아아, 견딜수 없는 색으로 물들어//어머니여, 저 용맹스런 함성은 저곳이리/푸른 혈조가 끊임없이 내려와/커다란 목소리, 나를 부른다//아아, 기쁘도다 기쁘도다/희생제물은 내가 아니면 달리 없으리//어머니여, 나 또한 창을 들고 일어서리/배를 띄우리/사이판으로!/매킨 · 타와라로!/앗츠로!"

『국민문학』 1944년 8월호에 발표한 시 「무제—사이판섬에서 전원 전사한 영령을 맞이하여」 전문이다. 미드웨이 해전 패전으로 태평양 전쟁의 전세가 미국으로 기울자 태평양군도를 방어하다 죽어간 수많은 전사자들을 위령慰靈하면서 참전을 독려하고 있는 시이다.

"아아 레이테만은 어데런가/언덕도/산도/뵈이지 않는/구름만이 둥둥둥 떠서 다니는/몇 천 길의 바다런가//아아 레이테만은/여기서 몇 만 리련가……//귀 기울이면 들려오는/아득한 파도 소리……/우리의 젊은 아우와 아들들이/그 속에서 잠자는 아득한 파도 소리……//얼굴에 붉은 홍조를 띄우고/ "갔다가 오겠습니다"/웃으며 가드니/새와 같은 비행기가 날아서 가드니/아우야 너는 다시 돌아오지 않는다//마쓰이 히데오!/그대는 우리의 오장 우리의 자랑./그대는 조선 경기도 개성 사람/인씨印氏의 둘째 아들 스물한 살 먹은 사내//마쓰이 히데오!/그대는 우리의 가미가제 특별 공격 대원/귀국 대원//귀국 대원의 푸른 영혼은/살아서 벌써 우리게로 왔느니/우리 숨쉬는 이 나라의 하늘 위에/조용히 조용히 돌아왔느니//우리의 동포들이 밤과 낮으로/정성껏 만들어 보낸 비행기 한 채에/그대, 몸을 실어 날았다간 내리는 곳/소리 있어 벌이는 고흔 꽃처럼/오히려 기쁜 몸짓하며 내리는 곳/쪼각쪼각 부서지는 산더미 같은 미국 군함!//수백 척의 비행기와/대포와 폭발탄과/머리털이 샛노란 벌레 같은 병정을 싣고/우리의 땅과 목숨을 뺏으러 온/원수 영미의 항공모함을/그대/몸뚱이로 내려쳐서 깨었는가?/깨뜨리며 깨뜨리며 자네도 깨졌는가—//장하도다/우리의 육군항공 오장伍長 마쓰이 히데오여/너로 하여 향기로운 삼천리의 산천이여/한결 더 짙푸르른 우리의 하늘이여//아아 레이테만은 어데런가/몇 천 길의 바다런가//귀 기울이면/여기서도, 역력히 들려오는/아득한 파도소리……/레이테만의 파도 소리……"

「송정오장 송가」 전문이다. 1944년 필리핀 레이테 해전에서 처음 등장한, 비행기에 5백 킬로그램의 폭탄을 장착하고 날아가 적 군함에 자폭하는 가미카제 특공대를 미화한 작품이다.

발표순대로 살펴본 서정주의 친일적인 시 4편은 일본의 태평양전쟁의 전황을 따라가고 있음을 알 수 있다. 참전 체험이 아니라 신문이나 잡지, 방송 등 매체의 전쟁 기사를 보고 시적 재능으로 짜 맞춘 시들이라 역시 작품성은 따질 게재가 못 된다.

동양 정신 자각과 대동아공영권 이념의 잘못된 결합

"동아공영권東亞共榮圈이란 또 좋은 술어術語가 생긴 것이라고 나는 내심 감복하고 있다. 동양에 살면서도 근세에 들어 문학자의 대부분은 눈을 동양에 두지 않았다."[16]

서정주는 위에서 살핀 「국민시가에 대하여」에서 서구를 추종하고 동양을 경시하는 당대의 조선 문단을 반성했다. "무슨 슈르 레알리즘, 모더니즘, 데모니즘" 등이 판을 쳐 "현대의 30년을 소모하고도 오히려 「청산별곡」의 일절에 해당할 만한 시작품이 생기지 않은 까닭"이 바로 서구 문예사조에 휘둘렸기 때문이란 것이다.

물론 서정주 스스로 밝혔듯 『화사집』도 그런 그리스 신화나 니체, 보들레르 등 서구의 강렬한 영향 아래 탄생한 것이다. 그럼에도 불구하고 이제 '국민시가'는 서양을 떠나 동양으로 회귀해야 한다고 부르짖은 것이다. 태평양전쟁의 이데올로기인 대동아공영권이란 '좋은 술어'가 생긴 것에 감복하며. 그러나 대동아공영이란 잘못된 시국 인식에 앞서

16 앞의 책, 290쪽.

서정주의 시 세계는 서양에서 동양으로 조용히 회귀하고 있었다.

"거북이여 느릿느릿 물살을 저어/숨 고르게 조용히 갈고 가거라./머언 데서 속삭이는 귓속말처럼/물니랑에 내리는 봄의 꽃니풀,/발톱으로 헤치며 갔다 오너라." 앞서 살폈듯 1942년 『춘추』 6월호에 발표한 시 「거북이에게」 첫 연이다. 『화사집』을 펴내고 나서 얼마 뒤 이 시를 쓰며 서정주는 "거북이처럼 끈질기고 유유하게 이 난세의 물결을 헤치고 살아나가야 한다"[17]는 생각을 갖게 됐다고 회고한 바 있다.

"가신 이들의 헐떡이든 숨결로/곱게 곱게 씻기운 꽃이 피었다." 앞에서 살핀 시 「꽃」 첫 연이다. 1943년 가을에 썼다고 밝힌 이 시에서 서정주는 이조 백자의 색체를 꽃으로, 조선 하늘의 깊이로 보고 있다. 그러면서 이 시를 "선인先人들의 무형화된 넋의 세계에 접촉하는 한 문門"으로 "시작詩作 생활에 한 전기轉機를 가져온 작품"이라 자평했었다.

"아아 애달퍼라 아직은 감을 수 없는 눈과 눈이여/잊을 수 없는 파아란 정/해 저물어 밤이 되면/별똥은 반짝거려/아아 애달파/지금 사랑하는 사람들/스러져 나날이 하늘은 깊어만 가고//여기 있는 건 내 덧없는 몸짓과 말뿐/메아리와 파도소리와/해맑은 좁은 마당엔/꽃축제 울리는/쇠가죽 북소리만 은은해"

앞에서 살핀 「항공일에」 한 부분이다. 사랑하다 스러져간 선인들의 넋으로 깊어가는 「꽃」에서의 하늘, 「거북이에게」에서의 영생과 영교의 동양 정신의 이미지가 「항공일에」에도 그대로 이어지고 있다. 처녀시집 『화사집』 이후 발견한 조선과 동양 정신에 대한 자각이 그대로

17 서정주, 「나의 문학인생 7장」, 『80소년 떠돌이의 시』, 94쪽.

친일적인 작품으로 이어지며 일제 말 대동아공영권 이념과 만나고 있는 게 서정주의 친일적 작품이다.

"서정주가 친일을 하는 경로는 바로 이 대동아공영론으로서, 서양에 대한 동양의 반발이 그 기본 축을 이루고 있다. 이후 그의 작품에서 내선일체의 황민화보다는 서양에 대한 거부로서의 대동아공영론이 두드러지게 드러나는 것은 바로 이러한 친일의 동기와 밀접한 연관을 갖고 있다."

문학평론가 김재용 씨도 서정주의 친일적 작품의 기본 축이 대동아공영론임을 밝혔다. 그러면서 "동양의 자각과 대동아공영론을 구분하지 못함으로써 초국가주의의 친일파시즘문학"으로 들어서게 됐다고 주장했다.[18]

"나는 아무렇게 우거지로 살다가 죽어도 된다는 체념을 마련했고, 이 너무 혹독하던 환경 속에서는 그게 그대로 한 삶의 의지가 되었다. 쉬엄쉬엄 살다가 본의 아닌 죽음도 다 당해도 괜찮겠다는 생각이 들기 시작했다. 이런 것은 그대로 또 다른 하나의 용기와도 비슷한 것이 되었다."[19]

동양 정신을 자각해가며 「거북이에게」와 「꽃」을 쓸 무렵의 심경을 나중에 토로한 말이다. 일제 말 혹독했던 환경이 동양 정신으로 회귀하게 했고 그런 동양 정신의 자각이 체념과 용기가 되어 지각없이, 부지불식간에 대동아공영론과 야합한 것이다.

18 이상은 김재용, 「서정주—전도된 오리엔탈리즘」, 『협력과 저항』, 소명출판, 2004, 117~145쪽 참조.
19 서정주, 『서정주문학전집 3』, 228쪽.

친일적 업적 또는 전범戰犯 여부

서정주의 친일적 작품들은 임종국이 1966년 『친일문학론』을 펴내면서부터 본격적으로 논란의 장으로 들어오게 된다. 임종국은 이 책에서 먼저 친일 문학을 낳게 한 정치적, 사회적 배경과 문화 기구, 즉 문학 단체와 잡지와 문학상 등을 살피고 나서 작가 및 작품론에서 김동인에서부터 최정희까지 28명의 친일적 작품은 물론 1941년 전후로 등장한 20여 명의 신인 작가들의 작품과 활동도 실었다.

말미에 부록으로 실린 '관계작품연표'에 문인별로 친일 작품 제목과 발표 지면을 목록화해놓았다. 작가 및 작품론에는 빠졌던 서정주의 친일적 작품 목록이 이 부록에서 처음으로 망라된 것이다.

"그런데 그런 미당이 왜 빠졌을까? 박희진이 이런 증언을 들려줬다. '책이 나오고 난 뒤에 임 선생에게 미당 서정주가 왜 빠졌느냐고 물어본 적이 있다. 그랬더니 서정주의 본명과 창씨개명한 이름(達城靜雄)이 동일인물인 줄 잘 몰랐다고 하더라'는 것이다. 박희진이 잘못 들은 것인지, 아니면 임종국이 둘러댄 것인지는 몰라도 납득하기 어렵다. 이미 『친일문학론』에도 미당이 창씨개명한 이름이 버젓이 소개돼 있고, 평소 누구보다도 미당에 대해서는 잘 알고 있던 그였다."[20]

근대사 자료, 특히 친일 자료를 샅샅이 수집, 취재, 연구해오고 있는 역사학자 정운현이 임종국이 왜 서정주를 친일 작가 및 작품론에서 뺐는지 의아해하고 있는 대목이다. 그래서 취재 결과 박희진 시인으로부터 '달성정웅'이 서정주인 줄 몰라서 그랬다더라는, 납득하기 어

20 정운현, 『임종국평전』, 시대의창, 2006, 285쪽.

려운 증언을 얻어냈다.

"시인 박희진이 언젠가 무슨 세미나에서 내 이야기를 하다가, 내가 친일적인 시를 썼다는 말을 했던 것을 읽은 걸 기억하는데, 그것은 사실이다"[21]라고 서정주도 친일적인 시를 쓴 사실을 인정했는데도 말이다. 서정주보다 늦게 태어나 1941년 전후로 등장한 후배 문인들의 친일적 작가론을 다루면서도 임종국은 서정주를 뺐던 것이다.

임종국의 『친일문학론』에서 서정주의 친일적 작품 목록이 부록으로 밝혀지고 나서 1986년 김병걸, 김규동이 펴낸 『친일문학작품선집 2』에 시 「항공일에」를 비롯해 소설, 평론, 수필, 르포 등 작품 7편의 본문이 실림으로써 그 실상이 공개됐다. 친일적 작품 전모가 공개돼 널리 알려지고 정치, 사회가 민주화됨에 따라 서정주는 친일 문제로 사회와 문단, 심지어 후배와 제자 문인들로부터 따돌림 당한 채 두문불출, 산 이름이나 외며 외롭고 고통스럽게 말년을 견뎌내야 했다.

그렇게 냉담한 시류時流와 담쌓으며 스스로 갇혀 지내다 2000년 12월 24일 서정주가 숨길을 아주 놓아버리자 고은 시인이 장문의 「미당담론」을 『창작과비평』 2001년 여름호에 발표, 서정주의 친일과 친독재 논쟁에 본격적으로 다시 불을 지폈다. 고은 시인은 이 글에서 "상대가 일제든 해방 이후의 집권세력이든 권력의 편에 존재함으로써 시인의 특장인 음풍농월의 가락 속에 일신의 안보를 유지했다"고 서정주를 비판했다.

서정주가 타계했을 때 누구보다도 먼저 조문弔問 와 예를 갖췄던 고은 시인이었지만 「미당담론」에서는 "근현대사의 고행 가운데서 아직

21 서정주, 앞의 책, 238쪽.

도 역사의 진실을 수호하기 위해서는 삶과 문화의 정체성이 있어야 한다"며 준엄하고 혹독하게 비판하고 나섰던 것이다. 이 「미당담론」은 그야말로 역사적 당위를 내세운 실천적 '담론(Discourse)'의 거대한 줄기가 되어 가지를 쳐나갔다. 진보, 참여 진영 문인들이 글로, 행동으로 서정주 비판에 나서게 된 것이다.

한편으론 서정주 비판에 대한 비판도 만만치 않다. '삶과 역사를 시에 덧씌우는 것은 문학을 왜곡하는 것'이란 문학원론적인 차원에서부터 '미당이 과연 민족과 역사의 이름으로 단죄될 만한 친일과 친독재 행각을 벌였는가는 앞으로 더 엄밀히 밝혀내야 할 것'이란 신중한 입장까지.

서정주 타계 이튿날 중앙일보에 실린 조사에서 소설가 이문구는 "이제사 선생님 영전에 따뜻한 술 한 잔 올린다"며 "미당에게 시인 이상의 무엇을 요구하는 것은 오답을 유도하거나 위답을 기대하는 뒤틀린 심사"라고 했다. 이문구는 서정주의 친일적 작품 전모를 공개한 실천문학사 대표였고 이 조사를 쓸 당시에는 참여, 진보 진영 문인 단체인 민족문학작가회의 이사장이었다.

그런 이문구가 서정주에게 시인 이상의 무엇을 요구하며 비판하는 것은 '뒤틀린 심사'라 했다. 이 말에서 필자는 친일 자료 수집과 연구, 공개에 추상 같았던 임종국이 왜 서정주를 작품론에서 뺐는지, 그리고 그 이유를 납득도 안 가게 얼버무렸는지 짐작할 수 있을 것 같기도 하다.

20세기의 천치스러움이여, 뒤틀린 심사여

"우리의 선대先代들이 그들의 통치 밑에서 얼마나 어리석게, 못나게,

불쌍하게, 억울하게 살아왔는가를 또한 망각해서는 안 될 것이다. 이 책은 이러한 견지에서, 어차피 한번은 정리해놓지 않을 수 없는, 어차피 한번은 비판의 대상으로 오르지 않을 수 없는 1940년을 중심한 전후 약 10년간의 주체성을 상실한 문학을 내 나름으로 정리해보자는 것이었다."[22]

임종국이 『친일문학론』을 내게 된 이유를 밝힌 「서론」 중 한 대목이다. 「서론」에 앞선 머리말 격인 「자화상」에선 "독자들이 제일 궁금하게 생각할 것은 이 책을 쓴 임종국이는 친일을 안 했을까? 이것이 아닐까 한다"며 17세에 해방을 맞은 자신의 일제하 행적을 약술했다. 아무런 민족의식 없이 일제 치하를 살다 어느 날 갑자기 해방을 맞은 17세의 자신을 일제 치하 장삼이사가 그랬을 몇 토막의 에피소드로 자화상을 그려놓았다.

그러면서 임종국은 "한국어를 제외한 모든 관념, 이것을 나는 해방 후에 얻었고 민족이란 관념도 해방 후에 싹튼 생각이었다. 이렇게 친일문학론을 쓰면서 나는 나를 그토록 천치로 만들어준 그 무렵의 일체를 증오하지 않을 수 없었다. 내가 신라 고구려의 핏줄기인 줄 알았던들 나는!"[23]이라며 일제하 자신도 '천치'였음을 자탄했다.

"형께서 자화상을 쓰는 말미에다 자기는 천치였다는 것, 신라 고구려의 후손임을 모르게 한, 자기를 천치로 만든 '일체의 것'을 증오한다고 적었습니다. '일체의 것'이란 무엇일까. 개인의 힘으로는 어쩔 수 없는 그런 것이 사람의 삶을 알게 모르게 천치로 만들기도, 슬기롭게 만들기도 한다는 것. 또 다르게 말하면 '관계의 절대성', 혹은 '사

22 임종국, 『친일문학론』, 민족문제연구소, 2002, 21쪽.
23 위의 책, 10~11쪽.

상의 상대성'이 개인의 주체성에 앞선다는 그런 뜻이 아니었을까요.

형을 천치로 만들었던 그 '일체의 것'이 이광수를 비롯한 많은 문학자들을 또한 천치로 만들었던 것이 아닐까. 그 '일체의 것'을 알아보고자 제가 서투른 솜씨로 엮어본 것이 이 저술입니다. '창씨개명', '징병제' 및 '학병문제' 등을 통해 '천치'의 근거의 한 모퉁이나마 살펴보고자 했습니다. 그 과정에서 저도 필시 '천치'가 되어 있을 터입니다. 제가 살았던 20세기가 가져온 '천치스러움'이 그것이겠지요."[24]

김윤식 씨가 『일제 말기 한국 작가의 일본어 글쓰기론』을 펴내며 「머리말: '친일문학론'의 저자 임종국 형께」에서 밝힌 말이다. 1960년대 초 한국 근대 문학 연구를 위한 자료를 모으기 위해 도서관을 뒤지고 다니던 중 고려대 도서관에서 같은 목적으로 자료를 찾던 임종국과 한 반년 동안 마주치며 친해졌다는 김윤식 씨가 40년 만에, 임종국이 타계한 지 15년 만에 보내는 편지 형식의 서문이다.

이 서문에서 김윤식 씨는 일제와 분단, 독재로 이어진 질곡의 20세기를 살아내며, 선배들의 문학을 연구하면서 얻은 동병상련을 같이 앓고 있다. 그런 우리 민족의 20세기를 '천치스러움'이라며.

이문구가 말한 '뒤틀린 심사', 그리고 임종국과 김윤식 씨가 말한 '천치'와 '천치스러움'이 모두 한통속의 말로 폭넓은 인간성, 휴머니즘은 배제한 채 정치와 사회상, 이념으로만 재단해버릴 수밖에 없었던 20세기 우리 민족사에 대한 참담한 표현 아니겠는가.

"미당에 대한 논쟁은 올곧은 역사의식에 의한 단죄와 한국 최고 수준의 시적 성과에 대한 옹호로 계속 평행선을 그었고 앞으로도 그럴

24 김윤식, 『일제 말기 한국 작가의 일본어 글쓰기론』, 서울대학교출판부, 2003, v-vi쪽.

것이다. 그러나 미당 사후 대부분의 신문과 방송들은 큰 지면과 장시간을 할애해 미당을 '국민시인'으로 치켜세워 한국 문단의 큰 상실로 받아들이며 추모했다. 이것이 미당에 대한 국민 다수의 정서요 평가이고 정부에서도 '미당에 대해서는 시로 말해야 옳다' 며 금관문화훈장을 추서했다. 또 문화부 산하 한국문학번역원은 최근의 여론 조사 결과 우리 국민이 한국을 대표해 세계에 가장 알리고 싶은 시인은 미당인 것으로 드러났다.

이런 국민 다수의 뜻과 정서, 시류에 휩쓸릴 수 없는 '한국인의 마음자리', 어떤 한 면으로 재단되어서는 안 되는 다층적 삶의 깊이와 자존을 위해 중앙일보는 이 상을 제정하기에 이른 것이다."

중앙일보 2001년 6월 27일자에 실린 '미당, 황순원문학상' 제정 사고社告 한 부분이다. 역사의식에 의한 추상 같은 단죄斷罪도 물론 중요하지만 우리네 삶의 깊이와 자존을 위해 미당문학상을 제정했다는 고뇌가 어려 있다. 20세기의 '뒤틀린 심사', '천치스러움'을 딛고 휴머니즘이 생동하는 21세기로 나가자는 신중한 결단도 읽히는 대목이다.

앞에서 살펴보았듯 서정주는 자신의 친일 부분에 대해 "내 생애에서 가장 창피한 이야기들"이라며 "제목은 친일적 업적 또는 전범 여부에 대한 것"으로 그 제목 혹은 죄목罪目까지 진작부터 실토해놓았다. 시인으로서 세상물정 모르고 한 일이라고 두고두고 사죄하고 또 말년엔 두문불출, 세상에서 버림받은 형벌도 받다가 갔다.

"여기는 어쩌면 지극히 꽝꽝하고 못 견디게 새파란 바위 속일 것이다. 날 센 쟁기날로도 갈고 갈 수 없는 새파란 새파란 바위 속일 것이다.//(중략)//아, 여기는 대체 몇 만 리이냐. 산과 바다의 몇 만 리이냐./ 팍팍해서 못 가겠는 몇 만 리이냐."

친일적인 시를 쓰던 1944년에 쓴 시 「무제」이다. 검은 돌같이 꽝꽝하고 팍팍한 시대를 걷는 여리고 아픈 시인의 심성이 드러난 시이다. 친일과 친독재의 창피한 이야기들에 대해서만큼은 서정주는 팍팍해서 못 가겠다는 그 몇 만 리 길을 여직도 걷고 있는 것이다.

민족정신 부추긴 혐의로 고창경찰서 수감

"정주 씨, 안에 계시오? 나 고창경찰서 이윤길이오."

1944년 4월 초 흑석동 집 일각문을 두드리며 서정주를 찾는 소리가 났다. 인문사를 퇴직하고 마땅히 갈 곳도 없는 서정주는 옥수수 알갱이 삶은 것을 두어 숟갈 아침으로 먹고 어린 아들의 비쩍 마른 다리를 만져봤다. 진달래는 환장하게 탐스럽게 피어나는데 어린것은 제대로 먹지 못해 말라만 가고 있었다. 그게 안쓰러워 정처도 없이 또 나가볼 참으로 국방색 저고리를 입고 일어서려 하는데 문 두드리는 소리와 낯익은 음성이 들린 것이다.

문을 열어준 아내의 뒤를 따라 들어오는 두 사람 중 한 명은 고창경찰서 순사부장으로 있는 이윤길이었고 다른 한 명은 일본인 순사였다.

"어이쿠 이 선생님, 반갑습니다. 그동안 무고하셨고요. 서울에 무슨 볼일이 있어 올라오셨나 보지요."

고창 읍내에 살 때 자주 만나던 사이여서 서정주는 이윤길을 반갑게 맞으며 악수를 나눴다.

"정주 씨, 다른 볼일이 아니라 당신을 연행하러 왔습니다. 이건 개인 친분으론 미안스런 일이지만, 공무상 명령이라 할 수 없이 왔습니다."

이윤길은 싸늘한 웃음을 지으며 전주지방 검사국 도장이 찍힌 구인장을 서정주 앞에 내밀었다. 구인장을 본 서정주는 갑자기 너털웃음을 터뜨렸다.

"야, 참, 이거야 모두 너무나 딱 들어맞았군……. 이윤길 선생이 이런 걸 가지고 오려고 그랬나 보군요."

서정주는 터져 나오는 웃음을 주체 못하며 지난밤 꿈 이야기와 아침에 일어난 일을 이윤길한테 들려줬다. 꿈속에서 서정주는 누군가에게 쫓기며 건물 꼭대기로 도망쳤다. 올라가면 갈수록 그 건물은 피사의 사탑처럼 점점 기울어 마침내는 쓰러질 것 같아 비명을 질렀다. 그 소리에 아내가 깨워 꿈을 깨긴 했으나 뭔지 자꾸 무너져 내릴 것 같은 불안과 초조감은 지울 수 없었다.

그렇게 뜬눈으로 새벽을 지새우고 아침 세수를 하러 나왔을 때 방에서 뭔가 쾅하고 크게 떨어지는 소리가 들렸다. 벽시계가 떨어져 산산조각 난 것이다. 그로부터 얼마 후 영장을 받고 보니 그 꿈과 벽시계가 떨어진 일이 딱 맞아 떨어져서 어이가 없어 그저 마구잡이로 웃음이 터져 나온 것이다.

"그래, 무슨 일이오. 대체 내가 뭔 죄를 짓기는 짓기라도 했단 말이오?"

"그건 내려가서 취조해보면 다 드러날 것 아니겠소? 어서 가기나 합시다."

이야기를 다 들려주고 나서 무슨 죄냐고 서정주가 묻자 일본인 순사가 어서 가자고 재촉했다. 꿈 이야기를 서글픈 표정으로 듣던 이윤길도 갈 길을 재촉하며 서정주 아내한테는 별일 아니니 곧 풀려날 것이라 안심도 시켜줬다. 수갑을 채우려는 일본인 순사를 만류하며 그냥 동행하듯 연행해 갔다. 등 뒤에서는 어린 아들을 안은 아내의 울음소리가 들려왔다.

“못마땅하게 보인 시인이나 소설가들은 모조리 잡아다가 여의도 비행장에다 모아놓고 없애버린다는 둥, 흉한 소문은 이미 여러 가지로 많이 떠돌고 있었으니 말이다”[25]라는 서정주 회고처럼 문인보국대에 가담하지 않은 문인들에 대한 회유와 탄압이 극심했던 시기였다. 인문사에서 퇴직한 후 서정주의 꿈속까지 쫓아온 초조와 불안도 그런 시국에 기인됐을 것이다.

“이름은?”

“서정주요.”

“김방수[26], 박형만을 아는가?”

“예, 한 5년 전 내가 여기 있을 때 몇 번 어울렸던 청년들이오.”

“무슨 목적으로 만났으며 어떤 이야기를 나눴는지 똑바로 말해. 그들은 다 불었으니.”

고창경찰서 유치장에 수감된 서정주는 고등계 순사한테 취조를 받기 시작했다. 취조를 받으며 알아보니 그해 이른 봄부터 고창 일대를 돌며 순회공연한 연극이 민족주의 정신을 부추겨 잡아들였는데 그 연극단 청년들이 서정주의 영향을 받았다고 자백했다는 것이다.

서정주는 기억을 되살려 조선일보 폐간 때 당시 학예부장으로 있던 김기림한테 청탁받아 뒤늦게 「행진곡」이란 시를 쓰게 된 경황과 그 시를 그 청년들에게 읽어주었던 사실을 말했다. 그리고 그들과 막걸리를 마시며 무척 우울하다는 말만 나눴다고 했다. 그러면서 기분이 우

25 서정주, 『서정주문학전집 3』, 230쪽.

26 1916년 고창 출신으로 고창고보를 나와 민족의식을 고취하는 연극운동을 벌이다 체포돼 1944년 9월 25일 전주지방법원에서 ‘대동아전쟁에 대한 조언비어造言蜚語’죄로 징역 2년을 선고받고 투옥된 사실을 인정받아 2009년 애족장을 수훈한 독립지사. 국가보훈처 편, 「공훈전자사료관」 참조.

울할 때 우울하다고 말하는 것이 무슨 죄가 되느냐고 되물었다.

일본인 경부 선처 없었다면 감옥에서 맞았을 해방

"죠상(서 선생), 안녕하시오. 내가 누구인지 알겠소? 이제부터 내가 묻는 말에 있는 그대로 말하기 바라오."

"아, 이하라[井原] 상. 야, 오랜만이오."

고등계 순사한테 취조를 받던 어느 날 취조실에 불려 들어가보니 거기에는 경찰서장과 동등한 경부복警部服 차림의 아는 얼굴이 앉아 있었다. 1936년 동아일보 신춘문예에 당선된 서정주가 이제는 시인의 길을 걷겠다며 다니던 중앙불전에서의 학업은 작파하다시피하고 해인사를 거쳐 여름 한철 고창 집에서 쉬고 있을 때 만난 일본 경찰 이하라였다.

그때 순사로서 호구조사를 나온 이하라는 대숲 초당에서 서정주가 읽고 있던 프랑스 시집을 부러운 눈으로 바라봤다. 자기도 중학 시절부터 문학에 푹 빠져 지낸다는 말을 듣고 서정주는 초면인데도 이하라에게 즉석에서 술을 대접해줬다. 이하라도 자신의 집으로 서정주를 초대해 정종을 대접하기도 했다. 그런 이하라가 이제 경부가 되어 서정주를 취조하러 전북도경찰국에서 고창경찰서로 내려온 것이다.

"이하라 상, 점심이나 좀 먹고 이야기합시다. 시장하요."

"야, 이 개돼지만도 못한 놈아. 너만 점심 안 먹었느냐? 너 때문에 나도 굶고 있지 않느냐. 이 못난 놈, 네까짓 놈도 시인이냐?"

오전 10시부터 시작된 취조가 오후 1시까지 이어졌다. 이하라는 그때 왜 우울했느냐며 우울한 상황만 묻고 또 묻고 있었다. 배도 고파오고 계속 반문되는 질문에 짜증이 나 서정주가 밥이나 먹고 하자고 하자 이하라는 정중한 태도와 말투를 싹 바꾸어 욕을 해대며 자리에서 벌떡 일어나 서정주를 군홧발로 마구 걷어차기 시작했다. 그렇게 얼마간 서정주를 완전히 짓뭉개고 나서 유치장에 처넣고 이하라는 전북도경으로 돌아가버렸다.

서정주는 민족주의 정신 연극의 '영향죄'는 드러난 죄이지만 드러나지 않은 죄, 그러니까 1931년 고창고보 재학 시절 비밀 독서회 활동이 드러날까 적잖이 겁이 났다. 3·1운동 후 각급 학교 단위로 결성돼 학생운동을 이끌던 독서회는 1929년 광주학생운동을 조직적으로 이끈 원동력이었다. 이후 일제의 심한 탄압으로 더욱 비밀스럽게 조직, 활동하며 일제 말 학생운동, 민족운동을 이끌던 비밀 결사 조직이 독서회였다.

"제대로 고백하거니와, 만약 이게 발각된다면 나와 같이 비밀독서회의 멤버였던 고 인촌 김성수 선생의 큰사위인 유일석柳日錫 군을 비롯해서 전 전북도지사였던 박정근 씨의 큰 자제 박병기朴炳琪 군, 그 밖에도 여러 동창들이 걸려들어야 할 것이었다."[27] 훗날 서정주의 이 회고처럼 발각됐다면 해방 전까지는 꼼짝없이 감옥에 갇혀야 할 엄중한 사건이 비밀 독서회 활동이었다.

그렇게 민족주의 정신 연극에 영향을 끼친 사상범 피의자로 고창경찰서 유치장에 처박힌 서정주는 석 달 가까이 수감 생활을 해야만 했다. 이하라 경부가 취조하고 돌아간 후 별다른 취조나 닦달도 없었다.

27 서정주, 『서정주문학전집 3』, 232쪽.

잡범들과 한방에 수감된 서정주는 수감 열흘 후부터 유치장 문 앞 제일 좋은 자리를 차지한 감방장이 되었다. 소위 민족정신을 고취시킨 사상범 시인으로서 다른 잡범들이 '선생님'으로 높이 봤고, 또 사식이나 담배 같은 것이 몰래 들어오면 함께 나눈 데 대한 감사로 수감자들이 감방장으로 모신 것이다.

그 좋은 감방장 자리에 앉아 속옷을 벗어 이를 잡거나 들어올 때 입고 와 이제는 다 해진 저고리를 깁는 게 일이었다. 그러다 영 갑갑하고 억울할 때는 눈 감고 반듯이 앉아 수를 세어나갔다. 끝도 갓도 없이 세어나가다 보면 고민 같은 것을 더는 데 힘이 된다는 것을 이때 알았다. 말년에 하 답답하고 괴로운 심사에 세계의 산 이름을 외고 또 윈 것도 다 이때의 체험에서 우러난 것일 게다.

"죠상, 이번에 영금깨나 봤겠소. 그러니 앞으로는 아무리 취중일망정 언동을 삼가도록하시오."

1944년 6월 하순 어느 날 서장실로 불려가 보니 이하라 경부가 전주에서 와서 언동에 각별히 조심하라 훈계하며 서정주를 석방시켜줬다. 두 달 전 이하라의 취조와 무차별적인 구타도 연극 단원들과 직접적으로 연계시키지 않으려 한 옛정의 배려였음을 서정주는 그때야 알아차릴 수 있었다.

그 연극을 한 시골 청년들은 서정주 석방 후 바로 형을 받고 해방을 맞이해서야 감옥에서 나올 수 있었다. 그때 이하라 경부의 선처가 없었다면, 또 비밀 독서회 사건이 뒤늦게 탄로 났다면 서정주 또한 그러했을 것이다.

피해 다니다 끝내 군대에 끌려간 아우 서정태

이하라 경부의 선처로 고창경찰서에서 무혐의로 풀려난 서정주는 서울 흑석동 집으로 올라왔다. 유치장에 있을 땐 생계는 걱정 안 했으나 막상 처자식 앞에 서니 당장 입에 풀칠한 일이 막막했다. 집안 값나갈 물건들을 하나씩 내다 헐값으로 팔아 전쟁 말기 그 비싼 식량을 사다 끼니를 이어갔다.

경찰서에 연행되기 얼마 전 잡지 『춘추』에 연재하기로 했던 『옥루몽』 번역에도 다시 매달렸지만 생계에 별 도움이 안 됐다. 그래 마지막 세간인 아내가 시집올 때 가져온 화류장롱마저도 헐값으로 처분해야 했다. 그때 울던 아내가 하도 짠하게 가슴에 맺혀 서정주는 1972년 일지사에서 펴낸 『서정주문학전집』 인세로 자개장롱 먼저 하나 들여놓았다.

화류장을 판 돈을 어떻게 좀 굴려볼까 하는 요량으로 서정주는 배상기를 따라 증권 시장이며 경마장 같은 곳의 합백판에 끼어들기도 했다. 합법적인 증권이나 경마 판에서 큰돈 잃은 사람들이 끼리끼리 모여 푼돈으로 어떻게든 밥이라도 사먹기 위해 벌이는 그 험악하고 가련한 불법 도박판에서 더러 돈을 따기도 했다.

"성, 이 집도 아무래도 안 되겠어. 경찰과 헌병들이 집집을 뒤지고 다니며 나 같은 학생이나 청년들은 전쟁터로 끌고 간다 하니 어디 더 안전한 곳으로 피신해야 할 것 같아. 그러니 숨을 장소를 좀 물색해주소."

1945년 이른 봄 합백에서 딴 돈으로 배상기와 함께 밀주를 마시고 오는 서정주에게 동생 서정태가 초조하게 부탁했다. 동경에서 유학하다 현지 유학생들이 학병學兵으로 끌려가는 것을 보고 슬그머니 귀국해 서정주 집에 숨어 사는 동생이었다.

궁리 끝에 서정주가 떠올린 인물은 아버지를 토목청부업자 '우미하라구미[海平組]' 사장으로 둔 시 동호인 친구 윤형섭이었다. 우미하라구미는 한국인 노가다 중에서는 규모가 제일로 컸고 당시에는 수색과 능곡을 잇는 큰길을 내고 있었다.

많은 뜨내기 일꾼들 사이에 숨어 지내기가 딱 좋을 것 같아 서정태는 능곡 쪽 도로공사장 십장으로 '위장 취업'하게 됐다. 공사판에서 인부들을 관리하며 일하기 시작한 얼마 뒤인 3월 중순, 서정태 소집영장이 호주인 서정주 흑석동 집으로 날아들었다. 서정주는 그 영장을 들고 배상기와 함께 능곡 공사장으로 갔다.

"정태야, 너 어디로든지, 하여튼 도망가거라. 이 전쟁도 얼마 남지 않은 것 같응께. 어떻게든 숨어서 살아남아야 한당께."

"아따, 성도. 도망갈 데가 어디 있당까? 이제 이 땅에도 숨을 곳은 한 군데도 없당께. 설사 내가 도망가더라도 성마저 잡아갈 꺼여. 총동원령이 내려진 이때 성이나 안 끌려갈 궁리해보소."

영장을 보여주며 어서 도망가라는 서정주에게 동생은 체념한 듯 그렇게 말했다. 일본 유학 시절 징집을 피하기 위해 도망 다니고 숨어 지내며 피 말리던 기억. 무엇보다 자신이 도망가면 가장인 형이 대신 끌려갈 수밖에 없다는 생각에 서정태는 소집에 응하기로 한 것이다.

"정태야, 너 저 하염없이, 어지럽게 떨어지고 있는 운성隕星이란 걸 생각해본 일 있냐?"

"예…… 아따 성도 근데 뭘 그런 걸 묻는감. 심란하게……."

서정태 입영 소식에 공사장에서 인부들이 환송회를 열어줬다. 병들어 죽어 내다버린 소 내장을 솥단지 가득 삶아놓고 밀주도 내놓았다.

인부들 틈에 끼어 쇠똥 내가 역겨운 내장을 씹어가며 밀주를 밤늦도록 마시다 하늘을 쳐다보며 서정주가 별똥별을 아느냐고 동생에게 물은 것이다. 동생 또한 뭘 그런 걸 묻느냐 핀잔은 주었지만 자신들의 운명 또한 우연처럼 떨어지는 저 별똥처럼 질서를 잃은 세상에 속해 있음을 잘 알고 있었을 것이다.

"이때 우리 학생으로 일본 병정 나간 사람들이나 그 가족들은 거의가 다 나와 내 아우의 이 한 토막의 대화 같은 상태에 결국은 놓이지 않았을까.

이런 운성들은 우리의 혈육血肉들 속에서도 늘 떠나고 있었고, 또 낙하해 바스러져가고 있었고, 그러니 나는 그걸 더럽다 못하고 장엄莊嚴의 장식裝飾을 주어 감싸야 했다.

그러나, 물론 나는 조금도 그때의 나를 변명하려고 이런 말을 하고 있지는 않다.

다만, 내가 그때 그렇게 되어 있었던 사실만을 기억해 말하고 있을 따름인 것이다."[28]

서정주의 고백이다. 변명이 아니라 그때 꼭 그렇게 되어 있었던 사실만의 기억이라고. 혈육의 정으로 더럽다 못하고 장엄의 장식을 주어 감쌀 수밖에 없었다고.

"귀 기울이면 들려오는/아득한 파도 소리……/우리의 젊은 아우와 아들들이/그 속에서 잠자는 아득한 파도 소리……//얼굴에 붉은 홍조를 띄우고/ '갔다가 오겠습니다'/웃으며 가드니/새와 같은 비행기가 날아서 가드니/아우야 너는 다시 돌아오지 않는다"

28 앞의 책, 244쪽.

그래서 앞서 살펴본 시 「송정오장 송가」처럼 서정주는 훗날, 죽어서도 두고두고 친일 시인으로 비판받을 시를 장엄하게 장식했던 것인가. 더럽다 못하고 그렇게 죽을 아우, 혈육들을 위한 정으로서만. 질서 없이 지는 별똥별 같은 운명을 기렸던 것인가.

전 국민 징용령에 숨어 살다 맞은 해방

서정태는 소집 영장에 쓰인 대로 본적지인 고창에 집결해 기차를 타고 목포에 있는 훈련소에 갔다. 거기서 기초 군사훈련을 한 보름간 받고 지금 우주 센터가 들어선 전남 고흥의 나로도에 배치됐다. 배를 타고 나로도에 막 상륙하려는데 미군 비행기가 바다 위로 낮게 날아와 기총소사를 퍼부을 정도로 태평양전쟁은 막바지에 이르렀던 때이다. 서정태는 나로도 해안에 굴을 파는, 가미카제 폭탄 배인 특별 잠함대 기지 공사를 하다 해방을 맞았다.

소집영장을 들고 와 일본이 곧 패망할 거라며 어서 도망가라던 때를 떠올리며 서정태 시인은 서정주가 친일로 단죄되는 걸 무엇보다도 가슴 아파했다. 직접 당하는 형보다도 자신의 심정이 더 편치 않다는 것이다. 정치가나 혁명가, 혹은 변절자로서가 아니라 천생 시인으로서의 형의 심사를 누구보다 잘 아는 혈육이기에.

"미당은 그런 사람 아니야. 일제가 한창 발호하던 1943년 정읍의 한 여관에 미당과 둘이 숙박을 했을 땐데 '이러다 일본화되는 것 아닌가' 하고 내가 물었지. 그랬더니 미당이 '역사란 그런 것 아니다. 민족이란 쉽게 없어지는 것이 아니야'라고 하더라고. 친일 정신이 있었다면 그런 식으로 말을 했겠어? 일본과 가깝게 지내라고 했어야 맞지"라고 일화까지 들먹이며 서정주를 옹호하곤 했다.

"다츠시로 시즈오 상 있소?"

"누구시오? 집은 맞는데 그분은 지금 시골에 내려가고 없소."

"그럼 당신은 누구요?"

"나는 그분 사촌 동생이고 잠깐 뵈러 왔는데 없어서 잠시 쉬고 있는 중이오. 들어와 좀 쉬고 가시지요."

동생 서정태가 끌려간 얼마 뒤 밀짚모자를 눌러쓴 두 사내가 흑석동 집으로 창씨개명한 서정주 이름을 부르며 들어섰다. '보국대'란 이름으로 전 국민 징용령을 내려 자신을 잡으러 온 형사임을 눈치채고 서정주는 자신을 사촌 동생으로 둘러댔다. 둘은 방으로 들어와 이것저것 뒤져보고 나갔다.

해서 집에 더 이상 머물 수도 없어 서정주는 친구네 노가다 틈에 끼어 숨어 있기도 했고 흑석동 집 한강 건너 일본 시인 노리다케의 공덕동 셋집에 숨어 지내기도 했다. 거의 날마다 집에 찾아와 아내에게 자신의 행방을 묻는 형사들을 더 이상 피해 다닐 수 없어 서정주는 용기를 내 최재서를 찾아갔다. 상황이 이러하니 징용에 끌려가지 않아도 되는 일자리 하나 만들어달라고 간청했다.

그렇게 해서 마침내 전라북도 정읍 군청 고원 자리 하나를 약속받았다. 그래 서정주는 처가가 있는 정읍으로 이사 가려 배상기에게 부탁해 흑석동 집을 팔았는데 발령은 좀처럼 나지 않았다. 발령 소식을 기다리는 동시에 경찰의 눈을 피해 숨어 살던 어느 날 갑자기 천지개벽처럼 해방이 왔다.

未堂

6

덤으로 맞은 해방과
문교부 초대 예술과장 감투

徐廷柱

만세 군중에 떠밀려가며 덤으로 울었다

"짐은 세계의 대세와 제국의 현 상황을 깊이 성찰한 결과, 비상조치로써 시국을 수습하기로 하여 이를 충량한 신민들에게 고한다. 나는 제국 정부가 미영중소 4개국에 대하여 포츠담 선언의 내용을 수락한다는 뜻을 통고하도록 지시했다.

제국 신민들의 강령과 만방의 공영을 위한 노력은 선조들이 우리에게 부여한 성스러운 의무로 우리 가슴에 새겨져 있다. 제국은 자존과 동아시아의 안정을 위하여 영미 양국과 전쟁을 했으나 나의 뜻한 바와 다르게 타국의 주권과 영토를 침해하게 되었다.

개전한 지 어언 4년이 되는데, 육해군의 투혼, 전쟁 종사자들의 근면, 그리고 일억 신민의 최선에도 불구하고 전국은 호전되지 않고 세계의 대세 역시 우리에게 유리하지 않았다. 그에 대하여 적은 새롭고 잔학한 폭탄을 사용하여 유래가 없는 희생자를 냈다. 그래도 교전을 계속한다면 결국 우리 민족은 멸망을 초래할 뿐 아니라 인류 문명의 파괴로 이어질 것이다. 그렇게 되면 어떻게 억조의 적자를 보전하고 선조의 영전에 용서를 구하겠는가? 내가 제국 정부로 하여금 포츠담 선언을 수락하게 한 것은 그런 이유 때문이다."

1945년 8월 15일 정오, 라디오 방송에서 일왕 아키히토의 육성이 흘러나왔다. 이날 아침 서정주는 이제나저제나 정읍군청 고용 자리 발령이 나기를 기다리며 숨어 살던 흑석동 셋방에서 이웃한테 일왕이 정오에 특별 방송을 한다는 기별을 들었다. 뭔가 심상치 않은 일일 것 같아 배상기가 묵고 있는 종로 한 여관으로 찾아가 그 방송을 함께 들었다.

전날 녹음했다 틀어주는 방송의 음질은 형편없었다. 지지직거리는 잡음도 그렇거니와 침통함이 가득한 속에서도 권위를 잃지 않으려 왕실의 어려운 용어만 골라 쓰는 그 말은 뜻도 제대로 전달이 안 됐다. 왕의 옥음玉音이라기보단 서정주 표현을 빌리자면 "꼭 얻어맞고 우는 거지 아이 같은"[1] 말소리였다.

'항복'이라는 말은 한 번도 안 나오는, 2분도 채 안 되는 그 육성 끝에 아나운서의 해설로 그게 항복 선언임 알 수 있었다. 방송을 들으며 배상기는 연신 '얼씨구! 절씨구!' 허벅다리 장단을 쳐대며 좋아라 했다. 그와는 대조적으로 서정주는 이 뜻하지 않은 항복 소식이 기뻐서가 아니라 배상기의 그 장단 소리와 표정이 재밌어 한바탕 폭소를 터뜨렸다.

골목에서 만세 소리가 들려오자 둘은 서둘러 여관방에서 나왔다. 서정주는 다 헐은 국민복 차림에 헝겊으로 된 일본군 전투모를 쓰고, 배상기는 헌 마포 반바지에 게다 짝을 끌고 종로 네거리로 나갔다. 거기엔 이미 둘과 별반 다름없는 차림새의 인파들이 종각 모퉁이를 돌아서 남쪽으로 남쪽으로 쓸려가고 있었다.

인파 속에는 드문드문 '미소美蘇양군환영'이란 플래카드를 높이 치켜들고 가는 학생 무리들도 눈에 띄었다.

1 서정주, 『서정주문학전집 3』, 246쪽

"학생들, 지금 어디로 가는 게요?"

"지금 미군과 소련군이 서울역에 내린다고 해서 환영하러 가는 겁니다."

한 학생에게 물으니 서울역으로 간다는 것이었다. 배상기는 "우리도 한번 가보세"라며 앞장서서 서정주 팔을 끌었다. 그 바람에 서정주도 '한 개의 덤인 양' 그 인파 속에 휩쓸려갔다.

서울역 광장에 이르니 미군이나 소련군은 한 명도 보이지 않았다. 조선 백성들만이 태극기를 들고 만세 소리를 목이 터져라 외쳐대고 있었다. 그런 소리는 그냥 '덤'으로 휩쓸려간 서정주한텐 이 세상에 생겨나서 처음 듣는 음색으로 들려왔다.

"그것은 그냥 기쁨이나 반가움의 소리가 아니라, 아직도 그 족쇄와 멍에의 부분품들을 다리와 목에서 다 끊지도 못한 채 탈옥해 나온 사람들이 아직도 탈출해가며 응원을 청해 외치고 있는 소리처럼만 들렸다. 그래, 나도 거기에 소리를 끼워 기껏 그걸 연거푸 불러보니, 내 것도 역시 마찬가지였다. 나는 여기서 나와 내 동참자들의 같은 음색을 느끼며 많이 울었고, 또 '참 일은 묘하게도 되기는 되는 것이다'는 생각을 난생처음으로 비로소 하기 시작했다."[2]

서정주는 해방을 이렇게 '묘하게', '덤인 양' 맞았다. "이렇게 될 것을 미리 알고 대비하지 못한 사람이라, 선선히 거기 끼어들 배포가 생기지 않았다"[3]는 솔직한 토로와 함께. 그렇게 수동적으로, 부끄럽게 해방을 맞은 서정주는 그러나, 서울역 광장에서 만세를 부르며 울었다. 능동적 동참자도, 덤인 자신도, 한 동포이기에 해방의 감격에 울었다.

2 위의 책, 247쪽.
3 위의 책, 246쪽.

오장환의 '인민', 서정주의 '장돌뱅이'

"8월 15일 밤에 나는 병원에서 울었다./너희들은 다 같은 기쁨에/내가 운 줄 알지만 그것은 새빨간 거짓말이다./일본 천황의 방송도,/기쁨에 넘치는 소문도,/내게는 곧이가 들리지 않았다./나는 그저 병든 탕아로/홀어머니 앞에서 죽는 것이 부끄럽고 원통하였다.//그러나 하루아침 자고 깨니/이것은 너무나 가슴을 터치는 사실이었다./기쁘다는 말/에이 소용도 없는 말이다./그저 울면서 두 주먹을 부르쥐고/나는 병원을 뛰쳐나갔다./(중략)/병든 서울, 아름다운, 그리고 미칠 것 같은 나의 서울아/네 품에 아무리 춤추는 바보와 술 취한 망종이 다시 끓어도/나는 또 보았다./우리들 인민의 이름으로 씩씩한 새 나라를 세우려 힘쓰는 이들을……/그리고 나는 외친다./우리 모든 인민의 이름으로/우리네 인민의 공통된 행복을 위하여/우리들은 얼마나 이것을 바라는 것이냐./아, 인민의 힘으로 되는 새 나라"

오장환 시인이 『상아탑』 1945년 12월호에 발표한 「병든 서울」 부분이다. 해방 직후 오장환이 쓴 「8월 15일의 노래」 「연합군 입성 환영의 노래」 등 몇 편의 기념시에 비해 「병든 서울」은 해방을 맞은 심경과 희망을 솔직히 토로하고 있는 시이다.

해방을 맞이하여 서정주는 서울역 광장에서 덤으로 울었는데, 오장환은 서울대 부속병원에서 병으로 홀어머니에 앞서 죽는 것이 부끄러워서 울었다. 둘 다 해방의 감격에 겨워 운 것이 아니라 솔직히 창피해서, 부끄러워서 울었다.

서정주는 일제의 대동아공영론에 휘둘려 해방에 대비하지 못해서 울었고, 오장환은 "술 취한 놈들과 밤늦도록 어깨동무를 하다시피" 한

'술 취한 망종'으로 일제하를 보내다 얻은 병 때문에 울었다. 울고 자탄하며 서정주는 해방된 민족의 기쁨에 동참하려 했고, 오장환은 "아 그동안 독한 술과 끝없는 비굴과 절망에 문드러진 내 쓸개/내 눈깔을 뽑아버리랴"[4]라는 통렬한 반성으로 새 나라를 세우려 했다.

"날이 날마닥 드나드는 이 골목./이른 아침에 홀로 나와서/해 지면 흥얼흥얼 돌아가는 이 골목.//가난하고 외롭고 이즈러진 사람들이/웅크리고 땅 보며 오고 가는 이 골목.//서럽지도 아니한 푸른 하늘이/홑 이불처럼 이 골목을 덮어,/하이얀 박꽃 지붕에 피고//이 골목은 금시라도 날러갈 듯이/구석구석 쓸쓸함이 물밀듯 사무쳐서,/바람 불면 흔들리는 오막살이뿐이다.//장돌뱅이 팔만이와 복동이의 사는 골목./내, 늙도록 이 골목을 사랑하고/이 골목에서 살다 가리라."

서정주가 해방 후 처음으로, 1945년 겨울에 쓴 시 「골목」 전문이다. 오장환은 「병든 서울」에서 "아, 인민의 힘으로 되는 새 나라"를 세우자 했는데, 서정주는 겨우 자기 집 동네 골목을 노래하고 있다.

오장환은 인민의 이름으로 인민의 공통된 행복을 위한 씩씩한 나라를 세우려 힘쓰는 인민들을 노래하는데, 서정주는 웅크리고 땅 보며 오고 가는 가난하고 외롭고 이지러진 서민들을 노래하고 있다. 오장환은 자각한 인민의 전망을 낙관적으로 내다보고 있는데, 서정주는 장돌뱅이들이 웅크리고 사는 골목에서 살다 가리라며 가난하고 외롭고 이지러진 삶을 편안하게 감싸고 있다.

바로 이 지점에서 서정주와 오장환은 확실히 갈라서게 된다. 『시인부락』을 창간한 동인으로 쌍둥이 형제처럼 지냈던 둘이, 통한과 자탄

4 「병든 서울」 부분.

의 눈물로 해방을 맞았던 둘이 새 나라에서는 영판 다른 길을 걸으며 서로 적대시할 수밖에 없는 분단 시대 속으로 들어간다.

종각 뒷골목 배상기네 국밥 주점

"이렇게 만세만 목이 터져라 부를 게 아니라 저들을 위해 무슨 일이든 벌여야겠네. 너무 배고프고 굶주렸으니 창자에 기름기를 올리는 것이 무엇보다 시급하지 않겠는가. 하여 국밥도 팔고 술도 파는 주점 하나 차렸으면 좋겠는데……. 자넨 어찌 생각하는가."

안파에 휩싸인 서울역 광장에서 만세를 부르던 배상기가 같이 만세를 부르며 울먹이는 서정주 어깨를 치며 물었다. 만세 소리와 함성에 무슨 소린지 제대로 듣지도 못했으면서도 서정주는 "거 좋지, 좋네"라며 맞장구 쳐주었다.

며칠 후 배상기는 중앙고보 돈 많은 동창생 물주를 물어 종로 종각 뒷골목에 술집 겸 국밥집을 그럴싸하게 차려놓고 종업원들을 진두지휘해가며 바쁘게 손님들을 맞아들였다.

"어이, 이제야 오는가. 우리 조선의 젊은 시인들이시여. 어서들 앉으시게."

서정주가 오장환을 데리고 국밥집에 들어서자 배상기가 둘을 얼싸안으며 반갑게 맞았다. 국밥집을 둘러보니 수주 변영로, 공초 오상순을 비롯해 조지훈 등 알 만한 시인 묵객들로 가득했다.

"어이 배상기군, 자네 바지가 꼭 사마천의 사기열전에 나오는 사마상여 고용살이 시절의 쇠코잠방이 같어. 우리 같은 빈민만 구제할 것이 아니라 우선 자네 바지나 하나 사 입게나."

국어학자이면서 사학자인 애류崖溜 권덕규權悳奎가 국밥집에 들어서며 다 헐은 마포 반바지 차림의 배상기에게 알은체 했다. 권덕규는 중앙고보 시절 배상기와 서정주 은사이기도 했다. 돈이야 있건 없건 들어오는 모든 이에게 두루 먹고 마시게 하는 배상기를 은사가 칭찬하는 말이었다.

조선광문회에서 한글을 연구하던 권덕규는 위암韋菴 장지연張志淵 등과 함께 3·1독립운동에 주도적으로 가담하기도 했다. 조선어연구회 창립과 『조선어큰사전』 편찬에 참여한 권덕규는 1944년 조선어학회 사건으로 구속, 수감되기도 했다.

서정주는 그런 이력을 생각하며, 또 중앙고보 재학 시절 그런 선생으로부터 우리나라 역사와 혼을 배우던 기억을 떠올리며, 권덕규야말로 조선 선비의 지조와 그 운명의 한 상징임을 느꼈다.

"비록 자기 민족이 백년을 천년을 남의 나라 식민지가 되어 사는 경우라도, 선비는 그 지배국과의 사이에 어떤 정치적 동일보조라는 것도 절대로 취해서는 안 되고, 견디어 살 수 있는 데까지 견디어, 기다려보다가 죽게 되면 어떤 죽음으로건 그냥 죽어가야 하는 것이라는 새로움 배움을 얻게 되었다."[5]

서정주는 중앙고보 학생 시절의 교실이 아니라 종각 뒷골목 국밥집에서 가난하게 술을 마시는 권덕규한테서 지조 있는 선비의 태도를 문득, 늦게서야 깨달은 것이다. 그러면서 이제는 지나간 일제 말 자신의 죄를 뉘우쳤다.

5 서정주, 앞의 책, 248쪽.

"이분을 거울로 해서, 비록 짧은 동안이었지만 불가피한 대세며 살길이라 하여 내 나름대로 추구했던 모든 일들이 마치 교실에 붙잡혀와 벌을 서는 아이같이 한없이 뉘우쳐졌다.

그러나, 나는 아이도 아닌 벌썬 만 30이 꼬박 다 된 나이로서, 어디에다가 그 가장 경건해야 할 일에 경건치 못했던 죄를 빌고 어쩌고 할 자리도 없는 것 같았다.

이 죄의 벌은 바로 곧 눈에 역력히 보이게 바싹 내 앞에 닥쳐왔다."[6]

일제 말 자신의 죄에 대한 회고대로 서정주에게 그 벌은 쌍둥이처럼 붙어 다녔던 오장환의 냉대로 금방 눈앞에 역력히 닥치게 되었으니.

발 빠른 '조선문학건설본부' 건설

"해방 직후 가두의 진풍경이라면 그것은 벽보의 풍년이었다. 신문이 제대로 나오지도 않고 라디오 같은 것을 제대로 이용할 도리가 없었기 때문에 벽보로 알리고 연락을 취했던 것이다.

16일 오후 (중략) 화신백화점 앞에서 나는 벽보를 보고 있는 소설가 박태원과 마주쳤다. (중략) 벽에는 '격檄! 전 문학인에게 알린다'고 쓴 벽보가 붙었는데 17일 오전 10시 화신 옆 한청韓靑빌딩에 모이라는 것이었다.

이튿날 모임에 나갔더니 30여 명의 낯익은 문인들이 이미 나와 있었다. (중략) 물론 여기 나온 사람들은 다 자기 나름대로 일제하에서 그리

6 위의 책, 248쪽.

큰 과오는 저지르지 않고 살아왔다고 스스로 여기는 사람들이었다.

나와 이태준, 김남천 등 세 사람이 등장하니, 모두 박수를 치며 맞아주었다. 임화가 원고지 30장 가까운 장문의 시국선언문을 읽었다. 국제정세의 설명이 있고, 역사적 필연법칙이 나오고, 해방의 벅찬 광장에 서서 당당하게 '해방문학'의 깃발을 올리자는 것이었다.

이어 집행위원회가 구성되면서 임화의 추천으로 가장 핵심 자리인 서기장에 내 이름이 올랐다. 비록 내가 일본 총독부 기관지인 매일신보의 북경 특파원으로 가 있었으나 이는 일제의 국내인사 탄압을 피하기 위한 임시방편이었고, 마치 내가 해외망명이나 했다가 돌아온 것 같은 인상을 가진 듯싶었다.

그러나 나로서는 양심의 가책이랄까 혹은 스스로를 비판하는 모럴 때문에 그 자리를 승낙할 수 없었다. (중략)

해방 초기 문학운동의 분위기는 '민족'이라는 큰 의식을 전제로 했다. 좌우를 막론하고 '민족문학' 이념을 중심으로 대동단결했던 것이다. 8월 하순 전국문학예술인궐기대회가 열리고 예술인들의 서울 시가 행진이 있었을 때에도 행렬의 앞장을 선 인사가 민족파의 원로 화백인 고희동 씨였다. 그만큼 뭉치자는 분위기가 지배적이었다.

그러나 대동단결의 기운은 그리 오래가지 않았다. 문단에서 좌우의 추구하는 바가 서로 다르다는 것은 곧 드러났다. 똑같이 '민족문학'을 내세우면서도 좌익의 문학가동맹과 민족진영의 전조선문필가협회는 민족문학의 해석을 달리했다."

문학평론가 백철이 조선일보 1985년 8월 28일자에 실린 「광복 직후의 문단 9」에서 증언한 내용이다. 당시 문단 상황이 현장감 있게 취재됐고 또 평까지 더해져 있어 비교적 길게 인용했다.

해방 다음 날인 8월 16일 일제의 강압으로 해산됐던 카프(조선프롤레타리아예술가동맹) 소장파 핵심이었던 임화와 김남천, 이태준, 이원조 등은 발 빠르게 조선문학건설본부를 결성했다. 17일 한청빌딩에서 위증언대로 좌우 문인들을 망라해 대회를 연 조선문학건설본부는 18일 다시 문인뿐 아니라 전 문화예술인을 망라한 조선문화건설중앙협의회를 조직해나갔다.

"8월 18일에는 종로 거리 보신각 종각 옆 한청빌딩에 광목에다 내려쓴 '조선문학건설본부'라는 플래카드가 걸렸다. (중략)

그다음 날인 19일에는 더 크게 '조선문화건설중앙협의회'라는 플래카드를 맨 앞줄에 걸고, 그다음에 줄줄이 약간 작은 크기로 '조선문학건설본부' '조선미술건설본부' '조선음악건설본부' '조선영화건설본부' 등등으로 여러 개를 걸어놓았다."[7]

문학평론가 곽종원의 증언대로 카프 계열 문인들이 발 빠르게 범문화예술계를 다시 조직해나가기 시작한 것이다. 조선문학건설본부는 좌파 계열이 주도권을 잡기는 했으나 표면적으로는 범문단적 성격을 내세워, 친일 행적이 과도한 일부 문인들을 제외하면 좌우파 구분 없이 다수의 문학인들이 가담했다. 해방 직후에는 좌우익 대립이 가시화되지 않아 조선문화건설중앙협의회에도 범문화예술인이 모여든 것이다.

이런 범문화예술적인 개량적 노선과 친일 행적에 대한 관대함에 불만을 품게 된 송영, 이기영 등 강경 좌파들은 9월 30일에 따로 조선프롤레타리아예술동맹을 결성했다. 좌파가 주도한 이 두 단체 소속 문

7 곽종원, 「광복직후의 문단 1」, 조선일보 1985년 8월 15일자.

인들은 조선공산당의 지시에 따라 12월 13일 조선문학동맹을 결성해 통합하게 된다.

조선문학동맹은 1946년 2월 8일부터 이틀간 조선문학자대회를 열고 조선문학가동맹이라 개명했다. 서정주도 그 이틀째인 2월 9일에는 대회에 참석한 것으로 기록돼 있고 또 거기서 3월 1일 펴낸 『삼일기념시집』에 시 「혁명」을 수록하기도 했다.[8]

홍명희 중앙집행위원장 아래 문학 각 장르별 위원회와 전국에 지부를 두고 활동하던 조선문학가동맹은 미군정 탄압을 받다 1948년 8월 15일 제1공화국 수립으로 사실상 와해되고 주요 문인들 대부분은 월북하게 된다.

친일로 몰릴까 일본인 후의 거절

"야, 죠상(서 선생)!"

"어이쿠, 하마다 다츠오 선생님! 어때 평안하신지요?"

배상기네 국밥집에서 나와 종로 네거리를 걸어가고 있을 때 누군가 서정주를 반갑게 불렀다. 중앙고보 시절 서정주에게 박애주의 정신 실천을 심어줘 넝마까지 줍게 했던, 또 일제 말엽 그 궁핍의 절정기에 선 살림에 보태라며 거액 수표를 선뜻 건네줬던 독실한 크리스천 하마다였다. 하마다는 "찾으려 수소문 했는데 마침 잘 만났다"며 근처 자신의 사무실로 서정주를 데려갔다.

8 김익균, 『서정주의 신라정신과 남한 문학장』, 동국대 박사학위 논문, 2013, 69쪽 참조.

"내 아무리 찾아봐도 서 선생 같은 사람은 없었소. 내 소유로 마포와 영등포에 연탄공장이 있는데 그걸 맡아 경영해줄 순 없겠소?"

본국으로 철수 준비에 바쁜 사무실에서 하마다는 단도직입적으로 말했다. 영등포 공장에 데려가 보여주면서까지 애원에 가깝게 맡아달라 부탁했다. 그러나 서정주는 자신이 그 큰 공장들을 운영할 그릇이 아님을 익히 알았다. 그래서 거절하자, 그러면 경남 진영에 있는 농장을 맡아달라고 했다. 그것마저도 서정주는 거절했다.

그릇이나 경영 능력도 그러려니와 실은 "해방 직후라서 친일파로 되게 몰려 또 감옥에나 끌려갈까 봐 겁도 나고"[9] 했기 때문이다. 어떻게든 기왕이면 서정주에게 베풀어주려던 하마다의 후의를 겁이 나서, 아니 권덕규한테서 본 조선 선비의 지조가 떠올라 거절했던 것이다.

일제 말 강제 징용을 피하기 위해 전북 정읍군청 고원 자리 하나를 약속 받아놓은 서정주는 아버지 유산으로 산 흑석동 집을 팔아치웠다. 남의 집 문간방에 얹혀살며 해방을 맞은 서정주는 인문사 재직 때 친분을 나눴던 일본 시인 노리다케 미즈오가 해방 후 귀국하며 물려준 공덕동 셋집에 눌러 살았다. 기역자로 된 낡은 기와집 남향 반쪽에 부엌 딸린 방 두 칸이 서정주 몫이 된 것이다.

이런 것마저 친일파적인 것 같아 두렵고 양심에 저렸지만 그땐 딱히 갈 곳이 없어 그렇게 한 짓이었다. 그런 딱한 그 집에서 25년간 눌러 살며 서정주는 자신의 삶과 시 세계의 절정을 향한 '공덕동 시대'를 열어나가게 된다.

"시내 재동에 사무소를 두고 있는 춘추사에서는 종래 행하여 오던

9 서정주, 앞의 책, 227쪽.

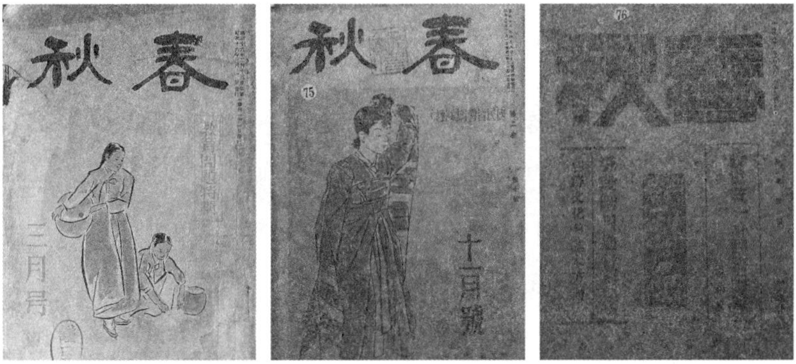

잡지 『춘추』 표지들(1941년 3월호, 11월호, 1946년 제5권 제1호)

월간 잡지 『춘추』를 복간하기로 되어 12월호부터 출판 발행케 되었는데 동사 전무는 장현칠張鉉七 편집부장은 서정주이다."

서울신문 1945년 11월 29일자에 실린 위 기사대로 해방 후 호구지책도 없이 배상기네 국밥집만 드나들며 공술만 마시던 서정주는 어느 날 갑자기 춘추사 편집부장이 됐다. 사람 좋아 공짜로도 퍼주기만 하던 국밥집은 채 한 달도 넘기지 못하고 더 퍼부을 돈을 마련하지 못해 문을 닫았다.

해방에 겨워 어영구영 술타령만 하던 서정주도 바짝 정신 차리고 호구지책을 세워야만 했다. 그래서 우선 일본인들이 제 나라로 쫓겨 가며 내다 판 헌 양복 한 벌과 군화 한 켤레를 샀다. 그렇게 입고 신고 종로에서 안국동 쪽으로 걸어가다 9월 말께 우연히 경제학자 고승제를 만났던 것이다.

서정주는 자신보다 두 살 아래인 고승제를 인문사 기자 시절 처음 만났다. "내가 하는 경제학의 근본 정신은 바로 시詩 정신"이란 말에 단박에 호감을 갖고 친히 지냈다가 해방 후 우연히 반갑게 마주친 것이다.

"어떻게 지내시오. 서 선생 차림새를 보아하니 어디 나가는 일자리라도 있소?"

"아니, 아니요. 아무 하는 일 없이 이렇게 어스렁대고 있다오."

"그럼 되었소. 서 선생을 이리 만나길 참 잘했네요. 춘추사 편집부장이라는 걸 한번 해보면 어떻겠소?"

"좋소. 어떻게든 한번 해보도록 하지요."

이렇게 고승제와의 우연한 만남이 서정주를 춘추사 편집부장 자리로 이끌고 신문 기사에도 오르게 한 것이다. 『춘추』는 1940년 11월에 창간된 시사, 경제, 문화 등을 다룬 호화판 종합 월간지로 서정주도 『옥루몽』을 번역, 연재하며 일제 말 호구지책으로 삼았던 잡지이다.

이제 그 잡지 편집부장이 돼 10월부터 출근했다. 편집부에는 서정주와 부하 직원 한 명뿐이어서 원고 청탁과 편집, 교열은 물론 외근까지도 다 해내야 했다. 복간 기념호 편집에 열중하고 있던 어느 날 편집부로 묘령의 여인이 찾아왔다. 임화의 아내 지하련이었다. 서정주는 가슴이 갑자기 쿵쾅거리기 시작했다.

임화와 지하련과 서정주

"안녕하세요, 서 선생님. 여기 계시단 소식을 듣고 궁금해서 잠시 들렀어요."

"어이쿠, 우리 신예 여류 소설가님 반갑습니다, 정말 반갑네요. 여전히 참 고우신데, 잘 지내고 계시지요."

"예, 지금은 회기동에서 창경원 근처 원남동으로 이사해 그럭저럭 잘 지내고 있어요. 여기서도 그리 멀지 않은 걸음이니 틈나면 우리 집에도 한번 놀러 오시라구요."

집으로도 놀러 오라며 찾아오는 길까지 자세히 일러주고 편집부를 나가는 지하련 뒤를 서정주는 당장이라도 따라나서고 싶은 마음 굴뚝 같았다. 그러나 그즈음 임화의 활약상이 떠올라 꾹 참기로 했다.

해방이 되자마자 발 빠르게 조선문학건설본부와 조선문화건설중앙협의회를 발전적으로 결성해가던 좌익 문화예술계의 총책이 임화였다. 임화의 부탁으로 자신을 자기네 쪽으로 끌어들이기 위해 지하련이 찾아왔을지도 모른다는 생각이 서정주의 지하련을 향한 연정의 불꽃을 끄게 했다.

"마산 출신으로 상당한 미모여서 문인들 사이에 인기가 대단했다. 임화가 작품보다 문단정치로 유명해진 데 비해 그의 부인은 재주가 임화보다 나았다.

그 지池씨가 나의 시를 꽤나 좋아했던 걸로 기억된다. 그런저런 연유로 지씨는 나와 친해졌다. 가깝다면 가까운 사이였다. (중략)

나중에 들어서 안 일이지만 임화는 조선공산당 박헌영의 문화공작 책임자로서 나를 자기 편으로 끌어들이려고 무척 애썼다는 것이다.

지씨가 내 사무실에 들락거린 것도, 사무실에서 눈치를 살핀 것도 다 임화가 시킨 것이었다는 생각이 든다. 미인계를 써서 나를 포섭하려 했지 않나 싶다."[10]

서정주의 증언대로 상당한 미모였고 임화보다 작품 수준이 뛰어났다는 지하련은 누구인가? 1912년 경남 거창에서 태어나 도쿄 쇼와昭和

10 서정주, 「광복직후의 문단 5」, 조선일보 1985년 8월 22일자.

여고를 나온 뒤 귀국, 마산 집에서 가사를 돌보고 있던 이현욱은 소설 「결별」을 써서 『문장』 1940년 12월호 추천을 받아 지하련池河連이란 필명으로 등단한다.

등단 전 지하련은 1934년 카프 2차 검거 때 일제에 붙잡혀 압송 중에 폐결핵으로 쓰러져 마산 결핵 요양소에서 요양 중이던 임화를 민족운동을 하던 오빠 소개로 만났다. 거기서 서로 사랑에 빠진 둘은 서울로 같이 올라와 신설동, 회기동, 원남동으로 이사해가며 동거에 들어갔다.

서정주는 자신을 "우리 젊은 시단 제일류의 시인"이라 상찬하며 1941년 『화사집』 출간 기념회에 참석했을 때부터 임화를 알게 됐다. 그 때부터 서정주는 회기동에 있는 임화의 집을 들락거리기 시작했다. 카프에서 전향해 순수문학으로 돌아선 그 무렵 임화의 회기동 집에는 유력한 평론가에게 잘 보이려는 문인들의 발걸음이 끊이질 않았는데 서정주만큼은 지하련에 대한 연정을 품고 막무가내로 드나들었던 것이다.

"그러나, 이 여인만은 지금도 여전히 아깝고 안타깝다. 그녀는 나한테 단 한 번일망정 자기 남편보다도 더 가까운 걸 표현해준 일이 있었는데, 나는 그녀를 바른 길로 이끄는 아무 일도 하지 못하고 말았으니 말이다."[11]

고운 여인들만 보면 임자가 있든 없든, 나이가 많든 적든, 상대가 어떻게 생각하든 말든 따지지 않고 무조건 여신인 양 섬기고 달려드는 서정주의 연정이 그대로 드러나는 회고이다. 남편을 찾아 월북했으나 임화가 미제美帝의 간첩 혐의로 1953년 처형당하자 그 시신이라도 찾고자 평양 거리를 헤매다 실신해 죽은 지하련을 바른 길로 이끌지 못

11 서정주, 『서정주문학전집 3』, 250쪽.

했으니 서정주에게는 끝끝내 아깝고 안타까운 여인일 수밖에 없었을 것이다.

김동리와 전조선청년문학가협회

"그해 늦은 겨울(12월 하순), 나는 해방 후 처음으로 상경했다. 그때 내가 깜짝 놀란 것은 문단이 거의 전부 좌경한 사실이었다. 공산당 외곽 단체로 조직된 문학동맹에 가입하지 않은 사람이라곤 친일파로 낙인이 찍힌 몇 사람 이외엔 한쪽 손가락을 다 꼽기 어려울 정도였다."[12]

일제 말 총동원령에 맞서 낙향해 붓을 꺾고 칩거하던 김동리가 해방을 맞아 서울로 이주하기로 작정하고 12월 하순 손가방 하나 달랑 들고 상경했다. 맨 처음 들른 곳이 안국동에 있는 선학원. 1933년 스무 살도 채 안 되는 문학도로 김동리와 서정주가 처음 만났던 곳이었다. 그곳에서 서정주의 거처를 묻고 물은 김동리는 바로 옆 동네 재동 춘추사로 찾아갔다.

서정주는 추운 편집실에서 시커먼 털 깃이 달린 오버를 담요처럼 두르고 일에 열중하고 있었다. 김동리를 아주 반갑게 맞은 서정주는 바쁜 일을 마저 마치고 나서 서로 얼싸 안고 종로통 술집으로 향했다.

아직 어둠이 내리기도 전인데 술집 안에는 문화예술인들로 가득했다. 오장환과 이용악 시인, 소설가 박찬모, 작곡가 김순남, 조각가 조규봉 등등, 나중에 월북하고 만 조선문학동맹 회원들이 대부분이었다.

12 김동리, 『나를 찾아서』, 222쪽.

"어이 정주, 우익은 없나? 문학이나 예술단체로서 말이야. 저네들의 본거지인 저 한청빌딩은 물론이고 서울이 온통 붉은 깃발로 홍수를 이루고 있으니 이게 어찌된 노릇인지 이 촌놈은 답답하구먼."

"그러제, 꼴 불 사납제. 그래도 이쪽엔 문학평론가 조연현이 하는 『예술부락』 그룹이 있고 청계천 어딘가엔 문학평론가 곽종원이 관계하는 『생활문화』 그룹이 있긴 있제."

서정주와 김동리가 술집 안으로 들어서자 소 닭 보듯이 냉대하는 그들을 보며 김동리가 물었다. 이용악, 특히 쌍둥이 형제 같았던 오장환마저, 반갑게 알은체하는 서정주와는 눈도 안 맞추려 했다. 자기네들끼리는 서정주를 힐끔힐끔 쳐다보며 '친일파' 운운해가며.

그런 분위기에선 더 이상 마실 기분이 아니어서 둘은 일어나 다른 선술집으로 옮겼다. 이 집 저 집 옮겨 다니며 마시다 통금 시간이 가까워오자 서정주가 이제 그만 집에 가자고 했다.

"오랜만에 만나 반갑고, 또 저 붉은 깃발 천지에 분통이 터지기도 한데 밤새 마시자구."

"이 사람아, 큰일 나네. 저 어둔 골목에서 '땅' 하고 총소리 나면 말야, 쥐도 새도 모르게 가는 험한 시국이여."

서정주는 밤새도록 마시자는 김동리를 끌고 공덕동 집으로 왔다. 다음 날 대낮이 돼서야 둘은 일어나 같이 춘추사로 갔다. 춘추사에 출근 눈인사 도장만 찍은 서정주는 김동리를 데리고 명동에 있는 예술부락사로 갔다. 『예술부락』은 조연현이 명동에서 사업하는 종형의 사옥 2층을 빌려 좌파 이데올로기 문학에 맞서 순수문학을 옹호하기 위해 창간한 문예지이다.

"이게 웬일입니까, 선배님들. 반갑습니다."

창간 작업에 열중이던 조연현은 둘을 반갑게 맞았다. 조연현은 경상도 후배로 낙향해 지내던 김동리를 찾은 적이 있고 서정주와는 대학 선후배 사이이기도 했다.

"이태준 씨나 정지용 씨는 어느 쪽에 가담하고 있능교?"

"정지용 선생은 잘 몰라도, 이태준 선생은 문학동맹 부위원장 아닙니껴?"

문단 돌아가는 이야기를 나누다 김동리가 묻는 말에 조연현이 진짜 촌놈이라는 듯 웃으며 말했다. 우익에 속해야 마땅할 이태준마저 문학동맹을 이끌고 있다는 사실이 김동리에게는 수수께끼 같았다.

당대의 문단 돌아가는 상황에 까막눈인 김동리와 서정주를 데리고 조연현은 청계천 광교에 있는 생활문화사로 곽종원 편집주간을 찾아갔다. 그곳에서 넷은 문단 동향과 문학의 본질에 대해 이야기하며 진보적, 이데올로기적 민족문학이 아니라 보편적 휴머니즘에 입각한 순수문학이 민족문학이 돼야 한다는 데 의견을 모아갔다.

"당시 민족진영 문화계는 숫적으로 열세였고, 게다가 잡지 등 많은 발표기관이 거의 공산계열의 손아귀에 들어가 있는 형편이었다. 민족진영은 맨주먹으로 싸우는 격이었다."[13]

곽종원의 회고대로 민족진영 우파 문인들은 맥을 못 추고 있었다. 그런 때 김동리가 상경해 서정주 집에서 동거하다시피 하며 "일체의 공식적-예속적 경향을 배격하고 진정한 문학 정신을 옹호한다"는 기치 아래 서정주, 조연현, 곽종원 등과 준비위원으로 뭉쳐 1946년 4월 4일 전조선청년문학가협회를 출범시키기에 이른다. 그 협회에서 김동리

13 곽종원, 「광복직후의 문단 2」, 조선일보 1985년 8월 16일자.

는 회장, 서정주는 시분과위원장을 맡게 된다.

한국청년회 활동과 헌책 장사

"서정주 선생 맞소? 나 시를 썼던 김광주라는 사람인데 이름이라도 기억나시오?"

복간 기념호인 『춘추』 12월호 편집을 끝내고 창밖에 내리는 눈을 무연히 바라보고 있던 서정주한테 전화가 왔다. 수화기 너머로 껄껄 웃으며 낯선 음성으로 대뜸 이름을 아느냐 물어왔다. 1932년 『신생』 4월호에 시 「우후雨後」를 발표하며 문단에 나와 시를 발표하다 이듬해 중국 상하이로 유학을 떠난 김광주였다.

"왜 기억 못하겠소. 잘 알고 있습니다, 김광주 시인님. 그런데 웬일이시오?"

"그건 만나서 이야기합시다. 지금 만날 시간이 없으면 이따가 여기로 전화를 걸어주시든지."

지금 당장 만나자며 김광주는 주소와 전화번호를 일러주었다. 편집도 마감해 인쇄소에 넘겼고, 우도 아니고 좌도 아닌 뜨뜻미지근한 편집 방침에 실망해 월급 3백 원인 이 직장도 그만둘까 고민하던 차에 온 전화라 서정주는 자리에서 일어나 일러준 주소로 갔다.

찾아가보니 지난 11월 23일 중국 충칭에서 귀국한 김구 주석의 대한민국임시정부가 청사로 쓰고 있는 평동의 경교장이었다. 경교장은 조선 3대 갑부로 꼽히던 광산 재벌 최창학의 아방궁 같이 호화스러운 저택으로, 임시정부가 귀국하자 그 청사로 헌납한 것이다.

알려준 대로 선전부 사무실로 들어가니 황소 웃음같이 편안한 웃음과 함께 김광주가 맞아주었다. 대낮인데도 "우선 한잔합시다"라며 술병을 꺼내 서정주에게 잔을 건넸다.

호쾌하면서도 사람 편하게 대해주는 김광주에게 반해서 서정주는 미루던 사표를 춘추사에 내고 거의 출근하다시피 경교장을 찾아갔다. 거기서 임시정부 선전부 일도 도와주고 특히 청년회 조직에도 참여했다.

1946년 4월 26일 경교장 건너편 정동교회에서 김규식을 대표로 청년 지식 계층을 규합해 한국청년회가 결성되자 서정주는 김광주와 함께 아주 거기에 머무르며 청년운동을 열심히 펼치게 된다. 민족자결에 의한 자주독립의 전취戰取, 민주주의에 의한 조국 건설의 추진, 평화원칙에 의한 국방 역량의 배양을 강령으로 한 한국청년회에서는 김동리가 선전부장, 장준하가 조사부장 등을 맡기도 했다.

그렇게 1945년 말부터 1946년 여름까지 청년운동을 하는 동안 서정주네 살림은 말이 아니었다. 새 나라를 세우기 위한 순수청년운동이니 돈 나오는 구석도, 돈 되는 일도 없어 식구들이 먹고 살아나갈 구멍이 없었다.

서정주는 꾀를 내어 1946년 봄부터 헌책 장사에 나섰다. 해방 직후에는 일본인들이 버리고 간 책들이 넘쳐났다. 그걸 모아다 파는 헌책방들도 늘어났다. 일없이 서울을 배회하며 헌책방에 들러 책들을 읽고 사다 보니 변두리는 책값이 헐값인데 중심지 번듯한 책방에서는 같은 책이라도 몇 곱절이었다.

해서 서정주는 변두리 헌책방을 돌며 싸게 책들을 사다 중심지 고본서점에 비싼 값으로 넘기는 장사를 하게 된 것이다. 공덕동 집에서 나와 마포, 아현동, 서대문 헌책방에서 돈 될 만한 책들을 골라 소공동이나 종로통 고서점에다 파는 이 헌책 장사는 시간도 별로 들지 않아 청년운동과 함께 하기에 아주 좋았다.

이런 헌책 장사로 서정주는 1946년 봄부터 가을까지 식솔들을 건사할 수 있었다. 그러나 책 뒤표지 안쪽에 있는 싼값의 정가를 고무지우개에 침 발라 북북 지우고 비싼 값에 파는 것이 영 마음에 꺼림칙하고 또 그런 족속으로 영영 살아갈 것 같아 겁이나 그해 가을 그 일도 작파하고 말았다.

궁핍 이후에 더 공교로워지는 시

눈이 부시게 푸르른 날은
그리운 사람을 그리워하자

저기 저기 저, 가을 꽃자리
초록이 지쳐 단풍 드는데

눈이 나리면 어이 하리야
봄이 또오면 어이 하리야

내가 죽고서 네가 산다면?
네가 죽고서 내가 산다면!

눈이 부시게 푸르른 날은

독자들 가슴속까지도 가없는 그리움으로 푸르게 물들이는 시「푸르른 날」 전문이다. 우리말 한글 아니면 감히 흉내 낼 수 없는 "저기 저기 저, 가을 꽃자리/초록이 지쳐 단풍 드는데"에 이르면 5음보 율격律格과 풍격風格에 절로 탄성 터진다. 무릎을 치게 하는 가위 신운神韻이다.

서정주는 이 절창을 춘추사도 그만두고 가난의 극치에 이르렀던 1946년에 써 『생활문화』 2월호에 발표했다. 가난이란 이리 꾸밈이 없는 허정한 마음과 투명한 눈을 갖게 하는 것인가. 한시漢詩에서 전범처럼 이야기 되는 구양수의 '시궁이후공詩窮而後工', 궁핍한 이후에 시가 더욱 공교로워진다는 말에 딱 들어맞는 시이다.

"시 한 편에 얼마를 받았던가, 산문 한 장에 또 얼마씩을 받았던가 잊어버렸지만, 그걸 가지곤 밥 끓일 연탄 값도 채 안 되고, (중략) 이런 것에서 얻은 돈이라는 걸로는 도무지 살 길이 없어서, 그 딱한 다방이란 데 가서 번히 앉아 있거나, 길거리에 나오면 서성거리는 팔자가 또 되고 말았다."[14]

원고료로는 연탄 몇 장도 살 수 없지만 서정주는 1946년 참 많은 시와 글을 썼다. 시와 평론 등 산문을 합쳐 20여 편을 신문과 잡지에 발표했다. 대표작으로 꼽히며 애송되는「국화 옆에서」도 그해 가을에 써 뒀다 다음 해 가을에 발표한 시이다.

할 일 없이 다방에 번히 죽치고 앉은 마음이 가난한 시심을 일으켰

14 서정주, 앞의 책, 254쪽.

을 것이다. 일 없고 갈 곳 없는 문인들이 아침부터 출근하는 곳이 다방이었다. 죽치고 앉아 있다 보면 신문과 잡지 기자들이 찾아와 그때그때 필요한 원고들을 그에 합당한 문인들에게 청탁하는 곳이 다방이었다.

다방은 일종의 문인들의 '인력시장'이었던 것이다. 집에 만만한 집필실도 있을 리 없고, 무엇보다 전화가 없어 급한 청탁이 이뤄질 수 없는 시대였기에 문인들이 몰린 다방이 집필실 역할과 인력시장 역할을 한 것이다. 이런 다방 문단, 인력시장 시대는 1960년대 말까지 계속되며 갈채, 동방싸롱 등 적잖은 다방, 싸롱 이름을 문학사의 명소로 올리게 된다.

해방 후 생겨난 그런 다방 중 유명한 다방이 '플라워'이다. 명동 건너편 경향신문사 구사옥 옆에 바짝 붙어 있는 플라워는 고급 레스토랑 같은 꽤 큰 규모의 다방으로 출판 기념회도 곧잘 열리곤 했다. 김동리의 『황토기』, 서정주의 『귀촉도』, 조병화의 『버리고 싶은 유산』을 비롯해 많은 출판 기념회가 이 다방에서 열렸다.[15]

임시정부의 한국청년회 활동도 접고, 헌책 장사도 양심에 걸려 집어치우고 아예 할 일이 없어진 서정주도 플라워에 죽치고 앉아 있곤 했다. 김동리, 조연현 등 주로 청년문학가협회 문인들의 아지트가 플라워였다.

가로수 플라타너스 넓은 잎들이 노랗게 물들어가는 가을 어느 날 플라워에 죽치고 앉아 있기가 민망하고 아까웠는가. 다방에서 나와 마주 선 남산의 물들어가는 가을을 완상하며 주춤거리던 서정주는 최재서와 딱 마주쳤다.

15 이봉구, 『명동, 그리운 사람들』, 83쪽 참조.

급조急造 대학교수

"어, 서 선생, 잘 만났소. 그러잖아도 상의할 일도 있고, 꼭 좀 만나고 싶었는데, 잘 만났소."

"어이쿠, 선생님 반갑습니다. 근데 웬일로 절 찾으셨데요?"

"저기 저 남산 자락으로 집을 옮겼는데 들어가서 차분하게 이야기 합시다."

친일 잡지 『인문평론』의 주재자로 친일에 앞장 서 꽤나 비난을 받고 있을 텐데도 최재서는 특유의 냉정함을 잃지 않고 있었다. 일제 말 그 궁핍한 시절에 인문평론사에 입사도 시켜주고 강제 징용도 피하게 주선해준 인물이 바로 최재서이다. 서정주는 그의 집으로 따라갔다.

"요즘 발표하는 시와 평론 잘 읽고 있어요. 그런데 서 선생도 지금 마땅한 일자리는 없지요? 살림살이는 어떠시오?"

"부지런히 쓴다고는 쓰고 있지만 읽은 만한 것은 못되고…… 부끄럽습니다. 원고료 푼돈으로 먹고살기도 어렵고요."

"그래요. 그럼 잘됐소. 내가 부산에 새로 생긴 남조선대학(동아대 전신) 교수로 가기로 했는데 같이 갑시다. 선생은 아직 교수는 못할 테니까 우선은 도서관 사서 자리 하나 내가 마련하겠소. 어떻소?"

"예, 그렇게 하지요. 선생님, 저에 대한 배려 매번 고맙게 생각하고 있습니다."

그렇게 흔쾌히, 고맙게, 서정주는 최재서와 함께 부산으로 내려가게 됐다.

"그래, 나는 내 시장한 아내와 어린것이 있는 소굴로 돌아와서 '인제는 살게 되겠다'고 하고, 한 달쯤만 기다리면 월급을 받아가지고 오마고 하고, 이불 요를 큰 보자기로 싸서 등에다 메고, 부산으로 떨어져 내려가는 열차에 올랐다."[16]

1946년도엔 겨울도 일찍 왔던가. 최남단 항구도시 부산인데도 11월 초부터 벌써 얼음이 얼고 있었다. 대학이라 해서 번듯한 건물과 도서관도 있는 줄 알았는데 웬걸? 일본인이 남기고 간 적산 창고가 덜렁 다였다. 도서관은커녕 책도 없었다.

하는 수 없이 사서가 아니라 급조 교수로 승격해 한글 글쓰기를 가르쳤다. 일본어만 국어로 배워온 학생들에게 우선은 우리글로 문장을 잘 쓰게 가르치는 것이 교육의 최우선 과제인 시절이었다. 찬바람이 숭숭 들어오는 창고 교실일망정 학생들은 열심껏 서정주의 한글 글쓰기 강의에 귀를 기울여주었다.

그런 학생들의 향학열을 보며 서정주는 대학 중퇴자가 교수랍시고 강단에 서 있다는 자격지심에 얼굴이 화끈거리기도 했다. 한 달 남짓 강의로 겨울방학에 들어가자 서정주는 서울로 올라왔다. 허름한 셋방에 국밥값마저 아끼는 구두쇠 생활로 식구들 한 달치 생활비를 비축해서 오랜만에 가장답게 당당하게 집으로 들어섰다.

주먹대장 김두환 아버지 김좌진 장군 전기 집필

"본래 나는 소설가도 전기 작가도 아니요 미소微少한 일개의 시졸詩卒에 불과하다. 그럼에도 불구하고 참람僭濫하게도 백야 김좌진 장군의 전기를 집필하게 된 직접 동기는 장군의 유념遺念을 구원久遠히 빛나

16 서정주, 앞의 책, 255쪽.

게 할뿐더러 앞으로 반드시 생겨야 할 걸작 김좌진전을 위한 한 권의 집중적 소재나마 제공해보자는 미충微衷에서이다."[17]

이러한 머리말과 함께 서정주는 청산리대첩 등 항일 무장 투쟁의 영웅 김좌진 일대기를 집필했다. 집필 명분은 위같이 그럴싸하더라도 실은 겨울방학을 맞아 서울로 올라와 가족들과 함께 한겨울 세 달을 따스하게 나기 위한 돈을 벌기 위해서였다.

김좌진의 아들 김두환은 당시 미군정과 우익의 지원을 받는 대한민주청년동맹 감찰부장으로 있으면서 전국의 주먹들을 끌어 모아 좌익 테러에 앞장선 주먹대장이었다. 그런 김두환이 부하를 서정주한테 보내 부친의 전기 집필을 부탁했던 것.

가져온 자료를 들춰보니 김좌진 장군의 삶에 의미가 있고 흥미가 있어 한겨울 집필하며 원고료로 생활을 할 수 있었다. 2백 자 원고지 7백 장에도 못 미치는, 서정주 최초의 이 전기 작품은 1948년 12월 을유문화사에서 『김좌진장군전』이란 단행본으로 출간됐으나 곧 절판되고 말았다.

김좌진 전기 집필을 마치고 1947년 봄 학기를 맞아 서정주는 남조선대학교가 있는 부산행을 서둘렀다. 그러나 아내는 한사코 부산행을 말렸다. 생활비도 안 나오는 그까짓 대학교수 하려 부산까지 홀로 내려가 몸만 축내면 어떻게 하느냐는 것이었다. 미군들에게 잘 팔리는 자수刺繡 품팔이를 해서 살림에 보탤 테니 글이나 쓰면서 가족이 함께 살자는 것이었다.

그러나 서정주 생각은 그게 아니었다. 해방된 나라의 교수직을 한번

17 서정주, 『서정주문학전집 5』, 166쪽.

누리고 뽐내고 싶었다. 해서 정읍 처갓집에 부탁해서 회색빛 양복을 맞춰 조끼도 멋지게 받쳐 입고, 물소 뿔 손잡이가 달린 벚나무 지팡이도 장만해 짚고, 소가죽 손가방에 근사한 담배 파이프를 물고 부산으로 내려갔다.

부산에 내려가 지난겨울 값싼 셋방에 맡겨두었던 이불과 요를 찾아 부산의 일류 여관으로 거처를 옮겼다. 대학 출퇴근 때도 낡은 전차가 아니라 새로 생긴 마차를 타고 블루 넥타이를 휘날리며 한껏 멋을 부려댔다.

일주일에 여덟 시간의 전임교수 수업 할당도 하루에 몽땅 집어넣어 달라고 우겨서 그렇게 하고 나머지 엿새씩은 빈둥빈둥 놀았다. 아무데도 메이지 않고 난생처음 그렇게 아무 의미 없이 빈둥거리고 싶었다. 방 안에서 뒹굴며 이런저런 여인을 어찌어찌 해볼까 궁리하다 작파하고 나가서 혼자 술집에 앉아 동동주나 양껏 마시고, 배 부르니 끼니는 전폐하고. 그런 생활이 반복되니 몸과 마음이 피폐해져갔다.

심지어 밥상을 들고 방에 들어오는 여관 여급들을 어찌저찌 해볼까 하는 괴상한 생각까지 들기도 했다. 아무것에도 메이지 않은 자유, 무의미를 추구하다 그 덫에 걸려 정말 무의미한 방종의 수렁에 빠져 허우적거린 것이다.

"어이할꺼나/아— 나는 사랑을 가졌어라/남 몰래 혼자서 사랑을 가졌어라!//천지엔 이제 꽃잎이 지고/새로운 녹음이 다시 돋아나/또 한번 날-ㄹ 에워싸는데//못 견디게 서러운 몸짓을 하며/붉은 꽃잎은 떨어져 나려/펄펄펄 펄펄펄 떨어져 나려//신라 가시내의 숨결과 같은/신라 가시내의 머리털 같은/풀밭에 바람 속에 떨어져 나려//올해도 내 앞에 흩날리는데/부르르 떨며 흩날리는데……//아— 나는 사랑을 가졌어라/꾀꼬리처럼 울지도 못할/기찬 사랑을 혼자서 가졌어라!"

서정주가 그해 4월에 발표한 시 「신록」 전문이다. 관능적이고 저돌적으로 육욕을 불태우던 처녀 시집 『화사집』 세계와는 영 딴판의 육욕이고 사랑이다. 중년의 가장으로서 이제 어찌해볼 수 없는 사랑의 체념이 안타까운 심미적 거리를 얻어 한층 호소력을 높이고 있는 시이다.

그런 서정주의 속내, 바람기를 익히 알았음인가. 아내가 '질척거리는 저잣거리에서 진 데 빠지지도 말고, 홀로 지저분한 생각과 생활로 몸만 축내지 말고 어서 돌아오시라'고 닦달하는 것 같아 서정주는 봄 학기를 겨우 마치고 훠이훠이 서울로 올라오고 말았다.

이승만 전기 취재와 집필

부산에서 올라온 지 며칠 안 되어 서정주는 윤보선의 초청을 받았다. 얼마 전 민중일보를 인수한 윤보선이 신문사 사장실에서 한번 만나자는 것이었다.

"서 선생, 내 단도직입적으로 말하겠소. 이헌구 씨와 김광섭 씨 등 우리 신문사 간부들에게 물어보니 서 선생이 이 일에는 적격이라 하더군요. 어떻습니까? 이 나라 국부國父이신 이승만 박사님 전기를 써 가며 우리 신문에 연재해보는 것은."

이승만 박사의 기념사업회를 얼마 전 결성해 회장도 맡고 있는 윤보선이 이승만 전기 취재와 집필, 그리고 연재를 서정주에게 청탁해온 것이다. 취재 편의도 봐주고 지금부터 웬만큼 월급도 주겠다는 것이다. 서정주는 즉석에서 고맙다며 승낙했다.

"'야 그건 참 땡이었구나' 그런 생각을 하고 있었느냐고? 그야, 그런 느낌도 상당히 있었지만, 나를 골라 찾아온 이 운은 이때의 내게는 '땡' 그 정도보다는 훨씬 더 벅찬 느낌을 주는 것이었다."[18]

당시 대부분 신문들이 국부로 떠받들며 동정을 낱낱이 보도하던 이승만 전기를 연재하게 된 기회를 잡은 것을 화투장에서 광땡보다 더 한 대운으로 받아들이는 회고가 솔직하다 못해 천진난만하다. 서정주는 자신의 일에 대한 회고는 물론 매사에서도 이렇게 깨 벗고 얕은 물에서 헤엄치는 하동河童처럼 그 속이 훤히 들여다보였다. 그런 천진난만함이 '정치적 무뇌아'란 말까지 낳았으며 그를 아끼는 사람에게는 물가에 내놓은 아이처럼 위험천만하게만 보이게 했다.

윤보선과의 면담 며칠 뒤인 7월 어느 날 서정주는 민중일보에 근무하는 문학평론가 이헌구, 김광섭 시인과 함께 돈암동 돈암장으로 이승만을 만나러 갔다. 이승만은 양복바지에 와이셔츠 차림으로 부인 프란체스카와 함께 반갑게 서정주 일행을 맞았다.

일행을 앉혀놓고 넓은 응접실을 왔다 갔다 하며, 때론 의자에 비스듬히 기대어, 때론 창틀에 팔딱 뛰어올라 앉아 이야기하는 이승만의 자세는 고희古稀를 훌쩍 넘긴 노인이나 국부의 근엄함이 아니었다. 산골짝 도토리 주우러 부지런히 쏘다니는 철부지 소년 같았다.

"쉰 해를 물 위에 떠서 헤매도/꿈에서도 늘 가는 고향 한남산." 이승만이 쓴 한시漢詩 한 구절이 돈암장을 나서는 서정주의 가슴을 울려왔다. 반세기 가까이 해외를 떠돌면서도 오로지 고향과 조국을 생각하는 마음이 그대로 전해져왔다.

18 서정주, 『서정주문학전집 3』, 260쪽.

이후에도 서정주는 1947년 말까지 반년 가까이 이승만의 돈암장, 마포장, 이화장을 드나들며 일대기를 직접 취재했다. 알전구를 끼워 남편의 양말을 기우는 프란체스카의 근면한 생활과 사과를 직접 건네주며 "정주…… 먹어보게나" 하는 이승만의 다정다감한 모습을 보기도 했다.

"웬일로 강가에 와 사시냐고/찾는 이 모두 다 나한테 묻네./그대여 창밖을 내어다보소./오호五湖엔 연월煙月, 산엔 가득 가을인걸."

깊어가는 가을 어느 날 한강변 마포장엘 갔더니 이승만이 금방 지은 것이라며 위 한시 절구 한 편을 서정주에게 보여주며 어떠냐고 물었다. "좋습니다" 했더니 이번엔 커튼을 젖히며 이 가을 안개가 언제쯤 걷힐 것이냐 물었다.

서정주의 대답이 나오기 전에 "정주……" 하고 예의 다정스러운 목소리로 부르며 "하늘은, 세계에서도 우리 하늘이 제일로 좋아. ……이탈리아, 거기도 괜찮긴 하지만 우리 하늘에 비기면야 어림도 없어"라고 혼자 되뇌었다.

그런 이승만을 서정주는 "이런 템포, 이런 절대, 이런 소년다움, 이런 정취와 애국과 자랑, 이런 것들이 내가 그를 만난 동안 본 그의 모습들이다"[19]라고 회고했다.

1948년 정초부터 이승만의 세 번째 거처인 이화동의 이화장은 날이면 날마다 더 정객들로 북적거렸다. 이승만도 더 이상 서정주를 만나줄 시간을 못내 전기 집필도 불가불 뒤로 미룰 수밖에 없었다.

"일이 중단되자, 얼마큼씩 받던 수입의 길마저 끊어져버린 것은 내

19 위의 책, 263쪽.

겐 또 견디기 어려운 위협이 되었다. 그야 나도 그때 내 또래의 어떤 사람들이 기껏 하고 있던 무슨 정치단체 같은 데라도 가입하여 이박사의 옆을 다시 뻔질나게 드나들기라도 했더라면, 무슨 감투라도 하나 얻어 썼을는지도 모른다. 그러나, 나는 그런 감도 되지 못하려니와, 또 첫째 우선 그렇게 뻔질나게 쫓아다닐 배짱도 노자路資도 두 가지가 다 없었다."[20]

서정주의 솔직함, 아니 천진난만함이 그대로 묻어나는 회고이다. 감투는 하나 얻어 쓰고 싶은 마음 굴뚝같았으나 부잣집 아들 출신의 자존심 혹은 빈한한 시인의 줏대가 갈등하고 있는 심상까지 그대로 드러내고 있으니.

서정주는 이승만이 대통령에 취임한 뒤 전기 문제로 경무대를 찾아갔으나 만나지 못했다. 그 뒤 그를 찾아간 일은 더 이상 없었다. 정부 수립 후 민중일보도 폐간돼 연재할 곳도 없는 전기를 부지런히 써서 1949년 봄 『이승만박사전』을 서정주 임의로 삼팔사 출판사에서 펴냈으나 이승만 대통령의 발매 금지 처분으로 모두 몰수당했다.

전기 속에 등장하는 이승만 가족들에게 경칭을 붙이지 않은 '괘씸죄' 때문에 서정주는 책 몰수에 더해 정신착란 증세까지 가는 고통을 겪어야 했다. 최고 권력자가 언제든 자신을 쥐도 새도 모르게 제거할 수 있다는 공포에 한동안 시달려야 했으니.

20 위의 책, 264~265쪽.

시간강사와 아내의 바느질 품팔이

"좋지요, 고맙습니다. 그런데 시를 쓰는 내가 음악도들한테 대체 무얼 가르쳐야 하는 것이오?"

"시와 음악은 태생이 같은 쌍둥이란 건 서 선생도 잘 알지 않소. 그러니 시, 시의 에스프리 이야기를 해가며 음악에도 그 좋은 시적 정서만 불러일으켜주면 여간 좋지 않겠소."

이승만 전기 집필 취재료로 민중일보에서 매달 나오던 돈도 끊긴 1948년 정초부터 서정주는 다시 생활비를 위해 취직자리를 여기저기를 통해 알아봤다. 그래서 얻은 자리가 남산에 있는 경성음악전문학교(서울대 음대 전신) 시간강사였다.

교무과장으로 있던 작곡가 김성태가 학생들에게 그냥 시적 정서만 불러일으켜주면 된다 해 그 시라는 것만 추켜들고 한동안 가르쳤지만 영 타산지석만 같은 강의에 자신도 만족할 수 없었다. 그러나 남산 꼭대기 밝고 맑은 햇살 아래 예쁘장하고 싱싱하고 감각적인 남녀 학생들을 만나는 즐거움은 남달랐다. 그런 얼굴들을 빤히 들여다보며 강의를 하다 보면 자신의 정서도 다시 싱싱하게 차오름을 느낄 수 있었다.

그러나 시간강사 보수로는 정말 밥 짓고 방 따스하게 데울 연탄값도 안 돼 아내는 종일 자수 바느질품을 팔아야만 했다. 강의가 없는 대부분의 날들을 서정주는 그런 아내 곁에서 빈둥빈둥 뒹굴며 참으로 오랜만에 정처定處의 편안함을 느꼈다.

"아지랑이가 피어오른다/쉽고도 어지러운 사랑의 모습처럼/너릿너릿 흔들리며 피어오른다//공덕동에 피어오르는 아지랑이는/공덕동에 사는 이의 사랑의 모습./만리동에 피어오르는 아지랑이는/만리동에 사는 이의 사랑의 모습.//(중략)//누이야 네 수놓는 방에서는/네 수놓는 아지랑이,/네 두 눈에 맑은 눈물방울이 고이면/맑은 눈물방울이 고이는 아지랑이 피어오르고".

6·25가 터지기 직전인 1950년 5월호 『문예』에 발표한 위 시 「아지랑이」 일부도 이때 수놓는 아내를 보며 착상한 시이다. 당시를 서정주는 다음과 같이 생애 최초로 행복을 알게 된 시기였다고 회고하고 있다.

"나는 이런 것이나 느끼고 쓰고 빈들빈들하면서, 참 오랜만에 오금이 제대로 편 게으름과 가난하고 수심스러운 대로의 여지餘地의 목침을 베고 뒹굴고 있으면, 아내는 그 촘촘한 수의 바늘을 하루에 몇 만 번씩이나 움직이는 것인지 용의 비늘들과 목단꽃과 잎사귀들과 또 국화니 뭐니 그런 것들을 밤 깊도록 수놓아 우리 창자를 채울 양식의 한 알 한 알을 세듯이 벌고 있는 것이었다.

그러나, 나는 이 한동안의 휴식기를 내 생애에서 맨 처음으로 행복하기 시작했던 때로 생각한다. 그것은 늘 무엇으론지 죄어만 있던 내 소년 때부터의 오금이 비로소 풀리는 것을 의식했던 때이기 때문이다."[21]

소년 시절부터 오금이 저려 늘 무언가에 쫓기고, 무언가를 찾아 떠나야만 했던 강박된 마음이 비로소 안식처를 찾은 것이다. '가난하고 수심스러운 대로의 여지'가 아내 수놓듯 한 땀 한 땀 천의무봉天衣無縫의 시, 가난하지만 더욱 자연스럽고 공교로운 시를 쓰게 했다. 그해 봄 서정주는 제2시집 『귀촉도』를 펴내며 처녀 시집 『화사집』과는 사뭇 다른, 매우 안정되고 깊은 시 세계를 보여주게 된다.

21 위의 책, 266쪽.

제2시집 『귀촉도』 펴내

"외우畏友 서정주 형과 나는 우리가 시나 소설을 세상에 발표하기 시작한 이전, 문학적으로나 인간적으로나 가장 귀중한 시기에 있어 서로 사괴인 친구다. 이래爾來, 나는 그에 대한 존경과 사랑을 나의 유일한 정신상의 재보로서 쌓아왔다. 그의 뇌락불기磊落不羈한 인격과 자유분방한 시혼은 그 처녀 시집 『화사집』을 통하여 이미 세상에 그 '비늘을 번득인' 바 있지만 그를 사랑하는 사람이건 싫어하는 사람이건 적어도 이 땅에서 시를 아는 사람이면 누구나 오늘날 우리들의 머릿속에서 이 혹성惑星의 찬연한 광망光芒과 위치에 등한할 수는 없을 것이다. (중략)

그는 가족과 친구와 일월日月과 천공天空과 그 모든 것과 결별하고 알몸뚱이로 용감하게 '심연深淵' 속으로 뛰어들었다. '해와 하늘빛이 문둥이는 서러워 보리밭에 달뜨면 애기 하나 먹고' 그 흰 이빨을 엉글트린 채 '웃음 웃는 짐승 속으로' 뛰어 들었던 그 심연의 기록이 저 『화사집』이라면, 심연에서 다시 '3월의 하늘가에 숨쉬는 꽃봉오리'를 바라보게쯤 된 것이 이 『귀촉도』일 것이다."[22]

서정주가 1941년 『화사집』 발간 이후 8년간 쓴 시 중 24편을 추리고 추려서 1948년 4월 1일 선문사에서 『귀촉도』를 펴내자 그 시집 말미에 김동리가 우정과 존경을 듬뿍 담아 써준 발문 중 일부이다. 당시 좌익의 이념문학에 맞서 논쟁도 서슴지 않고 순수와 휴머니즘을 옹호했던 우익 문단의 맹장 이론가답게 친구인 서정주 시 세계의 변모와 그 핵

22 김동리, 「발사跋辭」, 『귀촉도』, 선문사, 1948, 65~66쪽.

심도 간단명료하게 짚고 있는 발문이다.

순이야. 영이야. 또 돌아간 남아.

굳게 잠긴 잿빛의 문을 열고 나와서
하늘가에 머무른 꽃봉오릴 보아라.

한없는 누에실의 올과 날로 짜 늘인
채일을 두른 듯 아늑한 하늘가에
빰 부비며 열려 있는 꽃봉오릴 보아라.

순이야. 영이야. 또 돌아간 남아.

저,
가슴같이 따뜻한 삼월의 하늘가에
인제 새로 숨 쉬는 꽃봉오릴 보아라.

『귀촉도』 맨 앞에 권두시 격으로 실린 위 시 「밀어密語」에서 순이와 영이와 남이는 누구일 것인가. 독립된 연으로 강조하면서, 또 반복하며 애타게 연호하는 그 이름들은 무엇의 상징일 것인가.

김동리는 그 이름들을 "전광電光 휘황한 종로 네거리에서도 햇빛이 눈부시는 산마루 위에서도 '수나'는 얼마든지 '참 많이 오는' 것이어서 '순이 영이 또 돌아간 남이야'들은 '정鄭도령'이 아닌 '서徐도령'의 가슴 위에 '숨 돌아오는 열두 가지 꽃닢을 문질러' 그로 하여금 '무슨 꽃으로 문지르는 가슴이기에 나는 이렇게도 살고 싶으냐' 하고 소리치며 이러나게 하였다"[23]고 봤다.

서정주는 『화사집』을 "유나! 유나! 유나! 너 인제 모두 다 내 앞에 오는구나"라고 끝나는 시 「부활」로 마감했다. 『화사집』 세계를 들끓게 하며 강렬한 육욕으로 물들였던 '유나'. 서정주마저 '순아' 혹은 '수나'로 혼동했던 그 '수나'가 이제 그 핏빛 육욕을 정화시키고 부활한 이름들이며, 그렇게 다시 태어난 심경에서 하늘에 피어난 구름을 꽃봉오릴 보듯 하는 서정주의 밝고 깊은 속내의 상징이 순이며 영이며 남이라는 것이다.

『귀촉도』(1948년) 초판본 표지

2백 자 원고지 5장 안팎의 짧은 발문에서 『화사집』과 『귀촉도』의 시편들을 아울러 직접 인용해가며 그 변모의 핵심을 낚아채는 김동리의 감식안에 서정주도 '과연 두렵고 존경스런 외우구나'하고 혀를 내두를 수밖에 없었을 것이다.

『귀촉도』를 출간하고 문우들에게 떠밀려 서정주는 플라워다방에서 출판 기념회를 가졌다. 많은 선후배 문인들이 축하해줬지만 1941년 명월관에서 『화사집』 출판 기념회에 반갑게 와서 축하해줬던 임화와 오장환은 그때 이미 월북해 보이지 않았다.

23 위의 책, 66쪽.

『귀촉도』를 출간하고 출판 기념회를 가졌을 무렵 서정주는 아내 수놓는 것이나 보고 뒹구는 한량은 더 이상 아니었다. 죽은 아버지의 연줄로 들어가기 그리 어렵다는 동아일보에 입사, 그것도 사회부장 자리를 꿰차고 앉아 있었다.

아버지 연줄로 얻은 동아일보 부장 자리

"여, 서공徐公. 그렇잖아도 찾던 중이었는데 잘되었어."

광화문 앞 골목 당주동에 있는 서문사에서 『귀촉도』 출간 마무리 교열을 보고 광화문 네거리로 나오는 길인가 하던 1948년 어느 봄날 서정주를 누군가 반갑게 불렀다. 보니 인촌 김성수의 넷째 아들 김상흠이었다.

서정주는 인촌댁 농감農監이었던 아버지를 둔 덕에 인촌이 서울로 이사 간 뒤 전북 줄포 그의 저택에서 초등학교 시절을 보낼 수 있었다. 이 나라 제일의 지주 아들이고 또 동아일보 사주의 아들이었기에 서정주는 자신보다 몇 살 아래인데도 약간 주눅은 들었지만 김상흠을 친구처럼 반갑게 맞았다.

『화사집』을 출간했을 때 연희전문 영문과 재학생으로 자신도 열렬한 문학도라며 찾아온 사람이다. 그 후 한동안 서정주네 신진 문인 패거리에 끼어 명동이며 관수동으로 함께 어울려 다니며 문학과 시 이야기도 나눴던 사이이다.

"나도 지금 동아일보 편집부에서 일하고 있는데 서공도 나랑 함께 일하면 딱 좋겠는데. 어떠신가? 아버님도 가끔 '정주의 시문詩文이 썩 좋다'며 안부도 묻곤 하시는데."

그렇게 해서 서정주는 사주社主한테 특채特採되어 1948년 봄에 동아일보사에 들어갔다. 신문기자 경력이 하나도 없으면서 전례 없이 사회부장 자리에 앉았다. 김상흠은 그네 신문인데도 편집부 평기자로 있는데, 배려도 이만저만한 배려가 아니었다.

"사회부장, 어서 빨리 기사 넘겨 보내시오. 여기는 작문 교실이 아니란 말이오."

사회부 기자들이 쓴 기사를 꼼꼼히 다시 손보고 있는 서정주한테 편집부장이 더 이상 참지 못하고 한마디 쏴댔다. 신문사 생리를 전혀 모르고, 기자들이 바삐바삐 써 넘긴 기사를 문장이 되게 가다듬고만 있으니 마감 시간에 쫓기는 편집부장으로서는 열불 나는 일이 아닐 수 없었다.

견습 기자 훈련도 없이 곧바로 편집국의 꽃인 사회부장 자리에 앉았으니 주위의 시선도, 서정주의 능력도 그 자리에 어울릴 수 없었다. 해서 문화부를 신설해 기자 한 명 없이 문화부장 자리로 옮기게 됐다.

일제의 소위 문화 정책에 의해 창간된 게 동아일보이고 조선일보였다. 때문에 그때의 신문에는 문화면, 학예면이 큰 지면을 차지했었다. 그러나 해방 정국의 격랑을 반영해야 하는 당시의 신문은 문화면을 할애할 여력이 없었다.

그 아무 일 없는, 아니 지면을 할애 받을 수 없는 문화부장석에 앉아 연재소설 원고나 받아 편집부에 넘기던 서정주는 그때 한 일 중 '독자시란'을 만들어낸 것을 으뜸으로 회고했다. 남아도는 시간에 많은 시편들을 구상할 수도 있었다. 사주에게 특채된 그 좋은 자리도 서정주는 정부 수립과 함께 자진해 그만두고 말았다.

대한민국 문교부 초대 예술과장

대한민국 정부가 수립된 직후인 1948년 가을, 창덕궁 청마루방에서 치러진 3급공무원 시험에 서정주도 응시했다. 독립된 새 나라에서 무슨 일이든 꼭 해보고 싶어 자신의 나이와 실력에 맞겠다고 생각한 서기관 시험을 치러 당당히 합격, 며칠 뒤 문교부 예술과 초대 과장으로 발령이 났다.

"어이, 서정주 시인. 아니지, 우리 정언正言 영감令監님 신수가 훤하시구만그랴."

"선생님 놀리지 마세요. 글 안 해도 직원들이나 업무 보러 찾아온 사람들이 영감님, 대감님이라 불러대 민망스러워 죽겠는데……. 두보杜甫도 관직으로 따지면 미관말직이었는데 언감생심 영감님이라니요."

고급 공무원이 되어 인사차 소설가 박종화 집에 들렀는데 염소웃음을 웃으며 서정주를 '영감님'이라 놀려댔다. 그러나 서정주는 영감님 같은 감투 때문에 관직을 원한 것은 아니었다.

"내가 만일에 감투로서 관리를 하기로 작정하고 덤볐다면 나는 당시의 이승만 대통령의 전기 관계로 그와도 상당히 깊은 친교가 생겨 아직 금이 가지 않았던 때이니, 좀 더 그럴듯한 것을 노려볼 수도 있었지만, 그러기는 무에 어쩐지 움직여지지 않아 한 과장쯤으로 새 나라의 예술을 위해 무얼 해보고 싶었을 따름"[24]이었다고 고백하고 있으니.

그러나 그 관리직도 서정주 생리상 오래 앉아 있을 자리는 아니었다. 점심때마다 찾아와 고급 요릿집으로 초청하는 민원인들을 거절만

24 서정주, 『서정주문학전집 3』, 275쪽.

하기도 공무원의 박봉에 쉬운 일은 아니었다. 해서 관리는 잘사는 집 사람을 골라 쓰거나 아니면 찾아오는 손님과 같이 고기반찬의 점심밥도 늘 사먹을 수 있게 월급을 많이 줘야 부정부패를 막을 수 있을 것이란 생각까지 하게 됐다.

1949년 봄 문교부 예술과 주관 아래 부산과 대구에 국립극장을 짓기로 했다. 당시로선 큰 예산이 들어가는 공사였다. 한 토건사가 그 공사를 담당한다는 결재 서류가 올라왔다. 서정주는 그 토건사가 어느 장관의 형이 뒷배를 봐주는 업체라는 걸 소문을 통해 알았다.

서정주는 결재를 빨리 올리라는 상관인 국장한테 "이 공사에 저는 아직 결재 도장은 찍지 못하겠다"고 했다. 국장은 한참 생각하더니 "그래도 그건 무방하니 결재를 하자"고 했다.

그렇게 국립극장 건립이 시작되고 나서 1949년 어느 여름날 공사 현장을 감독하러 부산으로 내려갔다. "까딱하면 우린 망하고 맙니다. 모든 건 과장님만 믿겠습니다"는 토건사 사장의 영접과 갖가지 아첨을 견디지 못하고 서정주는 이틀 만에 서울로 올라왔다.

"이 거미 같은 놈! 일찌감치 어서 앞발 벗고 꿇어앉아라. 모략? 만약에 모략이라고만 말하는 날은 너는 다시는 없는 줄 알어……."

서울로 올라오는 열차 내에서 서정주 귀에는 이런 소리가 공중에서 뚜렷이 들리기 시작했다. 업자와 결탁해 해먹고 있다는 의심이 드는 예술과 부하 직원이 오히려 자신을 고발해 취조당하고 있는 환청이 서울 공덕동 집에 다 이를 때까지 들려왔다.

일제 말 친일에 대한 죄의식, 해방 정국에서 쌍둥이같이 친하게 지내던 사람들마저 갈라서게 한 첨예한 좌우의 갈등, 거기다 바로 얼마 전 전기 출간으로 이승만 대통령에게 밉보인 일 등이 겹쳐 예민하고 심약

한 자의식이 환청으로 들리게 된 것이리라. 이 환청 증상은 6·25와중에 더욱 심해져 서정주를 자살 직전까지 몰고 갔다. 이후에도 평생 들려온 그 공중의 소리는 샤먼, 혹은 영원과 영통靈通이라는 서정주 특유의 시 세계와 삶을 떠받친 실제적 증상일 것이다.

부산에서 올라온 서정주는 이튿날 출근해 예술과 과장 자리, 일제시대 고급 관리들의 권위를 상징했을 그 낡은 회전의자에 앉아 가만히 생각해봤다. 환청은 더 이상 들리지 않았지만 대신 '까딱 잘못하다간 오히려 내가 걸려들어 시인의 이름에 먹칠하지 않을까' 겁이 났다. 게다가 관리 생활에 쌓인 피로와 스트레스로 20대부터 괴롭혀오던 하혈증이 도지고 심장마저 오그라질 대로 오그라진 듯 가슴이 쓰려와 사의를 표명했다.

그러자 문교부는 병을 다 치료하고 다시 복귀하라며 휴가를 내줬다. 그러나 지병은 쉬이 낫지 않고, 또다시 관직으로 돌아갈 생각도 없어 휴가 상태로 흐지부지 그 좋은 영감님 자리도 1년을 채 못 버티고 그만두게 됐다.

"48년 세모 명동입구 쪽에서 저만치 오고 있는 한 사나이는 나이 30의 중간쯤 되었을까. 시각은 저녁 다섯 시에서 다섯 시 반 사이, 거리에 땅거미가 깔리고 있었다. 때에 절어 동정이 보이지 않는 두루마기에 갈라져야 할 가운데가 산고山高로 솟은 그런 중절모를 쓰고 있다. 비딱하다. 걸음은 갈짓자. 1차는 벌써 끝내고 2차를 가는가. 인파에 밀리는 듯하더니 어느새 옆길로 쏜살같이 빠진다. 어둠이 그의 뒤를 쫓아간다."

1948년 연말에 서정주한테 시집 서문을 받으러 통영에서 서울로 올라온 김춘수 시인이 명동 거리에서 본 서정주 행색을 각인해뒀다 나중에 쓴 산문시 「48년의 그」 부분이다. 예술과장으로 있으면서도 행색은 어쩔 수 없는 빈궁한 시인이었던 서정주의 씁쓸한 뒷모습이 잘 드러난 시이다.

한국문학가협회 시분과위원장

1948년 8월 15일 남한에 단독정부가 수립되자 해방 직후 조선문학건설본부에서 조선문학가동맹으로 확대된 좌익 문단은 사실상 와해됐다. 분단이 확실시 되자 맹원들은 거의 다 월북하고 나머지는 한국문학가협회에 가입했다.

1949년 12월 9일 결성된 한국문학가협회는 전조선문필가협회와 조선청년문학가협회 등 우익 문단이 주도적으로 좌익 문단과 이쪽도 저쪽도 아닌 중간 계층 문단을 흡수한 유일한 문학 단체였다. 회장으로는 소설가 박종화를 추대하고 장르별 분과에서 서정주는 시, 김동리는 소설 분과회장을 맡았다. 바야흐로 순수, 우익 문학 일변도 문단에서 김동리, 서정주 시대가 열린 것이다.

예술과장도 그만 둔 1949년 말 서정주는 위 김춘수 시에도 보이는 행색으로 명동 거리를 드나들었다. 특히 소설가 손소희가 차린 마돈나다방을 아지트로 삼아 문인들과 어울리면서 우리 현대시사화집을 열심히 구상했다.

새로운 정부 문교부 초대 예술과장 출신답게 새로운 나라, 새로운 학교에서 읽고 가르칠 요량으로 우리의 명시들을 고르고 골랐다. 그렇게 해서 나온 시선집이 1950년 2월과 3월에 각각 나온 『현대조선명시선』과 『작고시인선』이다.

온문사에서 출간한 『현대조선명시선』에는 최남선의 신체시 「해에게서 소년에게」로부터 청록파에 이르기까지 현대시인 40명의 대표 시 각 1~3편씩이 실렸다. 정음사에서 나온 『작고시인선』에는 한용운에서 윤동주까지 10명의 대표작을 약력과 함께 실었다.

서정주는 『현대조선명시선』 머리말에서 "문학사적 견지에서 어긋나지 않게 하며, 또 되도록이면 각 유파를 대표하는 시인들의 규모와 작풍과 표현도의 정점까지를 엿볼 수 있는 작품선집을 엮어보려는 것이 선자의 욕심"이라며 새 정부 출범과 함께 우리 현대시사도 정리하며 가르치고자 하는 의도를 엿볼 수 있게 했다. 그런 의도로 책 말미에는 부록으로 「현대조선시약사」도 기술, 수록해놓았다.

그런 서정주는 『현대조선명시선』 마지막 페이지에서 "여기 부기해 둘 것은 임화 씨를 비롯한 백석, 오장환, 조벽암, 이용악 씨 등의 작품이 여러 가지 사정으로 여기 수록되지 못한 점이다. 하루 바삐 남북통일이 이루어지고, 그들이 다시 조국의 품으로 돌아와, 이 사적편선에 유루遺漏 없을 날이 오기를 기대해 마지않을 따름이다"라고 밝혔다.

『현대조선명시선』이 민족의 반쪽짜리 현대시선집임을 밝히면서 문학과 민족의 통일을 바라는 간절한 마음까지 내비친 것이다. 어찌 그렇지 않으랴. 쌍둥이 형제처럼 지내던 그 좋은 시인들의 그 좋은 시들을 남북 분단으로 유루할 수밖에 없었으니. 그러나 몇 달 안 돼 6·25가 터지고 말아 그런 소망마저도 꿈꿀 수 없이 서로 죽고 죽이는 적으로 영영 갈라서고 말았으니.

未堂

7

6·25 피난 시절 환청과 영통하는 국민 시인

徐廷柱

피난 가지 말라는 가두방송과 한강 도강渡江

"서울시민 여러분 겁내지 마십시오. 곧 동경 맥아더 장군의 UN군사령부에서 서울로 진주해 들어오니 피난 가지 마십시오. 절대로 허둥지둥 서두르거나 겁내지 마십시오. 우리는 서울을 반드시 지킬 것입니다."

북한 인민군 남침이 시작된 이틀 뒤인 1950년 6월 27일 서정주는 남대문 길거리에서 국방부에서 하라는 대로 남으로 밀려드는 피난민들을 향해 위같이 가두방송을 했다. 6·25가 터지자 전국문화단체총연합회(문총)는 '비상국민선전대'를 조직해 회장인 고희동 화백과 모윤숙 시인은 중앙방송국에서 선무방송을 내보냈고 서정주 등 몇몇 문화예술인들은 직접 길거리로 나서 마이크로 피난민을 제지했던 것이다.

방송에도 아랑곳없이 피난민들은 남대문 대로 그 큰길이 넘치게 몰려들었다. 미아리 고개 쪽에서 포성이 점점 죄어오자 가두방송을 하던 예술인들도 하나 둘씩 사라지기 시작, 그날 저녁때까지 남은 사람은 서정주를 비롯해 조지훈, 이한직, 서정태, 김윤성 등 몇 명뿐이었다.[1]

"이보게들, 아무래도 안 되겠당께. 날도 어두워지고 또 어떤 좌경분자한테 당할지 모르니 우리도 돌아가잔께. 일단 한강에 바짝 붙어 있는 우리 처고모님 댁으로 함께 가서 사태를 살펴보기로 함세."

1 김윤성, 「6·25와 문단」, 한국문인협회편, 『해방문학20년』, 정음사, 1971, 78~79쪽 참조.

날이 어두워지자 서정주는 조지훈, 이한직을 데리고 원효로4가 처고모 집으로 갔다. 점점 가까워지는 포성을 들으며 뜬눈으로 지새우는 한밤중 두어 시쯤에 하늘의 모든 번개와 벼락이 한꺼번에 바로 머리맡에서 쏟아져 내리는 듯한 소리가 들렸다.

인민군의 공중폭격에 죽는 줄 알고 잔뜩 움츠리고 있다 여명이 희붐하게 밝아오자 밖으로 나가보니 강변에 피난민은 넘쳐나는데 한강 인도교는 폭파되고 없었다. 한밤중에 들린 하늘이 찢어지는 듯한 그 소린 우리 군인들이 인도교를 폭파하는 굉음이었던 것이다.

피난민들이 한꺼번에 몰려들어 타고 매달리면 뒤집힐까 봐 나룻배들도 강안에 대지 못하고 멀리 떨어져 있었다. 헌병들이 권총을 뽑아 공포를 쏘아대며 배를 갖다대라 해도 막무가내로 저만치 거리를 두고 떠 있기만 했다.

"어떻게 할 것들이여? 지금 어떻게든 한강을 건너지 못하면 우린 반동분자로 꼼짝없이 총살당할 것이여. 나도 헤엄은 잘 못 치지만 개구락지 헤엄으로라도 저 배까지는 갈 것이니께, 자네들도 해보랑께. 여하튼 살아남아야 한당께."

그렇게 말하고 나서 서정주는 있는 힘을 다해 강 언덕에서 배를 향해 물속으로 뛰어들었다. 제헌국회의원인 부친이 있는 성북동 집에 가야 한다고 망설이던 조지훈도, 친구가 의사로 있는 서울대병원 입원실에 죽은 듯 숨어 있겠다던 이한직도 서정주 뒤를 따라 뛰어내렸다. 그렇게 헤엄쳐가 배를 탄 셋은 맞은편 영등포 백사장에 내릴 수 있었다.

걷고 또 걸어서 안양을 거쳐 황혼녘에 수원에 도착한 일행은 민가에서 하룻밤 자고 29일 화물열차에 2층 3층으로 화물처럼 포개져 실려 대전에 도착할 수 있었다. 국민들한테는 피난 가지 말라면서도 정부는 벌써 대전으로 내려와 있었다. 국방부로 정훈국장 이선근 대령을 찾아간 서정주는 종군할 것을 자원해 종군문인단인 '문총구국대'를 결성했다.

"여기 특기해 둘 건 이때부터 내 마음이/내 눈에 안 보이는 어떤 기구機構의 노력에 붙잡혀/강제로 공중에 공개당하게 된 사실일세./그로부터 이 글을 쓰고 있는 지금까지도/텔리퍼시랄까 이심전심의 그런 기구 속에/37년 나마나 늘 걸리어 살아오고 있는데"

담시 「6·25 남북전쟁 속의 한여름」 한 대목에서처럼 문교부 예술과장 재직 때인 1949년 여름부터 일기 시작한 공중에서 들리는 소리의 환청, 서정주의 신경쇠약 증상은 6·25 와중에 본격적으로 발병하게 된다. '특기特記'라고 말했듯 그 환청 증상은 서정주를 실어증, 자살에까지 이르게 하지만 '이심전심以心傳心'의 만물조응萬物照應, 영통과 영교의 시 세계의 특기할 한 기제를 이루게 된다.

문총구국대 결성과 종군 활동

6·25가 터지고 다음 날인 26일 문총 간부들은 문총빌딩에 있는 문예사 사무실에 모여 대책을 논의하고 27일 비상국민선전대를 결성했다. 국방부 정훈국은 비상국민선전대에 첫째 정훈국에서 전황 등 자료를 넘기면 그것을 신문, 방송, 기타 보도기관에서 보도할 수 있게 문장화해줄 것, 둘째 국민의 전의戰意를 앙양하고 민심을 안정시키는 선전 계몽 활동을 자주적으로 펼쳐줄 것을 요구했다.

그러나 하루 뒤인 28일 서울이 함락되자 한강을 건너 일단 수원에 집결한 문인들은 최초로 '종군문인'이라 쓴 포목 완장을 달고 정훈국에서 요구한 일을 맡아 했다. 29일 다시 대전으로 후퇴한 김광섭, 이헌구, 서정주, 서정태, 김송, 조지훈, 박목월, 조영암, 박연희, 이한직, 박노석, 박화목, 조흔파, 구상 등이 문총구국대를 조직했다.

문총구국대는 대구에 이한직, 부산에 박노석, 전주에 서정태 등을 파견해 후방 문화예술인들의 구국 전선 참여를 촉구하는 한편 벽보 등도 작성해 붙이게 했다.[2] 문총구국대 대장은 대통령비서실 공보비서로 있던 김광섭 시인이 맡았지만 공무에 바빠 실무 책임은 서정주가 맡다시피 했다.

서정주는 같이 내려온 조지훈, 이한직, 김윤성, 동생 서정태 이외 군 특무대 문관으로 있던 구상 시인 등과 정훈국에서 마련해준 합숙소에 머물며 부지런히 종군 활동을 했다. 전시 유일의 신문이었던 대한일보 편집, 발행은 물론 라디오 방송까지 도맡아 했다. 지프를 타고 다니며 가두방송을 했고 벽보도 붙여야 했다. 심지어 전주와 이리, 광주와 목포 등 후방을 돌아다니며 가두방송도 해야 했다.

금강 전선이 무너지고 대전이 위태로워지자 정부를 따라 문총구국대도 7월 중순 대구로 내려갔다. 대구 분지 끈적끈적한 삼복더위 속에서도 문총구국대 일은 계속됐다. 그때부터는 일선 위문이나 비행기 살포용 전단 작성이 더해졌다.

서정주는 구상과 함께 김천지구 일선에 나가 진중신문을 편집하기도 했고 위문 공연도 가졌다. 일선에선 총알이나 포탄에 맞은 피투성이가 된 부상병이나 언덕에 너부러진 전사자들도 자주 목격했다.

2 신영덕, 『한국전쟁과 종군작가』, 국학자료원, 2002, 28~30쪽 참조.

"가자! 우리도 총 달래서 메고 일선으로 나가자!"

피 냄새에 절은 일선에서 합숙소로 돌아온 서정주 일행은 그 피 냄새를 씻어내기 위해 대두 한 말들이 술을 몽땅 다 마셔버렸다. 취기가 오른 서정주가 참지 못하고 일어나 일행들에게 지금 당장 참전하자고 부추겼다.

"각하! 문총구국대 대장 각하! 우리는 이곳에서 또 우리의 할 일이 있는 게 아니요? 각하!"

과격한 참전 독려를 참다 못한 한 대원이 서정주를 '각하!'라 비아냥거리며 제지하기도 했다. 합숙소 벽이 쿵쿵 울릴 정도로 대포 소리가 들리고 마산도 적 수중에 떨어져 대구까지 위태로워진 어느 날 저녁. 이호우 시인이 온몸에 피멍 든 반주검이 되어 합숙소로 등에 업혀 왔다. 자신의 그럴듯한 집을 탐낸 국군 장교가 빨갱이로 몰아 UN군의 모진 고문을 받고 풀려났다며 "무서워 못살겠으니 합숙소에 끼어 살게 해달라"고 애원했다.

"반동분자 죽여버리겠다!"는 환청은 공중에서 더욱 모질게 들려오고, 전황도 불리해져 견딜 수 없게 되자 서정주는 조지훈과 함께 정훈국으로 찾아갔다.

"그것들한테 붙잡혀서 못 당할 욕 당하고 죽느니보단 무슨 약 같은 거라도 미리 좀 구하려 왔소. 우리들 힘으론 그걸 구하기도 어려우니."

"아, 그거요? 염려 마십시오. 우린 벌써 다 준비해놓았으니 필요할 땐 언제든지 말씀하십시오."

독약이 있느냐는 서정주 질문에 정훈국 보도대장은 선뜻 청산가리는 이미 많이 준비해뒀다고 했다. 부산 앞바다까지 밀리면 소주 한 병에 취한 뒤 그 청산가리를 먹으면 될 것 같아 적이 안심이 되었다.

"문총구국대장! 문총구국대장 선생! 여기는 인민군 사령부입니다. 지금 바로 아래 지프차를 대기해놓고 있으니, 빨리 일어나 뛰어내려 도망쳐 나오십시오."

신경쇠약증에 걸려 구상의 알선으로 군특무대 소속 병원 2층에 입원해 있는 서정주 귀에 그 공중의 소리가 또 뚜렷이 들려오기 시작했다.

"선비는 그렇게 못하는 것이다. 내가 어떻게 너희들한테로 도망치겠느냐"고 대답하려 했지만 막상 말은 나오지 않았다. 공중의 소리는 정중하게 협박하며 도망쳐 나오라 계속 권하고, 대꾸하려고 하면 말은 안 나오고……. 서정주는 심한 강박관념에 짓눌리며 우울증과 함께 실어증을 앓게 됐다.

그런 서정주를 구상은 '심신의 피곤에서 오는 신경쇠약이니 정양이 필요하다'는 진단서를 발급 받게 해 부산으로 후송되도록 주선해줬다. 대구에서 합류한 공초 오상순 시인도 그때 함께 부산으로 내려갔다.

청마 유치환의 극진한 보살핌

"저 문둥이. 저 흉악한 문둥이. 네가 쓴 시 「문둥이」를 생각해봐라. 얼마나 흉악한가. 여러분들, 저 서정주라는 놈하고는 같은 대야에 세수해서도 안 됩니다. 그놈을 까맣게 태워 죽이는 소살형燒殺刑에 처해라!"

무슨 전파에 실어 보내는 듯한 그 공중의 소리는 대구에서 부산으로 내려가는 열차 안에서도 들려오고 부산에 도착해 머문 초라한 여관방에서도 계속 들려왔다. "해군 헌병대로 오라. 정오에 ×소위가 너를 총살한다"는 공중의 소리를 듣고 실제 헌병대로 가 ×소위를 찾다 망신을 당하기도 할 정도로 그 소리는 서정주를 집요하게 물고 늘어졌다.

환청에 시달리는 서정주를 보다 못한 오상순은 "그것 대수롭게 듣지 말고, 꼭 중요한 데만 간단히 마음으로 대답하고 치우게"라고 조언하며 안타까워했다. 그때 부산에 거주하던 청마 유치환 시인이 소식을 듣고 여관으로 찾아왔다.

"궁발窮髮, 날세. 청마야 청마. 무슨 말이든지 해보게나."

실어증에 빠진 채 공중을 향해 멀뚱멀뚱 눈만 굴리고 누워 있는 서정주에게 유치환은 어떻게든 말을 시켜보려 했다. 그러나 묵묵부답, 아무 말 없는 서정주를 큰 병 걸린 줄 알고 자신의 집으로 부축해 데려갔다. 아는 사람한테 잠시 빌린 그 집은 산기슭에 위치해 현해탄을 내려다보고 있는 별장풍 저택이었다.

"궁발은 생선을 좋아하제? 무얼 먹을래? 말 좀 해봐, 말을 해야 먹고 싶은 걸 구해오제."

유치환은 딸과 아내를 시켜 갖은 생선을 다 구해다주며 몸이 반쪽이 된 서정주를 보양해줬다. 그리고 실어증 말문을 트게 하려 손녀 아기를 안고 서정주 옆에서 재롱을 부리게 하는 등 갖은 지극정성을 다했다.

그런 유치환과 그 가족들의 극진한 돌봄으로 몸도 회복하고 질릴 대로 질린 신경강박증에서도 차츰 풀려나 한 달 후쯤에는 이제 그 공중의 소리에도 마음 잡아 대꾸할 수 있게 됐다.

"무엇하면 이제 우리하고 같이 합숙소에 가서 함께 지내보자우."

8월 한 달 가까이 유치환 집에서 그렇게 극진한 대접을 받으며 정양하고 있던 어느 날 구상이 찾아와 같이 가자 했다. 구상의 부축을 받으며 축대 계단을 내려가는 서정주 뒤에서 "그 양반 아직 성치 않으니 잘 좀 보살펴주이소"라는 소리가 들렸다. 유치환 아내가 염려스러워 구상에게 하는 말이었다. 그런 유치환 가족들에게도 고맙다는 말 한마디할 수 없는 실어증 상태에서 서정주는 구상한테 거의 들리어진 채 피난문인 합숙소로 돌아왔다.

합숙소 그 허름한 방에서 서정주는 늘편하게 자빠져 드러누워만 있었다. 들락거리는 문인들의 발에 차일 정도로 누워 있다 아는 얼굴이 나타나면 "왜 시도 때도 없이 무선전화를 해서 나를 괴롭히느냐"며 대들곤 했다. 합숙소에서 그렇게 지낸 지 며칠 지나지 않아 한 청년이 찾아왔다.

"선생님, 선생님 이게 웬 고생이고 병입니까. 제가 누추한 집이지만 모시고 가겠습니다."

몇 해 전 이곳 남조선대학교에서 가르쳤던 배영명이란 학생이었다. 서정주의 피난과 발병 소식을 어디선가 듣고 찾아온 것이다.

환청, 뭇 생령生靈을 이어주는 텔리퍼시며 시적 리얼리티

배영명이 데려간 집은 영도에 있는 누님 집이었다. 일제 때 일본군 장성이 별장으로 지은 그 집은 모과나무와 석류나무가 있는 정원이 딸린 2층 저택이었다. 부산 앞바다 섬, 그중에서도 절경에 위치한 그 집 2층 전망 좋은 방을 그들은 동생 은사 측사 대접이라도 하듯 내주고 극진히 대접해줬다.

누님 댁 내외는 밥상도 2층으로 올려다주는 것이 아니라 1층 안방에 차려주고 이것저것을 먹어보라며 살뜰히 챙겨주었다. 내외의 그런 밥상머리 친절 앞에서 아무 말 없기에는 너무 미안하고 무안했던지 "아이…… 아이……"하는 낮은 탄성이 절로 터져 나왔다. 한 달여 실어증에 빠졌다 처음으로 내뱉은 헛김 소리 같은 것이었다. 식은 재가 다 됐다 다시 살아나는 기운이 가까스로 도는 소리.

그렇게 식사를 하고 2층에 올라오면 드러누워 구름과 그 구름이 걸린 산을 무연히 바라보곤 했다. 그러던 어느 날 밤 "진달래…… 만달래……" 하는 소리가 자꾸 들려왔다. 가만히 들어보니 그 소리는 공중의 협박 소리가 아니라 밤의 검은 산봉우리가 창밖에서 노래하는 소리였다. 못 견디게 그리워 애인을 창밖에서 부르는 세레나데 같은 소리. 그 분명한 노랫소리에 이끌려 다음 날부터는 집 앞 산길로 혼자 산책까지 나서게 됐다.

"그것은 우리 한 쌍의 젊은 남녀가 서로 뺨을 마주 부비고 머리털을 매만지고 하는 바로 그것과 같은 것으로서, 이 짓거리는 아마 몇십만 년도 더 계속되어 왔으리라는 것이다. 이미 모든 땅 우의 더러운 싸움의 찌꺼기들을 맑힐 대로 맑히어 날아올라서, 인제는 오직 한 빛 옥색의 터전을 영원히 흐를 뿐인— 저 한정 없는 그리움의 몸짓과 같은 것들은, 저 산이 젊었을 때부터도 한결같이 저렇게만 어루만지고 있었으리라는 것이다."[3]

일기체, 산문체 형식의 이 시는 그때 영도에서의 영감으로 9·28 수복 후 서울에서 쓴 것이다. 전쟁 중에도 우거진 녹음, 옥색이 서정주를 산책길로 불러내 다시 이런 시를 쓸 기운을 준 것이다.

그렇게 살아나 산길과 바닷길을 산책하던 어느 날 문득 공중에서 예의 험악한 협박의 소리가 들려왔다. "어쩌는가 보게 벌떡 좀 드러누워 보아라!"라는 소리. 그 소리에 바닷가 인가 옆에서 혼자 멍석을 깔고

3 「산하일지초山下日誌抄」 부분.

앉아 무슨 일인가 하고 있던 50대 아주머니가 날 좀 어떻게 해보라는 듯이 눈 딱 감고 벌러덩 누워버렸다.

서정주 표현에 의하면 '얼굴 모습이라든지, 쭈그리고 있는 꼴이나 굵은 손 모습이라든지 내 친척의 여자 어른 누구와 비슷하다'[4]는 그 여자가 날 좀 어떻게 해보라는 듯 정말로 눈앞에서 드러누워버렸던 것이다. 서정주 시에도 간혹 나타나는 친척집 어른 여자의 실제 모델은 장모이다. 공중에서 들리는 목소리, 서정주의 환청과 실제 상황이 우연찮게 딱 맞아떨어진 것이다.

"나는 대한민국 최대의 중죄인이 되어 한국 남방의 어느 해안지대를 헤매이고 있었다.

살인, 간첩, 오리汚吏, 간통, 횡령…… 그런 것들이 어느새인지 내가 가진 죄명이었다.

어느 비 내리는 날 오후 나는 나의 진주 감옥으로 15리를 걸어 나와서 UN군의 굉장한 기계들이 내려다뵈이는 어떤 움막집의 처마 밑에 서서 있었다.

거기도 역시 땅 위에 풀이 나 있는 게 이상해 뵈이는—그러헌 중에도 유난히 그러헌 곳이었다.

…….

'그래도 사람인데…….'

뜻밖에 그런 소리가 나서 천천히 돌아다보니

그것은 남루한 할머니의 등에 업힌 처음 보는 애기의 말이었다. 분명히 내 귀엔 그 소리가 들렸다.

4 서정주, 『서정주문학전집 3』, 299쪽 참조.

청청하반초靑靑河畔草

면면사원도綿綿思遠道

나는 문득 눈앞에 풀밭을 보며 이러한 고시古詩의 구절을 생각해보고 있었다.

어디에다가 쏟아도 좋다고 늘 주장해오던 내 피였건마는, 그 애기를 위해서는 물론, 그 그리운 초원장제草原長堤의 어느 곳에도 이미 내 피를 뿌릴 곳도 없었다."

서정주가 시작 노트에 제목도 없이 이렇게 썼다 가위표로 지워버린 글이다. 글 끝에 '경인초동庚寅初冬', 그러니까 1950년 초겨울로 쓴 시기를 밝히고 있어 부산 영도에서의 자살 미수 사건 후 9·28 수복으로 서울로 돌아와 그때의 환청 증상을 시화詩化하려다 만 글로 보인다. 당시의 환청 증상을 회고한 어떤 담시나 산문보다 훨씬 구체적이고 실감이 나서 비록 북북 지워버린 글이지만 그대로 인용한 것이다.

서정주는 6·25가 나기 직전인 1950년 봄부터 시작해 1999년 2월까지 쓴 시작 노트 10권, 1천5백 쪽가량을 남겼다. 2003년 2월 20일 동국대에서 유품 3백여 점과 함께 공개, 전시한 시작 노트에는 서정주가 발표한 시 가운데 많은 시들이 북북 그어가며 고치고 덧붙인 초고 상태로 들어 있다. 또 위 시같이 시화하려다 만 생생한 육필들과 함께 그때그때 떠오른 생각들도 메모해놓아 서정주의 삶과 시의 실상을 들여다 볼 수 있는 귀한 자료이다. 때문에 이 평전에서도 긴요하게 참고하고 있는 것이다.

할머니 등에 업힌 애기의 분명한 말의 환청에서 1949년부터 들려오기 시작해 죽음에까지 이르게 한 환청의 정체를 알아내고 이제 어떻게든 살아나야 한다는 생각이 들기 시작한 것이다.

"살아서 날 것이 되어 죽음과 영원을 생각하며 가게 하는 것인 듯하다"[5]며. 말년까지 들렸고 또 스탈린이며 선덕여왕 등 동서고금의 그 누구와도 무선으로 통한다고 지인들에게 누누이 말하곤 했던 공중의 소리, 환청을 서정주는 훗날의 담시를 통해 또 이렇게 털어놓았다.

"'텔리퍼시'라는 것 이것은/어느 때나 내게는 전화 마찬가지로 내 마음을 향해 걸려 와서/때로는 서로 설전도 하고/때로는 열심히 토론도 하고/때로는 내가 설득도 하고/때로는 내가 수긍키도 했던 것인데,/내가 아는 모든 사람들의 소리가/내 생각을 따라 나타나서 응수해 주어/여기 몰입하지 않을래야 않을 수도 없었다./(중략)/말하자면 나는 이 겨울 텔리퍼시에 잠겨/늘편이 나자빠져 있으면서/죽음과 삶 양쪽에 다 잘 적응하는 마음의 연습을 하고 있었던 것이다."

담시「1950년 겨울 북괴와 중공 연합군 대거 침략의 때까지」한 대목에서처럼 환청은 시인과 뭇 생령을 이어주는 텔리퍼시였던 것이다. 영통과 영원의 시 세계를 열어젖히는 영감靈感, 그 관념이라기보다는 서정주만의 분명하고 처절한 리얼리티가 그 환청이었던 것이다.

9 · 28 수복과 부역문인처단심사위원회

맥아더 장군의 인천상륙작전으로 1950년 9월 28일 서울이 수복되자 서정주는 군복 차림에 'Writer in front(종군 문인)'란 완장을 차고 정훈장교 지프에 편승해 서울로 돌아왔다. 부산에서 서울로 올라오는 내내

5 위의 책, 300쪽

길가에 널브러진 시체들 썩는 냄새가 그야말로 전 국토를 진동시켰다.

그런 역겨운 냄새를 맡으며 제 혼자 도망 나와 살았는지 죽었는지 누가 업어갔는지 모를 처자식을 찾아가는 심사는 그야말로 암담하고 치사하고 창피해 착잡하기 그지없었다. 옆에 탄 장교가 뭔가를 물어도 아무 대답도 없이 실어증은 더욱 깊어만 갔다.

"어이쿠, 승해 아부지 살아 있었구려. 하느님 부처님 고맙습니다"라고 울며불며 맞아주는 아내 앞에서도 한마디도 안 나왔다.

"총을 든 빨갱이 셋이서 우리 집을 들이 닥쳐 모두 나와 집 앞에 늘어서라 했어요. 어머니와 승해랑 총부리 앞에 늘어서서 이제 모두 죽는구나 하고 와들와들 떨고 있는데 이웃집 사람들이 모두 뛰어나와 '이 댁엔 죄가 없다'고 말렸어요. 우리가 산 것은 다 게순네랑 이웃집 덕택이어요. 그 덕이란 말이에요, 여보! 왜 그렇게 말이 없어요?"

아내가 적 치하 석 달의 일을 말해도 서정주는 아무 말도 못했다. 어머니도 초등학생 아들도 한번 안아주고 얼러주지 못할 정도로 실어증에 시달리고 있었다. 국토에 널브러진 주검과 가족도 버리고 혼자 도망친 자의식 때문이었다.

집에 돌아온 며칠 후 서정주는 문인들 생사가 궁금해 문총 사무실로 나가보았다. 한강을 건너가지 못해 적 치하에서 용케 숨어 지냈던 김동리, 조연현 등의 반가운 얼굴도 보였다. 조연현은 군 정훈국에서 얻어왔다며 찧지도 않은 벼 몇 되씩을 오는 문인들에게 날마다 나눠줬다.

문총은 10월 9일 명동 국립극장에서 '타공打共문화인총궐기대회'를 열고 문화인의 단결과 타공 사상을 고양했다. '평화의 사도, 유엔의 화신, 우리를 대신해 죽은 용사에게 명복을 빌자'는 국문과 영문 포스터도 만들어 거리에 붙였다.

피난 갔던 문인들과 서울에 숨어 살던 문인들이 속속 문총 사무실로 모여들던 어느 날 군검경합동수사본부에서 서류 한 통이 날아들었다. 열어보니 공산군에 부역한 혐의를 받고 있는 문단과 예술계의 내로라하는 인사들 명단이 빼곡히 적혀 있었다. '예술가의 일은 예술가인 여러분이 잘 아실 것이니 이 명단을 잘 검토하여 그 죄상의 경중을 평가해 보내라'는 것이었다.

평가 기준은 A는 총살, B는 장기수, C는 단기수, D는 설유說諭 석방, E는 무죄라는 것이다. 환청과 실어증에 시달리기만 했지만 종군문인 중 그래도 나이가 많아 대장 노릇을 했던 서정주가 부역문인처단심사위원회 위원장 노릇도 하게 됐다. 예의 실어증으로 심사회의 내내 말없이 듣고만 있다 마지막에 "다 무죄로 합시다"라고 해 D, E급으로 해서 모두 석방되도록 했다고 서정주는 회고했다.[6]

적 치하 부역 문인에 대한 생사여탈권은 사상 검사 정희택, 오제도가 쥐고 있었다. 조연현은 자신과 함께 한동안 지하에 숨어 지냈던 정희택 검사에게 문인의 일은 문인들이 잘 아니 우리가 심사하게 해달라 요청해 받아들여진 것이다. 한 극우파 시인은 심사회의에서 부역문인 대부분을 처형하자고 했지만 서정주 김동리 조연현 등이, 끌려나와 어쩔 수 없이 북한의 문학가동맹에 가담한 것이니 선처하자고 앞장섰던 것이다.[7]

6 위의 책, 303~304쪽 참조.

7 조연현, 『문학과 사상과 인생』, 문학세계사, 1982, 177~180쪽 참조. 고은, 『1950년대』, 청하, 1989, 149쪽 참조.

강박관념이 낳은 '괜찮다'는 대긍정의 세계

심사를 마치고 찧지도 않아 바로 밥을 지어 먹을 수 없는 벼 고작 몇 됫박을 받아 대견스럽게 메고 집으로 돌아오는 길에도 '빨갱이, 빨갱이!'라는 공중 협박 소리가 계속 따라왔다. 누군가의 모함으로 빨갱이로 몰려 쥐도 새도 모르게 죽을 수도 있다는 강박관념의 근원을 곰곰 따져보자니 아무래도 이승만 전기 출간과 압수로 인해 대통령에게 미움을 샀다는 것이었다.

그래서 서정주는 용기를 내어 11월 말인가 12월 초에 경무대를 찾아갔다. 대통령은 못 만나고 공보비서로 있는 김광섭 시인을 만나 전기에 대한 이야기를 나눴다.

"내 생각이지만, 그 전기 속에 나오는 선군자先君子 이름 밑에 존칭을 붙이지 않아 그런 것 아닐까요?"

"김 선생님도 잘 아시다시피 세계의 모든 전기들에서 이름 밑에 존칭은 생략하는 것이 통례 아닙니까. 그때나 지금이나 그분을 존경하고 위하는 마음뿐이니 제 마음을 잘 좀 전달해주시기 바랍니다."

대통령을 직접 만나 자신의 진심을 드러내 보여주지는 못했지만 자신을 잘 알고 또 좋아하는 김광섭이 전해줄 것이라 믿으니 적이 안심이 됐다. 경무대를 나와 북악산 아래 길을 걸어 광화문통으로 나오자니 눈이 나리기 시작했다. '괜찮다! 괜찮다!'고 말하며 희끗 희끗 눈발은 계속 휘날렸다.

"괜, 찬, 타, ……/괜, 찬, 타, ……/괜, 찬, 타, ……/괜, 찬, 타, ……/수부룩이 내려오는 눈발 속에서는/까투리 메추래기 새끼들도 깃들이어 오는 소리. ……/괜찬타, ……괜찬타, ……괜찬타, ……괜찬타, ……/

폭으은히 내려오는 눈발 속에서는/낯이 붉은 처녀 아이들도 깃들이어 오는 소리. ……//울고/웃고/수구리고/새파라니 얼어서/운명들이 모두 다 안끼어 드는 소리. ……//큰놈에겐 큰 눈물 자죽, 작은놈에겐 작은 웃음 흔적,/큰 이얘기 작은 이얘기들이 오부록이 도란그리며 안끼어 오는 소리. ……//괜찬타, ……/괜찬타, ……/괜찬타, ……/괜찬타, ……//끊임없이 내리는 눈발 속에서는/산도 산도 청산도 안끼어 드는 소리. ……" (「내리는 눈발 속에서는」 전문)

절망적일 때 모든 것을 운명적으로, 대긍정으로 수용하며 지금도 자주 인용되고 있는 이 시도 그때 쓴 것이다. '다 괜찮다'고 들리는 그 공중의 소리를 이제 내리는 눈발로 구체적으로 형상화해내고 있지 않은가.

"내가 시를 쓰거나 무엇을 쓰거나 이 무렵부터 그 기계가 내 구상에서부터 집필에 이르기까지 모조리 공중에다 소리로 표출해놓으며, 갖은 힐난과 어수선을 여러 지명知名문인들의 음성을 빌어 빈틈없이 오늘까지 20년이나 계속해 오고 있는 점이다. (중략)

내가 이대통령 댁을 다녀와서 이내 쓴 「광화문」이나 「내리는 눈발 속에서」 같은 작품 언저리부터, 정체불명의 기계력은 내게서 늘 그 작품화 때의 마음속을 송두리째 음향화해 공중에 강제로 표출하면서 지금까지 계속해 내려오고 있는 사실을 혹 나 같은 종신 신경쇠약의 인물들은 더러 들었음 직도 한데, 그것도 아니라, 그저 내 지독한 노이로제의 일종일 따름인가."[8]

서정주는 이렇게 공중에서 들려오는 소리를 공산당이 만든 기계가 내는 소리라 하고 그것을 신경쇠약 증상일 따름으로만 보고도 있는데

8 서정주, 앞의 책, 306쪽.

'텔리퍼시'라는 말이 더 정확할 것이다. 동서고금의 모든 인물들은 물론 우주 삼라만상과 실감으로 통하고 교감할 수 있는 텔리퍼시. 이 텔리퍼시는 그 무렵부터 서정주가 빠져들고 있던 신라 정신 즉 영통과 윤회, 영원이라는 관념의 현실에서의 한 구체적 실상이었던 것이다.

납북 문인들과 월남 문인들

서정주는 한강 물속으로 뛰어내려 피난했지만 많은 문인들이 한강을 건너지 못하고 적 치하에서 살아야 했다. 김동리는 바로 얼마 전 알게 된 신진 여류 작가 손소희 집 벽장에 숨어 지냈으며, 조연현은 변장하고 이름을 숨긴 채 동대문 시장 바닥에서 옷 노점상을 했다. 남한 단독정부 수립에 앞장서 이바지한 여걸 모윤숙은 신분을 숨기고 경기도 광주 한 농가에서 식모살이를 했다.

고은 시인은 피난하지 못하고 적 치하에 남은 이른바 잔류 문인들을 여섯 종류로 구분했다. 적 치하에서 병들어 외롭게 죽어간 김동인, UN군이 인천에 상륙했다는 소식에 너무 일찍 그쪽으로 가다 폭사爆死당한 김영랑 같은 작고 문인. 이광수, 김동환 같은 피랍 문인. 모윤숙, 김동리 같은 지하 문인. 인민군에 체포돼 총살당했다 극적으로 살아났거나 중형을 받은 영어囹圄 문인. 문학가동맹 출근으로 연명한 부동浮動문인. 신분을 숨기고 지낸 조연현, 이종환 같은 준은신 문인 등으로 분류했다.[9]

9　고은, 앞의 책, 59~65쪽 참조.

인민군이 서울을 점령하자 곧바로 문학가동맹이 그 원점인 종로2가 한청빌딩에 재건됐다. 1948년 남한 단독정부 수립 전에 월북했던 맹원들이 안회남, 김남천, 박팔양 등 북한 문단 거물들과 함께 인민군을 따라 들어온 것이다.

1947년 가을에 월북, 황해도 해주 제일인쇄소를 근거지로 대남 문화공작 활동을 벌이던 임화는 인민군 군복 차림으로 인민군과 함께 서울로 진주했다. 1947년 겨울에 월북한 오장환도 함께 왔다. 1950년 2월 불온 삐라를 제작, 배포한 죄로 10년형을 선고받고 서대문형무소에서 복역 중이던 이용악은 인민군이 풀어줬다.

한편 문학가동맹 아동문학분과위원장으로 참여했으나 공산주의와는 맞지 않아 월북하지 않고 정부 수립 후 보도연맹에 가입, 전향했던 정지용은 정치보위부에 체포돼 UN군에 항복을 권하는 전단을 영어로 써야만 했다. 시분과위원장으로 정지용과 같은 이유로 월북하지 않았던 김기림은 적 치하에 숨어 지내다 혜화동에서 체포돼 그대로 북으로 끌려가야만 했다.

임화 등 서울로 진주해온 월북 문인들과 친분이 있었던 최정희는 물론 많은 잔류 문인들이 문학가동맹에 모여 '나는 반동분자였습니다'로 시작되는 자아비판문을 날마다 써야만 했다. 노천명은 UN군 투항권유 방송으로 선전 선무 활동을 벌이는 등 적잖은 잔류 문인들이 사실상 인민군 종군 작가 활동을 벌여야만 했다.

그러다 7월 30일 문학가동맹을 비롯해 각종 문화단체에 대해서도 의용군 소집령이 발동됐다. 박영준, 안동림, 김수영, 고원, 박계주, 김용호, 유정, 지봉문 등 잔류 문인 2백여 명이 의용군이란 명목 아래 강제로 전장에 나서야 했다. 전장에 끌려갔다 포로가 돼 거제도 포로수

용소에서 반공 포로의 길을 택한 김수영 시인의 예에서 볼 수 있듯 그들은 단지 살기 위해 공산의용군으로 나섰던 것이다.

인천상륙작전으로 해병대가 서대문 쪽으로 밀고 들어오자 인민군한테 끌려 북으로 간 문인, 주요 납북 문인으로는 이광수, 김동환, 김억, 김진섭 그리고 김기림 등이 있다. 생래적으로 공산주의가 아닌 정지용은 문학가동맹에 협조해 어쩔 수 없이 북으로 넘어간 것으로 볼 수 있다.

6·25 와중에 이렇게 북으로 올라갔거나 끌려간 문인뿐 아니라 남으로 내려온 문인들도 많다. 평양을 점령하고 압록강까지 올라갔다 중공군 개입으로 후퇴하는 국군을 따라 김리석, 강소천, 함윤수, 박남수, 장수철, 원응서, 박경종, 한교석, 이인석, 김영삼, 양명문 등 많은 문인들이 월남했다.[10]

서정주는 1930년대 『단층』이란 문학동인지를 낸 소설가 김리석, 조선식산은행 평양 지점장으로 있다 화폐 개혁을 하는 것을 보고 공산체제가 싫어 내려온 박남수 등과 어울렸다. 김리석을 자기의 집으로 데려와 하룻밤 같이 자기도 했다. 함께 드러누워서 김리석은 중공군이 밀고 내려온다는 전황을 이야기하며 부들부들 떨었다. 서정주는 그런 김리석이 안쓰러워 오랜만에 입을 열었다.

"나는 인제 더 피난하기도 귀찮고, 그냥 여기 이 자리에 요로코롬만 누워 있고 말 꺼니께……."

10 양명문, 「월남문인」, 『해방문학 20년』, 86~89쪽 참조.

1·4 후퇴와 전주 피난 생활

"그 틈에 김일성이가 이번엔 모택동의 중공군을 불러/쇄납을 불면서 다시 남침해 오거나,/그런 것들은 영 깡그리 다 접어 두어 버리고,/평안한 실어失語의 요 위에 늘편이 누워서/피난도 낮짝도 다 작파해 버리고,/오직 하늘 구멍에서 오는 것과만/더 친하며 더 친하며 태평해지는 것이다."

9·28 수복 후 서울에서의 두 달간 생활을 회고한 위 담시「생불여사生不如死」한 대목에서처럼 서정주는 실어증에 빠져 오로지 하늘 구멍에서 나는 소리, 텔리퍼시와만 통하고 있었다. 가족들을 내팽개치고 자신만 한강을 건너 피난 간 죄책감 때문인가. 중공군이 와서 죽여도 이번엔 절대 피난 가려 하지 않고 방 안에만 질펀하게 누워 있었다.

대신 아내가 앞장서 부산까지 가는 군용 화물열차 승차권을 구해왔다. 자신의 가족은 물론 고모댁 가족들 표까지 모두. 먼저 가라며 한사코 나자빠져 있는 서정주를 서울역까지 떠메고 가 화물열차에 짐 신듯 부려놓았다. 서정주는 대구, 부산에서의 환청에 부르르 떨며 부산까지 가지 않고 대전에서 내려 트럭도 타고 걷기도 하면서 가족과 함께 전주에 도착했다.

"삼례에서의 하룻밤의 당나귀 똥내 나는 마굿간 바짝 곁의 가족들과의 뜨내기 새우잠, 또 대장촌 눈벌판의 그 많은 기러기 떼들의 휴식의 광경, 그 기러기 떼들의 휴식을 에워싸고 출렁거리고 있는 듯이 보이는 둘레의 산맥들의 세련된 음율 같은 선들—이런 것들에 맞추어 가기라면 모든 행로는 어느 전시戰時에라도 여행일 수 있겠다고도 생각되었다."[11]

몇 날 며칠을 보따리 메고 가족들과 추위에 떨며 피난 가면서도 서정주는 피난이 아니라 여행으로 생각했다. 대장촌 눈벌판을 지나 전주에 안착했을 1951년 1월 19일자 시작 노트에 다음과 같은 시 착상도 고치고 고쳐가며 쓰고 있다.

"옛날엔, 아조 머언 옛날엔/몇백 몇천리 밖에까지도 그 맺힌 향기들이 밋밋이 번지는 우거진 꽃밭이었거나/아니면/굉장한 노래가 일어나고 있었던 곳인지도 모르겠다./여름 일은 알 수 없지만/겨울이면 지금도 여기에 수천쌍의 기러기들이 날러와서 살며/벌써 우리들의 일은 어느거나 모두 다 알고 있는/삼면 수백리의 산맥 넘어로/날마닥 반가움을 뿌리러 간다./전라도 골골마닥 뿌리러 간다."

'전라도 대장촌 동과冬過'라 끝에 제목을 붙인 위 시에서 "여름 일은 알 수 없지만"이라 했는데 굉장히 즐겁게 꽃 피는 봄을 노래한 산문시 절창「상리과원」을 예비해둔 시로 볼 수도 있겠다.

전주에 도착해 서울여관에 피난 보따리를 푼 서정주는 그래도 가족은 먹여 살려야 하겠기에 전주고등학교 국어 교사로 있는 이철균 시인을 찾아갔다.

"거 뭐 가까운데 국어 선생 자리 하나 찾아볼 수 있겠는감."

"아따, 선생님도. 아무 걱정 마시소. 우리 교장 선생님도 선생님을 잘 알고 계시니, 선생님을 모시는 것을 학교의 영광으로 생각할 것입니다."

『문예』지에 얼마 전 시를 초회初回 추천해준 이철균 덕으로 서정주

11 서정주, 앞의 책, 311쪽.

는 전주고등학교 교감급 국어 선생이 됐다. 또 문총 전북지부장과 전시연합대학 강사직도 얻어 그곳 가람 이병기 시인과 함께 강의도 하게 됐다. 초등학교에도 특강을 다니며 옛날이야기를 들려주며 자연스레 다시 『삼국유사』도 마음먹고 읽을 여유를 가지게 되었다. 그러다 보니 공중의 목소리도 이제 협박보다는 "성인군자놈! 안심해라!"라는 소리로 들리게 됐다.

전주에 자리가 잡히자 서정주는 2월 어느 추운 날 정읍 처갓집으로 오랜만에 발걸음을 했다. 처갓집에서 잘 대접받고 누워 있는 해 질 무렵 그곳에서 선생질을 하고 있는 중학 동창생한테서 "잘 익은 밀주를 막 개봉했으니 오시라"는 기별이 왔다. 처갓집서 멀지 않은 동창생 집에 가 마시다 보니 통행 금지 시간이 이미 지나 있었다. 내장산 빨치산 출몰 지역이라 경계가 삼엄하니 자고 가라는 친구의 만류에도 서정주는 "감히 누가 나를 어찌하겠남……"이라며 술김에 호기롭게 길을 나섰다.

"누구냣? 거기 섯!"

처갓집을 얼마 남기지 않은 큰길 모퉁이를 돌아가는데 일단의 병사들이 달려들어 서정주 위아래를 플래시로 비춰보며 신분증을 요구했다. 호주머니를 다 뒤져봐도 신분증은 나오지 않았다. 처갓집에 신분증이 든 조끼를 벗어놓고 길을 나섰던 것이다.

"너 빨치산 맞지?"라며 대답할 틈도 주지 않고 군홧발과 총대로 마구 쳐대기 시작했다. 한바탕 타작을 끝내고 나자 대장인 듯한 군인은 "저 개울가로 끌고 가 쏴버려라!"라고 명령했다.

"이 정읍에 보증 서줄 만한 사람이 있나? 나도 알 만한 사람으로."

서정주를 개처럼 끌고 가며 한 병사가 물었다.

"여기 경찰서장이 내 중학 동창이오."

그 병사의 물음이 없었다면 서정주는 영락없이 빨치산 출몰 지구 즉결처분법에 의해 총살당했을 것이다. 그때 무차별 얻어맞은 매로 서정주는 만성늑막염을 얻었다.

쥐도 새도 모르게 죽음을 당해도 아무 말도 못했을 그 일이 있은 한 달여 후 서정주는 정말 빨치산으로 몰려 죽게 될 신석정 시인을 구명해내는 데 도움을 주게 된다. 적 치하에서 어쩔 수 없이 전북 부안군민위원장을 지낸 신석정은 빨치산들을 따라 변산으로 들어갔다. 가족들 걱정에 빨치산을 나와 전주로 몰래 숨어들어온 신석정을 전주의 유력 인사들과 함께 살려냈다고 서정주는 담시 「전주 풍류 일 년간 2」에서 밝히고 있다.

의처증과 자살 미수

그렇게 언제 어떻게 죽을지도 모를 전시임에도 풍류의 고장 전주인지라 서정주는 풍류도 즐겼다. 전주장에서 가야금을 사다 아버지 친구 가야금꾼한테 배우기도 해보고 기생집에 드나들며 손톱이 붉은 젊은 기생의 손을 주무르기도 했다. 참봉댁 소실 주모가 있는 옛 주막에 찾아가 벽에 걸린 서화書畵며 이조 백자 등 골동품에 빠져들기도 했다.

그러면서도 의처증만큼은 떨칠 수가 없었다. 적 치하에서 겁탈당한 여자들이 어디 한둘이겠는가. "너 혼자 도망갔을 때 네 아내는 인민군 대위한테 강간당했다"는 예의 공중의 소리가 들려오기 시작했다. 급기야 동료 교사들을 집으로 초대해 벌인 술자리에서 아내가 그들에게 잘 대해준 것을 두고 폭행까지 일삼게 됐다.

"저 소리가 안 들리냐"며 공중을 가리키며 아내를 며칠째 채근하고 폭행하다 그만 서정주는 열병으로 드러눕고 말았다. 공중의 소리에 또 져서 아무 일 없는 아내를 폭행하는 자신이 미워 그만 없어져버리고 싶은 마음 간절했다.

그때 동료 교사가 문병 와 학질에 걸린 게 틀림없다며 100알들이 학질약 한 병을 병째로 주고 갔다. 일제 말 된통 걸려봐서 알지만 그 열병은 학질이 아니었고 그 학질약은 열 알만 먹어도 거의 치사량이었다. 그런 약 한 병을 한 번에 다 먹어버렸다. 이 세상 깨끗이 하직하려. 죽어도 자살이 아니라 학질을 빨리 떼려다 그런 것으로 보이게끔.

새우마냥 허리 오구리고
누엿누엿 저무는 황혼을
언덕 넘어 딸네 집에 가듯이
나도 인제는 잠이나 들까.

굽이굽이 등 굽은
근심의 언덕 넘어
골골이 뻗히는 시름의 잔주름뿐,
저승에 갈 노자도 내겐 없느니

소태같이 쓴 가문 날들을
역구풀 밑 대어 오던
내 사랑의 보 또랑물

인제는 제대로 흘러라 내버려 두고

으시시히 깔리는 머언 산 그리메
홑이불처럼 말아서 덮고
엣비슥히 비끼어 누어
나도 인제는 잠이나 들까.

소리꾼 장사익 씨가 한스럽고 구성지게 부른 위 시 「저무는 황혼」도 이때 구상한 것이다. 그냥 먼 산 그림자 둘둘 말아 덮고 시름 없이 편안히 잠들려 했는데 그것도 뜻대로 안 됐다. 이철균이 문병 와서 이미 저승길로 반나마 떠난 서정주를 병원으로 데려가 위세척을 시켜 살려 낸 것이다.

그 학질 같은, 마약 같은 여름을 보내고 다시 살아나자 『삼국유사』나 『삼국사기』 속 옛이야기들이 실감으로 떠오르기 시작했다. 해서 그 이야기 하나하나씩을 각각의 카드에 베끼기 시작했다.

"그리고, 이때 내가 읽은—읽었다기보다는 흡수한 공자의 『논어』와 『중용』 속에서 지금까지 제일로 마음에 남아 있는 구절은 귀신 이야기 속에 나오는 '보아도 안 보이고, 들어도 안 들리지만, 보이는 것마다 붙어 떼낼 수 없는 것이다(視之而弗見 聽之而弗聞 體物而不可遺)'고 하신 부분이다."[12]

신라의 옛이야기에 빠져들며 공자의 『중용』 16장을 인용하며 귀신에 대해 말하고 있어 특히 주목되는 회고이다. 지극히 현실적이었던 공

12 위의 책, 324쪽.

자에게 귀신은 한갓 유령의 범주가 아니다. 보이고 들리지는 않지만 모든 사물에 붙어 있는 귀신, 그것은 우주를 변함없이 순환시키는 천지의 영험하고 지극 정성한 기운, 유교의 핵심 개념 중 하나인 '성誠'의 형상화일 것이다.

환청, 강박관념의 병적 증세와 고전 읽기, 아니 서정주 표현대로 온몸과 실감으로 옛이야기를 '흡수', 동화해가는 지극정성의 노력이 서정주에게 영통과 영원의 신라를 열게 한 것이다.

조선대 교수와 광주 그 환장할 빛

1952년 봄 학기가 시작되기 전 이른 봄 서정주는 전주고등학교 교장과 쌀 배급을 둘러싼 의견 대립을 참지 못하고 사표를 내버렸다. 울분도 삭히고 앞날도 살펴볼 겸 정읍의 누이 과수원으로 가 잠시 머물렀다. 그때 막 피어나는 꽃과 이파리들을 보며 "세상에 이렇게도 타고난 기쁨을 찬란히 터트리는 몸뚱아리들이 또 어디 있는가"라고 감탄하는 시 「상리과원上里果園」을 구상했다.

조선대 교수로 있는 김현승 시인을 찾아가면 살길이 열릴 것 같아 서정주는 광주로 내려갔다. 해방 후 서울로 올라와 처음으로 만난 사람이 서정주였고 이후에도 잘 지내온 사이라 김현승은 대학 설립자를 졸라 국문과 부교수로 있게 해줬다. 겉보리 열다섯 말의 월급에 남광주역 옆 줄행랑집 방 한 개를 겹쳐주었다. 그 집에서 무등산을 마주 보며 걸어가는 출근길이 서정주는 제일로 맘에 들었다.

"여기서 처음 떠오르는 아침 해는 발가벗은 우리 두세 살짜리 아기들 2, 3만 명쯤이 한꺼번에 뛰노는 모양으로 떠오르고, 그 밑 개울물 속의 돌들도 그것을 닮아 물속에서 곤두박질한다. 아침이어서 하늘에 깔리기 시작하는 구름들의 빛깔—그 속에는 옛날에 잊어버렸던 빛깔들이 많이 나타난다. 녹둣빛, 늙은 은빛, 붉저리콩빛, 눈에 삼삼히 배는 진짜 꼭두서니—그런 빛깔들이 이 광주의 이른 아침 하늘에선 보인다. 그래서 광주光州라고 한 것이 아닌가 한다.

또, 여기서 우러러 보는 무등산의 한 쌍의 부모님의 안방의 자세같이 곧 놋재떨이의 소리라도 울려 올 듯한 느낌—이 산 앞에서 본향本鄕의 평화를 안 느끼는 사람은 없을 것이다."[13]

광주의 빛과 무등산에 대한 이 공감각적인, 만물조응적인 묘사에는 그즈음에 구상한 「상리과원」과 「무등無等을 보며」의 시상이 고스란히 들어 있다. 서정주는 특히 무등산의 초록이 빛나는 산빛, 이내를 좋아했다. "이 무등산의 이내 속에 잠입해서, 내가 저 이백이나 도연명, 장자, 노자의 자연몰입의 경지를 난생처음 잘 이해한 것이 이 언저리 아니었던가"[14] 하고 회고할 정도로 이내를 자연 몰입, 아니 그것을 호흡하며 자연과 그대로 한 몸이 되는 신선의 경지로 바라보았다.

대학 수업 시간에는 현대시 연구와 함께 『삼국유사』와 『삼국사기』를 읽고 느낀 것을 나름대로 체계화한 '신라 연구'라는 자신만의 과목도 가르쳤다. 광주에서는 또 그곳에서 처음 만나 평생 시와 그림으로 교감했던 천경자 화백과도 즐겁게 어울리곤 했다.

여름방학이 되자 아내와 아들은 처갓집으로 보내고 서정주는 해남 시인 이동주와 함께 대흥사로 갔다. 서정주가 신라에 빠져 있다는 소

13 위의 책, 326쪽.
14 위의 책, 325쪽.

식을 들은 이동주가 목포일보와 교섭, 신라 이야기를 연재하게 되어 원고료를 벌러 들어간 것이다. 그러나 원고는 좀체 써지지 않고 방 안 가득 파지만 쌓여갔다.

연재 예고는 대문짝만 하게 해놓았는데 애꿎은 원고지만 찢고 있기 며칠 만에 서정주는 면도기로 수염은 물론 머리까지 빡빡 밀어버렸다. 그래도 안 써지자 속엣것 다 비워버리고 새로운 감성을 찾기 위해 단식에 들어갔다. 담배에 맹물만 마시기 7, 8일 만에 밖으로 나오다 뜰 앞에 활짝 핀 목백일홍꽃에 그만 탄성이 터져 나왔다.

"이 환장할 만한 매력의 흡인력!/내장 속의 지저분한 걸 비울 만큼 비운 사람에겐/자연은 언제나 굉장한 매력의 흡인력이라는 걸/여기서 나는 난생처음으로 깨닫게 됐네."

담시 「광주에서 2」 일부에 드러나듯 자연과 연애하는 황홀한 감각을 단식으로 얻은 것이다. 대신 신문 연재 원고는 끝내 못 쓰고 온몸의 감각으로 자연과 여름 내내 연애만 하다 가을 학기를 맞아 광주로 돌아왔다.

"신라와의 만남에서 내가 자각해 배워 나간 것 중의 가장 중요한 것은 첫째 자연과의 융화였다. 자연의 기미機微에 내 감각이나 이해를 맞추어 나가는 정신훈련이었다. 그리고 또 여기 맞추어서 시간과의 조화를 만들며 그 영원성의 의미를 모색해 가는 것이었다. 이렇게 해서 자연 속에서 사람 노릇을 하는 것은 현실사회와 문화사 속에서 그러는 것만 못지않게 내게는 중요한 일이 되었다."[15]

관념이나 환상이 아니라 대흥사에서의 단식 체험처럼 구체적인 감

15 서정주, 「내 인생공부와 문학표현의 공부」, 170쪽.

각을 통하여 자연과의 융화 세계로 들어간 것이다. 때문에 서정주의 영통과 영교, 영원의 시 세계는 환청 증상과 신라와 동양 고전 공부, 자연과의 교감을 위한 끊임없는 정신과 감각 훈련 등을 통해 도달한 구체적인 지경이지 단순한 초월적 경지가 아닌 것이다.

늑막염에서 살려준 김현승

해남 대흥사에서 광주로 돌아와 가을 학기 강의도 잘 마친 겨울 어느 날 문학청년 한 명이 큼지막한 흑산도 홍어 한 마리를 가져다줬다. 서정주는 삭히지도 않은 그 홍어를 통째로 썰어 술과 함께 양껏 먹었다. 그러나 뱃속으로 들어간 그날 홍어가 술과 함께 삭아가는 것인가. 배와 가슴이 터질 듯 아파오는 통증에 그만 데굴데굴 뒹굴며 철부지 같이 울어댔다.

중학교 다니던 큰아들 승해가 김현승 집으로 뛰어가 의사와 함께 왔다. 늑막염으로 진단하고 가슴속에서 고름을 빼내며 잘못하면 죽을병이라 했다. 정읍에서 병사들에게 당한 것이 늑막염으로 터진 것이다. 그때부터 꼬박 3개월간 치료비와 약값을 다 대줘가며 김현승은 가난한 서정주의 늑막염을 낫게 해줬다.

그 일을 두고두고 감사하며 서정주는 1957년 문학사상사에서 나온 김현승의 첫 시집 『김현승시초』 출판 일을 처음부터 끝까지 알선해주었다. 시집 말미에 실린 '발문'에서는 "사람 사이의 정에 철저했던 그는 정의감을 큰 것이건 작은 것이건 고수하는 것에서도 철저했던 것인데, 이것이 그의 고독의 원인일 것이다"라고 김현승의 사람 됨됨이와 시 세계를 평해주기까지 했다.

늑막염으로 생사의 고비를 넘기자 이번에는 또 그놈의 공중의 소리가 괴롭히기 시작했다. 밥상머리에서는 "네 어린 새끼는 놔두고 너만 다 먹느냐"는 소리가 들리고, 장에 갔다 아내가 들어오면 "네 아내가 네 아내인 줄 아느냐, 이미 서방질한 마음이다"라는 소리가 들려와 그 때마다 아내와 아들을 때려댔다.

"「무등을 보며」니 「학의 노래」 같은 광주 시절의 내 시작품과는 너무나 거리가 먼—희광이를 겸한 무당 넋두리 같은 이런 내 의식의 발작은 그 뒤에도 오래 잘 낫지 않고 계속되어서 이번에는 다시 내 아내를 두들겨 패고 있었다."[16]

계속되는 환청 증상의 회고, 특히 '무당 넋두리'란 표현에서 드러나듯 그 공중의 소리는 무당, 영매의 기질과도 같았다. 단순히 자의식의 발로라기보다는 나와 타인이 직접 교류하는 소리라는 것이다. 그래서 서정주도 공중의 소리를 "하늘에서 울려들려오는 내 의식과 딴 사람의 의식과의 교환에의 몰입"이라 하지 않았던가.

"내 마음속에서 생각하고 있는 것이 그대로 고스란히 음향화 되어 하늘 속에 울려 퍼지면 거기 호응하여 거기 적합한 딴 사람들의 마음속 생각이 대답해 울려오거나, 또 딴 데서 먼저 전해오는 내용을 내 쪽에서 받아 마음속으로 대답하고 있어야 했던 것"[17]

이것이야말로 나중에 서정주가 자신의 시에 대해 이야기한 영통이고 신라 정신 아니겠는가. 서정주는 그것을 죽음에 이를 정도의 고통이라고 말하고 있지만, 또 그때 쓴 시 세계와 너무나 거리가 멀다고 하

16 위의 책, 334쪽.
17 위의 책, 332쪽.

고 있지만 그런 증상이 곧 시로 승화된 것 아니겠는가. 서정주는 이렇게 6·25 와중에 환청이란 구체적 증상을 통해 신라 세계의 영통과 영원의 문을 열었던 것이다.

환도還都와 명동 명천옥 시대

1953년 7월 27일 길고 지루했던 휴전 협상이 타결되고 한반도에 총성이 멎은 가을, 서정주는 1년 반 동안 교수로 있던 조선대학교를 사퇴하고 서울로 올라왔다. 빼앗겼다 탈환하고 다시 빼앗겼다 되찾은 서울은 그야말로 누더기가 돼 있었다. 관공서는 물론 민가까지도 반 이상 무너져 내렸고 남은 집도 구멍 나고 찢겨 그저 으스스하고 걷잡을 수 없이 황량한 느낌만 주었다.

일제 말 일본인에게 세들어 살다 그대로 눌러앉은 공덕동 집도 안방 한쪽 벽이 무너져 내렸고 대문이며 창문 등 성한 문짝이 하나도 없었다. 두고 간 세간이며 책들도 물론 다 없어져버렸다. 그래도 이웃이 가져다 썼다며 밥그릇이며 순갈, 젓갈 등은 다시 가져다줬다. 오늘 끼니를 때우면 내일 양식이 걱정되는 형편에도 그러한 양심과 인정에 적이 안심이 됐다.

해방 후 문인들의 아지트 역할을 했던 명동. 무차별 폭격 속에서도 미군의 자제로 살아남은 명동성당만이 랜드마크처럼 덩그마니 남아 그곳이 명동임을 증명하고 있었다. 그리고 명동 입구 골목에 있는 낡은 일본식 2층 목조의 왕대폿집 명천옥만이 거의 옛 모습 그대로 남아 있을 뿐이었다.

"그렇지, 그래! 우리 궁발 선생은 풀 한 포기 없는 곳에서도 이렇게 살아 돌아올 수 있다니까."

집도 다 허물어지고 잎도 다 져가는 으스스한 늦가을 해가 설핏한 어스름에 명천옥에 들어서자니 막걸리 사발을 들이켜고 있던 김동리, 황순원, 조지훈, 정한모, 박기원 등이 일어서 얼싸안으며 서정주를 맞았다. 가혹한 일제 말을 견딘다는 의미로 『화사집』을 내며 쓴 '궁발窮髮'이란 호까지 들먹이며.

술자리가 길어지자 매사에 꼼꼼한 김동리가 일어나 "이건 주식(株式, 酒食)회사로 마시고 먹는 것이니 각자 호주머니들 털어보자"라고 제안했다. 미군 구호물자로만 살던 시절 다들 내일 끼니가 걱정인 때라 호기롭던 문인들마저 이렇게 추렴으로 갈 수밖에 없었다.

그렇게 문인들은 어스름 녘이면 명천옥에 몰려들어 막걸리 한 되쯤에 비지찌개로 저녁을 때우고 "이 풍진風塵 세상을 만났으니 나의 할 일은 무엇이냐"를 부르며 집으로 흩어지곤 했다. 그런 중에도 1946년 북한의 토지개혁 때 평양에서 월남한 소설가 황순원은 가끔 자신의 집으로 문인들을 데려가 술상을 차려내기도 했다.

그렇게 가을 겨울을 명천옥을 드나들며 난 서정주는 1954년 봄 학기부터 서라벌예술대학 시문학 교수로 출강하기 시작했다. 남산 동쪽 기슭에 판자를 잇대어 급조한 하꼬방 대학은 아직도 송진 냄새가 가시지 않고 있었다.

쥐꼬리만 한 월급, 그것도 제대로 못 줘 외상이기 일쑤인데도 교무실에 막걸리와 깍두기를 동이째 갖다놓아 강의 전후에 퍼 마시게 한 것이 썩 마음에 들었다. 가을에는 모교인 동국대학교에도 시간강사로 출강하기 시작, 1960년도 전임교수가 돼 평생 봉직하게 된다.

김관식 시인과 처제의 결혼식

"성님, 나 당신 처제 방옥례 양과 결혼해야겠소. 결혼식 날은 꼭 양력으로 1월 1일이라야 되겠소. 주례는 누가 뭐라 하건 육당 최남선이라야만 하고 피로연 자리와 첫날밤의 신방 자리는 성님의 집이라야 하겠소. 내 이리 정했으니 잘 알아서 챙겨주시오."

서울로 돌아와 허물어진 집 정리도 채 안 돼 있고 마음도 어수선하던 1953년 말. 김관식 시인이 찾아와 대뜸 당신의 처제와 결혼해야 하겠으니 준비해달라고 명령조로 말했다. 김관식은 충남대를 입학, 고려대로 전학했다 다시 동국대에 다니고 있던 학생이었다. 고려대에 다니던 1952년에 교수로 있던 조지훈의 '발문'을 붙여 시집 『낙화집』을 직접 펴낸, 자칭 시인이기도 했다.

나이도 열아홉 살이나 아래로 아들뻘 되는 놈이, 그것도 전에는 선생님이라 깍듯이 예우하다 대뜸 형님이라 부르니 서정주는 황당하고 괘씸하기 짝이 없었다. 그래도 김관식 부탁대로 착착 결혼식을 진행시켜줬다. 처음 만남부터 김관식의 천재성과 대담성을 알아보았기에.

서정주가 김관식을 처음 만난 것은 1951년 봄. 전주로 피난 가 고등학교 교사와 전시연합대 강사로 막 자리잡아가고 있던 노송동 집으로 고등학교 교복 차림의 한 학생이 책 보따리를 담뿍 싸들고 찾아왔다.

어디 학생이냐 물으니 강경상고 2학년 김관식이라 대답했다. 그 보따리는 뭐냐고 물으니 선생님한테 가져온 것이 아니라 이곳에 사시는 대한민국 최고의 성리학자 최병심 선생님께 모르는 것을 묻기 위해 싸가지고 온 『주자대전朱子大全』이라 했다. 그러면서 전시연합대학에서 하는 서정주 선생님과 이병기 선생님 강의를 청강하기 위해 인사차 들렀다며 마당에서부터 서정주한테 큰절을 올렸다.

그런 김관식이 하도 기특하고 대견스러워 서정주는 전주에 머무는 동안 쓰라며 방 두 개 중 하나를 대뜸 내줬다. 그 방에 머물며 열심히 공부하던 어느 날 김관식이 방에 걸려 있는 한글로 쓴 시조 한 수를 가리키며 누가 쓴 것이냐고 물었다. 우리 처갓집 8남매 중 가장 예쁜 셋째 딸 방옥례가 쓴 것이라 알려줬다.

그렇게 일주일간 최병심과 이병기와 서정주를 열심히 배우며, 한 치의 흐트러짐 없는 자세로 선비의 모범을 보여 깊은 인상을 주고 간 뒤 한동안 내왕 없던 김관식의 소식이 장모의 화급한 소리로 전해졌다.

"김관식이란 아이는 대체 어찌된 놈인가?"

서울로 올라오기 전인 1953년 봄 광주로 찾아와 성난 얼굴로 장모가 물었다. "그 아이 보기 드물게 수재이고 점잖은 학생인데, 왜요?" 하고 되물으니 그때부터 장모의 화풀이가 시작됐다.

"왜 그딴 아이를 소개시켜줘가지고, 서 서방한테 소개받았다며 맨날 연애편진가 뭔가를 보내도 자네 얼굴을 봐서 참았더니, 얼마 전부터 집 근처에 여관방을 잡아놓고 직접 찾아와 만나게 해달라 줄창 조르는 거야. 옥례보다 한참 어리게 보이는 놈이. 그럴 수는 없다고 했더니 여관방으로 들어가 독약을 마셔버린 거야. 지네 집으로 급히 알려 데려가게는 했지만……. 그게 어디 점잖은 학생이 할 짓인가? 어디 한 번 말해보게."

서정주는 이태 전 전주에서 본 김관식에 대해 조목조목 좋게 말해줬다. 그러면서 수천, 수만 명의 몫도 더 넘게 해낼 놈이니 나이가 무슨 상관이냐고 했다. 매사에 호탕한 장모는 "응 그런가? 그렇다면 내사 모르겠으니 자네 맘대로 하게나" 하며 딸의 혼사를 사위한테 맡겨버린 것이었다.

김관식은 자신보다 네 살이나 많은 신부를 얻기 위해 자살 소동은 물론 백제 서동 왕자가 신라 선화 공주를 얻기 위해 지어 부르게 했다는 「서동요」까지 차용해 썼다. 구두닦이들을 불러 모아 방옥례는 김관식과 연애질하는 그렇고 그런 사이다라는 소문을 내 어쩔 수 없이 오게 했다고 무용담처럼 말하곤 했다고 김관식과 친했던 신경림 시인은 전한다.

걸음마와 한문을 같이 배워 취학 전에 이미 한시 수천 수를 줄줄 윈 신동. 당대 최고의 유학자 및 지성인, 그리고 시인 들을 찾아다니며 공부해 동양학에 정통했고 그런 올곧은 선비 정신으로 살며 시를 썼던 김관식이다.

해서 선배들이 조금이라도 어긋나면 호통치고 자신보다 든 것이 없어 보이면 '선생님'이란 호칭 대신 서슴없이 '군'이라 불러 서정주에게 뺨도 많이 맞았던 기인奇人. 4·19 직후 천 사람 만 사람 몫의 일을 하기 위해 국회의원 선거에 나섰다 당시 최고의 정치인 장면과 맞붙어 떨어진 호인好人이 김관식이다.

신경림 시인의 회고에 따르면 서울 홍은동 산 일번지에 같이 살던 1960년대 어느 정초. 문단 어른들 집에 세배를 같이 다니는데 예년과는 다르게 조지훈한테 먼저 가고 서정주 집에는 제일 마지막에 갔다는 것이다. 이 집 저 집 세배 다니며 만취해 밤늦게 온 김관식한테 왜 이리 늦었느냐 호통치니 지훈 선생님은 친일을 안 했는데 서정주는 친일을 해서 그렇게 했다고 했다는 것이다.

그랬더니 서정주가 "왜정 때 지훈은 시단에 갓 나온 무명이어서 시킬 일도 없었고 할 틈도 없었다, 아무것도 모르는 놈이 지만 잘난 줄 알고 떠드느냐"며 아들 승해보고 "니 이모부 저 바깥에다 내다버려라"라고 했다. 그러면서도 따뜻한 술 한 잔은 기어코 따라주더란 것이다.

"김관식이 그 많은 행패라던가 그런 걸 누구한테나 열병난 소학생처럼 부리다가 죽어서 다 없어진 뒤에 우리가 느끼는 것은 무엇인가? 우리도 그 애한테 더 줄 것이 없었던 것만 같아서 미안한 느낌만이 앞서는 것이 지금의 내 심경이다."[18]

1970년 술과 기행과 올곧은 행패를 부리다 김관식이 타계하자 위같이 서정주는 물론 많은 사람들이 애석해했다. 동료 시인 천상병이 쓴 조시弔詩 "우리가 두려웠던 것은,/네 구슬이 아니라,/독한 먼지였다./좌충우돌의 미학은/너로 말미암아 비롯하고,/드디어 끝난다./구슬도 먼지도 못되는/점잖은 친구들아,/이제는 당하지 않을 것이니/되려 기뻐해다오./김관식의 가을바람 이는 이 입관入棺을"(「김관식의 입관」 부분)과 같이.

김관식의 구슬 같은 천재성과 시, 독한 먼지같이 좌충우돌하는 올곧은 비판의 미학 혹은 행패도 없는 시대, 그의 죽음이 가져온 공백은 허허로웠을 것이다. 마치 진리나 신이 죽은 시대처럼. 그런 사람 하나 제대로 건사하지 못한 사회나 인간들은 민망했을 것이다.

예술원 탄생과 초대 회원으로 당선

"본원本院은 학문과 예술의 자유를 보장하고 예술가의 지위를 향상

18 서정주, 「속續 천지유정 1」, 『월간문학』 1974년 2월호, 43쪽.

시킴으로써, 민족문화의 창조 발전에 공헌함을 목적으로 하는 문화보호법에 의거하여 설치되었는바 첫째 예술의 향상 발전을 도모하고 예술가를 우대하기 위한 기관이고……."

위와 같은 목적으로 예술원이 1954년 7월 17일 제헌절을 기해 서울대 문리대 강당에서 설립됐다. 발족에 앞서 1952년 공포된 문화보호법에 의해 정부, 국회, 예술가 등 7명의 예술원창설준비위원회가 구성됐다. 준비위원회는 문화인등록령을 기안·심의해 1953년 4월 대통령령으로 공포했다. 그와 함께 등록된 예술가들의 자격을 심사할 심사위원 7명이 위촉됐다.

1953년 6월부터 1954년 1월까지 접수된 예술인 수는 총 6백 명이고 4백 42명이 자격 심사를 통과했다. 이중 문인은 1백 20명 접수에 1백 5명이 통과했다. 그렇다면 '예술인' 자격 기준은 무엇인가.

문화보호법 19조는 "예술가로서 좌의 자격의 1(하나)를 가진 자는 회원의 선거 및 피선거권을 가진다. 1. 교육법에 대한 대학 또는 이와 동등 이상의 학교를 졸업하고 3년 이상 예술의 경력을 가진 자, 2. 기타 예술 경력 10년 이상인 자"라 명시했다.

이런 자격 기준을 통과한 4백 42명에게 선거권을 주어 1954년 3월 25일 예술원 회원을 뽑는 무기명 투표를 했다. 그 결과 득표순으로 25명의 초대회원이 당선됐다. 문학, 미술, 음악, 연극으로 나뉜 분과 중 문학분과에서는 염상섭, 박종화, 김동리, 조연현, 유치환, 서정주, 윤백남 7인이 예술원 회원으로 뽑혔다.[19]

"제일 다수 득표자는 근년에 그 원장이 된/연극의 이해랑이었고,/차

19 신석초, 「예술원의 구성」, 『해방문학 20년』, 126~131쪽 참조.

점은 나 미당이었었네"(담시 「전후 서울의 폐허에서」 부분)라고 예술원 회원 당선에 우쭐했던 서정주도 그러나 그 설립과 과정에 대해서는 못내 찝찝해했다.

"이때의 그 망가진 서울의 폐허 위에서 이걸 만들어 갖는다는 것은, 헐벗은 아이들이 사먹는 10원짜리 싼 캐러멜 갑 속에서 덤으로 거기에 든 깡통 조각제의 무슨 장난감 훈장이나 하나씩 꺼내 차고 뽐내보는 것 같은 느낌도 없지 않아서 말하자면 한쪽으론 역시 픽 우리를 웃겼다"[20]라고 했으니.

서정주의 찝찝함처럼 예술원 선거는 적지 않은 문제를 불러일으켰다. 탈락한 원로들은 30, 40대 새파란 놈들에게 당했다며 괘씸해했고, 월남 문인들은 자신들만 차별당했다 분통을 터뜨렸고, 무엇보다 지네들끼리 해먹는다는 파벌 의식을 조장하게 만들었다. 이런 문제들은 예술원 선거에 뒤이어 열린 한국문학가협회(문협) 총회에서 폭발해 정부수립 후 문협 일변도의 문단이 갈가리 찢기게 된다.

예술원 선거로 불거진 문단 분열

"문단에 섹트를 구성해서 정실로 자파의 이익만을 일삼는 김동리를 핀셋으로 집어내라!"

"어른들도 몰라보고 지네들끼리만 예술원 회원이 된 젊은 놈들은 물러가라!"

20 서정주, 『서정주문학전집 3』, 339쪽

1955년 7월 열린 문협 총회는 그야말로 예술원 회원에 대한 성토장이 됐다. 문협은 김동리 주도로 박종화를 회장에 추대해 1949년 12월에 순수, 우익 문인은 물론 문학가동맹에 속했다 전향한 문인들까지 망라해 결성한 유일의 문학 단체였다. 많은 원로들이 있는데도 불구하고 김동리, 조연현 등이 박종화만 추대하고 자신들이 예술원 회원이 되도록 공작한 것을 비난한 내용이 대부분이었다.

"왜 그런다느냐고 동리에겐가 그 옆에 누구한텐가 물으니 '정주는 정부 따라 부산으로 가지 않고, 전주 광주 쪽으로 피난 가서 살다 왔기 때문에 잘 모르겠지만, 이 대립은 부산 피난 시절에 이미 굳게 만들어졌고, 김동리를 공격하는 사람들은, 문교부장관 김법린과 김동리 둘이 짜고, 예술원 회원을 선거한 예술가들의 인선까지도 모두 김동리 가까운 사람들로만 등록해놓았기 때문에 그게 자기들의 낙선의 원인이라고 분개하고 있다'는 것이었다."[21]

그날 총회에 참석, 서정주가 위같이 들은 대로 부산 피난 시절부터 이미 문단 파벌은 형성되기 시작했다. 총회에서는 박종화, 김동리를 회장, 부회장 직에서 끌어내리고 위원제로서 집단 지도 체제로 나가게 했다.

총회가 열리기 전인 1955년 4월에 이미 한국자유문학자협회(자유문협)가 결성돼 문단은 갈라지고 있었다. 1949년 『문예』지를 어렵게 창간해 편집 실무를 김동리, 조연현에게 맡겼던 모윤숙이나 김광섭, 이헌구 등은 배신감을 느꼈다. 믿었던 후배들이 박종화만 떠메고 예술원회원으로 들어앉고 자신들을 버린 것에. 그래서 『문예』도 폐간시키

21 위의 책, 340~341쪽.

고 문인 1백 32명을 규합해 위원장 김광섭, 부위원장 이무영, 백철, 시분과위원장에 모윤숙 등의 진용을 갖춘, 문협에 상대되는 자유문협을 새로 결성한 것이다.

"몇 편의 작품을 만들어놓았다고 해서, 영원한 시인, 영원한 작가로서 자처하는 독락주의獨樂主義가 문학의 계곡을 독보獨步해온 문학적 풍토는, 격동하는 시대의 한계상황과는 물리적 균형을 유지할 수 없었던 것이다. 본적과 주소가 언제까지나 일치해야 한다는 관념에 대해서 이를 타파하며 비상구를 찾아야 하는 자세가 요청되었고,"[22]

이렇게 독락주의에 갇힌 편협한 문단의 비상구로서 출범한 자유문협은 이듬해 월간으로 『자유문학』지를 발간하게 된다. 한편 국제 관계에 밝은 모윤숙은 1954년 10월 위원장을 변영로, 부위원장을 모윤숙, 김기진으로 한 국제펜클럽 한국본부를 발족시켰다. 중앙위원으로는 김광섭, 이무영, 주요섭, 오상순, 이헌구, 백철, 양주동, 이하윤, 조용만, 염상섭 등 원로를 망라했다.

"자칫 문단세력권의 형성과 문단 정치욕에 사로잡혀가는 경향이 있던 문단 분위기 안에서, 순수한 시인만의 단체"[23]로서 시인협회도 1957년 2월 출범하게 된다. 대표 간사는 유치환, 부문별 간사는 조지훈, 이한직, 박목월, 김경린 등이 맡는 간사 체제로 시인들의 순수한 모임의 성격을 그대로 드러내게 했다.

그러면서 시인협회는 문협이나 자유문협 등 문예 단체 산하 분과로서의 예속이 아니라 독립돼 민주화된 운영으로 문단의 파쟁派爭을 순화시키겠다는 취지를 내세웠다. 예술원 선거를 둘러싼 잡음이 이렇게

22 김종문, 「한국자유문학자협회」, 『해방문학 20년』, 149쪽.
23 정한모, 「한국시인협회」, 『해방문학 20년』, 153쪽.

문단의 파쟁을 불러오고 급기야 문협 일변도의 문단의 분열을 불러온 것이다.

땡큐 베리 머치와 『현대문학』 창간

1955년 2월 찬바람이 휘몰아치는 소공동 거리를 서정주는 검정 두루마기에 검정 모피 깃을 단 낡은 외투까지 겹쳐 입고도 추위에 움츠리며 걷고 있었다. 난생처음으로 '자유문학상'이란 큰 상을 타기 위해 당시 조선 최고 호텔인 반도호텔로 가고 있었다. 호텔 다이너스티 룸에 들어서니 휘황찬란한 샹들리에가 밝혀져 있고 스팀이 너무 잘 들어와 덥기까지 했다.

단상에는 문교부장관 등 고위 관리와 미국 공보원장 등 미국인들도 자리했고 수많은 문인, 하객들로 객석이 붐볐다. 잘생긴 미국 아가씨가 잘 알아듣지는 못하지만 꿈결에 본 진귀한 새 지저귀듯 영어로 하는 안내를 따라 서정주는 염상섭, 김동리, 박목월과 함께 제3회 자유문학상을 수상했다.

자유문학상은 미국 아시아 재단과 문총이 공동으로 1953년에 제정해 자유사상을 고취한 우수한 작품에 해마다 상금과 함께 수여하다 1959년 폐지된 상이다. 하얀 봉투에 든 상금을 받으며 서정주는 "아이 엠 서정주, 땡규 베리 머치"라 잘 되지도 않는 영어로 감사해했다.

"이 상금으론 금가락지를 세 벌을 만들게 해서/그 한 벌은 노모에게/또 한 벌은 장모에게/나머지 한 벌은 아내에게 주었네./내가 일생 동안 해온 일들 중에서도/꽤나 괜찮은 일을 한 번 남의 덕으로 해 본

셈이지.” 담시 「전후 서울의 폐허에서」 한 대목처럼 난생처음으로 상탄 일, 그리고 그토록 학대했던 아내에게 잘해준 일을 서정주는 두고두고 지인들에게 들려주곤 했다.

“학, 예술원의 성립이 학계나 문화계의 권위를 국가적으로 인정하는 하나의 상징으로 해석할 수 있다면, 우리의 문화계가 광복 후의 오랜 혼란과 파동 끝에 문화의 본격적인 질서가 자리잡혀졌음을 의미하기도 할 것이다. (중략) 이러한 시기에 『현대문학』지는 창간된 것이다.”[24]

34세, 최연소로 예술원 회원이 된 조연현은 위같이 예술원 성립을 ‘문화의 본격적인 질서’가 자리잡힌 것으로 보았다. 대신 6·25 와중에서도 그 본격적인 질서의 선봉장이 되게 키워준 당시의 유일한 문예지 『문예』의 폐간이란 보복을 맛봐야만 했다.

‘괘씸죄’로 모윤숙이 폐간을 결정하자 조연현은 1954년 4월 문예사에서 직원들과 함께 간단하게 해산 인사를 나눌 수밖에 없었다. 그리고 명동의 주점으로 가 『문예』지에 쏟은 그동안의 열정과 열정적으로 일하는 데 필연적으로 따를 수밖에 없는 선의의 오해와 중상모략을 떠올리며 술잔을 기울였다.

자신이 그 잡지를 통해 등장시킨 많은 신인들의 장래, 그리고 이제 문예지가 한 권도 없는 상황에서의 문단적, 문학적 공허를 생각하니 아득했다. 그때부터 새로운 질서에 부합하는 문예지 창간을 기획해 1955년 1월호로 창간호를 낸 것이 『현대문학』이다. 조연현은 『현대문학』 창간 다음 호인 2월호에 「학예술원 설립의 현실적 배경—그 조직경위와 반대여론의 분석」이란 글을 실어 선의의 오해는 풀고 중상모

24 조연현, 「현대문학」, 『해방문학 20년』, 179쪽.

략에 대해서는 항변하려 했다.

대한교과서주식회사 김기오 사장이 발행인 겸 편집인을 맡고 조연현이 주간을 맡은 『현대문학』에서 서정주는 박두진, 유치환과 함께 시 추천 심사위원을 맡았다. 『문예』지에서도 추천위원으로 참여, 마지막 호에 이수복 시인을 초회 추천했던 서정주는 『현대문학』이 창간되자 1955년 3월호에 재회 추천해 그 연속성을 이어갈 만큼 발행인만 바뀌었을 뿐 편집 담당 층과 주요 필진은 『문예』지와 거의 같았다.

『서정주시선詩選』 출간과 국민 시인

"승해 아부지, 승해 동생이 들어섰나 본데 어쩐데요?"

1956년 4월 봄밤, 오랜만에 나란히 누운 아내가 서정주에게 물었다. 열일곱 살 터울의 둘째를 임신한 사실이 부끄럽고 쑥스러운 듯이.

"어찌하긴 뭘 어찌한담. 낳아야제, 낳아서 잘 길러야제."

서정주는 아내의 배를 쓰다듬으며 말했다. 아주 자신감 있게, 늦둥이가 복둥이가 될 거라며.

"청산이 그 무릎 아래 지란芝蘭을 기르듯/우리는 우리 새끼들을 기를 수밖엔 없다//목숨이 가다 가다 농울쳐 휘여드는/오후의 때가 오거든/내외들이여 그대들도/더러는 앉고/더러는 차라리 그 곁에 누어라/지어미는 지아비를 물끄럼히 우러러보고/지아비는 지어미의 이마라도 짚어라"

광주 피난 시절에 쓴 시 「무등을 보며」 한 대목에서도 이리 읊었던 서정주는, 시는 그리 쓰면서도 그놈의 '공중의 소리'와 의처증 때문에

『서정주시선』(1956년) 초판본 표지

아내를 폭행하기도 했었는데, 이제는 아니었다. 생활도 차츰 안정돼가고 더구나 마흔 훌쩍 넘긴 나이에 둘째를 보면 그 새끼를 끝까지 기르기 위해 더 열심히 살 것 아닐 것인가.

아내의 배가 남산만 하게 부른 그해 11월 서정주는 세 번째 시집 『서정주시선』을 아주 정성들여 낳았다. 이 시집으로 해서 서정주는 소위 '국민 시인'으로 떠오를 수 있었다.

1948년 제2시집 『귀촉도』를 펴낸 이후 8년 만에 펴낸 이 시집에는 신작 시 20편과 함께 처녀 시집 『화사집』과 『귀촉도』에서 가려 뽑은 26편도 실었다. 6·25 전쟁통에 앞 두 시집이 절판되자 지금까지 자신의 시 세계를 다시 정리해 독자들에게 전하기 위해 신작 시집과 선집選集 성격을 겸해 펴낸 것이다.

해방 후 미군정기 때 처음으로 펴낸 국정 교과서에 서정주 시는 실리지 않았었다. 남한 단독정부가 수립되고 좌익 작가들의 작품을 완전히 배제한 1949년 중등 교과서에 「국화 옆에서」가 처음으로 실리게 됐다. 정부 수립 직후 문교부 초대 예술과장을 맡기도 했던 서정주는 새로운 나라에서 우리 시를 널리 전하고 가르치려 『현대조선명시선』을 6·25 직전인 1950년 2월에 펴낸 바 있다.

이로 미뤄볼 때 『서정주시선』은 그런 교육적 차원, 한국 시의 정전正典 차원, 나아가 자신이 국민 시인으로 발돋움하기 위한 차원에서 단순한 신작 시집이 아니라 선집 형태까지 겸해 펴낸 것으로 볼 수도 있을 것이다. 그런 의도는 목차에서 시편의 배열 순서와 뽑은 시편들의 경향에서도 드러난다.

『귀촉도』 이후 발표한 시 중 10여 편은 제외하고 신작 시는 20편만 실었다. 목차는 '해방 후 시편 2(시집 『귀촉도』 이후), 해방 후 시편 1(시집 『귀촉도』 수록분), 해방 전 시편 1(시집 『화사집』 수록분), 해방 전 시편 2(시집 『귀촉도』 수록분)'로 잡았다. 독자들이 해방 전과 후를 완전히 구분해 시를 읽도록 한 것이다.

특히 주목되는 것은 서정주 대표작 중 한 편으로 꼽히고, 자신도 데뷔작으로 강변할 정도로 애정을 가지며 『화사집』에서는 서시 격으로 맨 앞에, 한 편을 한 장으로까지 독립시켜 실은 「자화상」을 선집에서는 뺐다는 점이다. "애비는 종이었다"로 시작되는 개인적 자의식이 너무 강해 국민 보편적 정서에 다가가기 어렵다는 판단에서 일 것이다. 대신 「무등을 보며」를 서시 격으로 해 「학」 「국화 옆에서」순으로 6·25 참상을 겪은 국민의 정서에 편안히 다가설 수 있는 시들을 전면 배치했다.

"이렇게 추려놓았어도 무엇이 많이 모자라는 것 같아, 그저 마음이 후련치 않을 뿐이다. 살아 있는 동안 계속해 애써보겠다." 『서정주시선』에 실린 '자서自序'에서 이렇게 자신의 호 '미당未堂'을 떠올리게 하며 겸손해했지만 서정주는 이 시선으로 인해 국민 시인으로 떠오르게 된다.

"1950년대는 서정주가 이른바 국민 시인이라는 평가를 받게 되는 시기이다. 1950년대의 남한은 국민 시인을 낳을 수 있는 조건을 갖췄다고 할 수 있다. 첫째 50년대 높은 취학률을 통해서 전 국민이 문학에 접근할 수 있는 최초의 시기였다. 둘째 한국전쟁이라는 국민적 공유 체험이 있었다. 서정주는 시인의 위치를 넘어서 개성적인 한 사람으로서 피난 체험을 겪고 장소상실의 고통을 극복하는 시 세계를 구축했으며 그것을 읽어줄 유효 독자를 전 국민 차원에서 확보할 수 있었다. 이러한 조건이 성숙됐던 1956년, 『서정주시선』을 통해서 그는 이른바 50년대의 '국민 시인'으로 인정받게 된다."[25]

6·25 전쟁 체험과 해방 후 일본어가 아닌 한글의 공유가 국민 시인을 떠올릴 수 있는 여건을 만들었고 서정주는 그런 여건과 국민 시에 대한 기대 지평을 자신의 선집을 통해 충족시키려 했던 것이다.

마흔 넘어 늦둥이 복둥이 막내아들 출생

"하늘이 특별히 마음을 쓰시어/큰자식 낳은 지 17년 나마 만에 내게 마련해 주신/내 막내자식 윤의 출생과 성장을 잘 맡기로 한 덕은/아직도 그 큰 것이 또 두 개나 남아 있으니/이 아이를 기르며 집안을 이루어나가기에 골몰한 나머지/자유당 말기의 혼란이나/4·19와 짧은 민주당 시절의 법석,/또 5·16 군사혁명 기타의/어느 과도기적 난세의 싼거리 희생에서도 멀리/내 자신의 공부와 시인 작업과/가족의 발전을 꾀할 수 있었던 게 그 첫째이고,//그 둘째는, 그렇지/아들들의 오랜 공부의 학자學資를 대는 책임자로서/'어떻게라도 해서 더 오래 살아 있어야겠다'는/그 의지 하나로 자기 건강도 적당히 지켜 내다가 보

25 김익균, 「서정주의 신라정신과 남한 문학장」, 240~241쪽.

장남 서승해(왼쪽)와 함께

차남 서윤(왼쪽)의 손을 잡고 있는 서정주

니/또 자연히 내 수명이라는 것 그것마저도/어쩔 수 없이 연장하게 된 점이다./하늘에 공손히 감사하고 또 감사할 뿐이다."

1957년 2월에 낳은 아들을 감사히 회고하고 있는 담시「차남 윤 출생의 힘을 입어」마지막 대목이다. 늦둥이 덕에 서정주는「자화상」한 구절 "나를 키운 건 팔 할이 바람이다"라는 바람을 멎게 하고 확실한 살림꾼으로 정착하게 된다. 부부 사이의 정도 새로 다지기 시작하고 푼푼의 저축으로 살림도 늘려나간다. 무엇보다 공부와 시인 작업에 더 몰두하게 된다. 작품 발표 연보를 보더라도 1957년에는 전해보다 두 배 이상 발표했다.

신작 시는 물론 프랑스 시인 말라르메의「바다의 미풍微風」등 외국 시를 직접 번역해 발표하기도 했다. 불어는 물론 영어, 독어, 러시아어와 라틴어까지 배우며 해외 문학을 원문으로 소화하려는 의욕을 불태웠다. 당시의 시작 노트를 보면 프랑스 상징주의 시들과 함께 영시도 원어로 베껴놓고 그것을 우리말의 멋과 맛과 함께 자신 특유의 어법을 살려 번역해 고치고 또 고친 흔적이 그대로 남아 있다.

서양어 공부와 서양 시 번역과 함께 『삼국유사』와 『삼국사기』 연구에도 더 몰두하게 된다. 전주 피난 시절부터 한 장 한 장 카드화시켜놓은 옛 신화며 설화의 모티프들을 이으며 단군 이래 민족정신의 본향으로서의 신라를 탐구해나갔다. 그 공부에 노장老莊철학과 김동리 맏형 김범부의 동서고금을 종횡하며 추출해낸 우리 민족정신 연구 축적도 큰 영향을 끼치게 된다.

그런 우리 전통에 대한 연구의 일단으로 서정주는 「신라의 지성—신라연구 1」이라는 평론을 『현대문학』 1958년 1월호에 발표하게 된다. 이런 공부에 힘입어 4·19혁명으로 들어선 제2공화국이 학력 조건 미달의 기존 교수들에게 교수 자격을 공식적으로 인정해주기 위해 실시한 교수 자격 심사 논문에 「신라연구」를 제출해 1960년 당당히 동국대 교수가 될 수 있었다.

늦둥이의 출생은 이렇게 서정주에게 공부와 시작에 몰두케 해 정식 교수가 될 수 있게 했으며 4·19, 5·16 등 정치적 격변과 격리시켜 영원성과 영통성을 지향하게 했다. 공중의 소리와의 처절한 사투를 벌이며 육화된 삼라만상과의 소통의 시 창작이 신라인들의 영원, 영통성의 정신과 이어지며 당시 정신 못 차릴 정도로 밀려들던 서양 시와 이론에 맞설 수 있는 민족시의 정통성을 확립해가며 확실한 국민 시인으로 서게 한 것이다.

환청의 구체적 증상이 영원과 영통의 시로 육화

서정주는 일제 말 친일 작품의 시발이 되는 「국민시가에 대하여」라는 평문에서 서구를 추종하고 동양을 경시하는 당시의 조선 문단을 반성했다. "무슨 슈르 레알리즘, 모더니즘, 데모니즘" 등이 판을 쳐 "현대의 30년을 소모하고도 오히려 「청산별곡」의 일절에 해당할 만한 시작품이 생기지 않은 까닭"이 바로 서구 문예사조에 휘둘렸기 때문이란 것이었다.

태평양전쟁의 이데올로기인 대동아공영권이란 '좋은 술어'가 생긴 것에 감복하며 서정주는 이제 국민 시가는 서양을 떠나 동양으로 회귀해야 한다고 부르짖은 것이다. 그러나 대동아공영이란 잘못된 시국 인식에 앞서서 서정주 시 세계는 서양에서 동양으로, 다시 우리 것으로 회귀하고 있었다.

"가신 이들의 헐떡이든 숨결로/곱게 곱게 씻기운 꽃이 피었다." 1943년 가을에 쓴 「꽃」 첫 연이다. 이 시를 서정주는 "선인先人들의 무형화 된 넋의 세계에 접촉하는 한 문門"으로 "시작詩作 생활에 한 전기轉機를 가져온 작품"이라 자평했었다. 보들레르나 희랍 등 서양 시와 정신에 강렬하게 영향받았던 1941년 『화사집』의 세계와는 완연히 다르게 동양으로 돌아온 시 세계를 확실히 보여준 시집이 1948년 펴낸 『귀촉도』였다.

"눈물 아롱 아롱/피리 불고 가신 님의 밟으신 길은/진달래 꽃비 오는 서역西域 삼만 리/흰 옷깃 여며 여며 가옵신 님의/다시 오진 못하는 파촉巴蜀 삼만 리." 그러나 이 표제작 첫 연에서 보듯 『귀촉도』에서는 『화사집』 세계의 끓어오르는 원초적 생명력으로 인한 박진감, 현실감이 떨어진다. '선인들의 무형화 된 넋의 세계'로 들어가서 형상화하지 못하고 그 문만 두드리고 있었을 뿐이다. 동양적인 것, 우리의 것들의 정수가 아직 관념에 머물러 육화되지 못했다는 지적이다.

그러나 『서정주시선』의 신작 시들은 이런 관념을 떨쳐버리고 확실히 자신의 것으로 육화시키고 있다. 영원성과 삼라만상과의 영통성, 저 고대의 신화적 세계를 관념이 아니라 오늘의 현실, 자신의 것으로 구체적으로 장악하고 있다는 것이다. 이런 시 세계는 물론 부단한 신라 연구를 통해 가능했을 것이다. 그러나 무엇보다 6·25를 회고하며 누누이 강조하고 있는 '공중의 소리', 그 구체적이고 죽음에까지 이르게 절절했던 환청, 노이로제 증상이 이런 영통의 세계에 이르게 했을 것이다.

1949년 교과서에 실린 이래 우리 국민에게 가장 친숙하고 또 가장 많이 낭송되고 인용되고 있는 시가 이 책 맨앞에 올린 「국화 옆에서」 이다. 소쩍새와 천둥과 먹구름과 무서리 등 삼라만상의 협동과 소통으로 한 송이 국화꽃은 피어난다. 무엇보다 그런 꽃을 피우기 위해 '국화 옆에서' 시인은 잠도 자지 않고 온몸으로 예민하게 동참하고 있다.

"하늘에서 울려들려오는 내 의식과 딴 사람의 의식과의 교환에의 몰입"이라 스스로 밝힌 환청 노이로제 증상이 시로 아름답게 승화되고 있는 것이다. 6·25 와중의 개인적인 처참한 증상이 "머언 먼 젊음의 뒤안길에서/인제는 돌아와 거울 앞에 선/내 누님같이 생긴 꽃이여"로 승화돼 우리 국민, 나아가 인류 보편적인 정서와 아름답게 소통하고 있지 않은가.

『서정주시선』을 펴내며 서정주는 시 세계와 삶의 절정을 향하며 외국 시와 이론, 참여시와 실험시 등 시의 시대적 경향과 유파에 맞서 한국 전통 서정시 세계의 본류로 확실히 자리매김해나가게 된다.

未堂

8

시詩의 정부政府,
미당 학교

徐廷柱

5 · 16 직후 까닭 모를 연행

"학교에 가시려는 참이군요? 마침 잘 됐습니다. 우리 중부서는 학교 가는 길에 있으니 잠깐 들렀다 가시지요."

5 · 16 군사정변이 일어난 사흘 뒤인 1961년 5월 19일 아침, 서정주가 전년도에 전임교수로 임명된 동국대로 출근을 서두르는 공덕동 집으로 사복형사 둘이 찾아와 경찰서로 같이 가자 했다. 군사정변 직후 깡패와 공산당 소탕 명분으로 그들의 눈에 거스르는 사람은 모조리 잡아다 족치고 있다는 소문에 주눅이 든 서정주가 "왜 그러시냐?" 물었다.

"우리는 아무것도 모릅니다. 인제 가보시면 알게 될 거요. 어서 가시지요."

수갑 같은 것은 안 채웠지만, 그들은 강압적인 태도로 서정주를 남산 기슭에 자리한 동국대 아래에 있는 중부경찰서로 연행해갔다.

"서정주 씨! 나는 좋은 시인인 줄만 알고 존경해왔는데 이제 알고 보니 사람 못쓰겠구먼그래! 고생 좀 해야겠는데. 어이, 거기 누구 없어? 이 사람 갖다가 처넣어둬!"

경찰서로 와 서정주의 호적 등 신원을 다시 확인한 후 형사들은 어두컴컴한 방으로 데려가 서른 살쯤 돼 보이는 군 작업복 차림의 건장한 사내에게 인계했다. 사내는 흰 이를 드러내고 씩 한 번 웃더니 그냥 구치소에 집어넣어라 명령했다.

"어허! 왜 이러시오? 왜 이러는지 어디 이유나 좀 압시다."

"어허허허허헛! 저, 저 사람 정말 못쓰겠구먼, 못쓰겠어! 당장 집어 처넣어!"

그렇게 아무런 이유도 모르고, 물을 수도 없이, 연행되자마자 중부 경찰서 구치소에 냉큼 처넣어지고 말았다. 한쪽 구석에 폭삭 주저앉은 서정주에게 "당신은 무슨 일로 왔소?"라며 먼저 걸려든 자들이 물어왔다. 서정주는 아무리 생각해도 여기 들어올 이유가 없었다.

"으흐흐흐……. 저것들이 어찌 될 줄이나 짐작이나 하고 있을까? 언제 빠바방, 총살당할지도 모르고 저리들 자고 있다니, 참 불쌍한 것들 아니야, 으흐흐흐……."

아무 조사도 없이 그저 구치소 안에만 며칠째 처박아둬 잠도 못 이루고 있는 밤, 경찰 간수들이 구치소 안을 둘러보며 저들끼리 나누는 대화가 뼛속까지 사무쳐들어 무서움에 덜덜 떨지 않을 수 없었다.

"자유당 때 깡패 두목 이정재도 여기 있고, 용공容共색이 짙은 민족일보 사장 조용수도, 그 편집국장 송지영이도 다 여기 들어 있으니까, 아마 그런 사람들을 보고 경찰들이 수군대는 소리이니 걱정하지 맙시다. 설마 우릴 보고야 그러려고……."

벌벌 떨고 있는 어깨를 가볍게 두드리며 옆에 있는 나이 지긋한 한 수감자가 서정주를 위로해줬다. 깡패건, 용공분자건 조금이라도 그런 혐의가 있다면 차라리 이제 죽었구나 체념했을 것이다. 그러나 아무리 생각해도 억울했다.

'해방 후 좌익 문학 단체에 맞서 최초의 우익 문학 단체인 한국문학가협회를 김동리 등과 함께 주도적으로 만들어 시부위원장을 맡았다.

6·25 와중에는 구상 시인 등과 함께 낙동강 최전선까지 종군했던 나인데…….'

도무지 이유를 알 수 없고, 물을 수도 없는 침묵의 구속이 무시무시하고, 해서 억울함만 첩첩이 쌓여갔다. 그래 서정주는 다시금 아무도 알 수 없는 운명, 운명의 체념에 이르게 된다.

"하늘은 무엇 때문인지 우리 몰래 눈에 안 보이게 어디에 깊은 함정을 파놓고, 우리가 걸어가는 어둔 어느 밤길엔 문득 거기에 빠져 죽게도 하는 것이구나! 이렇게도 사람은 그 아끼는 처자를 길거리에 놓아두고 갈 수도 있는 것을 미처 아직까진 그걸 몰랐었다!"[1] 고.

중부경찰서 구금 15일 만에 석방

"당신 이 깃발이 무엇인지 잘 아시겠구먼, 그렇지?"

반공을 내세우는 5 · 16 군부에 어찌해 붙잡혀 왔는지 곰곰 생각하다 운명적인 체념에 빠진 서정주를 어느 날 저녁 구치소에서 불러낸 작업복 군인이 탁자 위에 이상한 기 하나를 펼쳐놓고 물었다. 장정 몇 명이 금방이라도 쳐 죽일 듯 주위를 에워쌌다. 서정주는 모르는 깃발이라서 "모른다"고 했다.

"당신 제자 대학생들이 이것을 휘두르고 다니며 데모를 했단 말이오! 이런 김일성이의 인민공화국 깃발도 모른다고 해서야 되겠소?"

"모르오. 한 번도 못 보던 것이니 모른다고 할 수밖에요."

1 서정주, 「속續 · 천지유정天地有情 7」, 『월간문학』 1974년 10월호, 143쪽

군인은 인공기를 접으며 서정주에게 짐짓 다정스러운 말투로 "어떻소? 서 선생, 설렁탕이나 무어 그런 것 한 그릇 하실랑기요"라 물으며 설렁탕 뚝배기를 내놓았다. 며칠간 굶었으면서도 숟가락을 드니 목으로 잘 넘어가질 않았다. 억울한 생사의 기로에 놓였으니 그럴 수밖에. 그래 뚝배기를 밀쳐놓으니 군인이 다시 물었다.

"죽일 놈들 같으니! 이 조윤제 교수 아시지요? 그자가 만든 혁신교수회에 서 선생도 한 위원 멤버시더구먼, 그래?"

"아니오. 오해요. 내가 그 어떤 혁신계라도 가담할 사람인가요? 누구에든 물어보시오."

잡혀온 이유를 비로소 안 서정주는 눈을 크게 뜨며 오해라고 말했다. 그들이 일방적으로 자신을 위원의 이름으로 올렸다고 경위를 설명했다. 화들짝한 눈으로 설명하는 서정주의 그 눈을 한참 들여다보던 군인이 말했다.

"어여튼, 그 조윤제 교수나 그 사무국장이 잡히면 당신의 죄 유무는 곧 알게 될 것이요. 구치소에 들어가 그들이 잡힐 때까지 기다리시오."

1924년 경성제국대학 문과에 1기생으로 입학해 해방이 되자 서울대 교수를 지낸 도남 조윤제는 초창기 국문학의 체계를 세운 국문학자이다. 4·19 이후 한국교수협의회를 조직하여 의장이 되었다. 5·16 군부에 의해 구속된 조윤제는 교수직을 사퇴당하고 5년 구형을 받았으나 무죄가 선고되어 8개월 만에 서대문형무소에서 풀려났다.

서정주는 군사정변이 일어나기 얼마 전에 한국교수협의회 측으로부터 위원 위촉의 서신을 받고 정식으로 거절통지서를 보내려 했으나 차일피일 미루다 이 지경에 이른 것이다. 다시 구치소에 수감된 며칠 후 서정주는 경찰서장실로 불려갔다.

"선생님! 그 망할 놈들이 선생님 승낙도 없이 혁신계 교수단에 선생님의 성명을 마구 집어넣어놓은 걸 겨우 알아냈습니다. 그 교수단의 사무국장 놈이 잡혀 들어와 조사해보고 선생님 말씀대로 선생님은 그 단체와 전혀 관계없다는 사실을 알아냈습니다."

작업복 군인은 이번에는 대위 견장을 찬 정복을 입은 임시 경찰서장으로서 고개를 숙이고 예를 갖추며 말했다. 선생님도 잘 아시는 최문환 교수의 외조카로서 선생님을 오래전부터 숙부한테 들어 알아왔고 또 시도 좋아한다면서. 6 · 25전쟁 직후 빈한한 강사 시절을 함께하며 우정을 나눴던 그 교수의 처조카가 또 이렇게 생사의 기로에서 구해주다니, 인연과 운명이란 게 참 묘하기도 했다.

4·19 혁명 이후 멀어지는 서정주와 조지훈

5·16 군사정변으로 생사의 기로에 섰다 보름 만에 놓여난 서정주는 '매사에 주의하자'는 주의보注意譜를 새로운 좌우명으로 세웠다. "부주의는 가장 큰 죄의 하나다. 억울하고 처참하게 사형될 수까지 있다. 사람들의 법률 속에서도 그렇지만, 하늘은 이걸 가장 엄벌로 다스리는 것이다"[2]라는 것이다.

부주의로 죽은 하고 많은 사람들을 서정주는 생각했다. 공산주의자 친구와의 우정을 어쩌지 못하고 어물쩍하게 지내다 도매금으로 총살당한 수많은 목숨들, 눈치 빨리 도망치지 못하고 고향 마을 거창에 머

2 서정주, 「속 천지유정 8」, 『월간문학』 1974년 11월호, 61쪽.

뭇거리다 무더기로 죽임을 당한 적지 않은 양민들은 물론 오늘도 차에 치여 죽어가는 수많은 목숨들을 보며 서정주는 아내와 아들들에게도 항상 '주의해라'라고 강조했다.

중부경찰서에서 풀려나 며칠 지나지 않아 조지훈 시인한테서 연락이 왔다. 광화문통 당주동에 있는 왕대폿집으로 서정주를 데려간 조지훈, 박목월 등 일행은 북어를 뜯어 고추장에 찍어 먹으며 말했다.

"아무 탈 없이 이렇게 풀려나와 참 다행이오, 서 선생님. 그런데 이 일을 어찌하면 좋겠소. 선생의 유고로, 한국시인협회 상임위원 결의로 내가 다시 대표 간사를 맡게 되었으니. 서 선생께서 이 사태를 잘 혜량해주시기 바라오."

1957년 조지훈, 박목월 등이 유치환을 대표 간사로 추대해 출범한 한국시인협회는 4·19 직후인 1960년 5월 27일 임시총회를 개최, 자유당정권 아래서 정치적 과오가 있는 몇몇 회원을 징계하고 조지훈이 대표 간사가 됐다. 그리고 5·16 직전인 1961년 5월 10일 열린 연차총회에서 서정주를 대표 간사로 선임했었다. 그러나 보름간의 그 짧은 유고로 조지훈을 다시 대표 간사로 앉힌 것이다.

"괜찮네. 암, 그래야지. 잘했네그려. 자네가 더 수고해주시기 바라네."

말은 그렇게 했지만 서정주는 속으로 울고 있었다. 그렇게 따라다니며 한국시인협회 좀 도와달라던 때가 언제였는데……. 인정의 야속함이 막걸리를 홀짝홀짝 들이켜며 서정주를 아무도 모르게 자꾸자꾸 울게 만들었다. 그러면서 몇 개월 전 신문지상에서의 논쟁도 떠올랐다.

서정주는 『현대문학』 1960년 9월호에 「후진육성과 공동이익에서—문단대동단결시비」라는 시론을 발표, 크게는 한국문학가협회 대 자유문학자협회, 그리고 시인협회 등 장르별로 쪼개진 문단 통합의 필요성을 내세웠다. 4·19혁명으로 확 바뀐 세상, 시대의 흐름을 살피는 시론이 아니라 세상 물정에 영악하지 못한 서정주류의 글이었다.

이 글에 대한 반론으로 조지훈은 「문단통합에 앞서야 할 일」이란 시론을 동아일보 1960년 9월 14, 15일자에 나눠 실었다. 4·19혁명 정신을 위해 문단의 정화를 내세운 조지훈은 이승만 독재정권에 문학 단체들이 이용당한, 어용御用 시비에서 자유로울 수 없기 때문에 문단 통합이 필요 없다는 취지를 역설했다.

그런 조지훈 글에 대한 반론으로 서정주도 동아일보 1960년 9월 22, 24일자에 「속續문단대동단결론」을 나눠서 발표, 문인 개개인은 몰라도 문학 단체들이 어용으로 이용된 적이 있으면 증거를 대라며 후진을 위해, 문학을 위해 문단 통합의 필요성을 다시 한 번 강조했다.

대학 선후배 사이로 일제 말부터 서로서로 위했고 6·25 때는 인도교가 끊어진 한강을 다이빙해 건너 같이 피난 갔던 서정주와 조지훈이었다. 그런 둘이 4·19 이후 이런 공개 논쟁으로 만인의 눈에 띄게 갈라서고 있었다.

"마른 북어를 고추장에 찍어 먹으며/죽은 조지훈이도 이걸 막걸리 안주로/나처럼 제일 좋아했던 것을 생각한다. 한 마리 더 찍어 먹고 시퍼도 나같이 그도 그만 참을 수밖에 없었던 것을 생각한다. 거북이 껍질같이 두툼하던 그 손톱, 발톱, 그리고 6·25사변 때 대구에서"

1968년 50세도 채 못 채우고 조지훈이 타계하자 후에 서정주가 시작 노트에 「마른 북어를 고추장에 찍어 먹으며—고故조지훈에게」라는 제목으로 위같이 추모시를 써나가다 그만둔 시이다. 그때 막걸리 마시며 속으로 울었던 울음이 울컥 다시 치솟아서였을까.

사분오열됐던 문단 한국문인협회로 통합

"민족의 꿈과 역사의 기록을 빛내어 어떠한 시련과 고통 속에서도 문학이 명하는바 창조에 헌신하는 우리 문학인들은 이제 현실이 요구하는 역사적 사명을 인식하고, 문학의 자유 및 문학인의 권익을 옹호하기 위하여 과거의 병폐를 일소하고 자율적인 필요성에 따라 통합문학 단체의 결성을 이에 공고……."[3]

위와 같은 소집공고문을 내고 한국문인협회는 1961년 12월 30일 서울 충무로에 있던 수도여사대 강당에서 결성대회를 가졌다. 한국문학가협회, 자유문학자협회 및 시인협회, 소설가협회, 전후문학가협회 등 예술원 선거 결과를 놓고 가지를 쳐나갔던 문학 단체들이 하나로 통합된 것이다.

5·16 정권은 1961년 6월 17일 포고령 제6호를 발표, 기존 사회단체를 일단 모두 해산시키고 신규로 등록하도록 했다. 그러면서 정권은 또 문화단체의 통합을 종용해왔다. 때문에 '자율적인 필요성에 따라'서가 아니라 타율적으로, 강압적으로 문단이 한국문인협회로 통합될 수밖에 없었다.

"처음 이사장으로는 전의 분열된 단체의 대표자의 어느 분도 아닌 뜻밖의 인물, 전영택 목사를 모셔다가 추대하게 되었는데 이것도 인상적이라면 꽤 인상적이었다. (중략) 이기붕이의 호주머니에서 그의 말년의 부정선거 시절 만 환, 2만 환씩 얻어먹고 그 부정정책에 동의했던 그 상당수의 문인들과 '그러지 말라'고 했다고 우기는 또 상당수

3 이종환, 「한국문인협회」, 한국문인협회편, 『해방문학 20년』, 정음사, 1971년, 163쪽.

의 문인들의 이 불가피한 합석의 표정을 살피며……."[4]

당시 통합된 한국문인협회 표정을 서정주가 회상한 대목이다. 1920년대 문단 초창기 소설 활동을 접고 목사로서 목회에 충실했던 전영택이 뜬금없이 초대 회장으로 추대된 이유를 궁금해하며 서로를 힐난하던 어제의 적이 동지로 모인 어색한 풍경을 그린 대목이다.

서정주는 어떻게 문단과 문학을 한참 떠나 있던 전영택이 회장이 됐는가 의아해했는데, 다 아랫동서인 김관식 시인 작품이다. '걸어 다니는 한국문단사'로 통하는 이근배 시인 증언에 따르면 통합된 문학 단체를 '한국문인협회'로 명명한 것도, 전영택을 회장으로 추대한 것도 다 김관식 아이디어였다는 것이다.

당시 서로 반목하던 양대 문학 단체 명칭이 '한국문학가협회', '자유문학자협회'였으니 우선 '문학가', '문학자'의 통일이 필요했다. 해서 김관식이 어느 쪽에서도 거부할 수 없는 '문인'으로 정하자고 했던 것이다.

회장 역시 양대 단체는 물론 문단과는 전혀 무관한 전영택을 끌어들여 일단 무리 없이 한국문인협회를 결성한 것이다. 전후戰後 등단한 신진 문인들의 보스 구실을 하며 문단 어른들한테도 경우에 맞게 서슴없이 행동했던 김관식이기에 문단 통합을 막후에서 가능케 했다는 게 이근배 시인의 증언이다.

4 서정주, 「속 천지유정 8」, 64~65쪽.

근대 대 반근대, 에고 대 에코 논쟁 발단된 『신라초』

"내 이 『신라초新羅抄』는 6·25의 사변 후 10년간의 내 생사生死 속의 체험이 민족사와 맞닿으려는 노력에서 이루어진 불휴不休의 내 정신의 탐구인데도, 아직도 그 표현의 미비未備가 있은 까닭이겠지, 세상에서는 칭찬보다는 훨씬 더 많이 욕설을 내게 퍼부어 오는 속에 출간했던 것인데……."[5]

5·16이 일어난 1961년 말 서정주는 네 번째 시집 『신라초』를 정음사에서 펴냈다. 1956년 나온 세 번째 시집 『서정주시선』 이후 쓴 38편의 작품을 2부로 나눠 실었다. 이 시집으로 서정주는 1962년 5·16을 기념하기 위해 문교부와 예술원이 공동 주최한 제1회 오월문예상 문학 부문 본상을 수상했다.

서정주의 회고에 의하면 이 상은 문학 부문에서 결정된 것이 아니라 예술가 전체 심사회의에 넘겨져 김환기 화백의 강력한 추천으로 결정됐다. 위 인용 부분에서도 드러나듯 시단에서는 『신라초』 시편들에 대해 별로 호의적이지 않았다.

"천오백 년 내지 일천 년 전에는/금강산에 오르는 젊은이들을 위해/별은, 그 발밑에 내려와서 길을 쓸고 있었다./그러나 송학宋學 이후, 그것은 다시 올라가서/추켜든 손보다 더 높은 데 자리하더니,/개화 일본인들이 와서 이 손과 별 사이를 허무로 도벽해 놓았다./그것을 나는 단신單身으로 측근側近하여/내 체내의 광맥을 통해, 십이지장까지 이끌어갔으나/거기 끊어진 곳이 있었던가,/오늘 새벽에도 별은 또

5 앞의 글, 63~64쪽.

거기서 일탈한다. 일탈했다가는 또 내려와 관류하고, 관류하다간 또 거기 가서 일탈한다./장을 또 꿰매야겠다."

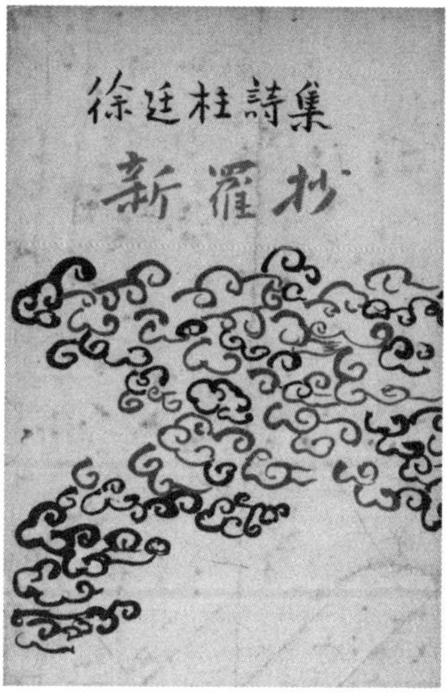

『신라초』(1961년) 초판본 표지

『신라초』에 실린 시 「한국성사략韓國星史略」 전문이다. 『삼국유사』에도 나타나듯 금강산으로 유람 온 신라 화랑들을 위해 별들이 내려와 앞길을 쓸어주는 등 우주와 인간은 한마음 한 몸으로 통했다. 그러나 개화된 이후 우리는 그 고대감응 방식을 잃고 말아서 다시금 삼라만상과 온몸으로 통하려는 시인의 노력을 비교적 쉽게 진술하고 있는 시이다.

그러나 모더니즘, 리얼리즘 등 서구 시 이론과 시 창작에 길들어가던 당시 시단이 이런 시를 곱게 봐줄 리 없었다. 현실감각을 상실한 신비주의라는 비판이 시단과 평단에서 이어진 것이다.

"나는 그냥 신라적인 정신태의 한 두어 가지가 근년(자세히 말하면 1952년 1·4 후퇴 이래) 매력이 있어서 시험 삼아 본 따 보고 있었을 뿐이다. 그것은 대별하자면 두 가지로, 그 하나는 '영통'이나 '영교'라는 말로써 전해져 오는 그것이고, 다른 하나는 불교의 삼세인연三世因緣과 윤회전생輪廻轉生이다."[6]

시인이자 영문학자인 김종길 씨가 『문학춘추』 1964년 6월호에 실린

6 서정주, 『서정주문학전집 5』, 283쪽.

평문 「실험과 재능—우리 시의 현황과 그 문제점」에서 서정주의 이런 시를 '영매靈媒' '접신술接神術'이라 비하했다.

그러자 서정주는 같은 문예지 다음 호에 실린 윗글에서 "가만있을 수 없어서 쓴다"며 자신의 시는 샤머니즘의 '영통'과 불교의 '윤회' 등 "고대부터 내려와 현대에 공존하고 있는 종교들의 고대적 사유태도, 고대적 감응태도"를 본 따고 있다고 밝혔다.

같은 문예지에서 다섯 차례 연달아 이어진 이 논쟁에서 김종길 씨는 시에서 현실성과 이성적 구조를 확보해야 한다고 주장했고 서정주는 '물질불멸의 법칙'이나 '필연성의 법칙' 등을 내세우며 자신의 시가 합리주의적 상식으로 충분히 이해될 수 있다고 항변했다. 이 논쟁은 "한국 근현대시사의 근대주의와 반근대주의, 월버 식의 표현을 빌리면, '에고주의'와 '에코주의'의 충돌을 집약적으로 보여준다는 점에서 시사적인 의의가 매우 크다"[7] 고 평가받고 있다.

한국 서정의 강심수로 흐르는 서정주의 풍류도

서정주의 이런 고대적 사유와 감응 태도는 풍류도風流道와 영원주의와 결합하며 차츰 우주 생태주의로 육화되어나가 한국 서정시의 한 절정에 이르게 된다.

"신라의 풍류도의 근간정신, 그것은 어떤 것인가? (중략) 우주 전체, 즉 천지 전체를 불치의 등급 따로 없는 한 유기적 관련체의 현실로서

7 김옥성, 「서정주의 생태사상과 그 시학적 양상」, 윤재웅 엮음, 『서정주』, 글누림, 2011, 236쪽.

자각해 살던 우주관이 그것이고,(중략) 역시 등급 없는 영원을 그 역사의 시간으로 삼았던 데 있다. (중략) 우리의 인격은 많이 당대의 현실을 표준으로 해 성립한 현실적 인격이지만, 신라 때의 그것은 그게 아니라 더 많이 우주인, 영원인으로서의 인격 그것이었던 것이다."[8]

서정주는 풍류도를 우주 만물이 등급 없이 어울려 통하는 우주관, 또 과거, 현재, 미래의 등급 없이 흐르는 영원관으로 보았다. 서정주의 이런 풍류도는 무릇 서정시의 양대 시학으로 통하는 '동일성의 시학'과 '순간성의 시학'과 그대로 통한다. 해서 서정주 시가 한국 현대시사에서 서정의 원류로 흐르게 되는 것이다.

서정주의 이런 시학을 손진은 씨는 한국인의 본원적인 미의식인 풍류 정신을 바탕으로 우리 근대 시를 분할해왔던 리얼리즘과 모더니즘 양쪽을 지양하면서 제3의 미학으로 본질에 다다르는 방법을 보여준다고 했다.[9] 이런 서정주의 풍류도는 순수 서정 계열의 시인들은 물론 고은 시인의 영통적인 시, 김지하 시인의 '접화군생接化群生'의 사상과 시로 암묵리에 이어지고 있는 것으로 볼 수 있다.

앞에서 누누이 살폈듯 1949년부터 들려오기 시작한 환청 증상은 6·25 와중에는 서정주를 죽음에까지 이르게 했다. 그러다 1·4 후퇴 때 전주 생활에서부터 "살아서 날 것이 되어 죽음과 영원을 생각하며 가게 하는 것인 듯하다"며 『삼국유사』나 『삼국사기』 속 옛이야기들이 실감으로 떠오르기 시작했다. 해서 그 이야기 하나하나씩의 모티프를 각각의 카드에 베끼기 시작했다.

8 서정주, 「신라문화의 근본정신」, 『서정주문학전집 2』, 303쪽.

9 손진은, 「'풍류'의 미학과 서정주의 시」, 최승호 엮음, 『서정시의 본질과 근대성 비판』, 다운샘, 1999, 192쪽 참조.

그와 함께 노자의 『도덕경』을 번역하고 공자의 『논어』와 『중용』을 읽고 또 읽으며 우주를 변함없이 순환시키는 천지의 영험하고 지극정성한 기운이 곧 귀신임을 실감했다. 환청, 강박관념의 병적 증세와 고전 읽기, 아니 온몸의 실감으로 옛이야기를 흡수하고 삼라만상과 정신적, 감각적으로 동화돼가려는 지극정성의 노력이 서정주에게 영통과 영원의 신라, 서정의 핵을 열게 한 것이다.

"이름을 들어 보지 못한 놈도 있었다./나는 마침내 한 메밀꽃밭과 조밭 새잇길에 섰다. 초록이 아니라 실제의 수많은 핏줄기 위에 헐 수 없이 마련된 흰 향기의 구름을 일으키고 있는 메밀꽃밭과, 다수굿이 고개를 수그리고 있는 누른 한떼의 조밭길 우에 서서 있다가, 문득 밭 말 풀섶에 파묻힌 기이한 말뚝 하나를 보았다./말뚝은, 내가 허리를 구부리고 만져본 걸로 보면 틀림없이 배의 닻줄을 매던 곳이다./여기 이것이 박힌 지 몇십년이 되었는지, 혹은 몇백년이나 되었는지는 모르지만 자욱이 끼얹힌 녹으로 보아 아마도 많은 세월을 어느 배의 닻줄도 감어보지 못한 채 자욱한 풀섶에 묻혀있던 것이리라./여기에 나날이 금빛의 닻줄이 감기고 풀리었을 지낸날을 눈앞에 그리어본다."

6·25 전란 중 시작 노트에 쓴 메모이다. 풀섶에 파묻힌 말뚝을 실제로 보고 만져보며 그 말뚝 위로 지나간 시간, 세월과 영원에 대해 명상하고 있는 대목이다. 메밀꽃밭을 '초록이 아니라 실제의 수많은 핏줄기 위에 헐 수 없이 마련된 흰 향기의 구름'이라고 묘사한 데서 서정주의 '헐 수 없이 마련된' 현실 순응의 인생관과 영원관을 실제로 보는 것이 드러난다. 이런 실제의 체험과 현실 순응의 인생관에서 영통과 영원은 구체적으로 나온 것이다.

"서정주의 『신라초』와 신라 정신은 서구적 현대의 한계에 대한 대안 담론들이 충만했던 1950년대적 상황 속에서 '사회적 고통'에 대한 대응으로 '다른 현실', '시의 현실'을 창조하는 정신을 전유해내고 있었다. 그것은 실정성을 갖는 내용이라기보다 실험이었으며 시의 형식을 통해서 구현되는 정신이었다"[10]라고 최근의 한 연구는 밝히고 있다.

그러나 서구, 현대에 대한 대안 담론인 서정주의 신라 정신을 서구 세대들은 샤머니즘으로 팽개쳐버린 것이다. 그런 서구 세대는 자유와 지성이라는 4·19 의식을 공통분모해 선배 세대를 한국문학사에서 몰아냈다. 리얼리즘, 모더니즘의 편협한 세계에서 쫓아냈을 뿐 아니라 1950년대까지 뿌리 깊게 이어져 내려오던 동양과 한국의 전통마저도 '국수주의' '샤머니즘' 운운하며 서구 이론으로 제압하고 만 것이다.

"현대 한국문학은 이러한 전통의 무巫가 이루어 온 영욕의 역사와 그 위대한 업적을 애써 외면해왔다. 특히 세대론적으로 보아 '4·19 세대의 문학의식'으로 구분 될 수 있는 '문학의식형과 문학조직'들 가운데 서구의 근대적 문학의식과 이론에 대한 편향이 자심한 『문학과지성』 창간 동인들의 문학의식은 반샤머니즘의 문학적 입장에서 단연 유별나다 할 정도이다. 물론 모더니즘과 더불어 한국 근현대문학의 쌍생아적 성격을 지닌 『창작과비평』 쪽의 진보적 리얼리즘의 문학의식도 문지와 정도의 차이가 크다면 클 뿐, 기본적으로 반샤머니즘적 입작에 서 있긴 마찬가지이다."[11]

문학평론가 임우기 씨도 최근의 한 장문의 평론에서 위같이 근대적 문학 의식과 이론에 대한 자심한 편향에서, 또 선배 세대를 제거하기 위한 불순한 세대론적인 입장에서 4·19 세대들이 한국 문학에서 융숭

10 김익균, 「서정주의 신라정신과 남한 문학장」, 163쪽.

11 임우기, 「한국문학과 샤머니즘의 이념」, 『작가세계』 2014년 여름호, 319쪽.

했던 샤머니즘을 몰아냈다고 밝히고 있다.

경춘선 황홀한 풍광과 여대생들의 웃음으로 빚은 시의 절정

"진달래 갈매기 소리로/갈매기 진달래 소리로/분홍 불 켜며/소금도 치며/단단한 어금니로/돌산 어금니로/'이 머스마 왜 이럽나!'/깔깔거리고 내려오는/칡꽃 같은 눈을 가진/처녀 들어 있나니……"

서정주가 『신동아』 1966년 5월호에 「춘천의 봄 햇별」이란 제목으로 발표했다가 1968년에 펴낸 다섯 번째 시집 『동천冬天』에서는 「강릉의 봄 햇별」으로 고쳐 실은 시 전문이다. 이 시는 1963년 봄부터 1968년 겨울까지 5년간 춘천에 있는 성심여대 강사로 나가면서 경춘선 기차 안에서 구상한 시이다.

차창 밖 낭떠러지에 환한 봄 햇살 아래 핀 진달래 무더기들이 강물과 어우러지며 갈매기 떼처럼 우짖고 있는 것만 같아 시를 그리 시작했다고 밝힌 바 있다. 시 속에서는 또 깔깔거리는 여대생들의 맑은 웃음소리도 들려오는 듯하다.

"서울↔춘천 왕복의 매주 다섯 시간의 그 기차 속에서/내가 차창을 통해 겪은 산천과의 교감 연습,/또 내 시의 많은 구상 연습들,/시의 말씀 짜기 연습들은/그 이후의 내 시의 생애에/인삼 녹용만 못하지 않은 약효도 가져왔었으니 말일세."

담시 「춘천행 시절」의 위 부분처럼 그 경춘선 안에서 많은 시를 구상해 1968년 서정주 시의 절정으로 평가되는 『동천』에 이를 수 있었다. 서정주뿐 아니라 적지 않은 시인들이 1960년대부터 현재까지 기차와 버스 등으로 교육 도시 춘천을 시간강사로 오가며 많은 좋은 시를 남기고 있다. 오가는 길, 산과 북한강 물이 어우러진 수려한 풍광과 서울에서 떨어진 춘천의 이국적 정취가 일상에 찌든 숨통을 틔워주며 시심을 자극하고 있는 것이다.

서정주는 공덕동 집에서 멀지 않은 원효로에 있던 성심수녀원 수녀들과 사귀게 됐다. 그런 인연으로 1963년도에 춘천에서 성심여대가 개교하자 국어 강사로 취임해 동국대 교수 월급에 적잖은 강사료를 보태게 된 것이다.

그뿐만 아니라 42세에 얻은 늦둥이 막내아들을 서울에 있는 성심국제학교에 무료로 입학시키는 혜택까지 받았다. 그러나 이런 혜택은 '꿩 먹고 알 먹고' 속담에서 '알'에 불과하고 정작 '꿩'은 시의 절정에 이르게 한 경춘선 오가는 길에서의 시 구상이었던 것이다.

"그러면서 한여름의 황혼마다 앞은/'강촌'이란 마을의 산골에 들러/냇물 속에 흠뻑흠뻑 잠기고서 지냈는데,/그때마다 뼈에 저려 오던 그 먼 산 뻐꾹새 소리/그것 하나에서만큼은 한눈도 잘 안 팔렸지."

담시 「경춘선의 5년 세월」 한 부분에서와 같이 처녀 시집 『화사집』에서부터 서정주의 시혼을 온통 사로잡기 시작해 죽을 때까지 제대로 다 형상화해내지 못했다는 그 뻐꾹새 소리를 뼈저리게 육화肉化했던 것이다. 『화사집』에서는 못 이룰 첫사랑을 울던 뻐꾹새 소리가 나이 쉰을 바라보는 시에서는 또 못 이룰 중년의 사랑을 자꾸자꾸 신화화, 아니 현재화하며 시화시키고 있었으니…….

"그래 나는 지금도 그렇게만 기차를 타러 간다./나를 오갈 들어 낯 불그레하게 하는/내 것보다 훨씬 더 깨끗한/낯선 소녀의 손톱 속의 반달을 보기 위해/그걸 제일 목적으로 기차를 탄다."

그때 쓴 시 「내가 타는 기차」 끝부분이다. 이 시 앞부분에서 열두 살 때 처음 기차를 타고 군산에 가서 본 도시 소녀들의 웃음소리에 오갈 들었었는데 그때 그 소녀들 같은 깨끗하고 낯선 여대생들의 손톱 속 반달을 보는 것을 제일 목적으로 삼아 춘천에 간다 하고 있으니.

중년에 서양 선교사 성처녀와의 이룰 수 없는 연정戀情

"우리 님의/손톱의/분홍 속에는/내가 아직 못다 부른/노래가 살고 있어요.//그 노래를/못다 하고/떠나올 적에/미닫이 밖 해 어스럼 세레나드 위/새로 떠 올라오는 달이 있어요.//그 달하고/같이 와서/바이올린을 켜면서/아무리 생각해도 생각 안 나는/G선의 멜로디가 들어 있어요.//우리 님의/손톱의/분홍 속에는/전생의 제일로 고요한 날의/사둔댁 눈웃음도 들어 있지만//우리 님의/손톱의/분홍 속에는/이승의 빗바람 휘모는 날에/꾸다 꾸다 못다 꾼/내 꿈이 서리어 살고 있어요."(「우리 님의 손톱의 분홍 속에는」 전문)

뻐꾹새 소리가 우리 님의 손톱의 분홍 속으로 이미지화해 들어오고 있는 시이다. 아직 못다 부른 노래, 사랑으로 되살아나고 있는 시이다. 한국어와 토속적인 시상 전개에도 불구하고 '세레나아드' '바이올린' 'G선의 멜로디' 등 외래어가 그대로 노출되며, 또 겉으로는 예쁜 경어체로 나가고 있지만 못 이룰 사랑을 울고 있는 시이기도 하다.

"'파리스하고/붙는 건/이제 당신이나 하슈./나는 본서방한테로/그리샤로/돌아갈 테니까'//헬렌이/비이너스를/핀잔하는/소리가 나고//얼쩡얼쩡하다가/군인의/창에 찔려/거꾸러지는/비이너스의 피

가 보인다./사람 것보단은/아조 말쩡하다는/비이너스의 피가 보인다."(「여자의 손톱의 분홍 속에는」 전문)

앞 시의 후속 편으로 보이는 이 시에서는 손톱 속 분홍 반달을 비너스의 피로 형상화하고 있다. 토속적인 어투이면서도 그리스 신화를 빌려 트로이 왕자 파리스와 간통해 트로이 전쟁을 부른 헬렌이, 그리되도록 꾸민 비너스를 향한 핀잔의 소리도 손톱 속에서는 들린다. 그렇다면 당시 쉰 어름의 서정주에게 다시 연정을 불러일으킨 실제 주인공은 누구일 것인가.

"연애지상주의파의 한 노처녀가/사내인 그대의 사십 대 후반기쯤에 나타나서/'나는 줄곧 당신을 혼자서 사모해 왔거던요.'/한다면,/그러고 또 그대가 이미 처자를 거느린 가장이라면,/이거 이런 경우엔 어떻게 하면 좋지?//(중략)//우연처럼 참 우연처럼 꼭 한 번/내게도 이 시험이 사십 대 후반엔 왔었다./그러나 그 결과는 침묵함이 좋겠다.//(중략)//공자가 이 경우에 써먹으시던 말씀/'하늘이 싫어할 일을 내가 설마 했겠나?'/그거나 습용하며 침묵함이 좋겠다."(「하늘이 싫어할 일을 내가 설마 했겠나?」 부분)

위 담시에서 서정주는 제목처럼 공자의 말을 빌려 얼버무리며 밝히지 않고 있다. 그러나 그 공자의 말이 참 재미있으면서도 의뭉스럽다. 그래서 제목에서부터 물음표를 부러 찍지 않았겠는가.

"점잖은 중년 사나이가 그 연정을 풀어 보기라면/데이트 상대는 아무래도/눈 맑은 수녀나 여승 같은 이가 좋겠군."(「중년 사나이의 연정 해결책」 부분)

"내가 성聖처녀라고 별명을 붙였던/미국 선교사 겸 여류 시인인 하니카트 양을 춘천으로 초대해서/연정의 빛깔에 대해 우리 둘이 의견

하니카트 양(왼쪽)과 함께 법주사에서

을 나누었을 때/역시나 흑장미 같은 핏빛보다는/무난한 연분홍 정도가 좋지 않겠느냐는 데에/우리는 웃으면서 합의했던 것 같은데,"(「춘천행 시절」 부분)

서정주는 짐짓 '침묵'하려 했지만 그냥 저절로 드러난 위 담시 부분에서 점잖은 중년 사나이의 연정의 대상을 유추해볼 수 있을 것이다. 실명까지 드러내고만 미국 선교사 겸 시인인 '하니카트 양'이 아닐 것인가. 서정주 시에 반해 1962년 처음으로 영역英譯까지 했고 또 그해 겨울 서정주와 함께 속리산 법주사에 가 마당 앞에서 곱게 기념사진까지 남긴 시인이니. 뻐꾹새 소리가 당시 그녀의 손톱 속 연분홍 반달로 떠오르고 있지 않았겠는가.

섭섭하게,
그러나
아조 섭섭치는 말고
좀 섭섭한 듯만 하게,

이별이게,
그러나
아주 영 이별은 말고
어디 내생에서라도
다시 만나기로 하는 이별이게,

연꽃
만나러 가는
바람 아니라
만나고 가는 바람같이……

엊그제
만나고 가는 바람 아니라
한두 철 전
만나고 가는 바람같이……

『현대문학』 1964년 6월호에 「무제無題」로 발표됐다가 『동천』에는 「연꽃 만나고 가는 바람같이」란 제목으로 실린 시 전문이다. 지금도 널리 애송되는 이 절창 역시 그런 중년의 안타까운 연정의 소산일 것이다.

연정이 서정주 삶과 시 쓰기의 원천

"내가/돌을/만들면//돌은/연꽃을/만들고//연꽃은/호수를 만들고//하늘 밑에 있는 것은/이 호수뿐이니//여기에서/알라스카까지//애인아 너는 혼자/왼켠으로 돌아가고/알라스카에서/여기까지//나는 혼자/바른켠으로 돌아오고"

1966년 6월 21일 밤에 시작 노트에 제목도 없이 이리저리 고쳐가며 쓴 시이다. 이것을 『현대문학』 1966년 8월호에 「여행가 3」이란 제목을 달아 '하눌 밑'은 '하늘 밑'으로 교정을 보고 '너는 혼자', '나는 혼자'는 서로 위치를 바꿔 발표했다.

정지용 시인은 "얼굴 하나야/손바닥 둘로/폭 가리지만,//보고픈 마음/호수만 하니/눈감을밖에."(「호수 1」 전문)라고 보고파도 만날 수 없는 그리움을 호수에 빗대 읊었을 것이다. 서정주도 그런 이뤄질 수 없는 그리움을 '애인아'라고 부르는 연시戀詩로 읊었을 것이다.

"1961년 겨울에 나는 충북 보은의 속리산 법주사의 큰 마당 한쪽에 서 있는 신라의 화강암제의 '석연지石蓮池'란 이름의 한 조각품에 반하여 넋을 쏟고 있었는데, 그것의 모양은 '두 마리의 사자가 뒷발들로만 일어서서 앞발들로는 한 송이의 잘 핀 연꽃송이를 머리들 위에 이고서 떠받들고 있고, 그리고 그 피어 있는 연꽃 속은 맑은 호수다'는 내용의 꾸밈으로 되어 있는 것이었다."[12]

훗날 이 시의 착상에 대해 말하고 있는 부분이다. 위에서 말한 법주사 큰 마당 앞에서 하니카트와 함께 찍은 사진의 시점과 1년 차이 나나 이것은 서정주의 예의 정확지 않은 기억 탓일 게고 그 석연지도 그녀와 함께 봤을 것이다. 그래서 지구 한 바퀴를 서로 외로 돌아 만날 수 없는 그리움을 그린 위 시의 발상에도 하니카트와의 이룰 수 없는 연정이 숨어 있는 것으로 볼 수 있다.

"나는 시를 쓰는 물건이라서 특별나게 그런지, 아니면 사람 모두가 사실은 다 그런 것인지 그건 잘 모르지만, 솔직히 말해서 연애감정이라 하는 것이 내가 일생 동안 제일 마음 많이 써여온 것이다. 어떤 한 여자를 영 비밀하게 사랑하면서—그것도 거의는 짝사랑을 하면서 그

12 서정주, 「내 인생공부와 문학표현의 공부」, 『서정주 문학앨범』, 181쪽.

런 눈으로 사람을 보고 자연을 보고 시를 써온 셈인데"[13]

「짝사랑의 역정歷程」이란 산문에서 명확히 밝히고 있듯 연정이야말로 서정주의 삶이요, 시 쓰기의 원천이었던 것이다. 기독교의 '사랑'이나 불교의 '자비'와는 확연히 다른 우리 인간들의 유한하고 못 이룰 그런 연정이 시로 승화돼 이승 저승을 연결하며 뭇 생령들을 감읍感泣시키고 있는 것이다.

선배 공경과 후배, 제자 보살핌으로 세운 미당학교

"나도 내 공부를 과거의 어느 때보다도 많이 하고/내 시 표현도 정밀을 다하고 해서/이 60년대는 우리 가문의 잔잔한 한 홍륭기를 이루었나니"라고 시 「춘천행 시절」에서 밝히고 있듯 1960년대는 서정주가 정말 일가를 이룬 연대였다. 시 창작도 어느 때보다 부지런히, 정밀히 하고 선배 시인들을 연구하고 존경하고 후배 시인들은 따뜻이 잘 받아들이며 시단의 어른으로 우뚝 서가는 연대이기도 했다.

서정주는 이근배 등 후배 시인들을 데리고 직접 망우리에 있는 만해 한용운의 묘소를 참배하기도 했다. 공초 오상순과 구상 등 선배 동료 시인들을 공덕동 집으로 모셔가 술대접을 하기도 했다. 동국대 교수 월급에 성심여대 강사료 등 적지 않은 수입이었지만 공덕동 집에 넘쳐나는 술손님 접대에 남아나는 것이 없었다.

후배, 제자 문인들이 동네 가게에서 달걀이라도 한 줄 사가면 부인은

13 서정주, 『서정주문학전집 4』, 153쪽.

그걸 다시 가게로 갖고 가서 술이나 술국 끓일 동태로 바꿔오기 일쑤였다. 현관 앞 넘쳐나는 술손님 신발이 늘 대문까지 늘어서 있었다.

그런 와중에도 서정주는 좋아하는 시인들, 김소월, 한용운, 김영랑, 정지용 등의 연구에도 부지런했다. 자신의 시는 아직 한 고개도 못 넘었는데 그런 선배들의 시는 세 고개, 네 고개를 넘어가고 있다는 존경심으로.

"신시대의 시인들과, 중들과, 또 그 밖의 모든 동포 중, 민족의 애인의 자격을 가진 이들은 있었으나, 인도자의 자격까지를 겸해 가진 이는 드물었고, 또 인도자의 자격을 가진 이는 있었으나, 애인의 자격을 겸해 가진 이는 드물었다. 그러나 만해선사만은 이 두 자격을 허실虛失 없이 완전히 다 가졌던 그런 사람이다. 이 점, 이 분 이상 더 있지 않다."[14]

일제 강점기에 같은 문학도로서 김동리를 처음 만났던 안국동 선학원에서 한용운이 참선하고 있다는 소식을 들었으면서도 생전에 한 번도 찾아뵙지 못했다. 그걸 후회하면서 서정주는 『사상계』 1961년 11월호에 「만해 한용운 선사」라는 글을 시작으로 위와 같이 한용운을 민족의 지도자 겸 애인으로 받들어 모시기 시작했다.

그런가 하면 한용운의 한시 육필본 1백 60여 편이 발굴되자 그걸 보는 즉시 "만해의 고통과 시인으로서의 당당한 격조를 한꺼번에 느낄 수 있었다"[15]며 대뜸 번역해 잡지에 싣기 시작했다.

"이 하늘 밑 만나기도 쉽지 않은데/감옥 속에서 하는 이별 별나고말고./옛 맹세는 아직도 안 식었으니/국화 피건 또 한 번 찾아오게. (天下逢未易/獄中別亦奇/舊盟猶未冷/莫負黃花期)"

14 서정주, 『서정주문학전집 2』, 199쪽.
15 『문학사상』 1973년 1월호, 34쪽

「감옥 속에서 헤어지면서」라는 제목으로 번역한 한용운의 5언 절구 「증별贈別」 전문이다. 서정주 특유의 어법으로 읽을 맛깔을 한층 내며 67편의 시를 추려 번역해 『문학사상』 1973년 1월호와 5월호에 나눠 실었다.

"구 시인이신가. 날세. 아침부터 부탁 하나 드릴 테니 반드시 들어주시게. 소월 시인의 아들 하나가 북에서 대한민국으로 내려왔다가 가족들과 함께 굶어 죽게 생겼으니 이효상 국회의장을 찾아가서 꼭 국회 수위 한자리라도 시켜주도록 하소."

1967년 여름 어느 아침, 서정주는 구상 시인에게 서둘러 전화를 했다. 몇 년 전부터 왕래가 있던 김소월의 셋째 아들 정호가 전날 저녁 찾아와 선처를 부탁했기 때문이다.

1934년 소월이 음독자살하자 정호는 고향인 평안북도 정주에서 어렵게 중학교를 마쳤다. 그는 졸업하자마자 6·25가 터져 의용군으로 차출돼 남진했다가 UN군에게 포로가 돼 거제도 수용소에 갇혔다 반공 포로로 풀려났다.

열차 안에서 판매원으로 근근이 입에 풀칠을 하다 그 일도 못하게 되자 몇 년 전 처음으로 서정주를 찾아왔었다. 그래서 서적과 음반 외판원 일을 하게 해 지인들에게 많이 팔아주게 돌봐왔으나 아내가 병들어 영 살길이 막막해지자 다시 서정주의 공덕동 집을 찾아온 것이다.

그런 정호에게 안정된 직장을 마련해주기 위해 짜낸 꾀가 당시 국회의장이었던 이효상을 잘 아는 구상 시인에게 부탁하는 일이었다. 구상은 즉시 이효상을 만나 국회 수위 자리를 꿰차게 해줬다.

남이든, 북이든 우리 민족이 있는 한 소월을 최고의 민족 시인으로 존경해온 서정주는 1960년대 들어 여러 편의 김소월 시 연구 평론 및 논문도 발표했다. 그런가 하면 서울 남산에 소월 시비詩碑를 세우고 제막하는 데 앞장서기도 했다.

고은 시인 환속還俗과 정한情恨의 시인 박용래

"내가 제주도 간 사이에 시인 고은이 정식으로 중노릇을 그만둘 것을 표명하고 서울신문에 그 곡절을 밝히는 무슨 글을 연재하게 되었다고? 나도 가깝기야 중에 가까운 사람이지만, 그것 참 용감히 잘한 일입니다. 그 사람 시인이니까, 첫째, 여자하고 애기를 가져보아야지. 그렇지만 이제 막상 환속還俗했단 말을 들으니, 여러 여자의 환멸은 있고 한 여자의 천국이 없어, 또 속俗을 작파할 생각이 안 날까 염려가 되는군. 세속은 또 세속대로 중의 길인 것을……."[16]

서정주가 1963년 7월 31일자로 박성룡 시인한테 보낸 서신의 한 대목이다. 일초一超라는 법명으로 승려 생활을 하던 고은을 시인의 길로 들어서게 한 사람이 바로 서정주이다. 그동안 써놓은 시 몇 편을 읽어 보고 나서 그 자리에서 "자네는 이제부터 시인이구먼" 했다고 고은 시인은 회고하곤 한다.

박성룡과 함께 공덕동 집으로 찾아온 일초 스님한테 "시인은 첫째 사람 노릇을 다 해봐야 하는 것이기에 환속해야 한다"라고 강권한 장본인도 서정주이다. 그래서 환속한 후 공덕동 집을 가장 자주 드나들며 서정주를 시의 최고 스승, 시의 정부政府로 여겼던 사람이 바로 고

16 서정주, 『서정주문학전집 4』, 300쪽

은 시인이다.

“아내와 아이들 다 직장에 나가는/밝은 낮은 홀로 남아 시 쓰며 빈 집 지키고/해 어스럼 겨우 풀려 친구 만나러 나온다는/박용래더러 ‘장 속의 새로다’하니,/그렇기사 하기는 하지만서두 지혜는 있는 새라고 한다.”

서정주가 눈물과 정한情恨의 시인 박용래를 두고 써서 『문학사상』 1976년 1월호에 발표한 시 「박용래」 부분이다. 1956년 『현대문학』으로 등단한 박용래 시인은 1980년 타계할 때까지 대전에 살면서도 서정주 집을 자주 찾았다. 은행원과 교직 등도 다 집어치우고 줏대 높게 오로지 시만 위해 살던 순정파 순수 시인도 열 살 위인 서정주의 시만은 깍듯이 알아 모시며 배웠던 것이다.

“새벽 두시쯤 잠이 영 안 올 때 꺼내 피우며, 나는 이런 점에서 나와 매우 비슷한 대전의 시인 박용래를 생각하기도 했다. 언제던가 대전에 내가 무슨 문학강연을 갔을 때, 나를 그리로 찾아온 천성天性의 시인 박용래가 그 오무라이스 자리에서던가 서슴지 않고 웃으며 꺼내 피우고 있던 그 성냥갑 속의 꽁초의 일을…….”[17]

5·16 직후 서울 중부경찰서에 구속됐다 보름 만에 풀려난 후 ‘주의보’를 좌우명 삼아, 길가에 꽁초를 버리면 또 잡혀갈까 두려워 성냥갑에 넣어두곤 했다. 그러다 담배가 다 떨어진 새벽에 꽁초를 꺼내 피우는 ‘행복’을 그리고 있는 위 대목에서도 서정주는 박용래를 어김없이 회고할 정도로 그 천성의 시인에게 각별했다.

“한때 나는 한 봉지 솜과자였다가/한때 나는 한 봉지 붕어빵였다가/한때 나는 좌판에 던져진 햇살였다가/중국집 처마밑 조롱 속의 새

17 서정주, 「속 천지유정 8」, 63쪽.

였다가/먼 먼 윤회 끝/이제는 돌아와/오류동五柳洞의 동전."

박용래가 교통사고로 인해 타계한 후 유고遺稿로 발표된 시 「오류동의 동전」 전문이다. 자신을 아끼고 자신이 배웠던 서정주를 염두에 두고 쓴 시임이 분명하다. 서정주가 붙여준 별호 '조롱 속의 새'가 그대로 나오고 또 서정주의 신라 정신과 윤회전생이 잘 드러나고 있지 않은가. '솜과자'와 '붕어빵'의 상품에서, '햇살'이라는 우주적 존재로, 다시 '조롱 속의 새'라는 갇힌 생물로 윤회하고 있지 않은가.

여기에 더해 서정주의 「국화 옆에서」의 끝 부분 "머언 먼 젊음의 뒤안길에서/인제는 돌아와 거울 앞에 선/내 누님같이 생긴 꽃이여"와 위 시 "먼 먼 윤회 끝/이제는 돌아와/오류동의 동전"을 같이 놓고 볼 때 윤회전생은 물론 어법까지 따르고 있지 않은가.

이렇게 박용래는 서정주를 내놓고 따른 것이다. 강화도 전등사 승려 출신인 고은이나 대전의 박용래뿐 아니라 삼천포 출신 박재삼, 해남의 이동주 시인 등 전국의 많은 시인들이 1960년대 서정주의 공덕동 집을 찾으며 공덕동은 그야말로 시의 정부, 미당 학교가 되어갔다.

한국 시의 진경珍景, 절정에 이른 『동천』

내 마음속 우리 님의 고은 눈섭을
즈믄 밤의 꿈으로 맑게 씻어서
하늘에다 옮기어 심어 놨더니
동지섣달 날으는 매서운 새가
그걸 알고 시늉하며 비끼어 가네

『현대문학』 1966년 5월호에 발표한 시 「동천」 전문이다. 동서고금 하고많은 시인들이 달을 두고 시를 써왔다. 그 중 몇 편 꼽으라면 한 손에 빠지지 않을 절창이다.

다섯 행의 짧은 시인데도 온 우주를 울리고 있다. 앞서 살폈듯 춘천을 오가며 경춘선 안에서 시 구상과 표현에 정밀을 다한 시일 것이다. 시어 하나하나의 정밀한 선택과 절차탁마, 그리고 행마다 자연스러운 4음보 율격의 변주變奏를 보시라.

『동천』(1968년) 초판본 표지

그런 정밀한 표현으로 서정주를 평생 사로잡았던 뻐꾸기 소리가 우리 님 손톱 속 분홍 반달로, 다시 고운 눈썹으로 육화되다 마침내 저 하늘의 초승달로 떠오른 것이다. 천 날 밤의 꿈으로 맑고 정밀하게 씻어 띄운 그 달에 새와 별과 독자 등 온 우주 뭇 생령이 감읍하고 있는 시이다.

시학도들이 시를 배우고 시인들도 자신의 시를 경계하고 가다듬을 때 가장 많이 참고하는 시이다. '서정주를 통하지 않고는 시에 이를 수 없다'는 우리 시단의 통설을 낳게 한 시가 바로 이 「동천」이다.

"병장 첫 봉급을 받고 춘천 시내로 나가 책 한 권을 샀는데, 그 책이 바로 서정주 시집 『동천』이었다. 나는 『동천』을 읽고 또 읽으면서 서정주 시인을 결정적으로 새롭게 만나게 되었다. 우리 시에 있어서 전통적 정서와 가락을 내 나름대로 이해하게 된 것이다. 군인교회 차가운 시멘트 바닥에서 군대의 밤을 보내면서 『동천』에 배어 있는 민중적

한의 가락과 숨결을 발견한 것이다."[18]

정호승 시인도 1970년대 초 군대에서 서정주 시를 또박또박 베껴가며 시를 배우고 창작해 신춘문예에 당선될 수 있었다고 회고할 정도로 많은 시인들이 「동천」을 자신의 시 창작의 귀감龜鑑으로 삼아왔고 앞으로도 그럴 것이다.

서정주는 이 시를 표제작으로 하여 맨 앞에 올린 다섯 번째 시집 『동천』을 1968년 11월 민중서관에서 펴냈다. '동천' '고대적 시간' '여행가' 등 3부로 나눠, 지금까지 펴낸 시집 중 가장 많은 50편의 시를 싣고 있다. 이 시집에서도 『신라초』 이후 발표한 시 중 20편가량을 싣지 않고 있어 처녀 시집 『화사집』 이래 시집을 펴낼 때마다 자신에게 더 엄밀했던 시 정신을 읽을 수 있다.

"『신라초』에서 시도하던 것들이 어느 만큼의 진경進境을 얻은 것인지, 하여간 나는 내가 할 수 있는 대로의 최선을 다해온 셈이다. 특히 불교에서 배운 특수한 은유법의 매력에 크게 힘입었음을 여기 고백하여 대성大聖 석가모니께 다시 한 번 감사를 표한다."

시집 말미에 실린 '후기'에서 위같이 밝혔듯 『동천』의 시 세계는 『신라초』의 연장선상에 놓여 있다. 신라 정신과 불교 즉 영통과 영교, 그리고 윤회전생으로 이어지는 진경進境이면서 그 진경珍景을 보여주고 있는 시집으로 『동천』은 평가받고 있다.

18 정호승, 「이 세상에 단 하나뿐인 '서정주시집'」, 『내 스무살을 울린 책』, 작가정신, 1998, 66~67쪽.

그리움을 우주적 이치로 끌어올린 절창

내가
돌이 되면
돌은
연꽃이 되고

연꽃은
호수가 되고

내가
호수가 되면

호수는
연꽃이 되고

연꽃은
돌이 되고

『동천』 2부 '고대적 시간'에 실린 시 「내가 돌이 되면」 전문이다. 위에서 살펴본 시 「여행가3」을 『동천』을 펴내면서 '만들면'을 '되고'로 고치고, '애인아' 하고 부르는 뒷부분을 빼버려 시를 180도 확 바꿔버린 것이다.

부러 '만드는' 것이 아니라 절로 '돼가는' 것이 도가道家의 무위자연

無爲自然이요 불가佛家의 윤회전생이며 서정주가 단군 이래 우리 민족은 원래 그렇게 살아왔다는 풍류風流 아니겠는가. 그리움으로 출발한 연시풍의 시가 '만들면'을 '되고'로 고치면서 이리 군더더기 하나 없이 그리움을 우주의 이치로 순하게 끌어올린 절창이 된 것이다.

서정주는 이런 것을 두고 '불교에서 배운 특수한 은유법'이라 했는지 모르겠지만 『동천』의 세계는 원관념을 감춘, 원관념과 보조관념을 나눈 이분법적인 상징이나 은유 없이 그저 훤하다. '물은 물이요, 산은 산이다'라는 고승高僧의 어법처럼 자연스럽고 명징하다. 『신라초』에서 부러 영통과 윤회를 드러내고, 시키려는 그 의지나 작의作意도 말끔히 가신 그야말로 진경을 그대로 보여주고 있다.

1978년 세계일주 여행 중 캐나다 낭송회에 초청돼 가서 이 「내가 돌이 되면」을 낭송했는데 다른 시를 낭송할 땐 덤덤하던 청중들이 「내가 돌이 되면」을 듣고는 "원더풀, 원더풀!"이 터져 나오고 단상으로 뛰어 올라와 덥석 안으며 뺨에 뽀뽀도 해준 시인도 있었다고 서정주는 회고하곤 했다. 그저 자명自明해 귀신도 울리는 이런 시에 무슨 번역의 어려움이 따르겠는가.

"선운사 골째기로/선운사 동백꽃을 보러 갔더니/동백꽃은 아직 일러 피지 안했고/막걸릿집 여자의 육자배기 가락에/작년 것만 상기도 남았습디다./그것도 목이 쉬어 남았습디다."

『동천』에 실린 이 「선운사 동구」는 시인의 고향인 전북 고창 선운사 입구에 시비로 서 있다. 고향 사람들이 향토가 낳은 시인을 기리기 위해 1974년 세워준 것이다. 그러나 이 시집은 서정주에게 '이제 문학상은 단호히 거부하겠다'는 심한 자과감과 좌절감도 안겨주었다.

뒷구멍 문학상 단호히 거부한다고 선언

“내 개인으로서는 상賞의 입후보 노릇이라는 것이 여러 가지로 비위에 안 맞아 조용히 피하려는 심경이었을 따름이고, 타의는 전연 없는 것”[19]이라 전제하며 서정주는 『월간중앙』 1969년 10월호에 「문학상 단호 거부의 이유」라는 글을 발표했다. 짧지 않은 이 글에서 서정주는 너무나도 돈에 궁窮하여, 2백만 원의 상금 하나만 노리고 시집 『동천』을 걸어 서울시문화상에 지원했으나 결국 떨어진 자괴감과 그 전말을 비교적 소상히 털어놓고 있다.

이 글에 따르면 1969년 1월 한국문인협회 이사회에서는 시상이 임박한 서울시문화상 후보를 추천하기 위해 무기명 투표를 했다. 그 결과 후보 자원자 중 서정주 16표, 그다음 후보 7표, 그다음이 5표로 나왔다. 서정주가 월등하게 다수표가 나오자 단일 후보로 내세우자는 의견이 있었으나 서정주가 그러면 섭섭하니 몇 명 더 올리자 했다. 그래서 세 명을 올렸는데 3순위로 올린 박목월 시인이 수상하게 됐다.

“금년 봄에 있은 어떤 상의 제1후보로 ×××회의 지명을 받은 뒤 그 낙선에 이르기까지에 내가 겪은 심리적 고통과, 또 들려오는 그 상 심사를 에워싼 뒷구멍의 소식들의 불쾌함은, 상 그것의 귀한 느낌과는 달리, 나로서는 견디기 어려운 것이어서, 첫째 나 자신을 지탱하기 위해 언제 어떻게 또 있을는지 모르는 이런 곤욕을 면하려면, 먼저 일체의 상의 입후보에서 해방되는 것이 제일 현명한 방법이라고 작정하게 되었다.”[20]

19 서정주, 『서정주문학전집 5』, 302쪽.
20 위의 책, 302쪽.

이 글을 쓸 당시에는 상 이름이나 추천 단체, 심사 단체, 그리고 후보자와 수상자를 다 '×××'나 이니셜로 표기해 밝히지 않고 있지만 후에 쓴 담시 「김칫국만 또 마셔보기」에서는 수상자를 '박목월 군'이라 밝히고 있다. 그리고 정황을 따져보면 한국문인협회가 추천해 예술원이 심사하는 서울시문화상임이 자명하게 드러난다. 그리고 불쾌한 그 '뒷구멍의 소식'의 당사자는 'K'라는 이니셜로 표기하면서도 "내 20대부터의 친구'라고 밝혀 김동리임을 드러내고 있다.

서울시문화상은 1949년 윤보선 당시 서울시장의 "예술은 길고 인생은 짧다"는 축사로 시작된 이래 6·25 전쟁기만 제외하고 지금까지 매년 시상해오고 있는 전통 깊은 문화예술상이다. 그 상 문학 부문에 이래저래 돈이 궁해서, 다른 후보들은 여러 권의 책을 심사 대상으로 올렸는데도 서정주는 질이 문제지 양이 문제가 아니라며 『동천』 한 권만 자신만만하게 올렸다가 낙선한 것이다.

"보름을 굶은 아이가/산 한 개로 낯을 가리고/바위에 앉아서/너무 높은 나무의 꽃을/밥상을 받은 듯 보고 웃으면//보름을 더 굶은 아이는/산 두 개로 낯을 가리고/그 소식을/구름 끝 바람에서/겸상한 양 듣고 웃고//또 보름을 더 굶은 아이는/산 세 개로 낯을 가리고/그 소식의 소식을 알아듣는가/인제는 다 먹고 난 아이처럼/부시시 일어서 가며 피식히 웃는다."

앞에서 살폈듯 1·4 후퇴 때 광주에서 조선대 교수로 있던 1952년 여름방학을 맞아, 서정주는 신라에 대한 글을 쓰려 해남 대흥사로 들어갔다. 글은 나오지 않고 파지만 내다 정신을 맑게 하려 삭발하고 단식할 때의 심경을 시화詩化하려다 미뤘던 것을 수상 소식을 기다리며 잠 못 이루던 1969년 2월 8일 밤 2시 40분까지 「춘궁春窮」이란 제목으로 시에 담아본 것이다. 서정주는 위에 나오는 세 아이는 후보로 나선 세 사람이며 마지막 세 번째 아이가 자신이고자 하며 써봤던 것이라 밝히고 있다.

가장으로서의 집안 살림과 공덕동으로 몰려드는 문인들 술과 음식 바라지에 얼마나 궁핍했으면 몇 달 단식 후의 심사에 비견했겠는가. 궁해서 수상 소식을 대망했음에도, 또 『동천』의 시적 수준에 대한 자부심이 대단했음에도 낙선하고 뒷구멍 소식들만 들려오니 써봤자 아무런 도움이 안 될, 그리고 단호히 지키지도 못할 「문학상 단호 거부의 이유」란 글을 또 세상 물정 모르고 썼던 것이다.

이 일로 문단에 나오기 전부터 서로의 문재文才를 알아보고 찰떡같이 사귀었던 김동리와도 틈이 지기 시작한다. 또 박목월과도 라이벌 의식이 심화돼 1980년 전두환 신군부 지지 발언 망신살의 한 화근이 되었을 터이다.

사당동 관악산 자락 이사와 유신으로 치닫는 정국

"오랜 가난에 시달려 온 늙은 아내가/겨울 청명한 날/유리창에 어리는 관악산을 보다가/소리 내어 웃으며/'허어 오늘은 관악산이 다아 웃는군!' 한다./그래 나는/'시인은 당신이 나보다 더 시인이군!/나는 그저 그런 당신의 대서쟁이구……' 하며/덩달아 웃어 본다."

서정주가 『시와시학』 2000년 봄호에 발표한 시 「겨울 어느 날의 늙은 아내와 나」 전문이다. 생전에 마지막으로 발표한 위 시에 관악산이 두 번이나 보이듯 서정주는 1970년 3월 10일 관악산이 눈앞에 바로 잘 바라보이는 사당1동으로 이사해 그 집에서 죽을 때까지 아내와 해로偕老했다.

일제 말 한때 최재서의 인문사에 재직하며 친분을 나눴던 일본 시인 노리다케 미즈오가 해방 후 귀국하며 물려준 공덕동 꼬불꼬불한 골목길 언덕배기에 한옥 대문에 돌흙담 낡은 기와집 반 채에서 25년간 살다 바로 옆에 조그만 철공소가 들어서서 밤낮없이 쇠를 두들기기에 그 소리를 견디다 못해 이사한 것이다.

하도나 고요할 때면 마당의 살구나무 잎사귀 사운거리는 소리가 미풍에 수수밭 소곤거리는 소리 같아 당호도 '청서당聽黍堂'이라 지었는데 쇠 부딪치는 굉음을 어찌 참아낼 수 있었겠는가.

마침 서울시에서 가난한 예술인들을 위해 찻길도 없는 사당동 관악산 자락에 예술인 마을을 조성해 땅을 분양하기 시작했다. 교통이야 어떻고, 장화 없인 다닐 수 없는 진창길이야 어떻든, 서정주는 그 관악산과 자연이 좋아, 그리고 남자로 태어나 새집 한 채 직접 지어보려는 로망에서 사당동을 택한 것이다.

"1969년의 가을부터 겨울이 가기까지, 발톱이 어는 것도 깡그리 모르고 나와 아내 둘이서 번갈아 건축 현장을 지키며, 부디 좀 단단히만 지어 달라고 '박 사장, 돼지갈비나 좀 구워 자시고 할까? 김 사장, 쐬맥에 쇠머리 수육이라도 좀 자시고 하실까?' 노가대 판 비위만 맞추고서 있었나니……"

담시 「또 한 개의 전화위복」 대목에서처럼 부부가 번갈아 관악산 칼바람 속에서도 집 짓는 현장을 지키며 독려했다. 난생처음 수첩에 건축 자재비도 빠짐없이 기록했다.

그런 노력 끝에 2층 양옥으로 집이 다 지어지자 당호를 '봉산산방逢

蒜山房'이라 지었다. 단군신화에서 따와 쑥같이 쓰고 마늘같이 매운 일들을 더 잘 견뎌내야겠다는, 5·16 이후 매사에 주의하자는 '주의보' 좌우명 내지 각오를 당호에 새겨 넣은 것이다.

"새 집으로 이사한 뒤 1년 반 동안 내가 주로 중요하게 마음먹어 해온 일 두 가지가 있으니, 그 한 가지는 관악산 뻐꾹새 소리를 귀담아 들어 온 일이고, 다른 한 가지는 좁은 대로의 이 신거新居의 뜰에다 있는 대로의 재력과 공력을 다해 나무들과 돌들을 배치하고 대조해보고 옮겨 고쳐 놓아보고 하며 지내온 일이다."[21]

이사 온 지 1년 6개월 후 쓴 「내 시정신의 근황」이란 글에서 서정주는 뻐꾹새 소리를 귀담아 듣는 것과 뜰 가꾸기를 '시 정신의 근황'으로 내세우고 있다. 뻐꾹새나 소쩍새 소리는 『화사집』부터 서정주 시세계를 줄곧 관통하고 있는 전형적 모티프여서 그렇다 치고 뜰을 가꾸면서 세상의 조화, 시의 조화를 새롭게 체험하고 있었던 것이다.

"그리하여 이 관악산 밑의 내 집 봉산산방에서 내가 새로 시작한 일은/호주머니 사정이 허락하는 대로/여러 가지 꽃나무들과 여러 모양의 바윗돌들을 모아/이것들의 모양과 빛깔을 늘 대조해 보며 /조끔치라도 더 나은 조화를 이루게/배치해 보고 또 고쳐 배치해 보고 하는 일이었네."

담시 「관악산 봉산산방」 위 대목처럼 서정주는 이 집에 사는 내내 집 뜰 가꾸기와 돌보기에 지극정성을 다했다. 그러던 어느 날 후배 시인이 경주 선덕여왕릉에서 주운 것이라며 이끼 낀 분홍빛 돌 하나를 가져다주었다. 여왕을 짝사랑하다 불타 죽은 신라의 미친 사내 지귀

21 서정주, 『서정주문학전집 5』, 294쪽.

지금은 '미당 서정주의 집'이 된 관악산 봉산산방

의 넋을 생각하며, 또 그런 사내에게 팔찌를 벗어준 여왕을 생각하며 그 이끼를 여왕의 몸 어디에 돋았을 털로 여기며 조석으로 물을 주며 시상에 잠기곤 했다. 지난 5년간 춘천행 열차 안에서의 시 구상의 공간이 이제 조화로움을 가꾸려는 집 뜰로 바뀐 것이다.

서정주가 공덕동에서 사당동으로 이사해 시의 절정기를 맞고 있을 때 박정희 대통령은 1971년 12월 6일 국가비상사태를 선언했다. 북한의 침략 위협과 한반도를 둘러싼 국제 정세의 변화를 명분으로 국가안보를 최우선으로 하고, 일체의 사회 불안을 용납치 않으며, 최악의 경우 우리가 향유하는 자유의 일부도 유보할 결의를 가져야 한다는 등의 6개항 특별 조치였다.

비상사태 선포 직후 공화당은 대통령에게 비상대권을 부여하기 위해 '국가보위에 관한 특별법'을 국회에 제출했다. 야당인 신민당이 적극 저지하려 했으나 12월 27일 새벽 3시 국회 별관에서 전격적으로 통과시키며 정국은 다음 해 10월 유신독재체재로 향하고 있었다.

"최근 비상사태 선언이 발표되고, 또 이 민족의 보위법이 공포되었다. 이 우리들의 어쩔 수 없는 근황 속에서도 칼과 아울러 만파식적萬波息笛의 피리 소리는 필수불가결한 것으로 느끼어진다."[22]

서정주도 그런 긴박한 시국에 갑갑함과 두려움을 느꼈음인가. 그런 법이 통과된 직후 쓴 「1971년 마지막 하루」라는 글 마지막 대목에서 칼과 함께 만파식적을 원하고 있으니. '어쩔 수 없는 근황'이라 현실과 타협 혹은 체념하며, 불면 바다의 거친 파도도 잠재운다는 신라 옛이야기 속의 그 피리 소리의 평화와 여유를 한가롭게 원하고 있었으니.

전집과 번역 시집 출간 등으로 노벨문학상 후보로 떠올라

"서 선생님 계십니까. 허세욱입니다. 선생님 시를 좋아하는 중국 원로 시인 종정문鍾鼎文 선생님과 함께 왔습니다."

1970년 7월 초 시인이자 중국문학자 허세욱이 마누라는 없어도 장화 없이는 못 산다는 사당동 질척거리는 길을 걸어 봉산산방에 찾아왔다. 1970년 6월 28일부터 7월 3일까지 열린 제37차 국제펜클럽 서울대회에 임어당林語堂과 함께 대만 대표로 참석한 종정문 시인을 데리고. 그때 펜클럽 서울대회는 문단의 여걸 모윤숙 주도로 국내에선 처음 열린 대규모 국제 문학 행사로 해외 32개국에서 2백여 명이 참석했다.

봉산산방에서 맞은 최초의 외국 시인, 그것도 자신의 시를 좋아한다

22 서정주, 『서정주문학전집 4』, 111쪽.

는 말에 반해 셋은 대취했다. 그렇게 흔쾌한 자리를 가져서인가. 1978년 허세욱 번역의 『서정주시집』이 대만에서 출간되는 기쁨을 누리기도 했다.

"안녕하십니까, 서 선생님. 저는 데이빗 맥캔이라 합니다. 저는 선생님 시를 영어로 번역하는 걸 요즘 제일 중요한 일로 생각하고 지내는 사람입니다."

1974년 여름 어느 날 저녁 30쯤 돼 보이는 건장한 미국인 한 명이 봉산산방을 찾아왔다. 우리말을 꽤나 잘하기에 "뭐하는 사람이요" 물었더니 미국에서 대학을 졸업하고 평화봉사단원으로 한국에 와 안동의 한 고등학교에서 영어도 가르쳤다고 했다. 그러면서 시조도 직접 짓고 한국 시를 열심히 공부하다 보니 선생님 시는 곧장 빨려들 듯 이해가 잘돼 번역 중이라고 했다.

이렇게 서정주를 처음으로 찾아온 맥캔은 이후 며칠씩 봉산산방에 머무르며 시를 번역해 미국 문예지 『계간문학평론』 1981년 여름호에 서정주 시 58편을 영어권 독자에게 소개했다. 말년까지도 봉산산방을 찾곤했던 맥캔은 "미당은 위대한 시인"이라며 "미당의 말들이여 영원하라"[23]라고 추도하기도 했다. 이렇게 시가 외국어로 번역되면서부터 우리 국민들의 노벨문학상 대망의 꿈을 실현시킬 첫 후보로 서정주가 손꼽히기 시작했다.

"문단에 발을 들여놓은 지 벌써 37년이 가까운 동안에, 겨우 이 전집 다섯 권에 수록된 이만큼 한 것밖에는 쓰지 못했다는 것은 내 욕심에 흡족한 것은 되지 못하지만, 결국은 요만큼밖에 안 된 것도 내 능력 그대로이니 할 수 없는 일이다."

23 『문학동네』 2001년 여름호.

데이빗 맥캔(오른쪽)과 함께

위 같은 '자서自書'와 함께 서정주는 1972년 『서정주문학전집』 전 5권을 일지사에서 펴냈다. 서정주는 이런 전집 출간 사실보다 그 인세로 아내가 시집올 때 가져왔다 일제 강점기 말 궁핍기에 팔아먹은 화류 옷장 보상으로 통영식 자개장롱을 사준 것을 아내에게 해준 일 중 가장 잘한 일로 두고두고 회고했다.

자신의 문학 중간 결산쯤으로 여기며 생전에 전집을 내고 나면 좀 풀어지게 마련인데 서정주의 문학 욕심은 풀어질 줄 몰랐다. 연작시 「질마재 신화」를 부지런히 발표하고 장편소설 「석사碩士 장이소張耳笑의 산책」도 연재했다.

그런가 하면 "서정주 씨의 1년 연재될 '월령가月令歌'는 현대 한국인의 삶을 다시금 한 달의 리듬 속에 노래할 것입니다"[24]라는 편집자의

24 『월간중앙』 1973년 1월호, 53쪽.

말과 함께 '포엠 · 세시기歲時記'로 매월 시 한 편씩을 『월간중앙』에 연재했다. 또 『현대시학』 1974년 1월호부터 「봉산산방 시화詩話」라는 시 이야기 연재에도 들어갔다.

회갑 기념 시화전과 『질마재 신화』 출간

"신부는 초록 저고리 다홍치마로 겨우 귀밑머리만 풀리운 채 신랑하고 첫날밤을 아직 앉아 있었는데, (중략)//그러고 나서 사십 년인가 오십 년이 지나간 뒤에 뜻밖에 딴 볼일이 생겨 이 신부네 집 옆을 지나가다가 그래도 잠시 궁금해서 신부 방 문을 열고 들여다보니 신부는 귀밑머리만 풀린 첫날밤 모양 그대로 초록 저고리 다홍치마로 아직도 고스란히 앉아 있었습니다. 안쓰러운 생각이 들어 그 어깨를 가서 어루만지니 그때서야 매운재가 되어 폭삭 내려앉아 버렸습니다. 초록 재와 다홍 재로 내려앉아 버렸습니다."(「신부新婦」 부분)

서정주는 1975년 회갑을 맞아 위 시를 맨 앞에 올린 여섯 번째 시집 『질마재 신화』를 일지사에서 펴냈다. '질마재 신화'와 '노래' 두 부로 나눠 총 45편의 시를 실었다. 1부 '질마재 신화' 시편들은 모두 산문시로, 서정주가 태어난 질마재에 전해오는 설화나 전설과 유년 체험, 그리고 샤머니즘 속에서 원초적 삶을 살아가는 마을 사람들을 그리고 있다. 2부 '노래'에는 앞서 살핀 『월간중앙』에 '포엠 · 세시기'로 연재됐던 시들을 노래로 부를 수 있게 글자 수를 맞춘 일종의 정형시로 손본 시편들을 실었다.

오해로 첫날밤 달아나버린 신랑이 죽을 때 이르러서야 찾아와 신부의 순정을 확인하는 위 시 「신부」는 우리 전래설화 「손각시」를 빌려다 쓴 작품. 이 시를 읽노라면 내겐 저 북구北歐 노르웨이의 서정적인 작곡가 그리그의 〈솔베이지의 노래〉가 들려오는 듯하다. 저 바다 건너 돈 벌러 떠난 신랑 페르귄트를 죽도록 기다리다 다 늙어 돌아와 자신의 무릎 위에서 죽어가는 남편을 안고 부르는 솔베이지의 선율이 「신부」와 오버랩 되어온다.

이처럼 『질마재 신화』는 유년의 삶과 기억을 바탕으로 인간으로서는 끝내 되찾고 돌아가야 할 고향, 그 원초적 삶을 그리고 있다. 오늘도 우리 인류의 뇌리와 핏속에 새겨져 면면히 유전돼오고 있는 우주 삼라만상과 한 몸이 돼 영원한 삶을 살고 있는 그 신화적 세계를 오늘에 생생하게 그리고 있는 것이다.

이런 유년의 고향 질마재 세계는 일제 강점기 말 서대문 밖 무악재와 인왕산에 막힌 연희동 산골 궁골에서 어린 아들에게 꽃이며 나무 이름을 가르치고 살면서 예비된 것이다. 서정주는 그때 이미 「질마재 근동야화近洞夜話」를 매일신보 1942년 5월 13일자부터 연재하기 시작했었으니. 그러다 다시 관악산 밑 사당동에 들어와 자연과 더불어, 정원을 가꾸고 살며 다시 산문시, 이야기시로 터져 나온 것이다.

"내 환갑 기념 시화전을 열고 있던/제주도에 함박눈 내리던 성탄절의 밤,/내 옆에서 내 마고자를 눈물로 얼룩지우던/그 열아홉 살짜리 계집아인 잊을 수 없네./진주의 무슨 여고를 졸업하고 왔다던가,/우리가 간 왕대폿집에 취직해 있다가/우리 술상 가에서 내 「국화 옆에서」를 읊조리고는/내가 그 작자란 걸 알고 내 옆에 와서 울던/그 계집아이 모양을 아조 잊을 순 없네."

서정주는 회갑을 맞아 1975년 5월 19일 서울 신문회관을 시작으로 전

『질마재 신화』(1975년) 초판본 표지

국 주요 도시를 돌아 마지막으로 제주도까지 가는 회갑 기념 전국순회 시화전을 여는 호사도 누렸다. 이 시화전에는 서정주가 직접 시제詩題를 쓰고 김은호, 남관, 김기창, 천경자, 송수남 등 당대 내로라하는 27명의 화가가 그림을 그려 넣은 1백 30여 점의 시화가 전시됐다.

개막전과 함께 열린 서정주 시잔치에서 문학평론가이자 당시 펜클럽회장으로 있던 백철은 "이 시잔치는 미당의 연륜을 헤아리는 회갑이라기보다 한국 현대 문학의 회갑을 뜻하는 자리로 보는 것이 마땅하다"고 축하하며 "서정주 문학은 현대의 고전이다"라고 평가했다.

시와 인생의 절정기를 맞았으면서도 서정주는 위에 인용한 담시 「회갑 II」에서와 같이 그때 제주도 그 술집 계집아일 잊지 못하고 문우들과의 술자리에서 말하곤 했다. "알고 보니 그 술집 아이가 숫처녀였다고 하더구먼"이란 말까지 보태지면서 서정주를 회고하는 술자리에서는 아직도 여전히 회자되고 있는 이야기이다.

바닷속에서 전복따파는 제주해녀도
제일좋은건 님오시는날 따다주려고
물속바위에 붙은그대로 남겨둔단다.

시의전복도 제일좋은건 거기두어라.

다캐어내고 허전하여서 헤매이리요?

바다에두고 바다바래여 시인인것을……

많은 시인들이 음미하면서 자신의 시를 쓸 때 참고하고 또 시학도들을 가르칠 때 주저리주저리 장황하게 속을 다 드러내지 말고 숨길 건 숨기라며 가르치고 있는 시 「시론詩論」 전문이다. 이 시도 그때 제주도 토박이한테 얻어들은 말을 다시 꺼내 시화해 『현대문학』 1976년 5월호에 발표한 것이다.

회갑을 맞아 서정주는 또 산문집 『나의 문학적 자서전』도 펴냈다. "내 산문선의 연고緣故를 시인 고은 군이 자진해서 맡아준 것은 흡족타. 그도 나처럼 역시 가슴의 감동을 주主로 문학을 해온 사람이기 때문이다"라고 책머리에서 밝히고 있듯 민음사에서 시인들의 산문선 시리즈로 나온 이 책은 고은 시인의 알선으로 펴낸 것이다.

떠돌이의 시와 한국문인협회 회장

"그랬더니 어머니는 내겐 처음의 존댓말로/'우리 서 박사님 어서 오시오' 하시었네./시인이 무엇인지는 전혀 모르시면서도/박사라는 그것은 어찌 들어 아셨는지/'우리 우리 서 박사님이요?' 하시며 무척 좋아하셨네."

위 담시 「진갑의 박사 학위와 노모」 마지막 대목처럼 서정주는 1976년 숙명여대에서 명예문학박사 학위를 받았다. 동국대 전신인 중앙불교

명예문학박사 학위를 받고 노모, 가족과 함께

『떠돌이의 시』(1976년) 초판본 표지

전문학교 중퇴자로서 해방 직후인 1946년 부산의 동아대 전신인 남조선대 전임강사로 대학 강단에 선 지 30년 만에 '박사' 소리를 듣게 된 것이다. 그 박사 모자와 가운을 90에 들어선 노모에게 씌워주고 입혀주며 난생처음 효도라는 것을 해보았다며 사진으로 찍어둬 두고두고 자랑하곤 했다.

또 진갑을 맞은 1976년에는 일곱 번째 시집『떠돌이의 시』를 민음사에서 펴냈다. '정말' '시사시편' '산문시' '떠돌이의 시' 등 4부로 나눠 총 59편의 시를 싣고 있다.

"밤새어 긴 글 쓰다 지친 아침은/찬술로 목을 축여 겨우 이어 가나니/한 수에 오만 원짜리 회갑시 써 달라던/그 부잣집 마누라 새삼스레 그리워라./그런 마누라 한 열대여섯 명 줄지어 왔으면 싶어라."

이 시집에 실린 시「찬술」전문이다. 그때그때 시인의 심경을 정말로 자연스레 털어놓고 있는 시이다. 1부에 '정말'이란 부部 제목을 달고 「정말」이란 제목의 시도 실었듯 서정주는 시집 제목마저 처음에는 '정말'로 달려 했다고 회고했다.

일상의 삶에선 마지못해 악의 없는 거짓말도 더러 해왔지만, 시에서만큼은 그럴 수가 없어서 '정말'을 붙이려 했다는 것이다. 그렇지 않던가. 소설에서는 거짓말을 잘해야 큰 소설가가 될 수 있지만 자신의 심경 표출이 시라는 장르 본연일진대 어찌 자신마저 속일 수 있을 것인가.

그러나 시집 제목으로서 '정말'은 아이러니하게도 헤프게 보일 수 있고, 자신의 살아온 인생 역정이 '떠돌이'로 보여 제목을 그리 달았다 했다. 그 제목 때문인지 서정주는 이듬해 세계 여행길에 올라 오대양 육대주를 떠돌게 된다.

위에 살펴본 시 「찬술」은 돈 받고 회갑시 써주는 심경을 다뤘으면서도 아주 빼어난 시로 읽힌다. 반면 2부 '시사시편'에 실린 축시祝詩나 송시訟詩 계열의 시편들은 아무래도 빼어난 시재詩才에 쌓인 타성惰性을 파는 시 같아 서정주 시의 평균적 수준엔 못 미친다. 이런 작품들은 앞의 시집을 낼 때는 다 버렸었는데 그러지 못해 환갑, 진갑을 넘어서며 시적 긴장과 시에 대한 엄밀한 자기 기율이 느슨해지고 있다는 감을 지울 수 없게 한다.

한편 서정주는 1977년 1월 31일 대한출판문화협회 강당에서 열린 한국문인협회 대의원 총회에서 새 이사장으로 뽑혔다. 1962년 문단 파벌과는 무관한 원로 소설가 전영택을 내세워 문단을 통합해 출범한 한국문인협회는 이듬해부터 박종화를 이사장으로 내세웠다.

그러다 1970년 들어서면서 소설가 김동리, 문학평론가 조연현이 차례로 4년씩 2년 회장을 연임해왔었다. 그 와중에 문단 파벌이 다시 나뉘고 국회의원 선거보다 더 치열하고 난잡하게 선거가 치러지며 문단은 물론 일반에게도 볼썽사납게 되자 원로 문인들이 나서 비교적 파벌과 무관한 서정주를 단일 후보로 내세웠던 것이다. 문덕수 시인이 후보로 나서 2파전으로 치러졌으나 서정주가 낙승했다.

"속으로는 떨어지고 싶었는데 막상 되고 보니 홍역을 치르게 됐다." 취임 후 일성이 이랬듯 서정주는 임기 2년의 단임으로 물러났다. 그 자리를 다시 조연현, 김동리가 차례로 4년씩 연임했다.

1977년 한국문인협회 이사장으로 뽑힌 서정주

한국문인협회의 이런 선거와 이사장직을 놓고 볼 때도 서정주가 얼마나 조직력도 없고 문단 정치에도 관심 없었는지 알 수 있을 것이다. 그저 1970년대 사당동 봉산산방에서도 1950, 1960년대의 공덕동 시절처럼 집으로 찾아오는 문인들과 어울리며 그냥 시의 일가, 정부를 이뤄갔을 뿐이다.

세상 매력 다 만끽하자 떠난 세계 일주 여행

1977년 11월 28일자 경향신문에 '원로 문인의 야심작—동서문학의 현장에'란 제하의 사고社告가 실렸다. "시인 서정주 씨의 세계 주유기周遊記를 내년 1월1일부터 장기 연재"한다는 내용이었다.

'더 늙기 전에 이 세상의 매력이란 매력은 모조리 만끽해보자! 그걸로 또 여행기를 써서 책으로 펴내 억대 돈도 한번 벌어 잘살아보세!' 이런 생각으로 서정주는 1977년 들어서면서부터 세계 여행 꾀를 내어보았다. 공짜로 가서 책도 펴내 떼돈을 벌 요량으로 노잣돈 대줄 곳을 물색하던 중 경향신문 사장으로 있던 이환의가 호의를 보내왔다.

광주 조선대학교에서 전임교수로 있던 1953년 3월, 광주일고를 갓 졸업한 이환의가 서정주 시를 좋아해 찾아온 것이 인연이 돼 1년간 연재하는 조건으로 월 60만 원씩 원고료를 대겠다는 호의였다. 교수로 재직 중인 동국대에서는 총장 이선근의 배려로 향후 1년간 월급 전액을 가족에게 내놓기로 해 홀가분하게 세계 여행길에 오르는 복을 누릴 수 있었다.

1977년 11월 26일 김포공항을 떠나 이듬해 9월 8일 귀국할 때까지 2백80일간 38개국을 돌아봤다. 양복 1벌과 청바지 등 일상 옷차림, 그리고 펜과 원고지만 들고 지팡이를 짚고 세계 주요 도시와 여행지를 둘러봤다.

"예순세 살짜리 사나이의 완전 자유의 1년이나 되는 동안의/이런 세계 방랑길이라는 것에서는/이 자유를 주체하기가 참으로 어려운 것이니,//처음 보는 불투메리야와 부겐베리아의/원색 찬란한 하와이의 꽃동산 속에서는/밤에 덤벼오는 금발 벽안의 미녀의 매력을 거부할 수도 없었고,/뉴욕의 밤의 스트립 쇼 집에서는/보오들레르의 애인 그대로인 흑백 혼혈녀가 끌어당기는 것을/끝까지 뿌리치기만 할 용기도 없었고,"(「제1차 세계 일주 여행 1」 부분)

세상 매력 다 만끽하러 떠났으니 뭘 주체할 수 있겠는가. 또 거부도 못하고 뿌리치지도 못하는 천성의 시인이 서정주 아니던가. 1년 예정

1977년 11월, 세계 일주 여행을 떠나다

『서으로 가는 달처럼』(1980년) 초판본 표지

으로 작정하고 떠났으나 환갑 넘은 나이에 자연 풍광은 물론 온갖 것에 탐닉하다 보니 기력이 쇠진해 다 채우지 못하고 돌아온 것이다.

"이번 세계 여행은 한마디로 정리하자면 움츠리고 들어가서 어깨 펴고 당당하게 돌아왔다고 할 수 있어요." 세계 여행에서 돌아와 그 여행을 대담으로 정리한, 1978년 9월 29일자 경향신문 '동양이 병든 서구를 구한다'는 제하 기사에서 서정주가 밝힌 말이다. 우리의 전통 사상을 꽃피워 방황하는 인류를 구해야 한다는 것을 세계를 여행하며 실감했다는 것이다.

경향신문에 연재한 세계 주유기는 1980년 동화출판공사에서 단행본 『떠돌며 머흘며 무엇을 보려느뇨』 2권으로 출간됐다. 인세로 억대의 돈을 벌었다는 소식은 어디에도 없다.

그러나 히말라야 산이든, 백인 여자든, 세계 도처에 있는 그 무엇이든 우리 것으로 토착화시켜버리는 서정주 특유의 '전통 사상'과 어법으로 세계 기행 시집 『서西으로 가는 달처럼』을 여덟 번째 시집으로 1980년 문학사상사에서 낼 수 있었다. 그리고 늙어 아주 외롭게 됐을 때는 그때 돌아본 세계의 산 이름들을 외고 회고해가며 시를 써서 『산시山詩』를 열세 번째 시집으로 1991년 민음사에서 펴낼 수 있었다.

세계 여행에서 돌아와 1978년 동국대 문과대학장에 취임한 서정주는 이듬해 정년퇴임했다. 이어 동대학원 대우교수로 재직하며 계속 후학들을 지도했다. '서정주 교수' 이름만 보고도 동국대 국문과에는 우수한 시학도들이 모여들여 속속 시인으로 등단해 활동하며 전국 시인 중 절반이 동국대 출신으로 채워진 적이 있었다.

또 해방 후 창간된 『문예』를 비롯해 1955년 1월 『현대문학』 창간호부터 시인 추천위원을 쭉 맡고 다른 문예지들과 신춘문예 등의 심사위원을 맡으며 수많은 시인을 배출했다. 이런 수많은 제자 문인들과 최고의 시적 수준으로 서정주는 '시의 정부' '미당 학교'로 불릴 수 있었다.

그러나 서정주의 이런 명실상부한 호칭들을 단번에 쓸어버리고, '미당(未堂)'이 아니라 '말당(末堂)'으로 비하해 불리는 빌미를 마련한 전두환 신군부가 1979년 말부터 꿈틀거리고 있었으니…….

"우리들의 시인 수업이야말로 외롭고 고통스런 싸움이어야 했다. 우리들의 시인 수업이야말로 스승 서정주가 우리에게 물려준 일체의 문학적, 정신적 작업을 철저하게 거부하면서 서정주 시대가 아닌 바로 우리 시대가 우리 스스로에게 묻는 차가운 물음에 정직하게 자기 몸을 던져야 하는 행위 그 자체였기 때문이다. (중략)

그것은 시인으로 하여금 당연히 자신의 사회적 존재로서의 철저한 물음과 함께 정치적 선택까지를 결단케 한다. 지난 60년대 후반과 70년대 이 땅의 거센 노도怒濤가 우리를 그렇게 만든 것이며, 또한 우리가 그것을 기꺼이 택했다. 그런 의미에서 시인 서정주는 우리가 앞으로 세워 가야 할 새시대의 새로운 문학사에서 구시대의 마지막 정부政府로 기록될는지도 모른다."[25]

이시영 시인은 1978년에 쓴 산문 「스승 서정주」에서 대학 시절 밤늦게까지 학생들에게 술도 사주고 시도 가르쳐줬던 스승을 아름답게 추억하고 있다. 그러면서도 현실적으로는 위같이 '구시대의 마지막 정부'로 매장해버릴 정도로 독재 정권과 그에 저항하는 문학의 흐름이 대세를 이뤄가고 있었으니…….

25 이시영, 『곧 수풀은 베어지리라』, 한양출판, 1995, 55쪽.

未堂

9

전두환 찬양과
늙은 소년 떠돌이의 노래

徐廷柱

학鶴이 울고 간 날들의 역사와 풍류, 그리고 시

"우리 겨레가 옛날부터 지금까지 전승傳承해서 지녀온 인생과 자연과 영원에 대한 이해들과 감응들에는 그 간절한 깊이와 두두룩한 함축과 변덕 없는 한결같음이 많이 깃들어 있어, 우리 현대인들의 생의 지표의 아득한 모색에 큰 힘이 될 수 있는 것이 적지 않은 걸, 우리는 잘 알고 있다. 그래 나는 이제 우리 겨레의 정신사의 여러 모를 되도록 자세히 더듬어 보아 오늘날의 우리 정신에 약이 되고, 인도력이 되고, 또 반려가 될 만한 지혜와 정미情味들을 모시어내서, 그것들로 한 시집을 써보려는 것이다."

『문학사상』 1980년 1월호에 실린 사고社告 '미당의 새 연재시 예고'에서 밝힌 서정주의 말이다. 서정주는 1977년 말부터 1978년까지 2백80일 동안 세계 일주 여행을 하며, 그때그때 보고 느낀 것을 산문과 시로 써내려갔다. 그러면서 우리나라 우리 민족의 특성은 무엇일까 곰곰 생각해왔다. 그것을 어떻게, 어떤 형태로 시화해야 민족의 가슴에 파고들 수 있을까도 고민해왔다.

"그러니까 나의 '이 고요한 아침나라의 시'는 불가불 일종의 단편서사시 모음이 되겠는데, 이 단편서사시 모색의 길은 내가 이미 졸시집 『질마재 신화』 언저리부터 시험해오던 것으로 이번에 규모를 좀 더 확대하는 것이 되는 셈이다."

서정주는 위 사고에서 앞으로 연재할 시의 성격을 『질마재 신화』에 이어지는 '단편서사시'가 될 것이라 밝혔다. 질마재라는 자신의 유년의 신화적 공간을 이제 반만년 민족의 시공時空으로 넓히겠다는 것이다. 그리하여 저 아득한 환웅의 개천開天에서부터 단군의 건국과 왕조시대를 쭉 거쳐 내려오다 자신의 스승인 석전 박한영 스님에 이르기까지 반만년 역사와 영웅들, 생활상과 유물들을 때론 이야기 산문시로, 때론 자유시 형태로 시화해나갔다.

"내가 우리나라 역사를 다시 공부하면서 무엇보다도 많이 감명하게 된 것은 우리 국조國祖 단군 이래 각 왕조를 통해 면면히 우리 정신사 속을 관류해 온 그 우리 고유의 사상인 풍류정신風流精神이었다. 하늘에서 오는 맑고 밝은 아침 빛 그것처럼 늘 변함이 없이 의젓한 이 마음은 삼국시대 이후 불교나 도교 유교 기타 외래 사상의 영향을 받으면서도 늘 한결같이 우리 정신사의 밑바닥을 저류底流해 온 흔적들이 각 시대가 빚은 이야기들 속에는 많이 비치고 있어, 내게는 대단히 신기한 감동이 되었었다. 언제 어느 경우에도 절망은 하는 일이 없던, 어느 역경에서도 웃을 힘을 가진 이 의젓하고 여유 있는 끈질긴 선대先代의 국풍國風—어찌 이것이 불감不感의 대상일 수가 있겠는가? 이 정신이 우리 국사 속엔 늘 이어 살아 있어, 이걸로 우리는 한 긍지 있는 민족으로 참고 견디어 왔던 걸로 보인다."

『문학사상』에 21개월간 부지런히 연재한 후 1982년 펴낸 아홉 번째 시집 『학이 울고 간 날들의 시』 '자서自書'에서 밝힌 말이다. 기가 죽어 움츠리고 나갔다가 어깨를 쫙 펴고 돌아왔다는 서정주의 세계 편력 소감처럼 세계 어느 나라에서도 찾아볼 수 없었던 우리 민족 특유의 삶과 역사, 그리고 정신사의 긍지를 풍류 정신에서 찾아 우리 반만년 역사를 한 달에 대여섯 편씩의 시로 부지런히 편력해나간 것이다.

“참어라. 참어라. 제아무리 쓰고 매운 고생이 닥쳐오더라도 참고 견딜 줄을 알아야 사람 노릇을 제대로 하며 자손만대 이어가는 것이다. 아주 쓰디쓴 쑥하고 아주 매운 마늘만 어느 만큼씩 노나 줄 것이니 그것만 먹고 어디 잘 견디어 봐라, 잉.”

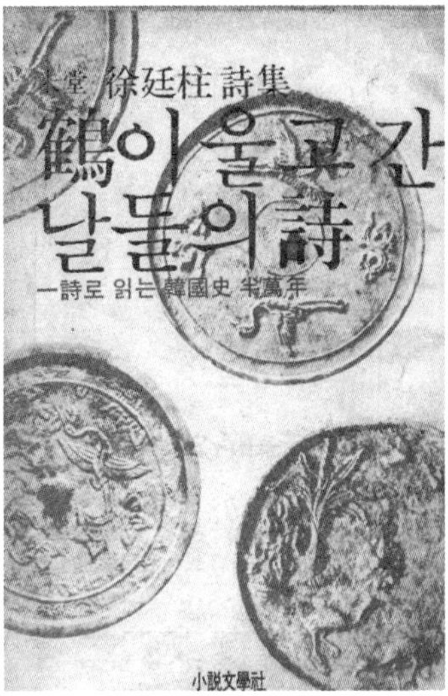

『학이 울고 간 날들의 시』(1982년) 초판본 표지

그 연작 첫 회의 둘째 편으로 『문학사상』 1980년 2월호에 발표한 「환웅桓雄의 생각」 한 부분이다. 동굴 속에서 쑥과 마늘만 먹고 아름다운 여인으로 환생해 환웅과 배필이 돼 단군을 낳은 곰 이야기를 하는 위 대목에서 서정주 특유의 체념과 대긍정의 인생관을 들여다볼 수 있다. 현실을 비켜갈 수 없으니 어떻게든 잘 참고 살아내야 한다는.

“단군 할아버님이시여./아사달 산 넘어, 구름 넘어서/싸드윽 싸드윽/하늘의 고향으로 아직도/돌아가시고 있는 길이옵니까?//(중략)//우리는 우리 그릇에 고려 때에는/당신의 그 멀고 먼 하늘빛에/약으로 쓰거운 쑥물빛도 드렸습니다./그렇지만 그것은 또 당신의 뜻을 따라/할 수 없이 바래는 저 백자빛이 됐습지요.//영원을 하로로 알며 살아야 한다는 걸/알기는 겨우 알겠습니다만,/아스라히 서글프기도 무척은 하옵니다./어린 손자의 한 손 이끌고/당신의 빛인 저 이조 백자 앞에 서면은요……”

다시 단군으로 돌아와 '학이 울고 간 날들의 시' 연재를 맺어가는 시 「이조 무문백자송」 한 부분이다. 어린 손자와 함께 백자의 그 하얀, 빛바랜 색감을 들여다보며 단군부터 아스라이 이어져오고 이어져가야 할 우리 민족의 마음, 풍류며 원怨이며 한恨을 실감하고 있는 시이다.

서정주는 이 시의 연재를 예고하며 "이 일이 허욕虛慾이 되고 말는지 아닐는지는 두고 보아야겠지만"이라 전제하며 남녀노소가 쉽게 교감할 수 있는 '겨레시'로 써보겠다는 포부를 밝혔으나 전혀 엉뚱한 곳에서 영 잘못된 일로 그만 '허욕'에 그치고 말았으니. 체념과 대긍정으로 맵고 쓴 현실을 참아내야 하는 자세와 시 세계가 엉뚱하게도 절대 권력 독재자 전두환을 단군에 빗대 찬양하게 했으니.

5 · 18 광주 학살의 장본인 전두환을 단군에 빗댄 코미디

"한강을 넓고 깊고 또 맑게 만드신 이여/이 나라 역사의 흐름도 그렇게만 하신 이여/이 겨레의 영원한 찬양을 두고두고 받으소서/새맑은 나라의 새로운 햇빛처럼/님은 온갖 불의와 혼란의 어둠을 씻고/참된 자유와 평화의 번영을 마련하셨나니"

1986년, 71세의 서정주가 국민들을 죽이고 억압하며 제 혼자 대통령이 돼 독재 권력을 시퍼렇게 휘두르고 있던 56세의 전두환에게 바친 시 「처음으로—전두환 대통령 각하 56회 탄신일에 드리는 송시」 앞부분이다. 서정주 자신도 다시 보고 싶지 않고 누구에게도 보이기 싫어했겠지만, 지금도 인터넷에 전문이 떠돌며 시인의 이름을 먹칠하고 있는 시이다.

이 시뿐 아니라 전두환이 1980년 8월 27일 서울 장춘체육관에서 홀로 만장일치로 대통령이 돼 강압적이고 형식적인 국민투표를 거쳐 10월 22일 제5공화국헌법을 공포하자마자 서정주는 신문에 「민족의 역사를 멀리 내다보자」는 칼럼을 쓰기도 했다. 이 칼럼에서 "현직 대통령이 유난히 평화적 정권 교체를 강조하고 있다"며, 대통령 간선제의 이 헌법을 지키려 발버둥 치다 1987년 6월 민주화 항쟁에 굴복해 철폐시킨 그 헌법을 지지하고 나섰다.

더욱 가관인 것은 그 헌법에 따라 이듬해 1월 24일 공고된 간선제 대통령 선거에서 서정주는 전두환 후보를 지지하는 TV 찬조 연설도 했다. 흑백 TV 화면에 검은 두루마기 차림으로 나와 '단군 이래 5천 년 만에 나타난 미소'니 '단군 이후 최고의 성군'으로 전두환을 추켜주는 능청은 차라리 코미디였으면 좋았을 것이나 당시 다칠 대로 다친 국민들 상처에 소금을 뿌리듯 아렸다.

'아, 저분이 내가 그토록 좋아하고 따랐던 시인 맞는가'라며 화면을 보고 있으면서도 서정주가 아니길 바랐었다. 중학 시절부터 시를 쓰기 시작한 나는 고등학교 때 쓴 시들을 직접 들고 찾아가 봐달라고까지 했다. 대학도 서정주가 교수로 있는 학교로 들어가 시를 배우다 군에 입대했다. 그렇게 서정주를 따라 열심히 시 써서 시인이 되려다 5·18 광주민주화항쟁 이후 나는 더 이상 시를 쓸 수 없게 됐다.

대학들이 '전두환은 물러나라'며 데모하다 신군부에 의해 강제 휴교 조치 당한 그해 민주화의 봄에 나는 설악산 등지를 떠돌다 5월 15일 대학 동창과 함께 동창생 집 영산포로 놀러 갔다. 광주 인근인지라 광주의 시위 사태가 생생히 전해왔다. 그런데도 새끼 돼지 잡아놓고 소주만 퍼마시다 5월 17일 밤기차를 타고 서울 집으로 돌아왔다.

아, 그런데 다음 날부터 광주에서의 그 참혹한 도륙 소식이 들려오기 시작했다. 그런 정당한, 피 끓는 민주화항쟁과 살육의 현장에서 나만 도망 나온 꼴이 된 것 아닌가. 나 같은 대학생들은 물론 순정한 목숨들이 죽어나가는 판에 살아남은 자의 죄의식과 자책감에 정말이지 뼈저리게 아픈 불면의 밤이 계속됐다.

그런 판국에 도대체 시를 쓸 양심, 엄두가 나질 않았다. 자주 인용되는 "아우슈비츠 이후 서정시를 쓰는 것은 야만이다"라는 아도르노의 절규 그대로여서 그때부턴 시를 쓸 수 없었다. 국민들 심사 거개가 그랬을 판에 도륙의 장본인 전두환을 단군에 빗대 능청을 떨고 있었으니 누군들 '미당未堂'을 '말당末堂'이라 부르지 않을 수 있었겠는가.

전두환을 지지한 정황과 속내

"제가 군 복무 후 대학에 복학했던 1980년에 정치적인 혼란을 겪고 있던 우리나라가 공산화될 수도 있다고 우려하신 아버지는 그 당시의 상황을 무척 우려했습니다. 사람들의 말을 잘 믿으셨던 아버지는 그 당시 군부에서 주는 정보만 가지고 그 모든 혼란의 저변에 공산주의 세력이 깔려 있어, 오직 군사정권만이 공산화를 막을 수 있다고 하시며 군사정권의 전두환 후보 지지 연설을 하겠다고 하셨습니다. 저는 아버지께 군부가 제공하는 정보만 믿고 결정을 내리는 것은 잘못일 뿐 아니라, 군부에 이용당하여 아버지의 이름에 먹칠을 하고 평생 후회하실 결과를 가져올 것이라며 그 일을 말렸습니다. 자식으로서 처음으로 아버지에게 언성을 높이며 아버지를 설득하려 애쓰고, 홧김에 가출까지 해보았지만 소용이 없었습니다. (중략) 지금 돌이켜보면 순수하고 어린아이와 같은 마음을 가졌던 아버지가 정치꾼들에게 이용당하셨다고밖에 볼 수 없습니다."[1]

서정주 타계 10년을 맞아 쓴 위 글에서 그의 막내아들 서윤 씨는 전두환 지지 연설 당시를 이같이 회고했다. 평생 후회할 일이고, 실제 돌팔매질당했고, 죽을 때까지 후회하고 뉘우치고 간 그 일을 단식투쟁이라도 해서 못 말린 불효를 통탄하고 있다. 눈에 넣어도 안 아플 늦둥이 아들을 통탄하게 만들 그 짓을 서정주는 왜 한 것일까. 단지 순진해서 정치꾼들에게 이용당했다고 넘어가면 그만일 것인가.

"명색이 그래도 대학교 직속 수제자들인데 미당 선생을 안 찾아뵈면 도리가 아니었지. 그래서 우리들 서너 명이 찾아가 힘을 합쳐 간곡하게 말했었지. '이제 그런 일 그만두시라'고. 그랬더니 선생님이 오히려 우리더러 '자네들도 그리 하소. 공산화되는 것보다는 나으니'라고 하시는 거야. 그러면서 '나 돈 안 먹었어. 피난 시절 조선대학교로 찾아온 고등학생이 사장으로 있는 신문사 기자가 지지 원고를 써달라며 고료로 백만 원을 내미는 거야. 그러면 안 써준다, 가지고 가라 거절했더니 나가다 문밖에서 집안으로 던져놓고 가는 거야. 난 그 돈밖에 먹은 것은 없어'라고. 뭐가 그리 분했는지, 수치심도 못 느끼고 어린애처럼 말씀하시는 거야."

"그 일이 있은 후 많은 후배, 제자 문인들이 미당 댁에 발길을 끊었지. 나도 그렇고. 한참 지난 후에 그 일에 대해 물어봐도 '무서워서 그랬다'고만 하고 후련한 대답은 없는 거야. 자신이라도 나서서 추어주

1 서윤, 「순진하고 정직했던 아버지」, 『문예운동』 2010년 겨울호.

면 국민들을 안 죽이고 안 때릴까 봐 그런 것 같아. 그 양반 심성이 워낙 어린애같이 순진해 정치적 감각은 없고 또 일제하 중앙고보 시절 광주학생운동 기념 데모를 했다 일본 경찰에 잡혀가 맞은 매를 두고두고 무서워할 정도로 겁이 많은 사람이니까."

"대학교 제자들 중 몇 사람이 신군부에 끌려가 협박과 회유를 받고 있었어. 또 막내아들을 어떻게 하겠다고 협박했다는 소리도 들은 것 같고. 해서 가까운 사람들이 화를 안 당하게 하려 어쩔 수 없이 그랬던 것 같아."

"신군부 실세 참모가 당시 문단을 대표하던 누구, 또 누구 등을 찾아가 지지를 부탁했나 봐. 그런데 그 사람들은 자기들보단 미당이 국민들에게 훨씬 잘 알려진 시인이고 또 경상도 정권이니 전라도 출신이 더 낫다며 미당을 천거했나 봐. 정치 감각이 뛰어난 문단 정치꾼들은 훗날 두고두고 욕먹을 일이 불을 보듯 빤한 그 짓거리에서 빠져나가고 순진한 미당이 걸려든 것이지. 김춘수 시인의 경우도 그렇고."

"박목월 시인과의 라이벌 의식이 모름지기 작용한 것이야. 박정희 정권 때 육영수 여사의 호의로 목월은 청와대를 자주 들락거렸거든. 순진하기 짝이 없으면서도 또 권력욕은 있었던 미당이 '그럼 이번 정권에서는 나다'라며 내심 기회로 여기고 전두환 찬양에 나섰을 것이야."

이 평전 집필을 위해 전두환을 왜 찬양 지지 했는지의 실상과 당시 서정주의 내심을 알아보기 위해 여러 원로, 중진 문인들을 최근 만나서 들은 말을 육성 그대로 정리해본 것이다. 나름대로 다 일리 있는 말들이다. 그런 정황과 심사가 복합적으로 작용했을 것이다.

"며칠이 지난 뒤에야 미당이 입을 열었다. 어떤 사람들이 계속 집에 전화를 걸어와서 그를 죽이고 집에 불을 지르겠다고 하고 있다는 것이었다. 때로 미당의 부인이 전화를 받기도 했는데 그들은, 너도 너의 남편도 죽이고 집은 불질러버리겠다고 한다는 것이었다."[2]

서정주 집에 며칠씩 함께 기거하며 그의 시를 번역했던 맥캔이 회고한 부분이다. 그 일로 그렇게 협박을 받으며 두렵고 외롭게 살면서도 거기에 대해서는 아들한테도 말을 하지 않았다는 것이다. 그렇다면 정작 본인, 서정주는 그 일에 대해 말년에 어떻게 밝혔던가.

"내 짧은 생각으로 무척 잘못된 일이었네"

"그래, 말해보도록 하세. 군인이 정권을 맡으면 불행해진다는 것을 우리는 역사에서 많이 보아왔지 않나. 박정희 때 우리도 실컷 당하지 않았나. 내 막내아들도 박 정권 말기에 대학에 다니다 경찰에 끌려가 당하기도 하고 흉한 꼴 본 사람이 어디 한둘이어야지. 그런 걸 보면서 나도 군사정권 큰 탈났다고 느꼈지. (중략) 그때 잘 아는 한 기자가 와서 2대째 군인 정권이 되는데 큰 탈났다, 예전같이 국민이 당하게 되었는데 그럴 바에야 차라리 전두환을 회유해 좋은 대통령으로 만드는 게 낫지 않겠는가라고 권유하는 거야. 해서 나가서 국민에게 이렇게 이렇게 하여 바른 대통령이 되라고 충고를 한 것이야. 그것뿐이야."[3]

말년 나와의 대담에서 이왕지사 이렇게 된 마당에 못된 놈 잘 회유해 국민이 한 대라도 덜 맞게 하기 위해서였을 뿐이라는 대답에 더 이상 캐물을 수 없었다. 그렇게 보니 5공화국 헌법에 찬동하는 서정주의

2 데이빗 맥캔, 「요다음에…」, 『문학동네』 2001년 여름호, 43쪽.
3 이경철, 「미당 서정주와의 대화」, 『문예중앙』 1998년 여름호, 12~13쪽.

칼럼도 '정치는 강요 아닌 친화로', '각계와의 대화 수용 자세를' 등을 내세우며 딴은 회유하고 있는 글로도 읽힌다.

그러나 나는 그때 대담에서 최근 여러 문인들에게 또다시 들은 위 같은 사실들을 캐물으며 확인했어야 했다. 무엇보다 국민들의 매를 덜어주기 위해 한 일에 오히려 국민들에게 두고두고 돌팔매를 맞을 줄 몰랐느냐고 추궁해 들어갔어야 했다.

그러나 팔순을 훌쩍 넘기고도 더 어린애 같은, 막말로 '정치적 무뇌아'인 시인에게 물어봤자 또 세상 물정 모르는 대답만 더 나와 그런 속을 모르는 국민들의 화만 더 돋울 것 같아 그만뒀었다. 그래서 서정주의 수제자로 꼽히는 문정희 시인도 "물가에 내놓은 어린애같이 또 무슨 말이 나올까 항상 불안하다"고 하지 않았겠는가.

그래도 나는 서정주가 제정신으로 마지막 숨을 놓기 직전까지 물었었다. 일제하 친일 부분과 5공화국 신군부 지지 발언에 대하여. 마지막에 분명 국민들을 향해 서정주는 이렇게 사죄했다.

"생각해보니 무척 잘못된 일이었네. 그때 그들에게 짓눌리고 있던 많은 사람들의 안위를 위해 협조했으나 돌이켜보니 내 짧은 생각이었네. 기실 내 시의 혼은 정치가나 지사와는 달리 에스프리야. 나의, 인간의 덜떨어짐을 곧이곧대로 인정하면서 의義나 리理에 굳어버리지 않고 항상 바람처럼, 물처럼 떠돌고픈 시인이었을 뿐이라고 이해해주게나."[4]

4 이경철, 「미당 서정주 병석 인터뷰」, 중앙일보 2000년 10월 30일자.

문학청년 같은 열성과 갈증, 부지런한 시 쓰기

1980년도에 들어서자마자 「학이 울고 간 날들의 시」를 『문학사상』에 한 회당 많게는 10여 편씩 총 1백 13편을 부지런히 연재한 서정주는 연재가 끝나자마자 다시 『현대문학』 1981년 11월호부터 '안 잊히는 일들' 연재에 들어갔다. '유소년 시절에서'부터 '60대에서'까지 소제목을 달고 한 회 6~8편가량씩 이듬해 11월호까지 13회, 총 92편을 연재하며 시들로 자신의 개인사를 다룬 것이다. 반만년 민족사에서 다시 개인사로 돌아온 것이다.

"어머니 할머니까지 왼 집안 식구가/들에 일하러 나간 낮에는/나는 혼자서 텡 빈 집을 지킵니다./뒤꼍에서 늑대가 들이닥치면 어쩔까,/중이 와서 어머니를 업어 갔으면 어쩔까,/그런저런 걱정에 가위눌려서/툇마룻가에 걸터앉아 두 다리를 까닥이다간/툇마루의 다듬잇돌에 머리 대고 뺨 대고/그렁그렁 어느 사이 잠이 듭니다./먼 산에서 울려오는 뻐꾸기 소리/다듬잇돌에도 스미는 뻐꾸기 소리에/무섬 무섬 안기어 잠이 듭니다."

『안 잊히는 일들』(1983년) 초판본 표지

'안 잊히는 일들' 연재 첫 회에 발표한 시 중 「어린 집지기」 전문이다. "세월이 제아무리 지나가도 영 잊혀지지 않는 일들은 스스로 시가 될 자격을 갖는 것"이라고 이 시들을 엮어 1983년 열 번째 시집 『안 잊히는 일들』을 현대문학사에서 펴내며 밝혔듯 평생 잊히지 않는 일들을 시화하고 나선 것이다.

위 인용 시에서는 유년 시절 혼자 집 지키는 개인사의 디테일이 들어 있다. 누구에게든 그렇듯 추억의 미화, 신화화가 작동하고 있으면서도 뻐꾸기 소리 다듬잇돌에 스미듯 하는 서정주 특유의 풍류가 들어 있는 시집이 『안 잊히는 일들』이다.

"68세의 지금에 이르도록까지 근 반세기 동안 나는 이 책까지 꼭 열 권의 조그만 시집들을 만들어 가졌지만, 늘 허기지고 안타까운 욕구불만으로만 일관해온 게 사실이었다. 그렇지만 그 덕으로 나는 아직도 문학청년적인 열성만큼은 가지고 있는 자니 이거나 하나 다행이라면 다행이라 할까?"

시집 『안 잊히는 일들』을 펴내며 밝힌 말이다. 후에 서울 월드컵대회에서 한국 축구를 세계 4강까지 올려놓은 히딩크 감독이 말해 우리들 귀엔 아직도 익숙한 '난 아직도 배고프다'는 허기가 자연스레 드러난 대목이다. 아무리 잘 표현해내려 해도 항상 허기지고 안타까운 욕구불만이 서정주를 그의 표현대로 '태허太虛의 공기 속에 환원될 때까지', 죽을 때까지 시를 쓰고 또 쓰고 고치게 만들었다.

"'그저 소같이 미련하게는 고지식하게 이어서 해왔구나'라는 느낌이 있을 뿐이다. 나도 올해에 그득히 68세가 되었으니 어쩔 수 없이 황혼의 인생은 인생인가 본데, 소원이 있다면 이것들이 내 사후에도 되도록 오래 어느 만큼의 독자들의 심금에 울려 가주었으면 하는 것뿐이다.

그러나 나는 마음속으로만은 내 나름대로의 정신의 영생永生이라는 것도 생각할 줄도 알고 있는 사람인지라, 늙었으니 그만 덮어 두자던가 그런 작정도 전혀 하지는 않는다. 숨이 아조 내게서 넘어가는 그때까지 나는 인생의 간절한 것들을 늘 추구하고 또 추구할 것이다."

1983년 민음사에서 『미당 서정주시전집』을 펴내며 밝힌 말이다. 인생 황혼 길에 접어들었음은 익히 아나 독자들의 심금을 울리기 위해 인생의 간절한 것들을 추구하며 숨이 아주 넘어갈 때까지 시를 쓰겠다는 각오를 두 번째로 시전집을 펴내며 다시금 다졌던 것이다.

고희古稀를 코앞에 둔 나이, 그러려면 심신이 건강해야 할 것. 기억력 감퇴를 막기 위해 서정주는 세계 여행에서 두루 돌아봤던 세계 주요 산 이름 1628개를 노트에 영어로 또박또박 적어놓고, 산 이름 옆에는 높이까지 적어놓고 1983년부터 매일 아침 30분씩 염불하듯 암송해 나가기 시작했다. 물론 부부가 함께 맨손체조로 시작해 관악산 산보로 이어지는 운동도 잊지 않았다.

1972년 일지사에서 간행된 『서정주문학전집』에 이어 두 번째로 시들을 모아놓은 『미당 서정주시전집』에는 제1시집 『화사집』에서부터 제9시집 『학이 울고 간 날들의 시』까지 신작 시집 시편들을 다 싣고 있다. 거기에 신작 시집들에서는 뺐다가 『서정주문학전집』에 실은 이런저런 축시나 송시까지 다 싣고 있다.

문학의 대중화, 세계화를 위한 나름의 노력

"돈도 좀 벌어야만 쓰겠는데, 이 점에서는 나는 복이 너무나 적기만 했던 사람이라 놓아서 여전히 자신이 없다. 부디 시력이 좀 더 밝아서 나 같은 사람도 눈여겨 볼 줄 아는 돈도 있어 주었으면 하는 생각뿐이다."[5]

5 서정주, 「1984년을 맞이하여」, 『현대문학』 1984년 1월호, 36쪽.

1984년 신년을 맞아 『현대문학』에서 주요 문인들에게 신년 설계를 듣는 짤막한 글에서 서정주는 이렇게 돈을 좀 벌어야겠다고 했다. 또 "저승에 든 뒤에도 내 아내는 이 여인이어야 하겠다는 확신을 갖게 된 나이니까" 아내 말도 잘 듣고 크고 작은 여행도 부부 동반으로 하겠다고 순진하게 털어놓았다.

새벽마다 정화수 떠놓고 빈 아내의 정성 때문이었을까. 서정주는 그 해 3월 프랑스 정부 초청으로 아내와 함께 해외여행에 나설 수 있었다. 프랑스와 유럽 명승지를 둘러보고 나서 아들들이 있는 미국으로 건너가 카리브 해며 남태평양 국가까지 두루 둘러본 세계 여행이었다.

그러나 서정주를 눈여겨볼 줄 아는 눈 밝은 돈은 없었나 보다. 아니 세상 물정과는 담을 쌓은 순진함이 무슨 돈을 벌어들일 수 있었겠는가. 그 무렵 서정주는 누가 뭐래도 이 나라 최고 갑부였던 이병철 삼성그룹 회장을 찾아가기도 했었다.

"이 나라 경제를 발전시켜나가는 삼성과 회장님의 무한탐구정신을 존경해왔습니다. 그런 무한탐구정신으로 우리 문학을 세계적 수준으로 끌어올리고 있는 문인들도 많습니다. 그러하므로 삼성에서도 노벨문학상에 결코 뒤떨어지지 않는 세계적인 문학상을 만들어주면 대단히 감사하겠습니다. 그 상 첫 번째는 가급적 저, 저, 서정주가 타야 쓰갓고요……."

어렵게 이병철 회장을 만난 서정주는 그렇게 세계적 문학상을 만들어줄 것을 간청했다. 그러나 첫 번째는 자기가 타야 한다는 말에 참석자들은 그만 할 말을 잃었다고 그 자리를 취재했던 기자가 전하며 혀를 찼다. 이 얼마나 순진함의 극치인가. 그러니 서정주를 아끼는 사람들은 또 무슨 세상 물정, 염치 모르는 말을 할까 봐 물가에 내놓은 어린애처럼 불안하다 아니 할 수 있었겠는가.

1984년 10월 9일자로 서정주한테 범세계한국예술인회의 발족 안내문 서신이 날아왔다. 서정주 유품으로 남은 몇 종류의 명함 중에는 범세계한국예술인회의 이사장이라는 명함도 있는데 그 활동상에 대해서는 서정주 회고는 물론 언론 보도에서도 찾기 힘들다. 한국의 문화예술을 세계화해야 한다는 서정주 주장에 따라 5공화국 정권이 발족시키고 조직한 관변 단체로 보면 될 것이다.

"오늘날 동서양의 각국에서 왕성히 수요需要되는 유행가의 범람과 그 가사의 저질성 등을 대조해 깊이 생각해볼 때 우리는 여기 대해서도 눈감고 모른 체만 할 수는 없는 것 같다. 아니, 그 가사의 질적 향상에의 책임감을 안 느낄 수가 없는 것이다. (중략) 클래식의 작곡가들은 물론, 유행가의 작곡가들께서도 나의 이런 취향에 찬동하시어 많은 조력이 있으시기를 부탁드릴 따름이다."

『노래』(1984년) 초판본 표지

위 같은 '자서'와 함께 서정주는 1984년 3월 열한 번째 시집 『노래』를 정음사에서 펴냈다. 1983년 1년간 『현대문학』에 부지런히 연재한 시들 위주로 노래가 될 수 있는 시 56편을 4계절 노래로 나눠 싣고 있다.

"선운산에 새빨간 동백꽃들이/송이송이 떨어져 내리는 날은/선운산 사람들은 그 꽃 줏으며/그 꽃의 넋에다가 소원을 실어/하늘 깊이 하느님께 올려 보내요."

봄노래 중 한 편인 「동백꽃 제사」 한 부분이다. 3음보 음보율에 맞춰 읽어도 운율이 절로 살아나게 지은 시이다. 이렇듯 서정주 시에 익숙하게 나타나는 시상들을 운율에 맞춰 쓰고 있지만 여직까지 가곡은 물론 유행가로도 작곡돼 불린 시는 찾아보기 힘들다.

전두환 생일 축시 값으로 『문학정신』 창간

"미당 서정주 선생님 맞습니까. 저는 청와대 어디에 있는 누구누구라고 합니다. 댁내 두루두루 평안하시지요. 무슨 어려운 일은 없으십니까. 저희들이 무엇을 어떻게 도와드리면 되겠습니까? 기탄없이 말씀해주십시오."

"예, 고맙소. 거 듣던 중 반가운 소리요. 문학 잡지를 하나 만들었으면 참 좋겠는데 그게 허가 받기가 영 어려워서. 시인 소설가 들이 작품을 써놓아도 발표할 지면이 없어요. 그러니 문학 잡지 하나 허가받게 해 가난한 문인들 원고료도 많이 줘 도움을 주게 했으면 아주 좋겠는데 말이요……."

1986년 벽두에 보낸 전두환 생일 축하시 시값인가. 대통령 측근으로부터 전화가 왔다. 무엇을 도와드리면 되겠느냐고, 정중하게. 그래서 서정주는 진작부터 생각하고 있던 문예지 창간을 도와달라고 했다.

전두환 신군부가 들어서면서 사회 정화 명분을 내세워 언론을 장악하기 위해 신문, 방송 통폐합은 물론 『창작과비평』 『문학과지성』 등 눈에 거슬리는 문예지들도 폐간시켜버렸다. 그리고 신문, 잡지 등 정기간행물은 등록제가 아니라 엄격한 심사를 거쳐야 하는 허가제를 도입해 창간부터 어렵게 했으나 1987년 6·10민주화항쟁으로 다시 등록제로 돌아왔다. 그 허가제 마지막 연도인 1986년 서정주는 전두환 정권의 도움으로 월간 문예지 『문학정신』을 창간하게 된 것이다.

『문학정신』(1986년 10월 창간호) 표지

"나는 머리에다가 문학정신의 중심을 두고 글을 써온 사람이 아니라, 가슴에 뿌리를 두고 그것을 해온 사람이다. 시뿐 아니라 산문도 다 그렇게 해왔다." 1975년 환갑 때 펴낸 산문집 『나의 문학적 자서전』 책머리에서 밝힌 말이다.

서정주는 항상 '문학 정신'을 강조해왔다. 대학 강단에서도 문학에는 '에스프리', 정신이 있어야 한다고 가르쳐왔다. 그렇다면 머리가 아니라 가슴에 뿌리를 둔 서정주의 문학 정신이란 것은 구체적으로 무엇인가.

"문학에 정신이란 말이 붙으면 그때 정신은 '스피리트' 쪽보다는 '에스프리' 쪽이야. 예술, 그중에서도 시의 정신, 시의 혼을 왜 흔히 불어로 에스프리라고 하지 않는가. 난 이 에스프리가 문학의 정신이고 정수라고 보네. 너와 나, 돌과 물의 혼을 꿰고 흐르는 에스프리가 없는 문학은 철학이나 사회과학 등에서 말하는 정신, 그러니까 스피리트와 무슨 차이가 있겠는가. 정신과 혼에 꿈이 담뿍 실린 게 에스프리 아니겠는가."[6]

6 이경철, 앞의 글.

왜 제호를 '문학정신'으로 달았느냐에 대한 서정주의 답이다. 서정주는 숨이 넘어갈 때까지도 그 문학의 정신, 에스프리를 구체적으로 설명해주려 애썼다. 그러나 『문학정신』 창간사는 물론이고 목차나 내용을 들여다보면 그런 에스프리는 찾아보기 힘들고 문학에서 애써 피하려 했던 사상이나 반공, 보수의 스피르트, 이념이 유별나게 드러나고 있다.

보수, 반공 이데올로기로 민중문학 비판

"지금 이 역사적 시점에서 우리 문학인들에게 최긴요사最緊要事는 우리 문학정신의 방향을 민족사적으로나 인류사적으로 어떻게 유리하게 파악해 나가느냐에 달렸다고 생각하고 있으므로, 첫째 이 점에 대해서 우리 잡지는 우리 문단 제대방가諸大方家의 의견들을 늘 두루 구체적으로 수렴하고 종합해서 그 활로를 타개해 가는데 전력을 다할 것이다."

1986년 10월호로 창간된 『문학정신』 권두에 서정주가 직접 쓴 창간사 「세계문학 속에 한국문학을」 한 부분이다. '문학정신의 방향을 어떻게 유리하게 파악해 나가느냐'라는 말에서는 서정주가 죽을 때까지 강조하던 '에스프리'는 찾을 수 없고 '스피리트', 그것도 신념화되고 교조화된 이데올로기만이 섬뜩하게 다가온다. 해서 서정주가 창간사에서 말한 것은 '문학 정신'이라기보단 차라리 '문학 이념'으로 보는 것이 타당할 것이다.

창간호는 또 「민중문학에 대한 나의 견해」라는 집중 분석을 실었다. 제대방가의 문인들이 아니라 주로 보수 계열의 문인 18명의 글로 5·18 광주민주화항쟁 이후 한국 문학의 대세를 이뤄가던 민중문학을 비판하고 나선 것이다.

이에 더해 서정주 사회로 「우리 문학의 내일을 생각한다」는 특별 좌담을 실어 『문학정신』이 생각하는 우리 문학의 내일을 모색하고 있다. 그 좌담 마지막 주제로 서정주는 한국 문학의 문제점으로 민중문학운동을 제기하고 있다. 그러면서 "민중문학이란, 그것이 문학을 도외시하는 것이라면 넌센스"라는 결론을 유도해내고 있다.

"사관史觀의 유형 가운데서 아무래도 재고삼고再考三考를 요하는 문젯거리는 그 사회혁명파적 사관이라고 보이는데, 이것이 점점 더 파급되어 그 수를 늘려갈 경우에 올 하기下記의 두 가지 효과에 대해 나는 문학 외적인 입장에서까지도 심한 우려를 여기 표명해두지 않을 수 없다.

그 두 가지 염려되는 효과의 첫째는 아직도 철이 덜 든 학생들이나 공장 근로자의 군중심리를 선동하여 민주 민족 민중은 아시안 게임도 망국 아시안 게임이라고 몰고 우방 미국까지도 따돌리고…… '때려 부수자. 돌이다. 화염병이다. 막 던져라!'의 파괴의 편이 되어, 유사 이래의 새 발전의 여러 계기들이 눈앞에 마련되어 와 있는 민족사적 호운好運의 이 시점을 위태롭게까지 하는 데 일조를 하지 않을까 하는 것이 그것이요, 그 둘째는 (이것이 더 큰 염려이지만) 그런 일조의 힘이라는 게 의식적이건 무의식적이건 북한 김일성 일파의 한반도 적화통일 야욕을 고무하여 제2의 6·25의 참변을 이 민족에 다시 가져오는 촉진제가 되면 어찌 하겠느냐 하는 것이 그것이다."

창간호에 이어 다음호에 실린 「문학자의 사관史觀」이란 '권두언'에서도 서정주는 위같이 보수, 반공이데올로기를 내세우며 민중문학을 공격하고 있다.

"우리 겨레의 이 역사적 현시점에서 우리가 무엇보다도 먼저 노력해야 할 일은 각자 자기가 해온 전공의 일들을 각자가 놓인 그 자리에서 성실히 침묵 속에 꾸준히 이행하여 이 결과의 합계로서 이 민족의 흥융興隆을 가져오게 해야 하는 것이라고 생각되는데, 일은 접어 두고 전연 불필요한 자유 과잉의 풍조 속에 정권 탈취의 야망의 발산만 음으로 양으로 왼갖 꾀와 폭력까지 다하여 전개하고 있는 식자라는 사람들도 적지 않게 있으니 웃고 넘어가기에는 너무나 거슬리는 꼴이 아닐 수 없다. 이 사람들 속셈은 '베트남의 말로와 같이 이 나라를 새빨갛게 하려는 것이나 아닌가?' 하는 의심까지도 안 생길 수가 없는 것이다."

창간사에 이어 매호 빠짐없이 써오던 서정주가 1987년 7월호에 쓴 '권두언'「문학자와 사관」한 부분이다. 군부 독재를 타도하려는 6·10민주화항쟁에 소위 '넥타이부대'로 불리는 화이트칼라 시민들까지 대거 합세해 민주화 대세가 기운 판국에서도 시위대를 마치 빨갱이로 모는 데서 '정치적 무뇌아'로서 세상 물정 모르는 서정주 면모가 그대로 드러난다.

그러니 『문학정신』이 서정주를 내세워 전두환이 발행하는 잡지라는 비아냥과 함께 떼돈도 받았다는 의심을 사게 된 것이다. 그 돈으로 고급 외제차도 사서 타고 다녔다는 근거 없는 비난도 받아야만 했다.

해방 정국과 6·25를 통해 뿌리박힌 반공 의식

서울 경운동 수운회관 옆 고합빌딩에 사무실 한 칸을 세내 편집실을 차리고 『문학정신』을 창간할 자금이 전두환 정권에서 나온 것만은 확실하다. 그러나 그 자금은 주간인 김윤성 시인이 관리하고 서정주는 월급으로 몇 푼씩 받아 쓴 것이 전부였다. 외제차 운운하는 것은 그 빌딩 주인 회사였던 고려합섬 임원이 타던 차로 너무 오래돼 폐차 직전 거저 불하받다시피 한 대우자동차에서 나왔던 로열 레코드 승용차였다.

"당신이 발행인인데 편집장한테 한 번도 잘됐다, 잘못됐다 그런 말씀을 안 하셨어요. 누구 작품을 실어달라고 부탁하신 적이 단 한 번 있었을 뿐입니다." 당시 『문학정신』 편집장이었던 소설가 정종명 씨가 문화일보 2014년 7월 4일자 인터뷰에서 위와 같이 밝혔듯 서정주는 권두언만 매호 쓰고 특집 등으로 잡지가 나아갈 이념만 제시했을 뿐 자잘한 편집과 경영에는 관여하지 않았다.

지원된 자금도 바닥나자 편집실도 도심 현대식 빌딩에서 봉천동 허름한 곳으로 옮겨 버텨보려다 『문학정신』은 1988년 12월호로 다른 주인을 찾아 넘어가게 됐다. "지난 27개월 동안 본지는 이 나라 문학 발전에 일익을 담당해왔다고 자부한다. 꾸준히 성원을 보내주신 필자와 애독자 여러분께 심심한 사의를 표한다"는 편집 후기만 겨우 남기고서.

1987년 말 퇴임하고 일해재단에서 상왕上王 노릇하려다 여소야대의 정국에서 청문회로 궁지에 몰린 전두환은 1988년 11월 설악산 백담사로 스스로 들어가 유폐되고 말았다.

돈을 벌고 싶어 전두환을 찬양하고 『문학정신』을 창간했다면 서정주는 그리 하지는 않았을 것이다. 국민들에게 돌팔매질 당할 줄 뻔히 알면서도 장관이나 국회의원, 대학 총장 자리도 아닌 2년 남짓밖에 못 버틸 문예지 하나 얻었겠는가. 그러면서도 그토록 그 지면에 서슬 퍼런 공안검사가 법적인 문법으로 표명하면 될 보수 반공 글을 써댔겠는가.

"해방되던 1945년 겨울부터는/미군 군정부의 용공 정책을 업고/공산당들 노는 게 어찌나 알미운지/나는 반공청년회에 가입해/트럭 뒤칸을 타고 다니며/'부셔라 공산당!' 운동을 했는데,"

자신의 이력을 다룬 담시 「반공운동과 밥」에서처럼 서정주는 해방 정국에서 반공 운동을 했다. 좌익 위주의 문단에 반발해 김동리 조연현 등과 함께 우익 문학가 단체인 조선청년문학가협회를 주도적으로 결성했다. 6·25가 터지자 문총구국대 일원으로 '피난 가지 말라'는 선무 방송을 하다 끊어진 한강교 밑을 도강해 피난 갔다.

"우리의 가슴속에 폭포와 같이 소꾸쳐 흐르는/이 분노, 이 미움은 무엇인가?//방화 살인 파괴마破壞魔!/김일성, 모택동, 스타-린 도당!/안 되겠다./이것들이 있을 때까지는 앉지도 서지도 못하겠다./가자/우리들의 목숨이 다할 때까지는 가고 가고 또 가고 또 가야 한다."

1950년 봄부터 쓰기 시작한 서정주 시작 노트 1권에 쓰여 있는 메모이다. 끝에 1월 16일이라 명기한 것으로 보아 1951년 1·4후퇴 때 전주로 가던 중 쓴 시이다. 피난 가면서도 공산도당에 대한 미움과 분노가 폭포처럼 솟구치고 있다.

6·25가 터지자 가족들은 서울 공덕동 집에 두고 홀로 부산까지 피난 가 '반동분자 죽여버리겠다'는 환청에 죽음 문턱에 이르기까지 시달렸다. 그러다 살아나 9·28 수복 후 서울로 올라왔다 다시 가족과 함께 피난 가야 하는 서정주에게 반공 의식이 깊이 박혔을 수밖에 없어

이런 시작 메모를 남겼을 것이다.

해방 정국에서의 반공 운동과 6·25 전란 중 여러 죽을 고비를 넘기며 새겨진 반공 의식이 1980년 민주화의 봄을 혼란으로 착각하게 해 그런 틈에 공산화될까 하는 우려가 전두환 지지와 『문학정신』에서 보수 반공 발언을 하게 한 한 인자가 됐을 것이다.

산문적 안이한 타성에 빠진 자신의 시에 대한 반성

"이제부터 내가 이 일간스포츠 지상에서 연재해 나가려는 내 연작 담시 '팔할이 바람'에서 나는 내 잠재의식층에 부각되어 있는 내 지난날의 생애의 안 잊혀지는 일들을 아주 솔직히 표현해보려고 한다. 그러니까 이것들은 내가 언어 행동하고 살아온 일들의 추억이 아니라 내 마음속으로 무엇을 어떻게 느끼고 생각하며 살아왔는가 하는 것을 어렸을 때부터 노년에 이르도록 이어서 문장으로 구성해보려는 것이다."

일간스포츠 1987년 7월 5일자에 실린 사고 '미당 서정주 담시로 엮은 자서전'에서 밝힌 말이다. "마음속에 비밀하게 감추어두었던 생각이나 느낌까지도 흉허물 없이 털어놓아도 좋은 나이"라며 "내 생애 모든 일 되돌아보고 흉허물 없이 털어놓겠다"며 그해 말까지 매주 2회씩 총 52편을 연재해나갔다.

"1943년 가을부터 약 반 해쯤/나는 선배 문인 최재서 씨의 요청으로/그의 출판사인 인문사에 들어가/일본말 시 잡지 『국민시인』의 편집 일을 맡았으나,/근년에 민중문학가 일부에서 나를 지탄하고 있는 것 같은/그런 비양심이나 무지조無志操를 내가 느끼면서 그랬던 건 아니고/이게 내게도 불가피한 길이라고 판단되어서 그랬을 뿐이다.//(중략)//그들의 이 무렵의 그 욱일승천지세 밑에서/나는 그 가까운 1945년 8월의 그들의 패망은/상상도 못했고/다만 그들의 일백 년 이백 년 장기 지배만이/우리가 오래 두고 당할 운명이라고만 생각했던 것이니,/처자를 거느리고 또 자손의 살아남을 길도 내다보아야 하는/나 같은 사람의 '인문사' 입사는/그저 당연한 것으로만 이때엔 판단되었을 뿐이다./또 달리 호구 연명할 길도 아무것도 없었다."

1987년 10월 9일자 일간스포츠에 발표된 담시 「종천순일파?」 일부이다. 민중문학 진영에서 자신을 친일파로 비난하자 그때는 하늘이 이 겨레에게 주는 팔자려니 생각했으니 '종천순일파'로 부르는 게 낫지 않겠느냐 항변하고 있는 시이다. 세상 물정 모르고 속내를 흉허물없이 털어놓는 서정주 어법이 가장 잘 드러나고 있는 시이다.

그들이 100년 200년 갈 줄 알았다는 말을 앞뒤 가릴 줄 아는 사람이라면 어이 이리 쉽게 곧이곧대로 털어놓을 수 있단 말인가. 이 시로 인해 서정주는 또 얼마나 팔매질을 당했던가. 나쁘게 말해 변호하자면 '정치적 무뇌아'요, 있는 그대로 좋게 말하자면 어린애처럼 순진한 것이다.

"그분은 이제 고희를 넘겼으니 그럴 것으로 알지만 요 몇 년 새 나온 시집은 주로 산문시적 전개만 하고 있는 것이 특이하다. 「서西으로 가는 달처럼」이나 「학이 울고 간 날들의 시」가 다 그렇고 이번 「팔할이 바람」 역시 그 범주에 속한다. 아마도 운문 일변도로 나가는 것보다 산문의 형식도 시에 도입하고 싶었던 것이 형식적으로 그렇게 되었다고 믿는다. (중략) 나는 사실 평론가가 아니기 때문에 이 산문시에 해설을 감당하기에는 어딘가 미진하다. 그래서 다만 그분이 가진 시적 위대성 하나만 드는 것으로 문책을 면할까 한다."

연재를 마치고 『팔할이 바람』이 제12시집으로 1988년 5월 혜원출판사에서 간행됐을 때 박재삼 시인이 시집 말미에 쓴 해설 한 부분이다. "한국에서 시인 한 사람을 뽑으라고 한다면 단연코 서정주 선생을 내걸기를 주저하지 않겠다"고 한국 제일의 시인으로 인정하면서도 세계 여행시, 반만년 역사시, 그리고 시인의 지난 역정을 산문식으로 풀어쓴 시에 대한 실망감도 언뜻 비치고 있는 대목이다.

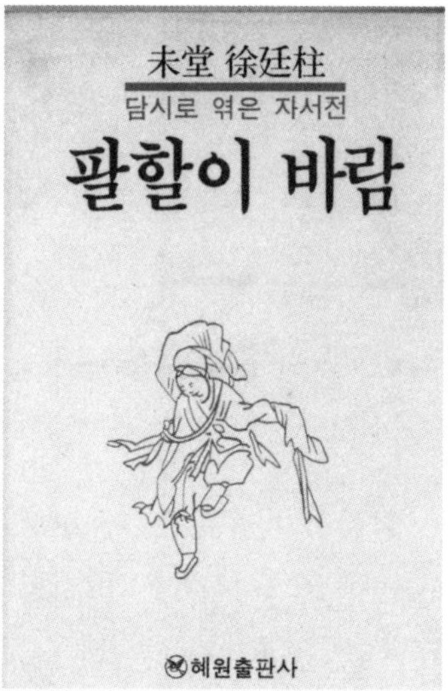

『팔할이 바람』(1988년) 초판본 표지

특히 『팔할이 바람』은 1983년 펴낸 시집 『안 잊히는 일들』에서 빠진 부분 보충하기나 연장 정도로 보일 뿐 차별성이 드러나지 않는다. 이 자전적인 산문시집들은 1972년 『서정주문학전집 3』에 시적 산문으로 맛깔스럽게 정리해놓은 자전기 「내 마음의 편력」과 「천지유정」을 반복해 울궈먹고 있다는 혐의에서도 자유로울 수 없다.

"그리고 또 한 가지 작정이 있으니, 그것은 그동안 내가 내 시에 묻힌 산문적인 안이한 타성을 떠나 시 본래의 율조律調와 암시력과 함축미를 다시 회복하는 길이다. 이것은 아무래도 바짝 줄여 간추린 짤막한 구성을 다시 회복하는 노력에서 시작해야겠다."[7]

이렇듯 서정주 자신도 팔순을 바라보는 나이임에도 산문적인 안이

7 서정주, 「내 인생공부와 문학표현의 공부」, 185쪽.

한 타성을 반성하고 있으니. 이런 반성과 각오가 1990년대 들어서도 시인의 시 세계는 물론 정신과 육체를 한층 더 건강하게 지키고 가꿔 나가게 했다.

세상 물정 모르고 이끌린 행위들에 대한 반성

"현실적으로 득 볼 것 하나 없고 손가락질 당할지도 모른다는 것을 알면서도 궁벽한 나, 내 시를 좋아한다고 눈에 보이게 표시해주니 고마울 따름입니다. 농부는 농부, 장사꾼은 장사꾼, 정치가는 정치가, 그리고 시인이면 시인, 각자의 전공에 정직하게 매달리는 게 나라 발전시키는 일이지요. 다른 쪽의 생리도 모르면서 이끌리는 것이 얼마나 위험한가 경험했습니다. 이제부터 나의 시는 다시 출발입니다."

1991년 10월 24일 『화사집』 발간 50주년을 기념하는 '나를 키운 건 팔할이 바람이다'라는 시제詩祭가 서울 동숭아트센터에서 열렸다. 박재삼 시인이 서정주 시를 좋아하는 문인들과 독자들을 모아 결성한 '미당시회'에서 연 이날 행사에는 문화예술계 인사 및 독자 7백여 명이 모여 성황을 이뤘다.

그 자리에서 서정주는 위같이 세상 물정 몰랐던 자신을 반성하며 고마움을 표했다. 전두환 신군부 지지 발언으로 호된 비판을 받으며 제자들까지 등을 돌려야 했던 궁벽한 시절에 그런 큰 잔치를 받았으니 송구스러움과 고마움이 함께하지 않을 수 없었을 것이다.

"우리 겨레 7천만이 한덩어리 되어서/서로서로 끌어안은 그날이 오게/백두산의 마음과 한라산의 마음/함께 모아 함께 모아 나아가 보자/우리들 사랑으로 삼팔선이 다 녹아 통일이 오도록"

1991년 11월 28일 서울 반포동 팔레스호텔에서 성악가 강화자, 김성길이 위 같은 시의 「남북혈맥의 노래」 가곡을 발표했다. 장엄한 느낌을 주는 이 노래를 3절까지 다 들은 2백여 청중들은 가슴 뭉클한 마음으로 뜨거운 박수를 보냈다. 그리고 이 시를 지은 서정주와 곡을 붙인 작곡가 김동진, 77세의 두 동갑네기 원로 예술가에게 찬사를 보냈다.

민간단체인 인간성회복추진운동협의회는 1991년 6월 통일원에서 북한 주민 접촉 승인을 받고 남북한 혈액교환운동을 추진해나갔다. 서정주도 "정치적 의도가 전혀 없는 순수한 민간운동에 팔 벗고 피를 나누겠다"며 시도 한 수 써 보냈다. 여기에 평양 출신의 작곡가 김동진이 곡을 붙여 이날 발표한 것이다.

그날 청중들은 그 자리에서 「남북혈맥의 노래」를 따라 부르며 이 노래가 「우리의 소원」에 이은 제2의 통일 염원 노래로 남북에서 불리길 바랐다. 정치나 체제는 뛰어넘어 단군의 동포들로서 핏줄만큼은 이어보려 한 이런 노력은 그러나 끝내 무산되고 말았다.

"우리 사회에서 사라져가는 인간성을 근본적으로 회복하는 길은 어린이들의 심성을 맑고 바르게 키우는 것"이라는 취지에서 인간성회복추진운동협의회는 어린이들에게 사랑의 일기장 보내기 운동도 폈다. 서정주도 이 운동에 적극 동참해 어린이들에게 축시도 써주고 어린이날을 맞아 서울어린이대공원에서 직접 사인해 나눠주기도 했다. 고령임에도 불구, 이렇게 인간성 회복을 위한 운동에는 자발적으로, 기쁘게 나섰던 것이다.

지친 국민들을 감동시킨 노부부의 러시아 유학

"선생님, 지금 연세가 얼마입니까? 그리고 지금 러시아가 소련의 해체와 민족의 분리 독립으로 얼마나 혼란스럽고 불안한데 거길 가시려는 것입니까."

서정주가 모스크바에 있는 한국계 교수를 통해 러시아로 유학 갈 준비를 하고 있다는 소식을 듣고 당시 문학 담당 기자였던 나는 1992년 봄 남현동 자택 봉산산방을 찾아가 자초지종을 물어보며 위같이 만류했다.

"다시 학생으로 돌아가는 게 얼마나 즐거운 일인지 자네도 알 만한데. 난 지금 수학여행 가는 학생처럼 즐겁다네. 롸씨야가 혼란스러워 봤자 동양에서 온 이 늙은 학생한테 어찌하겠는가. 이제부터 새로 시작하는 것이니께 너무 걱정하지 말라구."

이미 러시아에 대한 기초 공부는 충분히 해왔다. 모스크바 대학에서 한 반년간 어학연수 열심히 받고 유창하게 말하게 되면 장수촌 코카서스로 들어갈 것이다. 거기서 이쁜 색시들과 이야기도 하고 무공해 햇살을 받으면 나 또한 장수할 것 아닌가. 우랄 알타이 우리 민족의 시원인 천산天山에서 우리 혼의 본질도 찾아보겠다 등등.

정말 수학여행에 들뜬 초등학생처럼 서정주는 내게 앞으로의 계획을 설명해줬다. 인터뷰 기사를 쓰러 갔으면서도 나는 기사를 쓸 수 없었다. 대체 팔순을 바라보는 나이에 부부 동반으로 2년간의 해외 유학이며 여행이 가능할 것 같지 않았기에. 그러나 몇 달 후인 7월 16일 서정주가 정말로 해외 유학을 떠나는 현장 기사를 써야만 했다.

"미당 서정주 시인이 부인 방옥숙 여사와 함께 16일 오후 4시 30분아에로플로트 편으로 김포공항을 출국, 러시아 유학길에 올랐다"고. 비행기 트랩을 올라 환하게 웃으며 손을 흔드는 노부부 사진과 함께. 이런 현장 기사를 시작으로 칼럼 등이 뒤따르며 온 매스컴이 이 노부부의 유학을 쾌거快擧로 다루며 노령화돼가며 지친 사회에 활력을 불어넣었다.

"애초에 내 예정은 저 아름다운 '코카서스' 산맥이 뻗혀 있는 곳에 가서 평화한 자연과 인심 속에서 싼 생활비로 아내의 병 요양을 돌보며 공부도 하고 글도 쓰고 수양도 해 볼 생각이었는데 모스크바에 도착해서 자세하게 알아본 결과 거기 가는 건 보류해야만 하게 되었다. (중략)

그래서 나는 가능한 한도 내의 러시아 여행만을 하고 지내다가, 식품난 속에 허리가 구부러져가는 마당이 되어 재빨리 이곳을 빠져나와 미국의 큰아들 집에 가서 회복해가지고 일단 돌아왔지만, 새해의 봄이 되면 다시 또 그 러시아로 갈 예정이니 그리 아시기 바란다."[8]

2년, 아니 좋으면 코카서스에 더 눌러 살러 떠났던 서정주는 4개월 만인 11월 중순 귀국했다. 귀국해서 모스크바 체험시 5편과 탐방기를 문예지에 기고했다. 그 탐방기 끝에 "러시아에 오래 체류하면서 공부도 하고 수양도 하고 아내의 병도 고쳐내겠다더니 왜 그렇게 빨리 돌아오고 말았는가?"라는 편집자의 요청에 답한다며 붙인 사족蛇足에서 위같이 밝히며 봄이 되고, 러시아의 흉흉한 민심이 가라앉으면 다시 가겠다는 희망도 잊지 않았다.

"하늘의 어느 이쁜 시골의/복숭아꽃 한 가지가/심심하여 사뿐이 내

8 서정주, 「러시아 탐방기」, 『문학사상』 1993년 1월호, 128쪽.

려온 듯이/여기 마스끄바 구석의 장터에 웅크리고 앉어/깊은 수풀에서 따온 산딸기들을/너무나도 싼값으로 팔고 있나니/삼베 빛깔의 숱 짙은 머리칼의/그립게는 아리따운 롸씨야의 미녀여./깊은 바닷빛의 사랑어린 눈동자여/그대 그 손톱에 끼인 그 때를/더없이 맑은 물에/내 손수 며칠이건 씻어 주고만 싶어라"

그때 발표한 시 중 「롸씨야 미녀찬」 전문이다. '롸씨야', '마스끄바', '이쁜' 등 외래어, 표준어 가리지 않고 시어의 음상, 시니피앙이 살갑게 살아나고 있다. 특히 손톱에 끼인 때를 손수 씻어주고만 싶다는 마지막 대목에서 '그립게는 아리따운' 서정주의 시혼과 시 문법이 그대로 전해온다. 일제하에서 문학도 시절부터 톨스토이의 '나타샤'나 도스토옙스키의 '소냐' 등 소설 속 여주인공들에 홀린 서정주였으니 어찌 다시 러시아로 가고 싶다 하지 않을 수 있으랴.

깁고 뜯고 덧붙여 이른 천의무봉의 시 경지

"여기에서 다시 한 번 실감되는 것은 '시라는 전공 이것 참 어렵다'는 것이다. 60여 년 동안이나 이걸 이어서 써왔는데 지금의 내 느낌은 습작기의 문학청소년 시절이나 다름없는 표현상의 불만, 불만 그것만이 늘 반 넘어 차지하고 있으니 말이다.

그러나 이 불치의 욕구불만감이 항시 계속됨으로써 언제나 표현상의 새 매력을 탐구해보려는 노력도 계속되어서, 이것으로 타성의 게으름에 멎어버릴 수 없이 된 것, 이것 한 가지만큼은 참 다행한 일이다."

위 같은 '머리말'과 함께 서정주는 열네 번째 시집 『늙은 떠돌이의 시』를 1993년 11월에 펴냈다. 1988년부터 1993년도까지 쓴 시 중에서 추려 다시 퇴고해 총 72편을 실었다.

“에짚트의 저승으로 가는/어느 문 앞에서는/안동 삼밭에서 윙윙거리다 온 것 같은/풍뎅이 귀신이 앞장을 서고,/고 다음에는 턱수염 난 염소 귀신,/고 다음에야 겨우/사람 귀신이 3등으로 뒤따르고 있다.”

『늙은 떠돌이의 시』(1993년) 초판본 표지

시집에 실린 「에짚트의 어떤 저승의 문 앞」 앞부분이다. 이 시를 쓸 무렵 서정주는 시작 노트에 『이집트 사자死者의 서書』 영역판 한 권 전체를 정성들여 필사해놓았다. 모르는 단어의 뜻을 써가면서 연구하고 또 1978년 세계 일주 여행 체험을 토대로 이 시를 비롯, ‘에짚트의 시’ 5편을 발표했다. ‘머리말’에서 밝힌 대로 습작기 문학청년처럼 매양 표현상의 새 매력을 탐구하며 시를 쓰고 고쳐나간 것이다.

(적당한 다른 예가 없어 미안하지만)
마치 좋은 내외가
깊은 밤 잠자리에서 그 짓을 하듯
어디 하느님 딸이나 하나 데린 듯이 그 짓을 하듯
“좋……네……좋……네……
좋네……좋네……좋네……좋네……

좋네좋네좋네좋네좋네좋네좋네좋네
좋……네……좋네……좋……네……좋네……"
하늘에다 대고 요로코롬
그 머리의 그 기인 열두 발 상무를
마구 내젓고만 있나니,
존댓말이 아니구
반말로써만
연거푸 연거푸 내젓고만 있나니,
이 하늘 밑에서
이런 반말의 대가리춤은
아마도 우리뿐인가 하노라.

이 시집에 실린 「우리나라의 열두 발 상무上舞」 전문이다. 나는 물론 이 시를 본 많은 시인, 독자들이 '과연 서정주야!' 하며 혀를 내둘렀을 것이다. 그 나이에 이런 정치精緻한 자연스러움이라니.

리듬이 그대로 하느님 딸과 상관하는 그 짓거리, 상무돌리기가 되는 '좋네' 대목을 보시라. 낡은 듯하면서도 휘황찬란한 표현의 새 매력을 보시라. '적당한 다른 예'를 찾기 위해 시력詩歷 60년의 노시인은 또 얼마나 탐구하고 고치고 깁고 했을 것인가.

이 시집과 함께 서정주는 동화 『신선 선녀이야기』 전5권도 민음사에서 펴냈다. 어린 시절 외할머니, 어머니한테 들어 아직도 마음에 아슴하게 남아 있는 전래동화 모티프를 시적 상상력과 서정주 특유의 구수한 입담으로 재창작해낸 동화이다. 1990년부터 세계의 민요와 민담을 공부하고, 미국에 가 손자들에게 들려주며 쓴 동화에 한국의 민화는 물론 세계 유명 화가들의 널리 알려진 그림들을 삽화로 곁들여 펴낸 것이다.

모국어 되살려 겨레 혼을 울려온 팔순 시인에 쏟아진 찬사

1994년으로 들어서자 국제펜클럽 한국 본부는 노벨문학상 후보로 서정주를 추천했다. 매년 10월 둘째 주 목요일에 수상자가 발표되는 노벨문학상은 그해 1월 말까지 각국의 펜클럽 등 주요 단체에서 추천해온 후보들을 심사해 결정된다. 1990년도에 이어 한국펜클럽은 서정주를 두 번이나 추천한 것이다. 한국에서 같은 문인이 두 번 추천된 적은 없었다.

한국펜클럽은 두 번이나 추천한 이유로 서정주 작품들이 한국의 토속적 정서와 문화를 뛰어나게 육화시키고 있고, 시집들이 국내 문인 중 해외에서 가장 많이 번역됐으며, 여러 번 후보로 올랐다 수년 만에 탄 수상자들이 많다는 점 등을 들었다. 그때까지 서정주 시집들은 미국 영국 프랑스 독일 스페인 일본 중국 등지에서 11권이 번역 출판됐다. 한국 문학의 세계화를 위한 문예진흥원 등 당국의 지원 없이 세계 독서 시장에서 거의 자발적으로 번역 출판이 이뤄져 국내 문인 누구보다 해외에 더 알려져 있었던 것이다.

생전은 물론이고 사후에도 '해외에 알리고 싶은 한국 문인이 누구인가'를 문인과 국민을 상대로 설문조사를 하면 서정주가 항상 수위로 나타났다. 해외 번역 출판량보다는 아무래도 우리 한국인의 정서를 가장 잘 드러낸 수작들이 많기 때문일 것이다. 그런 국민들의 기대에 부응하기 위해서는 물론 무엇보다도 그런 눈 밝은 돈, 거액의 상금 때문에 서정주도 내심 노렸을 터인데 노벨문학상은 서정주를 비켜갔다.

그렇지만 우리 나이로 팔순을 맞은 1994년, 한국 문단과 국민들은 서정주를 비켜가지 않았다. 60년간 시업을 전공하며 모국어의 연마와 겨레의 혼을 울려온 원로 시인의 성취에 걸맞은 찬사와 감사가 이어졌다.

많은 문예지들이 많은 지면을 할애해 서정주의 삶과 시 세계를 특집으로 다뤘다. 후배, 제자들은 대표 시와 시 세계에 대한 평론 등을 모은 『서정주 문학앨범』과 『미당연구』 등을 펴내 헌정했고 또 그동안 세계를 여행하며 쓴 글들을 모은 『세계방랑기』가 전 3권으로 출간되기도 했다.

"서정주 시인의 문학적 이력은 어느 관점에서건 한국 현대시사에서 가장 중요한 자리를 당연히 차지한다. 방대하고 오랜 시적 실천을 통해 이 민족이 지닌 심성의 가장 깊은 곳을 드러내고, 이 민족의 언어에 새로운 생명을 부여해온 공적을 쉽게 평가할 말은 없다. 그러나 한 민족이 근세 이래 역사적 격변을 거듭해올 때, 이 시인의 영예와 상처로부터 무관할 수 없었다. 이 시인의 한계가 곧 한국 시의 한계라고 언명할 때도, 우리는 이 영욕의 흔적을 마음 밑자리에 두고 있다. 그를 이해하는 일이 우리를 극복하는 일에 틀림없다."

『작가세계』가 1994년 봄호에 서정주를 특집으로 다루고 나서 편집후기에서 밝힌 말이다. 그 봄호에는 문학적 연대기와 인터뷰, 시인과 평론가들의 시인론과 작품론 등을 실어 서정주 삶과 시 세계에 대한 엇갈린 관점들을 통합할 수 있는 길을 트게 했다. 특히 시인의 삶과 시세계를 통합해 살핀 문학평론가 황종연 씨의 문학적 연대기 「신들린 시,

떠도는 삶」은 편집 후기의 위 같은 결론을 유출해내기에 충분했다.

"우리 문학사에 기록된 시인들 가운데 젊어서 요절하거나 일찌감치 붓을 꺾고 잠적한 분들이 많았음을 상기한다면, 나이 여든에 이르기까지 시인의 직분을 붙잡고 늘어진 미당의 프로페셔널리즘은 돋보이는 일이고, 장엄하다고 하지 않을 수 없다. (중략) 동심의 세계로 돌아온 노시인의 고담枯淡한 품격도 아무 데서나 찾아보기 힘든 일이다. 그의 노익장을 비는 마음 간절하다."

『창작과비평』 1994년 '촌평'란에 실린 민영 시인의 평 「그 겸허한 노년의 세계」 한 부분이다. 금방 나온 서정주 신작 시집 『늙은 떠돌이의 시』를 평한 이 글은 위같이 서정주의 시인으로서의 프로 기질이 장엄하다며 노시인의 노익장을 빌었다.

민영 시인이 서정주를 높이 인정한 평도 평이지만 이런 평이 『창작과비평』에 실렸다는 것 자체가 적잖은 사건이었다. 진보적 참여문학의 종가宗家 『창작과비평』이 그들의 문학관을 비난한 보수 순수문학의 대가 서정주를 수용했다는 데서 그동안 첨예하게 나뉘어 있던 문학과 문단의 통합 기운을 읽어낼 수 있는 획기적 사건이었기 때문이다.

"선생님, 이제 좀 흡족하십니까."

"모르는 소리 말게나. 환갑 넘어서면서부터 생일도 안 쇠는 사람이라 그만두라, 두라했는데 이렇게 후배 제자님들이 뜻을 꺾지 않으니 부끄럽기만 하구먼. 이제부터 어린애같이 다시 출발하려는데……."

1994년 12월 2일 서울 삼성동 인터콘티넨탈호텔에서 서정주 시인 팔순 축하 잔치가 열렸다. 문인협회, 시인협회, 펜클럽 한국 본부, 예술원, 미당시회 등 문단과 예술계, 그리고 독자들이 어우러진 잔치에서 만족스러우냐는 기자들 질문에 서정주는 쑥스러워하면서 이제부터 다시 출발이라 밝혔다.

현실 의식을 천착해들어가며 이른 초월과 영원

"요즘 신문들을 까맣게 먹칠하고 있는 그 '노태우 비자금 사건'이 다시 내 긴장을 바짝 조이고 있다. 올 여름에 있었던 그 어마어마한 주검들을 몰고 온 '삼풍백화점의 붕괴 참사'와 그보다 먼저 있었던 '성수대교 붕괴 참변' 또 '서울 아현동 지하가스 폭발 참사' 등과 어울려서 서로 꼬리를 물고 늘어지며 몰려오고만 있는 것이다.

(중략) 나는 내 일생의 중요한 때를 시와 그 밖의 문학작품을 쓰는 일 외엔 교육에만 종사해온 사람인지라, '내가 써온 문학작품들이나 내가 해온 교육의 허점들이 이 딱한 참변들에 은연중에 관계하고나 있는 것 아닌가?'도 자연히 늘 스스로 묻고 있게도 된다. (중략) 그러면 저절로 나도 순식간에 그 한 공범자가 되고 만다."[9]

다사다난했던 한 해를 보내며 쓴 글 한 부분이다. 사회 부조리와 적당주의가 부른 참사에 대해 공범 의식을 갖고 반성하고 있는 대목이다. "너도 이놈아 진실을 때에 따라 적당히 에누리하고, 철저해야 할 인식을 어리무던히 중간 포기한 일은 없었었느냐"고 자문하며 앞으로 더 철저히 회의하며 더 이상 의심의 여지가 없는 데까지 인식을 몰고 갈 것을 다시 다짐하고 있는 글이다.

"미당 시의 아름다움은 세속과 삶의 역사를 멀찍이 비켜선 아름다

9 서정주, 「1995년, 기뻤던 일, 딱했던 일」, 『현대문학』 1995년 12월호, 91쪽.

움이다." "대가적 초탈함이란 변화무쌍한 역사의 물굽이를 미꾸라지 처럼 교묘히 빠져 다니며 살아남는 현실추수적 인생철학과 무관해 보이지 않는다." 팔순을 맞은 해 서정주에게 찬사만 이어진 게 아니라 비교적 젊은 평론가들의 이 같은 현실에 대한 초월과 추수를 비판하는 평도 있었다.

아, 그러나 우리네 현실과 구체적 삶이 그렇게 평면적이고 단순한 것인가. 몇 겹의 그늘이 굽이굽이 드리운 게 오늘의 우리네 삶이고 깊이 아니던가. 팔순을 넘기고도 서정주는 위처럼 우리 현실에 긴장된 의식으로 공범 의식을 갖고 있으면서도 또 우리네 삶의 깊이와 아름다움을 끝까지 천착해들어가고 있지 않은가.

"더러는 기이해 뵐 수도 있는 신화와 미신에도 불구하고 미당 선생의 시의 밑에 놓여 있는 것은 「복 받을 처녀」의 현실주의다. 그리고 이 현실주의의 관점에서 볼 때, 그의 굽음의 실천철학, 욕망의 형이상학도 그 나름의 현실을 가지고 있는 것이라는 것을 우리는 알 수 있다. 그리고 이 현실은 단순히 미당 선생 일인의 개인적인 체험에서 우러나오는 현실은 아니다. 그것은 좁게는 그가 살아온 시대의 현실이며, 넓게는 그 자신, 그 탐색을 게을리 하지 않은 한국인의 역사적 체험의 현실이다. 즉, 그의 시의 핵심에 있는 욕망의 미학은 전통적인 심미적 경험의 기초로써 자주 이야기 되어온 한恨의 미학의 변주이고, 굽음의 이존책以存策은 절대 권력의 세계에서 눌리운 자들이 살아남을 수 있기 위하여 가져야 했던 현실주의였다."

문학평론가 김우창은 1976년 일곱 번째 시집으로 나온 『떠돌이의 시』 말미에 실린 해설 「미당선생의 시」에서 위같이 서정주 시가 시인이 살아온 시대와 한국인의 역사적 체험의 현실에 바탕한 '현실주의'

의 시임을 일찍이 설파했었다.

그러기에 김우창은 "지금껏 우리와 우리 민족의 개인적 역사적 체험을 가장 깊이 있게 이야기해온 미당 선생이 변화하는 오늘날의 현실과 보다 나을 수 있는 미래의 현실에 대해서도 계속 우리에게 그 시적인 예지를 보여주길 우리는 희망한다"고도 소망했었다.

그러나 서정주는 '변화하는 오늘날의 현실과 보다 나을 수 있는 미래의 현실'이라는 당대의 보다 다급했던 사회과학적인, 진보주의적인 시각에서의 현실보다는 시적인, 우주론적인 현실에 집착한 것이 현실초월이니 추수란 비난을 불렀을 것이다.

삶과 역사의 속물성을 벗어난 영원인으로서의 자각

"사회인으로서 어떻게 살아야 하는가도 물론 중요한 일이지만 역사적인 안목에서 우리나라 민족의 역사, 나아가 세계사 속에서 사적史的인 존재로 어떻게 살아가야 하는가를 겸해서 생각해야 협소한 인생관을 피할 수 있습니다. 여기에 또 하나 중요한 것은 자연인으로 살아가는 것입니다. 사회인, 역사적인 존재로 사는 것만큼 자연을 잊어서는 안 됩니다.

시문학사, 문학사, 민족사, 나아가 세계사를 살펴보면 사회뿐 아니라 자연을 생각하는 사람들의 정신에서 문학이 성취되고 문화가 이어져왔음을 알 수 있습니다. 인간은 자연 속의 생명으로서의 존재라는 걸 잊어서는 안 됩니다. 이렇게 사회인, 역사인, 자연인 이 세 가지를 원만하게 생각하고 추구해야 인생관이 깊어지고 감칠맛이 나게 되는 것입니다."[10]

1997년 4월 11일 봄꽃이 한창 어우러지는 관악산 기슭 서울대에서 등단 환갑을 맞은 서정주는 '나의 시 60년'을 주제로 한 특별 강연을 했다. 3백석 강당을 가득 메운 학생들은 한국 문학사의 산 역사를 호흡하며 존경스러운 눈빛으로 2시간 넘게 귀를 기울였다. 그 강연에서 서정주는 인간의 자잘한 일상사 모두가 바로 시이며 때문에 시보다 먼저 삶과 인간의 깊이와 감동이 앞서야 함을 거듭 강조했다.

그러면서 "모든 욕망에서 졸업하게 된 나이 팔십을 넘어서야 비로소 인생을 새롭게 깨달았다"며 "그런데도 시에 대한 생각, 표현을 새롭게 만들고 추구하고자 하는 욕망과 열성에서는 나는 여전히, 영원한 문학청년"이라며 강연을 맺었다.

"그러나 나는 이 세 가지 사람 노릇으로만은 아무래도 만족지가 않어 또 한 가지를 더 보태야만 되겠으니 그것은 즉 영원인의 자격이다. 사람은 누구나 제 목숨만 살고 끝나는 것이 아니라, 아들들과 딸들을 기르는 것이고, 그 아들들과 딸들은 또 그들의 자녀들을 낳어 기르고 하여 이 계속은 끊임없이 영원히 이어져가는 것이니, 이 한정 없이 계속해가는 목숨의 연속—이것을 영원한 것이라고 생각하여 이 불가불 한 참가 그것을 영원인의 자격이라고 생각해보고 있는 것이다. 그러나 이런 영원한 목숨의 계속도 잘 밝힌 영혼의 영생을 자각하지 못하면 속물들의 역사만을 이어갈 것이니, 물론 이점 심사숙고해야지."[11]

동아일보 신춘문예로 등단해 60주년를 맞은 1996년 『시와시학』 봄호가 대규모 특집으로 꾸민 '미당문학 60년특집'에서 직접 쓴 문학적

10 서정주, 「나의 시 60년」, 『문학사상』 1997년 5월호, 80~81쪽.

11 서정주, 「나의 문학인생 7장」, 『시와시학』 1996년 가을호, 51쪽.

자전 「나의 문학인생 7장」 마지막 대목이다.

서정주는 여기서 사회인, 역사인, 자연인에 더해 '영원인'을 내세우고 있다. 사회, 역사, 자연인으로서의 현실적 삶을 딛고 서 있으면서도 영원과 영혼에 대한 자각이 있어야 속물들의 삶과 역사에서 벗어날 수 있다는 원로의 말이 이 부박한 시대와 사회에 아연 숙연한 긴장을 주고 있지 않은가.

쓰면 쓸수록 첩첩산중인 80소년 떠돌이의 시

"시라는 것 이것은 말하자면 '점입태산漸入泰山'인 것으로, 오래 쓸수록 깊은 산골 속의 애로들만 더 첩첩히 많이 겪어야 하는 것인만치, 이걸 또 한 권 내는 현재의 내 심경은 미련하게 늙은 수소 한 마리가 어느 마당가에서 그 먹은 풀들을 거듭거듭 되뱉어내 되새김질하고 있는 꼬락서니만 같이 느껴질 뿐인 것이다."

이런 '머리말'과 함께 서정주는 1997년 11월 열다섯 번째 시집 『80소년 떠돌이의 시』를 시와시학사에서 펴냈다. 83세, 시력이 환갑 훌쩍 넘었는데도 시의 길은 안 끝나는 길이고 또 자신은 "아직도 철이 덜 든 소년 그대로고, 또 도道도 모자란다"며 소처럼 일곱 번이나 되새김질하며 고치고 또 고친 시 44편을 실었다.

"당명황唐明皇과/양귀비와/모란꽃이/어느 날/함께/열반 극락에 들어가 보자고/하늘로 하늘로 솟아올라 갔는데,// 당명황과 양귀비는/구름 엉킨 언저리에서/동침하고 싶어/다시 땅으로 내려와/방으로 들어가버리고,//모란꽃은 시들어 떨어져서/그 꽃빛만이 더 높이 날아올라서/해와 달과 별들 옆을 감돌고 있었는데,//그 마음씨만은 아조나 자유라 놓아서/그 빛갈마저 다 벗어 던져 버리고/색계와 무색계 넘어/열반에 들어 자취도 없이 앉어 계신다."

열다섯 번째 신작 시집이자 생전 마지막 시집인 『80소년 떠돌이의 시』 맨 위에 올린 「당명황과 양귀비와 모란꽃이」 전문이다. 아무런 설명 없이도 영원 자체인 위 시를 시인의 마음 그대로 읽고 느낄 수 있는 것, 이것이 곧 한국인과 모국어의 맛과 멋의 정체성 아니겠는가.

『80소년 떠돌이의 시』(1997년) 2판 표지

그야말로 노익장을 과시하며 천의무봉의 시를 한층 더 감칠맛 나게 쓰는 시인을 시집이 나온 직후 자택으로 찾아갔다. 병세가 악화돼 미국에 있는 의사 아들집으로 다음 날 떠난다는 소식을 듣고서이다.

"자네가 왔는데 술을 안 마실 수 있겠느냐"며 서정주는 동네 슈퍼에 맥주 한 박스를 주문했다. 안주로는 고향 고창에서 따온 대추를 내밀며 술잔을 따라줬다. 정신은 환한데 육신은 고령을 비켜가지 못하는 듯 손이 심하게 떨리고 있었다.

"4년 전에 낸 열네 번째 시집이 『늙은 떠돌이의 시』인데 이번엔 『80소년 떠돌이의 시』네요. '팔할이 바람이다'와 한통속 같은 '떠돌이'라는 말에 아직도 그리 끌립니까."

"자네도 떠돌이 아닌가. 어떤 높은 철학자, 종교가, 정치가도 한갓 떠돌이인 것은 마찬가지지. 아직 덜 되어서 무엇인가 더 되려고 방랑하는 떠돌이가 우리들 본심이고 삶 아니겠는가. 한참 떠돌아야 할 미완성인 자들이 이제는 됐구나 하면서 눌러앉아 갇혀버린 세상은 재미도 없고 그래 티격태격하는 것이여."

"내일 미국은 무엇하러 가시며 언제쯤 돌아올 겁니까."

"막내아들이 앨라배마 주립대학병원의 상당한 의사이지. 전번에 검진해보니 심장이 북 가죽처럼 말라붙는 '심장표피건조증'이란 병이라나. 남의 심장에 감동을 주기 위해 한 60년간 내 심장을 먼저 둥둥둥 두드려댔으니 당연한 결과지. 다행히 특효약이 있다는데 아들네 병원서 치료도 받고 공부도 하고 시도 쓰다 내년 춘삼월에 돌아올 거여."

"이번 시집에 실린 「늙은 사내의 시」 가운데 '초사흘 달 바래보며 마음 달래자./마음 달래자. 마음 달래자'라는 구절이 나옵니다. 말을 아껴 좀체 반복이 없는 게 선생님 시인데 어떻게 '마음 달래자'를 세 번씩이나 숨 가쁘게 반복했나요. 혹여 아직도 사회적 냉대 때문인가요."

"자네 또 그런 말 하시긴가. 건조하게 사회적, 역사적으로 읽으려 들지 말고 그냥 아직도 덜된 마음이어서 어르고 달래서 예쁘게 완성하고 싶어한다고 봐주면 되지 않겠나."

서정주와의 마지막 만남이 될 줄 몰라 꽤 긴 시간 이것, 저것을 물어봤다. 다음 날 출국을 앞두고 이래저래 바쁜 상황임에도 긴 시간을 내주었다.

"자네 속 나도 잘 아니 걱정 말게나. 내년 3월 24일이면 저 마누라와 회혼回婚, 그러니까 결혼 60주년이여. 저 남태평양 타히티로 가서 첫날밤 입었던 노랑 저고리에 초록 치마 입혀 하룻밤 자곤 돌아올 테니 걱정 말게나."

그리고 내년 꽃 피는 계절 다시 만나자며 손을 내밀더니 이내 거둬들이고 일어나서 미국식으로 인사하자며 품을 내밀어 나를 끌어안았다. 그리고 다음 날인 11월 5일 미국으로 떠났다.

타히티의 첫날밤은 꿈으로만 남기고 이듬해 초 돌아온 서정주는 병을 핑계로 외부와의 접촉을 일절 끊고 봉산산방에서 칩거에 들어갔다. 방문객도 거의 들이지 않고 안부를 묻는 언론과의 인터뷰도 거절하기 일쑤였다.

말년 칩거에도 놓지 않고 고치고 또 고친 시

"결국은/겨우 숨쉬는/이 무주공산無主空山에/낮이란/먼 산 뻐꾹새 한 마리 살아서 우는구나./그리고 밤이란/소쩍새 한 마리 뒤대여 우는구나."

1998년 1월호 『현대문학』에 다른 시 4편과 함께 발표한 「결국은」 전문이다. 이 5편이 서정주가 생전에 정식으로 문예지에 발표한 마지막 시들이 됐다.

첫 시집 『화사집』에서부터 시혼을 온통 사로잡기 시작해 죽을 때까지도 제대로 다 형상화해내지 못할 것이라 누누이 말한 그 뻐꾹새, 소쩍새 울음의 한없는 깊이와 설움이 무주공산에서 결국은 제대로 들려오게 한 시로 읽힌다. 말년의 은둔, 칩거의 적막감이 소쩍새 울음소리에 그대로 실려 오며 또 무주공산 앞에 "결국은/겨우 숨쉬는" 한 구절이 들어가며 아무도 없는 허공에 비로소 생령들의 숨길이 불어넣어지고 있는 시이기도 하다.

마지막이 될 줄도 모르고 신작시 5편을 함께 발표하며 서정주는 "60여 년 시를 써온 결과 우리가 나날이 살아가는 일상생활에서 살며 느끼며 생각하고 공부하는 모든 내용들에서 고른 것들은 두루 다 시가 돼야 한다는 생각으로 나는 요즘 시를 쓰고 있다"[12]고 밝혔다. 일상이 곧 시, 시를 착상하고 쓰고 고치기일 정도로 평생을 살아왔다는 것이다.

"오랜 가난에 시달려 온 늙은 아내가/겨울 청명한 날/유리창에 어리는 관악산을 보다가/소리 내 웃으며/'허어 오늘은 관악산이 다아 웃는군!' 한다/그래 나는/'시인은 당신이 나보다 더 시인이군!/나는 그저 그런 당신의 대서쟁이구……' 하며/덩달아 웃어 본다."

시작 노트가 끝나는 1999년 2월 3일에 쓴 시 「겨울 어느 날의 늙은 아내와 나」 전문이다. 서정주는 1950년 봄부터 반백년간 대학 노트 등 10권에 시의 초고를 고치고 또 고친 흔적이 그대로 드러나는 1천 5백 쪽에 달하는 시작 노트를 써오다 위 시를 마지막으로 덮었다.

제목부터가 봉산산방에 칩거하고 있는 노부부의 겨울을 그대로 드러내고 있어 서정주 말마따나 일상이 결국은 시가 되고 있는 시이다. 그러면서도 서정주 시에 자연스레 벤 활물론活物論적인 세계와 시인관이 그대로 드러나고 있다. 관악산이 살아서 웃는 것, 그것을 보고 감동한 다른 이들의 그 감동, 만물 조응을 꾸밈없이 그대로 대신 전하는 대서쟁이가 시인이란 것을.

"우리는 첫째로 우리 아이들을 잘 길러내야겠다./백두산이나 한라산보다도/이왕이면 에베레스트 산만큼 센,/그래서 이 세계에 실력을 발

12 『현대문학』 1998년 1월호, 127쪽 참조.

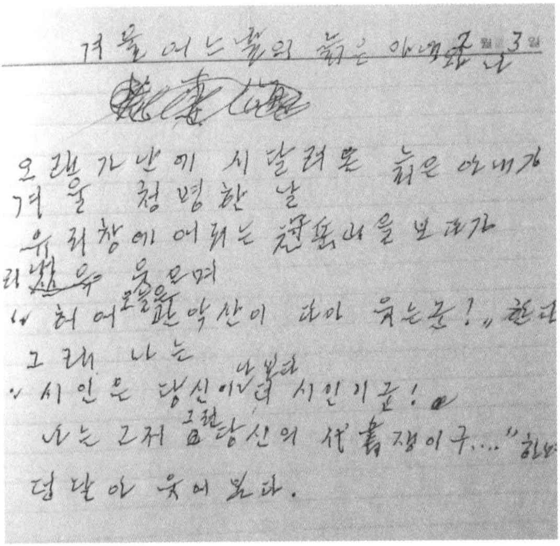
겨울 어느 날의 늙은 아내와 나 2월 3일

오래 가난에 시달려온 늙은 아내가
겨울 청명한 날
유리창에 어리는 관악산을 보다가
웃으며
"허어 오늘은 관악산이 많이 웃는군!" 한다
그래 나는
"시인은 당신이 나보다 더 시인이군!
나는 그저 당신의 선물쟁이구..." 하고
덩달아 웃어 보다.

시작 노트의 마지막 시 「겨울 어느 날의 늙은 아내와 나」

휘하는/그런 사람들이 되게 해야겠다.//해와 달이 밤낮으로 그 빛을 다하듯이/언제나 목숨의 빛을 제대로 나타내는/그런 여무진 사람들이 되게 해야겠다.//하로를 천년같이 넉넉히 살며/천년을 하로처럼 꾸준히 사는/그런 끈기를 길러내야겠다."

서정주의 마지막 시 「2000년 첫 날을 위한 시」 앞부분이다. 21세기를 여는 첫날 아침 중앙일보에 실릴 이 시를 얻기 위해 나는 1999년 가을부터 계속 봉산산방으로 찾아가기 시작했다.

찾아가면 부인이 "누구요?"라고 안에서 묻기만 하고 "사모님도 잘 아는 저 누구입니다"라고 말해도 대문은 안 열어줬다. 다음 날 찾아가면 "해 다 저문 저녁에 왜 왔는가, 내일 낮에 와요"라며 문을 안 따줬다. 그래 다음 날 낮에 찾아가면 "선생님 주무시고 계세요"라며 또 문을 안 열어줬다.

그러길 10여 차례, "그때서야 초록 재와 다홍 재로 매운재가 되어 폭삭 내려앉아버렸습니다"라는 서정주 시 한 구절이 문득 떠오르며 불길한 생각이 들었다. 도망간 신랑을 녹의홍상綠衣紅裳 차림 그대로 첫날밤 맞을 모양으로 기다리다 반백년 지나 돌아온 신랑이 어깨를 어루만지니 폭삭 내려앉았다는 「신부」라는 그 시 있지 않은가. 해로偕老해온 신랑의 주검을 혹시 노부인께서 망령 들어 혼자 지키고 있는 게 아닌가 하는 정말 가당찮은 무서운 생각이 들었다.

그래서 문정희 시인한테 들은 대로 꾀를 내 일주일에 두어 번씩 들른다는 파출부가 들어갈 때를 기다려 훌렁 따라 들어갔다 "어, 자네 오셨남. 그래 웬 일이신가." 서정주는 여느 때처럼 반겨 맞아주었다.

그렇게도 문도 안 열어주고 돌려보낸 일 자체를 모르는 것처럼 부인도 둥그렇고 넉넉한 얼굴 웃음을 보여줬다. 나중에 안 일이지만 부인은 그때 치매를 심하게 앓고 있었던 것이다. 현관 밖에는 자장면인지 중국집 빈 그릇 두 개가 놓여 있었다.

"천년, 억겁의 영원을 자유자재로 사시는 선생님께 새 천년 시를 받아 독자들과 널리 함께 읽었으면 좋겠습니다"라며 미리 마련해온 원고료 봉투를 건넸다. 봉투에서 돈을 꺼내 든 서정주는 부인에게 부채처럼 활짝 펼쳐 자랑하며 아이처럼 좋아라 했다.

영육靈肉이 함께 질마재 환한 햇살 속으로 돌아간 시선詩仙

그렇게 60여 년간 해로하고 말년에는 소꿉친구처럼 지냈던 아내와 서정주는 2000년 10월 10일 사별했다. 아내를 고창 선산으로 내려 보내는 날 서정주는 방에 누워 "이 불쌍한 사람 지금은 고속도로에 접어들었구먼, 이제 천안을 지나고 있네, 아니 이 사람 지금은 묻히고 있구먼, 그 옆에 내 자리도 훤히 보이는구먼" 하며 간호하던 제자에게 입으로는 웃으면서 눈물을 글썽이며 혼잣말을 해댔다.

"나 바람나지 말라고/아내가 새벽마다 장독대에 떠 놓은/삼천 사발의 냉숫물.//내 남루와 피리 옆에서/삼천 사발의 냉수 냄새로/항시 숨쉬는 그 숨결 소리.//그녀 먼저 숨을 거둬 떠날 때에는/그 숨결 달래서 내 피리에 담고,//내 먼저 하늘로 올라가는 날이면/내 숨은 그녀 빈 사발에 담을까."

아내에 대해 적잖게 쓴 시 중 「내 아내」 전문이다. 함께 늙어가다 한쪽 먼저 가면 남은 쪽도 곧 뒤따라간다던데, 결혼 60주년을 맞아 새색시같이 입혀 첫날밤을 보내자 했던 아내와 사별했으니 오죽할까. 아내를 뒤따라가기로 작정한 양 순갈도 한사코 놓아버리고 날로 여위여 가는 서정주를 가족들은 미국으로 데리고 가기로 하고 비행기 좌석까지 예약해놓고 있었다.

미국이든 저승이든 이제 정말 서정주와의 마지막 만남이란 생각에 사진기자와 함께 봉산산방에 들렀다. 바싹 마른 몰골에 수염도 깍지 못한 형용을 찍어 그 좋은 시인의 이미지를 흐려서는 안 되겠다는 생각에 사진기자는 그냥 돌려보냈다.

"선생님, 왜 미국으로 떠나시려는 겁니까. '국보國寶 유출'이라며 안타까워하는 국민들도 많은데."

"나라고 어디 이 정든 땅 떠나고 싶겠는가. 아내 떠나고 혼자되었으니 아들 며느리 손주 있는 미국으로 가 식구들하고 살려는 게지. 거기 노스캐롤라이나에는 꽃도 만발해 있고 뻐꾸기도 울고 낙원이야."

겉으로는 그곳 미국이 낙원이라 했지만 이 땅을 영영 떠나야만 할 그 속내야 어찌 편할 수 있었겠는가. 계속된 단식으로 비행기도 못 오를 정도로 건강이 악화돼 미국행만은 막을 수 있었던 게 한국시의 자존을 위해 다행이라면 다행이었다.

단식으로 쇠진해가는 모습을 보고만 있을 수 없었던 가족과 제자들은 결국 강남 성모병원에 입원시켜 영양주사를 맞으며 절대 안정을 취하게 했다. 병원으로 찾아가보니 당시 김대중 대통령이 쾌유를 빌며 보낸 난 화분이 눈길을 끌었다. "하늘이/하도나/고요하시니/난초는/궁금해/꽃피는 거라"는 서정주 육필 시 「난초」를 떠오르게 했다.

며느리가 찻순갈로 떠 넣어주는 요구르트와 홍시로 입술만 축이고 잠에 빠지는가 싶더니 뭐가 궁금했는지 스르르 눈을 뜨고 꺼져가는 눈웃음을 지으며 내게 물었다.

"어떠신가. 이만하면 나도 시인으로 불릴 수 있겠남."

"그럼요. 단군 이래 이 땅, 아니 하늘 아래 최고로 시인다운 시인이 선생님이신걸요."

이 짧은 한마디씩 나누고 서정주는 입가에 희미한 미소를 띠며 스르르 잠으로 빠져들었다.

기력은 물론 숨길마저 끊길 것같이 되자 서정주는 삼성서울병원으로 옮겨 산소마스크를 썼다. 그것도 며칠, 2000년의 12월 24일 밤 11시 조금 넘겨 끝내 영영 숨길마저 놓아버렸다. 때마침 하늘에서는 흰 눈이 펑펑 내리며 몇 년 만에 화이트크리스마스를 맞고 있었다.

그렇게 서정주가 타계하자 대부분의 신문과 방송들은 큰 지면과 장시간을 할애해 서정주를 '국민 시인'으로 치켜세워 한국 문학의 큰 상실로 받아들이며 추모했다. 정부에서도 '서정주 시인에 대해서는 시로 말해야 옳다'며 최고 시인에 대한 예우로 금관문화훈장을 추서했다.

당시 진보 문학 단체인 민족문학작가회의 이사장으로 있던 소설가 이문구는 중앙일보에 실린 조사弔辭에서 "이제사 선생님 영전에 따뜻한 술 한 잔 올린다"며 "미당에게 시인 이상의 무엇을 요구하는 것은 오답誤答을 유도하거나 위답僞答을 기대하는 뒤틀린 심사"라며 천생 최고의 시인에 대한 예우를 갖춰줬다.

"일체의 형식에 구애받고 싶지 않다"는 고인의 뜻에 따라 장례는 거창한 절차 하나 없이 가족장으로 치렀다. '한국의 시선詩仙 미당 서정주 선생님의 명복을 빈다'는 고향 사람들의 꽃상여를 타고 고향인 선운리, 속칭 질마재의 환한 겨울 햇살 속에 묻혔다.

더 없이 아름다운
꽃이 질 때는
두견새들의 울음소리가
바다같이 바다같이
깊어만 가느니라.

1995년 5월 1일 시작 노트에 손 떨리는 필체로, 크게 꾹꾹 눌러, 한 번의 고침 없이, 페이지 한가운데에 보란 듯이 써놓은 시이다. 그 이후에 쓴 시들도 대부분 발표했는데 이 시만큼은 생전에도, 사후에도 아직 발표 안 됐다.

더없이 아름다운 깊이로 더없이 아름다운 꽃을 지게하고 있는 이 시, 혹여 절명시絶命詩로 남겨둔 것은 아닐까. 평생 표현해내려 애썼어도 10%도 제대로 형상화하지 못했다는 그 두견새 울음소리. 줄포 바다가 빼꼼히 열린 소요산 자락 질마재에 누워서도 그 소리의 한량없는 깊이를 재고 또 재보며 온전하게 다 형상화해내기 위해 남겨둔 것일까.

未堂

10

유소년기의
질마재·줄포 신화

徐廷柱

무슨 꽃으로 문지 르는 가슴이기에……

아조 할 수 없이 되면 고향을 생각한다.

이제는 다시 돌아올 수 없는 옛날의 모습들. 안개와 같이 스러진 것들의 형상을 불러일으킨다.

귓가에 와서 아스라히 속삭이고는, 스쳐 가는 소리들. 머언 유명幽明에서처럼 그 소리는 들려오는 것이나, 한마디도 그 뜻을 알 수는 없다.

다만 느끼는 건 너이들의 숨소리. 소녀여, 어디에들 안재安在하는지. 너이들의 호흡의 훈짐으로써 다시금 돌아오는 내 청춘을 느낄 따름인 것이다.

(중략)

소녀여. 비가 개인 날은 하늘이 왜 이리도 푸른가. 어데서 쉬는 숨소리기에 이리도 똑똑히 들리이는가.

무슨 꽃으로 문지르는 가슴이기에 나는 이리도 살고 싶은가.

서정주의 초기 시 중 가장 긴 시 「무슨 꽃으로 문지르는 가슴이기에 나는 이리도 살고 싶은가」 부분이다. 동면冬眠의 긴 겨울을 거쳐 만물이 소생하는 봄이 되면 잔뜩 움츠러든 우리네 마음에 아연 활기를 돋우는 무슨 효험 좋은 주문처럼, 그 긴 제목이 지금도 곧잘 플래카드로 내걸리고 있는 시이기도 하다.

이 시 제목 바로 밑에는 선배 시인 오일도의 "빈 가지에 바구니만 매여 두고 내 소녀, 어디 갔느뇨"란 시구를 제사로 올려놓고 있다. 고향, 유년 시절을 떠나 사회에 편입된 오늘 우리네 삶은 뭔가 진짜, 원형을 잃어버린 빈 가지, 빈 바구니 같은 것은 아닐는지. 해서 위 시에서 '고향'이며 '소녀'들은 상실의 이 시대 오늘 진짜 삶의 원형들을 떠올리며 문득 그리 그립고 따뜻하게 살고픈 순정한 마음을 살려내고 있는 것이리라.

그렇다. 우리네 기억을 거슬러 올라가면 기억의 기저나 원점에는, 심리학에서 밝힌 무의식이나 집단무의식 그리고 원형이 있듯, 신화시대가 있다. 아무리 모습이 변해도, 인간이 강제로 의미를 주입해도, 그것을 끝끝내 그것이게끔 하는 원형, 플라톤이 말한 이데아로서의 원형. 신神과 관념철학이 대신했던 그 선험적 세계를 근대에 들어와 실존철학과 현상학이 인간 자체의, 사물 자체의 구체적이고 생생한 세계로 되돌려주고 있는 그 원형이 있다.

우리 개개인에게도 그런 원형의 시대, 생령生靈이며 정령精靈들과 울긋불긋 꽃대궐에서 서로 한몸 한마음으로 어우러졌던 고향의 봄 유년의 신화 시대가 있다. 정갈한 신라 화랑들이 유람 온다 하여 별들이 내려와 금강산 길을 깨끗이 쓸어주던, 삼라만상이 영통하던 시대가 있다.

오늘도 우리들 꿈은 그때 각인된 기억을 재연하고 있다. 그리고 오늘도 철없는 어린이들은 그런 시대를 살고 있고 동화는 그런 이야기들을 창작하고 있다. 무엇보다 시인들은, 시라는 문학 양식만큼은 여직도 특권인 양 그런 원형적 세계를 꿈꾸고 있다. 이제 너무 멀리 떠나와 다시 돌아갈 수 없어 아프고 어두울지라도, 다시 합치될 수 없는 묵

시론적 세계일지라도.

"나보고 명절날 신으라고 아버지가 사다 주신 내 신발을 나는 먼 바다로 흘러내리는 개울물에서 장난하고 놀다가 그만 떠내려 보내 버리고 말았습니다. 아마 내 이 신발은 벌써 변산 콧등 밑의 개 안을 벗어나서 이 세상의 온갖 바닷가를 내 대신 굽이치며 놀아다니고 있을 것입니다. (중략) 그래, 내가 스스로 내 신발을 사 신게 된 뒤에도 예순이 다 된 지금까지 나는 아직 대용품으로 신발을 사 신는 습관을 고치지 못한 그대로 있습니다."

1975년 펴낸 시집 『질마재 신화』에 실린 시 「신발」 부분이다. 어릴 때 개울물에 떠내려보낸 신발이 시인과 우리네, 그리고 삼라만상의 원형이고 지금 우리네 현실은 원형의 가상이요 그림자, '대용품'임을 순연하게 드러내고 있는 시이다. 떠내려보낸 그때 그 신발이 유년의 삶이요 고향이요 원형 아니겠는가.

서정주는 "무슨 꽃으로 문지르는 가슴이기에 나는 이리도 살고 싶은가" 물으며, 현실 세계에서 "아조 할 수 없이 되면 고향을 생각한다". 고향의 유년, 원형적 세계로 돌아가 소녀, 정령들을 부르며 다시 영통하는 삶과 시를 길어 올리곤 했던 것이다.

2015년 2월 26일, 미당 서정주 탄생 100주년 기념 시낭송 공연 '무슨 꽃으로 문지르는 가슴이기에…'가 열렸다. 동국대 이해랑 예술극장에서 열린 이날 공연에는 객석을 다 채우고도 모자라 계단과 통로에 앉고 선 관객 5백여 명이 서정주 시 세계에 빠져들었다. 오늘의 현실을 바쁘게 사는 그 관객들도 모두 다 서정주 시를 통해 자신들의 고향과 순수를 소환하며 영통하는 삶을 살기 위해 모였을 것 아닌가.

산 끝 바다, 강 끝 갯벌이 만나는 가장 후미진 질마재에서 출생

"호남선 정읍역에서 고창으로 가는 신작로를 사십 리를 가면 홍덕이라는 연못 하나가 너무 큰 체경體鏡처럼 두드러진, 옛 현청縣廳 소재지가 있고, 거기서 남으로 다시 십 리를 가면 알뫼(卵山)라는—닷새만큼 서는 소장 하나가 제일 큰일이라서 쇠점거리라고도 부르는 조그만 장터. 거기서 다시 먼 십 리의 산골을 서해西海 쪽으로 더듬어 오르면 질마재라는 영嶺모롱이 위에 선다.

정읍에서 홍덕과 알뫼를 거쳐 고창 해안선으로 가는 자동찻길에서 갈려 다시 십 리 가까운 오솔길을 걸어가야 만나게 되는 산모롱이다. 여기는 선운사의 소요암逍遙庵이 있는 소요산의 중허리. 큰 준령은 아니나, 내 소년 시절만 해도 아버지께서 밤길을 오시다가 호랑이한테 모래 벼락도 맞으셨다는 데니까 귀빠지기야 드물게 귀빠진 곳."[1]

서정주가 자신이 태어나 유년 시절을 보내고 20세기를 떠돌다 다시 돌아가 묻힌 질마재를 직접 그린 대목이다. 일제하 만주 등지를 떠돌다 해방되고 또 살 만해지자 오대양 육대주를 떠돌면서도 눈감으면 훤히 그려졌을, 호랑이가 나오던 세상에서 가장 후미진 그 고향.

서정주는 그 질마재, 행정상 명칭으로는 전북 고창군 부안면 선운리 578번지에서 1915년 음력 5월 18일 태어났다. 호적상에는 출생 연도가 1914년으로 돼 있으나 출생 신고 때 잘못되어 그렇다는 것이다.

"음력으로 오월도 열여드레니/삼삼히 옥물 들인 세모시 옷으로/멋낸 갈보 허리께도 시쿰케 하는/잘 익은 살구나무도 그 어메 있을라.//손등

1 서정주, 「내 마음의 편력」, 『서정주문학전집 3』, 8쪽.

에 굵은 심줄 새파랗게 드러난/진땀 나는 삼십 대의 수녀 같은 색시가/웃도리만 입은 나를 참말로 사랑해/그 무릎에 끌어안고 부채질을 해주시네./빨가벗은 내 아랫도리 꼬치에다가/귀엽다고 더 열심히 부채질을 해주시네.//방 안에는 성탄절 날 수녀 같은 색시들이/대여섯 명, 그중에 한 색시가 말씀을 하네./내 꼬치 모양이 특히 좋다고 굽어다보며/'아흐고 꼬치에 땀방울이 이뻐' 하고/음력 초사흘날 달눈썹 아래/초롱 같은 두 눈에 불을 밝혀 속삭이네./아아 나로 말하면, 이 나로 말하면/그 말씀과 그 눈 그 눈썹을/아조 잊어버릴 수는 영원히 없을 거야."

자신의 출생 즈음을 이야기 한 시「사내자식 길들이기 1」앞부분이다. 귀한 사내 아이 태어났다고 동네 여인네들이 모여 '꼬치 구경'을 하며 예뻐하고 앞날을 축원해주는 풍경은 남자들에겐 그리 낯설지 않은 기억의 첫 언저리이기도 할 것이다.

서정주는 위 시에서 그렇게 축하해주는 동네 아낙들을 "성탄절 날 수녀 같은 색시들"이라며 자신의 출생을 은연중 예수 크리스트에 비유하며 성화聖化하고 있다. 그렇지 않던가, 여느 누구에게든 출생은 신화인 것을. 그러면서도 첫 기억부터 자신의 고추를 바라보는 여인네의 눈과 눈썹, 아미蛾眉를 "아조 잊어버릴 수는 영원히 없을" 아름다움과 원願과 한恨, 그리움의 원형으로 각인시켜 놓고 있다.

영산홍 꽃잎에는
산이 어리고

산자락에 낮잠 든
슬픈 소실댁

소실댁 툇마루에
놓인 놋요강

산 너머 바다는
보름사리 때

소금발이 쓰려서
우는 갈매기

시의 절정기인 다섯 번째 시집 『동천』에 실린 「영산홍」 전문이다. 탄생과 유년을 회고한 글 가운데 예쁘고도 한스런 여인으로 소실댁이 자주 나오곤 하는데 그런 소실댁이 참 아름답고도 정갈하게 시화된 작품이다. "내 맨 처음의 사람 기억 속에 나오는 그 눈썹과 눈이 이쁜 부인"[2]이라 밝힌 애 못 낳는 며느리 대신 애 낳으러 들어온, 이웃집 갓난애의 고추를 부러운 듯 바라보던 그 소실댁이 이리 아름답고도 서러운 영산홍꽃으로 피어난 것이다.

부모한테 물려받은 유교적 현실주의와 고대적 풍류

서정주가 태어난 1915년은 그전 해 발발한 1차 세계대전으로 연합군이 독일군에 수세에 몰리며 유럽 전체가 전장에 빠져들고 있던 때

2 위의 책, 25쪽

이다. 국내에서는 호랑이처럼 산등성이를 타고 남에 번쩍, 북에 번쩍 나타나 일본군과 경찰, 매국노들의 간담을 서늘케 하던 마지막 의병장 채응언 장군이 체포돼 사형 당한 해이다.

"마을 사람들은 모두 한결같이 가난해, 김성수金性洙 씨의 아버지인 동복영감同福令監의 전답을 소작하거나, 아니면 합자해 조그만 한 배로 어업을 하거나, 밖엣사람이 와 경영하는 소금막에서 노동을 하거나, 또 아니면 질마재를 넘어 다니며 어물 행상을 하였다.

그러나 그들은 그런 가난 속에서도 거의 죄는 모르는 사람들이었다."[3]

후미진 질마재 150호가량의 선운리에도 긴 칼을 찬 일본 경찰들이 가끔 나타나 겁을 주던 때였다. 식민 초기 서슬 퍼런 무단武斷통치로 민족의 혼과 전통을 말살하려 할 때이나 질마재는, 줄포로 이사해 초등학교 입학 전 서정주의 유년 기억에는 일제와는 거리가 멀었다. 가난한 사람들이 소작을 붙이거나 바다에 나가 물고기를 잡거나 염전 노동자 혹은 행상을 하며 착하게들 살아가고 있었다.

질마재는 선운산 바로 아래 서당이 있던 서당물, 그 아래 수백 년 된 느티나무들이 서 있는 웃뜸, 그 아래 여울에 젖어 있는 늙은 팽나무를 중심으로 한 아래뜸, 개울 건너 낙락장송들이 서 있는 송현松峴, 거기서 얼마큼 논두길을 지나 있는 신흥리 등 다섯 뜸으로 나뉘어 있다. 그 중 서정주는 웃뜸 맨 아래쪽 목조 초가집에서 아버지 서광한徐光漢과 어머니 김정현金貞賢 사이에서 5남 2녀 중 장남으로 태어났다.

비교적 부유한 집안에서 태어나 열다섯 살 때 전라도 무장茂長 고을 백일장에서 장원을 하기도 한 아버지였다. 그러나 도박꾼인 할아버지

3 서정주, 위의 책, 9쪽.

가 가산을 탕진하고 마흔 살쯤 세상을 뜨자 그 노름빚 때문에 무장 현청에 끌려가 주리를 틀리기도 했다.

기운 살림에 결혼해 처가가 있는 고창군 심원면에 살다 같은 고을 옆 동네인 질마재로 아이들 서당 훈장 노릇하러 흘어든 것이다. 훈장 노릇도 잠시, 서울에서 측량학교를 마친 아버지는 고창군청에서 측량 서기 노릇을 하다 서정주가 대여섯 살 때 호남 제일의 지주인 동복 영감에게 발탁돼 그 집 서생書生과 농감農監으로 들어갔다. 그 직업을 바탕으로 전답도 마련하고 돈놀이도 해 질마재에서는 가장 큰 부자로 행세할 수 있었다.

어머니는 젊어서 배 타고 나가선 영영 돌아오지 못한 어부의 둘째 딸. 그래서 청상과부로 두 딸과 아들 하나를 길러낸 외할머니는 국문으로 된 이야기책을 죄다 읽어내며 외손자 정주한테도 많은 이야기를 들려줘 일찍부터 문학에 눈을 뜨게 해줬다.

"바닷물이 넘쳐서 개울을 타고 올라와서 삼대 울타리 틈으로 새어 옥수수밭 속을 지나서 마당에 홍건히 고이는 날이 우리 외할머니네 집에는 있었습니다. (중략) 항시 누에가 실을 뽑듯이 나만 보면 옛날이야기만 무진장 하시던 외할머니는, 이때에는 웬일인지 한 마디도 말을 않고 벌써 많이 늙은 얼굴이 엷은 노을빛처럼 불그레해져 바다 쪽만 멍하니 넘어다보고 서 있었습니다.

(중략) 아마 외할머니는 그 남편의 바닷물이 자기 집 마당에 몰려 들어오는 것을 보고 그렇게 말도 못하고 얼굴만 붉어져 있었던 것이겠지요."

담시집 『질마재 신화』에 실린 시 「해일海溢」 부분이다. 바다에 나갔다 빠져 죽은 신랑이 해일에 실려 돌아온다는 상상력. 이런 신화적 상상력은 외할머니의 자전自傳과 그녀가 들려준 옛날이야기가 혼합돼 구체적으로 나온 것이다. 영원하고 순정한 사랑으로 지금도 많은 사람들의 가슴을 애잔하게 울리는 그리그의 〈솔베이지의 노래〉나 서정주의 시 「신부」 등 원형적, 초월적 상상력도 서정주의 시 속에서는 유년의 체험에서 울려나오는 것이기에 생생한 실재가 되는 것이다.

농번기가 끝난 여름이면 어머니는 자주 해변으로 가 모래찜질을 했다. 모래찜을 하고 돌아오는 어머니의 모습은 어린 정주에게는 영 딴 모습으로 비쳤다. 구릿빛 모래에 파묻혀 너울거리는 물결과 물결을 따라 오르내리는 갈매기 떼와 하늘빛과 교감하고 돌아온 어머니의 얼굴빛은 일할 때나 돈놀이 장부를 적을 때와는 영 딴판의 것, 박혁거세의 어머니 파소 부인 같은 얼굴로 비쳤다.

"지금 생각하면, 아버지가 철저한 유생儒生이었던 데 비해 어머니는 신라류의 자연주의적 전통 속에서 더 많이 호흡하고 계시었던 것 같다."[4] 현실을 중시하는 유교 정신과 우주 삼라만상과 영통하는 풍류도의 조화로운 시 세계를 부모로부터 물려받은 것이다.

유년의 화신化神, 순수의 정령精靈 서운니

"어머니 할머니까지 왼 집안 식구가/들에 일하러 나간 낮에는/나는 혼자서 텡 빈 집을 지킵니다./뒤꼍에서 늑대가 들이닥치면 어쩔까,/중이 와서 어머니를 업어갔으면 어쩔까,/그런저런 걱정에 가위눌려서/툇마룻가에 걸터앉아 두 다리를 까닥이다간/툇마루의 다듬잇돌에 머

4 위의 책, 11쪽.

리 대고 빰 대고/그렁그렁 어느 사이 잠이 듭니다./먼 산에서 울려오는 뻐꾸기 소리/다듬잇돌에도 스미는 뻐꾸기 소리에/무섭 무섭 안기어 잠이 듭니다." (「어린 집지기」 전문)

서정주는 담시 「다섯 살 때」 첫머리부터 대뜸 "내가 고독한 자의 맛에 길든 건 다섯 살 때부터다"라고 단언하고 있다. 아버지는 바다 건너 부안 동복 영감 댁에 묵으며 한두 달에 한 번 꼴로 왔고 할머니, 어머니, 종형, 머슴 등 온 집안 식구들은 봄부터 가을까지 동산에 해가 올라오면 들일, 산일을 나가 해종일 혼자 집을 지켜야 했다.

툇마루에 걸터앉아 다리를 흔들어보다 하도 심심하면 담장까지 걸어가 흙도 뜯어먹어보고 그러다 지치면 다듬잇돌을 베고 누워 뻐꾸기 소리에 호흡을 맞추다 스르르 잠들곤 했다. 그 외롭고 무서운 시간에 뻐꾸기 소리는 다듬잇돌 스미듯 어린 정주 잠 속으로도 스며들고 죽을 때까지 시 속으로도 스며들게 됐다.

"'야, 정주야, 이리 와!'

누가 그래서 보니 저기 어느 보리밭 골에서 서운니가 같은 또래 소녀들로 된 부하 도당들을 이끌고 그날 그 하늘 밑에서는 그날 종달새 소리와 제일 잘 어울리는 웃음소리를 치며 나를 부르고 있었다.

그래 저절로 그리고 이끌리어—아니, 이끌려갔다기보다는 빨리어 들어가니

'너 까치마을꽃 아직 못 봤제? 여기 이것 좀 봐. 아조 이뿌제?'

하고 맨 처음은 내 손을 잡아 끌어다니고, 그다음에는 내 머리를 그 분홍의 가느다란 선線이 눈에 보일 듯 안 보일 듯 그어져 있는 그 죄끄만 꽃 옆에다 바짝 밀어다가 붙이면서 나직이 소곤거렸다.

그래 그 까치마을꽃을 나는 그 뒤 지금까지 내 생시의 가장 깊은 구

석, 또 꿈결의 가장 깊은 구석에서도 아주 잊지 않고 이어 느껴 내려오게 된 것이다."[5]

툇마루에 앉아 그렇게 혼자 집을 지키다 영 무료해지면 집 뒤꼍의 보리밭 가에 서서 흰 구름 흘러가는 하늘을 쳐다보기도 했다. 그렇게 이 산 저 산 공명共鳴하며 우는 뻐꾸기 소리 가득한 하늘을 쳐다보고 있던 어느 봄날, 갈맷빛 저고리에 나물 바구니를 끼고 여남은 살 또래 소녀들과 함께 보리밭 사이를 걷던 서운니가 정주를 불렀다.

서운니는 대여섯 아래인 정주를 보리밭 두렁으로 끌고 다니며 이 꽃 저 풀 이름도 가르쳐주고 직접 얼굴을 끌어당겨 대 보여주기도 했다. 종달새 같은 목소리로 세상의 모든 것을 가르쳐주고 또 넘어지면 다친 데를 정성스레 쓰다듬어주는 서운니가 이 세상에서 제일 좋아져 거의 언제나 같이 그 소녀 무리들을 따라 보리밭이며 들녘을 쏘다녔다.

햇살 좋은 날에는 하늘에서 옥황상제님이 부는 고동 소리가 들린다며 두 귀를 막고 그 소리를 들려주기도 했다. 서정주 귀에는 그 고동 소린 들리지 않고 대신 '들리제? 들리제?' 하고 묻는 서운니의 사근거리는 숨소리만 전해졌다. 그 숨소리에선 알큰한 마늘 냄새가 아스라이 풍겨오곤 했다. 폐병으로 마늘을 구워 먹던 서운니는 소녀에서 처녀로 성장해가다 이내 고동 소리 들리는 하늘로 가고 말았다.

"하여간 이 소녀 귀신 있음으로 해서 내 햇빛은 유년 시대의 눈으로 느낀 꽃들과 함께도 있을 수가 있다. 만일에 이 일 하나가 비어 있었어도 나는 무척 암담하지 않을 수 없었을 것이다. 소년 시대로 접어들어

5 위의 책, 17쪽.

음양을 안 뒤의 햇빛은 또 달라, 외줄기의 수세守勢 아니면 자꾸 탁해지다가 희부얘지기 쉬운 것이라, 그리고 또 아무래도 무슨 한恨을 겯하기 쉬운 것이라 이런 딱하고 희부옇고 다한多恨한 햇빛에 질렸을 때, 들어가 성정性淨의 별에 안기고자 해도 그것은 역시 빈약한 것이 아닐 수 없었을 테니까."[6]

유년 시절 대여섯 살 위의 소녀들과의 어울림을 순정한 햇빛과 꽃들과의 만남으로 회고하고 있는 대목이다. 음양, 남녀 이성이 갈려 정한情恨에 물들지 않고 울긋불긋 꽃대궐에서 삼라만상과 한몸으로 어우러지던 유년의 신화 제일 첫 번째 순수의 정령으로서 서운니가 자리 잡고 있었던 것이다.

"내 너를 찾어왔다 유나臾娜. 너 참 내 앞에 많이 있구나 (중략) 그날 꽃상여 산 넘어서 간 다음 내 눈동자 속에는 빈 하늘만 남드니, (중략) 종로 네거리에 뿌우여니 흩어져서, 뭐라고 조잘대며 햇볕에 오는 애들. 그중에도 열아홉 살쯤 스무 살쯤 되는 애들. 그들이 눈망울 속에, 핏대에, 가슴속에 들어앉어 유나! 유나! 유나! 너 인제 모두 다 내 앞에 오는구나."

처녀 시집 『화사집』 맨 마지막에 실린 위 시 「부활」 부분에서 '유나'라는 이름에도 서운니가 똬리를 틀고 있다. 피 끓는 젊음, 욕정 다 삭이고 다시 성정의 별에 안겨 부활하고자 할 때면 언제든 순수의 정령으로서 유년의 화신 서운니가 들어 있는 것이다.

6 위의 책, 19쪽.

서당보다는 외할머니, 서운니 옛날이야기에서 더 많이 배워

"'아미산월가라/아미산월이반륜추하니/영입평강강수류를……'/일고여덟 살 또래의 우리 서당 패거리들이/여름 달밤 그 마당의 모깃불 가를 돌며/요렇게 병아리 소리로 당음을 합창해 읊조리는 것은/고것은 전연 고 의미 쪽이 아니라/순전히 고 뜻 모를 소리들의 매력 때문이었습니다."

위 시 「당음唐音」 부분에 드러난 것처럼 정주는 일곱 살 때부터 질마재 서당에 다니기 시작했다. 동네 서당을 옮겨 다니며 천자문을 떼고 통감通鑑을 배우고 당시도 외웠다. 일곱 살짜리가 한시의 절정에 이른 당시의 맛과 깊이를 어찌 알 수 있었겠는가. 그저 뜻도 모르고 어울려 읊조리는 소리가 좋았다. 문자를 처음 그렇게 접해서 그런지 서정주 시의 맛과 멋은 의미, 시니피에보다는 소리들의 매력, 시니피앙에서 나온다.

자신보다 열 살 이상이 많은 서당 패거리들도 몇 달, 늦으면 1년도 더 걸리는 천자문을 정주는 열흘 만에 다 외우고 썼다. 그런 영특한 아들이 하도 대견스러워 아버지는 책 갈이를 거나하게 치러줬다. 창 잘 부르는 동네 소실댁을 부르고 머슴에게 술과 안주 짊어지게 해 진달래꽃 만발한 산에 올라 마을 사람들과 함께 화전놀이로 어우러지기도 했다.

그렇게 어른들이 책 갈이 놀이를 하는 것도 좋고 당시를 읊조리는 것도 좋았지만 정주는 서당에 재미를 잃어갔다. 무엇보다 여남은 살 위 사내들뿐인 서당 패거리들과 어울리기 싫었다. 애기 취급하며 특히 남색질을 강요하는 것이 죽기보다 싫었다. 남색질 당하는 현장을 목격한 아버지가 당장 그만두라 해 1년 남짓의 서당 공부는 미련 없이 작파해버렸다.

해서 서정주는 유년 시절에 외할머니와 서운니한테 배운 공부가 제일 크고 많고 좋았다고 회고하곤 했다. 정주는 틈나는 대로 외할머니 댁으로 가 옛날이야기 해줄 것을 졸랐다. 그때마다 할머니는 20대 중반에 청상이 돼 밤마다 읽은 국문 소설 이야기들을 해줬다. 어린 외손자가 알아듣기 딱 좋게 이야기를 각색해가며. 서정주의 민담같이 구수한 이야기 시, 『질마재 신화』 같은 담시도 다 그때 들은 외할머니의 이야기와 그 말본새에 빚진바 컸을 것이다.

"'어디선가('옛날 옛적 고래(高麗)적에' 하는 서두는 쑥스러운 양 그는 빼고 말했다) 눠(누님)하고 동생하고 그렇게 살고 있었더래여.'

역시 까치와 마늘과 어린 모란꽃 속을 합친 것과 같은 음성으로 꼭 오랜만에 온 먼뎃 누님 같은 눈을 하고 서운니는 이야기를 시작했었다."[7]

외할머니뿐 아니라 서운니한테 이야기 듣는 것도 좋아했다. 모시밭 건너에 있는 서운니 집으로 가 한 이불 속에 다리를 넣고 밤새도록 옛날이야기를 듣기도 했다.

"무슨 목욕이 이보다 더 조촐하고 깨끗하며, 무슨 총장의 가르침이 이보다 더 우리를 다정하게 하리요.

나는 사람과 사람 사이에, 비어 있는 것이 아니라 차 있는 것의 그리움에, 물론 그것은 아직도 오누이 신분 이상의 것은 아니었으나, 비로소 새로 눈이 떠서 황홀하여 있었다.

사물을 이치로서가 아니라 정으로서 역력히 가깝게 간절히 만들어

7 위의 책, 32쪽.

보이던 스승으로, 서운니는 내 맨 처음의 스승이요, 그중 나은 스승이었다."[8]

낮에는 들녘을 쏘다니며 사물들의 이름을 이치가 아니라 정으로 살갑고 구체적으로 가르쳐주고, 밤에는 또 이런저런 이야기를 들려주며 사람 사이의 그리움에 눈을 뜨게 한 서운니는 어린 정주의 최초의 좋은 스승이었다. 아니 서운니 자체가 서정주 시 세계의 에스프리가 됐다.

"그 애는 육날 메투릴 신고/손톱에는 모싯물이 들어 있었지./고구려 때 모싯물이 들어 있었지./그 애 손톱의 반달 속으로/저녁때 잦아들던 뻐꾹새 소리/나와 둘이 숨 모아 받아들이고,/그 애 손톱의 반달 속에서/다시 뻗쳐 나가는 뻐꾹새 소리/나와 둘이 숨 모아 뻗쳐 보내던/그 계집아이는……." (「기억」 전문)

"그 애", "그 계집아이"는 서정주는 '아직도 오누이 신분 이상의 것은 아니었으나'라 하고 있으나 분명 최초의 그리움에 눈 뜨게 한 계집애, 서운니일 것이다. 서운니가 서정주 시 세계를 시종始終하고 있는 '손톱' '반달' '뻐꾹새 소리'의 원형일 것이다.

계집애야 계집애야
고향에 살지.

멈둘레꽃 피는
고향에 살지.

질갱이풀 뜯어

8 위의 책, 36쪽.

신 삼어 신고,

시누대밭 머리에서
먼 산 바래고,

서러워도 서러워도
고향에 살지.

-「고향에 살자」 전문

갈 길도 또 돌아갈 길도 영 막막할 때 떠오르는 고향, 그런 고향과 한 몸이었던 유년의 신화 시대를 여직도 지키고 있는 계집애가 서정주에게는 서운니일 것이다. 세상 더러워 못 살겠으니 지금도 그곳으로 돌아가자고 하면 함께 갈 그 계집애, 서운니는 서정주 자신의 순수의 정령이요 시의 에스프리 아니겠는가. 그런 고향, 유년의 질마재를 서정주는 아홉 살 때 떠나 대처大處 줄포로 가게 된다.

상전댁 동복 영감 빈집지기로 줄포로 이사

"어떠신가?"
"……글씨, 글세요, 내사 잘 모르겠소."

줄포로 이사를 마치고 어머니가 질마재에서 가져온 껌정 무명 이불을 아랫목에 펴놓고 앉자 아버지가 물었다. 이렇게 큰 곳, 큰 집으로 이사 온 기분이 어떠신가 하고. 잘 모르겠다 얼버무렸으나 어머니는 이 집이 그리 내키지는 않은 모양이었다. 호사스럽긴 한 집이었으나 남의 집 머슴살이 아니겠는가. 흙벽에 장판도 못 깐 흙방일지라도 질마재 자신의 집이 더 좋았을 것이란 심사가 깔린 말투였다.

서정주는 1924년 이른 봄날 전북 부안군 줄포로 이사했다. 질마재에서 줄포까지는 30리. 대숲과 콩밭을 지나 개울을 건너고 갯벌을 지나 조금 때 바닷물 빠진 진창을 맨발로 건너 발을 씻고 다시 갯벌을 걸어 소나무 언덕에 오르니 이른 봄 햇살에 솔빛이 빛나고 솔잎 사이를 부는 솔바람 소리가 더 으스스 추웠다.

이른 봄이라 바람도 으스스 뼛속을 파고들고 발도 시렸다. 할머니와 여동생은 농사일 때문에 질마재에 남고 어머니와 정주, 그리고 아직 젖먹이였던 동생 정태 세 식구만이 이사짐을 진 지게꾼과 함께 아버지가 머무는 줄포로 이사를 온 것이다.

줄포는 면소재지로 군산 다음으로 전북에서는 큰 포구였다. 바다가 변산반도 남쪽으로 깊이 들어와 거의 뻘이 드러날 정도로 얇은 포구라 큰 기선은 닿을 수 없고 똑딱선 한두 척과 목선 어선 여남은 척이 정박할 수 있는 포구. 인구는 5백호에 3천 명 정도로 일본인 상점도 있고 중국집도 있고 조기 풍어기에는 제법 흥청거리는 반농, 반어업으로 도시화돼가는 소도시였다.

"집채의 수효는 늘푼수 좋으라고/가장 많은 숫자 9자를 골라 아홉 채./대문과 중문의 수효는 팔자 좋으라고/두루 합쳐서 자그마치 여덟 개./방 칸 수는 주역 64괘에 딱 맞추아/예순 하고도 또 나머지 네 칸인데,/팔도 갑부 집주인이 서울로 이살 가서/우리가 그 빈집지기로 날아들어 왔었지."(「용샘 옆의 남의 대갓집에서」 부분).

여염집치고는 줄포에서는 물론 전국에서도 가장 큰 규모의 그 집은 구한말 동복 영감을 지낸 호남 제일의 지주였던 김기중 집으로 주인 댁 모두 서울로 이사 가자 그 큰집을 지키려 서정주네 가족이 이사 온 것이다. 그러니 어머니 심사가 편할 수만은 없었을 것. 이사 온 다음 날 새벽 어머니는 첫 새벽 맑은 샘물을 떠 괴어놓고 빌었다. 어머니가 신명들께 올리는 그런 정갈한 기도는 어린 정주에게도 낯선 풍경은 아니었다.

"정주야, 어서 이 어른께 큰절 올리거라. 아버지와 절친하게 지내는, 저 건너 진산 영감님 댁에 사시는 이찬경 어른이시다."

이사 온 다음 날부터 아버지는 어머니와 정주에게 동복 영감 집에 같이 사는 사람들은 물론 동네 사람들에게 인사시켜주었다. 정주네는 동복 영감 큰댁이 살던 몸채 두 방을 쓰게 됐고 작은댁이 살던 채에는 소실댁 사환이었던 김성찬 씨 식구들이 살고 있었다.

"서생원댁 도령이신가, 아 이거…… 저런, 예쁘고 머리도 좋게 생겼네"라며 성찬 씨 댁은 서정주를 아주 반갑게 맞아 주었다. 초등학교 6학년생인 큰아들 김인덕은 이사 온 정주의 줄포 생활 선생님 및 형 역할을 톡톡히 해줬다. 그렇게 인사를 시키고 있던 중 진산 영감 댁의 이찬경 씨가 서광한네 식구들이 이사 왔다는 소식을 듣고 반갑게 찾아온 것이다.

이찬경 씨는 근엄하고 착실한 서당 훈장 출신으로 동복 영감의 동생인 진산 영감의 눈에 들어 그 집 서생 노릇을 하다 진산 영감도 형을 따라 서울로 간 뒤 그 집을 독차지해 살고 있었다. 정주가 큰절을 올리고 나자 이찬경은 데리고 온 아들을 "또래이니 앞으로 잘 지내라"며 소개해줬다.

그 아들이 바로 1936년에 서정주와 같이 시 동인을 결성해 『시인부락』을 창간했던 이성범이었다. 정주와 같이 그해 초등학교에 입학, 공부방을 함께 쓰기도 했던 이성범은 서울 연희전문 출신으로 동창인 이용희까지 데려와 『시인부락』에 가담시키기도 했었다.

줄포공립보통학교 입학과 질마재와는 다른 문명의 냄새

"응, 그래 잘했다. 서정주는 짱구로구나. 공짱구가 안 되게 이제부터 공부 더 열심히 해야지? 그래 이제 나가 운동장에 있다 부르거든 오거라."

1924년 3월 하순 어느 날 서정주는 줄포공립보통학교 입학시험을 치르러 갔다. 치렁치렁한 머리를 빡빡 깎고 어머니가 검정 세나단 옷감으로 지어준 두루마기를 입고 김인덕한테 이끌려 학교로 갔다. 학교는 바닷바람을 맞는 언덕 위에 목조 양개와집 세 채로 서 있었다. 풍금 소리가 들리는 넓은 운동장을 지나 교실로 들어갔다.

교실 안에는 이미 또래의 소년들과 열대여섯 살도 훨씬 넘었을 법한 청년들이 학부형들과 함께 걸상에 앉거나 서 있었다. "저런 애들처럼 뛰어다니지 말고 여기 조용히 앉아 있다 선생님 들어오시면 하라는 대로 하면 돼, 알았지?" 인덕이는 정주에게 그렇게 주의를 주고 교실 밖으로 나갔다. 교실에서 풍겨오는 페인트 냄새, 운동장에서 울리는 풍금 소리가 질마재에서 칼 찬 일본 순사한테 청결 검사 받을 때처럼 낯설고 싫었다.

깃 세운 양복에 넥타이를 맨, 콧수염을 기른 선생님이 산고모자를 한 손에 모시듯 받들고 들어왔다. 학부형들을 밖으로 다 내보낸 뒤 선생님은 자신의 이름과 모자, 책상이며 걸상, 그리고 자신의 수염과 구두 등을 가리키며 그 이름 등을 가르쳐줬다. 그러고 나서 한 학생씩 앞으로 불러내 다시 그 사물들의 이름을 묻고 청결 검사를 하는 식으로 입학시험 및 면접시험을 치른 것이다.

시험을 다 치르고 나서 학생들을 교실로 다시 불러들인 선생님은 책 가게, 모자 가게, 학용품 가게 등을 가르쳐주며 입학 날까지 다 갖춰오라 했다. 거의 다 합격시킨 형식상의 시험이었지만 정주는 자신의 빡빡 머리를 쓰다듬어주며 공부 잘하라는 선생님이 싫지는 않았다.

집으로 돌아온 정주는 아버지한테 돈을 타 그길로 질마재에서 젖먹이 정태도 보고 집일도 돕게 하려 데려온 셋째와 함께 상점 거리로 나갔다. 이사 와 얼마나 상점 거리를 쏘다녔는지 셋째는 가게들을 속속들이까지 다 알고 있었다. 일본인, 중국인 상인들과도 잘 알은체하며 이리저리 정주를 끌고 다녔다.

"정주야 저것 좀 봐. 저 안에서 물 끼얹는 소리 나제? 젊은 왜년이 저 속에서 목욕하는 소리여. 이 허연 뜨물 같은 물이 거기서 쏟아져 나오는 것이고. 여기 봐, 여기로 잘 보면 어떤 땐 왜년들의 허연 찰떡같은 살하고 젖통하고 ××까지 보일 때도 있당께."

정주보다 일곱 살 위인 셋째는 일본인 여관집 뒤에서 목욕탕을 들여다보게 했다. 정주는 목욕탕 안에는 아직 흥미가 없었지만 새어나오는 그 비누 냄새만큼은 상당히 매력적이었다. 처음으로 문명의 냄새, 왜 냄새를 비누를 통해 맡은 것이다.

비누를 통해 알게 된 이 왜 냄새는 그 후 학교가 파하면 일본 여자가 파는 사탕 가게에 가 거의 날마다 눈깔사탕을 사 먹게 했다. 이 비누며 일본 여자 몸에서 나는 화장품 냄새 말고도 합승 자동차 정류소에서 나는 휘발유 냄새 등에서 어린 정주는 질마재에서와는 분명 다른 문명의 냄새를 맡기 시작했던 것이다.

남숙, 어린 날 그리움을 띄워 하늘 높이 밀어주던 그네

"정주라지? 어떻게 쓰는지, 네 이름 쓸 줄 알면 어디 한번 써볼래. 새로 사온 그 책 거죽에다 한번 써보아. 거기다 써놔야 잃어버려도 도루 찾을 수 있능께잉."

"뒷댁 곽참봉 댁 큰애기 남숙이란다. 너 학생 되는 것 좀 보러왔대여. 이 큰애기는 오 학년이나 됐으니까 모르는 것 있건 항상 물어서 배워. 뉘같이 생각히서 말이여."

모자는 사서 쓰고 책과 크레용 등을 사서 집으로 돌아오니 툇마루에 어머니와 함께 낯모르는 처녀가 앉아 있었다. 열일곱쯤 돼 보이는 처녀는 길게 땋아 내린 머리채를 무릎까지 드리우고 앉아 있다 미소를 지으며 이름은 어머니께 들어 알고 있다는 듯 반갑게 정주를 맞았다.

"몸매는 인재 생각하니 경주 석굴암 관음보살 부조상이 나이 좀 더 어렸을 때는 그랬을 듯 좀 앳된 대로 유하게도 그뜩했고, 얼굴은 그 보살의 것보다 조금 더 둥근 것이 음사월 찔레나무들 울지은 속에 한가한 바람에 주름 짓는 맑은 못물 같은 길고도 굽은 눈꺼풀 안의 갠 눈과, 사람 좋게 좀 넓은 편인 흰 이빨들을 슬그머니 슬그머니 보이면서, 무엇보다도 드물게 볼 만큼 한가해 있었다. 두 손의 손가락과 손톱들도 이것은 내가 항시 미인의 조건으로 중요시하는 거지만, 석굴암 관음의 그 모자라지 않는 살을 가진 아름다움에 거의 방불하였던 같다."[9]

서정주의 산문 중 여인을 그린 대목들이 적지 않은데 위 곽남숙을 그린 부분처럼 세세하고 정성스러운 대목은 찾기 힘들 것이다. 영원

9 위의 책, 71쪽.

의 미를 드러내고 있는 석굴암 관음보살상에 빗대 최고의 미녀로 상찬하면서도 리얼하게 묘사하고 있지 않은가. 그런 만큼 학교에서 가장 예쁜 학생이고 근동에도 미녀로 소문난 곽남숙은 어린 정주를 송두리째 사로잡았다. 특히 크레용 칠 등 그림 그리기를 가르쳐주며 정주에게 서정 가득한 색채감을 심어주었다.

"연필로 패랭이꽃 본을 그려 떠 놓곤/그 속에 색칠하는 걸 나보고 하라면/몇 꽃잎은 언제나 선 밖까정 튀어나와/그것 한 가지는 미안했지만,/걸대에 맨 그네에 남숙이가 걸터앉아/나보고 뒤에서 밀어 달라 할 때는/너무 좋아 쟁끼웃음 터트리고 있었지."(「만 십 세」 부분)

"꽃잎들 한가운데는 더 짙게 문질러야지, 더 짙게"라고 다그치며 남숙이는 정주에게 크레용으로 색채 감각을 가르쳐주었다. 들녘으로 나가 꽃이며 버드나무 등 실물로도 서정적인 색채감을 심어주었다. 그런 남숙에게 정주는 자기네 집 마당에 그네를 매고 남숙을 태워 밀어주는 게 세상에서 제일 좋았다.

"산호도 섬도 없는 저 하늘로/나를 밀어 올려다오/채색한 구름같이 나를 밀어 올려다오/이 울렁이는 가슴을 밀어 올려다오!"라는 춘향의 말을 빌린 시 「추천사鞦韆詞」도 그때 남숙이 그네를 밀어준 데서 기인된 것이다. 자꾸 좀 더 세게, 더 세게 밀어달라던 남숙의 말이 귓전에 삼삼하게 남아서.

"내 어릴 때의 친구 순실이./생각하는가./아침 산골에 새로 나와 밀리는 밀물살 같던/우리들의 어린 날,/거기에 매어 띄웠던 그네〔鞦韆〕의 그리움을?//그리고 순실이./시방도 당신은 가지고 있을 테지?/연약하나마 길 가득턴 그때 그 우리의 사랑을.//(중략)//순실이./이제는 주름살도 꽤 많이 가졌을 순실이./그 잠자리같이 잘 비치는 눈을 깜박

거리면서/시방은 어느 모래사장에 앉아 그 소슬한 비취의 별빛을 펴는가.//(중략)/인젠 자네와 내 주름살만큼이나 많은/그 골진 사랑의 떼들을 데리고/우리 어린 날같이 다시 만나세./갓 트인 연蓮 봉오리에 낮 미린내도 실었던/우리들의 어린 날같이 다시 만나세." (「편지」 부분)

순실이에게 보내는 편지투의 이 시, 어린 날을 매어 뛰었던 그네의 그리움은 다 순실이에게서 나온 것 아니겠는가. 그 순실이라는 이름에는 어쩔 수 없이 어린 날 그네를 밀어 뛰어줬던 남숙의 실루엣이 어른거리고.

일 등을 하면서도 학교 공부보다는 학교 밖 상점과 갈대밭에 더 흥미

"하낭아 사끼마시다. 모모노하낭이 사끼마시다(꽃이 피었습니다. 복사꽃이 피었습니다)."

초등학교에 들어가서는 무엇보다 일본 말을 하고 쓰는 공부가 제일 중요했다. 그러나 정주는 그게 재미없었다. 그때까지는 초등 교육 과정에 들어 있다 이후 완전히 폐지되고 말았던 조선말 책도 별로 재미없긴 마찬가지였다.

일제 초기 초등 교육에서 입으로는 '정서 교육' 어떻고를 많이들 떠들어댔으나 전혀 정서에 와 닿은 교육이 아니었기 때문이라고 서정주는 나중에 회고했다. 언어 교육에선 그 말이 살아서 살갑게 입과 가슴에 와 닿아야 하는데 그런 맛은 전혀 없고 낯선 말들을 그대로 떠 넣어주는 주입식 교육이었기 때문이다.

교실에서뿐 아니라 운동장에서의 체조 시간도 기계적인 동작을 몸에 주입시키는 것이어서 싫기는 마찬가지였다. 그렇게 학교 공부에 별 흥미를 못 느껴, 초등학교에서의 공부를 생각하면 떠오르는 것이 아무것도 없다고 하면서도 1학년 때는 전체 1등을 했다. 서당에서 하늘 천, 따 지 하며 글자를 외며 익힌 바 있기에 주입식에 맞는 외기는 잘 할 수 있었고, 또 산수算數 셈본에서도 숫자를 잘 헤아리고 그 이치를 잘 욀 수 있기 때문이었다.

그럼에도 불구하고 학교 공부보다는 차라리 학교 밖에서 배우는 것이 더 많았다. 특히 그해 봄부터 가을까지 남숙이와 함께 지내며 색채 감각을 익히거나 말을 터득하고 익히는 것들이 더 많았다.

"학교에서 풀려나오면, 거의 매일같이 오까미상(일본 여자의 별명)네 사탕 가게에 들러, 그 우리들 것과는 다르게 쌍긋하고 촉각에 닿는 머리 모양과 옷과 냄새와 말씨를 보고 맡고 들으며, 여러 가지 색깔의 사탕들을 색을 갈아가며 일전어치씩 사 먹거나 청인淸人의 호떡집에 2전 들고 가서 무럭무럭 서려 오르는 만두 찌는 냄새를 맡고, 또 그 주인의 마음 좋은 늙은 종 같은 모양을 보며 단 팥고물을 넣은 하얗고 푹신푹신한 팥만두를 사 먹는 것은, 이런 것이 전혀 없는 촌에서 온 내게는 한동안 더없는 재미였지만,"[10]

학교가 파하기 무섭게 정주는 상점 거리에서 위같이 일본인, 중국인들의 가게에서 그 이국의 냄새를 맡는 것을 좋아했다. 그렇게 질마재의 원시적, 신화적 공동체에서 벗어나 서서히 도회적 삶으로 편입되기 시작한 것이다.

"줄포는 첫째 그 육체로선 숱한 그 머리털과 같은 갈대들이 유난히

10 위의 책, 82쪽.

좋은 곳이지만, 그 갈대는 이 두 호수에도 한쪽마다 자욱이 돋아, 그 숨어 누운 백제풍百濟風의 아주먼네(물론 이건 뒤에 얻은 비유이나)의 흐트러진 머리칼들처럼 가만가만히 흩날리고 있었다."[11]

줄포의 상점 거리뿐 아니라 여름부터는 갈대밭의 선선한 사운거림이 좋아 갈대밭과 그 사이에 있는 호수로 나가 놀며 멱을 감기도 했다. 두 길 정도의 큰 키로 바람에 사운 거리는 갈대밭과 그 안의 호수는 어린 정주에게 까닭모를 그리움의 먼 먼 서정을 불러일으키기에 충분한 공간이었을 것이다. 그래 줄포 시절을 회고한 자전의 제목마저 '노풍곡蘆風曲'이라 잡았다고 밝혔을 것이다.

상전 모시고 사는 설움과 불안

"내일 영감님이 내려온다는디, 작은댁도 같이 따라올 것이니 자동차 정거정까지 마중은 나만 가도 되겠지만, 밤에라도 작은댁에 인사를 하러 가야 할 텐디……. 그렁께 싹싹하게 잘 알아서 채비하소."

"어쩔꼬잉, 가서 뭐라 하면 된당까요."

"마님이라고 잊지 말고 깍듯이 붙여서 말해야 쓴당께. 그 댁 작은아들 내외도 같이 온당께 아씨라는 말도 잊지 말고……."

가을로 들어서자 서울서 사는 동복 영감 내외와 작은아들 내외가 내려온다는 전갈이 왔다. 해마다 그때쯤이면 동복 영감은 조상들 성묘省墓와 호남 제일 지주로서 소작료 정리를 위해 가족들을 데리고 내려왔다.

11 위의 책, 84쪽.

그들을 맞을 준비를 위해 미리 전갈을 받은 아버지가 도착 전날 밤 실수 없도록 어머니에게 당부하고 있는 대목이다. 다음 날 학교가 파하고 집으로 돌아오니 동복 영감 일행이 와 있었다. 정주는 아버지를 따라가 먼저 동복 영감에게 큰 절을 올렸다.

"응 그리여, 니가 광한이 아들이구나. 어이, 그 녀석도 참……."

틀니를 빼서 닦다 절을 받은 영감은 칭찬인지 경멸인지 알 수 없는 말을 하려다 말고 다시 틀니를 닦기만 했다. 그날 밤 사랑방에서는 영감이 새로 사온 축음기를 들으며 온 식솔들이 상전 비위 맞추기에 급급했다.

"광한이네! 어이, 광한이네 있는가? 헐 말 있으니 오너라!"

밤중에 온 동네가 떠나갈 정도로 큰 목소리로 작은댁이 어머니를 불렀다. 정거장까지 마중도 안 나가고 정주를 제대로 인사시켜주지 못한 것이 영 불안했는데 드디어 올 것이 왔다며 어머니는 정주를 데리고 작은댁한테 갔다.

정주가 무릎을 꿇고 큰절을 올리자 한마디도 안 해주고 대신 "자네도 거기 좀 앉아!"라며 어머니를 노려보며 꿇어 앉혔다. 그러고는 정말이지 옛날 종년 다루듯 어머니를 요리조리 다그쳐나갔다.

"작은댁에 인사 가니 뭐라고 하던가?"

"나 참 창피스럽고 더러워서 못 견디겠당께."

"그래도 어쩔 도리가 있당가. 견뎌낼밖에. 한 해 내내 같이 있는 것도 아닌께 눈 찔끔 감고 견디는 수밖에……. 몇 년 안에 딴 데로 나갈 궁리도 있응께 잔 견뎌내자구."

사랑방에서 레코드 감상회가 끝나고 잠자리에 들기 위해 온 아버지가 어머니에게 물었다. 얼마나 분하고 창피스러웠던지 어머니는 울먹이며 말했다. 그런 부모님의 대화를 들으며 정주는 아버지도 어머니도 자기 마음대로 살지 못하는구나, 다 못견디고 다 꼼짝 못하는구나 하는 생각이 들며 뭔가 불안해지기 시작했다.

"정주야, 너 어서 자고 일찍 일어나 학교에 가야제."

자신들의 대화를 듣고 있는 것을 알아차린 아버지가 일찍 자라고 다독였으나 정주는 잠이 오지 않았다. 질마재에 가끔 오실 때는 그렇게 든든한 보호자요 멋쟁이 호남이셨는데……. 부모 슬하에 있으면서 처음으로 느껴보는 불안감 때문에 잠을 제대로 이룰 수 없었다.

둔갑의 막, 더러운 세상을 대처하는 퍼소나

"야 정주야, 너 등수가 왜 이렇게 떨어졌는 줄 아냐? 신가愼家네 애들이 미꾸릴 잡아서 그래. 미꾸릴……."

"우리 담임 박춘래 선생은 6학년 여학생 모금순이하고 연애한다는 소문도 자자해야. 너 6학년 교실로 습자習字 가르치러 갔을 때 들여다봐야. 꼭 그 금순이 손목만 붙들고 매달려 있어야."

1학년 내내 1등만 하다 2학년 1학기 통신표를 받아보니 6등이었다. 떨어져도 너무 떨어졌다 의아해하는 정주를 보고 가깝게 지내는 반 학생들이 2학년 담임 박춘래 선생의 지나친 학생 편애偏愛와 '미꾸릴' 험담해댔다. 그때 학생들 간 유행어였던 미꾸리는 뇌물도 주고 아첨도 잘하는, 꼴사납고 지저분한 짓거리를 가리킨 말이다.

그러고 보니 신씨 집 학생들에게만 유난히 눈길을 주고 일등생인 자신에게서는 눈을 모로 돌리던 선생이었다. 교실 안에서 담임 선생님이 자신을 멀리하니 자연히 학습 의욕도 더 떨어질 수밖에 없었다.

집에 가져가 부모님께 그대로 보여주어야만 하는 통신표였지만, 그러나 정주는 '六' 자를 지우개에 침을 발라 박박 지우고 '二' 자로 고쳐 넣었다. 담임 선생님의 그 지저분한 짓거리를 더러운 침을 뱉어 지워 버리고 싶었고, 무엇보다 부모님의 꾸지람이 무섭고, 또 실망해 무너져 내릴 부모님의 가슴이 너무 아플 것이기 때문이었다.

"그래, 아버지는 이후 믿는 아들에게 속은 사람이 되고, 나는 거짓의 따분한 부스럼을 난생처음으로 가슴속에 지니게 되었던 것이다.

나는 이 전락顚落의 용기를 어디서 얻었던 것인가. 가만 있거라. 좀 자세히 기억해보자. 첫째, 나는 어떻게 해서라도 나 때문에 아버지가 낙망하는 것을 안 보려 하였다. (중략)

그래, 아버지 스스로 그의 생활의 앞에 치셨던—서러우나 편리한 둔갑遁甲의 막幕을(동복 영감 내외가 내 눈앞에 처음 왔던 날 저녁과, 그 전날 저녁에 그이 스스로 말씀하신 것과 같은) 모방해서, 목적은 다르나 나도 그걸 하나 칠 수 있었던 것 같다."[12]

통신표를 고치는 '전락의 용기'를 서정주는 뒷날 이렇게 '서러우나 편리한 둔갑의 막'이라 심사숙고해 표현했다. 상전에 대한 굴욕과 아첨이 서러워도 견뎌 낼 수밖에 없지 않겠느냐는 서생으로서의 아버지의 둔갑의 막, 더러운 세상을 대처하는 심리적 기제로서의 일종의 퍼소나(Persona), 탈바가지를 정주도 처음으로 쓰게 된 것이다.

깨끗하고 순결한 맨얼굴에 처음으로 쓰게 된 이 탈바가지 가면은 통신표를 고치게 했을 뿐 아니라 남의 만년필을 망가뜨려놓고도 발뺌

12 위의 책, 97쪽.

거짓말을 하게 하기도 했다. 또 아무 부끄럼 없이 수음手淫을 하게 하는 등 전락의 길을 걷게 했다.

이성에 대한 그리움을 눈뜨게 한 일본인 여선생

"내 소학교 3학년 봄, 열두 살 되던 해, 우리가 새로 이사할 집 툇마루에서 보면 울 너머 서북편으로 줄포의 큰 갈대밭이 내다보였다.

그래, 내 소년의 하염없는 때때를 이걸 보고, 거기서 오는 바람에 젖어 지냈으므로 그 갈대밭 바람을 생각해 노풍곡蘆風曲이란 제목을 붙였다. '갈밭 바람 속'이라든지 그래볼까 했으나 너무 치렁치렁한 것 같아 우선 이렇게 붙여둔다."[13]

초등학교 3학년 때부터 학교를 졸업하고 상경하기까지를 다룬 자서전 소제목을 '노풍곡'으로 달고 시작하는 대목이다. 그 열두 살, 3학년 때 소년 정주에게는 그렇게 제목을 따로 달 만큼의 큰 변화가 있었다. 동복 영감 집에서 식구들이 나와 근처에 집을 사 독립한 것과 또 무엇보다 일본인 여선생 요시무라 아야코[吉村綾子]를 담임 선생님 그 이상으로 만난 사실이다.

"사내 열두 살이면/피는 꽃이나 맑은 햇살이나 좋은 여자의 얼굴이/눈에 그냥 비치는 게 아니라/그 가슴에까지 울리어 오기 비롯는 나이//일본 나가노라는 데서 요시무라 아야꼬라는/서른네 살짜리 과부 여선생이 혼자서/3학년 된 우리 담임 선생으로 정해져 왔는데,/이

13 위의 책, 116쪽.

'오까미상'이/내 가슴속 염통에까지/고요한 날의 바이얼린 소리처럼/찡하고 울려오는/내 맨 처음의 여인이 되었네."

줄포 시절을 회상한 담시「줄포 2」앞 부분이다. 정주만이 조숙해서인가, 아니면 옛날의 소년들은 열두 살에 벌써 가슴속 염통까지 찡하게 울려오는 여인이 있을 정도로 다들 조숙했나. 하여튼 1학년 때의 남숙과는 분명 다른 이성異性으로 요시무라 선생은 다가와 정주의 사춘기를 열어젖힌 여인임엔 분명한 것 같다.

소년의 하염없는 때때를 갈밭 바람에 젖어 지내게 한 것은 줄포의 그 너른 갈대밭과 호수뿐 아니라 바로 요시무라 선생, 그녀를 향한 먼 먼 그리움이었을 것이다. 일본 나가노 시나노 강변에서 태어나 고등학교를 졸업하자마자 결혼해 두 아들 낳고 살았으나 남편과 두 아들을 차례로 잃고 홀로돼 군산에 선생님으로 왔다가 줄포까지 흘러든 34세의 여선생. 알코올로 손톱을 닦곤 했던 그 선생의 반달이 뜬 깨끗한 타원형의 손톱은 정주를 사로잡기 충분했다. 아니 시 세계에 끊임없이 드러나는 손톱이 요시무라에 의해 처음으로 구체화됐다.

"참 기막히겐 꿈같은 글도 다 보는구나. 서정주 봐라. 국어가 아직 서툴러 많이 고쳐서 미안하다만 참 좋은 글이구나. 앞으로도 이런 좋은 글 바른말로 더 많이 써 보여주기 바란다."

작문 시간에 쓴 첫 번째 글이 좋은 글로 뽑혀 학생들 앞에서 읽히며 이렇게 요시무라 선생한테 칭찬을 받았다. 일본어가 서툴러 처음엔 '갑상甲上'이나 '갑甲'이 아니라 '갑하甲下'를 받았으나 다음 시간부터는 일본어도 열심히 공부하고 선생님을 향한 꿈속같이 먼 먼 그리움을 표현해내려 애쓰면서 차츰 점수도 갑, 갑상으로 높아갔다.

이때부터 시 쓰기도 시작해 동요를 써내 교무실까지 불려가 여러 선생님들 앞에서 칭찬을 받기도 했다. 나중에 언제부터 시를 쓰기 시작했냐고 물으면 서정주는 언제나 요시무라 선생을 앞에 내세우며 그 선생의 영향으로, 아니 그 선생을 향한 그리움이 시를 쓰게 했다고 밝히곤 했다.

시뿐 아니라 요시무라는 정주에게 남몰래 그림까지 그리게 한 장본인이다. 직접 그림 그리기를 가르쳐준 것이 아니라 그 예쁜 타원형 얼굴이 정주로 하여금 보티첼리의 〈비너스의 탄생〉을 흉내 내 이 세상에는 없는 미녀의 얼굴을 그리게 한 것이다. 자화상을 시인으로서는 제법 멋들어지게 그려낸 솜씨라든가, 시 창작 노트 옆에다 가끔 그려놓은 미녀들의 얼굴들도 다 요시무라가 원 모델이었을 것이다.

"인제부턴 나를 선생이라 생각하지 말고 엄마로 생각해야 돼. 꼭 그래다오, 정주야. 그렇잖으면 아무도 없는 내가 너무 슬프지 않겠니…… 정주야."

학교 앞 자신의 하숙집으로 찾아온 정주에게 요시무라는 "꼭 부탁할 일이 있다"며 서정주의 머리를 감싸고 두 눈을 들여다보며 엄마로 대해달라 애원했다. 자신의 지나온 과거를 다 털어놓으며 자신처럼 슬픈 사람은 없다며.

그래서 그 뒤에도 정주는 그 하숙집을 자주 드나들며 요시무라의 육친적인 사랑을 듬뿍 받았다. 그런 사랑을 받으면서도 정주는 그건 모정이 아니라 귀신도 모를 정도의 연정으로만 느껴졌으니…….

그러나 그런 요시무라도 1년 만에 일본으로 돌아가고 말았다. 가지 말라고 줄포를 떠나는 택시 앞에 드러누워도 보았으나, 편지 연락은 자주하자며 떠나고 말았다. 처음으로 질투심도 느끼게 하고 이별의 아픔도 알게 한 그 요시무라라는 어머니 같은 여인에게 정주는 밤이면 밤마다 몇 장씩 편지를 쓰기 시작했다.

"옥양목 냄새와 아버지의 냄새와 풀 냄새밖에, 달 두름과 서리 두름 위에 기러기 떼가 삐거덕 삐거덕 크고 두꺼운 유리문을 가슴패기로 여는 속에 물빛 라일락의 끝없이 자욱한 꽃밭, 그 꽃심지마다 쓰고 있는 요시무라 선생의 비췻빛의 쓸쓸한 눈웃음— 그런 것을 놓아두고 더구나 아버지에게 뭐라고 딴 노래를 부르는가."[14]

기러기 나는 늦가을 밤. 뺨이 너무 시려 아버지 옥양목 두루마기 자락에 얼굴을 파묻고 오랜만에 부자지간이 밤길을 걸으며 아버지가 "창가나 좀 부르며 가자" 할 때도 생각은 온통 요시무라뿐이었다. 물빛 라일락 꽃 심지 같은 요시무라의 눈빛만 떠올랐으니…….

유년의 순정한 신화 시대에서 역사 시대로의 입사식入社式

"정주, 어이 자네는 저 각시허구 같이 딴 방으로 가소. 어이 그래, 자그마한 것들끼리 참 천생연분이제. 어이 각시! 새서방님 잠깐만 딴 방으로 모셔, 어리지만 괜찮게 생겼지 않아? 공부는 일등으로 잘하는 애니 가서 서방질도 잘 가르쳐보소."

요시무라 선생이 귀국하고 4학년에 오른 정주는 같은 반 스무 살 안팎의 나이 많은 학생들과 어울려 중국집에 다니기 시작했다. 일제 강점기 고급 요정이나 기생집이 있을 수 없는 시골 읍내 중국집에서는 비싼 가락국수를 팔며 색시까지 붙여주는, 요정과 기생집 겸업이 성

14 앞의 책, 143~144쪽.

행하고 있었다. 조기가 많이 잡혀 굴비도 인근의 영광 못지않게 소문나 봄이면 굴비 굽는 냄새가 진동할 정도로 성시盛市를 이루기에 색주가들이 많은 포구이기도 했다.

25전짜리 우동은 산해진미山海珍味 고기와 나물들이 가득 들어간, 지금보다는 훨씬 푸짐하고 비싼 우동이었다. 인원 수대로 우동을 시키고 방으로 들어가 "오오이!(여봐라!)" 부르면서 손뼉을 치면 노랑, 분홍, 꽃자줏빛 인조 비단 치마저고리를 입은 색시들이 "네에!", "네에!" 아양을 떨며 들어와 사이사이 앉기도 하고 나이든 단골 학생한테는 그대로 무릎 위에 앉아 안기기도 했다.

그렇게들 앉고 안기어 서로 희롱하며 우동을 다 먹고 나면 노래가 시작됐다. 열댓 살부터 서른 살은 족히 돼 보이는 색시들은 주로 창을 부르고 학생들은 창가를 불렀다. 노래가 무르익으면 이번엔 그때 새로 유행하기 시작한 키스 타임을 가졌다. 색시와 입을 맞추는 데 성공한 학생들은 그 자리에서 그대로 안고 쓰러지기도 했다. 그러면 그렇게 못한 학생들은 알아서 방에서 나가야만 했다.

이런 나이 많은 학생 한량들 판에 열세 살밖에 안 된 정주도 4학년에 올라온 지 얼마 지나지 않으면서부터 끼이기 시작했다. 부잣집 아들로 아버지가 일찍 죽어 많은 유산을 물려받은 스무 살짜리 종성이가 정주에게 못 따라간 학교 수업을 지도받곤 했기에 그 스승 대접으로 그 판에 데려가곤 했기 때문이다. 색시한테 키스도 못하고 그날도 그냥 나가려는 판에 종성이가 개중 가장 어려 보이는 색시한테 정주하고 다른 방에 가게 한 것이다.

"딴 방엔 모두 손님들이 들어차 있어 이리로 왔응께…… 이리 와 좀 누워봐. 문고린 단단히 걸어놓았응께 걱정 말구, 이리루 이렇게……."

열대여섯으로 보이는 색시는 서정주 손을 이끌고 손님방들을 다 지나 자기네가 쓰는 방으로 들어갔다. 끌어당기다시피 옆에 누인 색시는 양 다리를 벌려 정주 허리를 죄면서 입으로는 키스도 퍼붓고 손으로는 아랫도리를 주물렀다.

그건 난생처음 당해보는 본격적인 애무였다. 그 이후에도 그런 애무는 받아보지 못했다고 회고할 정도로 굉장한 애무였다. "애고…… 키만 제법 컸지 아직 영 어린애여……"라 탄식하며 색시는 제 혼자 달뜬 억센 애무를 풀었다.

"그런데 참, 이상한 것은 그가 내 나이 오십이 다 돼가는 지금에 와서도 어엿이 내 정신 속에 한 마음의 일가一家로서 자리를 잡고 있는 일이다.

제군들에게도 이런 일은 있으리라고 생각하지만, 지금 나온다면 남 앞에 데리고 다니기에도 창피할, 소년 때 잠깐 같이 누워 가슴과 낯을 서로 만지고 비볐을 뿐인 이런 천한 여자가, 흙탕 위에 비가 내릴 때라든지, 병든 눈썹의 썩은 범벅 같은 장거리의 흙탕이 옷 아래 튀어 박힐 때라든지, 문득문득 20년이건 40년이건 시간 때문에 변한 일 없이 우리 마음속에 역력히 되살아 나와 힘을 부리고 있는 일 말이다."[15]

그렇다. 순결한 첫사랑이든지, 천한 첫애무든지 첫 경험은 그렇게 굉장한 것일 게다. 우리 일생 통과제의의 관문들을 열어젖히는 것은 바로 그 첫 경험들 아니겠는가. 그 첫 경험들은 달든지 쓰든지 마음속 일가를 이루고 있어 살아가며 언제든 소환되면서 우리네 삶을 겹겹으로 환하게 그림자 지우며 아름답고 슬프게 하고 있지 않은가.

15 위의 책, 141~142쪽.

"그러나, 내 마음은 거기 있는 색시의 누구에게라도 빠지지는 않았다. 마음속에는 여전히 요시무라 선생의 모양이 세게 자리 잡아, 나는 일본에 있는 그와 편지를 주고받는 걸로 제일 큰 위안을 삼았던 것이다. 딴 여자들은 모두가 그만은 못해 보였다."[16]

그렇게 조숙하게 가락국수집에 가서 색시들을 희롱하면서도, 자신의 공부방에 동네 남녀 학생들이 한데 어우러져 남녀상열男女相悅에 어렴풋이 눈떠가면서도 정주를 사로잡은 것은 일본으로 떠나가버렸지만 여전히 요시무라였다. 어떤 미인을 봐도 그녀와 비교를 하게 되고 또 날마다 새롭게 본 풍경과 마음자리를 보고하듯 편지를 써 보냈다. 그리고 한두 달에 한 번 꼴로 오는 답장을 읽고 또 읽곤 했다.

요시무라 선생과의 편지 교환 덕분이었을까. 정주는 학업 성적이 매우 우수해 6년 과정의 초등학교를 5년 만에 다 마치고 1929년 4월 동복 영감이 서울에 세운 중앙고등보통학교에 입학했다. 열다섯 살 나이에 고향인 질마재와 인근 줄포의 신화 시대를 떠나 상경해 하숙을 하며 홀로 본격적으로 사회에 편입하게 된 것이다.

영원을 향해 흘러들며 시 최고 경지로 끌어올린 유소년기 체험

내 영원은
물빛
라일락의
빛과 향의 길이로라.

16 앞의 책, 143쪽.

가다 가단
후미진 굴형이 있어,
소학교 때 내 여선생님의
키만큼 한 굴형이 있어,
이쁜 여선생님의 키만큼한 굴형이 있어,

내려가선 혼자 호젓이 앉아
이마에 솟은 땀도 들이는

물빛
라일락의
빛과 향의 길이로라
내 영원은.

-「내 영원은」 전문

『현대문학』 1960년 3월호에 실린 위 시는 요시무라 선생과의 소년 시절 체험에서 나왔다. "나는 지금도 고단한 때면 이분이 빚은 별을 들이켜 느낀다. 뭣이라 할까. 역시 라일락—그것도 물빛 라일락의 빛과 향기가 선선히 깃들인 포근하고도 싱그러운 별을……"[17]이라 회고하고 있으니.

요시무라 선생을 만난 한두 달 후 정주는 반 아이들과 어울려 학교 밖으로 꽃을 꺾으러 갔다. 언덕 위 제각祭閣 앞 뜰 그 많은 꽃들 중에서

17 앞의 책, 116쪽.

물빛 라일락꽃 한 가지를 꺾어들고 언덕을 넘어 뛰어오다 키만큼 깊은 구렁이 있어 좀 쉬며 땀을 들이려 들어가 앉았다.

그런데 땀 냄새나 지천에 가득한 쑥 냄새는 조금도 안 나고 구렁 속으로 들어온 햇살에 라일락꽃 물빛이 빛나고 향기가 진동했다. 정주는 곧 그것이 요시무라의 빛과 향기임을 온몸으로 느꼈다. 그래 그 구렁 속에서 정주는 오랫동안 앉아 있으면서 난생처음으로 비릿할 정도로 싱그럽고 환한 그리움 같은 것을 느낄 수 있었다. 그 뒤 요시무라 선생을 떠올릴 때면 늘상 그때의 물빛 라일락꽃 빛깔과 향기가 섞여 있었다. 그렇게 요시무라는 서정주 시 속에 빛과 향기의 영원으로 스미게 되었다. 유소년 시절의 체험은 그렇게 개인의 일생에서 신화화되어 성인이 된 오늘도, 앞으로도 영원을 향한 빛과 향기로 남는 것이다.

"불, 물, 빛의 원형처럼, 불이며 물이며 빛인 유년 시절은 기본 원형의 일대 팽창을 야기시킨다. 유년시절을 향한 몽상 속에서 인간을 세계와 묶고, 인간과 세계의 시적 일치를 가능케 하는 원형은 이른바 갱생된다."[18]

자신의 온 체험을 동원해 남의 좋은 시들을 읽으며 물, 불 등의 원초적 상상력을 현상학적으로, 무엇보다 시적인 문체로 펼친 바슐라르가 서정주의 이런 시를 보았다면 무릎 치며 분석에 들어갔을 것이다. 그만큼 서정주의 시 세계는 처녀 시집 『화사집』에서부터 마지막 시집 『80소년 떠돌이의 시』에 이르기까지 유소년기의 원초적 체험에 바탕을 두고 그것을 시화, 신화화해나간 것이다.

서정주의 그 원초적 체험에는 젖먹이 시절 자신의 고추를 쳐다보던 동네 소실댁을 시작으로 서운니, 남숙이, 일본 여선생, 창녀 등 연상의

18 가스통 바슐라르, 김현 역, 『몽상의 시학』, 홍성사, 1978, 141쪽

여인들이 똬리를 틀고 있다. 그런 여인네들이 모다 모여 탐미와 영원과 영통으로 나가는 서정주 시의 꽃을 피우고 있는 것이다.

"누님/눈물 겨웁습니다.//이, 우물물같이 고이는 푸름 속에/다수굿이 젖어 있는 붉고 흰 목화꽃은,/누님/누님이 피우셨지요?//퉁기면 울릴 듯한 가을의 푸르름엔/바윗돌도 모다 바스라져 내리는데……//저, 마약과 같은 봄을 지내여서/저, 무지無知한 여름을 지내여서/질갱이풀 지슴길을 오르내리며/허리 굽흐리고 피우셨지요?"

'마약 같은 봄', '무지한 여름'같이 원초적 생명력과 욕구가 핏빛처럼 타오르던 『화사집』 세계를 지나 제2시집 『귀촉도』에 실린 시 「목화」 전문이다. '누님' 하고 연호하는 그 누님 속에는 유년의 그 연상의 여인들이 모다 모여 있는 것으로 보면 될 것이다. 그 유년의 누님 같은 여인네들이 서정주의 삶과 시의 꽃을 순결하게 피워내고 있는 것이다.

사회에 편입돼 각기 이런저런 사회 활동을 하는 '역사 시대'와 달리 자연과 함께 뛰놀다 학교에 들어가 공부하는 유소년 '신화 시대'에 무슨 특기할 개인사가 따로 있겠는가. 또 그 차이가 얼마나 중요하랴.

중요한 것은 그 순정한 개인적 신화 시대를 어떻게 떠올리고 환기시키며 부박浮薄한 오늘의 삶에 더없는 깊이와 향기를 주느냐 아닐 것인가. 혼탁한 이 시대에도 인간의 순정성, 끝끝내 인간이게끔 하는 휴머니즘을 지키게 하는 것 아니겠는가.

복사꽃 피고, 복사꽃 지고, 뱀이 눈 뜨고, 초록 제비 묻혀 오는 하늬바람 우에 혼령 있는 하눌이여. 피가 잘 돌아…… 아무 병도 없으면 가시내야. 슬픈 일 좀 슬픈 일 좀, 있어야겠다.

-「봄」 전문

죄 없이, 아무 꾸밈없이 터져 나온 듯한 이 시, 어떠신가? 유년의 신화 시대에서 그대로 울려나온 시 같지 않은가. 자연스레 흐르는 어법도 그렇고 "초록 제비 묻혀 오는 하늬바람"이란 동화적, 영통하는 신화적 상상력 또한 그렇지 않은가. '가시내야' 부르는 데서는 또 서운니 등 유년의 소녀들이 묻혀오지 않는가. 이렇듯 서정주의 유소년기 체험은 시 세계로 계속 흘러들어 우리네 순수하고 원초적인 삶과 그리움을 환기시키고 있는 것이다.

"될성부른 나무는 떡잎부터 알아본다" "싹수가 노랗다"는 말이 있다. 유소년기의 행실이 지금의 결과로 나타났다는 말이다. 맞는 말이다. 그러나 결코 침소봉대針小棒大하지는 말아야 할 것이다.

위인전이나 평전 등 전기류 작품들을 보면 어릴 적 누구든 한번은 그랬을 행위를 두고 그걸 너무 과장해 신화화, 소설화하는 경우가 종종 있다. 시 분석에 있어서 프로이트의 심리학을 곧이곧대로 받아들여 지금 창작된 시를 어릴 적 복합적 심리, 콤플렉스의 결과로만 보려는 경향도 있었다.

그러나 아니다. 우리네 어린 시절은, 시는 그런 게 아니다. 시의 본령인 서정의 요체, 너와 나는 한몸이라는 동일성의 시학과 과거와 미래와 현재가 겹쳐지는 순간성의 시학을 살아내는 게 인류 공통의 어린 시절 아니겠는가. 오늘도 여전히 그런 시절을 살아내고, 살아내게 하는 것이 시인이고 시 아니겠는가.

그러한 시인과 시의 한 전범을 보인 시인이 서정주이다. 서정주는 천생 시인이었다. 불굴의 의지를 지킨 지사나 대학교수로서의 교육자 등 시인 이외 별다른 그 무엇이 아니었음이 평전을 마치며 새삼 각인돼 온다.

서정주 연보

1915년 6월 30일(음력 5월 18일), 전라북도 고창군 부안면 선운리(질마재 마을) 578번지에서 서광한(1885~1942)과 김정현(1886~1981)의 장남으로 출생.

1922년 마을 서당에서 한문 공부.

1924년 부안면 줄포의 호남 제일 지주인 동복영감 집으로 이사.

1929년 줄포공립보통학교 졸업. 6년 과정을 성적이 우수해 5년 만에 수료. 상경하여 중앙고등보통학교(현 중앙중고등학교) 입학. 11월, 광주학생항일운동 지지 시위 참여.

1930년 사회주의 사상에 물들어 아현동 빈민촌 움막집으로 하숙 옮김. 학질에 걸려 귀향해, 구사일생으로 살아남. 11월, 광주학생항일운동 1주년 지지 시위 주모자 4명 중 한 명으로 구속. 학교에서 퇴학당함.

1931년 고창고등보통학교 2학년 편입. 비밀회합 및 백지동맹 사건으로 권고자퇴. 동생들(정옥, 정태)과 작품집(1집 『무지개』, 2집 『형제시첩』) 만듦. 아버지 돈 300원을 훔쳐 만주나 러시아에서 독립군이 되려는 계획을 세웠으나 서울에 눌러앉음. 막심 고리키 독파, 사회주의에 회의.

1932년 여름, 고창 월곡리에서 톨스토이, 위고, 투르게네프, 도스토옙스키, 보들레르, 니체 등 탐독.

1933년 마포 도화동 빈민촌에서 넝마주이 생활. 김동리와 만나다. 평생의 스승 석전 박한영 대종사를 만나 개운사 대원암 중앙불교전문강원에서 머리 깎고 불경 공부. 12월 24일, 동아일보에 첫 작품 「그 어머니의 부탁」 발표.

1934년 6월, 장안사로 참선하러 송만공 대선사 찾아갔다 하루 만에 되돌아옴. 석전 대종사의 제안으로 중앙불교전문학교 입학 예정인 두 스님에게 일본어 가르침.

1935년 중앙불교전문학교(현 동국대학교) 교장직을 겸임한 석전의 권유로 중앙불전 입학. 동기생인 시인 함형수와 각별한 우정 쌓음.

1936년 동아일보 신춘문예에 「벽壁」 당선. 신식 여성 임유라를 만나 짝사랑으로 배회함. 4~7월, 해인사 소학교에서 아이들 가르침. 해인사에서 불경을 공부하던 범산 김법린에게 프랑스어 배움. 상경해 통의동 보안여관에 살던 함형수의 단칸방에서 동인지 『시인부락』 창간, 2호까지 펴냄.

1937년 4~7월, 제주도 방랑. 이때의 체험이 『화사집』의 「정오의 언덕」 및 '지귀도 시'편에 반영. 고향에 돌아와 추석 무렵 「자화상」 씀.

1938년 3월 24일, 전북 정읍에서 방옥숙과 결혼, 가을에 오장환의 남만서고에 『화사집』 원고 넘김.

1939년 여름, 서울로 올라와 '노가다' 판 결성.

1940년 1월 20일, 장남 승해 출생. 8월, 어선 타고 선원들에게 「춘향전」 읽어줌. 방랑 끝에 돌아와 조선일보 폐간 기념시 「행진곡」 썼으나 이미 신문이 폐간되어 『신세기』(11월호)에 발표. 9월에 만주로 가 배회하다 만주양곡주식회사 간도성 연길시 지점 경리사원으로 입사. 겨울, 용정출장소로 전근.

1941년 귀향길에 잠시 서울 체류. 비평가 임화, 「현대의 서정정신」을 『신세기』(1월호)에 발표, '우리 젊은 시단 제일류 시인'으로 평가하며 「행진곡」 극찬. 첫 시집 『화사집』(남만서고) 출간. 동대문여학교 촉탁교사. 행촌동에서 처자식과 새살림 시작. 2학기에 동광학교로 옮김.

1942년 동광학교 사직. 연희동 궁골로 이사해 「옥루몽」 번역으로 생계 유지. 8월 1일, 부친 별세(향년 58세). 유산과 금융조합 융자로 흑석동에 집 장만.

1943년 유산으로 생계를 유지하던 중 식량이 바닥남. 아내가 어린 아들을 데리고 양식 얻으러 정읍 친정으로 감. 지독한 학질을 앓음. 최재서가 경영하는 인문사에 입사, 친일 작품 발표.

1944년 4~6월, 고창의 연극단원들에게 민족주의사상 고취 혐의로 고창경찰서 유치장에 구금.

1945년 일제 징용을 피해 정읍 군청 임시직원 자리를 약속받고 흑석동 집을 팔고 숨어지내다 해방을 맞음. 마포구 공덕동 적산가옥으로 이사. 10~12월, 『춘추』 편집장. 손기정, 장준하 등과 반공청년회 활동. 김구의 임시정부가 귀국해 결성한 한국청년회 가입.

1946년 4월, 김동리 등과 함께 '전조선청년문학가협회' 결성. 생계를 위해 헌책장사로 나섬. 11월, 부산 남조선대학교(현 동아대학교) 전임강사.

1947년 김좌진 장군, 이승만 박사 전기 집필.

1948년 동아일보 사회부장, 문화부장. 제2시집 『귀촉도』(선문사) 출간. 정부 수립과 동시에 3급 갑류 시험 합격, 문교부 초대 예술과장. 『김좌진 장군전』(을유문화사) 출간.

1949년 7월, 지병인 장출혈 재발로 예술과장 사직. 『이승만 박사전』(삼팔사) 출간. 이승만 선친 이름에 경칭을 안 붙여 발매 금지 처분. 한국문학가협회 결성, 시부 위원장. 『시창작법』(서정주 · 박목월 · 조지훈 공저, 선문사) 출간.

1950년 『현대조선명시선』(온문사), 『작고시인선』(정음사) 출간. 6 · 25전쟁이 나자 조지훈, 이한직과 서울 탈출. 대구, 부산 등지에서 종군기자 활동. 환각증세와 실어증으로 부산 영도 유치환 집에서 요양. 9 · 28수복 후 서울로 돌아옴.

1951년 1 · 4후퇴 때 가족과 함께 전주로 피난. 비상계엄령 치하에서 헌병의 불심검문에 걸려 심한 구타와 함께 즉결 처분 직전 풀려남. 구타 후유증으로 늑막염 앓음. 전주고등학교 국어 교사.

1952년 광주 조선대학 국문과 부교수. 여름방학 때 해남 대흥사에서 삭발 단식 체험.

1953년 7 · 27휴전협정 이후 조선대학교 사직. 9월 공덕동 집으로 돌아옴.

1954년 예술원 창립회원. 서라벌 예술대학교 교수. 동국대학교 국문과 강사. 『시창작법』(공저, 선문사) 재출간.

1955년 『현대문학』 창간호에 「산중문답」 게재. 이후 『현대문학』 시 부문 추천위원.

1956년 3월, 미국 아세아재단에서 수여하는 제3회 자유문학상 수상. 『시창작교실』(인간사), 제3시집 『서정주시선』(정음사) 출간.

1957년 2월 4일, 차남 윤 출생. 이후 10여 년간 영어, 불어, 독어, 러시아어, 라틴어, 희랍어 공부. 말라르메의 「바다의 미풍」 번역(『불교세계』, 8월호).

1958년 『현대문학』(1, 3월호)에 「신라연구」 발표. 『동국』(2호)에 러시아 시편, 『한국평론』(9월호)에 투르게네프의 「첫사랑」 번역.

1959년 동국대학교 전임강사. 『시문학개론』(정음사) 출간.

1960년 세계일보에 자서전 「내 마음의 편력」 연재. 격월간 『한국시단』 주간. 6월, 논문 「신라연구」로 문교부 교수자격 취득. 7월, 동국대학교 부교수.

1961년 5 · 16군사정변 직후 혁신파 교수단 위원회에 가입했다는 오해로 중부경찰서에 보름간 구금. 제4시집 『신라초』(정음사) 출간.

1962년 『신라초』로 5 · 16문예상 본상 수상.

1963년 춘천 성심여자대학교 강사. 장남 승해, 강은자와 결혼. 10월, 손자 거인 출생.

1964년 『문학춘추』에 시론 「시의 옹호」 연재.

1965년 장남 승해 미국 유학. 『문학춘추』에 「시어록」 연재.

1966년 7월, 제11회 대한민국 예술원상 수상.

1968년 『월간문학』에 자서전 「천지유정」 연재. 제5시집 『동천』(민중서관) 출간.

1969년 『현대문학』에 산문 「한국의 미」 연재. 『한국의 현대시』(일지사), 『시문학원론』(정음사) 출간.

1970년 3월, 서울시가 조성한 관악구 사당동(현 남현동) 예술인마을에 황순원, 이원수, 이해랑 등과 함께 이주.

1971년 『시문학』에 「내 시정신의 근황—나의 시적 편력」 발표.

1972년 10월, 『서정주문학전집』(전5권, 일지사) 출간.

1973년 『현대문학』에 장편소설 「석사 장이소의 산책」 연재.

1974년 『현대시학』에 산문 「봉산산방시화」 연재. 『문학사상』에 부처의 생애를 다룬 희곡 「영원의 미」 발표. 5월, 고창 선운사 입구에 「선운사 동구」 시비 세움.

1975년 『서정주 육필시선』(문학사상사), 제6시집 『질마재 신화』(일지사), 『나의 문학적 자서전』(민음사) 출간. 전국 대도시에서 회갑기념 시화전 순회 개최.

1976년 숙명여자대학교에서 명예문학박사학위 취득. 제7시집 『떠돌이의 시』(민음사) 출간.

1977년 장편소설 『석사 장이소의 산책』(삼중당), 자서전 『천지유정』(동원각) 출간. 11월, 한국문인협회 이사장 취임. 세계 일주 여행 떠남.

1978년 경향신문에 기행문 「미당 세계 방랑기」 연재. 2월, 멕시코에서 장 파열로 다량의 객혈, 멕시코인의 수혈로 회생. 중역 시집 『서정주시집』(허세욱 번역, 여명문화사업공업사) 출간. 9월 귀국.

1979년 『문학사상』에 세계 기행시 「서으로 가는 달처럼…」 연재. 동국대학교 정년퇴임 이후 명예교수.

1980년 『문학사상』에 「학이 울고 간 날들의 시—시로 읽는 한국사 반만년」 연재. 세계 방랑기 『떠돌며 머흘며 무엇을 보려느뇨』(전2권, 동화출판사), 제8시집 『서으로 가는 달처럼…』(문학사상사) 출간. 10월, 중앙일보 문화대상 수상.

1981년 대통령 간선제 선거 때 전두환 후보지지 TV연설. 미국의 『Quarterly Review of Literature』(여름호) '세계 시선'에 '서정주 : 동천Winter Sky(시 58편, 데이빗 맥캔 번역)' 수록. 10월 14일, 모친 별세(향년 96세). 『현대문학』에 자전시 「안 잊히는 일들」 연재.

1982년 제9시집 『학이 울고 간 날들의 시』(소설문학사), 일역 시집 『조선 민들레꽃의 노래』(김소운 · 시라카와 유타카 · 고노 에이지 공동 번역, 동수사), 불역 시집 『붉은 꽃』(민희식 번역, 룩셈부르크 유로에디터사) 출간.

1983년 제10시집 『안 잊히는 일들』(현대문학사), 『미당 서정주 시전집』(민음사), 『한용운 한시 선역』(예지각) 출간.

1984년 1월, 〈11시에 만납시다〉(KBS, 대담 김동건) 방영. 범세계한국예술인회의 이사장 취임. 제11시집 『노래』(정음문화사) 출간. 프랑스 정부 지원으로 2차 세계 여행. 11월, 고희 기념 강연회 및 시화전 개최.

1985년 경기대학교 대학원 초빙교수. 대한민국 예술원 원로회원. 6월, 차남 윤, 박승희와 결혼. 건(1990~), 신(1992~) 두 아들을 둠.

1986년 10월, 월간 『문학정신』 창간. 영역 시집 『안 잊히는 일들』(데이빗 맥캔 역, 시사영어사), 일역 시집 『신라 풍류』(고노 에이지 · 시라카와 유타카 공역, 각천서점) 출간.

1987년 5·16민족상 수상. 일간스포츠에 담시로 엮은 자서전 「팔할이 바람」 연재. 불역 시집 『떠돌이의 시』(김화영 번역, 파리 생제르맹 데 쁘레사) 출간.

1988년	4~7월, 미국 체류. 제12시집 『팔할이 바람』(혜원출판사), 스페인어역 시집 『국화 옆에서』(김현창 번역, 마드리드대학출판부), 독역 시집 『석류꽃』(조화선 번역, 부비어사) 출간. 〈명작의 무대 : 떠돌이의 시—미당 서정주〉(MBC, 연출 신언훈) 방영. 12월, 『문학정신』을 열음사로 넘김.
1989년	영역 시집 『서정주시선』(데이빗 맥캔 번역, 콜롬비아대학출판부) 출간.
1990년	기억력 감퇴를 막기 위해 세계의 산 이름 1628개 매일 암송. 허리 디스크 수술로 부산 동래의 병원에 입원한 부인 간병. 5~6월, 관광단체에 합류하여 유고슬라비아, 헝가리, 러시아, 중국 여행.
1991년	민음사에서 제13시집 『산시』, 『서정주 세계 민화집』(전5권), 『미당 서정주 시전집』(전2권), 음향시 『화사집』(윤정희 낭송, 백건우 연주) 출간. 『화사집』 출간 50주년 기념시제 개최(동숭아트센터). 복간한 『화사집』 특제본(도서출판 전원) 및 흉상(조각가 박재소) 헌정.
1992년	7월, 부인과 함께 모스크바로 유학. 소련 해체 후 불안정한 정세로 유학 포기. 미국 큰아들 집에 머물다 11월 귀국.
1993년	희곡 · 장편소설 『영원의 미소 · 석사 장이소의 산책』(명문당), 민음사에서 그림동화 『우리나라 신선 선녀 이야기』(전5권), 산문집 『미당 산문』, 제14시집 『늙은 떠돌이의 시』 출간. 영역 시집 『MIDANG 서정주의 초기시』(안선재 번역, 파리 유네스코), 『서정주 문학앨범』(웅진출판) 출간.
1994년	국민일보에 『미당 세계 방랑기』 연재 후 출간(전3권, 민예당). 러시아 바이칼 호수와 캄차카 반도 여행. 민음사에서 『미당 시전집』(전3권), 『미당 자서전』(전2권) 출간.
1995년	『우남 이승만전』(화산문화기획) 재출간. 영역 시집 『떠돌이의 시』(케빈 오록 번역, 아일란드 디덜러스), 스페인어역 시집 『서정주시선』(김현창 번역, 마드리드국립대학교출판부) 출간.
1996년	명창 김소희 1주기 추모시 낭송(동숭아트센터). 김동리 1주기에 묘비시 지음. 계간 『만해새얼』 창간호(6월호)에 만해 추모시 발표.

1997년 수필선집 『인연』(민족사), 제15시집 『80소년 떠돌이의 시』(시와시학사), 스페인어역 시집 『신라초』(김현창 번역, 마드리드국립대학교출판부) 출간.

1998년 영역 시집 『밤이 깊으면』(안선재 번역, 답게) 출간.

1999년 『만해 한용운 한시선』(민음사) 재출간.

2000년 중앙일보에 「2000년 첫날을 위한 시」, 『시와시학』(봄호)에 마지막 작품 「겨울 어느 날의 늙은 아내와 나」 발표. 10월 10일, 부인이 세상을 떠나자 곡기 끊음. 12월 24일 밤 11시 7분, 함박눈이 내리는 가운데 영면. 12월 28일, 생가가 내려다보이는 질마재 마을 선영에 안장. 금관문화훈장 추서.

미당 서정주 평전

1판 1쇄 인쇄 2015년 9월 14일
1판 1쇄 발행 2015년 9월 21일

지은이 · 이경철
펴낸이 · 주연선

책임편집 · 오가진
편집 · 이진희 심하은 백다흠 강건모 이경란 윤이든 강승현
디자인 · 이승욱 김서영 권예진
마케팅 · 장병수 김한밀 정재은 김진영
관리 · 김두만 유효정 신민영

(주)은행나무
121-839 서울특별시 마포구 양화로11길 54
전화 · 02)3143-0651~3 | 팩스 · 02)3143-0654
신고번호 · 제 1997-000168호(1997. 12. 12)
www.ehbook.co.kr
ehbook@ehbook.co.kr

잘못된 책은 바꿔드립니다.

ISBN 978-89-5660-935-5 (03810)